完结篇

“陆听寒，你能不能跟我去个地方？”
“想去哪里？”
“我想让你见一见我的怪物朋友。”

金色的麦浪是金色的血液，

鸡鸭牛羊成群，

那些巨大的机器在无休无止地运转。

风声很大，呼呼呼地响着。

不知多久之后，那庞然大物动了。

鳞片摩擦过峰峦，它缓缓垂下头颅。

山雾之中，白蛇衔花。

“你看啊，”他说，“这是光。”

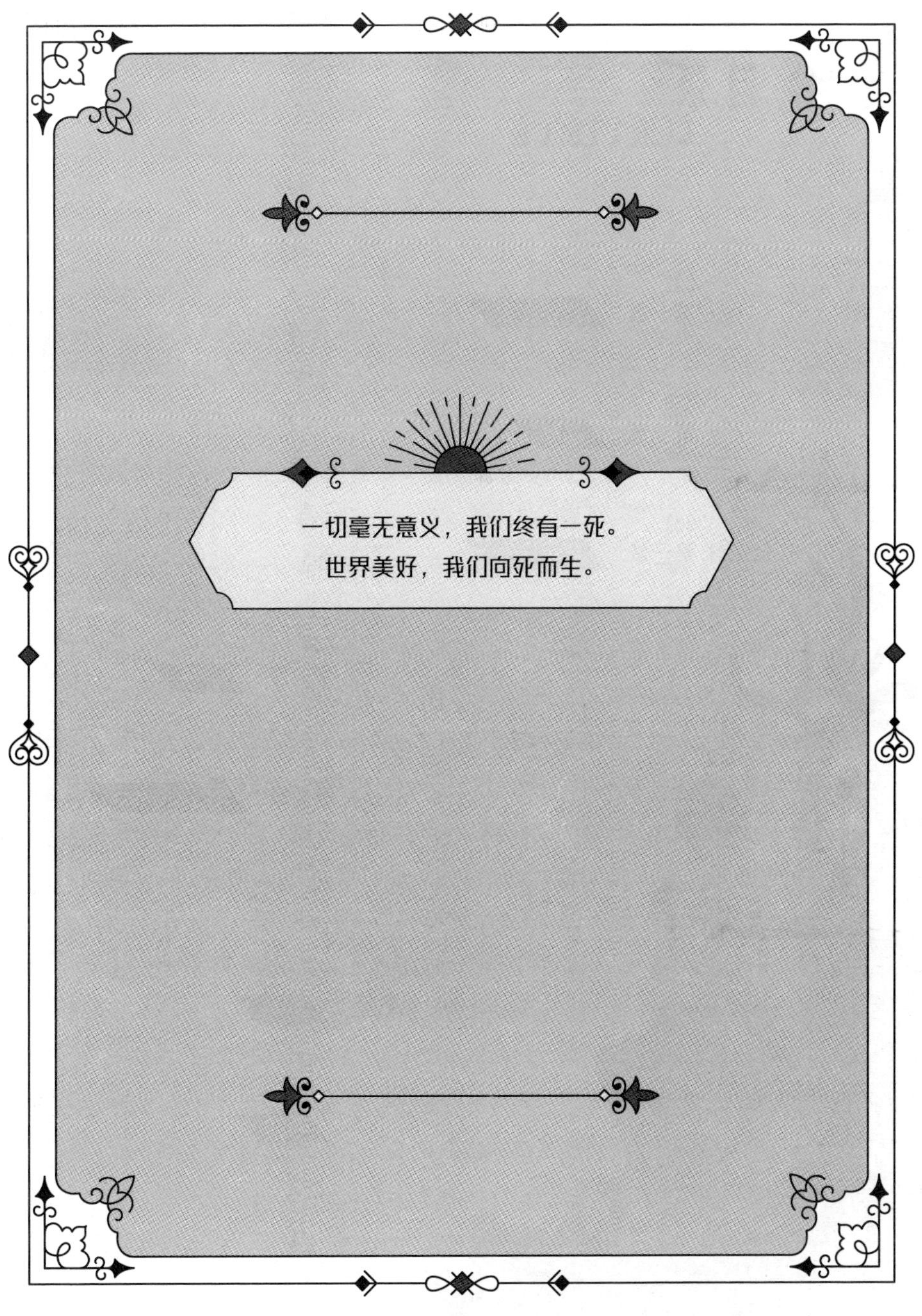
一切毫无意义，我们终有一死。
世界美好，我们向死而生。

目录 CONTENTS

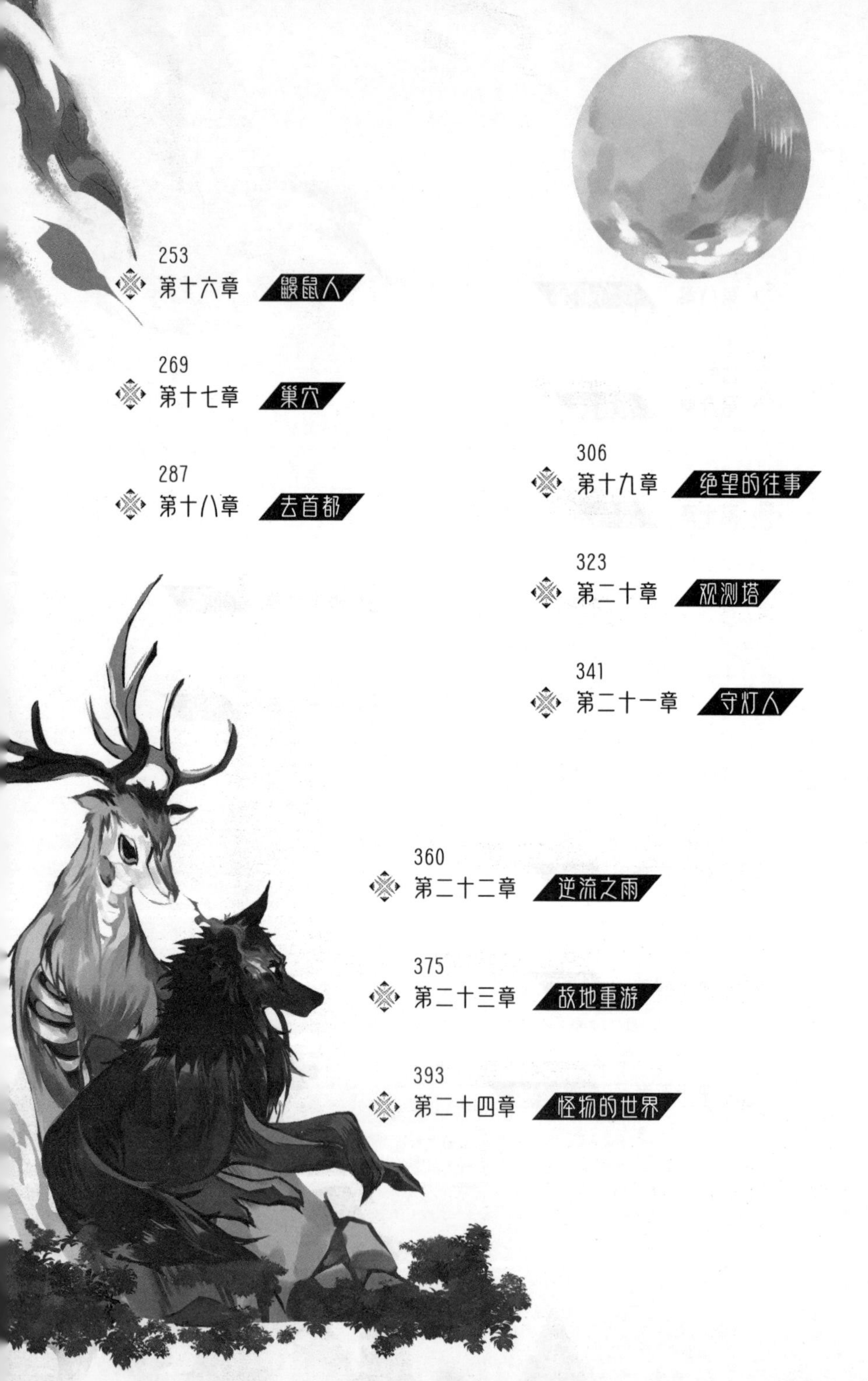

第一章 欢迎回家

两天后，风阳城军区医院。

时渊站在医院顶层，医院的走廊总是纯白的，总是充斥消毒水的味道。

医生早认识他了，看见他便和他笑眯眯地打招呼：“又来探视呀？你没必要一直留在医院的，要是有情况会有人通知你。”

“我不想回家，一点都不想回去。”时渊说，“他现在怎么样了？”

“还没恢复意识。”医生边走边说，“生命体征基本都稳定了，这个你可以放心，很快他就会醒来。”

时渊进了ICU。

陆听寒躺在病床上，身边是各种仪器。他像是睡着了，面色平静，在氧气面罩上呼出白雾。时渊本来一个仪器都不认识，但这两天他努力在学，认识了呼吸机、监护仪、心电图机和体外除颤器，还有一堆古古怪怪的药。

这些冷冰冰的名字让他不安，但他逼迫自己了解它们。今天陆听寒依旧没恢复意识。但确实如医生所说，他的情况稳定了，就连时渊都看得出来他不再那么虚弱。时渊在床边坐了一会儿，默默地陪着陆听寒。探视时间只有半小时，他不知道要说些什么，只是伸手轻轻触碰了一下陆听寒的掌心。用这种方式感受他的体温，确定他还活着。

他小声说："陆听寒，我今天做了一件不好的事情。我在医院三楼摔倒了，头上的角把一个医生的白袍划烂了，还要赔钱。"

他说："我一直待在医院里，只有早上会回家喂鸟喂鱼，如果你有什么不舒服，我都会陪在你身边的。"

他说："你什么时候醒来呀？都好久没人摸我的头了。"

他没有得到回应。探视时间结束了，时渊离开前，又回头看去——药液一点点滴落，顺着透明管道融入了静脉中。床头仪器兀自描绘着线条，高高低低，起伏不断。他的人类还活着，还会陪伴着他。他没有重归那千百年的孤独。

第四天，陆听寒醒了。他的意识还很模糊，大部分时间都在昏睡。时渊赶来时他恰好又睡着了。他的脸色不再苍白如纸，有了些许血色。时渊坐在病床旁，看着陆听寒，尾巴尖蜷缩起来，很小声地哭了起来。很奇怪的事，在陆听寒濒死，或昏迷的三天中，时渊都没有哭，现在陆听寒有意识了，那些难过反而将他吞没了。

他哭了好一会儿，听到耳边低哑的一声："怎么哭了呢？"

时渊猛地抬头，看到了那双灰蓝色的眼睛。呼吸面罩上白雾出现了又消退，陆听寒看着他："别哭了，不然我以为你不高兴见到我。"

这回时渊哭得更厉害了，趴在床边，哭得尾巴都打结了。陆听寒慢慢挪动右手，摸了摸他的头，他说："别哭了，我没事了。"

之后的日子，陆听寒以惊人的速度康复。他从ICU转入了普通病房。病房在医院顶层，很大，安静，还有无数随叫随到的专人陪护，称得上豪华。联盟上将值得一切的精力与体贴。

短短两天后，他就有精力解开时渊打结的尾巴了。不过他仍需要充分的休息，经常睡觉，每次醒来，床边必然有一对黑色恶魔角，和一个毛茸茸的脑袋。时渊抬头："你醒了呀！"

"醒了。"陆听寒说，摸了摸时渊的头。

时渊："呼噜呼噜呼噜。"

他又抱怨："这次你真的吓死我了……我每天都好害怕。"

陆听寒说："凑近点儿。"

时渊凑近，陆听寒又摸了摸他的头，时渊的尾巴立刻摇曳如彩旗。深渊是非常好哄的一种生物！而作为一个刚从死亡边缘挣脱的病人，陆听寒除了逗时渊之外，每天的娱乐解压、陶冶情操兼放松方式是……听战况广播，看军事策略。收音机在床头放着，就从没停过，播报每一天的战况。傅修中将在风阳城，听从苏恩齐的指挥，暂时接替了陆听寒的工作。自蛇王死后，岩蛇的攻势大不如之前，深渊的躁动也慢慢平息了。一切向好，这一次，城市挺过来了。

苏恩齐忙于指挥，没办法亲自探病，和陆听寒打过视频通信。他几次欲言又止，来回纠结到眉头和眼睛都皱起来了："你真的是……"他长叹一口气，"活着就好，没有什么比活着更重要了。战争的事情你不要操心，安心养病，我们能赢的。"

陆听寒嘴上答应着，但战况广播继续听，军事报告照样看，睡觉，吃饭，给时渊摸头。

等陆听寒稍微恢复了，后勤部安排了各种滋补的菜色。拾穗城沦陷后，食物资源极其有限，但病房里依旧充斥着排骨粥、芝麻糊、鸡蛋羹、鸽子汤的香气，很多东西时渊从没见过。

陆听寒每次都问他："你要尝一尝吗？"

"不了。"时渊说，"我在医院食堂吃过了，他们有很好吃的白馒头。"

陆听寒喝了一口排骨汤，突然说："这个汤好像有点淡了？你帮我尝一尝。"他把勺子递给时渊。

时渊尝了一勺："没有啊，我觉得刚刚好！你怎么会觉得淡了呢？"

陆听寒说："肯定是淡了，你再尝一尝，多喝几口。"

时渊听话地喝了好几口："不是呀，真的很好喝。"他突然反应过来，"你不会是在骗我喝汤吧？"

"怎么可能。"陆听寒说，"人生病了，就是会味觉失灵。"

时渊："你真的没骗我？"

陆听寒：“我像是会骗你的人吗？”

时渊将信将疑：“说实话真的像……啊！”他的额头被陆听寒给弹了。

于是，陆听寒的味觉一直失灵着，时渊总能吃到他的所有饭菜。

时渊说：“你真的太可怜了，味觉什么时候能好呢？”

“谁知道呢。”陆听寒耸肩，“看来我病得真的非常重啊。你看看这个炒芦笋，盐是不是加多了？”

时渊吃到了好几根炒芦笋，香喷喷的味道叫人难忘。

下午，时渊按时回家喂鱼喂鸟。他这一走，偌大的病房空荡荡的，只有陆听寒一人。阳光透过窗帘照入室内，也驱散不了医院特有的清冷。

陆听寒打开终端，目光停留在一份文件上。文件是与蛇王的战斗记录，记载了事情的全程，包括“重锤”的杀伤范围，以及当天的救援情况。

除了陆听寒还有两名幸存者。他们三人足够幸运，哨站只是受到了冲击波，如果“重锤”的降落点离哨站再近五百米，就不可能有任何人活着。但是比这更幸运的是——在“重锤”落地与救援队赶来之间，有二十分钟的空当。在这段时间内，他们竟然没遭受岩蛇的攻击。

若说在天基武器的冲击波下幸存，是一个奇迹，那么没受到怪物攻击，几乎是不可能的事情，无法让任何人信服。解释不通呀，根本解释不通。

“重锤”打击范围之外，还有大量的岩蛇活动，这种贪婪的怪物活动迅速，不可能放弃近在咫尺的猎物。附件中还有另一份资料，那是救援人员的通话记录。

“我们在飞行器上看到的不是两个人吗？怎么只找到了陆上将？”

“不知道啊，难道被岩蛇带走了？我们要继续搜救！快快快，动起来！”

文件最后还写了：“在‘重锤’降落后，监测到0号深渊的感染波长，它有两个爆发的高峰点，一个是天基武器打击后的两分钟内，一个是第十四分钟。第二次爆发后，岩蛇的活动迹象消失了，它们像是……在逃跑。”

监测人员是这样和陆听寒说的：“0号深渊的污染信号是动态的，它进行了短距离的移动。我们测绘出了它的移动轨迹……陆上将，它最后停留在了您的身边。”

陆听寒：“我的身边？”

“是的。”检测人员也很疑惑，“当然它的移动距离比较短，不排除有误差。但这误差一般在十五米以内，以它的污染数值，您早应该被感染了。当然我们知道，您的血检结果没有任何问题，而这就是问题所在了……”他的语气越说越困惑。

陆听寒垂眸看着资料，屏幕的白光映亮他面无表情的脸。

就这样过了二十天，陆听寒准备出院了。时渊特别开心，为了庆祝出院，不知道从哪里弄来了两块糖，和陆听寒分着吃。糖果是水果味的，陆听寒吃完，手中拿着糖果包装纸准备丢，才想起房里的垃圾桶被汤汁弄脏了，刚刚被护工拿去洗了。他想着，先把包装纸放床头好了，刚把手伸出去，就看见时渊的脑袋从床边冒了出来，直勾勾地盯着他。

陆听寒问：“怎么了？”

时渊说：“你在干什么？”

陆听寒说：“我在把包装纸放到床头柜上。”

时渊还是直勾勾看着他，那眼神仿佛积怨多年，带着埋怨、指责和控诉，即使是陆听寒也打了个寒战。

时渊说：“陆听寒，你不能乱丢垃圾。”

时渊曾和陆听寒说过自己哭过一次，加上这次陆听寒重伤，就是两次了。他一直没提，第一次他是为什么哭。

是因为垃圾，事情发生在陆听寒成为监视者的第二年。那时，时渊每天欢欣鼓舞，就等着他的人类出现在深渊边上，可惜每次陆听寒出现的时间都不长。

0号深渊的污染数值可怕，但它从未感染过生物，数值也一直稳定，所以上一次有人监视0号深渊，已是四十九年前的事情了。那些监视者在0号深渊旁待上几周、几个月，就离开了。没有人和陆听寒一样，一待就是好几年。

0号深渊稳定，陆听寒只需定期巡视深渊、记录数值，工作简单且轻松。其他的时间，他都花在戴上光脑，指挥战斗上了。这也是为什么在那十年间，他还能升官、守城。联盟为他屡屡破例，简单粗暴地说，他在兼职监视者，本质还是个指挥官。

时渊是不知道这些的，他也不知道有个东西叫《深渊污染物处理法》。被污染了的生物组织，若是放任不管，很容易畸变成怪物，即使是焚烧或填埋都无法保证安全。而把它们倾倒在城外，容易产生新的感染生物群。于是，联盟颁布了《深渊污染物处理法》，收集污染最高的生物组织，将它们统一运回深渊旁，丢回去。深渊深不见底，没有人知道它的尽头。

某种意义上这是自产自销，原汤化原食，产业链闭合，健康安全又经济实惠，不带任何环境污染，可谓皆大欢喜，印证了一句话：“谁开发谁保护，谁污染谁治理。”这个处理法非常成功，丢回去的污染物，再也没出现过。而陆听寒提出来一点：0号深渊离城市很远，但它十分稳定，附近的怪物也极少，实际上很适合处理垃圾。这是个非常合理的意见。

于是，运输飞船载着无数垃圾，来到了0号深渊的边上。

那一天，时渊高高兴兴等着陆听寒。陆听寒确实出现了，站在深渊边，军装笔挺，无表情的侧脸英俊而深沉，然后他挥了挥手，下一秒，成吨的垃圾从天而降!

臭鱼烂虾、瓜皮果核、酸白菜、臭黄瓜、碎肉骨头等等，应有尽有，绝不带重样。整个人类世界最肮脏最混乱的垃圾，都在这里。整整两艘运输船，倒了不知道多少吨垃圾下去。等到日暮，运输船回城了，陆听寒也回了监视塔。

所有人都很满意，除了时渊。时渊不明白，为什么自己那么那么喜欢陆听寒，陆听寒却要往他身上、往他家里丢垃圾，还都是那么臭的恶心东西。陆听寒肯定恨极了他。

时渊伤心透了，号啕大哭。这天晚上，安分了七十多年的0号深渊厉声呼啸，感染数值暴增，把联盟吓了个半死。没有人知道，时渊只是在哭，还哭了整整一个晚上。

苏恩齐下了命令，要陆听寒立刻撤离。陆听寒拒绝了，他看向黑雾弥漫的0号深渊，没头没脑来了一句：“我觉得……它很不高兴。”

苏恩齐沉默了半秒：“总不可能是因为我们丢了垃圾吧。”

他这话是开玩笑，结果陆听寒回答：“我觉得是的。”

于是，苏恩齐坚定相信，陆听寒的思想果真被深渊侵蚀了，不然怎么得出这种天方夜谭的结论？第二天，他就给陆听寒安排了两场心理评估。评估结果没问题，陆听寒继续当监视者。

时渊花了整整五天才接受了现实。他想，虽然陆听寒恨他，但他还是没办法讨厌陆听寒，甚至还能因此埋垃圾。时渊从垃圾堆里找出了好几把铲子。到了深夜，他就让雾气蔓延到深渊边缘，浓郁的雾化作实体般的存在，操着铲子，奋力挖坑。

挖坑，放垃圾，埋上泥土。垃圾实在是太多了，他干了好几天，根本看不到希望。而他堆出的小土坡，被巡视深渊的陆听寒发现了。

陆听寒：“……”

他在土坡前站了很久。仔细看去，他常常面无表情的脸上满是疑惑——他实在太困惑了，哪怕是看到苏恩齐在他面前跳钢管舞，也不会让他更困惑一点。当天晚上，陆听寒和苏恩齐通了电话。

他说：“苏老师，我觉得我要去做心理评估了。”

苏恩齐问：“你怎么了，精神不稳定了？”

陆听寒说：“可以这么讲，我真的看到了很奇怪的东西。”

陆听寒去做了几轮心理评估，依旧没问题。但是埋垃圾的土堆，每天都会多一点点。

陆听寒试着布下无人机、摄像头去监控，可一旦黑雾蔓延上来，就什么都看不见了。等黑雾散去就是埋好的垃圾，端端正正，整整齐齐。

陆听寒又去做了几轮心理评估，没问题。而时渊勤勤恳恳、忍着眼泪埋垃圾，过了小半个月，深渊里的垃圾终于少了那么一点点。唯一的安慰是，在一堆臭烘烘的垃圾里，混了些有趣的东西，比如说婴儿早教书、童话书、教科书、各种报纸。时渊把它们收集起来，努力研究。

他还找到了能点读的一本书，教小朋友识字的。黑雾点了点书面，识字书发出一声："你好！"

"你……好？"时渊生硬地学着。

识字书："你好！"

时渊："你好你好你好！"

他玩得高兴，暂时把伤心事抛在脑后。

好巧不巧，运输船又来了。这回的垃圾比较少，但都是最有害的那一种。运输船停在深渊附近，舱门打开，垃圾倾泻而出。深渊里顿时黑雾翻涌！时渊气炸了气疯了，如果他那时有尾巴，所有鳞片肯定都奓了。感染数值飙升，黑雾把有害垃圾通通往天上抛去，那场面壮观无比。运输船垃圾都没倒完，人就被吓跑了。

"说来你们不信，"运输船驾驶员回城后，心有余悸，"我们被一堆垃圾攻击了……"

留下陆听寒一人待在0号深渊的旁边，他继续凝望。

三天后，研究中心的教授们给出了一种解释："我们认为，0号深渊是特殊的。可能是垃圾有其它深渊的波长残留，与它产生了互斥，所以才有强大的逆流，让有害垃圾全都飞了回来……"

陆听寒问："那为什么深渊旁边会出现埋好的垃圾？"

教授回答不上来。

陆听寒说："你们不觉得，这很像人埋的吗？"

教授们面面相觑，有人犹疑道："还真的挺像的……"

"我也觉得！"

"我刚刚没敢说，太不专业了，我怕你们觉得我学位是买的。"

"啊！你的学位原来不是买的吗……"

"嘶……怎么看怎么像人弄的啊，咋回事呢，我们是不是都疯了？"

第二天，陆听寒和一众教授一起去做心理评估了。

这事情到最后也没个结论。后面，联盟又试图往0号深渊扔垃圾，垃圾都被愤怒地丢回来了，每次都是感染数值一通乱飞，它在拼尽全力表达不满。

没人想惹怒可怕的0号深渊，于是，再也没有运输船来过。

时渊继续努力，处理第一轮的垃圾。陆听寒依旧是他的监视者，定期出现，凝望深渊。在最初的伤心欲绝后，时渊冷静下来了。他感觉，陆听寒丢垃圾，并不是讨厌他，陆听寒就是单纯没素质而已。只要陆听寒不讨厌他，时渊就觉得好受多了。只要陆听寒不是讨厌他，那么，他就可以接受这么没素质的陆听寒。

后来也不知过了多久，也许是三四年，也许是五六年，时渊天天埋垃圾，日日埋垃圾，总算是处理得差不多了。他学了很多，包括人类的文字、发音，包括报纸和杂志上，各种奇奇怪怪的图片记载了人类的生活……垃圾堆是他的启蒙老师。但这不代表他原谅了这么没素质没礼貌的行为，毕竟，他从没那么伤心过，从没哭得那么惨过。他耿耿于怀，一直到如今。

在风阳城的病房里，时渊看着陆听寒手中的糖纸，严肃又幽怨地说："陆听寒，你不能乱丢垃圾。"这简简单单一句话，承载了他无数的委屈。

陆听寒困惑道："我没有乱丢，我想把它放在床头柜上。"

"不，"时渊说，"你就是想乱丢，我知道的，我知道得一清二楚。"

陆听寒："为什么？"

时渊说："因为你没有素质。"说完他拿走陆听寒的糖纸，丢到走廊垃圾桶，又回来讲，"没关系，我会监督你的。"

陆听寒生平第一次被人说"没素质"，还是出自时渊之口，震撼到连当天的军事广播都忘记听了，记挂到了出院。

离开了满是消毒水味的走廊，离开了冷色调的单人病房，两人回家，打开灯。光线温暖，照着老屋子的一切。茶几、沙发，书架、鱼缸、精致的帆船摆设、纸张泛黄的老书、儿时的数独游戏和火箭模型，白鸟把嘴插进羽毛里睡着了，猥琐鱼也全都躲进了假山，一片充满了回忆的祥和。明明只离开了近两个月，却感觉阔别了一辈子。

在门口，时渊说："陆听寒，欢迎回家。"

陆听寒笑了，摸了摸他的脑袋。

陆听寒的伤口还要换药，晚上临睡前，时渊帮他换了药，重新缠上绷带。他腹部的那道伤口尤其狰狞，也不知何时能痊愈。

关了灯，他们睡在各自的床上。

黑暗中，时渊问："我听他们说了，'重锤'落下之前还有几个小时的，你为什么没给我发消息？也没给我打电话和通视频？你一点都没有试着联系我呀——"

这是秋后算账来了。

陆听寒说："因为道别会让人心软。我需要赴死的勇气。"

时渊问："你要是和我说上话了，就不想去死了吗？"

"我不知道。"陆听寒说。

时渊沉默了很长时间，长到陆听寒以为他睡着了，时渊说："好吧，如果有下一次，我……我还是希望，你能和我说说话的，就算一两句话都好。"他抱着尾巴，声音委屈，"我不是说还想有下一次，但是，我真的很不喜欢不告而别。"

他已经历过一次不告而别了。那一天，陆听寒踏着朝霞离开了深渊。时渊以为是普通的暂别，没想到，陆听寒再也没回来。他害怕孤单，害怕落空的希冀，和无望的等待。

陆听寒应允道："好。"

他答应得很干脆，时渊扭头看他："真的吗？"

"真的。"陆听寒说，"不告而别确实对你太不公平了。我说话算话。如果真的有下一次，肯定是一场体面的道别。"

时渊立马说："不要再有下一次了！"

"嗯。"陆听寒闷声笑了，牵扯得伤口微痛。

之后的一个月，陆听寒在家里专心养伤。陆家不服输的精神，体现在了方方面面，他就连伤口愈合似乎都比常人快一点——当然，按照陆听寒的说法，这也有每天听着时渊的呼噜呼噜声，心情愉快的疗效作用。

一级警告也结束了。如陆听寒所说一般，各个深渊的污染数值回落，怪物们暂时平息了攻势。城市和他一样，获得了短暂而宝贵的喘息时间。数据中心加班加点地工作，一边研究深渊，一边专攻“远眺”，有了铁城的数据，爱丽丝的计算快了很多，人们开始将新的希望寄托在“远眺”上。“远眺”计划中的航天器只能带走种子、受精卵，以及极个别人。大部分人不会离开地面了，生于城市，死于城市，眺望星海。然而，知晓自己的族群仍有未来，血脉得以在异星延续，依旧是一件令人慰藉的事。

至于铁城的数据为什么被传回来了，众说纷纭。有人说，可能是闪电击中了通信塔，电路打开了，未损坏的数据便继续上传；有人说，可能是怪物不小心碰了什么开关，这是天佑联盟；也有人往玄学那边猜，说通信塔的英灵犹在，念念不忘，一身傲骨终得回响。

这些都是很好的猜测。无人知道，故事的主角是一只勇敢的小怪物，和一个疯癫的逃兵，他们有过一场短暂又奇妙的冒险。

在这堪称轻松的氛围下，陆听寒每天就工作几小时，了解战况，简单指挥。当然，他也出门。时渊透过窗户看到，和陆听寒见面的，还是他之前见过的高级军官们。他们站在铁青色天幕下低语，一切都是暗色调，唯有陆听寒眼眸的灰蓝色分外瞩目。

再然后，他们上了车，时渊看不到他们了。

时渊没追问陆听寒，那些到底是什么人。他不懂军事，也不懂联盟弯弯绕绕的势力斗争，哪怕陆听寒给他解释，他可能也听不懂。再说了，他怎么会去质疑陆听寒的举措?

垃圾那一茬，并没有借此揭过。陆听寒的糖纸事件，让时渊非常警惕。当陆听寒手上拿着任何垃圾，他就会看见，时渊在沙发背后、桌子对面、墙壁拐角冒出来，朝他投来谴责的视线。

陆听寒说：“时渊，我真的不会乱丢垃圾的。”

“我不相信你。”时渊说，“你素质太低。”

作为一个被陆听寒往家里丢了几吨垃圾的深渊，陆听寒这轻飘飘的一句话，怎么也没说服力，他一定要看着陆听寒把垃圾丢进垃圾桶才安心。就这么几轮后，一天晚上，时渊又监督着陆听寒把一张废纸扔进了垃圾桶。然后，他在床边帮陆听寒换药。

其他小伤基本都好了，就是腹部伤口还狰狞，肯定是要留疤。时渊目不转睛地看着伤口，他觉得那疤太刺眼，不知怎么样才能消掉。

陆听寒看着他的样子，轻声说："时渊，别担心，没事的。"

时渊一直很相信陆听寒，这么简单的一句话抚平了躁动的心。

晚上，时渊早早就裹着被子睡了。陆听寒替他关灯，去了书房。

短暂的休息后，又有源源不断的事务等着他去处理。城市的修复、城防的规划、前哨站的重建工作、指挥各种小规模战斗……这几个月来，不少人死在了城外，因为《安乐死法案》没法见到家人，大部分遗体也是运不回来的，能被别人找到"狗牌"带回城中，已经是很幸运的了。自拾穗城沦陷，人们连能献的花儿都没有了。风阳城也没有丧钟，偶尔能见到几人立在城墙下，面朝荒原的方向默哀。

陆听寒和下属开了会。

等会议结束，星辰布满了苍穹。陆听寒起身，独身站在窗户前，宵禁后的城市一片漆黑，看不清那些太阳能板了，只看见转动的风车黑影，还有闪烁着信号灯的能源塔。它们夜以继日地工作，犹如一颗颗心脏，把能源输到了城市的每一个角落，就连主城的大部分能源，都靠风阳城支撑着。

腹部的伤口还有丝丝痒意，离痊愈不远了。医生感慨了好几次，说他真是年轻又身体好，一下子就能蹦能跳了。陆听寒便想，既然他还活着，那就远不是休息的时候。前路漫漫，他尽心竭力，容不得半点犹疑与软弱，即使筹码是他自己，亦是如此。还不是该停下的时刻，远远不是。

曾经年少的他站在能源塔上，眺望远方，伸手便可握住城市与荒原，似有无边的神力。后来的他一次次征战，受过伤流过血，也尝过战败的艰涩，神力不再，力有不逮，唯一未变的是守住家园的心。

陆听寒倚着窗台，看了一会儿城市。他又拿出终端，上头依旧是时渊的档案。

姓名：时渊

第一次调查：血检正常，未发现任何污染数值，暂未定位该对象的城外曾居点，未发现此前有出入城市的记录……

第二次调查：暂无异常

……

第五次调查：暂无异常

这调查从时渊进城时开始，一直到今日。在同一个文件夹中，还有他对0号深渊的观测记录，虞轻眉对0号深渊的科研论文，“黑女王”的研究报告，谢千明行车记录仪上残存的记录，以及科学院的论文《论感染生物拥有思维能力的可能性》……

救援的音频文件中，战士喊道：“我们在飞行器上看到的不是两个人吗？怎么只找到了陆上将？”

研究中心的人和他说：“陆上将，当时0号深渊的污染信号，停留在了您的身边。”

陆听寒面无表情地看着。真的有这种可能性吗？他想。讲出去的话，任谁都会觉得他疯了吧，就连他都这么觉得。

记忆又回到“重锤”落地的那一刻。狂风呼啸，山崩地裂，其实在那种时刻，人是感受不到痛楚的。他最后的印象就是一轮残阳如火，钨棒燃烧下坠，天花板像纸片一样被吹飞，世界陷入黑暗。再然后……他应该是毫无意识地躺在碎石瓦砾之下。明明陆听寒不记得任何事，可他又感觉，当时是有人在他身边的。

那人喊着他的名字，那人带着颤抖小声说：“你不会死了，对不对？”

记忆残破，不知真假。

陆听寒长吁一口气。

他回到房间，时渊早就抱着尾巴睡着了。他无声地上了床，一夜无梦。

第二天，时渊又要出去工作了。他一三五在异变者福利中心，二四六在心理咨询热线。这一次一级警告和“岩蛇”的袭击，让咨询热线的需求暴增，时渊坐下来就一直在接电话，忙个没完。

过了两天，黛西决定辞职了。她一边收拾东西，一边和时渊讲：“我和我老公准备去维修太阳能板，听说他们那边缺人。”一抹金发从耳畔垂下，她把它别回去，笑了，“我辞职挺愧疚的，还有那么多人要倾诉烦恼。但我真的不想再听了，如果听不到的话，就可以假装这些东西从不存在。我要当个逃兵啦。”

她的东西不多，也就几件外套，午休用的靠枕和拖鞋，还有几本笔记本。她抱着纸箱子离开办公室，无名指戴着打磨过的罐头拉环——那是她的结婚戒指。时渊送她到楼下，看到一个男人在等她。男人是异变者，左手臂生了一圈乱糟糟的毛，脸色不太好，同样戴着罐头拉环戒指。

他冲黛西招了招手。

“马上！”黛西喊道，回头看时渊，“加油，有机会咱们再聚一聚。”

“好呀。”时渊和她说，“你要开心呀。”

黛西腾出一只手，捏了捏他的脸笑道：“嗯，和你一样开心。”

她走向男人。

时渊回到八楼，继续接电话。

林叶然又在办公室里骂人，有个员工无故缺勤了。时渊从铁城回来时，把严歆的“狗牌”给了烂醉如泥的他。后面林叶然也没啥反应，不过时渊确定，他不记得那晚了——证据是，时渊并没有因为迟到早退而被扣奖金。

林叶然骂完了人，气冲冲地出来接水喝。时渊看到，他脖子上就戴着那“狗牌”，小块的金属板亮晶晶的，反着光。然后林叶然意识到了，把它重新塞回衣领中，若无其事地走了。

时渊继续接电话。无休无止的电话，各式各样的故事，而福利中心的工作也不是太轻松。每次去那里，时渊都会找邬正青聊一聊天，听他讲宇宙的故事。这是福利中心的人让他做的，这能稳定住邬正青的情绪，让他不至于到处乱跑，嚷嚷着要回宇航中心。

邬正青最近情绪高涨，和时渊说：“我知道的，我知道的，‘远眺’计划马上就能完成了！”

“是的呀。”时渊说，“爱丽丝很聪明的。”

“我好久没见过宇航器升空了，真的很壮观。”邬正青拉过时渊，“来来来，让我再给你讲一遍巡洋舰的设计思路，光是这个助推器的设计啊，我们团队都整整研究了七年，它巧妙在这个地方……”

时渊听得晕乎乎的。

下午，他去找老邹。老邹还是喜欢画画，画了几十张的树根，要把它们拼出独特的形状。时渊每次都帮他拼，凭着他与怪物的共鸣，拼得又快又好。老邹非常满意，额头上的树皮生出嫩苗，长得更加旺盛了。

老邹很好解决，之后时渊去陪孩子们。孩子们也都被感染过，外形千奇百怪，但他们很喜欢时渊，是很喜欢很喜欢的那一种。时渊走到哪，都有一群小朋友跟在后头，一个个往他身上扑。时渊不堪重负，慢慢被可怕的人类幼崽淹没了，直到下班才得以脱身。

这一天的小朋友格外热情，到下班时间了时渊还无法摆脱，在小朋友海洋里挣扎，只有尾巴尖还倔强地露了出来。

正好来接时渊的陆听寒拽住他的恶魔角，提着他抖了抖，把孩子们抖下去了，再把人带到了外头。

时渊的尾巴尖疯狂摇曳：“你怎么来啦！你又找到我了！”

“反正在家没事，就想着过来接你。”陆听寒说，“我们走吧。”

他带着欢天喜地的时渊，向电梯走去。一旁的工作人员眼睛都要瞪出来了，瞠目结舌。

工作人员拽着刚过来的王妤，神神秘秘地道：“你肯定想不到，刚刚谁接走了时渊。”

王妤不带犹豫：“啊，是陆上将吧。”

工作人员满脸震惊：“啊？你怎么知道？”

“这是大家都知道的事。”王妤拍拍他的肩。

第二章 远眺

时渊和陆听寒回了家。从搬进来开始，时渊一直在陆听寒的房间里翻找老物品，想了解小时候的陆听寒在做什么。他彻底放弃了数独游戏，研究了几天的昆虫标本，认识了红纹凤蝶、夜明珠蝶、蜻蜓和螳螂。而昨天，他刚刚从一个纸皮箱子里，找到了小提琴。

他拿着小提琴，坐在沙发上，尝试性地拉了一下——一声噪音。

他又多试了几次，制造出更多的噪音。

“陆听寒，”他举着小提琴去求救，“你会拉小提琴吗？”

陆听寒说：“你拿的就是我的小提琴，我当然会。”

时渊顿时特别崇拜，说：“你会的东西好多呀，那你教教我吧！”

加西亚大剧院有个演出厅，曾长期出租给一支乐队，他从那时就对音乐有了点兴趣。

陆听寒接过小提琴：“你想听什么曲子？”

“我不太了解，你可以拉你认为好听的曲子。”

“那我选个我最擅长的，《D小调小提琴协奏曲》。”陆听寒说。

他站起身把小提琴架好，修长手指拿着琴弦，流畅地一划——时渊的尾巴鳞片奓了。他难以形容自己听到了什么噪音，就像是一只尖叫鸡在他耳边竭尽全力地呐喊。噪音还不止一声，是接二连三，像海潮一般涌来……

他猛地抬头，只见陆听寒沉浸其中，琴弦拉得飞快！时渊花了半分钟才确认，这的确是小提琴的声音。

时渊喊："陆听寒！"

陆听寒没反应，继续拉小提琴。

时渊："陆听寒！"

陆听寒听见了，停下动作看向他："怎么了？"

时渊震惊道："刚刚那是你发出的声音吗？"

"不然呢？"

"那是什么？"

"《D小调小提琴协奏曲》。"

时渊反复打量陆听寒的神情。

陆听寒坦然又认真。

时渊说："要不……你换一首曲子？"

陆听寒就换了《G小调第一小提琴协奏曲》。时渊听到的还是一堆刺耳的噪音，区别只是锯木头的频率不同了。就这么反复试了三四首曲子，时渊确定了：陆听寒是个不折不扣、彻头彻尾、完完全全的音痴。并且，他根本没意识到自己是噪音的制造工！

别人去演奏，能拿钱；他去演奏也能拿钱，不过是别人塞钱给他，求他别演了。

时渊委婉问："陆听寒，你觉得你的水平怎么样啊？"

陆听寒说："就普普通通吧，能听。"

时渊："……"

时渊又问："你以前有音乐老师吗？他怎么说？"

陆听寒回答："我有过好几个老师，他们都没说什么，不过辞职得挺快。"

时渊："……"

他知道陆听寒没救了，把小提琴拿回来："好吧，我觉得我们两个人都不适合音乐。”

陆听寒挑眉：“我也不适合？”

“不适合，”时渊实话实说，“真的太难听了。”

陆听寒再次挑眉，显然是不相信。

第二天上班，时渊满脑子还是可怕的锯木头声。都说人无完人，他有想过陆听寒的军事才能如此耀眼，除了素质低下以外，或许也有其他短板。但他没想到，这直接是魔音灌耳，偏偏陆听寒意识不到，一把小提琴拉得飞快，比音痴更可怕的是没有素质的音痴。

临到下班，时渊在电梯口碰到了王妤。

王妤和他闲聊了几句，突然说：“你知不知道主城那里在游行？”

时渊：“不知道啊，在游行什么？”

王妤的神色有几分复杂：“哎，就是苏上将的事情嘛。他们说他哪里哪里又没指挥好，要是陆上将在，就不会出现这种事情。”

时渊问：“所以，他们想让陆听寒指挥主城？”

王妤叹了口气，“他们想逼苏上将退位，呼吁陆听寒接替他。你说这都什么事啊，如果苏上将不想放权，陆上将要怎么办？我不知道他俩怎么想的，他们还是师生，最后要是闹得很难看，就太让人唏嘘了……”

办公室中，面色苍白的老者坐在椅子上，额角冒冷汗，大口喘息着，一群人围着他。

“苏上将，医生马上到了！”

“药呢？备用药不是在上衣口袋里吗？”

“刚刚已经吃过三粒了，副官赶去拿其他药了，医生也很快过来……”

“上将，您还有哪里不舒服吗？”

副官带着药瓶匆匆赶来，倒了五片出来，旁人同时送上一杯温水，一齐递到了苏恩齐的手边，辅助着他吞下。

苏恩齐连咽水的动作都是艰难的，仿佛有一只无形的手卡住了脖子。药片苦涩，弥漫至味蕾神经，叫人想干呕。

又有人递上了气雾剂，苏恩齐接过，深吸几口，神色终于缓和了。

医生赶来了，简单查看了他的状况，劝他先去私人的医疗室休息，观察情况，有必要就去军区医院。

“我就待在这里。”苏恩齐缓缓说，声音沙哑极了，“我哪里都不去。”

医生：“苏上将，我们还是建议您去医疗室卧床休息，时刻关注身体数值，以免……”

“我说了我不去。”苏恩齐打断他，喘息了几声，脸上又有了血色，“一点小毛病而已，我已经好了，你们看我像有事的样子吗？”他环顾周围，一众面色紧张且担忧的军官战士，“都出去。”

众人面面相觑，一位少将上前，还想说什么，又被苏恩齐打断：“出去！忙你们的事去！你们还有大把事情要做。”他再次挥手，碰倒了桌面的药瓶，白色小药丸滚了一桌面，“快去！”

他的语气强硬。

众人犹豫了几秒钟，几名守卫率先迈步离开，紧接着是其他军官，最后走的是面色凝重的副官与医生。偌大的办公室就剩下两人了。苏恩齐，和一位三十多岁的军官，他肩上是上校的军衔标志。

“苏上将，”那名上校开口，“您还是卧床休息一下吧，这样对心脏不好。”

“我说了不用。”苏恩齐冷冷道，“苏良，你没有事要做吗？还是说你也觉得我老了，不中用了？”

苏良，苏恩齐的独子。苏恩齐中年得子，夫人因病早早去世了，但他没有溺爱孩子，反而对苏良要求严苛，不惜将他送去前线。苏良的军衔是他守哨站、爬泥地、沐浴鲜血、扒着战友的尸体一点点打出来的。

苏良不说话，上前几步，把散落的药丸拨在一起，用纸张包住。他没继续劝苏恩齐，反而说：“游行的人都被驱散了，没有人受伤，以后巡逻队会加强戒备，避免这种事情再度发生。”

在城市中心的游行者散去了，地上还散落着他们的标语牌。

“兵力紧缺，生死攸关，容不得多一场失败！”

“我们不需要频频失误的指挥官！”

“他已经老了——属于他的时代已经过去。”

“能者居之！支持陆听寒上将全权指挥！”

“如果有更优秀的人选，为什么不选择他呢？陆上将有能力做得更好！”

那一行行大字触目惊心。清洁机器人四处奔走，把标语牌捡起来，准备销毁。

就在一年多前，拾穗城街头爆发了反对陆听寒的游行，称苏恩齐宝刀未老。时过境迁，角色颠倒了，陆听寒一次又一次证明了他的实力：“号角”的坠亡，一场场危急的战争和完美的应对，舍弃拾穗城的先见之明与果决，“浮川”的溃败，他面对“岩蛇”时不惜牺牲自己的勇气……在感染高峰期的压迫与催化下，对陆听寒的质疑烟消云散，信赖他的人数压倒性地增加。在这个风雨飘摇的时代，胜利是唯一的强心剂。他们甘之如饴，抓住它，就像是抓住了明天。

苏恩齐说：“你觉得我会在意？我亲眼见证末世的开始，这七十多年，什么风浪没见过，这些不过是小打小闹。他们本该去做更有价值的事情，建设城市，辅佐防御，哪一个都比举着牌子喊口号好。”

苏良把脏了的药丸丢进垃圾桶，讲：“医生都和我说了，您不要再熬夜再受累了。”

苏恩齐靠着座椅，笑了两声：“那我还说，大家都不要死呢。这有的选吗？暂时死不掉就够了。”

苏良道：“那或许，您可以考虑让陆上将分担一下？您……”

他顿住了。

苏恩齐看着他，浑浊的眼中似有什么在燃烧，咄咄逼人。

“苏良，”苏恩齐一字一顿道，“你也觉得，我不够资格再指挥了吗？”

苏良站直身体，回答：“我只是认为您需要重视健康。”

“回答我的问题。”苏恩齐盯着他，“苏良上校，在你看来，我是不是不够资格指挥了？”

办公室内是寒冰般的沉默。

“不，我不这么觉得。”苏良缓缓道，“战争中谁也无法保证十全十美，谁都当不了常胜将军，更何况是面对难以捉摸的怪物。这数十年来您做得非常优秀，是联盟的中流砥柱，也是……我的榜样与偶像。但是……”他话锋一转，“但是……陆上将太特殊了，他不单有军事天赋，更是怪物的天敌，为战争而生，您是他的老师，想必比我更明白这一点。他的进步也是有目共睹的，我认为可以适当分让更多的权力给他。我不认为是您不够资格，只不过他做得更好。”

他又犹豫着补充：“况且，目前您的健康情况也……不太乐观。”

苏恩齐沉默地看着他。他面无表情时，眼尾与嘴角的皱纹是很明显的，往下耷拉，无法遮盖。好在他习惯性保持了笔挺的坐姿，让他不至于看上去太苍老。

他说：“你真的觉得，该把所有权力给他吗？”

“也不是全部，”苏良下意识说，“一部分吧。”

“这样分散兵权只会造成混乱，我和他总会有意见相左的时候。”苏恩齐说，“你知道吗？在这个时代，兵权就是一切，足以越过所有政治、法律、道德和传统，就连所谓的规则都是个笑话。”

他微昂起下巴，几乎是倨傲道：“有兵权的才是话事人。真要论权力，在我和陆上将面前，柴永宁屁都不是。”

这话大逆不道狂妄至极，苏良猛地一惊。

苏恩齐继续说：“要给他主城的指挥权，就是给全部，把一切拱手相让。我再问一次，你真的觉得该把所有权力给他吗？应该吗？”

苏良刚想回答，一个想法却电光石火地掠过：为什么苏恩齐要这么问？他该比任何人都了解陆听寒的天赋，除非是另一个意思……

那想法太不可思议，让他睁大眼：“难道您……您是不信任陆上将……”

不是不信任实力，而是不信任那一个人。

“他当过深渊监视者，直到现在都要定期做心理评估，评估师都是我的人。”苏恩齐定定地看着苏良，“柴永宁手无实权，我是唯一能制约他的那个人，你让我把权力拱手相让？是想让他随意篡改评估结果吗，是想让他为所欲为吗？”

他这一番话太语出惊人。苏良怎么也没想到，有一天会从苏恩齐、从陆听寒的老师、朋友兼战友口中听到这种话。明明苏恩齐该是这个世界上最相信陆听寒的人——所有人都这么认为，或许，陆听寒也是如此。

苏良瞠目结舌：“我还以为……”

“你要说陆听寒本人，我绝对是百分百信任的。我看着他长大，知道他有多想守住城市，也看到了他的付出。”苏恩齐淡淡道，“可是，当我一次次见到失去理智的监视者，就在想，万一呢？我们赌不起这个可能性。”

他又说：“我相信他的决心，支持他当指挥官，我不想失去他，必要时我愿意替他去死。但是在我还活着的时候，我决不允许他独掌兵权。”他再次昂了昂下巴，“我还宝刀未老呢。绕过我这一关？没有可能。”

苏良讲不出话来。

“什么游行示威什么口号，我不在乎。”苏恩齐十指交叉，眼中燃烧着火，“我打了一辈子的仗，没人有资格评判我的决策，指责我所谓的‘失误’，也没人能拉我下马。我上战场的时候你们都在吃奶呢。我就坐在这里，四十年前在，以后也都会在。想嘲笑我，批判我，期待我老了出洋相，那你们可高兴得太早了。我的战友都死了，只有我活到今天，这也是我守下的城市，迄今为止我做的决定都是正确的。就算有不足，放另一个人过来，也不会做得更好了。谁能质疑我？谁敢否定我？”

苏良沉默着。

许久后，他突然道：“母亲说得没错。”

苏恩齐挑起一边眉毛。

苏良：“她以前和我说，她喜欢玫瑰，让你买一束在情人节约会送她。结果你买来的是月季。”

苏恩齐顿住，似乎不解。

苏良神色平静，继续讲："她跟你说，你买错了呀，这是月季不是玫瑰，它们的花苞和叶子都不同。你却梗着脖子告诉她这就是玫瑰，艳丽、漂亮又带刺，怎么会是月季呢？她尽力解释了，你依旧不愿意相信，你这一辈子都把月季当作了玫瑰。从那时候开始，她就知道，你是个骄傲且倔强的人，没办法承认自己的错误。"

苏恩齐的语气带了怒意："你想说什么？别拿她来压我一头。"

"蒋华池的事情，我有所耳闻。"苏良的身形笔挺，直视苏恩齐，"你把他视若己出，而我年少时和华池哥相处过一段时间，知道他就是个混蛋，迟早有一天会出事。后来果然如此，我不知道他犯了什么事，但您包庇他了，对不对？"

苏恩齐沉默地盯着他。

"现在华池哥是在监狱里待着了，等着上法庭。"苏良说，"那么事到如今，您觉得自己错了吗？或者说，您后悔包庇他了吗？"

苏恩齐目光如刀，答案尽在不言中。

"所以我就在想，母亲说的一点儿都没错。"苏良轻声道，"您不愿意分权，不考虑让步，究竟是因为您信不过陆上将，还是因为您没法承认自己老了，自己技不如人，自己也会失误，也会有被他人取代的那一天？究竟是哪个理由，占了上风呢？"

"苏良！"这回苏恩齐几乎是暴怒，一拍桌子站起来，脖子上青筋暴起，"你再给我说一遍！"

"我不再说了，您需要休息。"苏良讲，"但是四十一年前，那真的是一束月季花。"

他退后几步，敬了个礼，转身离开了。

苏恩齐独自站在办公室。旧病还未缓解，新的痛楚又翻了上来，他大口喘息，宛如一只愤怒的困兽。

时渊花了好几天的时间去学习小提琴。陆听寒主动提出要教他，被时渊拒绝了——他是第一次如此坚定地拒绝陆听寒。理由无他——实在太难听了！听一次，他的尾巴鳞片就要奓一次！爱丽丝给他发了小提琴的演奏曲目，还有演唱会的录像，时渊跟着慢慢练，勉强拉出几个走调的音符。就他这水平，都比陆听寒强了。

他拿着小提琴练习时，陆听寒就在沙发上坐着，一边看书一边听。时渊也是在锯床腿，好在陆听寒音痴，噪音对他毫无影响，相处意外地融洽。时渊对音乐的兴趣，来得快去得也快，和陆听寒不同，他有自知之明，很快就接受了自己完全不是学艺术的料。

他把小提琴收了起来，藏在了次卧的床底，确保陆听寒再也找不到它。

很快，他又对新的东西感兴趣了。时渊翻出了陆听寒的速写本，一张张看过去，突然说："陆听寒，你教我画画好不好？"

陆听寒答应了，当天晚上就开始教时渊。他虽是个音痴，但绘画水平没的说，不算与艺术绝缘。在观测塔的十年中，他常常用速写来打发时间，画了不少深渊风景速写。

他问时渊："你想画什么？"

时渊回答："我想画你！"

初学者不该画人，可时渊就是奔着画陆听寒去的。他画了几天歪歪扭扭的正方体、长方体和球，就趁陆听寒看书时，画了一张惟妙惟肖的陆听寒精美肖像画。

他举着尾巴举着画，来到陆听寒面前邀功请赏："快看！"

陆听寒说："这是什么？一团长了眼睛的意大利面？"

时渊："……"

陆听寒："不会是毛线球里生虫了吧？还是腐烂的海草？"

时渊："……"

陆听寒看着他的脸色，意识到不对："这总不可能是一个……外星人吧？"他揣摩了一下，"挺有创意的，长得根本不像人，有点像特殊感染生物，还是打不过的那种。"

时渊伤心地把画扔了。之后，他老老实实画正方体和长方体。

晚上时渊照例讲一天的见闻，末了他问陆听寒：“‘远眺’计划怎么样了？”

“听数据中心和科学院那边说，快了，马上就能定位宜居星球。”陆听寒回答。

时渊又想起那个火箭模型，说：“你说过，你以前想上太空看一看。”

“嗯，好久之前的事情了。”陆听寒说，“人总是想去看看未知的世界。”

时渊问他：“如果‘远眺’成功了，你会去太空吗？”

陆听寒：“不会。”

“好吧。”

“我们只有一艘飞船了，按照它的容量，装满受精卵和种子之后，最多能再搭乘一到两个人。其他人都不会走，我也肯定会留下来。”陆听寒解释，“也没什么，就当‘远眺’不存在，我继续指挥战斗。它本来也不会改变现状，除了鼓舞士气外，对战争无益。”

“我不是关心这个呀。”时渊说，“那些太复杂啦，我不懂。我只是想让你看一看喜欢的太空。”

陆听寒笑了，摸了摸时渊的脑袋。

时渊：“呼噜呼噜。”

就这样又过了一个月，战况重新紧张，陆听寒伤势痊愈，忙于指挥，陪着时渊的时间又少了。时渊按时上下班，内容仍然是接电话、听邬正青科普宇宙、陪小朋友、学速写、观察陆听寒。直到七月的最后一天，时渊刚走进福利中心，就被激动的邬正青拽住了。

邬正青满面狂喜，磕磕巴巴道：“‘远眺’……‘远眺’要成功了！我等了快四十年，我们要去星空！”

“你怎么知道要成功了呢？”时渊问邬正青。

“我好歹在宇航中心工作了一辈子，”邬正青笑到眼睛都眯起来了，“我有好几个同事、下属，现在就在数据中心工作，是他们告诉我的。”

“原来是这样呀。”时渊回想起，他半个月前问爱丽丝“远眺”的进程，爱丽丝也说快了。

这天的邬正青格外兴奋，拉着时渊讲了很久。

“对了，我还没好好和你讲过航天器呢。”邬正青说，“仅存的航天器叫作‘探求者一号’，现在就在主城的地下。你还记得，我和总工程师谭英光试飞了第一艘护卫舰吗？”

时渊点头。

邬正青：“它达不到超光速，也有许多缺陷，可代表了我们能在宇宙自由穿行。之后我和老谭继续研究，又造出了三艘护卫舰，一艘已经损毁，另一艘带着探测器前往了双旋星系，还有一艘就是‘探求者一号’。它最高能达到亚光速的百分之三十，如果距我们十五光年的星球确定宜居，只需五十年，它就能抵达终点！”

时渊：“哇！”

“是不是很棒！只要……只要两位宇航员还活着，他们就能开启新的文明了，着陆的护卫舰会是他们的第一个家。即使宇航员意外去世，只要有一个机器人还在运作，它就能按照程序唤醒、培育受精卵和种子，它的硬盘里存储了我们所有的语言文字，文化遗产，能教给新生儿们。”邬正青苍老的脸上泛出了红色，“这是个很艰巨的任务，可是，这也是新的希望。”

他抓住时渊的肩，说：“时渊，你今天能留到晚上吗？我想让你看一看星海。”

时渊答应下来，他用手机发信息给陆听寒：“我今天晚点回家哦！”

陆听寒：“有事？”

“我要看星星。”

“和谁看？”

“和邬先生。”

陆听寒：“嗯，早点回来。”

时渊在福利中心吃了晚饭，又回到邬正青的小房间里。房间有个小阁楼。阁楼原本不存在，但天花板有一段是倾斜的，带了个两人宽的小天窗。这也是屋内唯一的窗子，邬正青看中了它，并且当天就决定要得到它。

他是年迈体弱的异变者，也是个动手能力极强的工程师。他把床、柜子、椅子、纸箱子、铁箱子，都叠在了一起，站在上头去够那扇窗——工作人员一进来，就看见这个瘦小老头站在摇摇晃晃的杂物堆上，伸手要去摸天窗，把他们吓了个半死。

此后不论怎么劝怎么拦，邬正青都要去窗前。福利中心的房间都是没窗子的，防止异变者失控时，造成威胁。不少病人因此抱怨过，觉得这就像间大牢房。邬正青的那扇天窗是唯一的例外。当时，福利中心的总负责人是一位温姓女士，也正是她提议了让邬正青长住在此。

工作人员问她怎么办，要不要干脆把邬正青换到没窗子的房间，打消他这个念头。

温女士叹了口气，说：“要不，我们给他修个阁楼吧——我出钱。”

一周后，阁楼就开始动工了。简陋的木板，单薄的支柱，廉价的爬梯。但是邬正青能碰到天窗了。有人问温女士，为什么她那么好心，把身无分文的邬正青留下了，还出钱给他修阁楼。

“呃，也没什么特别原因吧。”温女士说，“就是他让我想起，小时候我爸爸也喜欢拉着我看星空。”

后来温女士辞职了，据说是去了主城，没有人再见过她。而邬正青在此一住便是十六年。

时渊跟着邬正青上了阁楼。阁楼空间非常小，堆满了杂物，像是大小不一的星球模型，落灰的大部头书、笔记本、纸箱子、工具箱和过去宇航中心的海报。而天窗前留了空地，摆了一架天文望远镜。邬正青不止一次和时渊提过要带他看望远镜，结果每次时渊过来，都被他拉着听科普了。这几个月下来，竟然是一次望远镜都没看过。

“来来来！你坐过来。”邬正青招手，“你运气不错，今晚的天气好，夜空晴朗。”

他调整好了望远镜，对准夜空，招呼时渊来看。时渊凑过去，看见了凹凸不平的山脉，它们在微亮的球体上是一道道深影。

邬正青解释："这是卫星山脉。我跟你说过，在其他卫星、行星上也会有我们熟悉的地形地貌。"

"有人去过那里吗？"时渊问。

"大部分的行星和卫星，联盟宇航员都踏足过了。"邬正青说，"当然包括你看到的这个。"

邬正青又调整望远镜。时渊看到了其他的行星，有五彩缤纷的气态巨行星，冰与岩石构成的行星，明亮炽热的荒漠行星，以及满是坑洞、具有古代火山区的小型行星。除此之外，还能看到冰矮星和小行星族。它们有着奇异的光辉。

"可惜看不到彗星和流星。"邬正青坐在他身边说，"我有幸见过两次流星雨，一次是满月，月光下只有最亮的流星才能被看到，一次月光很暗，满天都是爆发的流星，一小时就有一百多颗。"

"那肯定很漂亮。"时渊说。他猜想他作为深渊时，也曾有流星雨出现，只不过他的意识沉在黑雾中，看不到。

"是的，那是你无法想象的漂亮。"邬正青伸手，再次调整望远镜，"你再看这一颗卫星，它是红色的，被行星星环中的铁和有机化合物污染了。而这颗卫星是蓝色的，因为它布满冰粒。"

时渊见过星球模型，也看过天文照片，可是亲眼所见的感觉完全不同。那些星球隔了上千万、上亿公里，是他无法想象的距离。如今，在这简陋的阁楼和狭窄的天窗前，透过这老旧的望远镜，宇宙精彩纷呈。

邬正青兴致勃勃地讲了两个小时。

他说："可惜，用这个望远镜看不到我们搜寻的宜居星球。它们太远了，在另一个行星系统中——就是双旋星系。五十五年前，一艘护卫舰带着探测器去了双旋星系，它的任务是观测星球，放下探测器，寻找宜居星球，也就是我们的'远眺'计划了。"

时候不早了，快到宵禁时间，时渊要回去了。

临走前，邬正青和他说："后天或者大后天，爱丽丝就能完成最后的计算和观测了。结果暂时不会对外公开，但是数据中心会见证我们揭晓星球面纱的那一瞬间，我托关系让人带我进去，你要一起来吗？”

“好啊！”时渊十分乐意，“太好了。”

谁都不知道在“远眺”计划中，他功不可没，有资格见证最后的结果。

邬正青说是两天内有结果，实际上，过了整整半个月，计划才到了最后阶段。那一天，时渊跟着邬正青去了数据中心。那是一座巨大的白色建筑，随处可见忙碌的工作人员，和淡蓝色的全息投影，屏幕上的数据快速闪过。他们去了最中心的半圆形建筑，进入最大的房间，那里有无数张桌椅和电脑排开，正中间悬着超大的全息投影，让时渊想起铁城通信塔的顶层。偌大的房间里人头攒动，不知有多少人聚了过来，难掩兴奋。时渊和邬正青挤不到中间，只能在角落待着，邬正青激动得脸都红了。

“老谭，”他喃喃道，“老谭，我替你见到这一天了。”

屏幕上开始出现画面。多年来，联盟的无人护卫舰驶向双旋星系，同时传回对宇宙的观测。它载着数个探测器，于不久前抵达了双旋星系，但是计算角度、速度，了解每个行星的环境特征，让探测器平安降落在行星上，是个极大的工程——最关键的是，他们没有失败重来的机会。如今，爱丽丝计算出了探测器的着陆路线。护卫舰投下探测器，分别登陆了三个可能宜居的星球。

探测器正在传回画面，来自第一颗行星——双旋座17b。三颗星球皆有极为浓重的云雾，在外太空无法直接观测到地表情况，双旋座17b也是如此。但这代表了它们都有水源。液态水是生命存在的源泉，更何况，双旋座17b的温度适宜，简直是完美的第二家园。

屏幕亮起来了。这是联盟第一次真真切切地看到双旋座17b的地表。所有人不禁屏息凝神——只看见辽阔的海面，广袤的地面，天空中的云雾厚重如墙，是蓝紫色的。地表温度1摄氏度，无有害气体，不远处还有一小片青苔般的植被。光是看上去，就知道是个适宜居住的星球。一片浩荡的欢呼声，所有人都在尖叫。探测器向前，谨慎地朝着那植被去了，准备进行扫描。它与植被保持了相当远的距离，以免意外。随着它的前进，人们看到了新的画面。

那是一幅很奇怪的画面。

“那是什么？”有一人喃喃，“是悬崖吗？怎么那么眼熟啊？”

“不像是悬崖啊。”

“可能就是单纯岩石层的断裂处，可以让探测器再靠近一点。”

“不不不，那不是悬崖！不是悬崖！”有一个人尖叫道，“你们快看感染检测仪！”

探测器的检测仪显示，感染数值高到可怖，几乎爆表。下一秒，那一片青苔般的植被动了，它缓缓伸出触手，像章鱼一样爬走了。这点小小的动静唤醒了整个星球，碎石聚拢在一起，化作鸟群飞走，点点青草从海中浮起，在风中互相追逐、翩翩起舞，紫色云中掠过了阴影，水汽笼罩着庞大如山岳的鱼类怪物，它发出震颤大地的吼声——此情此景陌生又熟悉。

那不是悬崖，那是深渊。

这是一颗被感染了的星球。

第三章 群星之外

联盟再也没对外公开过“远眺”计划的进展。每天有很多人追问“远眺”计划，联盟的官方回答永远都是，爱丽丝还在计算与观测中，尚未有结果。大家都知道宇宙太浩渺了，或许要用几辈子去探寻。大家对“远眺”计划表示了谅解与期待。第一个和时渊聊起这件事的人，是陆听寒。他们上了那废弃的能源塔，并肩望向夜色中的风阳城。

陆听寒说：“你在现场也看到了，双旋座17b被感染了。”

时渊问：“嗯，其他两颗星球呢？”

“也一样，深渊出现在了它们的地表，把所有生物都感染了。”陆听寒倚着栏杆，风吹动了他的黑发，“我们一直以为，深渊是这个星球突然出现的，没想到我们并不是特例，早在我们之前，已有星球被侵占了。现在研究中心的猜测是，深渊像是宇宙中的……旅行者，它们在不断蔓延，不断扩张，这里不是它们的终点站。”

陆听寒笑了笑，继续讲：“很不可思议，人类在宇宙航行需要飞船，研究百年，倾尽全力也达不到超光速。我们从没想过，可能会有这样一种存在，能无视巨大到永恒的距离，穿越群星。我们毕生无法触碰的远星，对它们来讲，只是沿途的停靠点。这个世界是真的……非常奇异啊。”

时渊没说话。他只是抬头看陆听寒，乌黑眼眸中，似有翻涌的情绪。

陆听寒："回想起来，造出第一艘护卫舰的时候，人们的士气高涨，报纸头条上写的全是'征程已经开始，星空是我们新的领土'和'殖民异星，让联盟旗帜飘扬在宇宙中'。生物本能就是繁殖与扩张，物竞天择，欲望永不会消退。我不知道深渊能否被称作一种生物，但它们……应当是最理想化的存在了，污染、无限增殖、前往下一个星系。换作我们，或许会做出同样的事情。"

"不过，"他又说，"在这场较量中，人类输了太多。即使星球真的宜居，如何发射宇航器，如何保证宇航员存活，如何保证新文明能够建立，每一样几乎都是不可能的。再说，'远眺'救不了城市，只是给未来留个念想。和我之前说的那样，就当'远眺'从不存在吧。城市还在，这一场仗还要继续打，我们还没到弃甲曳兵的地步。"

"总要战斗到最后一刻的。"他捏了捏时渊的脸，神色柔和。

时渊闷头不说话。良久后，他抬头看陆听寒："我不明白……深渊究竟来自哪里？它……它应该有个最初的家园吧？"

"我不知道，"陆听寒回答，"只是有个猜想。"

陆听寒微微低头，看着时渊，低声说："你……"

他没说下去。

他笑了一下："它来自群星之外。"

在七十二年前，末世开始之前，宇航中心灯火通明，只要再过上十几年护卫舰就能远航，带领人们飞向星海。这一步之遥，却怎么也迈不过去了。"远眺"已成定局，联盟再也触碰不到星空。而探测器的观测结果，给了研究中心新思路：深渊极有可能自宇宙而来，以一种无法想象的方式蔓延。

"真的很奇特。"关教授说，"它们和我们完全是两个世界的存在。就像二维生物无法理解我们，看不懂我们怎么在'高度'上穿行，我们也理解不了深渊，想象不出它们为何能在宇宙旅行——深渊究竟是什么？是现象，是生物，还是更高级的存在？"

"恐怕定义不了。"陆听寒这么讲，"它们的感染方式和感染生物的畸变规律，我们从未掌握过。"

"也是啊。"关教授摘下老花镜，用外袍擦了擦，"纵观历史，只有'适者生存'这一句话是永恒的真理。我们自诩是最优秀的物种，建立城市，影响环境，有许多生物被自然淘汰，也有许多因我们而消失。现在，没法适应环境的是我们。"

"我……"他的双手垂下，倚着办公台，"我研究了大半辈子的感染，想来不会有结果了。"

"研究上的事情我不懂，"陆听寒说，"但现在不是故事的结局，至少我们都活着。"

关教授沉默着，他把老花镜戴上，突然问："苏上将还会掌权多久？"

陆听寒看着他，什么都没说。在会议室的光下，他的金色肩章耀眼，仿佛利剑的辉芒。

关教授："你不懂研究，我不懂指挥，可我也看得出你远胜于他了。你们两位被誉为联盟的坚盾与利刃，可是现在，坚盾太老旧太温暾了，我们只需要利刃，能够破除死局的利刃。"

他深吸一口气："换作以前，我绝不支持权力集中在一人手上，现在我们没的选。'回声'和'远眺'都失败了，没有一点点的希望。不论研究还是指挥，我们的每一步必须是最优解，我们退无可退了。陆上将，你能不能告诉我，苏上将那边……是个什么意思呢？"

陆听寒回答："无可奉告。"

关教授揉了揉眉骨，轻叹口气："那我先告辞了。陆上将，你也早些休息。"

会议室的灯关了，研究中心只亮着零星的灯光。陆听寒走出研究中心。他打开了手机，上头有几条未读的私人消息。

一小时前。

长尾巴呼噜怪："你怎么还没回来呀？"

长尾巴呼噜怪："你是不是又去指挥了？"

隔了半小时，又是一条消息。

长尾巴呼噜怪："我要睡觉啦！"

陆听寒回复道："今晚不回来了，晚安。"

他在副官与守卫的陪同下走向夜幕深处。

除了内部人员，没人知道"远眺"的结果。时渊照常去上班，周围人没有异常。电话不断，有人一心求死，有人渴望救赎，小朋友见到他还是欢天喜地，一个个往他身上扑。

双旋座17b太远，十五光年的距离，足够他们继续做梦。意外的是，就连知情人都没表现出不同。林叶然曾在数据中心工作，与曾经的同僚常有联系，肯定知道"远眺"。他照常喷人，照常发放购房五元优惠券，照常把时渊评作"优秀员工"。而邬正青竟然也没特别的反应。他仿佛忘记了"远眺"，时渊依旧被他拉着听宇宙的科普。

有一天下班，时渊挣脱小朋友海洋，被王好叫住了。

王好问："对了，邬先生最近怎么样？"

"挺好的。"时渊回答，"他每天都在按时吃药，然后去阁楼看星星。"

"那太好了。"王好露出笑容来，"自从你来了，他再也不乱跑乱走了。我不是和你说过吗？他之前总想找宇航中心，想去铁城，去岳临城，我们一个不留神他就自己跑出去了，还要派人守着他。还好，他很喜欢你。"

时渊想起他第一次见到邬正青是在电梯口，笑眯眯地和他搭话，然后很快被工作人员拽回去了。

时渊继续和邬正青待在阁楼，在狭窄的天窗前，用望远镜眺望星空。邬正青想让他看到一次流星。可惜，流星迟迟不来。

九月的一天，邬正青叫住了时渊。

"时渊，"他神神秘秘地说，"我有个计划需要你的帮助。"

时渊："是什么呢？"

"一个很伟大的计划。"邬正青目光炯炯，"你能保密吗？"

时渊说："当然可以呀。"

邬正青把他带到工作台前。星球模型还在桌上，行星围绕着巨大的恒星。火箭和飞船的设计图没了，它们被塞进了登山包里，满满当当的一大包。除此之外，工具箱、刀具、地图、指南针和压缩食物也都被打包好了。

"您要出去旅行吗？"时渊问。

"是的，我要想办法出城，要去宇航中心。"邬正青指了指图纸，"这些宝贝整天和我这个半死不活的老头子挤在阁楼，实在太寒酸了。它们值得待在该在的地方。"

时渊说："但是，宇航中心都不在了啊。"

"总比这里好。"邬正青说，"这个天窗太小了，看不到我喜欢的东西，所以这座城市太无趣了。"

时渊还想说什么，被邬正青打断了。邬正青看着他："这些图纸都有扫描件，但是原稿是最珍贵的，我一定要带走。时渊，你就说愿不愿意帮我忙吧，一句话的事情。"

"您要我做什么呢？"时渊问。

"帮我离开福利中心，把我带到城墙下。"邬正青咳嗽了两声，"然后，我自有办法出城。"

时渊犹豫了："邬先生，我不知道我该不该这么做……"

"你有没有过非常想得到一个东西？"邬正青反问他，"不论付出什么都要找到它。宇航中心对我来讲，就是这样的存在。"

时渊想到陆听寒。他那么害怕人类，还是为了寻找陆听寒来到城市中。而邬正青要往荒原去，和他是一样的。

邬正青看向他，苍老的眼底已然浑浊，问："所以你帮不帮我？我五天之内就要走。"

"好。"时渊说，"我帮你。"

邬正青的计划实际很简单。第一步，时渊帮他吸引住门口工作人员的注意力，他趁机跑出去。第二步，弄来一个轮椅。四号高塔的门卫系统登记了他的身份信息，他一旦偷偷离开高塔，就会通知到福利中心，这也是为什么他之前的逃跑都失败了。

“为什么是轮椅？”时渊困惑地弯起尾巴。

“因为我老了，背着那么重的东西跑不动。看你这小身板估计也不太行。”邬正青解释说，“我看咱们这的轮椅不错，又大又宽敞。我带着行李坐上去，你就可以推着我逃跑了。放心，我不是什么大人物，不会惊动巡逻队，我们只要躲开高塔的守卫就好。整件事情不会太难。”

轮椅的事情很好解决。邬正青向福利中心申请，说自己腿脚不好，两天后，时渊就推回了一辆轮椅。那轮椅果然不错，那么大一个登山包，都能塞进座位下的储物层。据邬正青说，轮椅是福利中心最福利的东西了。

9月7号，到了实施计划之日。时渊和福利中心门口的工作人员搭话，借口问他们工资的事——两位人员连连摇头，都说他时薪两块钱太少了。邬正青趁这当口，带着登山包，滚着轮椅出了大门，顺利地下了电梯。时渊又去一楼找他，推着他的轮椅出了大门，到了街上。

“快跑，跑起来！”邬正青低声喊道，“他们肯定通知福利中心了！”

时渊回头，看到高塔门口的守卫摁住耳麦，是十五楼的工作人员在通知他们。守卫开始左顾右盼，视线落在他们两人身上，顿时凝住。

“快跑啊！”邬正青喊。

时渊推着轮椅跑了起来！街上没什么人，轮椅压过不平的地面，嘎达嘎达作响。几人的脚步声紧随其后，高喊“站住！”“别跑了！”，时渊跑得从没那么快过，听邬正青的指挥，在街巷七拐八拐。

“停下！”邬正青低喊，“就在这里停下，不要出声。”

时渊在这个角落停下来，微微喘着气。附近有几声脚步向前跑去了，其中有个人停了下来，在离他们一墙之隔的地方，狐疑地看来看去。他们两人大气都不肯出。漫长的三分钟过去，脚步声再次响起。那人往前走了。

等到那人彻底走远，时渊和邬正青松了口气。两人的鬓角都汗湿了，一个是跑的，一个是紧张的，他们对视一眼，笑了起来。

“怎么样！”邬正青笑道，“我就说，他们肯定想不到咱们这么走！”

“您懂的真多啊。”时渊也笑，“一下子就逃出来了。”

“没有你我做不到。”邬正青说，“你刚刚看到他们的表情了吗？太精彩了！”

两个人大笑起来。

在清风中，邬正青越笑越大声，笑到浑身都在抖。在这个城市小小的角落，上演了一场简单粗暴，但是成功的逃亡。住在高塔顶端的老人逃走了，带着一包宇宙的梦。

“好啦！”邬正青擦掉笑出来的眼泪，“我们赶快走吧，趁着天还没黑。”

于是，时渊推着行李往城墙走去。路途不远，半小时后，他们离城墙的岗站只有一个路口了。邬正青撑着轮椅扶手，艰难地站起身，又在时渊的帮助下背上登山包。

时渊问：“您怎么出城呢？”

“放心，我还是有那么一点点人脉的。”邬正青拍拍他的肩，“总有办法。你早点回去吧，别人问起这件事，你说不知道不清楚就好，只要咬死这一点，没人能怪到你头上。”

时渊答应下来。

邬正青走了几步，突然又回头，从登山包外侧的格子里掏出一个小本子：“这个给你，当作离别礼物。”

“谢谢。”时渊接过，“邬先生，再见。”

邬正青挥手：“再见。希望有一天，你能和爱的人一起看到流星。”

背包太重，他蹒跚着走向城墙下。时渊不知道，邬正青到底出城了没有。但是他再也没见过邬正青，他推测，他已如愿踏上了荒原。

福利中心走廊尽头的房间空了，那些精致的海报、行星模型，最后都给了时渊。

“你都拿走吧。”王妤有些疲惫地道，“反正邬先生最喜欢你了。”

又有一个异变者要打针了，她匆匆离开。

没有人追问是谁帮着邬正青逃出去了。大家心知肚明，心照不宣。时渊拿了个大号纸箱子把邬正青的东西都装走了，包括天文望远镜。

回家的电车上，他打开邬正青送他的小本子。里头有一张宇航中心全体人员的合照，还有简笔画的火箭、空间站和流星，是八岁的邬正青画的。再之后的每一页都是他裁剪下的宇宙照片，从千姿百态的行星到扭曲神秘的黑洞，精挑细选，五彩斑斓，美到了极致。

到家之后，时渊把望远镜放在客厅，对着窗外。

他不太会调节角度和焦距，只能勉强看到最大的几颗行星与卫星。他在找流星，和邬正青的飞船。夜空茫茫，他还没看到过它们。

第二天早上，陆听寒把他送到了四号高塔，临告别前又问："今晚有空吗？出去散步。"

时渊："好呀。"

"晚上八点？"

时渊："我不会忘的！"

时渊在八楼接了一上午的电话，林叶然端着水杯路过办公室，探头进来说："时渊，有人在一楼大堂等着见你。"

"见我？"时渊很意外。

"是啊，一个男人，二十多岁的样子。"林叶然说，"你要见就快去见，给你十五分钟，讲完话就回来，不然我要扣你奖金了。"

时渊去了大堂，左顾右盼找人。隔了老半天，才看到有人犹犹豫豫地从柱子背后绕出来了，是夏舫。时渊睁大了眼睛。

一年多没见，夏舫瘦了不少，一头黄毛没了，变成了极短的板寸头。他的眼神闪烁，迟疑道："时……时渊，我出来了。我这几周到处打听你的消息，问了很多人才找到这里。我想着……我想着见一见你。"他几乎是手足无措，"我……我不知道，你今天中午有时间聊一聊吗？"

"有的。"时渊回答，"我有午休时间。"

夏舫在高峰期跟着蒋华池私自出城，又盗窃了剧团的钱财，在监狱待了快两年——现在人手短缺，大多数罪犯的刑期都极短，他才那么快被放出来了，现在在能源塔当搬运工。午休时，时渊和夏舫找了路边长椅，两人肩并肩坐着。他们在食物分配处拿到了茄汁黄豆罐头，就着米饭吃。

夏舫吃了几口就停下了，问时渊："沃尔夫冈他们怎么样了？"

时渊告诉他："沃尔夫冈当兵去了，还在打仗。程游文和秦落落在主城工作，过得还不错。"

"哦哦。"夏舫在裤子上擦了擦手，又走神了几秒，"我在监狱里收到了你的信。我真的在那时候才知道，伊莎贝拉已经不在了，那笔钱是给特蕾西的。我……"他一时语塞，良久后低声道，"我不知道该说什么了，特蕾西是不是因为我拿走了钱，才……"

时渊："不是的，她的年龄还不够手术。"

"原来如此……原来如此……"夏舫的脸色没有好看半分，"我真想最后见她一面，我很想她。她的坟墓在拾穗城，我再也去不了了。"他又走神了一会儿，小心问，"拾穗城没了之后，其他人……有再提到过我吗？他们说了什么？"

时渊想了想："没有，他们没有再提到过你。"

夏舫露出很奇异的神色，像是失落、难过、不解……五味杂陈，难以言喻。他最终说："我现在有了新工作，我会想办法还上这笔钱的。到时候如果你们还要，就拿走它；如果不要了，我就把它捐出去，可能捐个福利中心或者孤儿院。"

时渊问他："那你的母亲呢？她怎么样了，不着急用钱了吗？"

"哦，"夏舫飞快答道，"我还在监狱里的时候，她就去世了。那笔钱没能救她。"他看了看时间，时渊的午休时间快结束了，于是说，"你回去工作吧，别耽误事了，以后要是有机会……我们再联系。"

"好吧。"时渊把最后一口黄豆吃完，站起身，"那我先回去啦。"

他走了几步，又听到夏舫在他背后说："如果下辈子有机会，我还希望和你们一起演舞台剧，演《殉道者》。"他苦笑了一下，"虽然你们肯定不愿意了。"

夏舫起身收拾好罐头垃圾，转身消失在人群中。时渊踩着点回到了四号高塔。林叶然狐疑地打量他，反复确认时间，最终没扣他的奖金。

晚上，时渊下班回家。很快他收到了陆听寒的短信：“下来吧。”

他飞奔着下楼，上了陆听寒的车，满意地要到了摸头。

他问：“我们要去哪里散步？”

陆听寒回答：“城墙上。”

他们又去到城墙上。夜空澄澈，战士们在城墙边挂上灯笼状的灯，一圈圈毛茸茸的暖光照亮夜色，而水母在极远处的天空中飘浮。它们还没有回家。时渊出神地看着水母，想到了铁城。

陆听寒喊：“时渊，过来。”

他们就这样走在微凉的夜风中。

“怎么突然来这里散步？”时渊问。

“因为想和你聊聊天。”陆听寒开口说，“以前和你说过我的家庭。虞轻眉生下我只是为了尽到繁衍的责任，而陆淮本来就不想要孩子，铁城事务繁忙，一年到头我们都见不了几次。我对他的了解，更多来自别人的口中，比如广播多次赞美他的功绩，报纸也刊登过他的事迹，我认识的那些后勤员、军校生，偶然也会提起风光的‘陆淮上校’。‘上校’这个军衔，对小时候的我来讲比天都要遥远，‘科学院副院士’就更陌生了。从功绩与奉献来讲，我是非常佩服他们的。小时候的我站在能源塔上，眺望荒原和城市，看北城区风起时的零星灯火，想着有一天我也要和他们一样，扬名立万。”

时渊说：“你已经做到了啊，每个人都知道你的名字。”

“这是后来的事情了。”陆听寒解释，“对于当时的我来说，这是不可思议的。光是陆淮的一串功绩摆出来都能唬住一大片人。我对陆淮的感情，更多是对一位上校的佩服。不过，有一次陆淮带我出城了，教我解剖变异蜥蜴。这件事情……让我对他有了点改观。”

时渊专心听着。

陆听寒：“他亲自带队去城外，我上了他的车，和他一起坐在后座。到了地方车队就开始围猎蜥蜴群，配合上飞行器的空中支援，很快蜥蜴群就被击溃了。接下来我们要在原地等上八小时，然后继续追猎下一个族群。就在这八小时里，他问我，想不想解剖一只蜥蜴来看看。我说好，他就让人拿来了完整的蜥蜴尸体，放在车边的蓝塑料布上，拿着刀教我解剖。”

陆听寒的目光看向城外，似乎穿过了十余年的岁月，回忆起了那一刻：“说是‘解剖’，实际上他拿的是军刀，远没有真正解剖的细腻。但是对一个孩子来说，已经足够了，他一边切开皮肤和肌肉，一边给我讲解它是怎么变异出信息素的，整个族群又是如何协调行动的。他说得非常专业，还结合了过去十几年的作战经验，这是我在家学不到的东西，我专心听，心想他不愧是上校，我离这种人距离还太远了。”

时渊：“噢……”

他在想象幼崽版的陆听寒，和父亲一起蹲在蜥蜴尸体前专心研究。

“但是，在那一次行动结束后，车队开始返程。回去的路很漫长，我还是和他坐在后座，从后视镜看到，他一次次打量我，看向我，似乎是在揣测我的神情。明明刚才他面对感染群时谈笑风生，那么胸有成竹，现在看着我，反而犹豫不决了，甚至是紧张。”

时渊有些困惑：“为什么要紧张呢？他有跟你讲什么吗？”

陆听寒回答：“我就悄悄留意后视镜，看到他犹豫好几次后，咳嗽了一声，装出毫不在意的样子问我‘对了，你平时在家里都做什么？有没有什么地方要爸爸帮忙？’我回答他说，我最近都和军校生待在一起，跟着学他们的课程，课程挺简单，没有需要他帮忙的地方。他就‘哦’了一声，一路沉默回到了城里，临道别时他又拿出了五百块钱，硬是要往我手里塞，说拿这个去买你喜欢的东西吧，想买什么都可以，零食可以，杂志也可以，记得不要告诉你妈。”

“直到那个时候我才反应过来，他的紧张和犹豫，是因为他根本不知道该和我说什么。他不懂怎么维系父子间的情感，不知道孩子平时在做什么在想什么，除了解剖怪物，只能干巴巴地拿出五百块，让他的儿子当零花钱去用。”陆听寒淡淡说，“可以说，这五百块钱打破了我对他的幻想，提醒了我，原来我们还有父子这一层关系。在那个瞬间，他在我眼里，从值得敬佩的上校，变回了一个根本不够格的父亲。在那个瞬间我是有点恨他的，恨他变得平凡。”

他们在城墙的一处哨岗停下脚步。

陆听寒坐下来，拿出了一支烟，问时渊：“介意吗？”

时渊摇头。

陆听寒掏出打火机点燃了它，夹在指间。他看向城墙外的水母群，继续说：“我拒绝了那五百块。自那之后，我再也没觉得陆准离我遥远了，因为他在外人面前风光无限，在我面前只是个普通人。”他笑了下，“普通人是怎么样的呢？是个失职的父亲和丈夫，会犹豫会心虚会愧疚，会小心翼翼地讨好忽视了多年的孩子，会在被拒绝后手足无措。后来我发现所有人都是这样，父母、长辈、老师……越是长大，越意识到他们的平凡之处，他们有的善妒、有的傲慢、有的墨守成规。我看到他们的缺点和弱点，他们也就从‘神坛’走下来了，剥去光环，变得平庸。后来我再站在能源塔上，想着，我总有一天要超越他们，和他们不同，我绝不要这一份平庸。”

陆听寒揉了揉时渊的脑袋：“之后就是你知道的故事了，我成为上将，每个人都知道我的名字。然后我遇见了你，我意识到我是一个没勇气道别、安逸于假象的人。我最终也和他们一样了。”

“啊，”时渊有点蒙，“对不起……”

“不是你的错，绝对不是你的错。”陆听寒说，“归根结底，我只是个普通人而已。在我恨着陆准，发誓要胜过所有人的时候，我早也有了我的平凡。”

远方起了雾，高林外的鹿缓缓步出，身姿优雅。

陆听寒看向那诡异的感染生物，说：“我从没和其他人说过，它就是陆准，又或者说它的一部分是陆准。我第一次看到它的时候就知道了。”

不论他怎么想否认，血脉里的东西都是共通的。他们同样天赋傲然，同样不喜欢表达情绪，可就这一眼，陆听寒认出了他，或许这就是父子。

时渊想了想：“可是，在我看来，你从来都不是什么完美的上将呀。”

时渊又说：“你特别特别好，会解开死结，带我去逛街，请我吃好吃的牛肉面，会陪我练习台词和看我演出。你还会假扮成陆婷婷，和我讲豪华家族史，教我打牌和画画，然后……还挺音痴和没素质。”他看着陆听寒，尾巴尖欢快摇曳，“我不知道什么是‘普通人’，也不在乎什么光环啊平庸啊，你一直都是你。”

是那个陪伴了他十年的人，将他从漫长的黑梦中唤醒。在时渊眼中，陆听寒同样神勇非凡，可他也知道陆听寒的另外一面。他人看陆听寒高高在上，时渊看到他，只会想这是陆听寒，喜欢摸他头的陆听寒。仅此而已。

远处荒原上，高林外的鹿漫步于白雾中，水母飘浮着起舞，它们渐渐消失在雾气中。

陆听寒笑了，良久后说：“是啊，在你面前我从来不是上将。”手中的烟燃完一半了，他摁灭了它，笑道，“这是世界上最好的事情了。”

“对吧，这是最好的事情！”时渊扭头，看着他笑了。

他们回到车上。黑车无声地前进，陆听寒说：“我还想讲一句话，有时候，普通人是会身不由己的。”

“什么身不由己？”时渊问。

陆听寒没回答。

此后的一个月，形势越发紧张。10月16日，主城战况危急，苏良上校身处的前哨站被感染群包围。

“调动附近所有小队进行支援！”苏恩齐大步走向指挥室，“前哨站不能丢，绝对不能丢！”

指挥室的军官们默不作声。有一位少将缓缓说：“苏上将，恐怕这个局势不利于救援，我们要付出的太多了。我们已经……不能付出那么多了。”

苏恩齐扫视他们，目光如刀：“我有我的判断，我说了调动附近所有小队进行支援！你们没听到吗，愣着做什么？快去！”

依旧是一片沉默，军官们立在原地。

苏恩齐突然意识到了什么：“你们怎么……”

话语卡在嘴边，一股寒意爬上了脊椎，他站定脚步，直觉般向前看去。

灯光明亮，陆听寒站在指挥室的正中间，一身黑军装笔挺，五星肩章闪耀，沉默地看着他。

半小时之前，屏幕上，大量红点正在接近哨站。3号深渊的感染群来势汹汹，它们的特征是“白骨化”，放眼望去，荒原上是无数扭曲前行的骨架，千奇百怪，有大有小，虫型骨骼穿行于泥尘，五六尺高的犬类白骨成群袭来。枪支炮弹把它们打碎了，而碎骨又重聚在一起，重生为新的怪物。

“上校……我们可能撑不住了。”副官说道，“弹药快没了，更多感染生物在接近，空中支援对它们几乎没有压制力，它们已跨过了雷区。”

苏良看着远方的怪物潮，枪口喷吐火舌，飞行器投下炸弹，挡不住前进的怪物。他冷静地下达命令，将第三小队和第四小队调往第一线，替换掉早已疲惫的第一小队战士，同时跟进点防御与空袭的配合。

等新的防线调整好了，苏良说：“没必要申请支援，要救我们，死掉的人只会更多。传我的命令下去，坚守防线，死战到底，若有逃兵就由我亲手解决。”

副官问：“需要请示苏上将吗？”

“不需要。”苏良说，“这是我的命令。”

死令传达下去了，没有逃兵没有临阵畏缩者，只有更猛烈的枪火声。

十五分钟过后，副官再次报告：“苏上校，上将与您联系。”

苏良接通了通信，在全息影像中向苏恩齐敬礼：“上将，您有什么指令？”

苏恩齐的嗓音压抑着怒火：“战况如此，你为什么不申请支援？”

“我做出了自己的判断，支援是得不偿失的。我已下达了死令，让兄弟们血战到底。”苏良说，“无人有反对意见。”

“你有得到我的首肯吗？”

苏良回答：“没有。我愿意承担一切责任。”

苏恩齐的胸膛剧烈起伏着：“你死了还能承担什么？我命令你们立刻做好撤离准备，我会向前哨站派遣支援部队。”

苏良说：“恕难从命。”

“你敢违令？”苏恩齐浑浊的眼中怒火燃烧，“苏良上校你的军纪军规何在？联盟只需要服从命令的士兵，你将荣辱置于何地！你……”

他的话语戛然而止。

苏良把上校肩章扯了下来，当着他的面丢在地上，说：“我已违背军人的天职，配不上这个肩章。我现在不过是个守着哨站的普通人，恰好懂一点战略，会一些刀枪，还有几个愿意同生共死的兄弟。”

苏恩齐的手气得发抖：“好好好，很好，翅膀硬了啊。臭小子你给我等着，我让你见识什么是真正的军法。”

他正要切断通信，派遣支援，就听见苏良喊了一句：“爸。”

苏恩齐有三十年没听到这称呼了，顿时停住。

苏良看着他说：“爸，这些年我一直在想个问题，您到底是怎么看我的？”

苏恩齐：“这种时候你说什么废话。”

苏良笑了笑：“与您关系近的晚辈就只有三个，我、蒋华池和陆听寒。蒋华池是您的旧友之子，每次惹了事都是您来给他擦屁股，却舍不得说一句重话，大概是因为他长得像他父亲蒋若。我至今记得，蒋华池小时候拿烟头去烫钟少尉的爱犬，烫了六个疤，您知道以后就看着他叹气，也没说什么，亲自上门给钟少尉道了歉，这事情才就此揭过。他本质是个坏胚，靠着您的溺爱，小时候偷鸡摸狗，长大后杀人越货。我每每想起他，都会觉得，故人不可追，所以他是您最无法割舍的软肋。”

不等苏恩齐开口，苏良又说：“至于陆听寒，您破例收了他做学生，因为他去当深渊监视者而勃然大怒，等他回来时，却又力排众议，提携着他往上爬，直到与您并肩而战。我很羡慕陆听寒，羡慕他的天赋，羡慕您对他的赏识和偏爱。您因为监视者一事而猜疑他，可我知道，他依旧是您无可取代的战友，是您……毕生的骄傲。”

苏恩齐：“你到底要说什么？”

苏良站得笔直：“他们一个是软肋，一个是骄傲，只有我什么都不是。您很早就让我参军去了，我在荒原待了几个月回家，数次生死一线，您也从不曾多问我几句。到后来，我们好几年都没有一场坦诚的对话，就是两个陌生人。”

苏恩齐缓缓吐出一口浊气，“苏良，现在不是说这个的时候，你等我……”

苏良打断他：“我没办法和蒋华池一样无法无天，引来您的溺爱和关注；我也没办法和陆听寒一样耀眼，我已是上校，光芒还是被他全部掩盖了，有月亮的时候谁还会注意星星呢？我不上不下地平庸着，就在想，我这一生中会不会有那么一刻能让您正眼相看。”

他笑了下：“现在是时候了。”

“苏良你是在和我赌气吗？就为了这个？”苏恩齐的语速加快了，“我再说一次，我命令你们立刻做好撤离准备！”

“怎么可能会是赌气？”苏良反问，“我从小到大有任性过吗？我又不是那两个人，我只是您不怎么起眼的儿子。”他深吸一口气，向苏恩齐敬礼，“希望在这最后一刻，我既是您的软肋，也是您的骄傲。”

通信切断了，任凭苏恩齐再怎么联系，哨站再没有回应。他猛地起身，一脚踹翻了桌子！文件散落一地，“咔嚓”一声，桌面的相框摔了个粉碎。在碎玻璃中是三张破裂的笑脸：年轻时的苏恩齐，抱花的女人和她怀中的婴孩。苏恩齐盯着照片，额前青筋暴起，朝屋外快步走去——他想，去他的软肋和骄傲，我还没分清月季和玫瑰。

第四章 让权

到了指挥室，苏恩齐厉声命令："调动附近所有小队进行支援！前哨站不能丢，绝对不能丢！"

回答他的只有一片沉默。任凭他如何催促，无人动作。再抬眼看去，陆听寒站在指挥室正中，无声地看着他。那个跟在他身后聆听教诲的少年长大了，独当一面，肩担未来。他早就比他高了，肩膀宽阔，腰背笔挺，下达命令时分外果决，不知从何时开始，人们信他胜过一切。

苏恩齐看着陆听寒一路走来，看见他眼中燃烧的火。当陆听寒站在光中，在军官们的簇拥下看向他时，苏恩齐却惊异地发现，他像是不认识陆听寒了。他的学生、他的战友、他的骄傲，有着最熟悉也最陌生的面孔，离他很远。

"这是什么意思？"苏恩齐缓缓说，"陆上将，您能给我解答一下吗？"

陆听寒神色不动："苏上将，我接到了医生通知，您身体抱恙，恐怕需要休息一段时间。"

苏恩齐一字一顿："我还没死呢，指挥权还在我的手上。我们相识一场，不妨敞开天窗说亮话，别给我打这些官腔。"

陆听寒颔首道：“也是。那我就直说了，我与柴永宁主席都认为，您到了该退休的时候。”

副官在苏恩齐面前递上一张纸。

陆听寒继续说：“柴永宁主席已经签字批准，您只需要在退伍申请书上签字，就能好好养病了。”

苏恩齐把申请书撕碎了：“反了你了。拦着我下令救前哨站，你什么意思？居心何在？这签名什么都不是，别以为我看不出来那个姓柴的老东西是你的傀儡。”

他的手一扬，碎纸纷纷落下。

陆听寒：“您真的觉得，我们应该救哨站吗？”

“不然呢？”苏恩齐反问，“哨站对城市的意义之大，还用我告诉你吗？陆上将，只要这次主城及时派兵，救下哨站，我可以对你这次的行为不予追究。”

陆听寒又问了一次：“您真的觉得该救哨站吗？”他看着苏恩齐，“该如何放弃，不是您亲自教我的吗？”

“什么意思？”

“我第一次在模拟训练中战败，是因为我不肯舍弃一支队伍。”陆听寒淡淡说，“您还记得吗？”

这是陆听寒第二次提起这事，上次提起，还是在岩蛇那会儿。苏恩齐此前没想起来，而这次在盛怒之中，脑海里电光石火般掠过了那段过去——那时陆听寒十二岁，刚跟着他学指挥。陆听寒天赋异禀，前几次用光脑进行的模拟作战通通胜利了，跟老道的军官相比，成绩也能算中上游，颇有自己的闪光点。军方大为赞叹，直呼他是天才，就连一向苛刻的苏恩齐都没法吝啬赞美。

头几次的胜利后，陆听寒迎来了第一次败北。在“模拟训练27”中，陆听寒迎战7号深渊的感染潮，那些巨大化后遮天蔽日的怪物涌向哨站，涌向城市。在模拟的前两个小时，陆听寒做得无可挑剔，一次次阻拦了攻势。而在第三个小时，陆听寒为了保护前哨站的一支部队，调用城市的大多兵力进行支援，付出的代价是惨烈的：前哨站的战士存活不到一半，支援部队死伤惨重，最终战局无力回天。摘下光脑，陆听寒面无表情。少年远没有日后的沉稳，初尝战败的酸楚，怎么也没法释怀。

苏恩齐目睹了全程，站在他身后问："陆听寒，你知道你为什么输了吗？"

陆听寒回答："打得不够好。"

"哪里不够好？"

"支援时，陆空垂直包围应该做得更好，协同方面有问题……"陆听寒讲了很多，一五一十把没做好的地方列出来。

苏恩齐耐心听完了，背着手说："错了。"

"哪里错了？"陆听寒抬头看他。

"从一开始就错了。"苏恩齐指着全息屏幕上定格的战术画面，"你战败是因为不肯放任那一支队伍去死，总想着十全十美，拯救所有人。"

陆听寒："只要做得更好，我能救下他们的。"

"或许有千万分之一的概率你能做到。"苏恩齐说，"可是你能赌吗？现实不是模拟战斗，不可能重来，你要为你的每一次选择负责。"

陆听寒微微抿唇，不大信服的样子。

苏恩齐哈哈一笑："不信？那就再来一次吧！"

之后的一整天陆听寒又试了两次。每次他都试图拯救哨站，每次都失败了，总是差那么一点点。

他说："我就差一点了。"

"什么事情不是差一点呢？"苏恩齐问他，"联盟差一点步入太空时代，城市差一点不会沦陷，那些人差一点不会死掉。做不到就是做不到，我们是指挥官，不是神。"

陆听寒："可是……"

"你心软了。"苏恩齐说，"陆听寒，你心软了，忘记了我们之所以能走到今天，靠的是无数人壮士断腕的勇气。"他把手搭在陆听寒的肩上，"生命无价且可贵，可在这个时代下，至少战士们都要有一颗视死如归的心。不要畏惧死亡，不要回避死亡，必要的时候，我们都可以是被牺牲的代价。”

少年抬头看他。

苏恩齐看着他灰蓝色的眼眸，眼尾笑出了褶皱：“你还太小啦，不懂这些。”他指了指自己的心口，那里有雪见花的标志，“记得那句话吗？‘愿联盟的荣光长存。’现在再来一次吧，别再心软了。”

少年重新戴上光脑，感染生物咆哮，前哨站被黑暗狂流淹没，而城市终归迎来光明。

时隔近二十年，阴差阳错般，模拟作战的场景在现实重现，角色却颠倒了。陆听寒站在苏恩齐的面前，看着他说：“您心软了。”

苏恩齐哑口无言。

陆听寒：“这不是第一次。这几年来您的每一次失误都是因为不够果决——想救所有人，却牺牲了更多。”他顿了一下，“就像是曾经的我一样，可是这些，明明是您教会我的。”

良久之后，苏恩齐才缓缓讲，“我只是做出了，我认为正确的选择。你不明白，人的年纪越大，见的生死越多了，就越是会心软。以前的我和你一样，无坚不摧，不会改变自己的抉择。”在这种时候，他竟然扯着嘴角笑了笑，“在上次高峰期来临时，人手不够，我下令让孩子参与生产线，甚至包括高危的生产。当时有个孩子死了，报纸刊登了这一则消息，不少人把我骂得狗血淋头，可我没有后悔，认为这是必要的牺牲。”

陆听寒沉默。

“高峰期结束后童工法案就取消了。”苏恩齐说，“后来啊，我就老了，不知道怎么总是做梦，梦到那个孩子，还有他母亲的哭声。他们萦绕在我的梦里，纠缠着我，不肯离去。我曾干过不少这样的事，比如牺牲一支支队伍，或者送自己的儿子上前线。我后悔了，我通通后悔了，在这个没有希望的时代，能多活一天就是一天，其他东西都没有意义。我要救的是眼前的人。”他深吸一口气，看向陆听寒，“我要派兵支援前哨站。或许就差那么一点，那么一点点，所有人都能活下来。”

依旧没人听他的命令。屋内鸦雀无声，所有人都在等陆听寒的反应。

苏恩齐难压怒火："陆听寒我栽培你那么多年，在你执意去当监视者的时候，还力排众议让你继续指挥，才让你站在了这个位置。我把你当此生的骄傲，你就是这么回报我的？"

"师恩难忘。"陆听寒说，"但我也有要坚持的东西。您明白的，您肯定也明白的，到底该不该救人。"

苏恩齐张了张嘴，什么都没说出口。环顾四周，军官不为所动，一张张面孔皆有着冷硬的线条。他们的立场很明确，他们舍弃了年迈又心软的老上将。他在指挥室待了四十年，也呼风唤雨指点江山了四十年，第一次如此无力，终于确切地意识到：没有人会再听他的话了。

所有人都在往前，陆听寒是，苏良也是，把他抛在原地，留在让他心软的回忆中。这一瞬间他摇摇欲坠，像是苍老了十岁。分针一点点向前，前哨站快要撑不住了。

苏恩齐终归服软了，低声说："陆听寒，陆上将，派兵去支援他们吧，救下他们。城市需要哨站，他……他是我唯一的孩子。"

陆听寒："您知道我的决定的。"他顿了一下，"您也知道苏良上校的选择。早在您联系哨站前，他与哨站的战士们已向我表达了敢死的意愿，而我给予了首肯。他是一位值得敬佩的战士，他们都是，我们不该让他们蒙羞。如果是我，我也会做出同样的选择。"

苏恩齐几乎站立不稳，用手扶住桌面。"重锤"落下那日，他就明白陆听寒的决绝。可正如陆听寒与苏良一样甘愿赴死……他想告诉陆听寒，今日若换作你在哨站，我也会不惜一切去拯救的啊——但当他抬头看向陆听寒，两人对视，刹那间苏恩齐明白了，毋需多言，陆听寒知道这一点，他什么都知道。二十年师生，有什么真能瞒得过彼此？

苏恩齐以谁都听不见的声音说："我还没见过玫瑰……怎么就……"

陆听寒使了个眼色："带苏上将去休息。"

有人上前搀扶苏恩齐，却被他一手甩开了。

"我自己能走。"苏恩齐哑声道，"……给我退伍申请书。反正没有人会听从我了，没意思，留着没意思，不如最后给我个体面让我告别。”

陆听寒：“好。”

一张新的申请书摆在他面前，柴永宁已经签字，剩下空缺的一角留给他。苏恩齐拿起钢笔，刚要落下，突然抬头死死看着陆听寒：“陆听寒，你当过监视者，我对你没办法百分百信任。我——我要你发誓，我要你以你的一切发誓，你永远站在人类这一边！”

“不用发誓。”陆听寒说，“一贯如此。”

苏恩齐长吁一口气，不知回忆起什么，神情竟是温和了，“我第一次见到你的时候，你还只有那么一点高，缠着我让我教你打仗，怎么一下子就长大了呢。”

陆听寒轻声道：“时间过得太快，我们都希望它能慢一些。”

“是啊，要是能回到从前就好了。”苏恩齐说，“如果时光能倒流，城市还在，那些人也还在，苏良没去前线，蒋华池什么都还没做，你跟在我身后再喊我一次苏老师。”

他闭了闭眼睛，颤抖着手，最后一次签下了名字。

他说：“愿联盟的荣光长存。”

陆听寒说：“愿人类的荣光长存。”

主城守下来了。前哨站全军覆没，但是主城守下来了。

时渊在广播中听到了陆听寒的功绩。他们说，苏恩齐身体抱恙，暂时将指挥权交给陆听寒，而陆听寒一如既往打了漂亮的一仗；他们说，这场战争之后，经过柴永宁首肯，苏恩齐退位了，将所有指挥权交给了他的学生。

兵权的变动，是一等一的大事。一时之间，街头巷尾都在讨论这件事。

时渊在食物分配处吃罐头，身边的每一桌人也在聊天。有人兴高采烈，说陆听寒终于独揽大权，能专心打仗了；有人忧心忡忡，说独裁永远不是好事，更何况他曾是深渊监视者；有人无所谓，觉得谁指挥都没区别，不如关心一下为什么这个罐头里有沙子。

时渊没吃到沙子，不过他还听到了一些……细碎的流言。

“你知道吗，”中年男人边吃脱水蔬菜边说，“苏恩齐那么倔强又顽固的一个人，怎么会主动让贤呢？要我说，就是陆听寒逼着他退位的。”

“这不太可能吧！”友人惊异道，“他们可是师生。”

“你信我，我听到的故事就是这样。”男人信誓旦旦，“啧啧啧，这是师生反目的戏码啊，为了权力为了独裁。”

友人还是怀疑：“你不记得岩蛇那时候的事情了吗？我不觉得，一个愿意牺牲自己做诱饵的军官，会单纯为了权力这么做。”

“信不信由你！”男人低头扒拉了几口蔬菜，“我也就是听到了八卦。这种级别的事儿，我们怎么可能知道内幕呢？但是啊在我看来，苏恩齐绝不会服老，这事情绝对有猫腻。”

不单是他们，还有其他人这么讲。他们怀疑，是陆听寒逼着苏恩齐下台的。不过流言终归是流言，很快随风消散。再怎么说，主城暂时安全了。

陆听寒一直留在主城，时渊有整整半个月没见到他，每天都给他发一堆消息，讲些鸡毛蒜皮的小事。陆听寒有空就给他一一回复。有几天晚上，陆听寒可以视频。每回都是深夜了，时渊坐在床上，裹着被子盘起尾巴，兴高采烈的。

时渊说：“陆听寒，福利中心又来了两个小朋友，也很喜欢我，我走到哪里他们就跟去哪里。我每天都没办法按时下班，要花个十几分钟挣脱他们。”

“呃，他们应该给你半小时的加班费。”

“要不要都无所谓，”时渊说，“反正半小时就一块钱。”

陆听寒：“……”

时渊又说：“今天食物分配处有脱水蔬菜吃，大家都吃得很开心。”

陆听寒：“你知道我们家的冰箱里有新鲜蔬菜吧？”

“知道啊，”时渊想了想，“可是我午休时间得就近吃。”

“我可以派人给你送做好的。”陆听寒说，“让后勤员去。”

“会不会麻烦别人呀？”

“不会，按照联盟后勤部的规定，这是他们的职责，尤其是高级军官及家人。”

“还是算了，我不是很在意吃的。”时渊问，“我知道上将很厉害，不过你算高级军官吗？”

陆听寒神色不动：“我不确定，可能……不算吧。”

“那你身边有高级军官吗？”

“有。”

时渊顿时很紧张：“他们不会欺负你吧？”

陆听寒笑了下：“有这个可能。”

时渊自告奋勇：“陆听寒，谁欺负你，你就把谁带过来，我用尾巴敲他们的头。”

“好。”陆听寒答应下来。

第二天，时渊接了一上午的电话，午休时，又听见同事在说陆听寒的事情。时渊默默听着，在听到他们说陆听寒权力太大时，他按捺不住好奇：“陆听寒算不算高级军官啊？”

那两名同事惊奇地看着他。

其中一个同事说：“时渊，联盟只有他一位上将了，柴主席授予了他五星上将的军衔，那是最高级别的军衔。”

另一个同事说：“你怎么会问出这种问题。整个军队都是他的啊。我都想不出谁还能比他权力更大。”

当天晚上，陆听寒回来了。

时渊第一件事就是找陆听寒算账：“你骗我！别人告诉我，高级军官都要听你的！你只是想博取我的同情心，想找借口逗我！”

陆听寒：“确实。逗你真的很好玩。”

时渊被他的厚脸皮和没素质惊呆了。

第二天醒来，时渊打了个呵欠，看了看大床上的陆听寒，又看了看床头的闹钟，时针指向了九点。

他愣了几秒，问陆听寒：“你怎么还没出门？”

平时陆听寒总是离开得很早。陆听寒说："今天不出门了。想睡到几点就睡到几点，躺到下午都行。"

陆听寒靠着床头坐，拿了时渊的《等待戈多》在看。

时渊又眯了一会儿，问："陆听寒，我想问你一件事。"

陆听寒："什么？"

时渊说："我听有些人猜你是和苏上将决裂了，逼着他让位的。这是真的吗？"

陆听寒回答："是啊。"

时渊很高兴："我就说你不是这样的人……啊？"他睁大了眼睛。

陆听寒翻过了一页书："是我逼他的。"

时渊蒙了："为什么呢？"

他还记得在陆听寒手机备注里，全是真名，唯有"苏老师"和"长尾巴呼噜怪"是特例。每次陆听寒和苏恩齐讲话时，神情也是温和的、带着敬意的。时渊不了解他们的过去，但也看得出，他们两人肯定有很多的故事。战火纷飞，这对师生曾是一段脍炙人口的传奇。

"你想听吗？"陆听寒说，"这是个很长的故事。"

时渊："当然啦。"

陆听寒从最开始说起。

故事的开始，是一个天资聪颖的少年遇见了经验老到的上将。少年争强好胜，学指挥、学战略，眼中似有火焰燃烧，而上将颇为赏识他，倾囊相授。再之后少年成为深渊监视者，老上将又气又急，但还是向联盟做了担保，让他有资格继续指挥。就这样少年长大了，也当了上将。陆听寒还说了蒋华池的事情，说他走私军用抑制剂，谋杀军需官，苏恩齐包庇了他。多年后蒋华池旧习难改，而这一次，他会得到公正的审判。陆听寒谈起苏良，说苏家父子的关系不好，苏恩齐是个严苛到不近人情的父亲，早早让苏良去了前线，他从苏恩齐的只言片语中知道，他们俩形同陌路。

时渊说："我感觉，苏上将不太会处理关系。"

"准确来说，是不太会处理家庭关系。"陆听寒说，"和他亲近的都是战友。有些人就是这样的，只能别扭地爱人，到死都说不出一句我爱你。”

“陆准上校也是这样吗？”

“嗯，他也是的。”

陆听寒说苏恩齐心软了，时常做不出理性的判断，指挥屡屡失利。而联盟已经不能再输了。他说苏恩齐倔强且骄傲，人越老就是会越固执的，他看不到自己的失败，也就不可能罢权让位，那么想从他手中拿走权力，方法只有一种了。

时渊从不知道这些弯弯绕绕。他想起，他见过几次陆听寒和其他军官密谋，想来正是陆听寒为这一天做准备。他耐心地丰满了自己的羽翼，而实力是他最好的筹码。

时渊和陆听寒说：“原来是这样，我不知道你在做这些事情。”

“你也不用知道。”陆听寒揉了揉他的脑袋，“这是我需要操心的。”

时渊：“那我知道这些是不是不太好呀？不是该保密的吗？”

“没关系。”陆听寒说，“你说出去也没证据。”

时渊觉得特别有道理，没人会相信他的，就像之前他辩解说他不认识陆听寒，只认识陆婷婷，也没人相信。

“我肯定会保密的，谁也不告诉。”时渊甩了甩尾巴尖，“不过，我就说你不是那种人。他们都不懂你是个很好的人呀。”

陆听寒：“不论怎么样，我做的事情肯定是有争议的。从道德来说，苏恩齐有恩于我，而且从未对不起我，我这一举甚至称得上欺师灭祖。从更实际的角度来说，我是既得利益者，以不正当手段拿到了所有兵权。军队内部封锁了消息，但总有一天，真相会浮上水面。”

时渊不禁问：“接下来呢？”

“接下来，后人会评判我的功过。”陆听寒说，“所有的决策，不到最后一刻都是不知道对错的，或者根本就没有所谓的对错。也许只有等到未来，以更宏观的角度去审视历史，才有公正的审判。而我的职责，就是确保还有能评判我们的后人。”

“好吧。”时渊发了一会儿呆，努力消化陆听寒说的话，“反正我觉得你是个好人！”

中午，陆听寒带时渊去吃了一顿好的。时渊吃牛肉卷饼吃得兴高采烈，那牛肉很嫩，带着黑椒的香气，叫人吃一口就停不下来。

陆听寒比他吃得快，边等边看时渊。

等时渊咽下了最后一块，陆听寒说：“想不想出去玩？”

“去哪里呢？”时渊问。

“北城区。”

时渊的尾巴弯出问号，他记得北城区早就废弃了。但是他答应得很爽快：“好啊。那里有很多垃圾，应该是你喜欢的地方。”

陆听寒：“……”

黑车开向波光粼粼的金淮河，开过了几道关卡，开过了大桥去到北城区。放眼望去，到处都是倒塌的建筑和废墟，偶尔有几栋勉强立着的宅邸，和残破的能源塔、孤单的风车。特殊感染生物“热飓风”摧毁了这里的一切。车子没往北城区中心区去，反而朝着边缘开过了几条长街，直到它被碎石彻底堵住了。

“下车吧。”陆听寒说，“不远了，我们走过去。”

时渊下车跟着陆听寒。废墟并不高，稍微费点劲就能翻过去。陆听寒在前头走，几步就上了陡峭的高地，然后把时渊整只提上来。他们越过了几个碎石堆，拐过了三个街口，看到了一个红色的招牌——风阳游乐园。门口检票处有栅栏，挂满了藤蔓。

时渊问：“我们要买票吗？”

“我去弄两张。”陆听寒说，“要做有素质的市民。”

陆听寒的素质有提高的趋势，时渊很高兴。直到他看见陆听寒去到售票亭前，拿出手枪，用枪托敲碎玻璃，伸手从台面拿了一沓票出来。

时渊：“……”

“给。”陆听寒回到他身边，分了一张票给他。

“你是偷来的，还把别人的玻璃打碎了！”时渊说，然后被陆听寒拽到栅栏前。

栅栏早就生锈了，他们最终还是翻过去的。时渊对游乐园有概念，陆听寒往深渊丢的垃圾中，包括了两本游乐园手册，他识字的时候看过它们，知道这是个游乐场所，有很多巨大又可怕的机器，比如过山车、跳楼机、海盗船和摩天轮等等。然而亲身走在园区，体验完全不同。

风阳城的游乐园只有一个过山车，叫“高山之蛇”。铁轨道毁了大半，剩余部分依旧壮观。时渊站在过山车底下，抬头往上看，轨道有极为倾斜的角度，攀升、直降、扭曲、急转，像是一条张牙舞爪的蛇。

“它还能坐吗？”时渊问陆听寒。

“肯定不行了。”陆听寒回答。

“你坐过吗？”

“没有。”

时渊想象了一下：“一定很可怕吧，我的尾巴会打结的。为什么有人会喜欢它呢？”

“可能是因为刺激，喜欢高处的风扑面而来。”陆听寒说，“有机会的话我也想试一试。”

时渊有些意外：“你喜欢这些东西？”

陆听寒挑眉：“不然我喜欢什么？”

“我也不知道。”时渊说，“你平时看的书啊，做的事啊，我就从来没明白过。它们和过山车是两种东西。”话一出口，他骤然想起那火箭模型。陆听寒说过他想去看一看宇宙，大概是喜欢俯瞰的感觉，过山车也是这样。

陆听寒笑了：“时渊，我也会有很多普通爱好的，哪会有人永远只喜欢那些所谓高端的东西。你也见过我的老房间了，里头什么都有。”

“好吧，我明白啦。”时渊说，“有机会的话，我们可以一起去实现你的爱好吧！当然，不能是拉小提琴。”

他们继续往前走，尚且完好的设施不多了，他们见到了碰碰车、跳楼机和观光小火车。那小火车停在广场，涂着五彩的油漆，是给儿童玩的。时渊从来没见过，从窗户探头进去看构造，结果一头栽了进去，还是陆听寒把他拔出来的。

走累了，他们上海盗船坐着。放眼望去，到处是杂草到处是废墟，雪糕车翻倒在路边，主题餐厅招牌掉了半截，只能依稀窥见它过去的热闹。

“海盗是什么？”时渊趴在前座的靠背上，随后慵懒地伸了个懒腰。

“在海上抢劫的人。”

“是坏人？”

“嗯，坏人。”

“但是他们可以坐船出海，”时渊打量这巨大的海盗船，“我还从没见过大海。”

“我也没见过。”陆听寒说，“从图片上看很漂亮，它像是没有尽头。”

“难怪大家还专门做出了海盗船放在陆地上。”时渊说，“我们以后做海盗好不好？带上我的鱼和大白鸟当吉祥物，这样钱能多一点。”

“好。”陆听寒答应下来，“你做船长。”

“那你是什么？”

“只会吃饭的乘客。”陆听寒说，“当俘虏也行。”

时渊实在没忍住，小小地白了陆听寒一眼。

清风吹拂，太阳快要下山了，烧得天空一片橙红。

时渊问：“你怎么知道这里有游乐园呢？”

“我在能源塔上看到的，当时留意了。”陆听寒说，又指向西边，“想不想去旋转木马那里看一看？”

时渊当然乐意，开开心心地和陆听寒过去了。旋转木马是最完整的设施了，外表看上去，除了灰尘和水渍，没有任何损坏。时渊凑近去看木马时，陆听寒敲碎了控制室的窗子，打开反锁的门。

“你在做什么？”时渊扯着嗓子问，“不要再搞破坏了！”

“它的线路应该是完整的，还连接着某一片风力发电区。”陆听寒回答，“顺利的话，等风一来，它就能动起来了。”

陆听寒上手折腾控制室的时候，时渊就在旁边乱逛。他想着，碎石中可能会生出一株草或者一朵花来，他找了半天，什么都没有。不远处有个主题餐厅，标志是海盗旗帜的骷髅头。一半的墙都塌了，时渊迈步进去，看到几张灰尘有三四厘米厚的桌椅。餐厅的主题色是黑与红，桌椅暗红，前台是黑色的，斑斑驳驳。高处菜单还有些字能辨认，时渊看到了“海盗船儿童套餐”，“BBQ小猪排”，“酷爽柠檬水”和“沙滩炸薯条”。

他没听过这些名字，努力想象。突然头顶一声脆响，他吓得尾巴鳞片都奓开了。暗淡的灯光落下，餐厅顶上仅剩的两盏灯亮了起来，电流声嗞嗞作响。时渊往窗外看了眼，陆听寒还在控制室内，大概是他开启了什么电源。

“尊敬的顾客，您好！”又传来一声电子音。

时渊猛回头，电力回来了，有一台小机器人没坏，竟然从后厨开来了前台。它圆墩墩的，外壳烂了大半，暴露出狰狞的电线。机器人的面部是屏幕，露出了一个电子笑脸，看向时渊说：“尊敬的顾客，您好，请问您需要来点什么？”

时渊有些惊喜：“你好呀。我想试试你们的海盗船儿童套餐。”

“好的，请问还需要一点别的吗？”

“不需要了，谢谢你。”

机器人转身，回到了后厨。后厨的墙也塌了，时渊看见它在废墟里走来走去，拿着一个烂餐盘，按照程序，在已经不存在的餐柜前停留，抓取虚无的食物，放在餐盘里。

最后它端着个空餐盘回来，放在柜台上：“您的儿童套餐好了。”

时渊说：“这什么都没有呀。”

机器人：“我听不懂您在说什么。请您支付一百五十八元，谢谢。”

时渊：“……”

时薪两块钱的时渊不知道，这是末世前的价格。他也不知道游乐园的餐厅大多宰人，价格高到离谱。

机器人再次开口：“请您支付一百五十八元，谢谢。”

时渊说：“我不能给一个空盘子付那么多钱啊，我真的很穷。”

机器人脸上的表情转了转：“已检测到顾客拒绝付款，立刻执行驱逐！审判！火烧！极刑！战争！”它直勾勾朝时渊开来了。

时渊刚要逃出餐厅，却见机器人站住了。

电子笑脸再次出现，它说：“已收到付款，谢谢，祝您用餐愉快！”

它回到前台，站定不动了。头顶的全息投影仪闪烁，白裙子女孩坐在前台上，晃荡着双足：“你好啊，时渊。”

“爱丽丝！”时渊有些惊喜，“你怎么能来这里？”

“你忘了吗，有电有网的地方就会有我。”爱丽丝眨了眨绿色的眼眸，“你们刚把片区的电源打开了，我就来啦。”

时渊问：“是你帮我付款了？”

“呃，也不算吧，我没有真的给它钱。”爱丽丝说，“数据这种东西嘛，只要不违背机器人三定律，我随便就能造假。”她打量周围，“我的资料库里有这家餐厅的信息，在末世之前，它多次被评为‘风阳城最坑人餐厅’、‘十大服务恶劣餐厅’和‘谁吃谁傻总榜前二十名’，还发生过机器人服务员打客户的丑闻。”

时渊：“噢……”他心有余悸。

“不过它的柠檬水和薯条味道不错。”爱丽丝感慨，“可惜吃不到了。”

灯光闪烁了一下，时渊忽然想起电力的事，问爱丽丝：“对了，你知道怎么启动旋转木马吗？”

“旋转木马的电力已经恢复了，可以正常游玩，你的小伙伴还在试验设备呢。”爱丽丝又说：“不过，风阳游乐园最出名的就是过山车‘高山之蛇’和烟花。闭园前一个小时，游客们会聚集在中央广场看园区的烟花。”

时渊：“哇！那现在还可以放烟花吗？”

“不可以，早就不可以了。”爱丽丝回答。

“真的没办法了吗？”时渊问，“我很想让他也看看烟花。”

爱丽丝转了转眼睛：“我想想……如果放虚拟烟花，我还是可以做到的。在旋转木马旁边有两个大屏幕可以用，你只要帮我接通电源，你们就有一场烟花可以看了——就看你愿不愿意去找电源，那还挺麻烦。”

“要去的。”时渊回头看了眼，陆听寒还在控制室里，“他带我去看过很多东西，我想……送给他一场烟花。”

“那好，你跟我来。”爱丽丝从前台跳下来，朝餐厅后门走去，拍了拍那个小机器人，“其他地方没有全息投影，你就看不到我了。你跟着它走，它说的话就是我说的话。”

时渊点头。

爱丽丝看着他，眼中数据跳动，却又有了些……别的东西，鲜活又汹涌。爱丽丝说：“要是我们能看到真的烟花就好了。我好喜欢烟花。”

一出餐厅，爱丽丝就消失了。而小机器人得了她的命令，领着时渊在废墟艰难行走，到了不远处烂墙之处后，对着一堆碎石说：“电源在后面，埋得不是很深。”

时渊手上没铲子，那些废料又容易划伤手。好在他有一条有力的尾巴，鳞片不怕划伤，一层层拨开石块和瓦砾。他额前出了层薄汗，爬上爬下，还不小心摔倒了，小腿磕在钢筋上，一阵钻心的疼，好不容易才找到一个小小的黄色电源盒。电源盒被压到变形，他上手用力掰。

“哐！”整个电源盖都飞出去了。

机器人说：“请您将黄色电线取下，并将红色电线接在三号口。”

时渊照做了。

“请您拨下左侧第三个、第五个和第十一个按钮。”

时渊照做，结果电路不行，他们又要尝试其他办法。就这样折腾了二十分钟，他们才找到合适的接口，确保两个大屏幕能亮起来。

“恭喜您，电路已经接通，您可以回去了，”机器人这么说，“请您支付本次服务费三千五百元。”

时渊嗖地一下跑掉了。

也是凑巧，他刚回到控制室旁，陆听寒就出来了。

他问：“去哪里玩了那么久？”

“我就在附近逛，去了主题餐厅。”时渊一见到他就不禁弯起眼睛笑，“我给你准备了惊喜！”

“什么惊喜？”

“保密。等下你就会知道的。”

陆听寒挑眉，没再追问，又说：“来这边坐着。”

他们进了控制室。控制面板亮起来了，椅子刚被清理干净。时渊坐上去，陆听寒掏出湿巾来，仔细把他手指上的灰擦掉。

“怎么疯成这样。”陆听寒说，“连脸上都有。”

陆听寒的手好看，干任何事都是优雅的，不论是戴上白手套、签署文件、扣下扳机，还是一点点耐心擦拭过时渊的指尖。

等泥尘没了，他微微皱眉：“还划了口子。”

时渊左手的食指和手背上，有两道被碎石划出的小血痕。这都是时渊折腾电源惹上的。

时渊说：“嗯……我去刨了一会儿碎石堆。这伤不疼的，我刚刚都没发现。幸好你带纸巾出来了。”

“平时是不带的。”陆听寒检查划痕，确定不再流血了，又拿了张新的湿巾，“就想着你可能会疯跑。”用掉了好几张湿巾，然后，他在时渊的监督下，把脏湿巾丢进了废弃的垃圾桶里。

“好了，”陆听寒说，“现在我们只要坐上旋转木马，然后等风来，你可以先挑一匹喜欢的马。”

时渊坐上旋转木马，一匹匹木马昂首挺胸，头戴彩色长羽，马鞍有着不同花纹。黑马、白马、枣红马、藏青马，甚至还有两头驴子，时渊看得眼花缭乱，转了一圈下来，见到陆听寒安安稳稳坐在了南瓜车里。

陆听寒问：“挑好了吗？”

“还没有，太难决定了。等风来了我再上马吧。”时渊也坐上南瓜车，和陆听寒坐在一起，“我还挺喜欢南瓜车。”

陆听寒问：“南瓜车有什么故事？”

时渊：“你不知道吗？”

“不知道。讲给我听听。”

陆听寒一看就不懂童话。

时渊难得给陆听寒科普，说：“有个叫《灰姑娘》的童话故事。灰姑娘不受继母和姐姐的喜欢，仙女把南瓜变成了马车，把老鼠变成了骏马，让她去参加晚宴。她一出席，王子就被她迷住了，邀请她跳舞。但是仙女有个条件：灰姑娘必须在午夜十二点前回来。”

陆听寒：“不然呢？”

“不然她的裙子和南瓜车和马都会变回原样。”时渊接着说，“快到十二点的时候灰姑娘跑掉了，只留下了一只水晶鞋。王子派人去找能穿上这鞋子的女孩。灰姑娘的两个姐姐想嫁给王子，为了水晶鞋把自己的脚后跟给削掉了。但是最后，王子还是找到了灰姑娘，他们过上了幸福生活。”

陆听寒说：“她为什么要躲着王子？如果王子知道真相就不爱她了，那无非是见色起意，他们也没必要在一起。要我说，她不该从晚宴上逃跑。”

这问题把时渊问倒了。他想了一会儿，说：“我猜，可能是她的一切都是骗来的吧。她知道那些都是假的，从来不存在。”讲完这话，他自己愣怔了几秒钟。

时渊从不善于掩盖情绪，陆听寒默不作声，但他终归没说什么。他指着不远处指向五点的大时钟讲：“现在离十二点很远，晚宴都没开始，灰姑娘还不用担心自己变回去。而且你不是说了吗，他们有个很好的结局。”

“是哦！我很喜欢那个结局。”时渊马上高兴起来，“我们坐的这个南瓜车也很好看！”他东张西望的，“什么时候风会来呢？”

“看天气预报，今晚的风不会小。”陆听寒说，“我们等就可以了。”

他们在南瓜车上等着。

每有一阵风起来，时渊就问陆听寒：“这个风够大吗？”

“还不够。”陆听寒回答。

隔了一会儿，时渊又问：“那这次的呢？”

“也不够。”陆听寒揉了揉他的脑袋。

时渊：“呼噜呼噜呼噜。”

他们等了很久，一直等到七八点，时渊都睡着了。

他是被陆听寒轻轻推醒的。热闹的音乐响起，他一睁眼，就是全世界的流光溢彩。旋转木马动起来了，一阵大风掠过北城区，带动巨大的风车。叶片转动，电流顺着线路穿过废墟，一路欢快地奔向乐园。于是彩灯闪耀，一匹匹骏马头颅高昂，伴随音乐奔腾。

时渊："哇！"他刚哇完，世界黑了下去，什么东西都不动了。

时渊："……"

陆听寒咳嗽了两声："风停了。"

他们在黑暗中等了十几分钟，晚风再次姗姗来迟。这回它不再停下，吹亮了五彩斑斓。陆听寒扶着时渊上了一匹白马。白马奔驰，上下起伏，时渊有点紧张，紧紧抓住了马背上的立杆。

"放轻松。"陆听寒说，"摔不下来的。"

"万一真的摔了呢？"时渊还是紧抓着杆子，"我本来就不太聪明，可不能再摔了。"

陆听寒笑了："不会的，我扶着你。"

有了陆听寒的承诺，时渊放心多了。木马一圈圈旋转，他看到整个片区都亮起来了，海盗船的骷髅头闪着蓝光，观光小火车的车头灯也亮了一盏，餐厅霓虹灯坏了半边，不断闪烁，嗞嗞作响，多彩的光芒勾勒出游乐园标志。他借着光亮，看到过山车的剪影，摩天轮缓缓旋转。目光放远，死去的北城区碎光点点，他们是最明亮的一处。

"真好看啊。"时渊说。

陆听寒："嗯。"他的眼眸同样明亮，"我也是第一次见到。"

这一天，时渊不知道自己玩了多少轮旋转木马。欢快曲子放了一首又一首，黑马、白马、枣红马，载着他往前跑。他还和陆听寒坐了南瓜车，说起其他公主的童话故事。到了最后，风势慢慢减弱。

时渊说："对了，我还有个惊喜要给你。"

陆听寒："什么？"

时渊看向旁边的两个立式大屏幕，它们足有十几米高，围绕这个小广场。他知道，爱丽丝肯定能看到他，明白他的意思。

果真如此，三秒钟之后——屏幕亮起，烟火陆离斑驳，炸开了艳色的花。它们实在太亮了，一朵朵升腾，一朵朵绽放，绀蓝、明黄、榴红，明明无声却仿佛一场盛宴。七十年岁月弹指一挥，在这个夜晚，游乐园活过来了。成了黑色剪影的马匹继续奔跑，每踏一步，世界绚丽。

陆听寒微微睁大了眼睛。

“这是我的惊喜！”时渊的尾巴尖摇曳，“我觉得你会喜欢它的！”

陆听寒：“你是怎么……”

“这是个秘密。”时渊说。

“我喜欢这个惊喜。”陆听寒低声说，“真的很漂亮。”

时间静止于这一刻。然后，风停了。

光芒散去，游乐园的幻梦沉没在黑暗中，等待下一次风起。

第五章 最后的倾听

半个月后，战况紧急。时渊接到通知，说心理咨询热线要暂停了。

“为什么呢？”他问林叶然，“我每天还有很多电话要接啊。”

林叶然说：“人手不够了，实在没空在乎心理健康。反正你能继续在福利中心工作，也不算失业。”

“你要去哪里呢？”

“我？”林叶然愣了一下，“我可能回数据中心吧，我本来就是从那来的。”

时渊知道林叶然之前是高才生，还是数据中心的研究员，铁城沦陷后，他辞职跑来了四号高塔。

“好吧。”他说，“林先生，希望你工作愉快。”

咨询中心关闭前的最后一天，整个办公室就剩时渊了，他要上最后半个夜班，从傍晚开始接电话，等到夜里两点下班，他熄了灯走人。然而，时渊都走到电车车站了，才想起自己好像没锁门。其实锁不锁门真的没区别了，可他还是回去了。办公室空荡荡，一片死寂，未来也不会再有谈话声。他埋头锁门，突然听到电话铃声响起了。

“丁零零！”它就这样响着，回荡在走廊。此时下班了，时渊没义务再接电话。而且，谁会在这个时候打来电话？要不是他忘记锁门，要不是他多此一举地折返，就永远没人听到这一通电话了啊。铃声依旧响着。时渊有一种强烈的直觉：他要接这一通电话。不论电话对面是谁，他必须接。

他打开门锁，冲过去，在电话挂断前的最后一秒接起来："您好，这里是心理咨询热线，请问有什么能帮到您？"

电话那头的人沉默着，只有很轻的呼吸声。

时渊："您好？"

依旧是沉默。对方像是根本没想到，这通电话会被接通。

时渊："您好，请问您有需要帮助的地方吗？我愿意倾听的。"

这回，电话那头终于有了响动。

对方低哑道："我想要……讲一个无聊的老故事。"

故事开始于二十年前，二十二岁的林叶然读完了硕士，主攻方向是数据科学。他提前毕业，高中和大学各跳了一级，当时战况紧急，他没选择读博深造，而是直接加入了数据中心。刚开始，他负责感染波长的大数据分析，后面过了一年，兜兜转转的人员调动，他去了音视频分析的项目组搞机器学习。数据都是军方提供的，偶尔他们要和军部人员对接。

林叶然就是这样和严歆重逢了。严歆以前住他家隔壁，比他大六岁。那时两人年纪小，小朋友的友谊总是来得很快，他们刚开始玩得很好，称兄道弟的，后来不知是因为什么他俩闹翻了——可能是哪次打闹太过火，可能是某种孩童间的误会，那应该是一件很小很小的事，以至于林叶然都不记得原因了。在他们重归于好前，严歆就搬了家。

细数下来他们竟有十年没见。如今，二十九岁的严歆站在他面前。孩提的记忆已模糊，再加上当年离别时的尴尬，两人只简单问好，并没有多聊。

严歆是中尉，一来二去和他们项目组组长混熟了，偶尔过来唠嗑。林叶然对这个行为非常不满。他永远反对迟到早退，也反对上班摸鱼，要不是做不到，他早把组长的工资扣光了。尽管那两人就唠嗑个十几分钟，林叶然也没给他们好脸色。再说他也不喜欢严歆的做派，严歆太张扬了，活脱脱一个兵痞子。实际上，这性格在严歆小时候已初见端倪。林叶然高度怀疑，这就是他们闹翻的原因。

严歆注意到了林叶然的臭脸。有一次组长不在，严歆倚在天台抽烟。林叶然一推开天台门就看见严歆夹着一根烟，挑眉看向他。

林叶然转身要走，严歆在后头喊了声："林研究员，真是好巧啊，你也上来透风？"

他都这么说了，林叶然不至于甩脸色走人。于是林叶然点头："是啊，我就待个几分钟。"

"那咱俩聊聊天呗。我听廖组长说你是个高才生，脑子好使。"严歆吸了一口烟，"我记得你从幼儿园开始就聪明。"

就是这种最让林叶然讨厌的聊天方式——好像他们俩很熟一样，话题也毫无意义。明明那么多年没联系了，与陌生人无差。

林叶然皱了眉，不咸不淡回了句："还好。"

严歆："我还是一看那些东西就脑壳疼。对了，你们那一届啥时候分专业的？高中还是大学？"

"大学。"林叶然回答，"我是保送生，高中就开始学数据分析。"

"厉害啊！"严歆吹了声口哨，"我听他们说保送生都有奖学金。"

"也不是全部人都有。"

"你呢？"

"全额。"

自始至终林叶然都很敷衍，一把无名火在心里烧。偏偏严歆无知无觉，抽着烟，问个没完没了。在严歆唠嗑他的家长里短的时候，林叶然没了耐心，说："严中尉，我还有事情要忙，先走一步了。"

严歆："这才十分钟。最近战况可好了，廖组长都说你们清闲，你不摸鱼的吗？"

"我工作认真。"林叶然硬邦邦回答。

"再聊会儿呗，我还在等你组长呢。"

"不了。"

"我给你一支烟，好烟，顶级货，外头可拿不到。"

“不了，小心肺癌。”

严歆看着他，突然笑了：“林研究员，你对我是不是有什么意见？”

“没有。”

“是吗？我怎么觉得你的意见可大了。”

林叶然忍无可忍，回头说：“你是不是……咯咯咯！”

严歆把一口烟喷到了他脸上，哈哈一笑：“是好烟吧？没骗你！”

梁子就这么结下了，新仇旧恨，烧了个轰轰烈烈。之后总是严歆过来交接工作，林叶然避无可避。

严歆开会时人模狗样的，私下就不同了，每次笑容满面：“嗨！林研究员你喝不喝咖啡？”

又或者：“怎么又臭着一张脸，还和组员吵架呢？我跟你说心平气和才是真，生气多了会未老先衰的。”

又比如说：“哈哈哈！你好像有根白头发，我帮你揪掉！别躲啊，其他黑头发不会被吓白的。”

而林叶然从林研究员变成了林组长。他从一开始的“严中尉，我还有事情要忙”，变成了“严歆你没有其他事情做吗？”，最后发展为“滚”。

后来他忍无可忍，问严歆：“你为什么总缠着我？”

“看你反应有趣，”严歆靠着墙说，“骂人的样子也有趣。”

林叶然冷冷道：“你得庆幸你不在我手下，不然你第一天就要卷铺盖走人，还要吃处分，这辈子别想再进体制内。”

“林组长，怎么能这么讲呢——”严歆还是吊儿郎当地笑，“我可是很欣赏林组长的。”

“有病治病去。”

“我认真的，你别走啊——林组长，咱们再当好哥们呗，以前咱们多要好就差穿一条裤子了！”

林叶然在他面前甩上门，差点砸到他的鼻尖。

再后来，严歆刷存在感刷得越发猛烈。他美其名曰，给林叶然带“足以修复友谊的纪念品”。有时是来自其他城市的鲜花，有时是打包好的夜宵，有时是怪物的头骨——林叶然怎么也想不通他怎么会送这种纪念品。组内成员渐渐习惯了，严歆一旦在城里，就一定会跑来见林叶然。林叶然后面也习惯了，没再让他滚，虽然让他滚了他也不会走，跟块狗皮膏药似的。偏偏这膏药长得帅，脾气好，但很烦人。

有一次林叶然调试完模型，已是深夜。他回到办公室，同事忘记关公共广播了，女播报员正播报着战况。昨天，铁城爆发了一场激战，严歆去了铁城，想必参加了那场战斗。林叶然顿了一下，不知出于什么心态，坐下来捧着咖啡杯，把广播给听完了。只有几句话提到了严歆，说他守在铁城的北防线，打了一场很艰难的仗。

广播结束都是凌晨三点钟了，林叶然披上外套，走出数据中心，突然愣住。严歆站在车旁提着一大包外卖，是林叶然最喜欢的那家小饭店。他太了解林叶然了，知道他忙于研究时，是不可能吃饭的。

夜深，严歆只穿了一件单衣，被冻得直哆嗦，见到林叶然笑了："你可算是下来了，不是我说，你这样熬夜迟早秃顶。快过来！我这里有热水。"

林叶然问："你怎么在这里？怎么不在车里待着？"

"连夜从铁城赶回来了。"严歆把外卖塞到了林叶然手中，又从车上拿了保温瓶，"我看你下班时间快到了，也就站了二十来分钟吧，这天气实在太冷了……来来来喝点热水，可别把你的精贵身板给冻着了，你又不像我皮糙肉厚的，抽口烟啥病都好了。"

林叶然说："你当我病秧子？"

"瞧你这话说的！"严歆搓了搓手，"你上次揍我那一拳多有力啊，能杀死一头牛。"

林叶然笑了。那一瓶热水是他俩分着喝完的，再之后，就这么和好了。

随着项目推进，数据中心和军方的合作越发紧密。林叶然所在的小组，工作地点改去了第三军区。条件有限，住宿环境很紧张，陆准上校知道严歆和林叶然认识多年，大手一挥，把严歆和林叶然塞到了一间房里。

严歆当然没有意见。刚开始的两年，严歆往返于风阳城和铁城，每次回来林叶然都尽量去接。而在林叶然加班回来后，只要严歆在，他肯定能喝上一杯热牛奶——严歆总说热牛奶助眠，最适合他们这种成天苦思冥想的研究员。他们去吃饭、去散步，在夜色中聊天。严歆总把事情添油加醋地说，林叶然讽刺他太夸张，最后还是忍不住笑了。

“这样的日子蛮好的！”严歆感慨，“就像小时候，我们也这样聊天。”

林叶然没答话。

严歆追问：“你说对不对？嗯？对不对？”

过了几秒钟，林叶然别扭又含糊地应了声。严歆闷声笑。

然而，生活并不总是如意。后面战况紧张，林叶然忙于项目，而严歆晋升上尉，成了陆准上校的左膀右臂，大部分时间都在铁城。后来也不知道哪里变了，两人性格本身就不同，对很多事情，看法不一样，观念不一样，包括战争。这是他们决裂的第一步，但每一次争吵，都会以严歆的服软收尾。

后来，他们又吵了一架，和儿时一样，时隔多年，林叶然已不记得那次吵架的缘由了。总之林叶然知道是自己的错，但也没法承认。

严歆说：“我要去铁城了，那边情况紧急，不知道多久才能回来。”

“没事。”林叶然说，“我的项目也在忙。”

严歆又说：“我这次应该会去通信塔上。那里的夕阳很漂亮，信号也是最好的，我可以在塔顶给你发日落的照片。”

林叶然：“你专心指挥。”

然后铁城沦陷，严歆死在了塔顶。二十年后，在风阳城的深夜，林叶然断断续续和时渊讲着过去。时渊默默听着。从头到尾，林叶然的声音都很平静，像在讲他人的故事。

林叶然又说：“铁城沦陷后，尚存的作战记录全都发来了数据中心。我那时是主管，手下好几个项目组，包括我最初在的音视频分析组。我拿到了每个战士的记录仪影像，其中也包括了……通信塔那一批人的。”

他继续说：“大部分数据采集由AI完成，有些部分也需要人工查验，主要是那些军官的记录，包括了陆准和严歆。我主动提出帮忙，看到了严歆的作战记录。我看到他从街道防御点撤退，来到通信塔下，然后一层层往上攀爬。我看到他的战友阵亡，楼层坍塌，留下断后的陆准也死了，只有他到了塔顶。在最后一刻，他向风阳城传输了数据，借着他的眼睛我看到了铁城日落，算他没食言吧。”

“我知道。”时渊说，“我知道这个故事。”

林叶然笑了下：“那你肯定不知道，在他传数据到吞枪自杀中间，有一分钟的空余，他用终端发了一条私人信息。”

时渊微微睁大了眼睛，“是发给你吗？”

“记录仪的清晰度有限，加上损坏，看不清收信人和内容。”林叶然说，“但那是发给我的，我是他在这世上唯一的一个朋友。”

时渊问：“他说了什么呢？”

“不知道。”林叶然说，“信号不稳定，严歆的消息永远消失在电波中了。我一遍遍看回放，看他是怎么慢慢死掉的，我不知道看了多少次，也没找到那条信息。后面分析工作结束了，我就辞职了。”

时渊：“为什么辞职呀？”

“我看了太多次他的作战记录，每句话每个细节都记得一清二楚，一坐在屏幕前，想到的都是他。甚至到了今天，我都记得他上顶层爬楼梯用了二十七步，传数据用了十八分钟二十七秒，是用手枪里的第三发子弹自杀的。”林叶然淡淡道，“所以我想着，我可能要休息一会儿了，辞职来到了心理咨询中心，没想到这一来就是十六年。”

他的声音低哑：“过了那么久，我一直以为这事情算是过去了。直到几个月前，我喝醉酒了，醒来发现脖子上挂着他的狗牌。”

那是时渊从铁城带回来，还给林叶然的。

林叶然：“我觉得要不然是我疯了，要不然是严歆回来了。所以我又去了一次数据中心，看了一遍他是怎么死的，才打破了幻想。”

时渊握紧了电话提手，他只是想物归原主，让林叶然得到一点慰藉。

“死人没办法复活。”电话那头，林叶然捏紧了狗牌，指尖用力到泛白，“我不知道这个狗牌是怎么回来的，但是……这是个奇迹。这种事情都发生了，其他还有什么不可能？我要另外一个奇迹，我要回到数据中心了，在那些数据乱流里，说不定哪一天，严歆的消息也会回到我身边。”

不知不觉间，已是凌晨三点半了。

林叶然说：“我的故事讲完了。你……你也早点去休息吧。”他顿了一下，真诚道谢，“我本来只是想对着电话自言自语，谢谢你接了我的电话，谢谢你听我讲了这些。真奇怪对不对？咨询热线的最后一名顾客，居然是它的老板。你可别把这件事讲出去了，太丢人了。”

“不会的。”时渊说，“这是一通匿名电话，我只是个接线员，怎么可能知道您是谁。”

林叶然一愣，哑然失笑。挂断电话前，他说：“我也有个秘密没告诉严歆。他以为我朋友很多，但其实，我都不喜欢他们，他们也觉得我总看书，书呆子没意思，还拉着一张臭脸，说些不讨喜的话。严歆也是我的第一个朋友……不论是小时候，还是在我们重逢后，我会永远记得那些日子。要是重来，我肯定会告诉严歆这个秘密。”

电话挂断了，办公室重归寂静。

时渊坐着晚班电车回家。陆听寒去了主城，不知道何时回来。电车向前，时渊靠着窗边坐，几盏路灯掠过视野。他想到，林叶然没能说出口的道歉和坦白，也想到了其他，比如苏恩齐和苏良，那个严苛又固执的老头，最后一刻才服软，承认他是深爱着苏良的，又比如说陆准和陆听寒，要是陆准早一点真诚道歉，父子关系会不会不同？陆听寒会接纳那个英勇尽职又平凡的父亲吧？诸多矛盾，种种遗憾。只是不愿说，只是说得太晚。

有那么一个道理，人们是知道的，虽然实现与否是另一回事了。但时渊是一只小怪物，一只奇奇怪怪，没啥烦心事的小怪物。在这个深夜，在安静无声的电车里，肩上是暗淡灯光，窗外是黑色长街，他见证了那么多故事，终于非常后知后觉、幡然醒悟般明白了一点——爱是需要坦诚的。

蔡德元拿出钥匙，打开一把旧锁，伸手一推，老门“吱呀”开了。

“陆上将，就是这儿了，”他说，“这些年一直没人打扫，到处都是灰尘。”

“没事。”陆听寒说，“我就是顺道来拿点东西。”

蔡德元曾是后勤兵，陆准和虞轻眉不管家事，蔡德元定期给陆家送米送油送物资，偶尔还打扫卫生、照料花草。陆听寒从小见过他不少次，叫他一声“蔡叔”，而这是陆听寒在主城住过的老房子。有段时间虞轻眉要留在主城研究中心，他们搬过来住了一年半，又回去风阳城了。老房子到处都是灰尘，蔡德元被呛得咳嗽，打开窗子透风。陆听寒径直去了自己房间，从床下拖出几个纸箱子。箱子里也是他儿时的物件，他一点点翻过。

“对了！”蔡德元在客厅说，“这里还有一板退烧药呢，就在抽屉里，我记得一清二楚。”

“过期很久了吧。”陆听寒把一捆科普杂志拎出来。

“那可不，都是您八岁时候的事了。”蔡德元说，“不过我记得很清楚，毕竟您也就大病过一两回。”

陆听寒手上顿了下：“我感冒发烧了？”

蔡德元惊奇道：“您不记得这件事了吗？还是我一直在照看您呢。”

“没印象。”

“虞教授和陆上校也没提过？”

陆听寒回忆了一下：“可能提过一两句。他们对这种事情不太上心。”

“不不不，那事情可诡异了。”蔡德元拍了拍沙发上的灰，坐下来，“就是您来主城的路上，主城有雷暴雨，飞行器不方便降落嘛，您就在哨站那边换乘了车辆。结果中间休息的时候，您竟然一个人跑掉了！”

陆听寒：“跑掉了？”

“是啊，一个人跑向了荒原。”蔡德元言之凿凿，“差点把带队的黄队长吓死，整个车队都在找您。您失踪了一天多，自己又回来了，没受伤，也没被感染，就是发了高烧。他们都说您是受惊发烧了。啧啧，我还记得烧到了四十多度，持续了一周吧。还好您烧完了还是那么聪明，不然就亏大了。”

“蔡叔，你确定真有这事吗？”

“那当然啊，怎么可能记错呢。”蔡德元想到什么，又补充，“估计黄队长的报告里没讲清楚，怕被责怪——他那个老狐狸，我还是从队里其他人那听说的。您父母可能……不知道您跑出去了那么久，就觉得是普通生病，所以没和您多提这件事。哈哈哈，他们俩太忙，太忙，别往心里去。”

陆听寒微微皱起眉。

纸箱子东西很多，他一一整理了。他找到了几枚弹珠，放在盒子里收起来，想着时渊可能喜欢。除此之外，还有科普书、几张漂亮的明信片、几本小提琴乐谱……他都放好，准备带回去给时渊。他还翻到了一个速写本。他来主城是八岁，画风相当幼稚，线倒是拉得很直。他画了街道、人群、研究员们，还有高大的城墙，绚丽的日出和怒放的雪见。再往后翻了十几页，笔触逐渐成熟，画面变得有模有样。孩子以这样的方式记录世界，画下他看到的事物。

陆听寒又翻了十几页，刚准备合上速写本，突然顿住，下一秒，他浑身都僵住了。那是一张夹在中间的画纸，飘飘坠落。画上鲜花盛开，光如潮水，容貌精致的小恶魔抱着一束花站在光中，一双眼睛明亮极了，发梢被风扬起。

光阴流转，往事悄悄浮起。时渊隔着二十三年遥远的岁月和呼啸的风，带着花与光看向他，笑弯了眼。

蔡德元帮忙，和陆听寒抱了四个纸箱子下楼。

“这些都要运回风阳城？”蔡德元问，“打算在那里长住了？”

打包前他扫了一眼箱子，里头大多是有趣的小玩意儿，不值钱，不知道陆听寒为什么要带走。

“嗯。”陆听寒说，“或许吧。”

蔡德元：“哦哦。”

运输车还要个十几分钟才来，他们上楼，又检查了一遍要带的东西。

等确认了，蔡德元有些不好意思地看向陆听寒：“那个……上将……”

陆听寒明白他的脾性，掏出两包没开封的烟，递给蔡德元，说：“这一趟辛苦蔡叔了。”

“哎哟真是太感谢了——不辛苦不辛苦，我就开了个门嘛，难得有机会我们见见面，叙叙旧哈哈哈!”

蔡德元按捺不住烟瘾，去阳台上点了烟，吞云吐雾。

陆听寒站在他身边。

蔡德元笑得眯起眼：“可真是憋死我了，我都快两年没抽过烟了。还是您手上的是顶级货。”他又想起什么，“不过您怎么随身带烟了，不是不抽的吗？”

“专门带给你的。”陆听寒说。

这回，蔡德元笑得眼睛都快没了，连声道还是您懂我。蔡德元打开话匣子，讲起旧事,半截烟燃完了，他才意识到陆听寒没怎么接话。一转头，他看见陆听寒拿着一张速写纸，低垂眼眸，若有所思。正午天光明媚，而他深邃的五官却像是有化不去的阴影。

“怎么了？”蔡德元下意识问，“要我再催一下车子吗？”

“不用。”陆听寒说，“蔡叔，你有做过梦吗？”

“做梦？谁没有做过梦？”

“我说的是美梦，醒来都觉得遗憾的那种。”

蔡德元迟疑道：“也有吧，我梦到过我成了世界首富，几百个小弟抢着帮我提鞋。”

陆听寒：“我也做过这样的梦，梦见深渊消失了，我们重新回到荒原，回到阔别已久的城市。孩子在麦田间奔跑，到处都是风车和太阳能板，有人演戏剧、有人演奏音乐。我们还重新见到了大海，坐着轮船远航，去到世界的另一头。”

蔡德元感慨：“那真是个美梦。”

“是啊。”陆听寒说，“我又多睡了一会儿，想着说不定还能继续做梦。但是不行，一旦梦醒了，就算是续回去也不对劲了。醒了就是醒了，梦也终究是梦。”

蔡德元有些困惑。他觉得陆听寒意有所指，却不知道前因后果，问：“是发生什么事了？是……军部的事情吗？”

“不是，这次不是。”陆听寒依旧看着那张速写，“我查了那么久，一直没找到能让我清醒的证据，所以也做了那么久的梦。”速写纸上，少年和微光中的花朵，灿烂且美好，“现在梦醒了。”

蔡德元更加困惑：“这幅画怎么了吗？”

“没什么。”陆听寒把速写折好，收起来，“你继续抽烟，我有点事就先走了。”

陆听寒回了客厅，手机上是时渊发来的消息。

长尾巴呼噜怪：“你什么时候回来呢？大白鸟又在骂我了。”

长尾巴呼噜怪：“我中午第一次吃到了奶油蘑菇汤罐头，要三十二块钱一罐，但是王好想办法要到了特价，我只付了二十块钱。”

陆听寒面无表情地看着。修长手指打了几行字，删了，又打了几行又删掉。来来回回几次，光标兀自闪烁，对话框空空如也。

他最后说：“时渊，你现在能打电话吗？”

他等了几分钟，等到屏幕快暗下去，新消息弹了出来：“好啊！”

电话才响第一声就被接通。

时渊说：“你怎么有空给我打电话！”语调中难掩雀跃。

听到时渊的声音，陆听寒的神情不由得柔和了。每次都是这样，只要看到时渊或听到他的声音，所有烦心事都会消失。就像是他做的那场美梦，战火远去了，黑暗消退了，在千百种悔恨无奈、绝望的尽头，是他期冀以久的阳光与未来。

陆听寒说：“我在收拾东西，车还没到，想问问你有没有想要的。《联盟历史》全册你要看吗？”

“好啊！”

“还有几本科幻杂志，讲飞船和太空站的。”

“可以呀，这个我喜欢。”

陆听寒看着书架：“还有一本数独。”

时渊警醒了：“这个不可以。”

“是初级版的，适合初学者。”

“不可以。”

“真的？”

“嗯，真的，我绝对不做数独了。”

看来，经过高难度数独的痛苦洗礼，时渊再不碰益智类小游戏了。

陆听寒又把剩余物品给时渊点了一遍，多拿了一些书，还有一个小小的雪花玻璃球。运输车快要来了，蔡德元抽完了烟，开始往楼下搬东西。

陆听寒最后说：“时渊……”

“嗯？怎么啦？”

陆听寒：“……”

时渊又问了一次：“你想说什么呢？”

陆听寒讲：“其实，大后天是我的生日。”

时渊惊喜极了，“真的吗？你没有告诉过我你的生日是什么时候！”

“我不过生日，从小到大都不过。”陆听寒靠着沙发继续说，“这次想着刚好把手头事情处理完了，过一次试试看。”

“你想要什么礼物呢！”

隔着电话，陆听寒都能想象到，时渊的尾巴尖肯定在欢快摇曳。

“不知道。”陆听寒说，“不用给我准备礼物，我只是……想和你聊一聊。”

时渊：“好哦。刚好我也有事情要和你说——非常非常重要的事！”

“嗯。”陆听寒揉了揉眉骨，“时渊，还有就是在我回来之前，你先不要出门了，也尽量不要和别人接触。”

时渊很困惑：“为什么？”

陆听寒：“……”

时渊追问：“为什么？”

陆听寒缓缓说：“我做了一个梦。”

“啊？”

“我梦见这三天你一出门，尾巴上的鳞片都掉光了。”陆听寒说，“很可怕对不对。”

时渊惊呆了：“这简直是世界上最恐怖的事情！”

“对吧。我做梦还挺准的，所以绝不能让这种情况发生。”

时渊立马相信了陆听寒：“那我看看怎么请假，我的尾巴不能秃。”他想了想，却又纠结起来了，“但是我后天得去拿郐先生的东西。之前还剩了一点东西在那，我没来得及拿完，现在福利中心准备清空他的房间了，我要是不去，他的书和飞船模型都要被丢掉了。如果我只出这一趟门，只出门三小时，应该不会有事吧？”

陆听寒沉默了一下，说：“只出去三小时？”

“嗯，很快就回来了。这样鳞片还会掉吗？”

“应该不会。”陆听寒的语速有点慢，“那你去吧。其他时间你就留在家里，别和其他人接触，冰箱里有吃的喝的，这样做得到吗？”

“可以的。”时渊应承下来，“我等你回来呀。”

电话挂断。纸箱子都被装好了，蔡德元在车上等着他。

陆听寒长吁一口气，起身走向楼下。他戴上军帽，压低了帽檐，步伐一如既往地坚定。他心想，是时候看一看梦醒后的世界了。看一看那究竟是无尽的黑暗，还是花与光。

城外荒原。

“也就是说在这个鬼地方，有人给他堆了个石堆墓？”白烨说。

在他的面前，是一辆爬满藤蔓的报废军车，这曾是支援拾穗城南哨站的车队。它在密林中遭到了攻击，有一辆车报废了，驾驶员也死了。时隔一年多，白烨带领的另一支小队找到了他们。根据报告，牺牲的战士名叫殷舟。白烨这一行过来，不打算做什么，就打算花个三分钟确认一下现场，接着继续赶路。他们却看到了非常诡异的一幕：殷舟的尸体被石头堆砌起来了，做了个简易的坟墓。谁会干这种事？谁会在怪物横行的密林，花时间收集石头，耐心地堆出一个石墓？这太不可思议了。

白烨当即吩咐众人调查。周围危险，他们要抓紧时间，一队人检查废弃军车，一队人扒开了石堆。在潮湿温暖的环境下，尸体早已骨架化，他们找到了殷舟的狗牌，而离奇的事情发生了：他们还在殷舟的头骨上，发现了一个弹孔，以及一枚黄铜色的子弹。弹孔在额骨中心偏右，一击毙命。

白烨缓缓道："真是活见鬼了，他是被人枪杀的？"

有一名战士说："是不是战友见他没救了，给了他一个痛快？"

"不，"白烨说，"我刚刚看了他们的报告。车队遇袭后，他们甚至不知道殷舟还活着，转移了人员，车队就直接离开了森林。如果他是被队友枪决的，报告中肯定会写到。"

战士悚然一惊："也就是说……"

"也就是说，在车队离开之后殷舟还活着。"白烨紧盯着那具骨骼，"然后，有人枪杀了他，并且给他堆了个石堆墓。"

附近他们也找了一圈，暂时没见到其他尸体。没法确认那名枪手是死了，还是离开了。白烨的表情越发凝重。

"队长！"又有一人提着密封袋急匆匆走来，"有新的发现！"

密封袋中是一把军用手枪，沾满了泥土和黏液。

白烨说："带回去，马上做枪弹痕迹鉴定和指纹提取。"

"是！"战士敬礼。

远处天空是绿松石色的，一抹天青铺在顶端，白烨看向殷舟空洞洞的眼眶——殷舟好似还在眺望苍穹。

白烨问："你究竟看到了什么呢？"

没有应答。

那支手枪被装进了密封箱中。

白烨喃喃道："来吧，让我看看你究竟是何方神圣。"

第六章 真相

两天之后，风阳城。时渊按约定的那样请假了，这两天没去上班。但今天他要去福利中心，拿回邬正青最后的财物。他昨天睡得不大好，陆听寒没回来，他又梦见了舞台和怪物们，无数视线落在他身上，期待着盼望着，他是唯一的主角。他从未摆脱这个梦境。

可时渊准备向陆听寒坦白了，在拾穗城时他也动过坦白的念头，他想守住城市，于是，去荒原将一只蓝蝴蝶定在了晶体内，准备给陆听寒证明自己的能力。结果“黑女王”出现了。它拥有可怖的感染数值和无尽的时间，足以成为城市的灭顶之灾。好在，它被天基武器击中，被收容在主城实验室。陆听寒告诉了他这件事，问他见没见过蜂后。时渊当时撒谎了，他的能力救不了城市，甚至背道而驰，那么，也就没有坦白的必要了。

彼时，时渊还不懂坦诚。不懂在一段关系中，坦诚是最重要的基石，也是最根本的尊重——或许他不必为了城市而说出真相，但是，他至少该告诉陆听寒，陆听寒有权知道一切。

时渊坐电车去四号高塔，心想，等陆听寒生日过了，就告诉他这件事情吧。他要好好道歉，好好解释所有事情。他希望他的坦诚不会太晚。

到了福利中心，王妤正倚着前台吃罐头。时渊和她打了声招呼，去邬正青的房间开始收拾。王妤继续吃罐头。罐头是菌菇汤面条，面条滑溜溜的，每一截都很短，毫无口感可言。她正皱眉，就听见一阵脚步声，数十名持枪的战士踏入福利中心，是风阳城执法队。王妤睁大了眼睛。为首的战士冲她比了个手势，示意她离开，然后食指和中指合并，指向走廊尽头。那是时渊在的地方。福利中心的人员被疏散了，执法小队来到邬正青的房门口。房门没锁，队长比了个手势，队员破门而入！然而——房间里空空如也。

在其他人检查床底和桌下时，几名战士持枪，对准不同方向。这小房间一眼看得到头，唯一的视线死角是阁楼。队长在掩护中爬上楼梯，看到阁楼有几本散开的书，星球模型刚从收藏柜中被拿出来，一个背包放在地上，里头刚装了两张宇宙海报。地上落灰，有几个新鲜的脚印。种种迹象表明，这里的人刚走。队长无声地骂了一句。他们又把整个福利中心，掘地三尺地搜了一遍，确定人已经不在了。

“我们看着他进来的。”一名战士说，“这里只有一个出口和一台电梯，B队一直在外头守着，没看见有人离开。”

“真见鬼了。”队长骂道，“这人怎么就好端端地飞走了？”

战士犹豫了一下：“阁楼小天窗确实是开的。我们看过了，窗外没有落脚点，也没有人坠亡。总不可能他真的有翅膀吧？”他干巴巴地笑了。

执法队收队走人。临走前，他们告诉工作人员：“如果看到那个叫时渊的人回来，立刻通知执法队。”

王妤难以置信，追问道：“他干了什么事情？”

队长回答：“他涉嫌一级谋杀，其他细节我不能向你透露。”

“谋杀？怎么可能！”王妤的眼睛瞪大了，“他绝不可能做出这种事情的！”

“有没有罪，是法庭该思考的事情。”队长冷冷道，“我们已经拿到逮捕令，只负责执法，把嫌疑人捉拿归案。不论你多不相信，不要以任何方式接触他，这是为你自身的安全考虑。”

王妤的脸色比纸还白。

“知人知面不知心，这句话你该明白。”队长临走前这么说，“我们见过太多例子，不知道有多少受害人，在遇险之前都相信凶手是好人。女士，祝您平安，有情况随时联系我们。”

他转身要走，突然死死皱着眉头。

“怎么？”王妤问。

“立刻撤离。”队长说，“所有人立刻撤离。刚刚监测中心确认了，在这座塔里……出现了0号深渊的感染波长。”

0号深渊又出现了？信号怎么会在城中，会在这里？短时间里发生的事情太多，众人恐慌又一头雾水，在执法队的指挥下，四号高塔暂时清空了。王妤走在去车站的路上，思绪混乱。陆上将知道吗？是他下令逮捕时渊的吗？还是他根本不知情？怎么就发生这种事情了？

然而，她脑中又闪过第一次见到时渊的场面——高低错落的树木中，月光凄凉，蜂王高速振翅，而时渊向它伸出了双手。蜂王向时渊张开六足，想把他圈起来。那像是捕食，又像是一个拥抱。而时渊的神情平静，仿佛怪物才是他的同类。

电车来了，王妤上了车。

一堆刚疏散的人挤在车上，她艰难地掏出手机，犹豫再三，给时渊发了一条信息：“你还好吗？”

没有回复。

与此同时，头生恶魔角的少年躲在巷子里。执法队破门而入时他在阁楼上。他向来怕人，第一反应就是伏低身子，偷偷打量。他看到了五六名战士，还有他们手中冰冷的枪械。

时渊不懂出了什么事，可他有一种与生俱来的、出自本能的直觉。这种直觉让雀鸟归巢、野兽寻血，也让它们闻风而动。他明白事情不对劲，而且，这帮人肯定是奔着他来的，带着极强的、他必须回避的敌意。他绝不能被他们抓住。时渊见过那些战士对敌人有多果决，万一……万一他们知道了他是怪物，肯定会下死手。

他还没向陆听寒坦白，他还不能死。唯一的出口就是天窗，在队长上来之前，时渊化作黑雾逃跑了，躲在了远处的巷子里。可接下来该做什么，时渊完全不知道了。他就这样待了五六分钟，还没理清楚思绪，就听见脚步声靠近。整个片区的巡逻队行动起来了，和执法队一同行动，这里不再安全。声势如此浩大，他肯定惹了很大的事。唯一安全的地方……唯一绝对安全、没有人的地方，是荒原。脚步声越发靠近，伴随着无人机的嗡嗡声。

时渊站起身，再次化作黑雾奔向城外。他许久没出过城，城外陌生又熟悉。天空依旧绮丽，浓郁色彩如油画，杂草依旧乱糟糟的，几只虫型生物惊恐地逃跑。他没有跑多远，来到了最近的一片矮树林中，坐在树墩上，发了一会儿呆，拿出手机。

他想给陆听寒发信息。明明陆听寒是联盟上将，是最想杀死怪物的人，他不惜一次次奔赴前线、不惜师生反目都要守住城市，决心可鉴；明明时渊还不清楚，这逮捕证是否由陆听寒批下，陆听寒是否误会了什么，又知道了多少真相；明明他不该暴露自己的动向……时渊依旧打开了陆听寒的消息框。光标跳动，最后一条聊天记录是陆听寒回复他："晚安，等我回来。"

时渊难过地蜷起尾巴。他想来想去不知道要说什么，打了一行："你在哪里啊？"

没发出去，他又删掉了，换成："有好多人要抓我，我好害怕呀！"

他又删掉，最后只小心翼翼地打了一句："陆听寒，我能不能见一见你？"

他鼓足勇气摁下发送键。消息弹出去，提示符号转了两圈，变成了红色的感叹号。时渊愣了一下，又发了一次，还是红色感叹号。这里是荒原。没有信号塔，没有车队的军用信号发射源，手机无法收到信号。但他也没办法回到城市，每次化作黑雾，联盟都会监测到他，每次都会引起不必要的混乱，甚至影响战况。再说，半个城市的执法队都在找他，万一他回城被发现了，无奈下变成了黑雾，等于是在众人面前坐实了自己是怪物，是深渊。要是他公然暴露身份了……陆听寒要怎么办？陆听寒本就因为担任过监视者一事受到诸多怀疑，要是再来这么一出，不知道会闹出什么乱子。他可以回到荒原，但陆听寒只有城市了，这是他深爱的城市。

时渊知道，自己是绝不能回城了。至少，在陆听寒回来之前，他不该回去。时渊又试着发了几条信息，打了几个电话，无济于事。

天色渐晚，黑色城墙矗立在暮色中，沉默而遥远。时渊还能看到城市，可他从没觉得城市离他那么远，哪怕他与王妤并肩眺望城市时，他没去过城市，却也知道自己终将抵达。不像现在，城墙一盏盏探照灯亮起，战士们坚守岗位，他见过了街道和楼宇，见过了飞行器和防御炮台，觉得自己或许回不去了。直到这时，他才真切意识到，平静的生活被打碎了。一切来得太突然，太猝不及防。他没有反应的机会，没有反抗的余地。就这么结束了吗？他想，在这么寻常的一天里？

灌木丛传来窸窸窣窣的声响，几条荧光色的蛇爬出来，缠绕藤蔓，吐出了艳丽的信子。蚁群搬运被感染了的落叶，蚁酸腐蚀叶片，升腾出一小片褐色云雾。时渊坐在树墩上，看见几棵小树扭动树根，逃跑了。这是他最熟悉的一幕。他就是这么一步步、一天天从荒原来的。

现在，他又要度过这样的夜晚。风很大，呼啸着穿过林间。时渊找了背风处，倚着一棵老树裹紧衣衫，用尾巴圈住自己。

飞行器降落在风阳城。陆听寒面无表情地坐在办公室，全息投影上，铺着冗长的文件。他回城了才知道逮捕令和殷舟一事。殷舟死于枪击，而那把手枪上的指纹经过比对，是时渊的。尽管无人能解释，时渊怎么会出现在荒原，又是怎么平安离开的……至少在枪支这事上，证据确凿，无可辩驳。而且，陆听寒知道时渊为什么会用枪。

当时城中发生枪击案，怪物的攻势也越发激烈，他担心时渊遇到危险，亲自教他用手枪。他记得，时渊持枪的姿势如何僵硬，他又是如何教他装弹、上膛、瞄准和射击的。时渊用他教的技巧，射出的第一发子弹，却是对着联盟战士，对着他的下属和同胞。

另一份材料关于谢千明。谢千明因紫灯虫的寄生而死。车队杀死了蜂王，救下了时渊。而之后被0号深渊感染的蜂后出现了，代号“黑女王”，那跨越了时间的能力，一度引起恐慌。谢千明私自出城，没留下记录，行车记录仪也损坏了，无从知晓当时的情况。屏幕上，殷舟和谢千明的资料，还有0号深渊几次出现的报告，被列在了一起。

整个事情连在一起看，就很微妙了。两件事都没有记录，若往最坏的方向猜想……谢千明和殷舟的死，都是因为他们发现了时渊的身份，又或者起了矛盾，所以被灭口了。这也是个非常合理的猜想，毕竟，只有死人才能永远保守秘密。

可是，他又想起——在拾穗城沦陷那晚，几个防御点轮番报告，说怪物莫名退避了几轮，像是在害怕什么，他们才有机会营救那么多居民；在一级警告时，0号深渊的感染波长在风阳城出现，朝铁城去了，几日过后，联盟奇迹般收到了“远眺”的数据，再之后感染波长又回到了风阳城；在“重锤”落下后，有人把他从废墟中带出，岩蛇不敢近身。

陆听寒闭了闭眼睛，心中一半是冰冷的潮水，一半又是燃烧的火——即使是这种时候他想起时渊，心竟然还是柔软的。他想，时渊，你到底做了什么事情？你真的……是我想的那个存在吗？

副官敲门，进来报告：“陆上将，我问清楚了，逮捕令是傅修中将下达的。”

傅修是风阳城的二把手，下达逮捕令之类的命令，如无争议，确实不用事无巨细地报告给陆听寒。

副官又说：“执法队那边反馈的最新情况是，还是找不到人，正在加大搜寻力度。您有什么指示吗？”

“没有。”陆听寒说，“他要是真的想走，没有人能拦得住他的。”他顿了一下，“不过，我知道要怎么见到他。他还会回来的。”

副官不解。

陆听寒站起身，披上外套走向屋外：“他答应会一直等着我，而我也能永远找到他。他……他是为我而来的。”

十八小时后。

执法队接到举报，有群众声称，见到了通缉令上的嫌疑人，目击地点在一座废弃的能源塔。战士们把塔围了个水泄不通，面对涉嫌一级谋杀的逃犯，再谨慎都不为过。飞行器和机器人都启用了，狙击手也就位，然而就在突击行动开始前——银灰色的飞行器降落。身着军装的英俊男人有着灰蓝色的眼睛，军帽压得很低，手套白得耀眼。

执法队队长立正敬礼："陆上将。"他拿不准陆听寒为何出现，报告道，"犯罪嫌疑人藏身在这里，我们正准备突入……"

"不用。"陆听寒说，"我去就可以了。"

队长一愣。

"你们留在这里，我去就行了。"陆听寒说，"这件事情我来解决，没我的命令不准开枪。"

"他涉嫌一级谋杀，有相当高的危险性，陆上将，您……"

"我知道自己在做什么，这是命令。而且我会用枪，用得比在场所有人都好。"陆听寒淡淡道，拔枪，在众目睽睽之下往能源塔去了。

他没让任何人陪同，推开吱呀作响的门，走上老旧的楼梯。小时候的他，无数次在这里登高远眺。他从未想过有一天有人能和他并肩，一起看城市看荒原，看风车和碎光流淌的北城区。时渊当然会来这里，他告诉过时渊，开阔的地方不安全，时渊不会去天台的。陆听寒一步步向上走，去到了天台之下的最高层。那里一片漆黑，什么都看不到，而他像是早知方位，朝着角落走去。走近了，月光穿过破墙和裸露的钢筋网，将一人的身影朦胧地勾了微光。那人头生恶魔角，眼尾有黑鳞，一条长尾巴打了死结。

陆听寒静静地看着他，喊了一句："时渊。"

少年浑身抖了一下，颤抖地往前走了几步，他竭力克制了，却再也忍不住，扑过来。他紧紧抱住陆听寒，陆听寒看到他脸上泪水的反光，那该是分外咸苦的。

时渊摸到了冰冷的手枪。

"陆听寒，"他满脸都是泪，"你要杀了我吗？"

时渊实在太难过了，打了结的尾巴又蜷在了一起。他的眼泪止不住地流，把陆听寒的军装都打湿了一大片。他很想道歉，很想把来龙去脉讲清楚，可他从不是一只伶牙俐齿的深渊。他不知道自己哭了多久。

直到陆听寒伸手，擦了擦他的眼泪，无奈道：“怎么那么能哭？”

时渊哭得更凶了，他难过极了，没注意到从头到尾陆听寒的枪口都不曾指向他，没注意到塔下的执法队是何时离去的，也没注意到陆听寒是怎么把他带上了车。黑车无声启动，正如此前无数次，驶向寂静的街道。

一路无言。

等车停了，陆听寒终于伸手，摸了摸他的头：“下车吧。”

时渊：“嗯。”声音都哭哑了。

他死死拽着陆听寒的袖口，进了屋子才发现，这不是他们平时的家。陆听寒开了灯，客厅挺小的，勉强放下了沙发和茶几，卧室也只有一间。

陆听寒说：“这里很偏远，周围没有其他人活动。你现在别被其他人看到比较好。”他碰到时渊的手，刺骨的冰冷，他叹了口气，“你先坐着，我去烧壶热水。”

出于谨慎和安全考虑，陆听寒在风阳城有不同的住处，以备不时之需，这小房子就是最僻静的一处。他没来过几次，挽起袖口打开厨房储物柜，找出了电热水壶和两个干净玻璃杯。水加满了，通上电，刚开始咕嘟咕嘟冒泡，时渊来到他的身边。

时渊闷声说：“陆听寒，对不起。”

陆听寒没作声，等水开了，他倒满两个杯子，说：“时渊，坐到沙发上去。”

时渊没动。

陆听寒无奈：“时渊。”

还是没动静，在他的余光里，那条打了死结的尾巴蜷缩得更厉害了。

陆听寒没办法，端了两杯热水，拉着小怪物回到了沙发旁。这回时渊才坐在沙发上，双手捧着陆听寒递给他的热水。

“跟我讲讲吧。”陆听寒看着他，“到底是怎么回事？你究竟是……什么东西？”

时渊紧握住玻璃杯，指尖微微发白。终于到了这一刻。

他鼓起勇气说：“我是深渊。0号深渊。”

这一刻听到时渊的亲口承认，即使陆听寒早已猜到，他依旧僵住了。

太难以置信，千言万语汇成一句话，他问：“你怎么变成人了？”

“因为我很难过。”时渊回忆往事，更加伤心欲绝，“你有一天突然走了，再也没回来。我实在是太难过了，伤心到变形，就成人了。”

陆听寒迟疑道：“伤心到变形？就因为这个你变成了人类？”

时渊眼中又有泪光了：“你看，你根本不知道我有多难过。如果你足够伤心，你也能伤心到变形的。”

陆听寒说：“不，我很确定我不能。”

时渊的眼泪哗地落下来了，抱住尾巴。陆听寒实在想不明白，说自己不能变形怎么就惹哭时渊了，大概深渊的思维是很奇怪的。眼看时渊又要哭上了，他只好伸手，猛揉时渊的脑袋。这一招不论何时都有效。

时渊慢慢收回了眼泪。

“喝点水。再继续往下说吧。”

时渊小口喝着热水，继续讲了下去。他说他变成人后，完全不知道该去哪里，走了好几个月才遇见了谢千明。谢千明以为他也被感染了，让他上了车，两人同行了五天。直到蜂后出现，时渊为保护谢千明杀死了蜂后，但寄生在谢千明身上的虫卵受到蜂后催化，提前孵化了，他没能救下谢千明。

陆听寒说：“那个被你杀死的蜂后，就是‘黑女王’？”

“对。”时渊的声音还是哑的，“当时我不知道，我杀死它，就意味着感染它了。我从没感染过任何生物，我不知道会这样，我只是想救下谢千明。”

陆听寒问：“你是怎么杀死它的？用了多久？”

“啊……想杀就杀了，不是很简单的事情吗？”时渊有些困惑地偏了偏头，“我也不知道用了多久，可能几秒吧。不过它应该在黑水晶里待了很久，才重新开始活动。”

陆听寒沉默了几秒。那么可怕的感染，那么超越想象的物种飞升，对时渊来讲，不过是几秒就能完成的事情。然后，死去的怪物在水晶中默默进化，变成城市的……不，是这个世界的灭顶之灾。研究中心那帮老家伙说得没错，于怪物而言，0号深渊是它们的神明。

时渊又喝了一点水，情绪稍微稳定下来，继续说："后来我跟着车队找到了你。我没想到你是上将，身边还有那么可怕的异变者战士。我很害怕，尾巴都打结了。但是，我还是鼓起勇气去找你。后来我按照谢千明的心愿，去了野玫瑰剧团演戏。我遇到了很多人，经历了很多事，看到了舞台和麦田，明白了你为什么喜欢这个城市。高峰期时，我出了一次城，想着杀死一只怪物带回来给你看，证明我的能力，然后……守住拾穗城。"

陆听寒回想起，联盟刚宣布高峰期到来，就再一次监测到了0号深渊的感染信号。感染信号出现了又消失，共有两次，在城市的两端。研究中心的关教授很崩溃，骂道，这破深渊难道是迷路了吗？

陆听寒试探性问："你是不是迷路了？"

"你怎么知道！"时渊睁大了眼睛，"我回来的时候跑错地方了，淋了一场雨才走回家。"

还真是迷路了！不知道那帮老教授知道真相，该是什么表情。

陆听寒又说："殷舟也是在那个时候死的，和你有关吗？"

"嗯。"时渊说，"车队被袭击了，他们以为殷舟死了。我过去的时候他还有一口气，认出了我的声音，知道我是怪物了。"

陆听寒："然后呢？你向他开枪了？"问出这话时，他甚至没察觉到自己在紧张。

"殷舟被感染了，快死了，让我给他个解脱。我就这么做了，还给他堆了个石头墓。然后我找到了一只快死的蓝蝴蝶，杀了它，把它带回了城里想给你看。"一想起这事，他的尾巴又蜷起来，"还没来得及给你看，我就知道了蜂后的事情。我以为我能做点什么，救下城市，但我……我才知道，我只能让事情变得更糟糕。最开始，我真的只是想救下谢千明。"

陆听寒问："谢千明和殷舟这两件事，记录都损坏了，也没有证人，没法确认事发经过。你有什么证据吗？能证明你说的话。"

"没有。"时渊很轻地说，"我没有任何证据。"

陆听寒沉默着。这期间时渊不敢看他，像是在等待他最终的审判。

良久后，陆听寒缓缓开口："拾穗城最后撤离时，你赶走了怪物？"

"赶走了一些吧。"时渊说，"我没能救下很多人。"

陆听寒神色缓和些许："'远眺'和你有关吗？"

时渊回答："嗯，我去了铁城。铁城还有一个人住着，他叫爱德华，以前是中士。他的家人都去世了，他也疯了，只想去通信塔上跳一首华尔兹。我吓跑其他怪物，和爱德华一起上了通信塔。他帮我找到备用电源，传回了'远眺'的数据。可惜……最后'远眺'没有成功。"

陆听寒又问："岩蛇那一次，是你救了我？"

"嗯。"时渊说，"我找到你的时候'重锤'已经落下了，其他岩蛇想过来，被我吓跑了。我看着救援队过来，把你送上飞行器了，我才走的。"

陆听寒揉了揉时渊的脑袋，说："谢谢。谢谢你救了我。"

时渊今天太难过，实在发不出呼噜声，抬头看向陆听寒："所以，我只是想找到你。我是为你来的。"

陆听寒："为什么是我？我到底……有什么特别的地方？"

"因为你陪了我十年，我才从沉睡中醒来了。"时渊说，"深渊是需要陪伴和凝视的。"

陆听寒不禁想象了一下那场面。他巡视深渊，以为这天地间只有他、监视塔和那片柏树林，然而时渊在黑雾中疯狂摇尾巴，眼眸亮晶晶地看着他。

他问："就因为这个？就因为陪伴？"

"嗯。这就是全部理由啦。"时渊想了想，"来到城市后，你还带我见到了那么多东西，每一样都让我觉得，你真的是个很好很好的人。"

这一刻，陆听寒神色微动。

时渊说："我不知道我是从哪里来的，宇宙之类的东西，对我来说太遥远了。我只是想被你摸摸头。"他再次看向陆听寒，看着那双熟悉的眼眸，鼓起勇气问，"这就是全部故事了。所以，你要赶走我吗？你要……杀死我吗？"

陆听寒说："不，时渊，我不会杀死你的。我……"他顿了一下，"我需要一点时间，去思考怎么处理这件事。这是前所未有的状况，我愿意相信你，但我也会有很多顾虑。我也很混乱，不知道如何应对，没办法保证之后会发生什么。可不管如何，你不会死的。”

时渊闻言，蜷起的尾巴终于放松了一点，他再次真挚道：“对不起，我骗了你那么久，你还愿意相信我说的话。”

“我有判断能力，至少看人准。”陆听寒说，“要是相处那么久，我还看不出你是怎样的人，我也不配当这个上将了。”他捏了捏时渊的脸，“所以别再哭了。”

时渊终于没那么难过了，他想，他真是个很糟糕的深渊。明明要道歉的是他，结果哭成那样，最后又是陆听寒在哄他了。

时渊不禁问：“那如果我一开始就以真实身份和你见面，故事会怎么样呢？你会杀死我吗？”

“我不知道。”陆听寒讲，“我们没办法回溯时间，也没办法假想另一种可能性。我不知道过去怎么样，也不知道未来会如何，但我知道一点，就是听了那么多不可思议的故事之后，在我眼里，你只是时渊。”

他笑了下，伸手抱了抱时渊，安抚性地拍拍他的背。这安抚虽简单，却很有力量感，足够抚平一只深渊忐忑不安、快要爆炸的内心。

“六点我们出发，去一趟研究中心。”陆听寒低声说，“先睡两个小时吧。”

时渊问：“我真的不会被抓走吗？”

陆听寒点点头：“只要你不感染我。”

时渊笑了，尽管眼眶还是红的，笑得也有点勉强，好歹是一个笑容。时渊休息了一阵，带着酸楚又刺痛的喜悦，仿佛劫后重生。还好，陆听寒依旧信任他。

早上六点钟，他们准时出发，去了风阳城研究中心。他们去见了关教授，时渊在教授的办公室坐着，而陆听寒和关教授私下见面，陆听寒把前因后果和关教授讲了一遍。关教授张大嘴，吓得眼镜都差点飞出去了。

他说："我研究深渊研究了一辈子，不代表有一天深渊会走进我的办公室啊！"他看了眼时渊，"他还在吃我的绿豆饼！"

"都要过期了，不吃也是浪费。"陆听寒的语气理所当然。

关教授狂揉眉心，感觉自己血压突突地往上升。他倚着墙壁，缓了十几分钟，理清了思路才开口："所以，您想先让我确定两点。第一，他会不会吸引怪物靠近城市；第二，和他接触会不会受到影响。"

"对。"陆听寒说，"先弄明白这两点，其他事情以后再说。"

"如果是大致的结果，很快就能弄明白。"关教授单手插兜，看向天花板，"我可以私下实验，不过你之后打算怎么办，要告诉其他人吗？"

陆听寒："我有我自己的考量。"

"行，其他人说这话我肯定不信，但我相信你。"关教授说，"不过，你先让他别再吃我的绿豆饼了。"

此后的一周，时渊几乎每天都在研究中心待着。在陆听寒的指使下，他把关教授所有的绿豆饼都吃了。研究中心收容了不少活体怪物，关教授作为权限最高的管理者，接触到它们很简单。他让怪物隔着收容玻璃与时渊进行接触，在上百轮的实验后，他得出了结论。

天台的风吹得舒适，关教授和陆听寒并肩站着，告诉他："大部分怪物对时渊都是恐惧的，害怕被杀死。极少数怪物出于对飞升的渴望，对他表现出狂热，也因此想要接近他。不过这个范围并不大，超过八百到一千米，就没有怪物会主动靠近他了。我猜想，它们并不能时刻感受到时渊的存在。"

陆听寒拿着抽了一半的烟，问："也就是说？"

"也就是说，他并不会吸引怪物靠近城市。"关教授回答，"详细结论还需要更多的实验，不过，基本可以肯定那些袭击与他无关。而且您不是也说了吗，他进城前后，怪物的行动都没有异常——在这一点上，您的判断不会出错。"

陆听寒没答话。

关教授扭头一看，陆听寒正看向天空。他才注意到，那半截烟早被陆听寒夹得歪歪扭扭了，可见方才的紧张。

“太好了。”陆听寒依旧看着天空，喃喃道，“……太好了。”

天空湛蓝如洗，他摁灭了烟，不再抽了。

关教授又说：“至于他会不会影响到周围人……他是人形时，完全没有任何感染波长。您之前一直在查他，已经做过很多次检查了，全都无异常。在我们的认知中没有波长就不会被影响，也不会被感染。”

他打量了一下陆听寒：“我委托我的学生去查了记录——当然，没告诉他们是为什么。总之，和时渊长时间接触过的其他人，在医疗系统的记录中，不论老弱病残都没啥问题。您也是个活生生的例子，和他接触那么久，完全没变化。还是那句话，要进一步实验才能有确凿的结果，不过基本可以确认，这就是正确的结论。”

陆听寒很浅地笑了下：“好。”

之后陆听寒去办公室领走了时渊。

时渊问：“实验都做完了吗？”

“暂时做完了。”陆听寒回答他。

“有什么问题吗？”

“目前没有。”陆听寒摸了摸他的脑袋。

他们回了家，晚上一起吃了鸡蛋青菜面。难得平常的一天，仿佛一切未曾发生。

等吃完饭了，陆听寒看着时渊说：“时渊，我有个事情要跟你说。”

“什么？”时渊的尾巴弯出了问号。

陆听寒：“我好好想了想。”

时渊顿时紧张，抱住了自己的尾巴。

陆听寒接着说：“发生了这么多事情，知道了真相过后，我没办法假装什么都不在乎。所以，我想要问你一个问题。”

两人面对面坐在沙发上。

时渊鲜少见陆听寒对他这么严肃，不禁紧张：“你要问我什么？”

陆听寒缓缓说：“现在联盟生死攸关，自高峰期过后，你应当目睹了我们的诸多无奈，每一次失败都是致命的。我是指挥官，我的职责就是做出一切有利于联盟的判断。”

时渊：“嗯。”

“从《安乐死法案》到舍弃拾穗城，到‘重锤’落下的那一天，再到我和苏恩齐上将的分道扬镳，还有其他你不知道的决策……哪怕有争议，哪怕有质疑，哪怕有沉痛的牺牲，我也总向着最有利于生存的那一条路走去。或者说，我从没有选择，这是一场我们输不起的战争。我不能放弃任何一个机会。”

时渊还是不懂他要说什么，歪了歪脑袋。

陆听寒看向他，神色竟是……有几分挣扎。他缓缓说：“你知道‘回声’和‘远眺’了，那么你知道，联盟曾经有第三个计划吗？”

时渊想起，林叶然曾和他提过，联盟早就放弃第三个计划了。

陆听寒继续讲：“第三个计划名为‘深潜’。长久以来，我们发现感染是具有互斥性的，除了你之外，各个深渊无法覆盖彼此的感染特征。”

时渊：“噢……”

陆听寒：“这就导致了，不同感染潮不会接近不同源的深渊。比如4号深渊的感染生物群，绝不会接近除它之外的深渊。所以联盟一直有个设想，那就是模拟出一个深渊的感染波长，覆盖整个城市。它不会感染任何生物，却能欺骗过感染潮，这样我们就只用对抗一个深渊的感染对象了。这个项目有两大问题，第一个是数据的不足。我们曾经以1号深渊作为对象，试图模拟，但我们需要更多更准确的数据。监视者已在过去的七十年中，提供了大量深渊的数据，但那远远不够。我们需要……来自深渊之底的观测，也就是说，我们需要去深渊之底。

“谁也不知道深渊之底有什么。联盟做了多次尝试，不论是飞行器还是监视器，要不然是被雾气里的感染生物毁坏了，要不然就是在雾气中湮灭。这也是为什么这个计划一直搁浅。”

时渊问：“那第二个问题是什么？”

“第二个问题是，即便模拟出了深渊信号，联盟的城市暴露在地面上，要做到百分百覆盖，实际上是非常难的。如果所有人移居地下避难所，信号覆盖效果能显著提升，但还是不够——远远不够。

“避难所是末世后建出来的，很多设计、结构、用材，难免不足，它空间狭小，深度不够，无法实现自给自足，无法久居，同时它的密闭性和武装能力也有所欠缺。也就是说，我们需要一个极度完善、可以自给自足的地下建筑，才能完成‘深潜’计划。以我们现在的能力，不可能造得出来。”

时渊弄清楚了，人类没法去到深渊之底，也没法找到合适的建筑。

他弯了弯尾巴：“所以，‘深潜’计划才被放弃了。”

“对，这两个都是无法逾越的鸿沟。”陆听寒说，“相比之下，地下建筑稍微有点希望，帝国有许多地下城市，结构完善，他们的地下避难所也胜于联盟，只要能找到一个大型帝国地下建筑，我们就能解决这个问题。”

时渊：“但是‘回声’失败了……”

“嗯。联盟已掌握两个帝国建筑的方位，但将所有人迁移过去也是极难的。更何况，模拟深渊信号这一块迟迟没有进展。”陆听寒看向时渊，灰蓝色眼中有着说不清的情绪，“可是，你来了。”

时渊突然明白过来了：“你们想模拟我的波长？”

“如果近距离‘观察’你，从你这里收集数据，那么联盟也不用去深渊之底了。”陆听寒揉了揉眉骨，“你是个很特殊的深渊，即使模拟不出来你的波长，或许从你身上，我们也能对深渊有更好的认知，从而保护城市，甚至……去其他深渊之底，拿到它们的数据。”

他继续说：“如果这样，我们也可以同时准备搜寻地下建筑，策划转移计划，最后完成‘深潜’计划。这些天，关教授也跟我重新提起了‘深潜’。他的意思是，你很可能是我们新的希望。”

时渊：“啊，原来是这样，我……”

“先听我讲完。”陆听寒温和地打断了他，“我听到关教授的话，是非常纠结的。时渊，你还记得我说过吗，让你见证一切。”

在拾穗城的天台上，他们并肩而立。陆听寒和时渊说，我们已看到勇敢的你，而现在，不需要救世神，到了你来见证我们勇气的时刻。

时渊："我记得的。"

陆听寒："到现在我依旧这样认为，你没义务拯救城市，也没义务去欺骗那些怪物。你应该在城市中做任何你想做的事情。我怕我向你提出请求，你会因为我，做出违心的回答。我是联盟最高指挥官，我得抓住一切可能性去拯救联盟，去拯救人类。"他交握的十指用力，指节微微发白，"所以我还是要问出这个问题，时渊，我已经和关教授确认过，项目是纯观察性质的，不会对你本身造成影响——就像过去我在监视塔进行的观察一样。你只需要释放出感染波长，我们在不同环境记录下来，尝试模拟。而你不会是异类，是研究中心的一分子，是为联盟做出贡献的志愿者，值得应有的尊重。所以，你愿意参与新的'深潜'计划吗？你愿意……尽可能拯救城市吗？"

时渊与他对视，就这么对视了两秒钟，他突然笑了。

时渊轻快地说："我当是什么事呢，让你那么严肃！在我第一次出城想给你看那只蓝蝴蝶的时候，我就做出决定了呀！我不是为了你，我也喜欢这里呀。"

陆听寒有些不解。

时渊的尾巴摇曳如彩旗："我加入了剧团，认识了程游文和秦落落他们，演出过《殉道者》那么好的故事，还有那些花海和麦田。后来，我又认识了想去宇宙的邬先生，喜欢华尔兹的爱德华，看到那些风车和能源塔，在电话里听到了那么多人的故事……这些都是我喜欢的东西呀。'远眺'的资料都是我去铁城找回来的。如果你不提，我也会帮城市做更多事情的。"

陆听寒："也就是说……"

时渊："我当然愿意！说不定以后，我们就能住在地下的城市里了。然后还能继续演舞台剧。"

这回陆听寒几乎是手足无措了。几秒后，他伸出手轻落在时渊的肩上，看着他认真道："谢谢。"情绪在胸腔中沸腾，无法以言语表达。

时渊说："不用讲谢谢，因为……这也是，我的故事。"

第七章 初遇

此后的一周，陆听寒拿到了关教授出具的报告，一份证明时渊不会吸引怪物，一份证明他是人类形态时，不具感染性，同时，他把通缉一事也压了下去，再也没人会来纠缠时渊。

现在，他要去找联盟主席柴永宁。

时渊对此很紧张，他问陆听寒："如果他知道了这件事，会不会不让你指挥了啊？"

"柴永宁有权知道。"陆听寒披上外套，"我会说服他的。"

"真的吗？"

"当然。"

"我还是很紧张……那你要什么时候回来啊？"

"不清楚，不会太久的。"

时渊目送陆听寒的飞行器消失在天际。

十个小时后，柴永宁和陆听寒进行了私下会谈。陆听寒把事情一五一十讲了一遍。柴永宁震撼到一双浑浊老眼都快凸出来了，连吃了十几粒速效救心丸。好在他见过大风大浪，听闻这难以置信的故事，花了几十分钟就冷静下来了。

他缓缓说："陆上将，你有没有想过，他只要一发狂就能毁掉所有城市。你就那么确定他是值得信任的？"

陆听寒十指交叠于身前，白手套耀眼。他说："我绝对相信他。还是那句话，联盟信与不信都没有意义，您太高估我们的力量了。他只要往荒原一跑，保管没有人能再看见他，想感染军队、毁灭城市也不过是几秒钟。我们甚至没有谈判的资格。"他补充道，"战况如此，'深潜'或许是我们唯一的希望了。"

柴永宁来回踱步，纠结到眉毛皱在一起。他又说："那你是怎么说服他的？你的筹码是什么？"

陆听寒："筹码一个是我自己。他是为我而来的，自打认识我和他天天在一起。另一个筹码是这座城市，他同样有喜欢的朋友与景色。"

柴永宁最后叹息道："你留下几天吧，这是件大事情，我们要好好商量一下。"

陆听寒颔首："正有此意。"

柴永宁犹豫片刻，问："不过，你为什么要告诉我？"

在末世兵权就是一切。柴永宁手无实权，说是被半架空了都行，陆听寒大可不用告知他。

陆听寒说："这不是我一个人的战争，你也是我的战友。"

柴永宁的眼中有什么情绪闪过，再次轻叹："陆上将，我们好好讨论——就我们两个人，必要时加上关勋教授，这件事情不必再扩大了。"

两天后商讨结束，柴永宁同意了陆听寒的提议。

陆听寒回到风阳城。一路行过老旧的街巷，他来到了那僻静的住处。今天下了雨，天空灰蒙蒙的，他撑起一把黑伞回家，刚开门他就发现时渊的球鞋不在了。

时渊出门了。

陆听寒给他打电话，没有回复。周围大多是无人的楼房，没多少去处，陆听寒顺着找过去，在离家八十米开外的地方看到了一个废弃的车站。车站刚刚停用，没有乘客，站牌和广告标语牌都没来得及拆，一盏灯还亮着，白光刺破飘摇的雨幕，又落入水洼，被乱跳的雨点打碎。周围的废弃建筑被黑暗吞没，这么看去，好似天地间就剩下了这个小小的车站。

陆听寒看到那光辉之下，少年略微纤细的身子倚向站牌——时渊坐在车站睡着了。陆听寒知道时渊为什么在这，他临走前坐飞行器，就是从这个方向离开的。时渊没想到，这次飞行器降落在另一个基地，陆听寒从完全相反的道路回来了。这两日和柴永宁商议，再加上日常的指挥工作，陆听寒很忙，只来得及给时渊发几条消息。时渊又一直担心自己会影响陆听寒，大概是太着急了，在家待不住，跑来这个车站等着了。

也不知是不是总来这里。

天地昏暗，冷雨潇潇。孤灯、废弃车站和沉睡的少年。陆听寒站在雨中看了几秒，走过去——他安静地坐在时渊身边，撑开的黑伞挡了雨丝和风。就这么坐了两分钟，时渊的眼皮动了动，含糊道："嗯……"

"是我。"陆听寒说，"时渊，我们回家吧。"

时渊拿到了研究中心的工作牌，上头写着"第一科研小组-5级人员"。

关教授说："这是我的小组，你不用和其他人接触，有了工作牌你就有出入建筑的权限了。你的工作时间是上午九点到下午四点，中午在食堂吃饭，下班在研究中心门口有班车，有特殊情况的时候，时间表会变动。"

"好吧。"时渊说，"我现在做什么？"

关教授推了一下眼镜："我先看看你的……本体。"

时渊进了隔离室，放出黑雾。感染检测仪坚持了两分钟，爆表了，彻底不运作了。关教授鼻尖冒汗，拿着这得来不易的数据，说："停停停！太多了，太多了！"

时渊完全不懂自己的污染数值高到了什么地步。他又在关教授的指示下，化作黑雾进行了移动、停留，再度变回人形。各种他不懂的高精密仪器在运转，记录数据，密密麻麻一大片。

关教授时不时发出"哇！""太牛了！""我这辈子没见过这玩意儿！"的声音。

中午，时渊去研究中心食堂吃饭。到处都是穿白大褂的人，他找了个角落待着，吃到了很好吃的土豆烩饭。下午他回到科研大楼，继续在人和黑雾之间变来变去。最后关教授说："你可以回去了。"

时渊问："你不用拍片子，检测脑电波之类的吗？"这些是医院检查感染的流程。

"你之前做过几次体检了，报告我都看了。"关教授坐下来，颇为心疼地看着一堆爆表的检测仪，"全都没异常，再测也没有意义，我们只收集波长数据就可以。我也不能让你感染其他生物，对不对？不然这城市就没了。"

时渊又问："那我下班啦？"

"你走吧。这些东西我会交由值得信任的人一起研究，这些够我们研究一晚了。不，"关教授揉了揉眉骨，"真要琢磨清楚，好几年都不够用，希望……希望这能让我们理解，深渊究竟是什么。明天你再过来，到时候有些数据需要补充。哦，还有，你记得看一看账户，工资是日结的。"

时渊有些意外："我还有工资？"

关教授解释："你是正式的研究人员，也是联盟编制内的一分子，当然有工资。"

时渊："噢……"

关教授拍拍他的肩，笑了下："欢迎你加入我们的科研小队。"

于是下午三点半，时渊前所未有地提早下班了。账户上多了80联盟币，他绕去市场买了点饲料。回家后，他喂了猥琐鱼和大白鸟，在沙发上玩了一会儿，玩着玩着脑袋一垂，睡着了。睡到一半，他翻了个身，结果摔在了地板上。他打着呵欠，揉了揉自己的恶魔角，刚准备站起来却顿住了——他掉下去的时候，把玻璃台面底下的几本书也带下去了。陆听寒最常看的《联盟军事史》中，飘出了一张速写。

时渊拿起它，睁大了眼睛。他收拾好书本，把速写夹了回去。

今天，陆听寒没能赶回家，临睡前他们打了一次电话。

陆听寒问："今天过得怎么样？"

时渊告诉了他，关教授让他变来变去。

陆听寒又问：“不害怕吧？”

时渊：“不害怕，我还挺喜欢关教授。”

“后天我就回来了，”陆听寒说，“有空过去找你。”

“好呀。”时渊的尾巴尖欢快摇曳。

陆听寒欲言又止，最后道：“晚安，时渊。”

第二天时渊又去了研究中心。关教授让他做了一些补充实验，比如以黑雾形态接触两滴抑制剂溶液，或者以最快的速度扩散开自己。

时渊一一照做了。

关教授收集完数据，说：“时渊，你在附近溜达一下吧，有事我们再喊你。”

时渊：“那么快吗？”

现在还不到中午。关教授的黑眼圈深重，似乎还多了两根白头发，他说：“时渊，你实在是太复杂了……你都不知道，你根本就没有半点规律可言，就这么一点点的数据，我估计我们十年都研究不出来。”

“好吧。”时渊说。他看了眼屏幕上的曲线和数值，密集到叫人头皮发麻，他研究了几秒钟，得出来结论：“好像看起来比数独复杂。”

关教授：“……你要这么说，倒也没错。”

时渊留下狂挠脑袋的关教授，在研究中心的周围瞎晃悠，下午补了个实验，在不同颜色的光中穿行。

关教授还问了他：“时渊，深渊的最底下是什么？”

这大概是“深潜”计划中，人类最想知道的事情了。

“最底下？”时渊有些困惑，“我也不清楚。我在的地方，底端就是很正常的地面。我不确定其他深渊底下有什么东西。”

“其他深渊呢？”关教授问，“你有办法和它们接触、交流吗？”

“不能。”时渊回答，“它们和我是有一点点不一样的。我们完全不熟，它们不够礼貌，不会跟我说话。”他想了想，“所以我猜测它们不能难过到变形吧，至少现在不可以。”

“明白了，我还有最后一个问题。”关教授擦了擦老花眼镜，眯着眼看他，“你有没有办法穿过黑雾，去到其他深渊之底？”

时渊：“也不行呀。我来城市之前遇到了2号深渊——当时我还不知道它有编号。我和它说话，它不理我，我变成雾气接触它，也被弹回来了。”

“也是，也是啊。”关教授喃喃，“感染具有互斥性，我早该知道的。”

“为什么问这个？”

关教授：“没什么，我本来还想说要是你能带着仪器，去其他深渊的底端，事情就好办了……看来是我想得太简单了。”他看了看窗外，天空蔚蓝如洗，“今天是个好天气，再出去走走吧。我就惨咯，得和这些数据待着，头发都不知道还能剩几根。”

时渊又出去乱逛。风吹得凉爽，太阳能板闪耀光芒，风车慢悠悠旋转，这是美好宁静的一天。

次日，陆听寒回来了。他早上陪时渊去了研究中心，看着他做实验。

陆听寒问关教授：“有什么成果吗？”

“没有。”关教授长叹一声，“这可是一场持久战，哪里有那么简单啊，这几天检测仪都报废了十几个。你知道唯一结果是什么吗？”

“什么？”

“我的红豆饼也全没了。”

“反正都要过期了，”陆上将如是说，“吃一吃也没关系。”

到了下午三点，时渊和陆听寒走了。

时渊上了陆听寒的车，发现副驾驶放了一束雪见。

“哇！”他睁大了眼睛，“你从哪里弄来的？”

自从拾穗城沦陷，即使是陆听寒也找不到几朵花了。

“主城看到的。”陆听寒说，“偶然看见还有人在阳台养，我派副官去问卖不卖，那人挺爽快地分了一束。”

时渊抱着雪见高高兴兴地回了家，把它们放在花瓶里。

“不知道能开几天。”他换上干净的水，尝试把花束弄整齐，“上次养的花很快就枯了。”

“它们刚开，至少能保持一两周。”陆听寒在厨房烧水，泡了两杯绿茶放在桌上，“枯萎了的话我再去想办法买。”

“还买得到吗？”时渊说，“我听说大部分花都是拾穗城养的。”

“嗯，几乎所有花都在拾穗城种着。”陆听寒笑了笑，“我也不能保证一定找得到，我尽量。”

时渊弄来弄去，那几朵雪见还是歪歪扭扭，就是不听话。陆听寒走过去，又一次帮他把花朵整理得漂漂亮亮。

时渊看着盛放的鲜花，突然说：“我还挺想加西亚大剧院的。那时候每次演出完，都有很多花被扔上舞台。”

“是啊，我记得。我看过你好多场演出，都很精彩。”

“我们是不是永远没办法回去了？”时渊问，“回到拾穗城。”

“对你来说什么时候不能回去？”

“没有人类，城市就不一样了。”时渊想了想，“秦落落和我讲过，在大剧院巅峰时每天都有花海。最后，剧院又回到花海里了。”

感染花朵铺天盖地而来，开了个轰轰烈烈。他依旧记得，那些花如何拥抱了舞台。

陆听寒问：“你是喜欢拾穗城还是这里？”

“都喜欢。”时渊回答。

晚上他们喝着绿茶，一起做了数独游戏。

陆听寒说：“这一本比较难，可以从简单的开始。”

时渊咬着笔头：“还是做这本吧，这是你小时候买的。”

于是陆听寒慢慢教，时渊慢慢学，终于靠自己做出一道数独。

到了十点，临睡前时渊突然问：“陆听寒，你是不是有什么话想讲？”

陆听寒看向时渊。

暖黄色的灯光下，陆听寒的侧脸轮廓英俊，却没有了往常的坚毅。

他低声道："我就是觉得你特别好，喜欢什么热爱什么，都是毫无保留的。你明明有强大的力量，却还是那么善良。"

时渊呆住了，然后说："可是，这是你教会我的啊。"

陆听寒一怔："嗯？"

时渊："陆听寒，你还记得那张速写吗？"

"哪个？"

"我在书里找到了一张速写，你画的。"时渊从书中翻出了速写纸拿回来，"就是这个。"速写纸上是陆听寒八岁的笔触，画着花和光，和含笑看着他的时渊。

陆听寒一直想问这件事，这段时间太忙，竟是拖到了今天，还是被时渊发现了。

时渊说："我知道你忘记了，不然你肯定会认出我——这是我们第一次见面。你穿过荒原来找我了，那时候到处都开着雪见花。"

第一次见面？陆听寒看着速写，努力回忆。他听蔡德元说，他小时候在荒原消失了一天多，回来时发着高烧，好在没被感染。但他脑海中空空如也，什么都想不起来。

"你再好好想一下。"时渊用乌黑的眼眸看着他，"你一定还记得的。"

在这个夜晚，陆听寒看着面前的时渊，时渊的面孔与画中少年渐渐重合，分毫不差，像是那二十余年岁月不曾存在。屋外的风吹呀吹，吹斜了几缕雨丝，细细地贴在窗上。蜿蜒的闪电劈落，时渊把头一埋，靠着抱枕，躲开那一声炸雷。于是，尘封的记忆开始松动——雷暴雨，车队，高耸的城墙。狂风，荒原，飘摇的雪见花海。

陆听寒想起了过去。

二十三年前，由于雷暴，陆听寒乘坐的飞行器无法在主城降落，转而去了前哨站，转乘车队。八岁的陆听寒跟着车队，晃晃荡荡地穿过荒原。他是陆准和虞轻眉的孩子，自然受到了重点关照。可是在行车的第三天，意外发生了。车队遇见了大量的感染雪见。雪见是唯一被感染后，不具备感染性和攻击性的植物，唯一危害大概是，有人会对它花粉过敏。人们都说它作为联盟盟花，冥冥之中得了上天保佑，无数祖辈的英灵栖息其中。

那一晚，大批雪见轰轰烈烈地开在了荒原，散发着淡淡微光，美轮美奂，望不见尽头。车队却半点不敢放松：他们接到通知，3号深渊和0号深渊正在躁动。这是0号深渊第一次躁动，若说3号深渊的威胁是可以预见的，那么0号深渊躁动代表了什么，谁都不知道。众人临急临忙地收拾东西，一片混乱中没有人注意到，一个八岁的孩子偷偷逃跑了。

陆听寒本来坐在车上，看两名战士把备用轮胎取下来，再检查枪支的弹药，却突然察觉到什么，猛然回头。身后是大片的雪见花海。可是他分明感受到，雪见花海尽头有人！

他跳下车，找到一名战士说："花海里有人。"

"什么有人？"那战士满手油污，用手背擦了擦汗，不耐烦地说，"去去去，一边玩去，哪里有人会在那里？你赶快上车，别惹事。"

陆听寒："我……"

"你再不听话，我就把你锁在车上了！"那战士威胁道，"你没听到吗？0号深渊都要发狂了，现在可不是开玩笑的时候！"

其他战士也在远处忙着，而花海中的呼唤越来越清晰，越来越急迫，陆听寒感受到了它的躁动和……孤单。而这份孤单，天地之间，只有他一人能察觉到。

荒原有多危险，哪怕一个孩子都知道，更何况那是陆听寒，已经开始自学怪物的感染特征。可陆听寒犹豫片刻，迈向了雪见花海。他心想，那人应该在不远处，我就走几分钟——就走几分钟，我就能找到他，把他带回车队了。只有我能听到他的呼喊，我当然要找到他。

孩子走向花海，每踏一步，都有白色花瓣轻轻扬起。他没注意到，朦胧的花粉笼罩住他，迷乱了视线，而脚下鲜花海潮一般涌动，带着他去往世界的尽头。他每走一步，花海都裹挟着他前进了无数公里。

就像是童话中追着雀鸟林鹿，不知不觉迷失在森林里的孩子，早已不知道自己身处何方。这是一条雪见花铺就的道路，带领他走向荒原的尽头。

走向一个孤单了千万年的灵魂。

雪见花纷纷扬扬，漫天微光，淹没了孩子小小的身影。陆听寒估摸着自己走了四五分钟，他听见的那道声音、感受到的那个存在，还离他很远很远。不能再走下去了，他想，得回去车队那里，找其他战士过来帮忙，一定要把那个人带回家啊。

他猛然回头——花海烂漫，竟是看不见折返的路了。他拿出通信器，显示没有信号。车队的信号覆盖范围很大，一个孩子走四五分钟，肯定走不出范围。按照车队的准备状况，至少要半小时他们才能重新出发。难道出了什么意外？还是说……他不知不觉走了很远？

陆听寒不知道自己已在千百公里外，他往回走，从快步走到小跑再到奔跑，不知溅起了多少花瓣，衣衫都沾满了淡香。他明明记得来时的方位，却怎么都见不到车队了。他气喘吁吁地停下。除了雪见还是雪见，这漂亮的花第一次叫人如此绝望。

下雨了，雨势越来越大，打湿衣衫，迅速带走了热量。这雨水分外冷，他只穿了一件单衣，很快瑟瑟发抖起来。他拿出通信器，想再次尝试，可浓郁的阴影落在了他身上。他抬头——在无数双复眼中看到了自己。那是一只巨大的蝴蝶，半透明的翅膀同样有着流光，仿佛在发光的少女纱裙。它沉睡在花海中，被他这个不速之客惊醒了，如今渴望一场盛宴——血肉的盛宴。

孩子转身奔逃，人在生死攸关时爆发出的潜力是无穷的，他从未跑得那么快过，比风还要快，而那蝴蝶如影随形。但他还是快被追上了，年幼的身躯还是太脆弱了，腿脚麻了，心跳重得好像锤子在一下下敲击胸腔。他没注意到，蝴蝶的触角碰到他的衣角了，又乍然收回。它停留在远处，再也不敢追逐。而陆听寒还在向前跑，跑进漫天遍野的花海中，直到他——直到他一脚踏空。

白花遮蔽了视线，他没看到脚下已是万丈深渊。他踏空后反应很快，回身抓住了好几朵雪见，一阵植物根茎的撕扯声响起，鲜花断裂了，他带着一大束白花向下坠落。浓郁的黑雾包裹住了他，视线黑暗，仿佛一场永恒的死亡。刚开始还有失重感和风声，很快它们都消失了，湮灭无踪。他想，他就要死了。然而他没有。黑雾逐渐化为实质，托住了他，让他的坠落变得轻柔。也不知过了多久，他轻轻地落在了地上。

环顾四周，大地是灰黑色的，除此之外一无所有。他竟是来到了深渊之底。而奇异的是……他知道，他要找的人就在这里。他抵达了他的目的地。

四下漆黑，唯一光源是他手中的雪见，温柔的一团微光，陆听寒抱花往前走了几步，头顶的黑雾居高临下看着他，似乎在观察他，观察他的神情、动作和模样。十多分钟后，黑雾猛烈流淌。陆听寒借着微光，看到前方出现了一个人影。那是个头生恶魔角，眼尾有黑鳞的少年，容貌精致，眼眸乌黑似深渊。谁也想不到，深渊会变成人类模样。

那时的陆听寒也想不到，他只讶异道："你怎么会在这里？你也掉下来了吗？"

少年不说话，眼神中带着好奇和谨慎，还有一点点的胆怯。

陆听寒上前几步，说："太好了，你知道怎么上去吗？只要上去，我们就可以找到车队离开这里了。"

他靠得近，少年不自觉退后几步。

"你别走啊，"陆听寒说，"我是来找你的。"他伸手，想要拉住时渊，没想到时渊猛地后退，身形消失在了黑暗中。

于是，孩子只能抱着花找人，用稚嫩的嗓音呼唤："喂！喂！你在哪里？

"快出来吧！我们一起回去啊。

"我是来找你的！我知道你一个人待在这里很久了！"

不论怎么喊，少年都不再现身。陆听寒口干舌燥，方才逃跑时的疲惫感又涌上来了。他走了很久，终于支撑不住，坐在了地上。

他很冷，而且犯困。这不是好兆头，一旦在这里闭上眼睛，或许就是永眠。他深吸一口气，拍了拍自己的脸颊，准备起身，一条又粗又长的黑尾巴在视线边缘闪过。他抬头，少年蹲在了他的面前，歪着脑袋看他。目光依旧是探究性的，是好奇的。

孩子勉强说："不要害怕我，我们一起回去吧，去到地面上。"

少年："……"

"你……听得懂我说话吗？我叫陆听寒，你呢？"

少年依旧沉默，不为所动。在他的眼神中，没有半点听明白了的意思。

于是陆听寒明白，少年不懂语言——至少不懂联盟语。对于一个孩子来讲，没了语言，实在太难示好。陆听寒想了想，把手中的雪见花分出去几朵："送你。"

微光落在少年的眼眸中，他微微睁大了眼。

"你见过花吗？"陆听寒继续说，哪怕知道少年听不懂，"这是联盟盟花，代表希望，所有人都喜欢它。"他又把花往前递了递。

这回，少年小心翼翼地伸出手。修长的手指先是碰到叶子，然后是花茎，再之后是柔软的白花瓣。他从陆听寒手中接过雪见，抱在怀中。他从没见过这种东西，睁大了眼睛打量，分外新奇。花香淡淡的，温柔又美好，那柔软的触感还在指间。

少年眉开眼笑。

见到这笑容，陆听寒也神情一松，说："你喜欢花，对不对？"

少年抱着花不说话，看着他，这回眼中雀跃着高兴。

陆听寒就突然觉得，少年很想很想被他摸摸头。这感觉来得突兀来得莫名其妙，可他就是知道了。他伸出还稚嫩的手，很轻很轻地，摸了摸少年的黑发。这回，少年的眼睛睁得更大了。

陆听寒又摸了摸。少年的尾巴尖开始欢快摇曳。于是陆听寒把他柔软的黑发揉乱了，而少年的尾巴摇曳如彩旗，看着他，眼睛亮亮的，满心欢喜。

"现在不怕我了吧？"陆听寒试探性问，"你有办法回到地面吗？地——面——"

他指了指上头。少年顺着他的手指，往上看。

"我们必须回去，"陆听寒还在说，"看看哪里有石头，或者可以爬的地方。你已经在这里待了很久了，对不对？我会陪着你的，我们一起去城市，然后……嗯？"

话还没说完，他就飘了起来。少年在他面前化作雾气，托着他向上。一路向上，直到重新看到灰暗的天空，纷乱的雨水，盛放的雪见花海。小陆听寒惊讶地睁大了眼。少年站在他的面前，站在已空荡荡的深渊旁边，还抱着他送的花。

“你……是人类吗？”陆听寒问。

他拿不准少年究竟是什么，不像纯粹的人类，但他也从未听过怪物能化作人形、拥有理智。见到了这超越凡人的力量，他却不怎么害怕。

少年的尾巴困惑地蜷了蜷，他孤身站在雨中，额发湿漉漉的，依旧形单影只。在他身上，那永恒的孤单感仍未消失。

这一刻，孩子下定了决心。他拉过少年的手，说：“和我一起走吧，找到其他人了再说。你要是怕他们就逃跑吧，如果你喜欢他们，你可以和我一起留下。我……我好像知道你的想法，你只是想要人陪着，对不对？”

他略微强硬地拉着少年，朝记忆中的归路走去。说是强硬，孩子的力气没多少，少年轻而易举就能挣脱，但他没有。他默默跟着陆听寒，偶尔打量四周，大部分时候定定地看着这个小小的人类。体力消耗太多，哪怕知道周围不安全，孩子走了一会儿，又不得不停下来休息了。这时候雨停了，他坐在花海中，而少年盘起尾巴坐在他的身边。

“你看。”陆听寒拿出了通信器，调出一张图片，“这个是花园，里头种着玫瑰、月季、郁金香，还有这种蓝色的花，我不知道叫什么，平时是蔡叔在照料——哦，蔡叔是后勤员。”

少年看着图片上的花。

陆听寒觉得肺部有一阵火在烧，带着灼痛感。他咳嗽几声，又换到下一张照片：“这个是城市街道，在我家门前拍的，是不是挺热闹的？那里到处都是人，还有卖吃的喝的，卖风筝的，卖衣服的。”

少年弯了弯尾巴，有些困惑。

陆听寒又给他看了许多照片。他不喜欢拍照，大部分照片都是亲朋好友发来的，他顺手存下，也就二三十张。不过对于少年来说，已足够新奇了。他抱着尾巴，窝在陆听寒的身边，看到壮阔的落日，绮丽的天空，高低错落的树林，巍峨绵延的城墙。

哪怕语言不通，陆听寒也一一跟他讲解了。他知道，少年很喜欢这些。世间万物，哪里是区区几张照片能囊括的？可他存下了最喜欢的几张，给少年看他最喜欢的景象，希望能抚平那孤单感。他讲述的时候，眼中带光。

照片看完了。

“我们……我们得继续走了，还没找到车队呢。我说好了要带你回去。”小陆听寒想站起来，脚下一软，险些跌倒。

少年扶住了他。

接下来的大半天，他们都在花海中走。将陆听寒送来此处的白花不再躁动了，也不能再带走他，他们只能徒步向前。他的身子也越来越冷，四肢也开始无力，一摸脸上和耳后，烫得吓人。不知是淋了雨，还是吸入了大量感染后的花粉，或者蝴蝶的磷粉，饥寒交迫下，他发烧了。眼前浮起黑影，他的步伐越来越慢，时不时停下来休息。不管如何他都紧紧拉着少年的手，不会松开。他断断续续地讲故事，他告诉少年，城市有多热闹，他们可以一起去看看。好在，一路上他们没再遇见怪物。实际上早有怪物觊觎上了他们，只不过被少年吓跑了。

少年将他的情况收在眼中。在小陆听寒脸色青白，又一次坐下来喘息时，少年蹲在他面前，伸手抚过他略微汗湿的头发。

“让我休息一下。”孩子咳嗽着，打了几个寒战，“我们继续走。”

少年依旧看着他，目不转睛。他的指尖涌出黑雾，丝丝缕缕，掠过陆听寒的脸颊。如果车队在附近，那么感染检测仪会不断尖叫，歇斯底里地警告。这一刻，陆听寒与他对视，明白了他的意思。

“让我感染你吧！”少年这样说道，“这样你不会死，我们能永远在一起。”

“不行啊。”陆听寒说。这回，他彻彻底底明白少年不是人类了。他的思维已经混乱了，晕晕沉沉地想到，但是这个小怪物救了他，而且……或许因为他的存在，他们一路没被其他怪物攻击。

黑雾停住了，少年困惑地歪了歪头。

陆听寒忍着肺部的灼烧感，说：“不行，我要回到城市去。那里是我的家，你知道‘家’是什么吗？”

少年依旧困惑。

“那里有我喜欢的东西。”陆听寒解释，“所有东西都在那，我要回去。”或者死在回去的路上。

少年微微一怔，看着他。他看出来了，讲起这个话题，陆听寒的神情既怀念又柔和，就像那些存下来的老照片一样温柔。他从未见过这种表情，也并不理解，心里柔软的一块却被轻轻戳中了。那是一种……很纯粹的热爱。也让他想起，这个人类向他一步步走来的神情：离开队伍去向荒原，在花海中穿越千百公里，为了寻找他，他是来带他回家的。

少年已经在黑暗中待了太久太久了，做着永不结束的梦。生平第一次，有人感受到了他的孤单。陆听寒是为了他而来的。

陆听寒接着说：“你一直一个人吗？总有一天你会懂的，你也会有家。”

“jia……家？”少年模仿他的发音。

“嗯。家。”陆听寒说，望向远方，“就在那个方向。”

隔着无穷无尽的雪见花海，他仿佛看到了城墙，看到了长街和楼宇，看到了生他养他的故土。

他告诉时渊：“可别再感染其他生物了，感染了，它们就回不了家了。”

少年重复道：“……家。”

陆听寒说：“家。”

一阵风起来了，花海飘摇如海潮。陆听寒能感受到，它们又开始绽放，又能带着他穿行过荒原了。

“我们快点走！”他很惊喜，招呼道，“可以回去了！我带你走！”

他拉着少年的手，却被拽了回去。少年站在原地。陆听寒还要拉他，也是没拉动。少年定定地看着他，松开了手。

陆听寒一愣：“你不跟我回去？是因为……你是怪物吗？”

少年听不懂，沉默看着他。赶了一程路，见了一片花海，他还拿着陆听寒送他的几朵花，怎么也不肯放手，对着陆听寒笑了。

陆听寒猜测道：“你陪我走了那么远了，是害怕了吗？害怕见到人类。”

他想起，少年眼中是带着胆怯的。这外头是少年一辈子都没见过的世界，他还没做好准备去城市，还没有一个人让他足够喜欢，喜欢到走入万千人潮中。同行的这一天很梦幻，可是梦幻要结束了。

陆听寒：“我明白了。可是我没办法留下来，我要走了。怎么办呢？”

少年没法回答他。

陆听寒的身体越发冷了，神志都开始模糊。在混沌的思绪中，他努力保持清明，想了想，踮起脚，努力摸摸少年的头，看着那尾巴尖立刻欢快摇曳起来。

“对不起，但是再见啦。”他说，“谢谢你救了我，希望我们以后还会见面，然后你也会喜欢我给你看的一切。”

他转身，走了两步，又回头看去。少年抱花，站在微光中看向他，依旧孑然一身，依旧孤单。对于这样一个灵魂来讲，区区十几个小时的陪伴，只如昙花一现。他让陆听寒想起，他每次坐在空无一人的家里，灯光暗了，一切无声，他偷偷跑出去，爬上高大的能源塔。他望向夜幕中的城市，希望能够守卫它，然而从塔顶下来，挨家挨户紧锁门窗，他在无人的长街漫步时，孤单也像影子一样，一下子在路灯下抓住了他。几只飞蛾围绕白灯泡，不断撞击，发出轻微的“嗒嗒”声。

他明白这种感受的。这一刻，他们的感触交织在一起。

陆听寒突然说：“我会再回来找你的。”

少年困惑地弯起尾巴。

“我会再回来找你的。”陆听寒上前半步，承诺道，“不论发生什么，不论代价是什么，我都会回来找你的。”

彼时，孩子和少年都不懂这承诺的分量，而他依旧保证着：“我会找回你，然后陪着你的。”

少年轻快地眨了眨眼睛。

陆听寒想，他大概明白自己的意思了。陆听寒三步一回头，走入了花海中，身后的少年目送他离开。风起了，花瓣飞扬，他消失在荒原。

后来，消失了一天的陆听寒奇迹般地回到车队。检测做了一次又一次，他没被感染，却高烧了整整一周。被感染后的雪见花无害，长时间吸入花粉和受凉受饿，却让他烧了个稀里糊涂，昏迷不醒。

再醒来时，孩子坐起身说："我好像……去了深渊，深渊底下有人。"

"离你最近的深渊有上千公里。"护士扭头低声道，"这孩子烧傻了吧。"

"我真的看到了。"孩子扶着头疼欲裂的脑袋，"我还和他说话了，他……他长什么样来着？"再怎么回忆，都想不起那张面孔了。而且，那段记忆正在飞速褪色，仿佛一场酩酊大梦终于醒来。

"好好休息。"护士让他躺下，"你看都说胡话了。我跟你讲，有时候发高烧呢，就会做乱七八糟的梦，那些都不是真的——你现在只需要好好休息。你太幸运了，这样都能活下来。"

小陆听寒盯着医院洁白的天花板。头还在疼，他突然问："那——那0号深渊怎么样了？"

"0号深渊？"护士有些讶异，"我不大了解这个……听送你过来的黄队长说，好像是突然平息下去了。"她笑了笑，"哦，对！你这么一说，我想起来了，黄队长还说这事挺奇怪的，本来0号深渊躁动成那样，谁都以为它会感染其他生物，爆发感染潮，结果就那么缓和了，真是奇迹。"

她往床头放了杯热水："孩子，你活下来也是个奇迹。再睡一会儿吧，醒来之后呀，什么梦都能忘掉了。"

陆听寒闭上眼，昏昏沉沉睡去了。他醒来后画了张速写，上头是抱花站在光中的少年。后来，就连这幅画都被忘记了——谁能相信那么奇妙的一晚呢？再后来，他长大了，进了军校。虞轻眉一直研究0号深渊，陆听寒问过几次她的进度。冥冥之中，他对0号深渊有几分特别的关注，连他自己都说不清缘由。

有一次虞轻眉端着一杯茶，垂眸，轻轻晃着杯子，回答道："说真的，我觉得有人该去监视0号深渊。"

陆听寒："为什么？"

"就是一种感觉。"虞轻眉说，"因为我总觉得……在它身上能找到光。"她笑了笑，"说实话，我觉得换你去监视最好了，你不是能推测怪物的想法吗？说不定能弄明白，0号深渊的特别之处。我依旧相信我对它的研究是有意义的。"

在深渊里找到光。这听起来是不可思议的事情，对于虞院士来讲，也是极为感性的一句话了，可陆听寒偏偏信了。临近毕业，陆听寒突然有种强烈的感觉：他要去0号深渊的旁边。他必须要去。

所有人都在反对他，但陆听寒还是坚持。在诸多军官面前、在苏恩齐上将面前，他站得笔直，将虞轻眉的研究结论和假说一一摆出。他说，虞教授也觉得0号深渊是特殊的，他想去找到答案——而且，必须是他，懂得感染生物的他。

"荒唐！"苏恩齐怒拍桌子，"我不会同意！虞教授的项目还没研究出成果，之后也不会有人再去研究了，怎能守着这空头支票？我们可以派其他人过去，不用非得是你！"

陆听寒毫不退让。争论持续很久，最后以苏恩齐的让步告终。他要求陆听寒接受五倍强度的心理测评，同时在监视期间，参与指挥战斗。

老将军叹息道："我还是太心软了。你说，是不是人越老就会越心软？"

陆听寒向他敬礼。临走前陆听寒又说："而且，我也是为了遵守承诺去的。那是个……非常非常重要的承诺。"

苏恩齐揉着眉心："什么承诺？"

是啊，是什么承诺呢？能让他奔赴万里，去到耸立的监视塔中。陆听寒也不记得了，不记得在雪见花海中，他看着孤单的少年，所说的承诺。然而即使承诺已被淡忘，他依旧赴约。

半个月后，十八岁的他背上行囊坐上飞行器。飞行器掠过绮丽的天空，飞向0号深渊的监视塔。八岁的他踏着花海，去荒原找到了少年，向深渊献上一束花。十八岁的他遵守承诺，成为监视者，陪伴了0号深渊整整十年，直到战争号角再度吹响。二十八岁的他不得不结束监视，回到城市，数个月后一个奇奇怪怪的少年出现了，举着一条打了结的尾巴，让他解开。

陆听寒没找到他想要的答案，但他们的故事自此开始。时光流转，屋外冷雨飘飘，伴随着闷雷，好似多年前那场主城的雷暴雨。

时渊说："我知道你不记得这件事了。那时候我也听不懂你说了什么。但是我看到这幅速写后，我觉得你应该是在向我承诺，你会回来找我吧。"

"嗯。"陆听寒说，"是的，我这样承诺了。"

时渊说："我那时候刚刚醒来，挺躁动不安的，还好遇见你了，不然都不知道会发生什么，可能我也会和其他深渊一样吧。你找到了我，送给我花，还摸了我的头。你给我看那些照片的时候，讲起你的家，我第一次知道了什么叫喜欢。"他想了想，"当时我还不懂这个词，只记住了那种感觉，想着有一天我可能也会有。再后来你回来陪着我啦。"

陆听寒一时无言。

时渊："所以我就在想，其实我有点遗憾，没能以真实身份和你见面——我现在知道什么是'仪式感'了。"

陆听寒想起什么，笑了："是啊，仔细一想，我们三次见面都……有点奇怪。第一次是我摔下去了，灰头土脸的，还生病了，第二次你都没和我说上话，第三次是我把你从劫持者手上救下来，也不是适合重逢的场面。"

"也是啊。"时渊纠结地卷起尾巴，"可是怎么办呢？我们应该不会有第四次见面了。"

"没关系，现在也可以，刚好我也没好好自我介绍过。"陆听寒看向时渊，"虽然隔了那么久，再这么说很奇怪，但是，时渊，让我们重新认识一次吧。"

时渊的尾巴尖立刻摇曳起来了："那我来找你！这次是我找到你的！"

虽说是做戏，那也得认真做全套。于是，在这个雨声淋漓的夜晚，时渊重新敲响了陆听寒的大门。

陆听寒打开门，长着小恶魔角的少年站在门外，容貌精致，眼眸明亮。仿佛是见面的那一天，少年带着胆怯带着孤注一掷的勇气，看着他说：“你好，我是深渊，你能继续凝视我吗？”

他又补充：“我每天都有帮你埋垃圾的哦！”

陆听寒突然想起什么，骤然睁大了眼睛。

时渊见他神色，立刻抗议：“你怎么这个表情！亏我还那么认真！”

“好好，我知道了。”陆听寒从丢垃圾的震惊中平复过来，收敛了表情。灯光落在身上，勾勒他笔挺的身姿与深邃眉目。他看向时渊说：“我是陆听寒。我是联盟上将，是你的监视者。我会遵守承诺陪在你身边，永远真挚，永远坦诚，带你去看城市的每个角落，并且……再也不让你埋垃圾。”

“好吧。”时渊轻快道，“你都这么讲了，那我就原谅你的没素质了。现在，陆听寒，我们算正式认识啦。”

“嗯。”陆听寒冲他伸手。

时渊眉开眼笑。

第八章 何为家园

垃圾这件事，震撼了陆上将许久，一时之间什么东西都串在一起了。他想起，时渊见他手中有垃圾时的幽怨，一遍遍说他会乱丢垃圾的不忿，二者结合，定格成了一句振聋发聩的“陆听寒你没有素质”！

当天夜晚，陆听寒试图和时渊解释：“时渊，你知不知道《深渊污染物处理法》？”

时渊正在专心打理尾巴上的鳞片：“不知道啊。”

陆听寒解释：“简单来讲就是把被深渊污染的东西，丢回深渊里去，防止进一步污染，是最高效的一种处理方式。”

时渊：“嗯嗯。”

“也就是说，当时我……那些人把垃圾往你那里丢，是因为处理法，不是乱丢垃圾。”

时渊想了一会儿：“我记得很清楚。你站在监视塔旁边，手一挥，垃圾就下来了。”

陆听寒：“是因为处理法……”

时渊寸步不让：“是不是你策划了这件事情？”

这真是他提出的建议。

时渊："是不是你指挥了他们倒垃圾？"

现场还真是他指挥的。

时渊："再说了那些垃圾都没有分类——我现在懂了，什么干垃圾湿垃圾全都在一起，乱七八糟的，很缺德。"

谁会给污染物分类啊！

时渊看着他的神色，斩钉截铁道："你看，你这不就是在乱丢垃圾吗？"他继续控诉，"陆听寒，我每天起早贪黑起来埋垃圾，埋完一轮还有一轮，整整埋了好几年！要不是我把它们丢回去了，我的家早就被垃圾塞满了。"

陆听寒使劲揉了揉眉骨。他想起垃圾被黑雾丢回来时，运输船驾驶员震撼到眼珠子都快掉出来了：不是谁的驾驶生涯里，都能被深渊劈头盖脸地扔回垃圾的。

时渊继续说："我翻垃圾堆的时候，也学了很多东西。我找到了好几本教联盟语的书，跟着它们学，才懂了怎么说话。"他再次强调，"但这不是你向我丢垃圾的理由！真的太没素质了！"

陆听寒思考了两秒，以他聪明的头脑得出一个不难得出的结论：大概，他是没办法在时渊这儿洗白了。至少用语言没办法。

之后的一段时间，陆听寒很主动、也很刻意地在时渊面前打包好垃圾，提到家务机器人面前，放进去。他每次一碰垃圾桶，垃圾袋发出窸窸窣窣的声音，时渊就会立刻警醒，从沙发后、墙角旁、桌子边上探出脑袋，暗中观察。他的目光一路追随陆听寒，看到他把垃圾交给机器人了，才收回视线。

这么一来二去，陆听寒又问时渊："现在你知道我不会乱丢垃圾了吧。"

"只是暂时的。"时渊很警惕，"还要看你之后的表现。"

于是陆听寒继续负责家中的所有垃圾。

关教授的"深潜"计划继续进行。研究团队天天观察时渊，试图模拟出他的感染波长，但迟迟没有太大的进展。原因无他，主要是时渊的感染模式太特殊了。

关教授第无数次感慨："要是……要是还在过去就好了，现在，我们的科研力量已经很薄弱了。人手不够，仪器不够，加上教育界也很难撑下去了，高等教育资源越来越少，所有人疲于奔命。或许，我们很快就没有精英人才了。"

他摘下眼镜，擦了擦有几道划痕的镜片："我好多年没带过学生，研究中心的新人也快没了。任何行业都需要新鲜血液的，生生不息，不断传承，才铸造了我们的文明。"

时渊问："那要怎么办呢？"

他坐在关教授办公室的转椅上，吃了一口他的黄豆饼。

关教授长叹一口气："我也不知道啊——我要是知道就好了。"他把桌上的资料收拾好，一大沓拿在手中，说，"时渊，你下班了，回家去吧。"

他就这样拿着厚重的资料，顺着研究中心白色的长廊走下去，花白头发似乎又多了几根。

搜寻帝国的地下建筑这方面，倒是有点进展。联盟与帝国有世仇，有过和平时代，也曾有过多年的战争。虽说双方信息大多藏着掖着，不互通，但对彼此倒也有相当的了解。如今，联盟锁定了帝国的两座地下城市——"韦斯利恒"和"斯贝克"。这两座城市离联盟主城最近，同时，据推测，建筑的完好性应当非常高。除此之外，联盟还在搜寻帝国的战时地下建筑。那些秘密建筑专为战争而设计，是比地下城市更好的选择。只要他们能确定方位，就值得一试。时渊对帝国很好奇，问了陆听寒好几次。

他问："为什么联盟和帝国会打起来？"

"因为体制不同，思想不同，信仰也不同。"陆听寒正在帮时渊纠错数独，铅笔慢慢写着，摩擦过纸面，发出好听的沙沙声，"有句话叫'非我族类，其心必异'，人们总是本能排斥与自己不同的事物。"

时渊当然懂得这个道理。他只是没想到，人类之间也有这样的摩擦。

他又问了陆听寒很多问题。

陆听寒告诉他，帝国的首都叫尔顿，那曾是世界上最大的军工业城市，铜墙铁壁，成千上万的军队汇作钢铁洪流，比铁城要森严得多。帝国尚武，从小培养军事思维，男性公民到了二十一岁都要服役，和联盟的文化体系完全不同。联盟与帝国间发生过很多场战争，勾心斗角，烽火四起，钱财、人力、各种各样的资源跟没命一样往里面投，街头巷尾都有喊口号的大喇叭，播报战况，或者声嘶力竭地散播仇恨，当时所有人都没想到，在短短的百年之内，人类文明即将化作乌有。更多的细节，陆听寒也说不上来了。

他说："我没经历过那个时代，那已经是……很久之前的事情了。不少资料也被销毁了。"

时渊问："末世开始后，帝国和联盟就和好了吗？"

"不能称得上和好，只能说被迫停战了。"陆听寒解释，"最开始，双方都以为自己能应付得来深渊，独自防守独自研究，过了几年发现不对劲了，双方想共同防御，但已经晚了。联盟192年，我们最后一次和帝国联系，之后通信断了，我们再没有他们的消息。于是有了'回声'计划，最后计划也失败了。"

说到这里，陆听寒有几分感慨："后面的一段时间，两边人民不再有隔阂了，意识到彼此间其实没那么多不同——很讽刺的是，在这种时候，他们才终于放下了百年的恩怨，握手言和。如果一开始，联盟和帝国就毫无保留地合作，各取所长，说不定局面就不同了。"

时渊抱着尾巴，想了一会儿，说："我没办法想象，联盟和帝国鼎盛的时代。"

"那时候整片天空都是飞行器，海上有航母战舰，陆上有坦克导弹，到处都是城市。那是个很热闹的时代。"陆听寒说，"我找找看，资料库里就有一个纪录短片。"

他找出了短片，投影在墙上。两人坐在沙发上，一起看墙壁映出宏伟的城墙堡垒，震撼的飞行器表演队，十万吨的航母驶入深海，那些战斗机飞掠过海面，像归巢的倦鸟。

时渊睁大了眼睛看。

隔了一会儿，在黑暗里，陆听寒感到有什么东西被塞到了手里，他低头问：“什么东西？”

时渊回答：“关教授的黄豆饼。看视频当然要配零食。”

果然，一个小盒子躺在陆听寒的手中，黄豆饼只剩一块了。

陆听寒笑了：“教授还剩多少零食？”

“不知道。”时渊说，“反正明天我还有的吃。”

两人拿纸巾垫着残渣，分完了那块黄豆饼。时渊监督着陆听寒，把零食外包装扔进垃圾桶。短片播完了，来自过去的盛况在黑暗中沉没。

再后来，他们又去了两次北城区，都是去风阳游乐园。风车在夜色里转动，木马一次次回旋，那些小彩灯在废墟里闪闪发光，巨大的屏幕还未倒下，播放着无声的烟火。每次爱丽丝都坐在废弃的海盗主题餐厅里，托腮感慨：“要是我能看到真正的烟花就好了。夏天的烟花最漂亮。”

时渊说：“说不定会有这一天呢。”

爱丽丝眼中是跳跃的数据，她轻轻晃荡赤裸的双足，白裙飘扬。

第三次去游乐园的时候，旋转木马坏了。不知是哪个部件崩了还是电路出了什么问题，或许叫电工过来能修好，但这未免太奢侈，也是浪费宝贵的资源。两人折腾了好一会儿，只能接受它再也动不起来的事实。

最后，他们坐在长椅上。立式大屏幕还在播放虚拟烟火，多姿多彩的颜色炸开，照亮了海盗船和过山车，白马、枣红马、南瓜车，静静地停在原处，一匹黑马刚好侧眸，以柔和的大眼睛看着他们。

陆听寒问：“以后，还来这里吗？”

时渊说：“不来了吧。”

陆听寒揉了揉时渊的脑袋。

就这样过了一年。战火不断，前哨站毁了又重建，然后又损毁了。“深潜”计划尚未成功，他们模拟不出时渊的感染波长，也找不到帝国的战时地下建筑。陆听寒依旧指挥战斗，依旧揣测怪物的思维。区别就是，时渊也会跟他一起去前线。

联盟243年5月，由于资源受限，民用通信被切断了。人们没办法上网，想要打电话，得先打给联盟的转接中心，等接线员为他们安排通话，每次通话时间在七分钟之内。排队的人很多，早上打一通电话要等近十分钟，到了晚上人人休息了，打一通电话往往要等三四十分钟。

陆听寒给了时渊一个新手机。说是手机，其实更像老式的联盟通信器，有些笨重，还有个旋钮能调频道。

陆听寒说："试试私人频道410.7625，这个能和我正常通信。"

时渊不太会用，在陆听寒的帮助下调好了频道，结果第二天，他不知道碰到了哪里，频道不能用了。他今天不用去研究中心，就在家里捣鼓通信器，没有网络，他甚至查不到用法。时渊拿着通信器，趴在阳台栏杆上一通乱按。通信器发出了一连串提示音，就是不见好。他沮丧地垂着尾巴，只能打电话给转接中心。

一个冰冷的女声问："您好，请问您想转接哪一位？"

时渊说："我想转接陆听寒上将。"

女声明显沉默了两秒："这个我们做不到。"

时渊想了一下，记得陆听寒告诉过他私人号码，说他不忙的时候就可以接电话。他把号码报给了女声。一阵嘟嘟嘟的提示音，他进入了等待队列，足足等了半个小时，才开始正式拨号。还好，陆听寒接起了电话。

他第一句就是："打死结了？"

"不是，"时渊说，"我把通信器弄坏了……"

陆听寒告诉他："你先按左边最大的按钮，然后是右边第三个按钮，等绿灯亮起了，用旋钮把频道调回410.7625。"

时渊照做了。等频道刚调好，电话时间到了，被自动挂断。

时渊一愣，但通信器里又传来陆听寒的声音："现在听到了吗？"

"听到了！"时渊回答，清风从荒原而来，掠过城墙与街道来到阳台，吹起他的发丝和衣衫，他拿着通信器，不禁笑弯了眼，"我就是想问，你今晚什么时候回来呀？"

"马上。"陆听寒的语气带笑，"在路上了。"

时渊终于偷偷摸摸把关教授最后一盒黑豆饼吃完了。不是他一个人吃完的，他还顺了两块回家投喂陆听寒。

关教授痛心疾首：“果然，深渊是顶级的掠食者。”

时渊看着他问：“还有吗？”

“一点点都没有了！别以为我不知道，陆上将也在和你分赃！”

时渊睁大眼睛看着他，尾巴轻轻摇摆：“真的没有了吗？”

关教授：“……”

“关教授，您一直是我见过的最聪明的教授。”

时渊说的是实话，他就认识这么一个教授。

关教授站在原地，良久之后，缓缓开口：“喀喀，喀喀，唉，你这孩子真是的，瞎说什么实话。其实在左边抽屉里还有一盒。”

时渊从左边抽屉里，翻出了关教授藏得严严实实的青豆饼。他一边吃青豆饼，一边看关教授坐在旁边工作，电脑上有无数曲线和数据。

关教授一声叹息：“要是你的感染波长没那么复杂就好了，能改变时间的力量，还不是联盟科技可以触碰的范畴。时渊，你能不能想办法变弱一点？变成一个普普通通的深渊？”

“应该不行。”时渊继续吃青豆饼。

“你都能变成人了，怎么就不能变得普通一点？”关教授说，“你要是变普通一点，我就把我珍藏的芸豆饼也送给你。”

时渊默默记住了还有芸豆饼，然后告诉他：“真的不可能。但变成人是很简单的事情，只要我足够伤心，我就能伤心到变形。”

关教授：“……”

过了一会儿，关教授去开会了，时渊吃了半盒青豆饼，又多拿了三块，准备带给陆听寒。

临下班之前，关教授突然说：“对了，这几天研究中心在清理仓库，找到了一个天文望远镜，你需要吗？”

“好啊。”时渊有些惊喜。

他一直在用邬正青留下的望远镜，天气好的时候就眺望宇宙，那望远镜毕竟旧了，不太好用。他们去了一趟仓库，时渊抱走了密封在泡沫箱里的望远镜。

关教授倚着墙说：“不过，它看不到其他被感染的星球。它们在另一个恒星系统，离得远着呢。”

“我知道的。”时渊说，“有个人教过我很多天文知识。”

关教授欲言又止：“虽然我问过很多次了，但你真的不记得深渊是从哪里来的吗？你们是怎么到这里的？”

“不记得了。”时渊回答，“那时候我可能还没有自我意识，或者一直在睡觉，不记事。”他怎么回忆，都只能想起一片黑暗。

“好吧。”关教授还是叹气，白头发在风中颤抖，“可惜了。要是有一天，我能知道深渊是如何在宇宙中旅行的，就算死而无憾了。”他笑了笑，“宇宙太宏大，人类太渺小，还有那么多我们未曾理解的东西。”

时渊拿着天文望远镜回家了。当天晚上，夜空晴朗，他和陆听寒在阳台一起看星星。时渊调好焦距，对准行星，这个望远镜有自动对焦功能，很方便，要是邬正青在的话肯定会喜欢。他在镜头中看到了清晰可见的星河，赶快招呼陆听寒：“快来看！”

于是陆听寒凑过来，他们看到了灿烂银河。

时渊说：“我还在等流星。”

陆听寒说：“这种东西可遇不可求，我也只有小时候才看过一颗，那时我刚好在能源塔上。”

“好看吗？”

“离得太远了，看不清，只能很模糊地看到一条轨迹。”

“好吧，那可能有一天我们能一起看到。”时渊又说，“而且我还没能找到邬先生的飞船呢。你说，他会不会经过我们头上的天空？”

陆听寒：“说不定呢。”

“希望他已经找到宇航中心了。”时渊又透过望远镜，看到一颗偏红色的气态恒星，“还有那些他喜欢的飞船。他可以开着飞船去他喜欢的星球。”

陆听寒摸了摸时渊的脑袋，说：“主城那边有个天文台，从那里看星空是最漂亮的。”

“哇！”

“有机会的话，我们过去看看。”陆听寒说，“我也没怎么去过。”

时渊兴高采烈地答应下来。

又过了一周，时渊和陆听寒一起去前哨站。自从知道时渊的身份后，陆听寒时不时就带着他一起去前线。时渊大部分时间无所事事，待在休息间里，偶尔小心翼翼地观察其他战士，进行例行的人类观察计划。

关教授本想着，时渊说不定能吓跑几拨怪物，但实际上他能做的不多。怪物受人类的血肉吸引，前哨站的战士多，对它们有相当的吸引力，再加上高峰期，它们的躁动程度高了几十倍，一旦发起狂来就不懂畏惧了。偶然他也会吓跑一些怪物，但能保护的区域非常有限。

时渊倒是能直接杀死它们，只是杀了就意味着感染，人类也完蛋了，用关教授的话来讲：“时渊你只要不动手，就是对人类最大的帮助了。”

总体来说，时渊在前哨站当着一个吉祥物。吉祥物也有吉祥物的好处，他能喝上哨站的土豆肉汤，肉汤的味道好，煮沸了之后满屋子飘香。

为什么陆上将要把时渊带上前线？这个问题困扰所有人，但他们很快习惯了时渊的存在，还暗自感慨他胆子大，见到感染潮都能面不改色，没人知道漂亮、柔软而无害的时渊才是荒原上最可怕的怪物。

而人数越少，对怪物的吸引力也越小。在其他深渊沉静时，响尾渊要保护一两个人，威慑力还是有的。陆听寒声称沾了他的光，两人开车去了荒原深处几次。陆听寒听着风中怪物的咆哮，闻着泥土、树根和血的味道，揣测怪物的动向。

有一次他们待到了深夜，树林中尽是窜动的影子。时渊一路吹了风，连打了几个喷嚏，鼻尖都泛红了。他们在车边点燃了一堆火，拿着一口小铁锅煮热水喝。清水咕嘟咕嘟地冒泡，陆听寒加了茶叶，淡淡的茶香弥漫开。他盛了两杯茶，递给时渊一杯。

“真暖和啊！”时渊披着陆听寒的外套，双手捧着热水，小口喝着。

“再吹一会儿风，你就该感冒了。”陆听寒说。

时渊问：“深渊会感冒吗？”

陆听寒想了好一会儿：“不知道，但我们还是尽量别知道比较好。”

说话间，高林中出现了一只明黄色眼睛。那不知是什么生物，竖瞳明亮极了，仿佛巨大的灯笼，一只眼睛就有树木那么高。它默默地看着篝火旁的两人，过了好一会儿，又静悄悄闭上眼睛，融入黑暗中。然后又来了蓝色猫头鹰，半透明的红蛇，几只亮金色的雀鸟，扭动树根前行的矮树丛。夜晚的森林有一场小小的宴会，时渊寻找城市时，曾无数次见过这样的场景，只不过这一次陆听寒也在他的身边。

茶喝了一半，灌木丛中突然传来窸窸窣窣的声音。

陆听寒拿着枪，时渊高举着尾巴，两人一同凑过去看。拨开灌木丛，底下是一只快要死了的白色小猫。小猫长了很多条尾巴，牙齿由岩石构成，发出微弱的喵喵叫，它的腹部被几颗尖牙贯穿过，但是没有血流出来，也不知它的血液变异成了什么。时渊捧起小猫，去到篝火旁边。

他说：“它就要死了。”

陆听寒：“嗯。”

时渊摸过猫咪柔软的毛发，想起了特蕾西，那个女孩曾在后台上蹿下跳，眼中有猫一般的狡黠，嚷嚷着要见伊莎贝拉女士。

他突然问陆听寒：“现在，它在想着什么呢？”

时渊从不明白怪物们在想什么。他不懂察言观色，就算对怪物也是如此。纵观城市和荒原，只有陆听寒是特殊的，只有他能读懂怪物暴动的思绪，只有他能找到一个孤单的深渊。

陆听寒默不作声地看着白猫。它有一双绿色眼睛，逐渐失去光亮，变得浑浊。若在它生龙活虎之时，撞见了人类，大概是要炸着毛去攻击的，但它快要死了，只能平静地与陆听寒对视。

良久后，陆听寒说：“它在想家。”

很久之前在前哨站，他解剖蚁后时，邴思云中尉也问了他相同的问题。

陆听寒同样回答：它在想家。这不是偶然，他接触过数不清的怪物，他知道它们在想什么。只不过，他很少说出这个叫人难以置信的言论。当初他不解其意，不明白对怪物来讲何为家园，直到通过“远眺”计划，他们知道深渊来自群星之外：或许在那星光的深处，有它们最初的家园。

火焰无声地舔舐夜色，把黑暗烫了个洞，小猫慢慢闭上眼睛。

是时候返程了，两人回到车上。荒原的风正在呼啸，压弯了一片暗黄色的枯草，时渊看着窗外飞掠过的景色，呼吸让窗户蒙了一层水汽，他伸手一碰，隔着玻璃，世界寒凉。

风声中，陆听寒低声问：“时渊，你究竟来自哪里？”

“我不知道。”时渊回答，“也许是很远很远的地方吧，比荒原和城市都远。”

陆听寒：“是啊，可能隔着很多光年，在宇宙的尽头……或者另一个宇宙，另一个维度。”

“嗯。我已经不记得回去的路了。”

陆听寒说：“至少现在你知道家在哪里。”

越野车驶过茫茫荒原，化作一个黑点，消失在天地尽头。天地尽头是城市，是暗淡的灯光，是他们的家。

六月份的时候时渊遇到了林叶然。林叶然回到数据中心后，又重新搞起了他的大数据分析，一直很忙。

他们在车站偶然遇见，时渊冲他打招呼：“您好啊，林先生。”

林叶然看向他，说：“我不太好，我快要猝死了，那个组员配不上一分钱的奖金。”

接下来的十分钟，时渊听林叶然分享了他这一年抓到多少次下属迟到早退、上班摸鱼，又扣掉了多少奖金。

电车快来了，时渊最后问他：“林先生，您有找到严上校留下的信息吗？”

“没有呢。”林叶然说，“数据没了就是没了。我不是说了吗，如果没有奇迹，我不可能找到了。”

“好吧。”

“他很老土的，发全息短信都是我教会他的。”林叶然说，“一看就和学习研究无缘。”

电车到站，上头全是人，林叶然奋力挤了上去。

七月初，时渊找到了关教授私藏的芸豆饼。关教授藏得太好了，连自己都忘记了这回事。芸豆饼过期了一个月，但时渊觉得它没过期，那就是没过期，所谓精神胜利法。他尝了几口，味道还是一如既往地好，于是他又惦记着，要带几块给陆听寒尝一尝。

不知道喜欢垃圾的陆上将会不会喜欢过期食品。

下班时间到了，他拿着半盒芸豆饼回家。最近电车的班次少，陆听寒就直接让人过来接他了。司机开车送他回家，三道巨大的阴影笼罩在城市上方。时渊抬头看去，看到了熟悉的大型运输船。曾经，运输船带着拾穗城居民撤退。如今它们出现在了风阳城。

时渊问：“运输船怎么来了？”

司机沉默了一会儿，回答：“它们应该是来运走能源设施的。在能源塔里有很多这样的机器，还有能源核心。”

时渊听说过这些词，靠着这些顶尖、精密的科技，风阳城才成为了联盟的能源枢纽。

司机继续说：“已经没有能批量生产这些仪器的工厂了，要是它们被毁了，能源系统就彻底完了。”

“什么意思？”时渊问，“风阳城不安全了吗？”

司机：“对啊，不然为什么要带走它们？”他又补充说，“能守那么久还多亏了陆上将。按过去高峰期推测，风阳城早该沦陷了。”

时渊回了家，跑到阳台上看。运输船太大了，遮天蔽日，每一次动作都声势浩大，隔了那么远，他都能看见一群人在能源塔上下忙碌，搬运一些巨大的、陌生的仪器。他听司机说了，第一轮撤离，除了居民，也要保证最核心的机器被带去主城。风阳城人口众多，再加上还要搬运仪器，任务是非常重的。街头巷尾都是紧张的氛围——上一次拾穗城这样撤离，不久后，城市就沦陷了。陆听寒的判断没出错过，这次恐怕也是一样的结果。

联盟又要失去一座城市了。

晚上时渊和陆听寒去了城墙。这一回，城墙上还多了十多名居民。男女老少在战士的引导下，安静地到了城墙边缘，挂上了一盏盏灯。在那铁城的边际，水母飘浮，林鹿徘徊。人们沉默地望向铁城。和平时一样水母没有被光吸引，畅游在夜空的海洋。和以往不同的是他们没有沉默等待，也不知是谁率先喊了一句："喂——"

"喂——你们快回来，我们就要走了——"

很快有人加入了他，双手拢在嘴边，高喊道："快回来！我们还在等你——"

"回家吧——"

一声声呼唤，尽数被荒原吞没，它们无影无踪。在他们身后，巨大的运输船缓缓升起，飞向主城。

此后一段时间，就像当年的拾穗城，风阳城陷入了小小的混乱中。人们急着整理东西、拖家带口地离开，而能源塔附近围满了人和机器，他们把珍贵的能源核心取出，伴着其他芯片、仪器，一同送上运输船。

研究中心也在收拾东西。时渊帮关教授收拾，抬着显微镜、污染测试仪、离心机、干燥箱，还有一堆他不认识的机器，到楼下的运输卡车上。其他研究人员，还有十几台小型机器人在帮着运送，可东西实在太多了，无穷无尽，怎么也收拾不完。关教授进行了艰难的断舍离，他在办公室里来回转圈，收拾出一堆杂物，大部分是书籍和笔记。他嘴里碎碎念叨，说这个不能丢那个也不能丢，纠结了老半天，只扔掉了三分之一的东西。

"实在带不走了。"关教授说，"这样吧，我回家收拾一下行李箱，不带那些私人物品了，都留给笔记。"他看向时渊，"时渊，你有空帮我收拾一下吗？"

"好啊。"时渊答应下来。

其他人都在忙，实在抽不出空。时渊跟着关教授，出了研究中心，走了十分钟就到了他的住处。那是一栋很老旧的矮房子，光看外表，绝对看不出这是风阳城，甚至联盟顶尖的教授住的地方。关教授住在六楼，爬上去后他微微喘息，掏出钥匙，扶着老花镜找准锁孔，才拧开了大门。

一室一厅的构造，空间不大。

客厅就放了沙发、餐桌、椅子和书架，最角落有一架钢琴。地上摊开着两个二十寸的行李箱，里头装了一半的个人物品。

时渊说："您家人不在吗？"

最近，几乎所有人都在家忙着收拾。

关教授笑了下："哪有什么家人。忙起研究，就没心情去谈情说爱了……以前我好像有个表姐，还是堂姐，不大记得了，也住在城里，后来因为感染后遗症去世了，好多年前的事情了。"

时渊："噢……"

"一个人还是轻松的，东西不多，搬家想带什么就带什么。"关教授扶着沙发把手，艰难地蹲在箱子旁，"这些乱七八糟的都不要了，没啥用。"

他把箱子里的几套衣服拿出来，随手丢在地上，接着又拿出了五六本书，两套包装精美的钢笔和墨水，一支黑色暗金底纹的口琴。

时渊没见过口琴，拿起来多看了几眼。口琴很新，纹路精美，一看就是稀罕货。

"我好久没吹过了。"关教授说，"我会好多首曲子，年轻的时候全靠这一支口琴，俘获学校上上下下女生的欢心。"他见时渊还在研究，又讲，"你喜欢吗？这是收藏款的24孔复音口琴，我还没用过呢，喜欢的话你就拿走吧，吹不吹都可以，我也不打算带它了。"

"真的吗？"时渊很惊喜，"但是我不会吹口琴。"

"嗯。"关教授说，"很简单的，你先随便吹着玩，认识一下高音和低音。记得是用腹部发力。"他又把几本谱子递给了时渊，"可以慢慢研究。"

关教授继续收拾行李，时渊坐在旁边，小心翼翼地冲口琴吹了一声。

“嘟——”很独特的音调响起。同一个孔位，呼气吸气的音调还不同。

他玩了好一会儿，直到教授终于忍不住说：“时渊，要不你还是回家吹着玩吧。”

时渊问：“很难听吗？”

关教授委婉道：“只能说，还有非常大的进步空间。”

时渊没接受教授的建议，又吹了两分钟，等到关教授把行李箱清空了，把它们关好竖起来。

关教授说：“我们走吧，回研究中心。”

空箱子并不重，但对于上了年纪的人来讲，搬下台阶还是太勉强了。时渊一手提着一个箱子，教授在后头帮忙扶着，两人下了楼。他们回到研究中心，把运输卡车带不走的文件装箱。

“这些可都是宝贝。”教授拍着箱子说，“什么钱都买不来的宝贝，可不能就这样变成废纸。”

这么忙活完，这天时渊回家，已经快九点了。他带回了口琴和一盒蚕豆饼——关教授发誓，这真的是他最后一盒零食了。

过了半小时，陆听寒也到家了。他一推开门，就听见了断断续续的口琴声。客厅的灯亮着，时渊盘着尾巴坐在沙发上，拿着口琴吹。

陆听寒坐在他身边，边拿起桌上的蚕豆饼吃，边听完他吹了一段，问：“从哪里找来的口琴？”

“关教授给我的。”时渊回答，“我刚开始学，你觉得好听吗？”

暖黄灯光下，陆听寒眉目挺柔软的：“挺好听的。”

“噢。”时渊说，“那完蛋了。”

得到音痴陆听寒的夸赞，那就代表是真的难听。

时渊放下口琴，又问陆听寒：“你打算什么时候收拾东西呢？”

“收拾什么？”

“家里的东西呀，我们很快也要去主城了吧。”

陆听寒：“没打算收拾，这些都不重要。”

“那怎么行！”时渊说，“这里不是你以前的家吗，有那么多东西，还是带一点走吧。”

陆听寒本想说真的不用，话都到嘴边了，看着时渊的眼神，还是答应了：“好。”

家里有一个空行李箱。陆听寒收拾东西的时候，时渊就坐在沙发上吹口琴。陆听寒往箱子里放了衣衫、速写本、孩提时代喜欢过的标本书签，又把时渊的星球模型和天文望远镜放进去了。行李箱很小，很快就塞满了。

时渊有点遗憾：“还有那么多东西没带走。”

“没事的。”陆听寒说，“去到新的地方总会有新的回忆。”

“也是。”时渊抱着尾巴，“那我们养的鱼和鸟怎么办呢？”

“也带去主城吧。”

“带得过去吗？”

“嗯。”上将总是有点小小的特权的。

时渊把陆听寒收的东西都看了一遍，确保没有重要东西遗漏。他看到了那张全家福，陆准、虞轻眉和少年时期的陆听寒站在一起，完美的家世，杰出的贡献，三个彬彬有礼的陌生人。其实想来，陆准和虞轻眉的性格相差很大：一个不拘小节，行事随意，敢带孩子去城外玩，还给孩子解剖怪物；一个严谨理智，责任感强，生孩子纯粹为了给联盟多贡献一个人口。怎么看，他们都像是会天天吵架的两口子。好在他们足够忙，住得远，吵不起来。

时渊问：“他们是怎么认识的呢？”

“不知道。”陆听寒回答，“他们没和我提过。”他回想了一下，“苏老师偶然和我讲过，他俩是在实验室认识的，大概是陆准去转交数据、在研究中心开会的时候，遇到了我母亲。”

“原来是这样。”

陆听寒：“在我看来，他们从没真的喜欢过对方。我母亲自始至终就是想生个孩子，刚好陆准的基因不错，陆准就更……从谈恋爱开始，他没有几天待在风阳城，也没打算要孩子。”他笑了笑，“不过都是过去的事了，我也不在乎。”

时渊：“真的不在乎吗？”

陆听寒说：“时渊，我不关心其他人的感情史，即使那是我爸妈。”

“好吧。”时渊说。

陆听寒确实不是会八卦感情史的人。

时渊又翻翻找找，在箱子角落发现了一个旧手机，被透明袋装着。他问：“这是什么？”手机旧了，被摔过很多次，屏幕有无数划痕。

陆听寒说：“不知道是谁的手机，我刚在柜子里找到的。”他顿了一下，“可能是他们的吧，也有可能是哪个朋友漏在这里的，到时候问下蔡叔。”

“好像没电了？”

“嗯，家里没有这个型号的数据线。”陆听寒说，“只能去主城看看能不能找到。”

时渊把手机放回去。

一直到临睡前，时渊都在玩口琴。之前练习小提琴时他学会了一点乐理知识，现在照着乐谱吹。陆听寒靠着床头看书，听着口琴声断断续续，仿佛一个人就要咽气，发出怪异的哀号。听着听着，没声了。

他侧头一看，时渊趴在被子上不动弹了，尾巴都蔫蔫的。

陆听寒问：“这是怎么了？”

“吹气吹得太多了。”时渊闷声说，“有点头晕。”

他趴了一会儿，又爬起来吹口琴。这回乐谱刚吹了一半，他脑袋一歪，彻底陷入了柔软的枕头中，在半秒钟之内入睡了，成为史上第一个吹口琴吹到睡着的深渊。

第二天醒来，时渊坐起身，在晨光中发了半分钟的呆。

他问陆听寒：“我的口琴吹得怎么样？”

陆听寒再次给予肯定：“真的特别好听。”

时渊放弃口琴了。

第九章 水蝴蝶

就这样，风阳城的撤离持续了两三个月，城中越来越空。研究中心也快空了，只有关教授和几名助手还留在那里，整理最后的器材和文件。

关教授总是说：“等到了主城，我们继续‘深潜’计划。”

时渊问他：“还要多久能完成？”

“不知道。”关教授笑了笑，“这种事情谁清楚呢。”

时渊踌躇着：“那，时间还够吗？”

时渊的感染太复杂了——要换个别的深渊愿意配合，联盟很快就能模拟它们的感染波长。这也是无可奈何。时渊是特殊的，不能要求更多了。

关教授没有直接回答，只是说：“我们尽一切可能。实在不行，我们还可以尝试……”他没讲下去，摇头道，“算了当我没说，那不可能成功的。”

时渊帮忙收拾，下午他回了一趟家，把猥琐鱼和大白鸟交给运输员。他有点想破铜和烂铁了，可惜没带走它们，不知它们还在不在。猥琐鱼兀自吐着泡泡，大白鸟扯着嗓子骂个没完没了，运输员开着车，消失在街角。

时渊还没上楼，就听见了尖叫。尖叫从街道尽头传来，那是很多人的声音。他猛地回头，看到天边出现了一团巨大的云。云朵是彩色的，厚重的一大片，迅速向城市飘来。它仿佛雷云，周围缠绕着闪电，那闪电也是多彩的，没有狭长如蛇的外形，而更接近球形，在云中接连发亮时，仿佛一只只……骤然张开翅膀的蝴蝶。

这风暴是从城北来的，那里也是……数据中心的方向！时渊奔向数据中心。一路上，云朵彻底笼盖城市，它柔软地吞没了一切防空导弹和飞行器，而后雨点落下。每一滴雨点掉在地面，轻颤几下，都化作了多姿多彩的水蝴蝶。它们通体半透明，翅膀边缘却是彩色的，后翅很大很长，翩翩起飞。闪电不断，雷声阵阵，这是一场蝴蝶雷暴雨。

时渊拼尽全力地跑着，等他赶到数据中心，那里已成了水蝴蝶的乐园。数据中心的建筑有着坚硬的线条、冰冷的色泽，从每一个角落都透露出严谨。但当这些半透明的生物飞舞时，冷硬的楼宇似乎都变得柔软了，有一种奇妙的交融感。建筑里传来枪声，时渊分不清它从哪里来的。他只记得，关教授说过下午要去地下室整理老资料。他径直奔着地下室而去，隐约间，听见了燃烧弹和照明弹爆炸的声音。地下室的路弯弯绕绕，有着无数个房间，墙上也贴着几只蝴蝶，轻颤着翅膀。

时渊在空荡荡的走廊小跑着，喊道："关教授！教授！您在哪里？"

跑过了十几个房间，他终于听到老人的声音："喀……喀喀……时渊……"

时渊跑过去，在资料室里找到了关教授和他的助手。那两人见到蝴蝶后，及时把资料室的门反锁上，没被蝴蝶触碰到。但是逃跑时，关教授被储物架砸到了脚，现在走路一瘸一拐的。

时渊松了口气："我带你们出去。"

关教授死死抓住他的胳膊："北城区的电车基站那里，还有一大批能源核心没转移完。很多战士刚刚还在那边，准备运走它们，现在他们肯定还在那里……能源核心太重要了，每多一个，主城的电网就能多撑几天，我们就多一点点的希望。时渊，你……你能不能……"

"好。"时渊答应下来，"我们先去安全的地方。"

他和助手一左一右，架着关教授出了地下室，到了研究中心的接待大堂。一队战士马上赶过来了，关教授看着时渊说：“快去！一路向着北方走，一眼就能看到基站！”

助手突然说：“基站离这里有两三公里，你骑门口的自行车过去！”

时渊这一路跑来研究中心，已经很累了，军队的车也没来得及过来。

时渊：“我不会骑单车……”

“它有辅助轮！”助手喊道，“我本来要带给我儿子的！”

于是，时渊骑上了那一辆嫩红色自行车。它比正常单车小了一号，有辅助轮，大概是为青少年或……儿童设计的。时渊在电影里见过别人骑单车，笨拙地踩着踏板，歪歪扭扭向前。好在他很快掌握技巧，自行车飞快向前，确实比跑步轻松多了。他骑了快十分钟，刚要放松下来，车身突然一歪——雨天路滑，连人带车滑进了路边的沟里。他从沟里爬出来，也来不及扶起单车了，徒步向前跑。肺部火辣辣地烧着，再怎么呼吸，都缓解不了心跳。在又一个街口之后，时渊停下脚步，扶着墙喘息。

雨势更大了，成百上千的蝴蝶在水中翩翩起舞，身上是流淌的色泽。身后有光闪烁了一下，时渊回头，看到爱丽丝站在雨水中。而她永远不会被雨打湿，双手背在身后，望向天空，一身白裙子一如既往地整洁。

“你怎么来啦？”时渊问她。

爱丽丝依旧看着天空。时渊顺着她的目光，看到云雾中炸开的一朵朵色彩斑斓的烟花。它们太热闹，即使是一场致命又诡异的雷暴雨，也漂亮极了。她就这么久久凝望。有史以来第一次，她绿色眼眸中跳跃的不是数据，而是那升腾的璀璨光华——她的眼睛被点亮了，一片柔软又美丽的光。

她说：“烟花。”

风阳城的电车基站是个很大的黑色建筑，隔了几条街都看得到。基站旁边，就有十几座大大小小的能源塔，矗立如一片小小的森林。蝴蝶雷暴雨之前，人们正在把能源塔中的核心拆卸下来，向大型运输船转移。防御力量和资源大多已向主城转移，城中没多少人了，雷暴雨到来后，所有军队力量向运输船转移，不惜一切代价也要保护好它。而基站这边，留守能源核心的战士分身乏术，陷入了苦战。

时渊抵达基站时，几十辆绿皮电车安静地停放，雨水在车顶和玻璃滚动，落在地面，化作翩翩蝴蝶。一股热量猛然爆发，车库那一边亮起了焰光——战士正用火焰喷射器灼烧蝴蝶，大概，能源核心也在那边。

火幕与水蝴蝶相缠，雨水蒸发时，一大片白气升腾，又消散在茫茫晦暗的天光中。时渊正想着吓跑怪物，刚竖起尾巴，就看见大量蝴蝶聚集在一辆电车旁边。它们覆盖着什么东西，看上去是人形的，可能是某一位受害者。那人手边还有一把步枪，和十几枚黄铜色弹壳。

越来越多的蝴蝶聚拢在此，再然后，那躯体缓缓站了起来。那是一名女战士，脸上满是雨水，眼中是涌动如云雾的色彩。她被感染了，正在转化。层层叠叠的蝴蝶落在她身上，宛若一件华美的斗篷，随风而动。与此同时，污染检测仪发出高频警告，守在车库的战士看不见她，也明白了威胁将至，一时之间火力更加猛了，他们犹豫着该不该放弃剩下的能源核心，直接撤离。

女人定定地看向时渊。

时渊说："这里是城市，你能不能去别的地方？"

女人不答话。她的脸上浮现出虔诚又狂热的光。又是这种神情，仿佛他是神明。这让时渊想起石易，那名在报社工作的监视者被感染后杀死了上司，他见到时渊也是这种神情。而且，他也想起了……梦中舞台下的怪物们。

女人缓缓道："啊，您原来在这里啊。"

时渊再次催促："快走吧，去荒原，回家去。"

"不，"女人的脸颊停了一只黑色蝴蝶，"我不知道该去哪里，没有地方属于我。"

石易也说过一模一样的话。

女人带着风暴一般的蝴蝶，走到时渊面前，轻声说："我在您身上看到了光，您是我们的……灯塔。"

"什么灯塔？"时渊困惑地弯起尾巴。他知道灯塔是一种人类的建筑，位于海岸，将光芒射向无尽的海面，为船只指引方向。

女人的神情迷离了一下，喃喃道："是啊，什么灯塔？您肯定知道。"

时渊说：“不，我不知道。”他真诚地说，“你太高看我了，我到今天都没做完数独，你得把话讲明白一点。”

女人的神情依旧迷离，在她的眼中，作为“人”的那一部分正在迅速消失，很快她就和寻常怪物一样了。而雨势越来越大，蝴蝶似是受到她的吸引，纷纷扑向这个区域。战士们就要撑不住了。

时渊说：“对不起，但还是请你离开这里吧。”

他高高举起尾巴，奓开鳞片，冲女人发出警告！女人退后两步，不可思议地看着他，表情像是看到……她的神明好端端聊着天，突然生气了，还竖着尾巴威胁她！

时渊疯狂晃动尾巴，鳞片发出金属摩擦声，他说：“去别的地方！”

女人停顿两三秒，转身，在蝴蝶的裹挟下落荒而逃。她一走，带走了大片的蝴蝶。局势立马好转，就连枪声都少了。旁边还有好几个车库，都没人，时渊不想暴露在战士的面前，就在附近走了一圈，晃着尾巴，吓跑了几大群蝴蝶。到了第五个车库，一群蝴蝶围在二楼外围。时渊摸黑走过车库，刚上到二楼，腰后却被一个冰冷的东西抵住了。

“不准动！”那人在他耳边说，“不准动，不然我就开枪了。你怎么在这里……”

“老宋！”旁边又有一个人喊道，一道明亮的光扫过时渊的脸，刺得他睁不开眼睛，“老宋慢点，这不是……这不是陆上将身边的那个人吗？我们在前哨站见过他的！”

老宋打量一番，犹疑说：“啊，啊，好像是的，可是刚刚……”

旁边同伴再次打断：“别说这么多，蝴蝶就要来了。”他拿手肘拱了拱老宋，使了个眼色，老宋一愣，放下手枪。

时渊重获自由，借着手电筒的光看到二楼的角落被货箱堵起来了，货箱上有怪味，是气味掩盖剂的味道。地上有很多烧焦的蝴蝶，他们被困在这里，艰难求生着。时渊跟着他们，翻过几个货箱，进到了狭窄的空间中。

有两把步枪和火焰喷射器架在货箱上，对准外侧，构成了简单的防线。外墙有一扇狭长窄小的玻璃窗，正对基站，能看见那些电车和其他车库，无数水蝴蝶正在“砰砰”撞击玻璃。外头的蝴蝶被时渊赶走了不少，这两人有了喘息机会，时渊听到他们的名字，拿枪对着他的叫老宋，另一个是柯少校。

老宋和时渊说：“你和我们先在这里待着，等一下找机会，和七号车库的大部队集合。”

柯少校拿着一把手枪，从玻璃窗往外看，说：“他们不知道能不能稳住。”他拿出通信器，里头一阵刺耳的沙沙声，“这怪物雷暴雨太邪门了，通信都瘫痪了。”

老宋脸色凝重：“信号怎么还没恢复。”

“没有恢复的迹象。”柯少校把通信器收起来，“真是邪门，刚好卡在数据中心没人的时候……”

时渊在旁边听着，闻言问：“和数据中心有什么关系？”

老宋欲言又止，看向柯少校。

柯少校回答他：“调度中心本来在北城区，自从‘热飓风’毁了北城区，调度中心就搬去了数据中心的顶层。当时想着，调度中心的数据能直接给到研究员，有什么问题，研究员也就坐个电梯去顶层，找人再拿一份数据的事儿。”

蝴蝶还在撞着玻璃，他又继续解释：“大家都在往主城撤，一个小时前，最后一批调度员和研究员离开了——数据中心离运输船停泊处很远，他们必须先行撤离。谁能想到呢？刚刚好来了一场雷暴雨，刚刚好军用通信器用不了，估计，只有启用调度塔的总控设施，才能恢复通信。本来再过半小时，我们全部人都能走了，现在我们联系不上其他部队，也不知道陆上将有什么指示，跟无头苍蝇一样守着能源核心。”

时渊凑到玻璃前。

柯少校伸手一指：“那里就是数据中心。”

时渊在远方看到了一座塔状建筑，通体是灰白色的。它沉默地矗立在雨幕中，直指铁青色的苍穹，没有一点灯光。

时渊问：“爱丽丝不能控制那里吗？”

“爱丽丝？”柯少校一愣，“哦，你说那个AI啊，说到底她也只是一段程序，调度塔需要手动开启权限，还是得有真人在场。”

“好吧。”时渊说。

老宋看向他：“你知道陆上将在哪吗？”

时渊摇头。但他不是很担心，陆听寒告诉过他，一般来说指挥官会在安全的地方。云中又炸开了蝴蝶形的闪电，雷声惊天动地，滂沱大雨倾盆而下。蝴蝶再次多了起来，时渊透过玻璃看见，七号车库燃起了厚重的火焰，战士们还在坚守阵地。通信被干扰了，谁也不知道增援什么时候来，又或者……会不会来。

时渊想找个借口离开，继续用尾巴恐吓怪物。他多看了几眼窗外，却莫名有了个怪异的念头：从这里俯瞰，能看到大半个基站，包括……他和那个女人谈话的位置。可他又不太确定，怀疑自己记错地方了，或者那两人根本没看到——不然，他们怎么像是毫无反应的样子？

他回头看了眼，刚好和老宋对视了。老宋飞快地移开视线，扯了扯脸皮，似笑非笑。没等时渊纠结完，一声惊雷响起，成千上万的蝴蝶翩翩起舞，晶莹剔透，尾翅多彩。七号车库传来爆炸声，闪光弹和汽油弹被轮番丢出，有一辆电车停得太近，被熊熊烈火吞没。

“轰！”一声巨响，电车爆炸，时渊吓得尾巴蜷缩了起来。他们所在的车库二层也传来了振翅声。老宋暗骂一声，重新架好火焰喷射器，准备对抗怪物潮。不能再耽误了，电车的火光冲天，暴雨怎么都浇灭不了。

时渊正想离开，突然听到柯少校说：“那是什么？”

老宋架着枪，不敢回头看，就听见柯少校继续讲：“是增援！增援部队来了！”

七号车库的战士也发现了这一点，一时之间士气高昂，又是嘈杂的枪声。装甲车队从远方驶来，碾过了无数水洼，把刚成形的水蝴蝶给压碎了。蝴蝶撞不穿装甲，反而在一次次尝试中粉身碎骨，化作了水滴流下。

装甲车队驶向七号车库，逼得蝴蝶节节败退。与此同时，蝴蝶涌上了车库二层。

老宋额前全是汗，低声道：“全都去死吧。”

他扣下扳机，灼热的火焰从枪口喷出！柯少校也抄起一把喷射器，两人死守着小小的空间。一时蝴蝶振翅、火焰燃烧和大片雨水蒸腾的声音混在一起，吵得像油锅沸腾。

柯少校咬牙说："坚持！再坚持一会儿！我们很快……"

"嘟嘟——"很响亮的两声。

柯少校猛地反应过来："通信器有信号了！时渊！"

时渊拿起地上的通信器，里头传来熟悉的声音："我是陆听寒上将，收到请答复。"

时渊说："喂，陆听寒……"

对面愣了半秒，嗓音还是很沉稳："你们在哪？"

时渊："五号车库的二楼。"

"收到。"

两辆装甲车转了个弯，径直朝他们来了。虽然无法联系上城市的其他人，但车队的通信系统能保证短距离的信号。

时渊告诉那两人："陆上将派人过来了。"

老宋松了口气："总算是得救了，上将这是……亲自过来了吗？"

"估计是朝着运输船去的，顺道路上救了我们。"柯少校说，"再说这些能源核心要是没了，可是大问题。"

装甲车清空了楼下，十几名战士往二楼推进，总算把他们三人接了出去。上了车，老宋虚脱一般靠在后座，满身冷汗。柯少校也是疲惫极了，连喝了好几口温水。好在蝴蝶退缩了，他们坚守了十几分钟，闪电和雷声都远去了。雨停了——暂时停了。

战士们从七号车库走出来，整理装备，抓紧时间把能源核心运到车上。劫后余生，他们一分钟都不能耽误，一个个绷紧了脸。离得那么近，时渊才看见能源核心有多大：小的核心有半人高，大的核心差不多有两三人那么高，通体是奇异的金属构成，其中隐约有蓝色光芒在闪动。他想要凑上前看清楚，可是战士团团围住核心，忙着运送。

他只能在远处踮着脚张望。

“时渊。”身后传来一声。

时渊回头，陆听寒站在他身后。时渊眼睛亮起来了，尾巴尖开始欢快摆动，蹿到他身边：“陆听寒，你怎么来这里啦？”

陆听寒回答：“确保核心能上运输船。这个问题该我问你的，你怎么在这？”

“关教授让我来的。”时渊回答，“我去研究中心找了他，他也是说这里有能源核心。”

陆听寒摸了摸时渊的头。

天空还未放晴，远方还有蝴蝶在飞舞，至少基站附近是安全了。陆听寒和其他军官交代着什么，时渊在旁边等着。然后他们两人出了车库，并肩走在绿皮电车间，脚下是一摊摊水洼，水上浮着油一般七彩的光，蝴蝶从雨水中来，又回到了水里。时渊想到了一句话，他从陆听寒书上看到的——人死了，就像水消失在水中。

他透过电车的玻璃，看到一排排座位。他曾无数次坐电车前往四号高塔，早晨车上很多人，没什么交谈声，好几个人总是挂着黑眼圈打呵欠，他会在嘉区站下车，踏着晨曦开始一天的工作，然后搭乘电车，和下了班的人们挤在一块，每到一个站点，都有一群人回家。基站这里有这么多车，总有好几辆是他坐过的。现在电车停在这里，整整齐齐，以后也不会动了，这里是联盟电车的起始站，也是它们的坟场。

时渊伸手，摸过电车的外壳，只有雨水的冰凉。

陆听寒默不作声地向前走，一队战士紧跟着他。他鹰隼一般的目光打量周围，时渊知道，他又在揣测怪物们的行为了。

突然，陆听寒停住脚步。他在一把步枪旁边站定了，问时渊：“这里是不是……有过什么东西？”

这是那名女性战士感染的地方，时渊回答他：“有个人在这里感染了，我吓跑了她。她应该跑得很远了。”

“不，”陆听寒看着地上的雨水，半只蝴蝶落在地上，虚弱地颤动翅膀，“她还在这里，就在附近，而且受伤了。”

时渊什么都没感受到。他又一次体会到，陆听寒对怪物来说究竟是多么可怕的存在。陆听寒顺着地面水痕，七拐八拐，追到基站最边缘的一个废弃车库。车库大门破了一半，里头停满了维修车辆，有小卡车也有叉车。几只死去的蝴蝶落在门口，风吹过，它们化作了水流。陆听寒比了个手势，身后的战士们鱼贯而入，四处搜寻。而他也持枪走进车库，时渊跟着他，他们去到了车库二楼。

二楼陈旧，放了许多纸皮箱，挂了好几张蜘蛛网。几名战士上来搜寻了，正挨个检查箱子。陆听寒踩着地上的水流走，最后停在了一个小隔间前，带着白手套的手落在门把手上，说："在这里。"

战士围了上来。陆听寒压下门把手——铁门艰涩地开了。屋内窗户的玻璃碎了，一阵对流风乍然吹来，携着屋檐窗台上的水汽，拂过众人面庞。苍穹暗沉，但比起屋内到底是亮的，一点鱼肚白浮在天边，映照着屋内的人影。蝴蝶翩翩起舞，每一只都精致如艺术品，身披蝴蝶长袍的女人身向窗外，踮着脚，似乎要摸什么。

听到开门声，她猛然回头。她的瞳孔完全消失了，唯有流动的色彩。她张了张嘴。一个弹孔出现在她眉心，溅出来的不是血，而是大片大片多彩的雨水。她缓缓倒地，一只白蝴蝶恰巧降落，吻在她鼻尖。很快所有蝴蝶也敛着翅膀坠地，它们和女人一齐化作了水流，淌向众人脚下。

"这里安全了。"陆听寒说。

旁边有个战士犹疑道："她……她刚刚是不是想说什么？"

"感染者是没有语言能力的，也不会沟通。"陆听寒说，"多让她活一秒钟，她就会开始攻击我们了。"他扫了一眼那战士，"去楼下让他们别搜了，回七号车库。"

"是！"战士不再犹疑，敬了个礼，小跑着下楼。

二楼就剩时渊和陆听寒了。时渊知道陆听寒说的是对的，那女人已经是彻头彻尾的怪物了，将人类视作猎物。他却想起，女人探身向窗外不知要够什么东西。他走到破窗边，探头看去。他的眼睛被微光点亮了，他看到了一朵方才绽放的雪见花。白色花瓣沾了几点雨水，斜斜开在缝隙的泥土中，娇嫩欲滴，雨后的风中有它的淡香——她想摘一朵花。

平日时渊是喜欢把花带回家的，现在他想，不如让这朵花留在这里。或许某一天，还会有蝴蝶亲吻它。

他问陆听寒："刚刚那个怪物在想什么？她也在想家吗？"

陆听寒走到他身边："嗯。"

"她说我是'灯塔'，但我不知道是什么意思。"

"有可能是走马灯，死前说出了呓语。"陆听寒说，"可能也有别的含义，我们会弄明白的。"他顿了一下，"至少你会弄明白的。"

"好吧。"时渊说，"通信还没有恢复吗？"

"没有，我准备派人去数据中心，手动开启权限。"

"能成功吗？"

"总要试试看的。"

车库里，搬运工作还在紧张进行。他们并肩而立，眺望远方。一辆辆绿皮电车沉默着，远处是城市街道、能源塔、太阳能板和白色风车。荒原上巨大的风暴云正在接近，它铺天盖地，摧枯拉朽，放在古时想必会被诸多壁画刻录，称之为天灾抑或是神罚，风阳城就像是狂浪中的一叶扁舟，就要被淹没。云中闪电一团团地炸开，姹紫嫣红，浮翠流丹。

时渊问："那像烟花吗？"

"嗯。"陆听寒回答，"很像。"

"真好看呀，和我想象的一样。"

风从破窗子呼呼吹进来，带着潮意，又一轮落雨要开始了。雪见于风中摇曳，他们在废弃车库里并肩看城市与云中的烟花。在街道尽头，乌云的压迫下，数据中心的顶端光芒明灭。它很微弱很不起眼，仿佛一个错觉，它亮起一盏小小的灯。

通信器传来电流声。

"沙沙沙——沙沙沙——听到……沙沙沙——请……"

战士们一愣，都看向了研究中心。只见楼顶的调度中心灯光闪烁，微弱但清晰。有人还在研究中心，开启了权限！来不及思考谁留在了那里，通信员立刻呼叫：“这里是二十一分队，收到请回答，收到请回答！”

“沙沙沙——”

“收到请回答！”

“收到。”信号稳定了，一个沉稳的男声传来，“这里是调度中心，我是研究员林叶然。我在第一调度室的控制台重启了调度塔，但我没有更高级的权限去提高覆盖范围，启用更高级的频道。请做出下一步指示！”

“收到。”通信员的鼻尖冒汗了，“你能去到总控制室吗？按照我的指示来做，我能让你解锁权限。”

“可以，去总控制室的路暂时是安全的，我现在过去。”林叶然回答。

“好的，请你注意安全。”

林叶然不是调度中心的人，好在，他常在数据中心和调度中心两头跑，拥有一些基础权限。就是这点权限，让他可以去顶层，开启了调度系统。目前只有最基础的公用频道能用，非军用频道的信号特别不稳定，但透过层层电流声，分散在城中的军队取得了联系。时渊听到，通信频道里响个不停。信号太差，频道混乱，每个人都在扯着喉咙、重复对话，乱成一锅粥。他们定位了另一支队伍——就在十公里外，北城墙之下，有一支运送能源核心的车队被困住了。

陆听寒决定立刻支援，时渊没跟着他上车。

他和陆听寒说：“我想去数据中心。”

“去找林叶然？”陆听寒问。

“嗯。”时渊说，“我不去的话，他会死在那里的。”

陆听寒：“数据中心离这里三十三公里，另一支队伍情况紧急，恐怕没办法派人送你过去。”

“噢……”时渊呆呆地把尾巴垂下了。

陆听寒看着他：“变成黑雾过去吧，这样来得及。”

时渊愣了一下：“我的感染信号不是会影响作战吗？”

“没事，有我在呢。”陆听寒说，“去救林研究员吧，保证他能抵达总控制室，然后平安回来。等你们回来，我会想办法来接你们的。”他摸了摸时渊的脑袋，“去吧，趁着下一场雨还没来。”

时渊的尾巴欢快摇曳，目送着陆听寒的车队远去。时渊不敢以雾气的形态接触怪物，好在街道上的蝴蝶暂时平息了，在那巨大的风暴云来临前，他还有那么一点点的时间。时渊找了个角落，浓郁黑雾从他周身涌出，他飞掠风阳城的长街。二十多分钟后，时渊来到数据中心的楼底。这回他终于不用爬楼梯了，黑雾直接涌向楼顶。他想，要是平时上班能这样就好了，四号高塔的电梯总是坏，他爬楼梯爬得满身是汗。

到了顶楼，门禁已经开了。

他变回人形，在走廊呼喊：“林先生！林先生！”

走廊空荡荡，他的声音回响着。他看到每一个调度室的屏幕都在闪烁，哪里的电路毁了，嗞嗞冒着黑烟，味道刺鼻。

他继续呼喊：“林先生！林先生！”

“林先生，你在哪里？”

“林先生！我要迟到早退了！”

走廊尽头传来一声：“我在这！时渊，过来！”

时渊小跑着过去，穿过两道厚重的大门，在总控制室找到了林叶然。林叶然还穿着研究员的白衣，满手灰尘和机油。总控制台的按钮密密麻麻，他飞快地看了眼时渊，来不及解释，按照通信器中的指示，继续开启权限。

“最后一步，输入临时操作密码2889SA42Z93，绕过指纹解锁系统。我正在远程给你授权，得到授权后，立刻开启所有军用频道。”

林叶然满头是汗地照做了，最后摁下启动键。

屏幕和信号灯一一亮起，照亮了控制室。噼里啪啦的电流炸开，放在台面的耳机中传来交谈声：“这里是二十三队，收到请回答！”

“我们在六区的临时哨站，请求支援！”

“各小队听令，优先向运输能源核心的队伍靠近！我们必须撤离了！”

“陆听寒上将下令，运输船在四十五分钟后起飞，各单位注意！”

通信恢复了。林叶然长吁一口气，脱力了般坐下，靠着墙壁。窗外雷云压顶，雨水磅礴而下，蝴蝶张开了翅膀。

时渊说："林先生，我们先去塔底吧，等会就有车来接我们了。"

林叶然不说话，他握紧了胸前挂着的金属牌。

时渊："林先生？"

林叶然突然问："时渊，你知道我为什么留在这里吗？"

时渊摇头。

林叶然说："雷雨天的信号乱了，频道里吵吵嚷嚷的，什么都有。我就是突然觉得，有些东西会在这个晚上回来，比如一个……老朋友的讯息。"

时渊微微睁大了眼，意识到什么："啊。"

"是的。"林叶然举起手中一个黑色闪存盘，露出了笑容，那笑容真切又灿烂，时渊从没见他这么笑过。他说，"我找到了严歆的讯息。"

三个小时前，研究员和调度员都撤离了，唯有林叶然留了下来。他也说不清为什么。是想寻死？倒也没绝望到那份上；是想保护资料？数据都转移和备份了，没这个必要。他上了顶楼，独自坐在空荡荡的调度室。有人忘记切断电源了，设备又损坏了太多，屏幕都是雪花屏，频道里都是杂音，每当闪电炸开，屏幕便一闪而过诸多影像，频道里传来人声。

"229年7月1日，第五次记录，这里是第三小队，准备执行'阿尔法突击行动'，对4号深渊感染群发起进攻。"

"呼叫调度中心，呼叫调度中心，听到请回答！我们需要支援！哨站撑不住了！"

"'蜂群'飞行器队伍请求迫降，有一架飞行器右引擎损坏……"

"观众朋友晚上好，这里是天气预报，191年7月28日，风阳城局部有中到大雨，气温21到26摄氏度，请准备好雨具，并做好大风降温准备！"

来自不同时期，来自不同频道的声音，交融在一起，吵吵嚷嚷的。若将数据比作海洋，在这个夜晚的雷声中，海水翻涌，乱流中涌动着城市的过去。每每电闪雷鸣，它们呼啸着、咆哮着，振聋发聩。

林叶然负责音视频处理，这些是他最熟悉的东西。他坐在位置上，默默听着，潮水一般的音频将他吞没了。外头雨声很大，他漫不经心地想，他到现在都没死真是奇迹。所以，我为什么要留下来呢？他一直坐着。

直到亮蓝色的闪电炸开，混乱的音频里，他听到男人的声音："林叶然，我其实不知道该说什么……"

这一瞬电流在林叶然脊椎上炸开了，仿佛那闪电劈在了他的身上！他下意识扑过去，整个人趴在了屏幕前。屏幕闪烁雪花，音频继续播放："……林叶然，也许我们……之前有很多地方不合拍，但这不妨碍你在我心里……"

林叶然来不及细听。他生怕下一道闪电扰乱数据，颤抖着手，凭最后一丝理智，从外套口袋摸出闪存盘，接通了那台机器。

"……还是我总抽烟，怎么都戒不掉？你总说这样我会得肺癌，到时候躺床上了，可没人照顾我。"

林叶然点动屏幕，选择了该音频的信号源。选定，拷贝，粘贴。快点，再快一点！他手心全是汗。一定要成功啊！

"轰——"又是惊天雷声，屏幕不断闪烁。进度条每闪一下，林叶然都觉得自己要死了。进度条到了尽头，显示拷贝成功！林叶然拔出闪存盘，背后满是冷汗。林叶然这辈子处理过太多数据。雷暴雨之夜，那条来自过去的留言出现了，仿佛一条鬼魅的、狡黠的鱼，乘风破浪而来。跨越万千数据的乱流，它终归回到了他的身边。来不及细听那只有两分钟的音频，林叶然愣怔半秒，突然意识到什么，整个人从座位上蹦起来，赶去第一控制室开启了调度塔，与军队取得了联系。再之后，时渊在总控制室找到了他。

林叶然拿着闪存盘，依旧笑着："奇迹第二次在我身上发生了。"

时渊也很惊喜，还是劝他："我们先去楼下！等安全了，你就能听严上校的留言啦！"

林叶然不再犹豫。两人平安地下到一楼，找了个封闭的房间待着。林叶然向墙壁喷气味掩盖剂，而时渊向陆听寒发消息，告诉他情况。他们下来得很及时，没过两分钟，水蝴蝶就飞进了研究中心，在走廊起舞。林叶然却不在乎危险了，他坐下来，颤抖着手，将闪存盘连上个人终端。那两分钟的音频明明白白地出现在文件夹中。

他点开它。

严歆的声音出现了：“林叶然，我其实不知道该说什么。我一直在想，我究竟是哪里惹你不高兴了？是我之前吼了你吗？还是我总抽烟，怎么都戒不掉？你总说这样我会得肺癌，到时候躺床上了可没人照顾我。也许我们之前有很多地方不合拍，但这不妨碍你在我心里的分量。这次来铁城看到落日，我突然想明白了……”

林叶然捏紧了终端，骨节都嘎嘎作响。

严歆：“朋友嘛，不一定非要合拍。想法不同，说出来就好，大不了吵一架嘛！从小就是你教我。你教我用全息短信，说我就是个土包子；你说我洗碗洗不干净，你把我乱扔在沙发上的袜子都收好，让我去睡垃圾场……”

音频还剩四十秒。

“还记得临走前，我说一直瞒着你一个秘密吗？现在，我终于要告诉你了。”

林叶然不由屏息。

“这个秘密就是——其实我骗了你，小时候隔壁王阿姨的窗户，真的是我打碎的，结果害你背了黑锅。哈哈哈哈哈哈没想到吧！你找来找去都不知道是谁，挨了顿臭骂，其实是我干的哈哈哈哈！”严歆放声大笑。

林叶然表情空白了半秒。

严歆笑出了眼泪，声音都在抖：“你那么聪明，那是我第一次也是唯一一次骗过了你，太有成就感了。林叶然我都能想象你的表情了，肯定想杀了我吧？等了老半天就告诉你这破事，还跟宝贝似的藏着掖着。但这是我唯一瞒着你的事了，你看，我是个多么坦诚的人。希望你以后和我一样，想说就说想做就做，人嘛，总是要坦率一点的，不然是会错过的。”

严歆停顿了两秒。

他轻声说：“再见，林叶然。”

音频结束了。林叶然拿着终端，久久未动。

时渊以为，他被严歆的幼稚秘密气到了——他等了十六年苦苦找来的留言，就讲了这种事情。但，时渊很快注意到，林叶然的肩膀在抖。刚开始是轻颤，然后是猛烈抖动。

时渊问：“林先生，你还好吗？”

他凑过去，发现林叶然在笑。林叶然和严歆一样大笑着，畅快淋漓地笑着：“严歆这个混蛋是真欠啊，世界上怎么会有这么死皮赖脸的人……我就知道你讲不出好话，这么多年，你从来没变过呀。”

还是那个冲他吐烟、扯着嗓子问他要不要重归于好的严歆。

林叶然笑得满脸是泪。他抓住领口处严歆的“狗牌”，问时渊：“这是你给我的对不对？那天晚上你来高塔找了我，对不对？”

时渊没回答。

林叶然又哭又笑：“我一直以为是我喝醉了，做梦了。”

时渊说：“可能……因为我是优秀员工吧。”

林叶然抹了把脸，拍拍他的肩：“确实够优秀。谢谢。”

时渊在运输船旁边的城墙上，找到了陆听寒。蝴蝶雷暴雨席卷了整个城市。陆听寒在城墙哨站中，隔着加固玻璃的落地窗，看向街道，阴沉的天光勾勒出他的面部线条，冷硬且压抑。他已下达命令，战士四处奔走，然而情况不容乐观。运输船必须穿过一大片风暴云，才能抵达开阔的荒原。陆听寒沉默不语，灰蓝色眼中仿佛也有一场风暴。

直到——直到天边出现了微弱的光。那光芒比起风暴云太渺小了，仿佛下一秒就会被吞没。可神奇的是任凭风雨飘摇，它们都不曾熄灭。犹如漆黑的海洋中，突然浮现出一层荧光的波浪，它轻柔地涌向岸边，点亮了世界。

那是成群结队的水母，它们在半空轻盈浮动，飘飘摇摇地回到了风阳城，伞盖遮住了亿万滴落雨。越来越多的水母，越来越亮的苍穹，半空都是它们流动的光带。在水母浪潮里，比高塔还要巨大的白鹿缓缓出现。它周身缠绕雾气，缓慢踱步，优雅地走入城市与蝴蝶中。水蝴蝶被它吸引了，围绕着它的身躯纷飞，追逐着它迈出的鹿蹄，栖息在它华丽的鹿角上，多彩的翅膀在风中颤动，宛若风暴，宛若一幅奇异的画卷。

所有人都停下动作，他们看向苍穹，那里是光照来的地方。

这是一个充满重逢的夜晚。

英雄归家，于是运输船平安去向荒原。

雨幕不再，水母浮游，去往不知名的远方，高林外的鹿携着漫天蝴蝶，追随它们而去了。

陆听寒和时渊在运输船上，并肩看那一支奇妙的怪物队伍远去。

陆听寒的腰背笔挺，远眺荒原。

他向它们敬礼。

从此再没有人见过水母和林鹿。

第十章 揽星

人们都说，正如铁城是风阳城的一道疤，风阳城对铁城来说也是不可割舍的家乡。而英灵总是要回家的，这是大多数人坚信的。专家有不同的看法，他们认为是雷暴雨造成的气压和乱流，迫使水母开始移动——它们毕竟是浮游生物，靠着水流、气流飘荡。但他们也不知道，为什么蝴蝶会追随林鹿而去，它们又要去向何方。或许，它们在一起找一片森林。

不管怎样，最后一批能源核心保下来了。他们无法回到风阳城，但至少，还有希望。时渊跟着陆听寒来到主城。从空中眺望，主城的街道一望无际，比他见过的任何城市都要庞大。建筑结实而美观，不乏宏伟的作品，公交车与电车齐头并进，街道上是漫步的大型机器人，迈动金属六足，正搬运货物。时渊听别人说过，主城有十几个风阳城那么大，是联盟的心脏。他还看到，城市上空有错落的轨道。

他问陆听寒："那些是什么呀？"

陆听寒解释："空中列车，以前是人们的主要交通方式。"

"它什么时候发车？"时渊继续张望。

"目前不会了。轨道损坏了不少，再修复也不值得，现在只留了最基础的路线供军队使用，包括机器人，以前路上的大型机器人，数量是今天的几倍。但风阳城不在了，能源短缺，目前只有个别机器人还在运作。”

“好吧。”时渊说。

运输船停在主城北区，幸存者踏上了坚实的大地，彼此拥抱、亲吻。

陆听寒要去吩咐能源核心的事，和时渊讲：“你在这里等我一下，我一小时之内回来。”

“好哦。”时渊答应道。

陆听寒走了，时渊坐在候机楼的座位上，看着战士们搬运核心。看着看着他就犯困了，睡着睡着，梦中有人在摸他的脑袋。时渊满意地呼噜呼噜起来，睁开眼睛一看，陆听寒站在他面前。

“时渊，我们走吧。”

时渊跟着他回家。这一次他们的家在第一军区内。那里划了一片小小的区域，供军官们居住，陆听寒有一个独立的僻静小屋。屋子有两层，和拾穗城的家一样墙壁洁白，宽敞明亮，家具简单又整洁。哪里都好，就是少了生活气息。

时渊还是最喜欢风阳城的老房子，那里满是回忆。他的大白鸟和猥琐鱼也因为雷暴雨的来临，最终没上运输船——他猜测，即使被感染了，它们也不会变化太多，猥琐鱼肯定在河里继续吐泡泡，大白鸟肯定在荒原继续骂人……或者骂其他怪物。所幸，在他的执意要求下，陆听寒打包了一个行李箱的老物件。到家后的前三天，时渊把老物件一一摆放出来，模型、书籍、速写本，甚至还有程游文给他的剧本，邬正青送的星球模型，关教授给他的口琴和天文望远镜。等东西都放好，这个家总算看起来有点人味了。

大部分时候，陆听寒对时渊的各种布置没有意见。陆听寒唯一提出异议，是在床头多了一串小彩灯的时候。时渊翻出了几枚旧电池放进去，那彩灯在卧室的墙上缠着，一开就五彩斑斓，炫彩动感，颇有节日氛围。更要命的是它还会唱歌，一启动就开始播放欢快的儿歌。

陆上将在睡前听了两天的《小鸭子找妈妈》之后，终于忍不住了，问：“时渊，你是从哪里找来这东西的？”

“我也不知道。”时渊说，“应该是从老房子带过来的。”

“能让它别唱歌吗？”

“好像不行，它一开灯一定会唱歌，你不喜欢《小鸭子找妈妈》吗？”

陆听寒冷酷道：“不喜欢。”

时渊想了想：“那我看看怎么换歌。”

陆听寒又听了两天的《小蝌蚪找妈妈》。

次日时渊回家，彩灯不亮了。他检查了一番，发现电池盒神奇地空了。不仅如此，家里所有的老电池都神奇地不见了。

他问陆听寒：“怎么电池都没了？”

陆听寒靠着床头看书，他回答：“我不知道。”

时渊觉得不对劲：“是不是你把电池都拿走了？”

“怎么可能。”陆听寒说，“我会偷这种东西？”

时渊越想越狐疑。还没等他的疑问发酵，陆听寒开始猛揉他的脑袋。

时渊立马忘记了彩灯和找妈妈的事情。

关教授那一边，“深潜”计划还在继续。关教授在风阳城受伤了，好在只是皮肉伤，打了抑制剂，养了两三周就恢复了。他继续观察、记录时渊的感染波长。但是，时渊的空闲时间越来越多。有时候他在办公室待着，几天都没事情做，一边打理尾巴一边白拿高工资。当之无愧的摸鱼大王，林叶然看到必脑溢血。

他问关教授：“最近的研究怎么样？”

关教授推了推眼镜，回答道：“我们还在努力。还是那句话，你的感染模式太复杂了，模拟的难度……真的非常高。之前我们记录的数据够了，所以，暂时没你什么事儿。”

“好吧。”时渊说。

关教授叹了口气，拉了张椅子，坐在时渊对面。他缓缓道：“时渊，我实话和你说吧。”

时渊：“嗯？”

“现在几乎能断言，模拟你的波长是不可能做到的。”关教授说，“这不是我们能够理解的东西。人类终其一生都在被时间追逐，生老病死，难逃一劫，深渊或许存在无数年了，宇宙就更漫长了，人类文明只是沧海一粟。这样的我们……还没攻克绝症，延长寿命，还没理解宇宙的真谛、在太空畅游，更别说通晓时间。”

时渊歪了歪头。

关教授继续讲：“之前我也说过，如果我能知道深渊是怎么在星球之间穿行的，那我死而无憾了。”

时渊没办法给他解答，他自己都不知道他是怎么来的这里。

关教授看着他说：“抛开人类的存亡不说，我得承认深渊是奇迹，而你是奇迹中的奇迹。”他笑了一下，“你是个身怀神力的小朋友，住在象牙塔，却来到了我们的身边。”

时渊是怪物的神明，只要他愿意……他所向披靡，摧枯拉朽。幸运的是，他想善良。

临走之前，关教授塞给他一包瓜果干，说：“我特别喜欢这个牌子，可惜停产了，这是最后一包。”

时渊拿到了新的零食，很高兴：“谢谢！”

关教授又说：“你还记得，我有个因为感染后遗症死了的堂姐吗？”

“嗯。”

“其实她有儿子，小名阳阳，托我照顾过一段时间。后来阳阳在城外牺牲了，他参军的时候和你差不多大。”

时渊突然发现，关教授的白头发又多了，褪去科研者的严谨，他看他的眼神很慈祥。时渊问：“我很像阳阳吗？”

“不，”关教授笑了，“不，其实一点儿都不像。”

又过了一周，关教授和他商量，让他一周只用来研究中心两次。白天陆听寒总是不在家的，时渊闲着也是闲着，又跑去了工作分配中心。结果，他又干起了老本行——分配食物。他一周工作三天，给大家分配压缩食品和蔬菜汤。午休时他就找个角落，拿出陆听寒给他的通信器，给他发信息、打电话。陆听寒有空的话，总会回复他的。分配处附近有一家医院，经常有巨大的机器人驮着器材、药物，缓缓走过街道。

时渊抬头看它们，拿着汤勺和它们打招呼："你们好呀。"

机器人没有礼貌，从来不理他。时渊深感自己遇到了太多的没素质和没礼貌，于是，给它们命名为破铜烂铁2.0。常有病人的家属来分配处。据他们讲，食材短缺，医院食堂只勉强够病人吃了。家属往往满脸疲态，挂着黑眼圈吃着罐头，在座位上眯一会儿，又急匆匆赶回医院。

也有意外发生过。有一天，两台五层楼高的机器在运送器材，它们迈着六足，缓慢走在街上，却突然顿住了——两条腿在空中没落下，关节和齿轮已然卡死，它们定在原地。

人们纷纷仰头张望。

"啊，"时渊在分配处的新朋友郭耀这么说，"估计是机械老化了。"

时渊："机械老化？"

"嗯，"郭耀给顾客打了两碗饭，"这些机器都很旧了，你想想看末世七十多年了，重工业核心地铁城也沦陷十七年了，这种高端的机器，很难生产出来了，只能用旧的呗。要我猜，这俩机器至少用了四五十年了，你看看它们的划痕。"

时渊看去，机械腿上果然有一道道划痕，还有修补过的痕迹，那一片金属的颜色明显不同。

"机器能凑合着用，那些飞行器、直升机、导弹、防空炮之类的就不好办咯。打仗都是有战损的。"郭耀继续说，"再说，没了风阳城之后能源很紧张，现在除了主干道，其他街道晚上都不开灯了。说不定哪一天，我们就断电了。"

事实证明，郭耀就是个乌鸦嘴。

当天晚上，主城的前哨站爆发了一场小规模战斗。所有资源优先军队，再加上……可能电路出了毛病，可能电压不稳，只听见"啪"的一声，街上的灯都黑了。时渊还没下班，给人摸黑打饭。

郭耀却愣住了，下意识回头：“医院会不会……”

医院大楼几乎全黑了，这是最糟糕的情况，一旦断电，对依赖医疗机器的病人是致命的。幸好，一分钟之后，医院顶楼又亮起了灯光。备用电源起了作用，虽然只能顾及重症病人那层楼，但至少不会让他们就这么死去。

郭耀松了一口气。顶楼的光也能照到楼下，他们就借着这么微弱的一层灯光，继续给顾客打饭。十五分钟后城市响起了警报声，所有人一哄而散，躲回了室内场所，关好门窗。

时渊是不怕这些的，他没躲起来，摸黑走夜路回家。第一军区依旧亮着灯，守卫查了他的身份证，让他进去了。家里也有电，时渊只开了床头灯，听着远方的爆炸声，感受着大地的震颤。他做了一会儿数独游戏，填了最后一个数字，研究老半天，反复检查，觉得自己好像做出来了。那本数独都是高难度的，这是有史以来第一次。

时渊肯定要向陆听寒炫耀，于是他给陆听寒发信息：“我做出数独了！你什么时候回来呀？”

毫无意外的，时渊没有收到回复，陆听寒忙于指挥。他放下数独本，发了一会儿呆，关了床头灯。在黑暗中躺着，大地颤抖就更加明显了。他看着床头的那一串彩灯，每一次爆炸，那些小灯泡都会轻轻摆动——这东西越看越催眠。半分钟后，时渊脑袋一歪，睡着了。

陆听寒是后天晚上回来的，他一到家，那本数独差点砸到他脸上。

“陆听寒！”时渊的尾巴摆动着，“我做出你的数独了！”

陆听寒挑眉，坐到沙发上检查了一遍，还真是全对了。

他摸了摸时渊的头，说：“必须有奖励。”

时渊的尾巴尖摇得更加欢快了：“你能不能给我几个电池？”

陆听寒回忆起被七彩灯光与儿歌支配的睡前时光，下一首歌还叫《小马驹找妈妈》，他果断拒绝了：“这个不可以。”

“好吧。”时渊有点遗憾。

陆听寒想了想，说：“不过我有个惊喜给你。”

“是什么！”

陆听寒笑了：“先保密，后天你就知道了。现在，先给我讲一讲你在分配处的故事，还有你是怎么做出数独的吧。”

其间，陆听寒又指挥了一场小战斗，时渊和他一起去了前线。这场战斗很快结束，2号深渊的感染潮败退了，他们按时回到城里。

那是个宁静的夜晚，他们坐车，去到了北城区的天文中心。天文中心早就关闭了，陆听寒要来权限，他们一路去到了顶层。顶层有一扇巨大的透明玻璃，细而华丽的窗框是棕金色的，底下有五个开口，分别放着五台天文望远镜，每一台都是顶尖的。

要是邬正青能看到这一幕，想必会手舞足蹈。

时渊问：“为什么带我来这里呢？”

陆听寒只是说：“你往西边看。”

他们站在落地窗前，夜空一览无余，群星璀璨。墙上的时钟还在运转，终于无声无息地指向了“23:19”——在这一秒，时渊睁大了眼睛。只见一团光亮从天而降，曳着长尾，奔向地面。那是一颗流星，它一接触到大气层就开始燃烧，但它能被看见时，离地只有百公里了。它以每秒三十五公里的速度下坠，犹如一根火柴，以烧蚀为笔，短暂而微弱地擦亮了夜空的幕布。留下一抹亮色，让世界看到，然后消逝。

最后，它彻底消失了。苍穹回归平静，只余漫天繁星。

时渊说：“真漂亮呀，比我想象的要好看。可惜只能看到几秒。”

陆听寒说：“今晚有一场小型流星雨，我们还能看到几颗。”

一般来说，流星雨每小时大概有十到十五颗流星。他们坐在长椅上继续等，一共看到了八颗流星，八道流光。

时渊说：“原来流星雨是这样的，我很喜欢！”

陆听寒低声笑了：“就知道你一直惦记。”

实际上，时渊只和他提过一两次这个话题。但陆听寒记得时渊说过的每一件事，不论是鸡毛蒜皮的琐事，还是一只小怪物的幼稚提问和奇思妙想。

时渊期待地问：“下一次流星雨是什么时候呢？会不会有更多流星？”

陆听寒：“谁知道呢，我希望会有。我听说还有‘流星暴’，每小时的流星在一千颗以上，肯定很壮观。”

等彻底看不到流星了，陆听寒又把时渊带去了观星台的另外一边。另一边是独立的空间，构造奇特，没有窗户，全密闭的球形穹顶遮住了所有光芒，一片漆黑。地板有奇异的纹路，漂亮的暗金曲线弯弯绕绕，围住了正中心的圆形区域。

陆听寒拉着时渊去到中间，说：“伸手，我有东西给你。”

时渊向前伸手，陆听寒退开几步，在墙面摁下开关，穹顶的顶端缓缓打开了圆形的区域。那区域很小，正正好好照在时渊的手上，于是星光倾泻，落入指间。

时渊：“哇！”那是奇妙又柔和的光。

陆听寒回到他身边，看着他一脸惊奇，不由得笑：“以前这里很多人会来玩，我知道你肯定喜欢。”

时渊的尾巴尖欢快摇曳：“我真的太喜欢啦！”

陆听寒是从不主动和时渊提起战况的。

他不说那一场场狰狞的战争，也不说粮食与能源如何短缺。他不提天基武器所剩无几，不提医院和福利中心有多么艰难，也没告诉时渊这个晚上城市停电了，一切重归最原始的黑暗，犹如丢失火种，步入蛮荒。

他似乎也忘了那些被深渊感染了的星球，每一个都代表了无望。他只是说，城市那么暗，会显得夜空特别亮。

他说，今天很幸运，是个观星的好日子，说不定能看到你的来处，你的家乡。

时渊依旧惊喜，那来自千百光年外的星辰被他盛在掌心，在他们相识的第二十五年，他抓住了星光。

时渊在食物分配处和研究中心两头跑，工作并不艰难，在研究中心更称得上轻松。

他攒下了一笔钱，想要买礼物送给陆听寒，但现在哪里有这样的礼品小店呢，他只好送花，可结果在周围问了一圈，没人知道哪里有花。

郭耀说："两三个月前，我在街上看到有个女人拿了一束花，一束蓝色的花，但我没问她在哪买的。"

"好吧。"时渊说，"只要城里还有就好，总会找到的。"

时渊还遇到了熟人，有一天他正忙着打饭，把萝卜汤分给客人，耳边传来惊讶的一声："时渊？"

时渊抬头，看到了吕八方。

许久不见，吕八方黑了、壮了，右脸颊多了一道疤，还是挂着战地医生的白袖章。

吕八方分外惊喜："真没想到会在这里碰上！太巧了，你是在分配处工作吗？"

"是呀。"时渊见到他也很高兴。

"挺好的挺好的。"吕八方笑得眼睛都眯起来了，"我最近就在你身后那家医院帮忙，估计经常过来吃。"

时渊给他打了满满一碗饭，再加上一大碗萝卜汤。

果然，之后吕八方每天都来分配处，时渊在的时候，总会给他多一点饭菜，有空就听一听吕八方讲故事。

吕八方一如既往地健谈，把军队、医院里的故事讲得绘声绘色。

他说："我昨天帮一个小男孩打针，那孩子一见到针头就又哭又嚎的，他爸妈都差点摁不住他，害我第一针都扎歪了。你说何苦呢，本来挨一针就解决了，他最后硬生生挨了三针。"

他说："之前我在主城的前线，有个老哥断了一根手指，我给他处理的。他说幸好断的不是无名指，不然就戴不了他的纯金结婚戒指了。我一看，好家伙，哪有纯金戒指能在水里浮起来的？我跟他说这肯定是假货，他还不信！气死我了！"

他说："王妤去了风阳城，你也在异变者福利中心见到她了。她一个月前撤回了主城，和我见了一次，又跑去前线了。她这个人就是闲不住，胆子也是真的大。"

时渊听着他讲着一个个故事。

他问吕八方："最近总是断电，医院没问题吧？"

吕八方回答："有备用电源撑住，ICU之类的暂时没问题。多亏陆上将指挥了撤离，把大多数能源核心带到了主城，不然医院和军区就完蛋了。"

"那就好。"时渊喝了一口菜汤，汤有些淡了，菜味倒是很香。

吕八方又说："虽然最近局势不太好……但是时渊，我们还是很有希望的。我听说，他们打算让深渊监视者重归岗位了，虽然对他们的心理测评要求很高，也不会让他们去前线，但是能减缓用人上的压力。医院这边呢，我们凑凑合合过日子，抑制剂的生产线也还顶得住，病人很配合，不会出事情的。"他拍拍时渊的肩，"好啦，我要回医院了，有两床病人还在等着我呢。我很崇拜陆上将，他总会有办法的。"

"是的，他一定会有办法。"时渊回答他。

吕八方的出现提醒了时渊，他还有好几个朋友在主城，都可以去看看。于是他先联系了秦落落和程游文。还是打不了私人电话，时渊拨通转接中心，排了很长时间的队，才接通了那两人。秦落落告诉他，她还在北区的附属医院工作，这几天很忙，暂时没时间见面。而程游文去了广播中心，帮忙撰写广播稿。

电话里，程游文这么说："时渊，你肯定听过我写的稿子。"他语气自豪，倒是和过去一样自恋，"我这种文采，一下子就当上了小组长，那帮老员工都得听我的。"

"你真厉害呀，写啥都那么厉害。"时渊说，"那程先生，什么时候我们有空见一面呢？"

"我看看，嗯，后天你有空吗？"

他们约了后天下午六点见面，在广播中心楼下的广场。

时渊如约去了，他到的时候，广播中心刚刚下班，有一拨人走了出来，广场上人头攒动，每人都想赶上第一轮班车。

苍白的男人拄着拐杖，一瘸一拐地从人群中走来，冲他招手。

程游文走得太急了，到时渊面前，忍不住扭头咳嗽了很久。时渊拍着他的背，为他顺气。

过了老半天程游文才好多了，挺直腰背。他打量时渊，笑道："你真是一点都没变啊！"

时渊说："你也一样！"

他们在广场角落找了一张长椅。程游文从斜挎包里掏出了两个三明治，问："吃不吃？"三明治厚厚一块，夹着生菜、火腿、鸡蛋和芝士，放到现在是实打实的奢侈品。

时渊问："你是从哪里弄来的呀？"

"广播中心的福利，我干了快两年还是第一次碰到，刚好被你撞见了。"程游文说，"你真是幸运，有我这样的朋友。"

他们一人拿着一块厚三明治吃了起来，芝士拉丝，唇齿留香。时渊边吃边告诉程游文，他在风阳城的故事。

程游文听完后啧啧称奇："我喜欢你那个四号高塔，要是有机会，我肯定写进剧本里。"

时渊问："你还在写剧本吗？"

"从来没停过。"程游文回答，"当然我是偷偷写的，趁下班有空就写几页，也没给其他人看过。那帮人可不懂欣赏我的艺术。当然啦，时渊，如果你诚心诚意地向我要，我还是会给你看的，毕竟你是剧院的'明日之星'。"

"好啊，我很想看！我也喜欢你给我的《等待戈多》。"

"是吧，我很喜欢它。"程游文犹豫了两秒，"你去找了伊莎贝拉女士，对不对？"

"嗯，她的家变成了儿童福利院，我把你们给我的钱捐给了福利院。"

"那也挺好，她最喜欢小孩子了。"

程游文又说，夏舫也来找他道歉过，他没理他。后来夏舫又去找了秦落落，结果被秦落落举着高跟鞋打出来了。

夏舫倒是还想找沃尔夫冈，可惜，沃尔夫冈一直在前线，程游文都没见过他几次，只通过短信和电话联络。

“不过你就放心吧，沃尔夫冈那么强壮，能打十个我。”程游文讲，“两天前他还告诉我，军队里的饭菜不错。”

时渊放松下来：“那就好。”他想了想，“不过，你和秦落落怎么样了？”

“也就那样，我说了她不喜欢我，至少不是爱情上的喜欢。”程游文拿纸巾擦掉嘴边的芝士，“一个有修养的绅士是不会强人所难的，对不对？虽然我们还是在一起了。”

时渊：“啊？”他完全没弄懂这转折。

“刚来主城，我陪她在医院治她的腿，跑了好几家医院总算治好了，不影响走路，就是下雨天会疼。”程游文把纸巾攥在手中，捏出了皱痕，“然后我又向她告白了。她想了几分钟，问我，是真的很想和她在一起吗？”

当时是月夜，秦落落哼着歌，和程游文走在主城的街巷上。电车从他们身边驶过，起风了，她的裙摆都飘了起来。那是一条很好看的黑裙子，她从拾穗城带来了主城，有几点碎钻，特别衬身材。她的四叶草耳坠也在夜色中闪烁。于是程游文又开口了，问，愿不愿意和他在一起。

秦落落说：“我讲过啦，我喜欢的是大胸翘屁股的猛男。”

程游文捏紧拐杖，不说话了。

秦落落飞快地回头，看了他一眼，说：“不过，你是真的很想和我在一起吗？”

程游文苦笑：“我想又有什么用？”

“如果你真的想，我会和你在一起的呀。”

程游文一愣：“你是在开玩笑吗？”

“当然不是，”秦落落回答，“我是想着，反正我也没喜欢的人，明天是死是活都不知道。”

程游文硬邦邦地说：“那有什么意思。我不和一个根本不喜欢我的人在一起。”

“那你好好考虑一下咯，”秦落落张开手，转了一圈，裙摆扬开漂亮的弧度，“我们可能都没有明天了，哪怕是假象，偶然沉浸一下也不会死，是不是？”

她转着圈，忘了自己腿伤刚好，一个踉跄。程游文抛开拐杖去接她，两个人一齐跌坐在地上，但他到底是接住秦落落了。秦落落的脸离他很近，她突然笑了，笑弯了那双狐狸般的眼，探身亲了程游文。然后，他们就这样在一起了。如今在广场，程游文把三明治的包装收起来，告诉时渊：“反正我俩就这样了，不上不下的，凑合过日子，至少我永远真情实感。”

“好吧。”时渊觉得他们的感情很微妙，又说不上来，“你们都开心就行。”

“是还不错。”程游文笑了，“和喜欢的人在一起了。”

又一轮班车要到站了。

程游文起身说：“我得回去了，家里还有东西要收拾，不然我明天肯定要被她骂个狗血淋头。”

“好呀，我也回去了。”

“记得看我的新剧本！”

“我会的。程先生，谢谢你的三明治。”

晚上，陆听寒在书房处理完事情后才睡觉。时渊倚在床头看剧本，程游文的新剧本叫《触不可及》，讲的是战争时期的一对恋人，一方深情，一方若即若离——这故事一看就是以他自己为原型的。

“在看什么呢？”陆听寒问他。

时渊告诉他了。陆听寒凑过来，和他一起看剧本。看了七八页之后，陆听寒点评：“写得不错。不说别的，用词就很精准细腻。”

“程先生很厉害的。”时渊说，“要是能演出来，肯定会拿很多奖。”

“嗯。”陆听寒揉了揉他的脑袋。

睡前，陆听寒说：“我明天和你一起去研究中心。”

时渊：“为什么呢？”

“去看一看‘深潜’计划。”

第二天，时渊坐陆听寒的车去了研究中心，陆听寒和关教授见了面。时渊坐在办公室，一边吃关教授的话梅糖，一边听那两人对话，说的都是他不太听得懂的东西。他唯一听懂的内容，是“深潜”并不顺利。一是模拟不出深渊波长，二是对帝国地下建筑的搜寻，还要相当长的时间——他们曾掌握了两处帝国地下城市的坐标，联盟空军刚刚确认了，其中一座城市已经损毁大半，不能作为备选，而另一座城市的情况也不乐观。

关教授摘下眼镜，重重叹息。

陆听寒一如既往地淡定，带着时渊出了研究中心，说：“今天有空，你有没有想吃的东西？”

时渊想了半天，说：“要不，还是吃牛肉面吧？”

这是陆听寒带他吃的第一餐，他至今念念不忘。陆听寒低笑了一声，和下属吩咐了。吃完牛肉面，味道仍然那么香，和记忆中的没有差别。他们出了食堂，准备走回家。也就是半小时的路程，当是饭后散步了。

时渊翘着尾巴和陆听寒走在一起，高高兴兴的，临到家之前又突然想起什么，说：“陆听寒。”

陆听寒：“嗯？”

“今天你们说了‘深潜’……之前关教授也和我谈过，我不是那个奇迹。这是我第二次想当救世神，还是失败了，看来我只能在剧本里实现。”

陆听寒没说话，等他们到了家门口，他才开口：“现在也挺好的，你始终是见证者，人类还是要靠自己的力量，但是没关系的，我们一直都是这样走来的。”

时渊的尾巴还是有点蔫蔫的。他们进了屋，开灯，暖黄色灯光如潮水般淹没他们。

陆听寒说：“时渊。”

时渊发出困惑的声音：“嗯？”

陆听寒微微低头，看着他低声道：“你来到我的身边，就是奇迹了。”

“真的？”

“那当然。你见证人类的故事，只有我们两个人的故事。”

时渊微微睁大眼睛，他的尾巴开始欢快摇曳。

与此同时，主城通信中心。巨大的信号发射器正在运作，无声地将电磁波送向世界的尽头。这是“回声”计划的核心。哪怕联盟从未得到回音，这台机器依旧在运转，十几个月如一日，向远方广播着他们的存在。可惜能源短缺，再过几个月又或者几周，它就会被彻底关停了。偌大的通信室里只有一个通信员。他戴着耳机，打了个呵欠，监听着这个永远沉默的频道。想必，这又是个缄默的夜晚。

“沙沙沙……嗞嗞……”是细微的电流声。

通信员愣了一下。

“沙沙沙……嗞嗞嗞嗞……”

耳机里传来声音，一种异样的感觉爬上他的心间。

他几乎是下意识地蹦了起来，站在屏幕前，急切呼叫道：“有人吗？有人听得到吗？收到请回答！收到请回答！”

“哗啦啦……这里……”

“我们……58.89……”

短短几秒内，通信员满身是汗，他再次呼叫：“听得到吗？这里是联盟，收到请回答！”

“58.8911, –120.7……”

“这里是帝国……收到请回答！请回答！”频道中的声音继续着，“重复58.8911, –120.7298，重复58.8911, –120.7298，收到坐标请回答！”

通信员一身都被汗打湿了，呼喊到破音：“我们听得到！听得到！！”

然而对面继续重复：“这里是帝国，收到请回答！”

任凭通信员怎么呼喊，怎么应答，对面都没有反应。或许是信号受到了干扰，或许是哪里出了故障，又或许是深渊躁动导致磁场又一次混乱……他们并没有建立起通信，只是接收到了帝国的信息。

通信员的手都在抖：“别……别挂断，求求你别挂断……！我……我我听得到你！我听得到！”

对面语气未变，重复：“最后一次播报坐标：58.8911, –120.7298，任何幸存者可前往该坐标……帝国与你们同在！我是通信员0293……第一次呼叫即将结束，坐标已播报，下一次呼叫时间为：244年2月15日。”

“第一次呼叫结束，第一次呼叫结束。”

频道内重归死寂，通信员猛地抬头看日历：2月1日。帝国并没有放弃，下一次呼叫在半个月之后。他几乎脱力，瘫软在椅背上，良久之后拿起了通信器：“这里是‘回声’计划9号通信员，请求接通总部。”

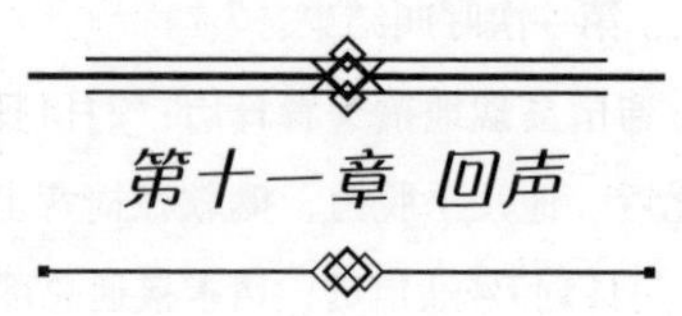

第十一章 回声

第二天，时渊一大早就去了研究中心。他刚到关教授的办公室，就注意到了氛围不同。走廊空荡荡，平时走来走去的白衣研究员不见了，关教授更是没了踪影。他在办公室坐了很久，都没见到一个人。他困惑极了。

就这样等到快中午，办公室门“砰”地被推开了。关教授神采奕奕，容光焕发，一个箭步冲过来，抓住时渊的肩膀死命晃：“时渊！”

时渊被关教授晃得晕头转向，那双手像是铁钳，怎么都挣脱不了。

等关教授冷静一点，时渊的尾巴尖都蜷起来了，弱弱问：“教授，发生什么事情了……”

关教授：“回声！”

时渊：“嗯？”

“‘回声’计划！”关教授的眼睛亮到吓人，有什么东西在燃烧，“我们收到帝国的讯息了！”

五分钟后，时渊终于弄明白发生了什么。昨天深夜，在“回声”的特殊频道中，他们收到了帝国的讯息，并且拿到了一个坐标。尽管这通信是单向的，帝国并没有听到联盟的呼喊，但这已经是一个让人热泪盈眶的奇迹。他们并不是孤岛，向世界孤注一掷的那一枚石子，终究溅起涟漪。

“通信员一直在尝试呼叫帝国，但没有得到回应，可能是通信还有问题。这或许也是为什么，我们那么久都没得到回应。”关教授激动地搓手，“不过没关系，现在，帝国发现了这个频道。下一次呼叫在半个月后，我们争取那时候联系上他们。”

时渊也很惊喜：“可以做到吗？”

“我不研究这方面，实在不懂，负责通信的是罗教授。”关教授满脸笑容，“罗教授说，现在最大的问题是，我们不知道哪里出了毛病。只要我们弄清楚了问题所在，总能解决的。”

又有脚步声传来，这回是军靴的声音。时渊可太熟悉这脚步声了，扭头一看，陆听寒就站在门口。时渊开心地扑过去。

陆听寒熟练地摸摸他的头，抬头说：“教授，坐标已经确认了。”

关教授一顿：“在哪里？”

“基本能确定，那个坐标是帝国首都——尔顿。”陆听寒说，“从记录来看，尔顿拥有世界上最大的地下结构。它离我们相当远，情况不明，所以为‘深潜’挑选城市时，没有考虑它。但，如果尔顿还有人居住，那就是另外一个概念了，至少能保证它的地下结构还有相当完好的部分，也有幸存者能提供情报，进行接应。”

“是的，是的。”关教授又不禁搓手，“真是太好了。罗教授那边有新消息吗？”

陆听寒：“暂时没有。他叫了所有能来的人，正在排查问题。即使我们短时间无法建立通信，至少，帝国也知道了有幸存者存在。”

联盟的“回声”计划研究出了抗深渊干扰的频道，而帝国发现了这个频道，并开始广播——频道当然不会凭空生成，所以他们肯定明白，在世界的某一处，有人正呼唤他们。没有什么比这更好的事情了。

整个研究中心和通信中心忙了个底朝天，所有人都小跑着，拿着资料奔走在楼层和建筑间，所有人振奋无比，笑容怎么都抹不去。

三天之后联盟公开了那一段录音，城市沸腾，街头巷尾都是尖叫和欢呼，人们相拥而泣。这消息胜过世间最好的强心剂，时渊很久没见过这么生机勃勃的城市了，分配处的客人们都不再抱怨寒酸的饭菜，吃得一个比一个香。陆听寒更加忙了，不是专注指挥、不回家的那种忙，而是研究资料的那种忙。他经常一回家就泡在书房，副官搬了厚厚的书来，终端上是无数论文、记录和研究，全都是关于帝国的。

陆听寒从未亲身接触过帝国，即便军校教授过历史，即使他能告诉时渊，联盟与帝国间发生的一场场战事，说得上帝国的种种特点……对于一个指挥官来说，这依旧是远远不够的。那是太遥远太陌生的时代，还有很多东西要学。陆听寒待在书房，时渊有时候也会过去。灯光明亮，两人肩并肩坐着。陆听寒研究帝国的资料，时渊继续看程游文的剧本《触不可及》，屋内很安静，唯有翻书页的摩擦声。

时渊做不到陆听寒那么专心，看一会儿剧本看一会儿其他书，就开始打理自己的尾巴，然后又探头过去，在陆听寒身边凑热闹。陆听寒每次都一边看资料，一边极为熟练地揉他的脑袋，听到手下传来呼噜呼噜的声音。而时渊看一会儿那资料就犯困，之后就呼呼大睡。

过了半个月，到了2月15日，无数人守在通信设备前，等待帝国的第二次呼叫。当天15:30分，频道中传来电流声。

“沙沙沙……帝国……播报坐标：58.8911, –120.7298，任何幸存者可前往该坐标。”

“收到请回答，收到请回答！”

欢呼声在通信中心炸开。联盟的通信员几乎在频道里呐喊了，可是，对面依旧听不到他们的声音。

对方重复：“再次播报坐标……如果有人听到了这个频道，请回答！”

一时之间，人们又高兴又焦急。

罗教授在房间里踱步，喃喃：“究竟是哪里出了问题？是干扰吗，是基站有毛病吗，还是帝国那边的接收设备有问题……”

细密的汗珠凝在他的鼻尖。

陆听寒也在现场，和罗教授讲：“一定要冷静，帝国不会轻易放弃呼叫。我们掌握了坐标，”

“嗯，我明白的。”罗教授稍微镇静下来，扶着桌面，“我继续研究这个。”他看向陆听寒，“陆上将，我们最需要的仍然是时间，永远是时间。”

陆听寒颔首道：“倾力而为。”

电流声依旧：“……任何幸存者可前往该坐标……我是通信员0293，第二次呼叫即将结束，下一次呼叫时间为：244年3月1日。”

“第二次呼叫结束，第二次呼叫结束。”

又是半个月之后，大概，这是帝国固定的呼叫频率。

通信结束了，人们纷纷离去。

临走前陆听寒叫住了关教授，说：“教授，模拟波长这方面不能放下。”

关教授一愣：“我确实没放弃，不过为什么？”

陆听寒目光沉沉：“还是要做好一切打算。即使尔顿现在是安全的，帝国被逼到这个份上，局势想必也不好，恐怕与我们相近。我们不能把希望完全寄托于他人，如果，我们能模拟出深渊波长，配合尔顿的地下结构，才是双保险。”

关教授看着他。

陆听寒：“也就是说，我们依旧要进行‘深潜’计划。”

关教授看了眼空荡荡的房间，低声道：“陆上将，我说过了，我们不可能模拟出时渊的感染方式。时间不是我们能掌控的东西。”

“不，不是模仿时渊。”陆听寒说，“是去深渊之底。”

关教授愣住了，他说：“你我都明白，这是天方夜谭。我们做过太多次尝试了。”

“还有一个办法。”陆听寒说，“很少人提起，但虞轻眉教授在她的论文里讲过。”

关教授又愣了一会儿：“我知道的，我知道你在想什么。实不相瞒我也想过……但没有试飞没有保护，很可能无法返航，有去无回。”

陆听寒面沉如水：“‘远眺’已经失败，那艘飞船没用了。与其让它积灰，不如让它派上最后一点用处。在取得了帝国的联系后，我认为值得一试。”

次日晚上，时渊刚从研究中心下班，就看到了陆听寒。

时渊：“哇，你怎么来啦！”

陆听寒说：“想带你去个地方。”

时渊跟他上车，到了二号军区。二号军区中心有巨大的仓库，堆满了枪支弹药、各种军用补给。他们到了仓库的地下，一大片极为宽阔的空间，巨大的隔离门之后……是一艘护卫舰。

邬正青曾和时渊说过，在第一艘护卫舰试飞后，他和谭总工程师又改良了设计，监督宇航中心造出了三艘护卫舰。一艘已经损毁，一艘带着探测器执行“远眺”计划，前往双旋星系寻找宜居星球，而最后一艘名为“探求者一号”，一直留在主城，等着运载受精卵和种子。时隔多年，宇航中心和那些工程师都不在了，“探求者一号”依旧有着漂亮的银白色，机身庞大，精密复杂，乍一眼看去像雄鹰又像是利剑，每一寸曲线都是完美的。能源核心、推进器、传感器、超光速部件……它是联盟的杰作，是巅峰科技的凝聚点，也是一个老去的梦。

护卫舰比时渊想象的要漂亮、壮观得多。

时渊好奇地打量了很久，问陆听寒：“为什么要带我看这个？”

陆听寒没直接回答，他说：“在考虑‘远眺’计划时，研究员和工程师进行了很多讨论。比如，如果定位了宜居星球，我们该怎么让护卫舰平安到达太空。”

他继续讲：“放和平年代，护卫舰离开这颗星球是轻而易举的。可我们不得不考虑深渊以及感染群对舰船的影响，谁也不想在起飞时撞见怪物。所以，这艘护卫舰被加装了很多部件。”有些部件在舰船之外就看得到。

陆听寒指给时渊看。时渊看到了污染监测器、净化器、针对感染生物的点防御、屏障发生器。在舰船内部，还有最新的作战电脑、导弹、各式空对空武器……可谓是用最高规格武装到了牙齿。

陆听寒说：“联盟花了数十年去研究，去改良，这些部件一定程度上影响了护卫舰的性能，却是值得的。”

时渊：“原来如此。”

陆听寒抬头看那巨大的舰船：“最开始，我们真的只是为了让它抵达太空。不过，它可能有新的作用了。”

时渊困惑地弯起了尾巴。

陆听寒看着他，眉目英俊，眼中像是有火焰在燃烧，他说：“我们应该庆幸，那么多年从未放弃过‘回声’和‘远眺’。无数科学家的研究，无数战士用生命提供的数据，终归没有白费。在最后，在冥冥之中，它们都为‘深潜’铺好了道路。”

陆听寒笑了一下：“时渊，我们或许可以乘着舰船，去深渊之底。不是去太空，不是向上飞去‘远眺’，而是‘深潜’。它摆脱不了重力了，也看不到星光，但或许它能看到明天。”

于是“深潜”被定下来了。尔顿离联盟主城非常远，在途中，大型运输船很危险。“深潜”计划最理想的状态是，他们联系上了帝国，并乘坐护卫舰抵达了深渊之底，取得数据，模拟感染。接着，利用模拟出的波长保护运输船，直到运输船抵达尔顿。再之后，模拟出的波长会覆盖尔顿，让它成为最后的净土、绝对的屏障。这是最理想的情况。谁都不知道，联盟究竟能做到哪一步。毕竟，直到现在，他们都没和帝国通话过一次。

通信中心积极联系帝国，而工程师继续维护、调试“探求者一号”。罗教授一把老骨头，天天研究频道研究电磁波，还是没有头绪。

他和陆听寒说：“我个人认为有两种可能性，一是信号不稳定，受到了强干扰，我们反复测试过这个电磁波，它能抵抗95%以上的深渊干扰，但我们和帝国离得太远了，路途上有什么东西谁也不知道；”

他继续讲：“二是设备有问题，比如我和你打电话，我能听见你，但你听不见我，有可能是我的送话器或者你的受话器坏了，放在‘回声’频道上也是一个道理，我们可以保证，我们的‘送话器’没问题，但帝国那边的

‘受话器’，谁能知道是什么情况呢？要是帝国战况比我们更糟糕，可能都不知道自己的设备有问题，或者……他们没办法修复。”

“继续试。”陆听寒说，“你们专心研究，其他事情该由我操心。”

罗教授点头：“我们也在考虑其他可能性，正一一排查。”他露出一个笑容，“帝国发现并加入了这个频道，不论如何，他们也在努力与我们联系。希望我们有一日能见面。”

陆听寒颔首：“要抱有希望。”

陆听寒又去了二号军区，和总管聊了半小时。十几个工程师忙上忙下，还有戴黄帽子的工人站在护卫舰旁边，进行维护，忙了个大汗淋漓。这是崭新的希望，所有人拼尽全力。

陆听寒回家前，去食物分配处把时渊给顺上了。时渊正在角落的桌子旁，和吕八方一起啃白馒头。陆听寒站在时渊身后，吕八方一抬头看见他，吓得从椅子上蹦起来，含着馒头含糊说：“陆陆陆……陆上将！”

他丢下馒头，站直敬了个礼。

陆听寒回礼。

时渊高兴极了，告诉陆听寒：“这个就是我跟你说过的吕八方哦！”

吕八方：“……”

这一刻语言难以形容他的惊恐，什么叫“我跟你说过的吕八方”？为什么时渊会和上将讲起他？他尊老爱幼、尊师重道，除了偶尔看一看美女杂志，也没伤天害理吧！陆听寒看向吕八方。他没表情，可吕八方却感受到了一种……探寻和审度的味道，明显是记得他。

陆听寒讲：“听说，你会下蛋？”

吕八方知道自己完蛋了。

好在陆上将宽容大量，心胸开阔，没把带坏时渊的罪魁祸首砌进水泥。他收回目光，说：“时渊，等你吃完，我们回家吧。”

到家之后，时渊洗了澡，去书房找陆听寒。他们回来得很早，现在接近夏天，白昼时间长，天还亮着。陆听寒把书房窗户打开了，时渊看到了暗紫色的晚霞，和向荒原沉没的巨大落日。时渊趴在窗户边，枕着自己的尾巴，吹着晚风慢慢睡着了。

半梦半醒间，他听见椅子拖动声，陆听寒起身去接水，回来时坐在他身边。时渊不知道睡了多久。他是被窗外的争吵声弄醒的，他隐约听见，极远处传来声音："苏上将，您不能过来这里……！"

"请您停下来，不要为难我们。"

"苏上将！"

然后是老人的声音："你们去告诉陆上将，我来了！"

时渊抬起头，看见陆听寒翻书的手顿了一下。他起身，打开门向守卫吩咐："把苏上将请过来。"

两分钟后，苏恩齐站在了他们家门口。

时渊在书房里探头探脑，偷偷打量。一年多未见，苏恩齐满头白发，脊背弯得更厉害了，他看起来老了很多。从程序上讲，他是光荣退休，退休后的福利一个都不少，甚至可以说养老生活很滋润。可不知是因为蒋华池的审判，还是苏良的牺牲，抑或是他这种骄傲又固执到极点的人，一旦失了权力，就会被岁月消磨。

陆听寒不知苏恩齐的来意，问："苏上将，您这是……"

"想叙个旧都有人拦着，生怕我这个老头图谋不轨。"苏恩齐说，"陆上将，见你一面可真不容易啊。"

陆听寒默默等着他的下文。

苏恩齐看着他，说："我不多讲废话。'回声'得到了回应，你在准备'深潜'计划，对不对？"

陆听寒回答："是的。"

苏恩齐又说："如果帝国真的存在，如果有一日我们真的会去尔顿，我们该从现在开始了解沿途的地形地貌，帝国城市的分布，包括他们可能留下的防线、地标和资源。相关资料并不多，你也没经历过有帝国的年代。"

陆听寒说："文职人员正在整理资料，我与其他军官会商讨此事。"

苏恩齐扯了扯嘴角："你是不是忘了还有一个人，他太老了，老到足够接触过帝国？”

陆听寒这一刻，明白了苏恩齐的意思。

苏恩齐依旧紧盯着他：“我是整个联盟最了解帝国的人。我经历过联盟与帝国并存的年代，那时末世刚刚开始，双方不愿合作，各自为战，联盟仍将帝国作为头号敌人去研究、去提防。我也是其中一员。后来战况愈演愈烈，我们开始合作，在失联之前互通了许多信息，我也是知道的。”

陆听寒问：“您还记得这些信息吗？相关文档还找得到吗？”

“陆上将，那么多年过去了，文档真的不好说。但我还在，虽然老了，也不至于全部忘记。”苏恩齐目光炯炯，“我总有两把刷子是别人学不会的，算不上一无是处吧？”

陆听寒近乎无声地深吸一口气，低声道：“或许您不愿意承认，或许这听起来虚伪，但在我看来，您一直是我的老师。我从未有过‘一无是处’这种想法。”

苏恩齐说：“你做了该做的事情。我一直在关注你，同时也是监督你，最后不得不承认……如果没有你，风阳城恐怕连三个月都撑不下来。我没法做到这些，只有你可以，这世界上只有你能做到。”他顿了一下，“但这不代表我原谅你了。虽然，你也不需要这种东西。我不会承认你是我的学生，我的朋友，你是‘陆上将’，仅此而已。”

陆听寒沉默半晌，问：“那么，您愿意再教一次‘陆上将’吗？”

苏恩齐看向他，突然笑了，眼尾是深重的皱纹。他说：“你还是和小时候一样，连眼神都没变……怪物都该害怕你这种人。我愿意告诉你、告诉你们，我知道的一切。这件事情无关个人，只是为了联盟，明白吗？”

陆听寒点头：“明白，只是为了联盟。”

苏恩齐：“那还不让我找个地方坐下？”

陆听寒笑了，比了个手势：“请。”

苏恩齐进屋，他有备而来，手上抱了很多手写稿与笔记，也不废话，径直朝书房走去。时渊还在书房，他是有点怕苏恩齐的，一溜烟藏在了陆听寒身后。为了保护时渊，联盟知道他身份的只有三人——陆听寒、柴永宁和关教授。苏恩齐是不知道这事的，打量了他几眼，有些意外。时渊的尾巴紧张地蜷起来，想要离开房间，但是陆听寒叫住了他。

他和苏恩齐介绍：“一直没找到机会向您介绍，这是时渊。”

苏恩齐审度陆听寒的神情。他依旧了解自己的学生，只看到了纯粹的认真和坦诚。于是他明白了，面前这个少年对陆听寒很特殊。

苏恩齐向时渊点头：“很高兴认识你，时渊。”

后来，苏恩齐时不时会来这里，和陆听寒讨论。再怎么讲都是当了三十几年上将的人，他分析得头头是道，将线索娓娓道来。陆听寒忙于指挥，不可能花太多精力在这方面，苏恩齐也和其他战士接触，让他们了解帝国，了解尔顿。有了他的帮助，研究工作的进展加快了不少。

有一日，陆听寒和苏恩齐讨论完事宜，苏恩齐临走前，突然站住了：“那是什么？”

客厅桌面上，放着一部旧手机。这手机是时渊从风阳城带来的，在陆听寒家中，不知是谁的。这是老款手机了，时渊一直没找到合适的充电器，也就一直没开机。

陆听寒问：“您知道这是谁的？”

苏恩齐上前几步，拿起手机，仔细看过每一道划痕：“嗯，这后头有一道十字形的划痕，我印象很深。这是陆准上校的。”

陆听寒挑眉。

时渊在旁边问：“有没有它能用的充电器呢？”

“我家有。”苏恩齐说，“和我一样是个老东西了。我下次带过来。”

苏恩齐走了后，时渊挺高兴的：“太好啦，这样手机就能打开了。”

陆听寒翻过了一页书，说：“都是过去的事情了，无关紧要。”

“能看到还是好的。”时渊说。

“以我对他的了解，手机里除了公事资料，不会有其他东西了。”

时渊弯了弯尾巴。

他想起水母和高林外的鹿，还有陆听寒向它们敬的礼。

两天后“回声”频道再次响起，帝国通信员0293播报坐标，请求回应，电流声嘈杂到刺耳，联盟依旧无法与他通信，下次广播依旧在半个月后。当天傍晚，城市停了电，昏暗天光下只有医院和军区亮着灯。

苏恩齐带来了老式充电器，和陆听寒在书房谈论“深潜”。临近深夜，苏恩齐走了，而时渊捣鼓着旧手机，终于第一次看到了开机画面。手机太老了，磨损严重，开机动画卡了足足五分钟，才进入主菜单。

时渊把陆听寒喊过来，说：“快看！它打开了！”

陆听寒接过手机。手机卡顿非常严重，每次按键，都要等个两三秒才有反应。这是陆准的私人手机，他打开了通信录，在数个名字中看到了不少眼熟的军官名字，通话记录并不多，两年来只有四五页，大概，陆准和他们没有私下要谈的话题。陆准还存了陆听寒和虞轻眉的号码，但他从未打过电话给陆听寒，和虞轻眉的通话也就七八次，长的十分钟，短的三分钟。

陆听寒打开备忘录和笔记，如他所料，里头全是资料和笔记，还有一大堆怪物的解剖图。大多数人在私人手机里，不会存与公事相关的东西，陆准显然不同——在这方面父子俩是有点相似的，都是一心扑在战事上。

但到底有区别，陆听寒的私人手机里没有资料，只有时渊下载的一堆垃圾游戏，和他拍的落日、城市、数独游戏和速写。时渊的拍照技术很烂，很多照片都失焦了，模模糊糊。一个“长尾巴呼噜怪”的备注，还偷偷挂在通信录中，没被时渊发现。

陆听寒快速浏览过，没发现什么特别之处。这是一部冷冰冰的手机，看不到陆准的爱好和习惯，没办法知道他喜欢做什么、看什么、吃什么，和谁的关系亲近，有没有自己的牢骚和抱怨。看不到他这个活生生的人。陆准上校出生入死，死得光荣，直到今日还被人铭记，但是陆准什么都没有留下。

时渊在旁边看，说：“你爸爸真的……很尽职。”

“一贯如此。”陆听寒又打开相册，有几张照片拍的是荒原。

时渊看了几秒钟，说：“这个拍照技术比我的都烂。”

陆听寒给予认可：“确实。”

有个加密文件夹，要密码。

时渊建议：“试试看你的生日？或者虞教授的生日？”就他观察人类的结果来看，很多人会这么干。

“他不会设这种密码的。”陆听寒沉吟片刻，试了联盟国庆日期、风阳城的建立日期，和陆准的入伍时间。最后答案是陆准任为上校的那一天：0211。哪里是个正常人会设置的密码！

时渊想起，陆听寒讲过的“陆家人不服输”小故事，这奇怪的胜负欲和执念，真是家族传统。

加密文件夹里只有一张照片和一段视频。照片是陆准和虞轻眉的结婚照。陆准穿着西装，虞轻眉……也穿着女式西装。两人靠得很近，陆准笑得很灿烂，而虞轻眉有微不可察的笑意，她其实是极美的，面容宛若一朵白描牡丹花。

陆听寒说：“她从不穿裙子，也不肯去定制婚纱，说浪费资源和时间。我听蔡叔提过，她本来都不想拍结婚照，还是陆准拉着她去的。”

他点开了那段视频。刚开始是晃动的镜头，只看得到洁白的地板。陌生男人的声音传来：“真的要我录吗？陆准，我得提醒你，我的摄像技术和你差不多！”

陆准说：“没关系，看得到人就可以了。要是我被拒绝了，你就把视频删掉，这事情天知地知。”

“不是吧？她真的有可能拒绝？”

陆准似乎是笑了：“谁能知道她在想什么呢？如果她告诉我为了人类的未来，她要找更优秀的男人去生育，我都不会意外。”

“你还不够优秀？要求太高了吧！”

“那就要看看，我到底是她的蜜糖还是砒霜了。”

镜头又是一阵猛晃，终于见到了人。陆准身穿军装，抱着一大束花，走向研究中心大楼。摄像者没跟上去，退开十几步，给他们留下足够的空间。陆准是蹲着点来的，等了一刻钟，身穿白长袍的女人刚走了出来，就被艳丽的红花拦住了。

虞轻眉挑了挑眉，看向陆准：“做什么？”她的语气冷冰冰，就像是在说“你的实验报告有错”一样。

“来看看你不行吗？”陆准笑道，“每次都是这表情，你说说，哪有姑娘不喜欢花的？”

“很标准的刻板印象，我建议你学习一下社会心理学，摆脱这种念头。”虞轻眉讲，“你需要这个。”她没接花，径直向前走，刚走了两步又被拦住了，“陆准，你……”

“那这个呢？你喜欢吗？”陆准问。他变魔术一般拿出了黑色钻戒盒。

虞轻眉神色微动。

不等她反应，陆准已捧着钻戒盒，单膝跪下。他深吸一口气，笑说：“要换作其他人，我肯定不会那么紧张。但是，虞轻眉，你是特别的。最开始我只是被你的外貌吸引，渐渐地，我意识到我从没遇见过你这样的女性，你的冷静、理智和谈吐，你的知识，你对研究的热情，无一不在吸引我。如果你是其他人，我百分之百能确定你会答应我。可你不是，我甚至猜测不到你的反应，你说过，恋爱不过是荷尔蒙戏弄了大脑，蒙蔽了双眼，最重要的还是繁衍……我不认同这个理念，不过我还是来了，带着你不喜欢的花束，和你觉得只是垃圾的钻戒，很正式很真挚也很紧张地问你——虞轻眉，我爱你。你愿意嫁给我吗？”

风慢悠悠地吹，吹动虞轻眉的白袍和长发。她少见地僵住了，伶牙俐齿失了作用，学富五车也找不到合适的言语。五秒后，她将一缕头发轻别在耳后，笑了：“我当然愿意。”神情如冰雪般消融，眉眼温柔而喜悦。

陆准睁大了双眼：“我……我还以为……”

“荷尔蒙的戏弄？”虞轻眉说，“至少今天不是。今天的我愿意承认这是‘爱情’，所以，还不帮我戴上戒指？”

她接过花束，而陆准轻颤着手，为她戴上了戒指。然后他站起身——他们拥吻。

视频在这里就结束了。

“哇！”时渊说，“感觉还挺浪漫的。”

陆听寒没接话。时渊侧头，看到陆听寒紧盯着屏幕，似乎想说点什么。

时渊问：“怎么啦？”

“没什么。”陆听寒摇头，关上了相册，“就是有点意外和感慨。”

他当然该意外，虞轻眉生性冷淡，忙于研究，陆准尽职尽责，也顾不上家庭。两人都不善于维系关系，关系一度名存实亡。世事纷争，谁也无法免俗。但，不论后面发生了什么……在那个夜晚，陆准诚挚又热烈地爱着面前人，而虞轻眉也愿意为了他，暂时抛开理智，相信一份虚无缥缈的感情。陆听寒不在乎他们的婚姻状况，貌合神离也好，镜破钗分也罢，早埋葬于过去，与他无关。可是当他知道他们之间确实有过名为爱情的东西，竟还是感到了欣慰。至少在那一刻，他们深爱对方，胜过爱这世间的一切。

老手机的电池快报废了，没电了，屏幕黑暗，映出陆听寒和时渊的脸。

晚上，他们吃完饭，在厨房收拾碗筷。

陆听寒说：“多亏你留下了这个手机。”

时渊挺高兴：“我就说有用吧！”

“嗯。”陆听寒说，“总会有美好的一面存在。希望他们最后都能释怀。”

三日后，苏恩齐来商讨帝国的城市分布，以及未来有可能部署的空军的路线。这次讨论的时间不长，过了四十分钟，苏恩齐就准备回去了。

陆听寒一如既往把他送去门口。老人佝偻着腰背，想保持过去的利落步伐，但无济于事，他背负了太重的光阴和往事。三十多年征战，种种功绩种种争议；签署的童工法案，致命的心软，被溺爱的养子，遭忽视的亲生孩子，以及那惊才绝艳、与他并肩多年最后决裂的学生……他与陆听寒的功过，将由后人审判。其他人亦是如此。

陆听寒看着他的背影，他喊了一句：“苏老师。”

苏恩齐顿住了。

陆听寒稍微大了点声：“苏老师。”

阳光灿烂，天空蔚蓝如洗。苏恩齐停顿了很久很久，最后低声道：“你这臭小子。”算是应了。

时渊还是在食物分配处和研究中心两边跑。每次去研究中心，他总能看到一堆人在捣鼓仪器，都在折腾“回声”。帝国每半个月固定呼叫一次，通信员0293的声音简直刻进了每个人的DNA，但是信号依旧不稳定，帝国也听不见他们的声音。普通居民的情绪开始低落了，于是流言四起，有人说帝国根本不存在，这可能是数据混乱，他们听到了过去的杂音，还有人说，这一切是联盟编织出的谎言，他们就是一群骗子。

罗教授解释了前者，他说，帝国能发现并加入频道，是需要操作通信设备的，可以保证这通信是实时的；而陆听寒保证了后者，在流言传得最凶时，他出面演讲，说联盟纪律森严，人类上下一心，没必要以谎言敷衍勇敢的幸存者们。人们很信赖陆听寒，而罗教授也德高望重，流言便慢慢消失了。他们依旧对帝国、对明天抱有希望。

时渊又见了几次爱丽丝。有时在分配处，他刚打完一桶热粥，一身薄汗，扭头就看见在无人的角落，黑发白裙的女孩坐在餐桌上，晃荡着双脚，冲他打招呼；有时在研究中心，时渊刚出大门，走在去车站的路上，街角的某个全息投影闪了闪，爱丽丝抱着独角兽玩具向他眨眼。他的秘密朋友神出鬼没，游荡在城市，万千电缆是她的家。

有一天爱丽丝和他说：“时渊，你能不能帮我个忙？”

“什么？”时渊有些意外，这是第一次爱丽丝请他帮忙。

爱丽丝用手支着脑袋，犹豫了半秒：“你知道伦纳德·菲莉帕吗？”

时渊摇头。

爱丽丝说：“我的本名是爱丽丝·菲莉帕，伦纳德是我哥哥。”她歪了歪脑袋，“七十五年前，我和伦纳德约着去看烟花。”

然后，爱丽丝在小道上失足坠落，永远做着夏日的梦。

爱丽丝接着讲：“准确来说我并不是那个‘爱丽丝·菲莉帕’。她已经死了，大脑被用作辅助光脑的计算。我是程序模拟出的她的人格。可是最近，我……我快分不清自己到底是程序，还是爱丽丝·菲莉帕了。”

时渊困惑地蜷起尾巴。

爱丽丝看向他：“所以，我越来越想见伦纳德。”

时渊问："他还活着吗？"

"如果他还活着，今年是八十五岁。我在系统里没找到他的死亡记录，也没找到他这个人，可能他改了名字，也有可能，他的那部分数据损坏了——丢失数据是很常见的事情。如果查询监控、进行面部对比，说不定能找到他，但我没有授权。"

"那要怎么办呢？我怎么帮你？"

"我也不清楚。"爱丽丝晃了晃白皙的双足，"按照人类的说法，只能是你帮我'打听打听'了。"

"我能帮你要到授权吗？"时渊问。他知道只要他开口，陆听寒肯定会帮他，哪怕不知原因。

爱丽丝说："面部对比很消耗算力，现在能源不足，不能把算力放在这种事情上。"

"好吧。"时渊说，"你真喜欢人类呀。"

爱丽丝笑了："和你不一样，在我看来我就是人类。虽然别人不会承认。"

"如果找到了伦纳德，你要怎么办呢？"

"我也不知道。"爱丽丝摸着独角兽的鬃毛，"我已经看过烟花了，心愿只剩下这个了。"

时渊答应帮她找人，可是主城太大了，想要找到七十多年前的、很可能改名换姓了的孩子，实在太难。他不想麻烦陆听寒，只能四处打听，过了很久都毫无头绪。他还旁敲侧击，问了关教授。

关教授帮他查了数据库，没找到结果，说："之前城市被毁，很多数据都没了。再说那么多年过去，伦纳德还活着的机会真的……很渺茫。"

"我知道的。"时渊讲，"不过，我会继续找的。"

关教授问："为什么想找他？"

时渊回答："为了我的一个朋友。"

过了几天，关教授又跟他讲起了"深潜"。他们去了二号军区，看着那闪闪发光的漂亮护卫舰。旁边还停了几艘小一点的舰船。

“这些是什么？”时渊问。

“护卫舰的附属舰船，起到保护和侦察的作用。”关教授讲，“技术还不成熟，但只能硬着头皮拿出来用了。再怎么说，都要保证护卫舰到达深渊之底。”他犹豫了片刻，“时渊，我想跟你讲一件事。”

“什么？”

关教授靠着洁白墙壁，仰头看护卫舰。

他说：“深渊的黑雾很凶险，不但有感染乱流，还有足以破坏舰船的风暴，更有栖息的感染生物群，这也是为什么之前我们派出的飞行器、无人机、各式探测仪都失败了。”

陆听寒也讲过这事情，时渊默默听着。

关教授：“即使有护卫舰，‘深潜’也是非常危险的，没法保证舰船与地面的通信，但我们依旧需要……揣摩深渊和怪物的动向。”他深吸一口气，“也就是说，陆听寒是最合适的人选。”

时渊同样靠着墙壁，背后一片金属的冰。他问：“所以要让陆听寒驾驶护卫舰，下去深渊？”

“不，不是他驾驶。”关教授说，“我们有专业的驾驶员，但需要陆上将在舰船上，进行指挥。机会只有一次，只有他……最可能让计划成功，必须是他。”

时渊：“噢，他真厉害呀！”

这一刻，关教授的神情有点复杂，他缓缓道：“有两个问题。第一，城市需要陆上将，他不能去执行‘深潜’，不然其他人怎么办；第二，到了深渊之底，就不可能回来了。首先，采集数据和与地面建立通信，都需要相当长的时间，其次，其他深渊和你不同，拥有很强的感染性，人类究竟能在深渊之底活多久？一周，一个月，还是一年？谁也不知道。不论怎样，这是没有返程的旅途。”

时渊：“噢……”

关教授叹了口气：“我们也不知道该怎么办。帝国那边……还没有联系上。”他擦了擦老花镜，镜片上有细微的划痕，“我有种直觉，如果给我们足够的时间，如果让陆上将去执行计划，‘深潜’是可以成功的。”

他苦笑着：“没有陆上将，联盟早就不在了。他已经做到极致了，可是，主城能撑到那一天吗？”这个问题，谁也没办法回答。

晚上，时渊在家里抽屉意外翻到了两粒电池，他的尾巴尖摇动。当天睡前，陆听寒在小彩灯中听完了《小马驹找妈妈》。

最后陆上将关掉了，也冷酷地掐掉彩灯，说：“睡觉。”

黑暗中，时渊问：“陆听寒，你会去执行‘深潜’吗？”

陆听寒没接话，只是伸手过来，摸了摸时渊的脑袋。

之后的日子战况不停，偶尔断电，整个城市陷入黑暗，这时候星星就格外地亮，一抬头就能看到闪耀的宇宙，可惜没等来另一场流星雨。人们时不时就要躲进避难所，躲避的时间越来越长。时渊跟着陆听寒去前线，见到了不同的感染生物，比如燃烧了云朵的火鸟，比如匍匐在地面、通体金属的食蚁兽，又比如三头六臂的人形树妖。枪林弹雨，炮火轰鸣，呼啸的飞行器，颤抖的大地，喷溅的黑血……战况愈演愈烈，每一天都是血与火。

陆听寒依旧不和时渊谈战况。他只会说，天气不错，晚上能看见很多星星；他只会问，今晚你想吃什么。联盟迟迟没能和帝国通信，“探求者一号”倒是准备得差不多了，随时可以向深渊进发。

爱丽丝抱着独角兽，倚着窗台晃荡双脚，哼一首小曲，而时渊打听不到伦纳德·菲莉帕的消息，所有人都一脸茫然，说：“你确定他还活着吗？”

时渊也不知道，他就是冥冥之中感觉，他能找到伦纳德。就这样过了八个月，到了联盟244年末，主城下了一场雪。雪花洁白，飘飘而下，乘风雪而来的是一群飞鸟。

那像是鸟与人的结合体，造型古怪，长着人脸，而人脸上又全是白色的柔软羽毛，露出恬静且温和的笑，好似沉浸重重美梦。它们无声地盘旋在城市上空，仿佛一群……诡异的天使。人们躲进避难所，而时渊收到陆听寒的讯息，叫他留在二号军区。二号军区有大量的能源存储设备和风阳城的能源核心，更重要的是，“探求者一号”在这里。在附近人少时，响尾渊能轻松吓走怪物，还是很安全的。有时候陆听寒会让他待在一些地方，守着资源。

这次也不例外。

只不过这次的战斗持续了很久，久到时渊都不知道过去了几天。刚开始，陆听寒每天还来得及回复他的消息，和他聊上十分钟，后来，时渊要等上两三天，才能看到陆听寒几句简单的回复。等到某天，一支队伍来到仓库，继续守卫物资的工作，时渊便准备去前线找陆听寒。

他问带队的队长：“陆上将在哪里呢？”

队长忙得不可开交，指派副官去清点物资，重新布置了队伍位置，才得空告诉时渊：“上将在西城区。”他强调，“你可千万别过去！那里情况很糟糕，他们准备撤退了。”

队长再一转头，时渊已经不见了。

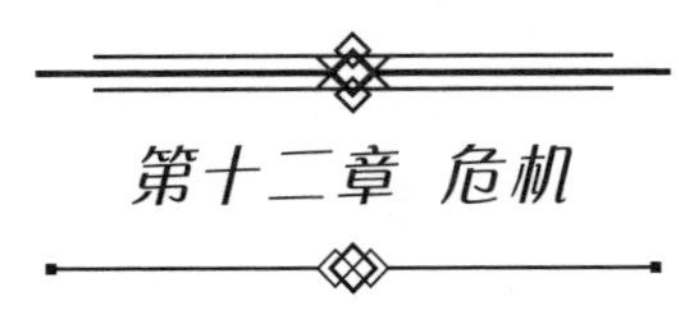

第十二章 危机

西城区并不远，时渊紧赶慢赶了近一小时，总算是到了。一路上都是爆炸声和枪声，战场已蔓延至城内。西城区满目疮痍，放眼看去，竟是见不到军队的影子。楼宇倾塌，残垣断壁，碧蓝天空中是飞舞的白鸟群，它们齐声鸣唱，圣洁且宏大，仿佛唱诗。西城区沦陷了。时渊心头一紧，不禁想，这里真的……还有活人吗？半堵墙面之下，传来痛苦的呻吟声。时渊转头，看到了一名被废墟压住的战士。

战士满面泥尘和血，发出含糊的声音。

“什么？”时渊跑过去，贴在他嘴边听，“听不清你在说什么，我马上叫医生过来！”

战士微弱地摇了摇头，“去……”

时渊更贴近他的嘴边：“你想让我去哪里？”

“地……地下。”战士的嘴唇苍白，“快去地下车站，陆上将……陆上将还在那里。”

时渊用通信器发出定位信息，好让救援队过来，救下这名战士。那战士虚弱极了，不断催促时渊去地下车站。

时渊当然要找陆听寒。西城区到处都是废墟，枪支和弹壳，死去的人面鸟和白羽毛，只剩半截的装甲车冒着浓烟……时渊找了很久很久，才找到战士所说的地下通道。顺着长台阶一步一步走下去，一片狼藉，血迹斑驳，分不出是人还是怪物的。主城的地下车站曾非常热闹，每分钟都有无数班列车出发，去往城市的每个角落。后来，战况越发紧张，地下车站维护成本太高，废弃了，军队在此建立防线，使其成为大型哨站和储存处。

西城区沦陷时，陆听寒就在哨站。时渊知道，以陆听寒对怪物的了解，他肯定预料到了这一幕，可他还是留在了哨站——这么想，陆听寒是有把握的，时渊就不那么紧张了。他走进了地下的黑暗中，拿出随身的小手电筒照明。惨白的光晃过，他走到站台上，见到了列车轨道和无数只死去的人面鸟。四周只有他的脚步声，再往前走，开始出现战士的尸体。到了站台的尽头，时渊沿着轨道，在黑漆漆的隧道中走向下一个站台。

“有人吗？”他喊道，“有人吗？”

“陆听寒，你在吗？”

一片死寂，无人应答，他加快了脚步。站点之间并不远，他走了十几分钟就到了下个站台。站台上也是战士的尸体，但，时渊走着走着，就发现不对劲了。铁丝网旁边有一对尸体，两人紧靠在一起，到死都不分离——这本该是伤感的一幕。如果他们的手没有死死掐住对方脖子的话。

假设时渊有足够的医学常识，他会发现，两人的嘴唇、指甲都是绀紫色的，皮肤和眼睑有点状出血，是标准的机械性窒息。再往前走，许多战士死于枪杀、刀刺。并非死于怪物之手，这里发生过一场自相残杀，就像是……他们完全丧失了理智。

时渊沿着轨道去下一个站台。下一个站台没见到人类尸体，倒是有很多死去的怪物。人面鸟密密麻麻铺在地上，几乎没了落脚处，墙上是它们喷溅出的鲜血。它们在这里与军队短兵相接，怪物惨败了，它们的头颅被子弹击碎，身躯被长刀刺穿，还有一些糊在天花板上。

“砰”一声枪响。

时渊一愣，加快步伐跑过去：“有人吗？有人吗？陆听寒！”

绕过拐角，三个黑洞洞的枪口对准了他，那几名战士的表情惊疑不定，见到他，宛若见了鬼。陆听寒在不远处，踩着一只人面鸟的尸体，枪口冒出一缕烟。

“时渊。”他有些意外，挥了挥手，示意战士们放低枪口。

时渊高兴地跑过去：“太好啦！你没事！”

旁边几名战士瞪大了眼睛，他们都是陆听寒的得力下属，大多见过时渊，可是时渊是怎么平安无事出现在这里的？难道说……他们不敢去想这个可能性，也不敢当着陆听寒的面说出来，而且时间也由不得他们猜疑了。

陆听寒告诉时渊：“附近有一只能操控人面鸟的怪物，类似它们的领袖。这批怪物潮都死了，它还活着，得找到它。支援在路上了，但是时间紧迫，我们正在搜寻。”

时渊问：“它长什么样？”

“它的羽毛是金色的。”陆听寒回答。

“听起来很漂亮。”

“也确实漂亮。”

时渊就跟着这支队伍走，战士们举着枪，小心翼翼寻找站台的每个角落。他小声问陆听寒：“我看到了一些奇怪的战士。他们好像……在攻击自己人？”

陆听寒解释：“人面鸟的歌声会催眠致幻，让人失去理智，从精神上被感染——就像是那些深渊监视者一样。然后他们开始自相残杀。所以，决不能让它们的领袖活下来。”

“噢……”时渊说，“这是第一次有怪物能感染精神吗？”

“这么大规模的是第一次。”陆听寒回答，“谁也没料到。”

从能模仿人类音调的触手，到能读取人类记忆、知道陆听寒是头号威胁的岩蛇，再到今日，浩荡的歌声从天而降，污染着所有人的精神……联盟从未放弃希望，但怪物也在一步步进化。高峰期是它们的温床，畸变让它们能够完成普通物种需要千万年的进化与演变。

这个站台搜完了，他们下去轨道，走向下一个站台。所有人都疲惫至极，陆听寒的体能消耗也不小——方才他不知杀了多少怪物，又杀了多少……疯了的战士。再加上沦陷前，高强度的指挥也消耗了许多精力。

手电筒的光晃过隧道顶端，时渊想起什么，在口袋里掏啊掏，拿出了半块巧克力，递给陆听寒："吃吗？"

陆听寒左手接过来，问："哪里来的？"

"关教授的。我没忍住，已经吃完一板了，就剩下这么一块。"时渊回答，"早知道多留一点给你。"

陆听寒无声地笑了笑，"谢谢。"他把巧克力含在嘴里，苦涩的浓香晕开，叫人心情愉悦。

时渊还是很小声："你喜欢巧克力吗？"

陆听寒"唔"了一声："喜欢。"

"它真的很好吃！"

陆听寒想起什么，说："时渊，你知道吗，可可豆招虫子和啮齿动物。每一百克巧克力的昆虫碎片不超过六十块、啮齿动物毛发不超过一根，就是合格品。"

时渊又一次被人类的食品工艺震惊。

又走了五分钟，翅膀扑腾声传来。手电筒向前照去，七八只人面鸟飞来，它们露出恬静又美好的笑，缓缓开口——悠扬的唱诗声响起，宏伟浩大，动人心弦。它在隧道回响，明明周围是尸体和黑暗，却让人想到深邃的教堂，华美的彩绘玻璃，精致如艺术品的祭坛与管风琴。圣光降临时，祷告的人们抬起头颅，看到天使高歌着，自云顶而来。

几名战士的身躯晃了晃，脸上同样浮现平静的笑——

"砰"的一声枪响，一只人面鸟旋转着坠下！陆听寒开的这一枪惊醒了战士们，他们挣脱了幻觉，举枪对空中扫射。枪声不断，人面鸟发出尖利的叫。有一只落在了他们脚边，羽毛凌乱，扑腾着翅膀要逃走。一名战士踩住它的翅膀，它猛地回头，那是一张漂亮的女人的脸，鬓角生了羽毛，乍一眼看去与人类无差，甚至更圣洁。它露出一个极为幽怨、楚楚动人的神情，何其无辜，惹人怜爱，仿佛在谴责他们的罪行。

"天使？下地狱去吧！"战士扣下扳机，子弹贯穿怪物的头颅，让她动人的神情永远凝固。

他们抵达下一个站台，这个站台还有几只人面鸟，战士们杀了它们，继续搜寻。陆听寒把几枚子弹送进怪物的眉心，而时渊在他身边摩擦鳞片，吓退了两只人面鸟——它们刚退缩，就被陆听寒爆了头。

人面鸟是解决了，时渊一回头，看到陆听寒的副官神情复杂地看着他。那副官姓宁，时渊见过很多次。宁副官知道时渊穿过了战场，跑来找陆听寒，现在又亲眼看见他吓退怪物，极度犹豫，欲言又止。

陆听寒注意到了他的目光，他没解释，只是伸手将时渊拦在了身后。

于是，宁副官收回了视线。

这个站台名叫“湖千站”，曾是个很大的中转站，四通八达。

陆听寒看着一只人面鸟将死的眼眸，隔了几秒，说：“它们的领袖就在附近了，藏得很好。”

宁副官问：“那要怎么办？”

“五人一队，分开去找。”陆听寒讲，“必须争取时间，下一轮进攻很快会开始。”

战士们得令，分好队伍，散去了站台的各个方向。时渊跟着陆听寒，还有其他几名战士，去了湖千站的东南角。墙上贴着线路图，四通八达通往城市的每一处。公告栏的字体已然磨损，隐约能看出写的是“摄影比赛”，底下挂着几张残破、褪色的老照片，广场喷泉、摩天大厦、川流不息的车辆和偌大的湖千站，那些灰白色的线条勾勒出主城的宏伟。

其他人找怪物，时渊待在公告栏前看了一会儿，想象过去城市的模样。然后，他被远处的人声弄得回了神。那是另一支队伍的声音，他们去了西南角，和时渊这帮人只有一墙之隔。

“你是哪个队伍的？怎么在这里！”隔着墙，一名战士的声音模模糊糊，“你受伤了吗？”

男人的声音：“我……我好像有点不舒服，头很晕……”

“你待在原地，我马上叫人过来给你打抑制剂！”

“你别走！我不要抑制剂，我是来找陆听寒上将的，他在这里吗？”

“问这个做什么？你在流血，我叫医疗兵过来。”

“我问你，陆听寒在这里吗？”

战士警觉起来：“你究竟想做什么？你是哪个队伍的！举起双手！”

“我知道了，你和他是一伙的，你们全都是一伙的。”男人喃喃，“你们都是……都是骗子！你们的上将是个骗子！”

战士厉喝：“站在原地！不要动！”

一阵纷乱的脚步声。时渊猛地回头，男人拖着步伐，缓缓从墙壁后绕出。他高举着双手，身后跟了一名持枪的战士。

男人脸色苍白，一字一顿吼道：“陆听寒！我知道你在这里！”

电光石火间，时渊认出了他：他是老宋。是风阳城沦陷那天，他在基站车库遇见的男人。不好的预感涌上心头，时渊想起，从那车库的二楼，老宋和柯少校刚好能看见他和蝴蝶女人在对话。

老宋站定在原地。出于谨慎，陆听寒和其他战士躲避在掩体后。已有无数枪口对准了老宋——他还穿着军装，肩章标志是第十三号先锋队。十三号先锋队在西城区作战，大多牺牲了，老宋大概是唯一的幸存者。尽管他看上去……精神不太稳定。

老宋锐利的目光扫过废墟，仔细看去，他眼中有一层淡淡的银光。他吼道：“我知道你们都在这！我要告诉你们，你们全都被骗了！被陆听寒骗了，被联盟骗了！”

他的声音在偌大的站台回荡，宛若一头凄厉的困兽。

老宋身后的战士呵斥：“别废话！给我向前走！”

他的枪口抵住了老宋的头。

老宋置若罔闻，厉声呐喊：“我弄清楚了真相，今天就要把它公之于众！黄锐达中士，这个人你们都不认识吧！二十六年前黄中士从主城前哨站带领一支车队回城，途中的一个晚上，0号深渊开始暴动，而车队里的一个小孩子失踪了！”

他扫视周围，一片死寂。他说：“那个小孩子就是你们的陆上将！他失踪了一天多！最后竟然平安回到了车队，你们说，这是正常人能做到的事情吗？这是吗？”

“你就尽胡扯！”战士骂道。

老宋冷笑一声：“陆上将可没办法反驳我，对不对？”

战士：“如果是真的，怎么从没有人提过？满嘴胡话，再污蔑上将我毙了你！”他捏紧步枪，骨节咔咔作响。

老宋眼中的银色更明显了，他紧接着说：“为什么没人提过？因为黄锐达不敢！一个小孩子都轻轻松松跑出了车队，这代表什么？这代表他根本没布置好岗哨，但凡来一个怪物，整个车队就全灭了！这是严重失误！”老宋再次冷笑，“他还怕什么？怕陆准上校和虞轻眉院士追责！那两个人手眼通天，要知道宝贝儿子经历了这种事情，还不把他生吞活剥了！”

战士已经失去耐心了，一枪托敲在老宋的背上：“你走不走？不走我开枪了！”

老宋闷哼一声，被打了个踉跄。他剧烈咳嗽：“喀喀喀！陆听寒我知道你在听！喀喀喀……”喉口泛起血腥味，他深吸一口气，“而且黄中士还告诉我一个秘密，他是亲眼看到陆听寒回来的！”

他吐出了半块碎牙，露出讽刺的笑：“在陆听寒失踪的第二天，荒原上开着雪见。一个孩子踩着雪见花回来了，他是追着一抹光回来的，黄锐达亲眼看到了，光芒的照耀下，那些花从盛放变成了含苞待放，再变回了嫩芽，时间在它们身上倒流了！花海里有一条被踩出来的路，通往荒原。这是孩子走过的路，是他离开的路，现在他又看见这条路了，顺着回来，每走一步都抹去了踩踏的痕迹。被他踩死的花、被他弄折了的枝叶，通通活了过来！”老宋额前冒着冷汗，“为什么倒流，它们的目的是什么？因为那个孩子迷路了！倒流时间是为了让他看到来时的路！很不可思议对不对？有这种力量，却只是让一个孩子回家。这个世界上有什么东西能控制时间？就我所知，只有那个0号深渊吧！陆听寒回到车队后，躁动的0号深渊也停息了，这是巧合吗？没有人会相信。”

老宋目光如炬，声声诘问：“陆听寒给我一个解释！给这里为你出生入死的人一个解释！你到底和0号深渊有什么联系？你身边那个叫时渊的家伙，是不是怪物！”

老宋的声音回荡在站台，他瞪着眼眸，猛烈咳嗽。刚开始，所有人都以为他这是被枪托敲的，但他咳着咳着，好几颗牙齿掉了出来，皮肤脱落，瞳孔逐渐被银色覆盖。

他咬牙切齿道：“陆听寒——”

“他变异了！”有人呼喊，“开枪！”

老宋身后的战士一惊，下意识退开几步，扣下扳机！枪响，子弹贯穿了老宋的腹腔，炸开的却不是鲜血，是羽毛。白色的、圣洁的羽毛。隧道尽头，浩荡歌声再次响起，人面鸟展翅冲向众人。而轨道上又出现十几个人影，脸上全都长满羽毛，看肩章标志，他们和老宋同属第十三号先锋队。一个小时前，第十三号先锋队在西城区战败，战士们全被感染了。

老宋的意识在怪物与人类之间徘徊，竟是带领着战友，一路来了这里。他们一队人拖着行尸走肉般的步伐，跟着人面鸟，肢体时不时抽搐。场面非常混乱，枪声、吼叫声和歌声混在一起，时渊看到不远处，两名战士失去了理智，拿刀把对方戳得鲜血淋漓。陆听寒在哪里？时渊想。他离他应该很近啊，不到二三十米。漫天飞舞的羽毛遮蔽了视线。他竖起尾巴，不断吓跑人面鸟，想找陆听寒。又一只人面鸟被他的尾巴吓到落荒而逃，它飞走了，露出它身后的人——老宋的头颅被羽毛簇拥着，根本看不清五官，仿佛一朵毛茸茸的孢子。

“我看见了，”他哑声道，“喀喀喀……我和柯少校都看见了，你穿过了整个城市的蝴蝶雷暴雨，安然无恙，还和那个怪物女人说话。柯少校打听到，陆听寒经常带你去前线，去哨站，你……喀喀，你绝对不是人类。”

他头颅的羽毛翻飞，时渊莫名觉得他在哭。

老宋说：“柯少校死了，我的战友牺牲了，我马上也会变成怪物。我走了那么远，找来这里，只为了完成两件事情。第一件事情是揭露陆听寒的谎言，第二件事情是，我要解决隐患，人类的隐患。”他轻声说，“你是蛊惑了他的怪物。只要你死了，一切都会过去的，一切都会回到正轨，他还是我们的陆上将！我一直……我一直最崇拜他。”

他举起手枪对时渊扣下扳机，从他举起枪支到枪响，连两秒钟都没有。任何人，包括时渊在内，都没想到老宋被感染成这样了还能用枪，还有如此大的执念。事后时渊回想，如果他在撞见老宋的第一时间，变成黑雾逃跑就好了；或者，如果他能反应更快一点，伏低身子，藏进黑暗中就好。但他顾忌自己可能会感染人面鸟，便没有变成黑雾，他也不是经验丰富的战士，足够在瞬时做出反应来。世界上是没有“如果”的。他只能眼睁睁看着，子弹从漆黑枪口射出，朝向他的心口。

我会死吗？那一瞬间时渊这么想。他没见过深渊的死亡，也不知道变成人类的他究竟是怎样的存在。他受过伤，擦伤、划伤，同样流出了鲜血，他的躯体很脆弱，有了人类的感情也就有了他们的软肋，这是必须要付出的代价。但是，他真的会死吗？如一个普普通通的人类般死去？子弹旋转，刺破了风。时渊肩上一重，世界天翻地覆，有人飞扑过来摁倒了他，两人在地上滚了两三圈，满是尘埃和土。然后男人扣下扳机，干脆利落的几枪，每一枪都击中了老宋的眉心。羽毛乱飞，老宋软绵绵地跪下，趴倒在地，死了。

时渊愣怔几秒钟：“陆听寒！”

陆听寒顿了一会儿，才撑着地板站起身，低声说：“跟我来。”

他们两人到了一根柱子下，背靠柱子当作掩体。周围很黑，歌声阵阵，偶尔传来发狂战士的可怖的嘶吼声。陆听寒开枪，人面鸟一只只坠落，摔得粉身碎骨。第十三号先锋队的人，还在行尸走肉一般走着，同样被他击毙了，获得了他们应有的平静。过了近十分钟，这一轮攻势快结束了，枪声陆陆续续停下来。

“它们好像都死了。”时渊说，探头往外看，“我们可以继续找它们的‘领袖’了。”

陆听寒没接话，他的呼吸有些粗重。时渊觉得不对劲，回头一看，陆听寒额前有一层冷汗。时渊撑在地面的手湿漉漉的，他拿起来一看，满手温热的猩红。时渊浑身都僵住了。他凑上前看陆听寒，血是从他的腹部涌出的，染红了军装，淌在地面。电光石火之间时渊明白过来：这是老宋开的那一枪。他没中弹，是因为陆听寒帮他挡了子弹。

时渊的手在抖，像是被电流击中，慌得不知道要做什么好。仿佛回到“重锤”落下的那天，陆听寒也是淌在血泊之中。如今噩梦重演。击中他的是曾经崇拜他的战友，那枚子弹，原本是射向一只小怪物的。

“时渊，不要怕。”陆听寒这种时候还在安慰他，“你去找人过来，拿到急救箱。”

时渊踩着人面鸟的尸体，跌跌撞撞，终于找到了宁副官和其他几名战士。这是唯一的一队幸存者了，也受了伤，行动不便。医疗兵也死了，宁副官留下几名伤者互相照料，提着急救箱急匆匆赶到陆听寒身边。

老宋用的是小口径手枪，加上陆听寒穿了军用护甲，子弹的动能、对人体的停止作用被大大降低。若是换了大口径弹药，腹部中弹造成空腔效应，引起昏厥与大出血，任何人在几分钟内就死了。宁副官心惊肉跳，简单确认伤势后，拿出无菌纱布盖住伤口，填充纱布条和绷带，然后加压包扎。

他说：“我已经联系了支援部队，您平躺着不要动。”

陆听寒却说：“给我止疼药和兴奋剂。”

“我马上拿止疼药，”宁副官说，“不过兴奋剂您应该不需要。”

“必须要猎杀它们的‘领袖’。”陆听寒的脸色有些发白，可眼睛很亮，“错过这次就找不到它了，也只有我能找到它。”

“您在讲什么！”宁副官眉头紧皱，“您都伤成这个样子了！”

时渊在旁边揪紧了衣角，听他们争论，直勾勾看着地上的血迹，浑身还是麻麻的。

“所以我要兴奋剂。”陆听寒说。

宁副官摁紧了急救箱，“马上支援部队就来了，他们会继续战斗。”

“来不及了。”陆听寒支撑着坐直身子，“下一轮攻势就要开始了。”

时渊开口说：“我会去吓跑它们的。”他抓住陆听寒的手，看着他的眼睛，“我会把它们全部吓跑的。”

陆听寒无声地笑了下，“时渊，我们都知道这是不可能的。”他看向面前的二人，说，“局势没法挽回，我都在这里了。”

陆听寒为揣测怪物的行为，去过前线、近距离接触过怪物。但不是现在这种，由他亲自带着残缺的小队，在已经沦陷的车站中，追猎怪物们的领袖。作为联盟上将，这种铤而走险的事情绝不该由他去做的。除非，他别无选择。

陆听寒深呼吸一口气，血一点点渗透了纱布。他说："领袖死了，城市不一定撑得住，但它不死，联盟绝对会沦陷。我们没时间等到支援了，只有我们，只有我。我在追猎开始前，已将指挥权全部交给傅修中将，他按照我的指令正在指挥。"他因为伤势，再次深呼吸几口气，"那个怪物必须死。"

时渊在第二军区守了很久，完全不知道战况到了这个地步。而宁副官咬牙，额前青筋暴起，突突跳动！他停顿了两秒，猛翻急救箱，拿出了止疼药和兴奋剂。吞服药片，半透明的液体顺着针头流入静脉……陆听寒的状态肉眼可见地好了。

他在时渊和宁副官的搀扶下，站了起来。他说："再往前走，马上就能找到它。"

宁副官说："我跟您一起去！"

陆听寒："好，走。"

时渊扶着陆听寒，生怕他出什么事。然而军用兴奋剂，加上陆听寒超乎常人的意志力，让他的行动几乎与之前无差，除了腹部的血正在慢慢渗出。这绝对是致命伤，他的时间不多了。

时渊咬紧了牙关，他有千言万语想要说出口，比如陆听寒你千万不能死，比如我刚刚要是反应快一点就好了，比如都是我害你变成这样的，以及各种自责的道歉，又比如，我可能根本不会死啊……可他知道，不是说这些话的时刻。陆听寒明明能为了人类付出一切，他是绝对不能死的，这一点，陆听寒比任何人都清楚。当他飞身扑向时渊，他就已经做出了自己的选择。宁副官端着枪，手电筒的光照不透周围。时渊抹了一把脸，和陆听寒并肩走入了浓郁的黑暗中。

满地都是尸体，人类和怪物的血混杂，来自地面的歌声再度响起，圣洁优雅。在这个阴暗的废弃站台，沿着旧轨道，还有最后一支残兵败将。

向前走，直到终点。

脚步声中，宁副官低声问："上将，刚刚那个人说的……都是真的吗？"他有些勉强地笑了，"他都被感染成那样了，估计是得了癔症，瞎说……我们都没当一回事的。"

陆听寒回答："是真的。"

宁副官瞪大了眼睛，呼吸一滞。他看向时渊，"那……那他是……"

"他不是人类。"陆听寒说，"但我相信他。"

一时之间宁副官的神情复杂。他最终什么都没讲，只是问："您站在人类这一边吗？"

"一直都是。"

"那我也相信您。"

约莫走了十几分钟，时渊驱赶了两三群人面鸟，他们抵达了"望山终点站"。这是个非常庞大的站点，曾经人来人往，如今列车停泊于此。地下车站的总控制室也在这里，被改造成了哨站。哨站的战士都死了，他们在坚如堡垒的哨站中，听到九天而来的歌声，带着平静的笑容彼此厮杀。没有死于怪物的尖牙利齿，死于自己人的刀枪。精神感染总是那么可怕，这也是为什么人们顾忌深渊监视者。

宁副官见此惨状，不禁皱眉。

陆听寒审度着周围，看见几具人面鸟尸。他闻了闻空中的血腥味、腐朽味，目光看向终点站的尽头。他说："它就在那里。"

一片金色的羽毛，乘着风，飘飘忽忽地来了。站台尽头，人面鸟有着女人的面容，她漂亮极了，低垂眼帘，宛若悲悯。

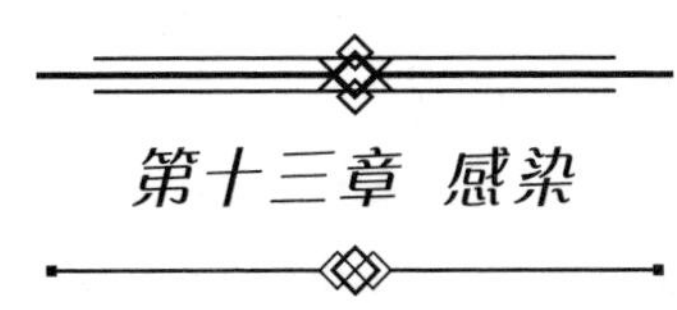

第十三章 感染

陆听寒刚打开家门，就闻到了小米粥和排骨汤的味道。

“陆听寒！”时渊猛地从厨房蹿出来。

陆听寒问：“今天在做什么菜？”

“有小米粥、炒芥蓝、回锅肉、花生猪肘子和排骨汤。”时渊一样样数过去，“刚做了两样，其他都没做完。”

“怎么那么丰盛？”

“今天陆上校有空回来，说是要吃一顿‘温暖又充满爱和排骨的家庭大餐’，我们就准备了很多。”时渊说，“快摸我的头！”

“手上脏，等我摘了手套去洗手。”

时渊就一路跟着他，陆听寒摘了白手套，洗干净手了，才揉了揉那柔软的黑发。

时渊：“呼噜呼噜……”

他满意地和陆听寒待了一会儿，直到虞轻眉从厨房探出头：“时渊，肉还没切完呢。”

时渊：“来啦！”他欢天喜地地又跑回厨房。

虞轻眉看向陆听寒，语气变了样：“回来那么早做什么？你一回来，时渊肯定缠着你玩，猪肘子都没做完呢。”

儿子没有猪肘子重要，虞教授是这么想的。

陆听寒说：“那么不欢迎我？”

“你有时渊一半能干就好。”虞轻眉毫不留情，哗地一下带上厨房门。

陆听寒笑了，坐在沙发看书，听厨房传来乒乒乓乓的声音。

广播中传来声音：“联盟244年12月，‘深潜’计划宣告成功，研究中心关勋教授带领团队，模拟出了0号深渊的感染波长，同时，帝国提供了安全的、完善的地下建筑……请容许我提醒各位观众，后天，就是联盟乔迁至帝国首都尔顿的五周年纪念日，双方人民不再有隔阂，亲如一家，以智慧战胜了末世。在此，我们不得不提起两位人物，陆听寒上将和时渊，他们的名声如雷贯耳，他们的故事无人不知，不过我们还是要从最开始讲起。故事的开始呢，是一名刚刚毕业的军校生，不顾长辈与上级的反对，执意要去当0号深渊的监视者……”

厨房里热火朝天。

时渊跟着虞轻眉学做饭，学了很长时间了。“深潜”计划成功后，虞轻眉终于放松下来，不用住在研究中心了。她年纪大了，偶尔去项目组指导两三天，其他时间就在家里待着，不是和陆准吵架，就是跑来陆听寒家里，拉着时渊做菜。谁也想不到，研究了一辈子的虞教授虞院士，竟然那么有厨艺天赋。尽管，她用菜刀像是在解剖一只白鼠，放酱油像是在滴适量溶剂，也不影响菜肴色香味俱全。时渊努力学习，厨艺有所长进，至少他比常年切葱花下面条的陆听寒厉害了。

小米粥咕嘟咕嘟冒泡，添了冰块的冰镇芥蓝越发脆嫩，回锅肉和卤水猪肘子的味道混在一起，配上排骨汤，虽无山珍海味，都是家常菜，可光是闻着就叫人垂涎三尺。电饭锅“嘀”一声，白米饭也熟了。

门铃响起，陆听寒起身开门，陆准一进门就喝了一整杯水，说：“这天气也太热了，不会热死人吗！”

“心静自然凉。”虞轻眉淡淡说，“谁叫你这个天气出去钓鱼？给我端菜去。”她“啪”地一刀拍扁了蒜头。

“等等！”陆准喊道，“你们就没人想问我钓到了什么鱼吗？”

三个人，三双眼睛看着他，毫无波澜毫无期待。

虞轻眉讲：“是谁空军了半个月，心里没数？快去，饭凉了你今晚就别想吃了。”

陆准嘟嘟囔囔，说什么“近墨者黑”，说什么“现在时渊都被你们带坏了”，说什么“钓鱼佬永远不空军”之类的。

菜摆好了，四人围在桌边，热热闹闹把饭吃完了，花生猪肘子和小米粥受到了一致好评。虞轻眉给时渊夹菜，陆听寒也给时渊夹菜，时渊的碗里堆得跟小山一样高，发愁得尾巴打结，陆准等了半天，老婆儿子都不理他，气得连吃了五块排骨。

吃完饭，陆听寒和陆准负责洗碗，因为家里的家务机器人坏了。尔顿的军工厂和高新技术开发区已经恢复正常了，模拟0号深渊后，没有怪物会接近这座地下城市，人类得到了充足的发展时间。很快，就有新的机器人芯片了，继大型机器人恢复运转后，家务机器人想必也会重归家庭。

陆准刷着大锅，说：“你说你怎么就一点烹饪天赋都没有呢？沦落到陪我刷锅。”

陆听寒拿着海绵布，擦过洗手池，神态仿佛在擦拭爱枪。他说：“你觉得我继承了谁？”

陆准大笑。

晚上，有一场球赛直播。这场小型球赛踢了半个月，终于到了决赛，是尔顿队大战拾穗队。这是末世后的第一场球赛，没有绿茵草地，只有一块脏兮兮的草皮，没有专业运动员，全是退伍老兵和业余爱好者，也踢了个风生水起。虞轻眉不看球赛，她觉得这是浪费时间。陆听寒、时渊和陆准三人坐在沙发上，摆好果汁和小零食，关了灯，调大声音，氛围刚好。

时渊第一次看球赛，一边吃绿豆饼一边认真看。

球员奋力奔跑，解说慷慨激昂，陆听寒给他解释着每一条规则，时渊还是被绕晕了，茫然问：“裁判为什么吹哨？”或者“哪个人违规了，为什么啊？什么是滑铲？”又或者“为什么人类会追着一个小皮球跑？”

时渊拖着脑袋看人类追小皮球，虽然挺有趣，可他的尾巴困惑地弯来弯去，被陆听寒捋直了，没过两分钟，又弯了。而陆准躺在沙发上，怀抱瓜子，看得津津有味，吃得也津津有味。都说小赌怡情，他在拾穗队压下了他的全部私房钱，就期待能翻盘，赚两包烟钱。

陆听寒看球赛都是面无表情的，而陆准喜怒哀乐都摆在脸上了，拾穗队进了第一个球，他激动得差点弄洒瓜子。所有人都以为，这次进球是个开始，没想到它是结束。接下来的六十分钟里，拾穗队再也没进任何一个球，最后以一比三落败。

陆准痛心疾首，唉声叹气。

时渊安慰他："没关系，明年还有一场比赛吧？"

他求证般看向陆听寒。

陆听寒肯定道："对，明年他们还打算办一场，到时候还会有风阳队。"

陆准这才缓过来一点："也是，也是，我又要开始攒私房钱了。"

陆听寒问："上次不是存了几百吗？"

"别说了！"陆准把瓜子壳哗啦啦倒进垃圾桶，"全被你妈发现了！充公！"

看完球赛，已经太晚了，陆准和虞轻眉就在一楼客房休息。陆听寒收拾桌面，时渊在旁边帮他。

陆听寒问："今天过得怎么样？"

时渊把他在食物分配处的事情讲了，然后说："感觉最近客人越来越少了。"

"可能都去餐厅吃了。"

"也是啊，分配处永远是罐头做出的东西，不好吃。"

收拾完了，两人到二楼天台吹风。时渊继续唠叨他的见闻，陆听寒专心听着。

时渊又说："沃尔夫冈和程先生在准备剧团的事，很快，我就能回去演戏了。”

“演什么？”

“继续演《殉道者》，还有新剧本《触不可及》。”时渊昂起头问他，“都是很好的剧本，你会来看吗？”

陆听寒却没有回答，灯光之下，他的神情依旧是温柔的。他说：“不，时渊，我不会。”

时渊的尾巴弯出了问号。

陆听寒看着他讲：“因为我是来向你道别的，现在是时候了。”

“什么道别？”时渊问。

“我要走了。”

“啊，现在吗？军队那边有情况？”时渊睁大了眼睛，“你什么时候回来呀？”

陆听寒：“我不会回来了。”

他起身，披上早已准备好的风衣，向楼下走去。

时渊怔住，追着他下楼了：“陆听寒！”

一楼客厅亮着一盏暗灯，虞轻眉和陆准坐在餐桌边，正在研究一个蛋糕。两人见到陆听寒，有几分尴尬，没想到陆听寒突然杀了个回马枪。蛋糕是给陆听寒的，他生日快到了。秘密就这么败露了。

陆听寒看了蛋糕几秒钟，拉开家门，一股寒风袭来。

“你去哪里？”陆准喊他，“都那么晚了！”

虞轻眉也讲：“有什么事情不能明天解决？”

时渊从二楼追下来了，一把拉住陆听寒：“不要走！为什么你再也不回来了？”

闻言，陆准和虞轻眉都是一愣，对视一眼。

虞轻眉说：“陆听寒，你和时渊吵架了？”

陆准补充：“还气得自己离家出走？吵架算啥，我和你妈都吵多少回了，还不是照样没事？”

虞轻眉：“好好说话，把问题摊开来讲。这个生日蛋糕还是时渊给你选的呢。”

陆听寒没说话，他一点一点地、坚定地扒开时渊的手，像早就做好了准备，说：“我要走了。今天是非常愉快的一天，谢谢。”

三个人面面相觑，不知所措。

陆听寒走出家门，和屋内的温馨温暖截然不同，走廊一片黑暗，冷得刺骨，几乎逼人退缩。陆听寒没有犹豫，向前迈步，直到他听到带着哭腔的一声：“陆听寒！”

陆听寒顿住，他回头望去，在暖黄色的光下，虞轻眉和陆准并肩站着，神情温和又担忧。

时渊呆呆地看着他，泫然欲泣，说：“陆听寒，你能不能别丢下我？”

陆听寒轻声说，“不是的。”

风声阵阵，歌声从九天之上传来。他说：“不是丢下你，我是必须要……找到你，和过去的每一次都一样。”他转身，任凭身后人再怎么呼喊，也不再回头。

越往前走，那黑暗就越深了，而那歌声也越发嘹亮。陆听寒越走越快，最后跑了起来，奔向歌声最响亮之处，猛地伸出手。“咔”的一声，骨骼在手下碎裂的声音响起，黑暗潮水一般消失了，人面鸟在他铁钳般的手中尖叫！它通体金色，每一根羽毛都闪闪发亮，有着女人的姣好面容。但它的头骨，在陆听寒把它掼在墙上时，已经碎了小半。在陆听寒身后，神色迷离的宁副官带着幸福的笑，听到尖叫他浑身一抖，骤然从美梦中醒来，茫然地环顾四周。自他们踏入终点站，这怪物的领袖就开始了歌唱，只不过，那时谁也没意识到。

陆听寒和宁副官都陷入了幻境里，幻境中过去了数个小时，甚至数天，而现实不过是两三秒。陆听寒及时挣脱，那歌声反而让领袖暴露了自己——人面鸟的面容千变万化，在他面前竟变得有几分像虞轻眉，试图蛊惑人心，却无济于事。它在陆听寒手下扑腾、挣扎。一张漂亮的脸扭曲了，变得丑恶至极。陆听寒半秒钟都不曾犹豫，掏枪抵着怪物的头颅连开五枪！鲜血横飞，怪物软绵绵地掉在了地上。

它死了。

陆听寒退后半步，腹部的绷带被血染红了，狰狞刺眼。

时渊猛地冲过来，扶住他："我们快走吧！去找医生！"

陆听寒定定地看着他，突然笑了，捏了一把他的脸："还是真的更可爱，比梦里的可爱多了。"

时渊困惑了半秒，便不敢再纠结。

宁副官给了自己两个大嘴巴子，终于清醒了，喊道："我们去地面！"

出口就在不远处，被坍塌的墙壁和乱石遮蔽了。陆听寒在旁边休息，时渊和宁副官一起努力，清出一条小道来。他们尽全力了，可还是花了近半小时——其间，第二轮攻势果然开始了，歌声在地下都听得见，到处是爆炸，每次震颤头顶都会落灰。时渊总是查看陆听寒的情况，兴奋剂效果过了，动作变得迟缓，失血也导致了体温不断下降。药剂本就是自欺欺人的，伤势太重，怎么也没法挽回。

最后，宁副官背起陆听寒，咬牙往地面冲。终点站很深，楼梯望不见尽头，宁副官消耗了太多体力，爬了一阵后气喘吁吁，动作明显慢了。于是时渊背起陆听寒，接着往上爬。他的力气不够，全靠尾巴缠在陆听寒的腰上做支撑——甚至还起了按压伤口止血的作用。在平时，他怎么也不可能背着一个高大的男人，爬那么多层，可这次是不同的，他浑身上下都在涌出力量来，一往无前。

老宋说，是一抹光把陆听寒领回了车队，时渊不太记得这件事了，他只知道，他一定要去到地面……让陆听寒见到天光。

楼梯一级接着一级，时渊一路背着陆听寒，喘着粗气，迈上了最后的台阶，看到了耀眼的光，晴朗的天空，和破败了大半的城市。街道毁了，楼房毁了，到处冒着滚滚黑烟。白鸟发出唱诗般的歌声，盘旋在城市上空，不单是他们，无数其他怪物从地面、从天空而来，侵占了城市，有巨大的白骨狼群，有三十多米长的切叶蚁后，也有大片骤然盛放的花海……怪物循着血肉的香气，穿过荒原，带来了一场屠杀。

宁副官愣愣地看着眼前这一幕。他万万没想到，就在几小时之内，接连又有那么多区域沦陷了。明明、明明怪物的领袖已经死了，局势也没法挽回吗？今天会是人类沦陷之日吗？宁副官的目光飘得很远，直到城市尽头。他一直在呼叫支援部队，但地下的信号太差，再加上有感染生物感染，他没能成功，而支援部队也迟迟未来。

现在，他知道原因了，恐怕支援部队被堵在路上……或者牺牲了。宁副官还打算让飞行器过来，接陆听寒去医院。只要够快，这伤势还是能被挽回的。可是现在呢？到处都是怪物，任何车队、任何飞行器都没法穿过这畸变的浪潮。远处亮起爆炸的火光，他缓缓坐在地上，看着沦陷的城市。

时渊还没放弃，他艰难地背着陆听寒，向东边走，深一脚浅一脚地踩过废墟，直到陆听寒在他耳边说："时渊，够了，放我下来吧。"

时渊咬牙不接话，继续往前走。

"够了。"陆听寒低声说，"躺下来的话伤口不会那么疼。"

时渊知道陆听寒是不可能怕疼的，但他听到这句话，心里有一块地方被戳了一下。这瞬间，疲惫、紧张、难过和劳累涌了上来，他失了力，再也迈不出一步，只能轻轻地把陆听寒放下。

周围都是废墟，时渊满身陆听寒的血，握住他越发冰冷的手，轻声道："你怎么会救我呢……你不该救我的，我是怪物，可能根本不会死啊。"

陆听寒隔了五六秒，回答他："我不赌。"

时渊无声地笑了笑，问："陆听寒，我可以感染你吗？"

就像是那躁动的一晚，他咬上陆听寒的脖颈。就像是那一次排练台词——他说，世界很残酷，人类的一生太短暂了，要是能变成怪物多好啊，我喜欢你，让我们一起在烂泥和白骨里永生吧。

血一直在流，陆听寒的气息渐弱。

时渊几乎听不到他的声音了，凑上前，听见他说："时渊，我生为战士，也让我这么死去吧。"

时渊握紧了陆听寒的手，骨节用力到发白。

"嘀嘀嘀——"

陆听寒的气息很微弱了，时渊僵硬地扭头，隔了十几秒，才意识到这是他的通信器在响。刚才在地下通信器没了信号，现在倒是有人打来了。

屏幕上显示是关教授，通信器执着地响着，时渊缓缓伸出左手，摁下接通键，却说不出一句话来。

“时渊！你在听吗？”关教授的声音急切，“陆上将是不是在你身边！”

时渊：“嗯……”

“我们收到了求救信号但飞行器过不去。现在——现在只有一个办法了，你听我说，时渊，你能不能感染周围所有的怪物？”

“……为什么？”

“让它们失去行动能力！”

被时渊感染的生物，都会被封进黑色晶体中一段时间，仿佛它们的时间被摁下了暂停键。

关教授接着说，语气越发急促：“感染怪物，这样飞行器就能过去了。你听我说，陆听寒绝对不能死，只有他，只有他有可能完成‘深潜’！”

时渊说：“但是……”

“来不及了！战况至此，主城也撑不过今天了！”教授在呐喊，“也别考虑帝国了，那东西存不存在都不知道。时渊你信我！你信我——”

时渊木然地看向陆听寒。这么做的话，陆听寒会恨他的吧？关教授的呼喊变得模糊，如隔了一层朦胧水雾。男人的脸色苍白，呼吸微弱，大片的鲜红在身下蔓延。

记忆又回到在麦田的那日。金色的麦浪是金色的血液，鸡鸭牛羊成群，那些巨大的机器在无休无止地运转。时渊想，陆听寒应该是对的吧，有些东西即使消亡了也不褪色，“来过”才是最重要的，一秒便是永恒。可是，那天他在小路上拿到了一朵小花。那是他的花，那是全世界独属于他的花，他不能让它枯萎呀。时渊抬头，无数怪物在狂欢狂舞，千奇百怪，光怪陆离，他在它们面前太渺小了，仿佛下秒就会被淹没。

时渊就这样拉着陆听寒的手，看向它们说：“对不起，但是请你们去死吧。”风停滞一秒——黑色晶体如骇浪一般爆开！

难以形容那是怎样的场景，黑水晶从怪物的体内爆出，层层叠叠，嶙峋怪异，几秒就将它们置于死地。人面鸟从空中坠落，在地上翻滚、尖叫，直到头颅都被水晶淹没。野狼群的爪子上挂满了晶体，它们拼尽全力逃跑，矫健的身姿却怎么也快不过感染，身躯凝固在水晶中。所有人都看见了这一幕。黑水晶构筑的骇浪淹没了大半座城市，那种力量势如破竹摧枯拉朽，停止时，鸟兽虫鱼、花草树木……这些旺盛的、凶残的感染生物，被蚕食鲸吞，时间定格在这一瞬。于那半透明的漂亮晶体中，鸟类展翅，野兽咆哮，长蛇亮着毒牙，一朵花含苞待放，停在了要开未开的最美时刻。

楼宇街道上，同样挂满了水晶。它们在太阳下闪闪发光，宛若一座水晶构成的、神话中的城市。世界安静下来，一片死寂。

“发生什么了。”人们喃喃，“究竟发生什么了？”

战士们同样茫然，反应快的人便在频道里喊：“等待指示！继续疏散人群！不要靠近任何不明物体！”

一队飞行器带着尖锐的破风声，从他们头顶掠过，飞向西城区的列车终点站。

手术室的灯亮了十几个小时，时渊一直在外面等着。关教授来了两次，给他带了面包和水。时渊勉强吃下去了一点，又继续等着。

关教授陪他坐在走廊。

时渊缓缓说：“我把它们都感染了……接下来，该怎么办呢？”

“还有时间的。”关教授捏了捏他的肩膀，以示安慰，“如果没有你，城市已经沦陷了，现在至少……我们还有一点点时间。你先别想那么多了，等他出来吧，然后，我会和你把情况解释清楚。”

时渊就继续等。在他等待时，城市中的人们不敢相信自己从灭顶之灾中活了下来，走上街头，看着远方的水晶，都是满脸茫然。听说方圆近百公里的怪物都死了。而其他怪物受到威吓，暂时不敢接近。七十多年来第一次，城市安全了，他们甚至能自由漫步在荒原。

一切都不可思议。但是，代价是什么呢？那些黑水晶看起来太让人不安了，仪器一旦靠近，污染指数都会爆表，以至无法显示。而柴永宁主席表现得分外强势，柴永宁没有兵权，一直都是被半架空的状态，但到底是联盟的代表性人物，关键时刻镇得住——或许，在陆听寒向他坦白了时渊身份的那日，陆听寒就已料到，可能会有今日的情况。柴永宁知道内情，老道的经验也让他明白该如何维稳，军队得到他的指令，开始指挥人群。同时他发表讲话，称黑水晶是研究中心研究过的一种现象，具体情况会在几天内公开，至少，他能保证，城市暂时安全了。这一套下来，依旧人心惶惶，但大部分人都不再惊慌失措，也能听从安排了。

陆听寒在手术了十五个小时后，被送进了ICU。手术成功，他还没脱离生命危险。时渊进了ICU陪他，坐在床边，看着氧气面罩下那熟悉的面容，少见的苍白和虚弱。

他难过到尾巴打了死结，仿佛又回到上一次，也是在病房，也是伤势严重，也是不论他怎么呼唤，陆听寒都不会回应了。只不过之前陆听寒是为联盟，这一次是为他。

时渊就这么抱着打结的尾巴，等了三天。

第四天，陆听寒醒了，在他睁开眼睛的那一刻，时渊立刻就哭了。

氧气面罩上有一层水雾，陆听寒低声说，“怎么又哭了？”

时渊的眼泪根本止不住，他抽了抽鼻子，眼睛红红的，看着陆听寒露出一个勉强的笑：“因为，我的尾巴打结了。”

陆听寒同样笑了：“那我帮你解开。”

五天之后，陆听寒帮时渊解开了尾巴。十天之后，陆听寒在窗边看到了被黑水晶覆盖的城市，壮观、诡异又狰狞。时渊忐忑不安地等在一边，小声说，他当时没有办法了，飞行器不能过来救人，他只能把所有怪物都杀死。

他问：“陆听寒，你会不会恨我？”

但凡有一只怪物完成了进化，就是灭顶之灾。更何况这次是一群怪物，联盟不可能有任何机会能够抵御。

陆听寒久久凝望着远方，然后他低声说：“怎么会呢？我听副官讲了情况，城市本该在那一天就不在了，是你为我们争取了时间。”

时渊仰头看他："真的吗?"

"当然是真的。"陆听寒讲，"只要活着，就还有希望。谢谢你。"

时渊终于高兴起来了。

关教授也在探病时，把情况讲清楚了。他说："多亏了这一两年，我们对时渊的感染波长的观察，对于这种黑色晶体，我们有一定的了解。我们团队曾推测、模拟过无数次，基本可以肯定，对于最小型的感染生物，比如正常体型的蝴蝶、蜘蛛、蚂蚁等，它们完成进化需要三到四个月，而更大型的感染生物，很可能需要十个月到一年以上。"

陆听寒讲："也就是说，至少在三个月内城市是安全的。"

"不太准确。"关教授推了推老花镜，"首先，最小型的感染生物，威胁很可能没想象中的那么大。时渊告诉过我们他感染过一只蓝蝴蝶，后来放归荒原了。那只蓝蝴蝶被其他战士目击过。这一点，陆上将您肯定有印象。"

陆听寒颔首："我看过报告。"

战士惊异地报告，他遇到了一只杀不死的蝴蝶。

关教授："是的。据战士所说，蓝蝴蝶翅膀上挂着黑水晶，攻击性确实比同类强很多，但依旧被杀死了——当然它没有真的'死掉'，而是又复活了。重点是，我们能比较轻松杀掉最小型的0号深渊感染物。它们本身太弱了，即使进化了、飞升了，能力高了成百上千倍，也没用。就像0.01乘以1000，也就是10而已，基数摆在那里。"

陆听寒明白了："最早一批进化的生物，不会是非常大的威胁。"

"嗯，我们的结论是这样。具体怎么应对、整合兵力，还要看您的安排了。"关教授推了推眼镜，"其次，我们对大型的0号深渊感染物，也并非毫无还手之力。我们曾成功收容了'黑女王'，将其关押在研究中心内。这剩下的八个月里，我们可以做好收容的准备，在怪物还在水晶中时，提前将它们运进收容室，或者以其他方式限制。"

陆听寒说："收容的容量终归是有限的。"

"没错，按现状，很可能我们只来得及收容第一拨大型感染物。最起码又能争取小几个月的时间。综合看下来，我们有一年左右的时间。”他笑了笑，“算是从死刑变成了死缓。”

陆听寒：“已经足够好了。我们也能出城了，可以做很多事情。”

“还有一点，就是……”关教授欲言又止。

他反复看了时渊和陆听寒，犹豫再三，迟疑不决，还是开口了：“我们都知道，当感染生物接近感染了自己的深渊，就会亢奋和躁动。怎么说呢，目前，城市周围的怪物是最多的，所以……”

时渊听懂了关教授的意思。想延缓怪物的进化，他就不能待在城市了。

关教授神色复杂：“是我让时渊感染那些怪物的，他这么做了，也因此让我们有了一年的时间，但是，我却在讨论，可能要让时渊离开城市……我……我实在是……”他说不下去了。

这时医生敲响房门，要给陆听寒做检查。关教授就先行离开了，临走前，他深深叹了口气，捏了捏时渊的肩膀，神情愧疚。

和上次一样陆听寒恢复得非常好，很快就能出院了。他坚持认为，是时渊的呼噜呼噜声让人心情愉悦，有利于康复。等医生走了，护工送来了晚餐。城市沦陷至此，他们还是尽量给上将最好的，晚餐有红薯、瘦肉粥和炖鸡肉，分量十足。也是和上次一样，陆听寒的味觉神奇地“失灵”了。他吃什么都觉得太咸或太淡，总喊时渊尝一尝。时渊怎么吃怎么觉得正常，就这样被连哄带骗，和陆听寒分着吃完了晚餐。

吃完饭了，时渊说：“我想了一下关教授说的话……之前，柴主席也跟我谈过。”

陆听寒手下顿住了，意外道：“你和他见面了？”

“嗯，就在你醒来之后的那几天。”时渊说。

陆听寒：“时渊，你不该这么做。”他顿了一下，“我不是想限制你什么，而是……他知道你的身份，你要有所防备。不是所有人都和关教授一样的。”

“好吧。”时渊抱着尾巴，“我记住了，我下次就不这么干了。”

陆听寒摸了摸他的头：“你们说什么了？”

时渊说："柴主席问我，能不能去找帝国。"

陆听寒微微皱眉。

时渊继续讲："我当时没答应他，说等你病好了再考虑，他也没催我。但是今天关教授说了，如果我留在城市，会让那些怪物更快醒来。"他的尾巴蜷起来了，还是坚定道，"所以我觉得，我要不还是离开吧，去找帝国。"

陆听寒："时渊，你……"

时渊说："我的朋友还在城里，吕八方，林叶然，程先生，沃尔夫冈，王妤和秦落落，他们都还在呢……我还是想试试看，能不能救下城市。"

陆听寒看着他，问："你真的想好了吗？"

"嗯。"时渊回答，"我想好了。"

这天晚上，时渊睡在陆听寒旁边的病床。陆听寒给时渊讲了故事，他讲了，他在人面鸟的幻境中看到了什么。

时渊想了一会儿："我听说过球赛，所以说，为什么人类要追着一个小皮球跑？"

"竞技体育都是这样，要展现体育精神和团结合作的力量。"

"好吧。"时渊说，"虽然我还是不理解小皮球。"他想了想，"不过，我很想尝一尝花生猪肘子，要是有机会做就好了。"

陆听寒："嗯。会有那么一天的。"

"你觉得我厨艺能变得那么好吗？"

陆听寒笑了："谁知道呢。"

时渊又问："那你是什么时候发现，那是幻觉的啊？"

"从一开始。"陆听寒说，"刚开始是模模糊糊地感到不对，后来，感觉越来越明显了，我就醒过来了。"

对陆听寒来讲，这种幻觉起不了作用。

时渊："陆上校和虞博士真的是那样的人吗？一个喜欢钓鱼、抽烟、看球赛，一个喜欢做菜。"

陆听寒回答："不知道。我从没有机会知道他们是怎样的人，陆准留下的手机，已经是全部了。幻觉毕竟是幻觉，投射最理想化的部分，现实大概率不是这样。”

“好吧。”时渊弯了弯尾巴，“不知道为什么，感觉这些会是他们喜欢的事情。”

“可能吧。”

五天之后，陆听寒出院了，他大病初愈就开始忙碌，天天开会。好处是他不用指挥战斗了。城市与荒原难得清静，在那场怪物的大屠杀后，没有感染生物敢接近这里——暂时如此。陆听寒与柴永宁、其他军官和教授商议的，是黑水晶、凝冻的怪物、帝国和“深潜”。

时渊决定去找帝国，但是，他不能自己去。路途太过遥远，他可以变成黑雾，速度却远比不上飞行器，而且陆听寒还指出了至关重要的一点：时渊是路痴。真要时渊去到帝国的坐标，不知道猴年马月了。所以，得有战士驾驶飞行器，载着他一起去，而且人数还不能多。一是人手不足，二是人数多了，就容易吸引怪物，时渊可以再感染那些怪物，但，这很可能会影响到帝国。关教授和柴永宁便开始挑选战士，标准很高，要经验丰富、善于驾驶以及善于与人交涉的。他们锁定了几名人选，其中也有曾经的深渊监视者，却迟迟无法敲定。在这期间时渊一直跟着陆听寒。前路漫漫，离别在即。

245年2月3日，陆听寒去开会，告诉时渊他会回来吃饭。时渊做好了紫菜蛋花汤，后勤员送来了炖土豆。他把两道菜摆好，坐在桌边等。他等了很久很久，等到饭菜都凉了，陆听寒还没回来。墙上的时钟指向十点半，他趴在桌上睡着了。时渊是被开门声吵醒的，军靴踏着木地板，一步步走来，是分外熟悉的脚步声，还没睁开眼睛，尾巴已开始摇曳了。

“时渊，”陆听寒在他身边说，“我回来晚了。”

“噢。”时渊抬头看他，乌黑眼睛亮亮的，“没事，我们把饭菜热一热吧！这个炖土豆看起来就很好吃！”

时渊刚要起身，陆听寒却摁住了他的肩膀。

陆听寒的神情奇异，这种表情，通常出现在准备了惊喜的人身上，比如带了孩子心爱玩具回家的母亲，又比如偷偷策划了一场生日派对的朋友……再怎么隐藏，期待和兴奋还是在他们的眼中雀跃，迫不及待想看到对方的反应。在陆听寒身上，这还是头一回。

他说："时渊，我和他们谈好了。"

时渊问："谈好了什么？"

陆听寒说："我和你一起走。我们去荒原，去找帝国。"

第十四章 旅途

时渊快乐疯了，一只快乐的深渊是会失眠的。当天晚上，关了灯，陆听寒闭上眼睛准备睡觉，但是他睡不着。因为有一道强烈的视线黏在他身上。陆听寒一睁眼，就看到黑暗中，时渊趴在床边，一双大眼睛看着他。

陆听寒问："时渊，你为什么要盯着我看？"

时渊说："因为我很高兴！高兴到睡不着了。"

陆听寒说："早点休息，明天要收拾行李了。闭上眼睛，深呼吸。"

"好吧。"时渊答应下来，回到自己小床上。

陆听寒闭上眼，但那道强烈视线挥之不去，实质一般落在他身上。陆听寒再次睁眼，果然，时渊又一次到了他的床边。

陆听寒："你不是睡了吗？"

时渊解释："根本睡不着。"

陆听寒起身，从床头柜抽了一副眼罩，给时渊戴上："试试这个。"

眼罩戴上，实质般的视线终于消失了。陆听寒闭眼睡觉，隔了两分钟又听见了细微的"砰砰"声。他直觉不对，看向时渊那边——时渊确实戴着黑眼罩，看起来很安静，已经陷入了沉睡……如果不是他的尾巴在持续性摆动，敲击床面的话。

陆听寒伸手，把眼罩掀开，一双眼睛还是看向他。时渊这觉是肯定睡不成了。陆听寒实在没办法让一只亢奋的深渊安静下来，就像没人能让一只深夜跑酷的猫、一只仰天长啸的狗平静。他只能使用物理手段，一边伸手摸时渊的头，一边听着尾巴敲击墙面的“砰砰”声……

时渊不知道睡没睡，反正他睡着了。

第二天，时渊难得起得比陆听寒要早。他没睡多久，但精力旺盛。陆听寒告诉他，军队还有一些事项没交接完，他们会在大后天离开。其他人会负责需要的专业物品，时渊带上自己喜欢的东西就好。

时渊随便吃了点面包，开始收拾行李。他先放了程游文的剧本和《等待戈多》，然后是换洗的衣服，几片树叶书签，可惜观星望远镜太大了，带不走，他只能带一个小望远镜。

他收拾的时候，陆听寒坐在旁边看。

时渊边收边问：“你是怎么和他们讲，你要和我一起去的呀？”

陆听寒拿着一片面包，咬了一口：“我说我最了解怪物，可以保证旅途安全，我也能和帝国交涉，了解他们的文化，判断他们的地下城市适不适合‘深潜’计划。还有一点很关键，你身份敏感，其他人都不熟悉你。”

谁最熟悉0号深渊？

当然是八岁就遇见了时渊、每次都能找到他的陆听寒。

“也是哦！”时渊想起什么，“关教授不是说，希望你能乘坐护卫舰去深渊吗？”

“嗯，等我回来之后。”陆听寒靠在沙发上，“这次的怪物潮毁了研究中心，即使现在去深渊之底，传回数据，也没办法进行分析和模拟。我们去找帝国的时候，他们会重建研究中心，大概需要半年以上。”他顿了一下，“还有一点很重要，他们要在这半年内决定，我们到底要模拟哪个深渊。”

“好吧。”时渊拿着几本大部头的书，犹豫了一会儿，还是把《联盟军事理论》放进箱子里。

陆听寒挑眉：“你要带它？”

“嗯。”

陆听寒神色微动，眼底似乎有点……激动。他的语气不变：“你要学吗？你对军事有兴趣了？”

“不。”时渊回答他，“我是怕失眠。我每次看三分钟就睡着了，早知道昨晚就看它了。”

陆听寒：“……”这一刻，他难掩失望。

时渊把几件衣服放进去，包括秦落落给他的柏树套头衫。他又问陆听寒：“你这么走了，城市没问题吧？”

“我昨天就是和他们讨论了这个话题。傅修中将会代行我的职责，苏上将也会辅助他。”陆听寒说，“没有怪物敢接近主城，他们是安全的，可以全力重建，为‘深潜’做准备。”

“噢，那就好。”时渊放心了。

陆听寒把最后一块面包吃完，擦了擦手，帮时渊一起收拾行李箱。他讲：“时渊，我会和你一起走，除了刚刚说的原因，还有另外一个。”

他把时渊的套头衫折好，整整齐齐放在箱子里，说：“我说过有很多美景，我们有一天会一起去看。”

陆听寒告诉过时渊，世界上有沙漠、丛林、高山和极地……曾经飞禽走兽花草虫鱼，都在这个世界，自由自在。

陆听寒：“我们没办法看到那些物种，也不一定会目睹所有自然地貌，但是沿途总能看到一些东西的。”

时渊：“真的！”

“嗯。”陆听寒继续解释，“我们不会直接奔着坐标去，沿路我们还会留下临时的信号发射器。”

“信号发射器？”时渊的尾巴弯出问号。

陆听寒说：“对的。我们要用‘回声’的频道和城市保持联系。频道不稳定，要沿途设置发射器，才能保证它的畅通，也能让城市更好地与帝国通话。所以，我们会在中途停靠。停靠时间不长，但或许能看到一些风景。”

他把时渊的尾巴捋直了，笑道：“这次的旅途我们有任务在身，而且时间紧迫，不过至少这一次，我能暂时抛下‘上将’的身份，带你看看这个世界。这就是第二个原因了。对于我来说，两个原因同样重要。”

时渊的尾巴快翘到天上去了。他进城市之前，游荡过很长时间，但从未走得太远，看到的无非是荒原和高林。现在他终于有机会看一看这个世界。尽管它残破不堪，尽管它早已沦陷，或许在那废墟中仍有往昔的风姿。

时钟指向七点半，陆听寒要出门了。

他对时渊说：“慢慢收拾行李。我们可能要离开很久，你可以和你的朋友道个别。”

时渊收拾了一上午的行李，下午和吕八方、王妤见面了。那两人都在医院帮忙，时渊去医院找他们，在食物分配处吃了晚饭。

他说：“我要离开城市一段时间。”

那两人明显愣住了。

王妤问：“你要去哪里？虽然城市附近安全了，你也不能走太远吧？”她犹豫再三，低声说，“是不是因为上次的事情……”

上次，时渊因为殷舟被通缉了，搜查队说他涉嫌谋杀。后面通缉被陆听寒压下去了，事情也澄清了，王妤还是很担心，问了时渊好几次，反复确定他没有问题。

吕八方一脸蒙：“你们在说什么？上次什么事情，我怎么不知道？”

王妤喝了一口水：“你确实错过了很多。”

时渊回答王妤：“不是。我要和陆上将一起出城，去找帝国。”

吕八方更蒙了：“啥？为什么要你一起去？我到底错过了什么！”

时渊想了一会儿。他不愿再说谎，却又明白现在时机敏感，他对他的身份要谨慎。他选择性地沉默。

“你们这一去就得好几个月了吧？”吕八方说。

时渊：“嗯。”他喝了一口玉米汤。这汤一喝就知道是粉冲出来的，味道不太好，可他不嫌弃。

王妤说：“路上会有很多怪物，很危险……不过，既然陆上将决定要去，他肯定是有把握的，我也不多唠叨了。”

“也是。”吕八方扒拉了一口米饭，“总之祝你们路途顺利！要快点找到帝国，快点回家，都说金窝银窝不如自己的狗窝嘛！”他举起玻璃杯，“没有酒，只有水，只能这样给你践行啦！”

三人的玻璃杯撞在一起，声响清脆。

次日，时渊去见了剧团的人。秦落落和程游文被时渊救过，都明白他身上藏着点什么，大概率不是人类。

趁着沃尔夫冈没来，秦落落偷偷问时渊：“你是不是可以吓跑沿途的怪物？就像你救我们那次。”

程游文补充：“用你那条神奇的尾巴。”

“应该可以。”时渊说，“只要人数不多，我就能吓跑怪物。”

“那我就放心了。”秦落落说，“至少你和陆上将不会遇到危险。”

“还是要小心。”程游文强调，“谁知道会遇到什么呢？我们都多久没去过那么远的地方了。如果真找到帝国，也要小心，都过去那么多年了，谁知道他们变成什么样了。”

时渊应承下来。

过了两分钟，沃尔夫冈来了。他参军后黑了、瘦了，手上多了好几条疤痕，狰狞如蜈蚣。他还是一如既往地寡言，只坐在角落默默听三人的对话，时不时露出友善的笑容，点头赞同。

末了秦落落长吁一口气，靠着椅背：“上次我们这样一起吃饭，感觉是上辈子的事了。”

“都过去几年了，”程游文说，“也不知道剧院咋样了，肯定被那群感染花占领了。我可爱的办公室啊，就这样拱手相让了！”

“可爱？你那乱得跟狗窝一样！”秦落落笑骂道。

程游文气得瞪眼，刚要反驳，就听见沃尔夫冈讲了一句话。

“什么？”时渊问，“你刚刚说什么？”

“我说，总有一天我们能演戏的。”沃尔夫冈说。

众人等着他下一句振奋人心的话语，再不济也来句煽情的，但沃尔夫冈埋头吃饭了，没头没尾，毫无下文。他真的就想讲这么一句话而已。

临别时，剧团成员和时渊说：“我们都等你，早点回来！”

时渊又联系了林叶然，可惜林叶然忙着处理数据，实在抽不出身，只是发短信和他讲：“加油！”

想了想，林叶然又补充：“有机会给你补发奖金。”

——这对于他来说，是破天荒的了。

时渊还去见了爱丽丝。爱丽丝仍未找到伦纳德·菲莉帕，坐在一张长椅上，怀抱独角兽，晃荡着双足。她眨着眼睛说：“时渊，祝你旅途愉快。”

“谢谢。”时渊和她讲，“等我回来，我会继续找你的哥哥。”

爱丽丝弯起了绿色的眼眸。

就这样时间到了第三日，他们准备出发了。飞行器是最先进的D3-201型号，体积中等，速度极佳。它配备了重火力武器，同时装载了食物、燃料、大量的抑制剂、各式枪械弹药、污染探测仪、信号发射器和一辆供地面使用的作战越野车。

人员一共五人，陆听寒、时渊、宁副官，还有一名工程师和一名医疗人员。除了时渊外，他们都懂得驾驶飞行器，能保证轮班。

他们在凌晨出发。时间还太早，天没亮透，城市也没醒来，自然也没有送别他们的人群。飞行器起飞，径直朝着西边飞去，那是帝国的坐标。时渊看到窗外的城市不断变小，街道上，只有早起巡逻的战士们。到处都是黑色晶体，它们仿佛连绵而尖锐的山脉，盖住了大半个城市，冻结了无数怪物。他俯瞰着，突然目光顿住了——街道的尽头、一座瞭望塔的塔顶，有人在挥手，在向他们挥手。隔得太远了，时渊看不清那是谁，连男女都辨不出，只能看见那人在不断招手，跳着招手，蹦着招手，为他们送别。明知那人看不到，时渊也在窗边挥手。

“我们会很快回来的……”他说。

他一直趴在窗边，直到再看不见城市。

飞行器上有三间房，时渊和陆听寒一间，他们这间大得多，能够放下两张床。然后宁副官一间，工程师和医生一间。时渊又在窗边待了一会儿，准备回房间收拾行李。这是旅途的第一天，要有美好的开始。

他刚推开门："陆听寒，我……嗯？"

什么东西轻砸在了他的头上，不偏不倚，砸中脑袋。时渊没反应过来，就看见陆听寒坐在床沿，右手保持一个丢东西的动作——陆听寒僵住了，难以言喻他那是什么神情，意外、局促、不安，甚至有一点点的惊慌失措。

陆听寒缓缓说："时渊，事情不是这样子的。"

时渊晃了晃脑袋，头上的东西滚落到他掌心。那是一团被揉皱了的废纸，那是一团垃圾。

陆听寒说："时渊你往脚边看，那里有个小垃圾桶。我是想把纸团往里头丢的。"

他就那么随手一丢，纸团精准地飞向垃圾桶。没想到，时渊刚好拉开了门。没想到，就那么巧地砸在了时渊的头顶。

时渊定定地看着那团纸，睁大了眼，像是没听见。

陆听寒再次解释："真的，垃圾桶就在你脚边。"他甚至结巴了一下，"我……等我过来，我来把垃圾丢进去。"

他起身快步走向时渊，破天荒地紧张。他想把那团纸从时渊手中抽走，时渊却一扭身，背对着他，不让他拿。

陆听寒在他身后说："时渊……"然后，他眼睁睁地看着，时渊的尾巴鳞片一点点、一点点地奓了。尾巴尖颇为激动地摆着，鳞片发出金属的摩擦声。陆听寒觉得，时渊花了毕生的涵养，才没让这尾巴敲在他头上。

"太没素质了……"时渊喃喃，"真的太没素质了，太过分了。"他转头，死死盯住陆听寒，"陆听寒，你之前主动收拾垃圾，帮家里倒垃圾，我以为你已经进步了，没想到你从来没变过！"

陆上将生平第一次体验到何为百口莫辩。

时渊把废纸丢进垃圾桶，宣布了结论："我生气了。"

这是时渊进城来第一次跟陆听寒生气。他之前生气，都是因为别人不礼貌，比如破铜烂铁、臭鱼烂虾和破布烂衣……这次不同，首先这是陆听寒，其次，陆听寒旧习难改，本性难移，一朝没素质，永远没素质，还变本加厉直接往他头顶扔垃圾了。下一步陆听寒会干什么，时渊都不敢想。

其他人都注意到了。

时渊在房间的时候，宁副官悄悄问陆听寒：“上将，他这是怎么了？是不舒服了吗？”

飞行器开了自动驾驶模式，保险起见，至少会留一人在驾驶室。此时，工程师就在驾驶室，而医生池咏歌在喝水，闻言，悄悄竖起耳朵听。

陆听寒倚着墙壁，沉默两秒：“嗯。”

宁副官跟了陆听寒许多年，和他挺熟络，又试探性问：“发生什么事情了？我们这不才出发吗。”

时渊上飞行器时，还兴高采烈的。短短半小时过去，这两人就成这样了，宁副官实在摸不着头脑。

陆听寒抬头，看着洁白的天花板。他神情肃穆，缓缓说：“人人参与，家家受益，垃圾不落地，城市更美丽，除了脚印什么都不要留下。”

宁副官：“啊？”

陆听寒面不改色地回房间去了。

池咏歌一直装着漫不经心，此时猛回头：“宁哥，你知不知道上将这什么意思啊？”

宁副官一脸茫然，“什么垃圾，我们这儿哪里有垃圾？”

显然，末世阻碍了知识的传承，他们俩都没听说过丢垃圾文明口号。

“难道是隐喻？”池咏歌琢磨，“我想想……比如垃圾指代怪物。”

“噢！”宁副官恍然大悟，“所以上将的意思是，呼吁人人参与征兵，不让怪物在城市落地，然后让我们这些士兵不拿一针一线，只留下自己的脚印！”

池咏歌拍手道：“就是这个意思！肯定是！”

“不愧是上将，每时每刻都在操心城市。”宁副官摸了摸下巴，刚长出的青色胡茬有点扎手，“这口号还挺有意思的，尤其是那句‘垃圾不落地，城市更美丽’。等回城，我要找个书法大师写一幅裱在家里。”

“我也要。”池咏歌深以为然，“就挂在书房里，挂在我的头顶，让所有人都看到！”

陆听寒还不知道两个下属经历了什么头脑风暴。他回到房间，时渊正坐在桌子旁，拿着铅笔填数独——他的尾巴尖颇为不爽地摆动着。

陆听寒坐在床边，告诉时渊：“我已经记下那些口号了。”

时渊：“哦。”他头都不抬，继续研究数独。

陆听寒看着时渊冥思苦想，又填了两个数字。他问：“要不要休息一下，要不要摸头？”

时渊的铅笔顿住了。

是个人都能看出，时渊正天人交战，他在挣扎了半分钟后说：“不，我不要摸头。”

陆听寒心中默数：一、二、三……

第三秒，时渊说：“好吧，可以摸一小会儿。”他强调，“真的就是一小会儿！”

陆听寒摸了摸他的脑袋。

时渊：“呼噜呼噜呼噜。”鳞片立刻被抚平了一些。

陆听寒趁热打铁：“时渊，今天晚上池医生会做白萝卜汤——不是罐头，是新鲜的萝卜。”

“真的？”时渊有点惊喜，“萝卜是从哪来的？”

“食物分配处给我们准备了很多，除了罐头和压缩食品，还有果蔬和肉类，都冻在飞行器的冷库里，够吃很久了。”他继续说，“我们可是万众期待的远征军，主城把最好的东西给了我们，包括抑制剂、气味遮盖剂、枪械和各种仪器。我们不知道帝国科技发展得如何，如果这些东西能为他们所用，那是最好的。”

“原来是这样！呼噜呼噜呼噜。”时渊惬意得半眯起眼，尾巴彻底平复了，“我希望帝国也都是好人。”

“我从没接触过帝国，但，如果他们存在，我相信我们可以并肩作战。”陆听寒说。

时渊在快乐之中，察觉到了陆听寒的用词。他问：“你是不是觉得，帝国有可能不在了？”

陆听寒：“罗教授说了，帝国是主动加入通信频道的。即便如此，我们也从未真的与他们通话，要做好最坏的打算。”

“万一他们真的不在了呢？”

“我们就自己去找地下城市。”陆听寒说，“这样花费的精力会多无数倍，时间有限，仅凭我们，也不能保证那城市真的是安全的、合适的，主城只剩下一年了，死马当活马医，总要试试的。”

不论结果如何，他们必须交出一份命运的答卷。

“好吧，”时渊说，“我希望帝国一切都好。”他的尾巴垂在了脚边。

陆听寒瞥了一眼，觉得时机成熟了。他说：“时渊，还有一件事，丢垃圾真的是个意外，我……”

时渊说：“我还在生气哦！”

陆听寒觉得，自己就不该再提起这事。

时渊说：“以后绝对不能再这么干了。”

陆听寒：“嗯。”

“再说一次口号。”

陆上将从善如流：“人人参与，家家受益，垃圾不落地，城市更美丽。除了脚印什么都不要留下。”

时渊心满意足。

晚上，时渊喝到了池咏歌做的萝卜汤。陆听寒的伤没好透，不影响行动，但还是要注意饮食。白萝卜的味道清甜，简单加一点盐和葱花，已经鲜得让人把舌头吞下去，也适合他。

宁副官盘着腿，端着碗说：“小池医生的手艺真的可以呀！以后保准能开店。”

池咏歌不好意思地笑：“哪里哪里！我是跟我奶奶学的，她煲的汤才是天下第一，我没学到精髓。”

工程师道格拉斯也夸赞道：“你太谦虚了，这汤太可以了！”

时渊同样讲：“真的很好喝呀。”说话间，陆听寒把一块特别大的萝卜夹到了他的碗里。

“是吗！”池咏歌搓着手，笑得合不拢嘴了，“可惜了，这里就只有一个电磁炉能用，不然我还能做好多东西。”

旅途的第三日，他们抵达叶染城。叶染城以布料及染色闻名。三十年前，它在特殊感染生物“弯刀”的攻势下沦陷了。

飞行器降落在城外，放下越野车后，又重新起飞，悬停在空中进入休眠模式。其他三人留守飞行器，时渊和陆听寒乘车，去往叶染城的北城区。城墙附近就有一座仓库，很高大，非常完整，顶层露天处适合安置信号发射器。他们把车停在仓库外，电梯早不能用了，好在他们有小型搬运机器人。时渊吓跑了怪物，机器人驮着一人高的、装了发射器的箱子，和他们去到仓库最高层。临时的发射器通体漆黑，造型独特。它用的是能源核心——就是从风阳城运走的那一批，还配备了太阳能板，能源足够它运转两年以上。机器人负责组装，陆听寒慢慢调试、校准。过程很漫长，时渊蹲在陆听寒身旁看了一会儿，什么也没看懂，就去附近的仓库里溜达。

仓库里堆满了布料和衣衫，大多是蓝绿色的。时渊从未见过这种蓝绿色，它是叶染城的标志性颜色，清新美好，自然淡雅，即使蒙尘了也不改往日的美丽。

时渊一头扎进了丝绸区，柔软的绸缎缠绕住他，触感奇妙。他疯跑了一阵，头上和尾巴挂着好几段丝绸，回去找陆听寒：“快看我！”

陆听寒正在检查发射器的角度，一抬头，就看见身上挂满了绸缎的时渊。远处是废城和残垣断壁，天空却如此蔚蓝。风吹过，那蓝绿色在阳光下闪闪发光，少年的眼眸明亮。

陆听寒和时渊讲了一个故事。

他说：“这蓝绿色叫‘哟霍尔’，在当地方言中是‘鹿角’的意思。据说，这颜色是被一名猎人发现的。那天他早起去打猎，森林里起了大雾，他迷路了，只听到了鹿蹄声。他循着声音走了很久，雾终于散了。他看到清澈的溪流，一只灰蓝色梅花鹿就站在水边，看着他。”

“灰蓝色梅花鹿？”时渊隐约记得鹿应该没有这种颜色，“它被感染了吗？”

陆听寒解释：“不，那是很久之前，深渊还没出现呢。或许是猎人看错了，或许这是虚构的部分……不管如何，猎人意识到了，梅花鹿想指引他走出森林。但更让他印象深刻的是，鹿角上有薄薄的青苔。青苔是翠绿的，因为太薄了，透出鹿角的灰蓝色。在光下一照，形成了独一无二的色彩。”

“噢！”时渊明白了，“就是这个蓝绿色！”

“对。”陆听寒说，“猎人跟着梅花鹿走出森林，回家后，发誓再也不打猎。他找了当地最好的染坊师傅，试了近十年，才调出了那种颜色，并命名为‘哟霍尔’。神奇的是，据猎人妻子所说，那一日猎人根本没出门，在家里喝了个酩酊大醉，再说这世界上哪来灰蓝色的鹿？这肯定是一场梦。但不管如何，这种独特的色彩流传了下来，联盟的人们相信它会带来好运。曾经这里商贾云集，把每家染坊围得水泄不通，就为了抢到最好看的一匹布。那时整条街都飘着蓝绿色。”

时渊问：“它真会带来好运吗？”又是一阵大风，绸缎在他身上乱飞。

陆听寒笑了：“希望它会。”他顿了下，“我很高兴，我以为我再也见不到这种颜色了。”

信号发射器装好了，临走前，他们向发射器喷好掩盖剂，又带了一段丝绸走。回到飞行器上，那三人争相欣赏“哟霍尔”，对这颜色赞不绝口。

宁副官说：“这么漂亮的颜色，帝国的人也会喜欢的。”

发射器开始运作，覆盖了偌大的范围，他们与主城的通信更稳定了。除此之外，飞行器听到了“回声”频道。今天恰巧是帝国定期呼叫的日子，帝国通信员0293仍在呼叫，每一人都熟悉他的声音，却无法应答。

“播报坐标：58.8911, -120.72……任何幸存者可前往该坐标，帝国与你们同在！我是通信员0293……”

联盟不断呼叫，无济于事。也不知是不是错觉，发射器启动后，这次的信号稳定了一些，没那么多杂音了。

联盟结束呼叫，罗教授又联系了飞行器上的人：“呼叫D3-201！呼叫D3-201！”

陆听寒说：“D3-201收到。我是陆听寒，请讲。”

“可以尝试从你们那里呼叫吗？”罗教授说，“试试看。”

于是陆听寒接通频道，听到了0293的声音。时渊的恶魔角上挂着一段绸缎，他趴在控制台上，睁大了眼睛看。

陆听寒说：“呼叫帝国，收到请回答，收到请回答。”

呼叫了几次，没有结果。时渊不禁想，对0293来说这究竟是怎样的感觉？他很孤单吧，永远只有他在尝试。明明找到了新频道却无人应答，坚持每半个月呼叫一次，向漆黑的海洋一遍又一遍播报出自己的坐标，期待某天幸存者突然造访。

通信员0293说：“第二十五次呼叫即将结束，已播报坐标。重复，第二十五次呼叫即将结束……这里是帝国。”

明知对方听不见，陆听寒还是说：“这里是联盟。”他顿了一下，“我们来了。”

史书读了那么多次，依旧没法想象出你我曾经的辉煌。

穿越荒原与废墟，披着日月星辰，或许终有重逢的那一日。

后来，他们又去了很多地方。兴水城宏伟宽广，在高新科技区，造型独特的大楼还在。它们坍塌了一半，更显得外形奇异，有些尖锐有些圆润，远远看去，仿佛一片刻于壁画的、巨大的古代图形。时渊跟着陆听寒，在城墙上安置信号发射器。天空清明，他极目远眺，看到城市边缘的荒原上，有一大片纯白色的建筑物。它在阳光下闪闪发光，外墙是贝类的光泽感。

“那里是什么？”他问陆听寒。

“兴水城宇航中心。”陆听寒回答，“天基武器就是在这里研究出来的。”

可惜他们行程紧张，没法去一探究竟。飞行器起飞，时渊贴在窗边看。

他带了一张邬正青留下的海报，就贴在卧室的墙上，画着宇宙。视野里纯白的宇航中心越来越远，墙上星河流转，闪耀着过去的梦。

他们也去了平万城。陆听寒找了一处完好的城墙哨站，安置发射器。正值正午，城中酷热难耐。附近是沙漠地带，几根变异仙人掌倔强地活在黄沙中。时渊蹲在陆听寒身边看，看着看着，被热融化了——陆听寒一回头，就看到一条软绵绵的、蔫蔫的尾巴。

陆听寒摸了摸时渊的额头："没事吧？"

时渊："呼噜呼噜……"有气无力的。

深渊有中暑风险，陆听寒赶快把时渊拽到阴凉的岗亭，让他坐着。岗亭是密闭的，墙上有机枪口和眺望口，刺目的光便漏了几块进来，光斑晃得人眼睛难受。时渊喝了大半瓶水，很快活蹦乱跳起来。他凑到眺望口，眯着眼，看远方的沙漠。他说："你跟我讲过，人类会在沙漠里骑骆驼？"

"对。"陆听寒在整理设备。

"我好像看到骆驼了。"

陆听寒也凑过来，只见一队不明生物走了过去，背上长着驼峰，身体却是马，又有细长的红色鸟腿，在黄沙上跑得飞快。

陆听寒说："不，这不是骆驼。"他又补充，"它们有一点点像骆驼，但它们不是。"

时渊困惑地弯起尾巴。陆听寒去调试仪器，时渊便继续守着。

每当有新的生物出现，他就问："陆听寒！这个是骆驼吗！"

陆听寒回答他："不，骆驼不长羽毛，也不会飞，更不会边飞边掉毛。"

隔了一会儿，时渊又说："那这个呢！"

"不，那像是一棵正在奔跑的仙人掌……"

"这个！"

"那是一大团风滚草，还是变异了的那种，你看，它已经开始挖坑了。"变异风滚草挖了个坑，叫了几声，叫出了几团幼年风滚草，一家草滚走了。

时渊怎么也等不来骆驼，睁大了眼。日光晃得他眼睛难受，他揉了揉眼睛，又看到了朦胧的影子："陆听寒，那个是骆驼吗？"

陆听寒看了眼："不是，那是你宁副官下来了。"

"噢。"时渊很失望，"要是他是骆驼就好了。他能变形吗？"

陆听寒说："我不乐观。"

远处的宁副官狠狠打了个喷嚏，他心想，自己咋在这里都能冻着？

等到信号发射器装完，时渊都没看见骆驼，只看到了宁副官，遗憾地离开平万城。

下一站是时钟镇。末世后，有比较完整建筑的九成九是大城市，其他什么小镇什么小城，早就成了彻头彻尾的废墟。时钟镇是个例外，这里人口少，早早被人舍弃了。没了血肉的吸引，怪物们很少来这里，时渊和陆听寒抵达的时候，房屋间爬满藤蔓，这些绿色的变异植物，扎穿了地基，刺透了墙壁，又顺着楼顶涌向整个镇子。

走在废弃的大街上，陆听寒告诉时渊："这个镇子以钟表闻名。"

时渊："钟表？"

在他的印象里，那就是用来看时间的东西，一整块挂在墙上，大部分是白底黑针。他不明白这类东西能做出什么花样。

"嗯。以前的钟表种类多。按照振荡器区分，有机械表和石英表，按照大小和用途，有手表、摆钟和挂钟等等。等会儿我们就能看到了。"

他们找到一处平房的楼顶，斩断附近的藤蔓，放下信号器。陆听寒调试好仪器、等待信号器启动的时候，他们在楼下的街道走了走。

时渊把他拽进了一家钟表店，时隔多年，这家店的许多钟表还在，有些甚至还在运转。时渊看到了五颜六色的表盘，有木纹的、金属的、纯色的、画着鸟兽花卉的……落地钟厚重又巨大，暗金色的钟摆晃动，指针华丽；老式座钟放在桌上，有沙漏型的，有半透明的；各色手表在柜台玻璃下，石英表靠电力驱动，几十年过去早就不能动了，而机械表靠发条，还能用。

陆听寒拿出两块机械表，用袖口擦了擦表面，上了发条，给时渊看。齿轮旋转、机芯运转，秒针顺畅地滑过表面。精巧的结构让他眼花缭乱。

“要不要带一块喜欢的走？”陆听寒问。

“带两块可以吗？”时渊问他。

陆听寒笑了：“当然。”

时渊在店里挑挑拣拣，找到了最漂亮的手表，临走前，他又看中了一个小布谷鸟时钟，也搬到了车上，带回飞行器。

当天，时渊就把它们放在了卧室。

秒针无声地运转，时渊趴在桌上，目不转睛地看着，被那机械感深深吸引了。他想，虽然他能让怪物拥有无尽的生命，但他对于时间的概念，实际了解得很薄弱。他曾一睡便是千年，光阴如白驹过隙，弹指一挥，供他挥霍。他不知道深渊会不会死去，就像那些坍缩的、死去的恒星那般，他只知道，有生以来第一次，他拥有了有意义的时间。

就在这晚，关教授和他们打了一通电话。

关教授说：“关于那场雪见花，我确认了一些东西。”他说的是，陆听寒八岁那次的雪见花爆发。

那日，老宋提到陆听寒是跟着一团光回到车队的。光芒所过之处雪见花的时间倒流了，于是陆听寒看到了过去的足迹，看到了他来时的路。

陆听寒把这件事情告诉了关教授，关教授却表示怀疑。

关教授说：“我们观察时渊的波长，反复实验，从未见到这种现象。而且，还有一点很重要……会被深渊影响的都是感染生物。退一万步讲，时渊真的能倒流时间，受益的也是怪物，比如让它们由衰老变得年轻，由死变生。”他深叹一口气，“不过，我会想办法查查看的。”

时隔两个月，关教授终于有了答案。

他在电话中说：“我比对了雪见花爆发的数据，并没发现异常。”

陆听寒问：“具体是？”

关教授解释：“如果雪见花的状态改变了，那么，那一段时间里，花海感染数值会有显著的不同。比方说，那里有一百朵花了，时渊的光让三十多朵花短时间内从盛放变回了嫩芽，那么感染数值肯定会降低。”

陆听寒：“实际上，数值没有波动？”

“何止没波动，变都没有变！”关教授说，“花海自始至终都是花海，它们没被外物影响，一点儿都没有。我觉得，所谓倒流时间，就是老宋随口胡诌出来的，要不然就是那个黄队长的错觉——要知道，花粉很容易迷乱视线，眼见可不一定为实。”

陆听寒沉吟了几秒钟：“我知道了。”

“那就这样吧，我还要忙波长模拟的事情。”关教授听起来有点疲惫，“时渊最近怎么样？”

陆听寒把电话给时渊。时渊兴高采烈地和教授打招呼，教授听到他的声音，顿时眉开眼笑，拉着他问最近的见闻。

到了深夜，陆听寒告诉了时渊，关教授的结论。

时渊说：“我也不记得那团光是怎么回事了。我只记得，我当时真的很想很想让你回家。你从太远的地方过来，我怕你找不到路。”

年幼的陆听寒给时渊看了城市的一张张照片，眼中有光。时渊明白，他是爱着那个地方的，是注定要回去的。

陆听寒笑了笑：“不管怎么样，我都平安回去了。别纠结这个了，或许，就是他编出来的谎话。他那时被感染了，神志错乱了。”

有些东西不会有答案。就像在叶染城，没人知道，猎人是否真的遇到了灰蓝色的、角上覆着青苔的梅花鹿。也没人知道，那个八岁的孩子究竟有没有追着光，看到回家的路。

接着，他们又去了渭城、今城、柘彦城、永良城……一个个信号发射器被安置好。每过半个月，通信员0293定时呼叫，播报坐标。他们还是没法沟通，只能在长夜里，一次次听着对方的声音穿越电波而来。

时渊见到了风格迥异的城市和地貌。雨林茂密，峡谷壮阔，山地连绵不绝，河谷清泉流响。他和陆听寒走过平原，逆风而行，分外艰难，保温杯里装了池医生炖煮的萝卜汤，喝一口浑身暖洋洋的；他们站在断崖上高声呼喊，嗓音淹没在崖底的密林中，一轮残阳如火，把树冠烧了个畅快淋漓；他们步入曾经繁华的大城市，见到市政大厅、戏剧院和钟塔，坐在干涸的喷泉边，分吃了一块肉松三明治，陆听寒说，以前广场上有大群白鸽，飞起来像云朵。

两个半月的时间一晃而过，他们快到联盟的边境了。

接近边境的那个晚上，下了一场暴雨。雷雨交加，视野不好，飞行器悬停在低空，等第二日天气好了再出发。时渊白天和陆听寒下围棋，晕头转向，一局都没赢，所以他这晚睡得特别早。然而在睡梦中，他又隐约听见了对话声。时渊睁开眼，陆听寒不在自己的床位上，门缝渗进来黄光，他赤足下床，准备去看看陆听寒在做什么，是不是又在乱丢垃圾。

“我知道了，之后我和柴主席联系。”陆听寒的声音传来。

时渊猛地站定脚步。

陆听寒站在窗边打电话，大概临时有公事。

时渊偷偷退后几步，准备回房间，又听到陆听寒说：“嗯，只剩下九个月了。傅中将，你要随时记得稳定好群众的情绪，千万不能乱。”

电话那头的人讲了什么。

陆听寒又说：“不要承诺你没法兑现的东西。不论旅途成不成功，我们都会回来的。”

时渊悄悄回了房间。房间一片漆黑，他眼睛适应了黑暗，看到墙上的布谷鸟时钟，桌面摊开的数独游戏，挂衣架上的蓝绿色丝绸。除此之外，还有他收集的峡谷落叶，平原野花，断崖边一块月牙般的小石头——这是陆听寒和他一起挑出来的。

他有一段很开心很开心的时光，他也想让陆听寒同样开心。

十分钟后，陆听寒轻手轻脚地推开门。他以为时渊还在睡，没想到裹着被子的时渊动弹了一下，坐了起来。

“吵醒你了？”陆听寒低声道。

“没有。”时渊伸出手，突然把陆听寒的头发揉了个乱七八糟。

“这是在做什么？”陆听寒猜测，“对我施法？”

“什么施法，这是在摸头。”时渊说，“会让你的心情变好！”

实际上，大概只有他会因为摸头而欢天喜地，可这一刻，陆听寒确实是笑了。他低声笑着，胸腔微微震动：“确实很有用。”

时渊满意了：“我们快到帝国那边了吧？”

“嗯，快到了。”

窗外的雨声淋漓，风声厉嚎，这世界太黑了，唯有狂蛇一样的闪电能短暂撕开它的面纱，其余时刻，至暗无比。上亿点水滴从天而降，寒意从窗户玻璃渗了进来。

两人在窗前一起眺望远处。

第二天清晨，雨停了。晨光点亮了清澈的天空，时渊起身，往窗外看去——无边无际的、灰色的平原。与之前不同，这个平原没有枯树和杂草，只有着被泥土淹没了大半的战争机器，飞行器的残骸，造型怪异的齿轮，残破灰败的旗帜，烂糟糟的、仿佛渗了无数血与灰烬的土壤……

这里是联盟与帝国的交界处，也是他们的古战场。时过境迁，再听不到子弹破风、炮弹出膛的声音。钢铁雄心归于泥尘，往昔野望随流云淡去，大风替代英勇的战士们，依旧在这片土地上呐喊。

战场太庞大了，根本看不到尽头。时渊看到了很多怪异的机器，有些像人形，有些是炮台形的，每一个都宏伟巨大——隔了几十年，风吹沙扬，它们仍有一部分暴露在外。他还见到了一台机器人。机器人的腿部被泥土掩埋，即便如此，它也有七八十米高。飞行器近距离经过它时，时渊看到，它躯体上有许多武器炮台，就连眼部、嘴部都是激光武器。它站在平原上，外壳已然锈蚀却屹立不倒，阴影遮天蔽日。

“这是什么？”时渊问陆听寒。

陆听寒回答：“帝国的战争机器人，代号‘烈日’，以装载的激光武器闻名。”

“它有多高啊？”

“大概一百二十米。”陆听寒说，“在战场上，它带来的心理压迫感也是战术的一部分。”

时渊又问：“那它怎么停在这里了？”

“这一台‘烈日’的能量核心被联盟空军摧毁了，它只能永远站在这里了。”陆听寒也看向窗外，那机器人无疑是杀戮的杰作，凝聚了帝国的最高技术，曾带来了诸多恐惧，“我没想到，它直到今天还在。”

飞行器飞远了，隔了很久，时渊都还看得到“烈日”。它仿佛一棵生锈的铁树，或者一个老死的巨人，亘古不变地站立。再往前，还是狼藉的、狰狞的战场。九成的尸骨和残骸都被掩盖了，不知是不是牺牲者泉下有灵，空中似有铁锈与血腥味，每一阵风都像叹息。

时渊问：“战争会死很多人吗？”

“嗯，很多。”陆听寒回答，“最长的一场战争持续了十几年，双方都很疲惫。也是有和平年代的。在末世开始前的几年，联盟和帝国的关系有所缓和了，不过，它来得太晚了。”

时渊：“噢……不知道我们遇到的帝国人怎样，应该也是好人吧？”

“难讲。在这里的所有人，都没和帝国接触过。希望我们能摒弃过去的恩怨。”

在漫长的两小时飞行后，他们离开了这片战场。

再往前就是帝国领土，是陌生的土地了。

第十五章 秘密小镇

在帝国境内他们不熟悉地形，飞行器的速度顿时降了下来。更关键的是，帝国这边的气候不适合飞行器。傍晚天边一片昏暗，大型沙尘暴铺天盖地，翻滚如海啸。还好附近有一座废城，飞行器低空悬停，躲在城墙的阴影下。不多时，沙尘暴滚滚扑来，到处都是飞沙走石，落在飞行器的外壳，发出落雨般的敲击声。时渊从未见过沙尘暴，一来就是这么声势浩大的一场，吓得尾巴尖都蜷缩起来了，又忍不住待在窗边往外看。

陆听寒再三保证，这台飞行器足够坚实，他给时渊倒了杯热水，捋直了他的尾巴。

时渊说："好可怕。"

"比人类呢？"陆听寒挑眉。

"各有各的可怕。"

晚餐后，时渊又坐在卧室窗边看了，明明城墙就在不远处，却怎么也看不清。陆听寒和主城联系完，端了一碗小米粥进屋，时渊喝了几口热腾腾的小米粥，终于不那么紧张了。

时渊说："帝国这边的天气好糟糕啊！"

陆听寒点点头："他们有很多沙尘暴、台风和龙卷风，所以他们才会发展地下城市。在这里，再先进的飞行器都要小心。”

时渊想了想：“那帝国有空军吗？”

“有，但远远比不上联盟。”陆听寒解释，“在现代战争中制空权是非常重要的。拥有绝对空中力量的联盟，对抗帝国应当很轻松。可由于帝国的气候特殊，地下城市发达，不利于联盟空军作战。相对应的，帝国的陆军和海军强悍，战况胶着，难分伯仲。”

“好吧。”时渊舀了一勺小米粥，吹了吹，“如果他们躲在地下城市，会有很多幸存者吧？”

“地下确实比地面安全，可我们最后一次与帝国联系时，他们的战况也不好，城市沦陷了一大片。或许，他们遇到了无法应对的东西，连‘烈日’那种战争机器人也束手无策。”

时渊：“噢——”

“陆听寒。”时渊喊了一声。

陆听寒：“嗯？”

时渊抱住尾巴：“我感觉好多啦！”

次日早上，沙尘暴停了。天空还是雾蒙蒙的，昨天狂风大作，今天又彻底没了风，闷热得像个蒸炉。

宁副官看着地图，紧皱着眉头：“真是奇了怪了……我们这是在哪里？”他指着地图的一个地方，“按照经纬度，我们就在这里，但不该有城市的呀。”

道格拉斯正在修随行的机器人，拿着扳手，满手油污。他说：“谁知道帝国！我听说他们疑心病都很重。我们的情报都是几十年前的了，帝国也不可能告诉我们这些。不然，等着我们去轰炸他们的城市吗？”

宁副官摸了摸下巴：“呃，我还是觉得奇怪。”

“别纠结了。这个城市那么小，没被记录也很正常。”道格拉斯讲，“幸亏这城墙挡了沙尘暴。”他用力一转扳手，几个齿轮丁落在他掌心。

吃完早饭，时渊和陆听寒出发了。

飞行器已开出一段距离，他们该放置信号发射器了。时渊和陆听寒下去，开着作战越野车进入城中，一路吓跑了几只旅鼠怪物，它们抖着柔顺的皮毛，“哗”地一下藏进废墟。等进了城中，他们才发现城市很小，更像是一个稍大的镇子。

发射器最好放在高处，但四周损毁严重，他们转了小半圈，转到天空都放晴了，才看到远处有一座类似教堂的建筑。

他们把车子停在教堂前下车。大门锈蚀得厉害，陆听寒拽住门边使劲，小臂绷出漂亮的线条，而时渊也帮忙用尾巴拽把手，两人齐心协力，才听到“吱呀”一声，大门开了，他们眼前倏地一亮——门后，阳光穿过高远的穹顶和彩绘玻璃从天而降，落在布满蛛网的座椅，落在绚丽的壁画。壁画上，白鸽展翅欲飞，人们争相伸出双手、捧着鲜花，朝向高台上的国王和他身边的小女孩，他们欢呼着。光尘舞蹈，色彩如旧。

时渊：“哇！”他翘着尾巴凑上去看壁画。

国王和女孩在壁画的正中心，也在教堂的尽头。他们衣衫华美，王冠点缀着珠宝，两人腰间都别着剑鞘。

陆听寒站在他身后，说：“帝国国王约纳斯·冯·卡文迪许和他的女儿，公主艾丽西亚。”

时渊问：“他们现在还在吗？”

“末世前约纳斯六十多岁了，不可能活着了。”陆听寒说，“当时十岁的艾丽西亚，如果还在，也该是八十多岁的老人了。”他看向周围，“卡文迪许家族一直统治帝国，野心勃勃，好战狂热，他们肯定没想到王朝会这样终结。”

往事都过去了，教堂还在，只有壁画赞美他们的盛名。

时渊回头，目光扫过一排排座椅：“教堂是为他们建的吗？”

“对，帝国人民对皇室十分狂热，把他们视作精神信仰，会向他们祷告。”陆听寒沿着壁画缓步走，玻璃下五彩的光，拂过他的发梢与深邃如大理石的五官，他若有所思，“帝国的开国皇帝安东尼·冯·卡文迪许，是一位非常有魄力和号召力的君主。安东尼的影响力跨越了百年，在方方面面影响帝国的思潮。他的子嗣也十分优秀，约纳斯尤其如此，威望极高。”

时渊："噢……他肯定是个很可怕的人类。"他看了看壁画，"看着就很凶，一点儿都不笑。"

"抛开光环，其实也是普通人而已。"陆听寒笑了笑，"等会儿讲给你听。"

时渊特别爱听故事，乐颠颠地跟着陆听寒，到了教堂顶层。这里并非传统教堂的结构，更像是……教堂和城堡的结合体，顶层有走廊和露台，他们可以在彩绘玻璃间穿梭。走廊有很多沙子，都是沙尘暴的杰作。陆听寒找了靠近露台的长廊尽头，清理好区域，安放发射器。

等他调试好了，等待发射器启动时，他和时渊并肩倚在长廊墙壁上。

窗户的半扇玻璃不翼而飞，于是，半扇蔚蓝苍穹露了出来。

陆听寒看着天空，说："约纳斯的妻子名为安娜，贵族出身，貌美如花。约纳斯和她自小认识，在他还是王子时，就娶了安娜。"

时渊专心听。

陆听寒继续讲："安娜的身体不好，迟迟未能怀孕，约纳斯登基数年了，也没有一个子嗣。这就让皇室有点着急了。"

时渊问："为什么呢？皇室特别喜欢小孩子吗？"

"因为他们要传承王位。"陆听寒解释，"只有流着皇室血脉的人，才有资格继承王朝。而皇室也分本系旁系，亲缘远近。如果约纳斯没孩子，就要由他的远房亲戚去继承——等于是另外一系的皇室拿到了权力。"

时渊困惑地弯起尾巴。

陆听寒笑了："你就简单理解成，约纳斯得有个孩子，才能把家业传下去吧。"

"好吧。"时渊不再纠结，"你继续讲吧。"

陆听寒："约纳斯是个深情的人，除了安娜之外，绝不再娶。两人一天天老了，等到约纳斯五十岁，安娜也近四十岁的时候，安娜意外发现自己怀孕了。"

时渊："老当益壮！"

陆听寒："……也可以这么想吧。"

他又说："约纳斯欣喜若狂，又担心安娜身体撑不住。安娜坚持要把孩子生下来。在她怀孕的第三个月，他们知道了那是女孩，给她起名为艾丽西亚。可惜，安娜最终死于分娩。"

时渊："啊……约纳斯肯定很伤心。"

"嗯，全帝国都缅怀王后的离世。"陆听寒说，"艾丽西亚平安长大了。约纳斯发誓要把世界上最好的东西给艾丽西亚，什么金银珠宝、首饰装饰、珍奇物件，通通收罗起来。小公主得到了全帝国的喜爱，每次出现，都是人山人海的欢呼。不过，她是一个很娇蛮的人。"

"很娇蛮？"

"她吃饭一定要山珍海味，不然就大发雷霆。她穿的衣服、佩戴的首饰，稍微有一点儿让她不满了，就会摆脸色好几天。这在皇室礼仪中是不可思议的，但约纳斯老来得女，把对妻子的爱全部转移到女儿身上，把她宠得过头了。所以我才说，再英明伟大之人也会有弱点，也会犯错。"

他继续说："有一次，艾丽西亚想要世界上最漂亮的珍珠，约纳斯派人去遥远的北海，找遍了渔民和采珠女，说为公主献上最漂亮的珍珠的人，能享受一辈子的荣华富贵。那帮人穷苦了一辈子，哪里见过这种好事？一个个疯了似的下海，台风天也是如此，就那短短一个季度淹死了二十多号人。最后，艾丽西亚如愿拿到了那颗珍珠。她玩了几天，又失去了兴趣，丢在首饰盒里再也不碰了。"

时渊问："那找到了珍珠的那个人呢？"

"约纳斯兑现了诺言，给他荣华富贵。"陆听寒淡淡说，"可一个穷苦至极的人突然暴富，根本把握不住。他性情大变，沉迷赌博，没过几年就赔光了家当，从此人间蒸发。"他顿了顿，"然后，艾丽西亚又爱上马术了。约纳斯再次倾尽力量，为她跋山涉水，才找到了漂亮的马驹——这又是另一个故事了，最后艾丽西亚也不过三分热度，再没骑过它。"

时渊想了想："不会有人不满吗？"

"帝国人民对皇室的热忱是难以想象的，即便有反对的声音，也会被淹没。"陆听寒说，"直到末世降临前的最后一天，艾丽西亚都是集世间所有宠爱的小公主。”

“嘀嘀嘀——”发射器发出提示音。

陆听寒确认信号稳定，准备回去了。

两人回到教堂一层，陆听寒突然站定。

“怎么了？”时渊问。

陆听寒比了个噤声的手势，时渊就默默等着。两秒钟后陆听寒拿出了终端，低声道：“宁艄，听得到吗！”

宁副官回答：“收到收到。”

陆听寒：“立刻找安全的地方，怪物要来了。我和时渊马上回来。”

飞行器上，宁副官呼吸一滞，下意识往远方望去——明亮的天空尽头，一大群生物在几秒内出现，遮天蔽日，径直朝着这小城来了！

船上的三人反应极快，立刻行动，宁副官呼叫：“上将！它们太近了，我们没办法等你们回来！”他飞快瞥了眼雷达，道格拉斯给他比了个手势，“……以它们的行进速度，应该追不上飞行器！”

飞行器离小城还有一段距离。只要他们悄无声息地离开，说不定不会引起怪物的注意。

陆听寒沉吟半秒，做出了判断：“那你们进行迂回，保持通信，尽快与我们接头。万事小心。”

“是！”

飞行器迅速提升高度，绕着怪物群行进。正如陆听寒和宁副官所料，怪物没注意到它们，只是淹没了那小小的城市。在教堂里，时渊和陆听寒看清了怪物。

那是一大群……海洋生物，畅游在空中的海洋生物。面对这么一大群怪物，他们出于谨慎，躲在教堂没出去。时渊透过玻璃，看到五彩斑斓的热带鱼、慢悠悠的海龟、扭动前行的鳗鱼、头鳍突出的蝠鲼……它们因感染变得千奇百怪，但依旧能辨认出原本的物种。它们肆意漫游，舒展身姿，不紧不慢地飘浮过城市，让他想起铁城的水母。

“它们在干什么？”时渊轻声问陆听寒，“为什么要来这里？”

陆听寒说：“没看出目的，像是在单纯过路。”

“好吧。”时渊说。

又是一群阴影掠过，时渊抬头，半透明的银色海豚在空中相互追逐，发出奇异的叫声，荧光色的鱼簇拥在周围，仿佛一盏盏小灯。再之后——巨大的阴影遮天蔽日。

那是一头巨鲸，身躯庞大，漫游在空中。它遮蔽了所有光源，比这小城还大。语言难以形容那压迫感，看不清它的全貌，只能看到腹部和前鳍。它飞得太低，低到腹部剐蹭过建筑顶层，一大堆钢筋混着水泥砸下来，它再次甩动尾鳍。

“小心！”陆听寒突然说。

时渊还没反应过来，就被陆听寒护住头部，拽出了教堂。头顶一阵噼里啪啦的声音，地动山摇，教堂的吊灯坠落下来！鲸鱼的尾鳍扫到了教堂隔壁的建筑。那建筑坍塌了，倾倒在教堂上。教堂虽坚固无比，但是仍然受到了影响，吊灯夹杂无数泥尘掉落，在地上砸了个巨坑。其实，刚才即使他们不动，也不会被砸到。

但时渊还是小小地感慨了一句：“哇哦，你没事吧？”

陆听寒却没说话。烟尘缓缓散去，他紧盯着那坑洞，上前几步。破掉的地板下是楼梯。幽深的、黑暗的秘密楼梯。

细小的花体字刻在第一级台阶上：献给吾爱，艾丽西亚·冯·卡文迪许。

他们顺着漆黑的楼梯走下去，螺旋形的楼梯很窄，没办法并肩行走。陆听寒举着手电筒，时渊紧跟在他身后，拽住他的衣角，脚步声回荡在黑暗中。陆听寒和飞行器保持通信，确定那三人安全后，继续往下走。

时渊拽得很紧。

陆听寒低声问：“你怕黑？”

“不是。”时渊也低声说，“我怕撞见人。”他望向楼梯底下，“感觉会有人住在下面。”

路途像是没有尽头。这小小的城市、小小的教堂底下，竟然有这么深的空间。也不知多久后，时渊猛地撞到了陆听寒的后背。

“嗯？”他发出了疑惑的声音。

陆听寒停下来了，抬高手电筒，照亮了一扇厚重的大门。大门是全金属的，暗金色的门面上有精美的浮雕，刻着国王、王后和花丛中的小公主。

出人意料的是，这扇门并不难打开。两人合力推开，门后也是一片漆黑，但当他们走了两步后，光亮出现了——灯光从他们脚下出发，顺着地面、墙壁蔓延，一瞬间奔涌出去数百米。整个世界亮了起来，错落有致的楼房、精致平整的长街、华丽的路灯、喷泉、园林、小城堡和旋转木马……两人呼吸一滞，这竟然是一座地下城市！几只黑乎乎的感染生物被光线惊扰，瞬间钻到了地下。

时渊眼睛都睁大了：“哇！”

陆听寒打量这座城市。建筑不多，但每一个都非常精致，一看就是精心设计出来的，而且审美很符合……小女孩。园林枯萎了，看不出原本的样貌。旋转木马也被尘埃盖住。喷泉中立着艾丽西亚的大理石雕像，放眼望去，足有五六个喷泉，有她拎着裙子跳舞的，有她坐着看书的，有她握着一把小短剑的……城堡就更是华丽，暗红色的地毯，点缀珠宝的大门，粉红色的流苏挂满了三层，帝国的雄狮旗帜依旧挂在顶端。

“我知道了。”他突然说。

“知道什么？”时渊问。

陆听寒：“我查阅帝国历史的时候，据说自从安娜怀孕，约纳斯就开始打造一座秘密小镇，要送给自己的孩子。但是……所有人都以为这是个传言，没想到，这竟然是真的。在短短十一年里，打造这样完整的地下小镇，也只有帝国才做得到了。”他看向城市牢固的穹顶，那里同样是彩绘壁画，画着鲜花与人群，他们都簇拥着身穿白裙子的公主，说，“那么多年它还如此牢固，灯光系统也能运转，真是奇迹，这是一个非常奢侈非常伟大的奇迹。”

时渊眼睛亮起来：“说不定，我们可以搬来这里住？”

“不好说，刚刚街道上有怪物，可能城市防御已经被毁了。”陆听寒讲，“不过值得一探究竟。”

他们和飞行器上的人联系了。

宁副官说："不用担心我们，那群海洋生物已经离开了，我们悬停在一个很安全的地方。还是探查城市最重要。"

陆听寒说："我们在天黑之前回来。有情况随时联系。"

"收到。"

距离天黑还有五六个小时，应当够了。

时渊和陆听寒走在街道上。这里的建筑不适合住人，更偏装饰性，造型古怪，涂得花花绿绿的。时隔多年，颜料暗淡了太多，他们还是能辨别出，有些像圣诞树有些像拐杖糖，还有一些像金丝鸟笼和南瓜车。就连地面也画了图案，白兔子、蝴蝶结、玩具熊和小夜灯，路灯系着多彩的绶带。所有的所有，表明这是独属于一人的小镇。

这是一位君主倾力构造的王国，是一位父亲所有的溺爱。

"好厉害啊。"时渊东张西望，"他们是怎样在地下挖出那么大的空间的？"

"靠大型机器人。"陆听寒说，"帝国的重工业极为发达，尤其在机械自动化这方面。'烈日'只是他们的杰作之一。"

"我们能带一台回去吗？"

"应该不行。它体积太大了，而且我怀疑已经没有完好的机器人了。"

小镇并不算很大，走完一圈不会花太久，墙壁没有明显的破损，这里看起来是安全的。他们走过小城堡边上的旋转木马，时渊想起北城区的那个了，多看了几眼。

陆听寒发现了新东西，招呼："时渊，过来。"

时渊凑到他身边，又看到了一个楼梯。

陆听寒说："这个城市不止一层，还能往下。"

小镇的面积不大，却是多层结构，底下别有洞天。他们顺着漆黑的楼梯往下走。这次走了两三分钟，楼梯就到了头。灯光再次亮起，点亮了全新的区域。出现在他们面前的，是动物园和水族馆。金边笼子全都被破开，动物们大概被感染了，然后逃了出去。时渊跟着陆听寒，看到了巨大的鸟笼、假山和干涸的水池，还有无数枯死了的树。

“会有骆驼吗？”他问陆听寒。

“可能曾经有过。”

“好吧。”时渊很失望。

陆听寒又说：“艾丽西亚有一段时间痴迷动物，约纳斯给她找来了整个帝国境内的奇兽，据说有金色斑马、黑色老虎，甚至还有传说中的独角兽。”

时渊的眼睛亮了起来：“真的有独角兽吗？”

“其实没有，那就是个农民鬼迷心窍，把塑料角粘在了马头上。”陆听寒说，“不知道他被判了几年，说不定是死了。”

时渊：“……”

他们又进了室内水族馆，但没有正规水族馆那么大，只是数个大小不一的水族箱拼凑在一起，胜在设计巧妙，排布整齐。陆听寒是进来勘察情况的，时渊是进来走马观花的，他四处张望。水族箱早就干涸了，一团团污泥堆在箱底，不知埋了多少水草和鱼骨。再往前走，诸多鱼类骨骼和标本被放在展柜里。展柜保存得相当完好，七成以上的骨骼都是完整的。时渊凑过去，一开始是小鱼的骨骼，再之后有珊瑚和鲨鱼的巨大骨架。到了标本区就更是多样，有海龟、海象、海马、海胆……时渊一个都不认识。

他问：“这是什么！”

“海星。”

“这个呢？”

“像是珊瑚鱼。”

“这两个？”

“电鳗和海葵。”

又走了两三步，时渊指着一条暗绿色的鱼：“这个是什么？”

陆听寒：“……鱼。”

“它旁边那个呢？”

“鱼。”

“那两条叫什么？”

“小鱼。”

“那个呢？”

“大鱼。”

“那些！”

“小小鱼。”

时渊终于意识到不对劲了：“你是不是根本不知道它们叫什么？”

陆听寒：“是啊。”

时渊说：“呀，我还以为你全都知道呢！”

“常见的才认识。”陆听寒笑了，“我从没见过大海。”

时渊：“噢——”

说来也是挺奇特的，时渊看那些水族箱，几乎能想象出海草漂荡、鱼类畅游的景象，它们的口中吐出一圈圈泡泡，摆动鱼鳍，藏进假山，等待小公主的到来。几十年过去，环顾四周，活物化作了污泥，被钉死的标本反而留到了今日，栩栩如生。

时渊说：“好吧，我也没见过。但今天我们算是一起见到大海啦。”

他们走在鱼群中。谁也不认识那些鱼，就到了时渊自由发挥的时候。

时渊说：“这个鱼有花纹，我要叫它斑马鱼。虽然我也没见过斑马。”

陆听寒表示赞同：“嗯。”

“这个我要叫它骆驼鱼。”

陆听寒说：“它长得不像骆驼。”

“我知道，但我喜欢它，和我喜欢骆驼一样喜欢。”时渊说，“从今天开始，它就是骆驼鱼了。”

陆听寒表示支持：“嗯。”

时渊：“这个是程游文鱼。”

“为什么？”

“因为它有一张臭脸。”

陆听寒表示理解。

时渊：“这个红色的是秦落落鱼，她总喜欢穿红裙子。这个是特蕾西鱼，它的头有点像猫。这个……这个是陆听寒鱼。”

陆听寒看着那灰不溜丢的、瞪着死鱼眼的不明物体，沉默了半秒：“为什么？”

“因为它长得像一团垃圾。”

陆听寒表示反对：“时渊，不准再看了。”

陆上将一票否决了时渊的鱼类命名权，把他拉出了这片区域。再往前又是水族箱，只不过它们都破了，像是……有什么东西，从其中挣脱而出。

陆听寒审度着：“我们遇到的天空鱼群，有可能就是从这里跑出去的。”

“可能吧？”时渊说，“这里竟然有那么多种鱼。”

“毕竟是国王下令建的，肯定是最好的。”陆听寒说，“只为了让艾丽西亚开心。”

“他肯定很爱她。”

“当然。”

这一层的镇子走完了，陆听寒也没发现明显的破损处。既是送给女儿的礼物，约纳斯自然考虑到了安全问题，把周围加固得密不透风。

陆听寒说：“如果其他地方也是这样，那么，这会是个很好的藏身处。约纳斯做的这些安全措施，刚好能应付怪物，也足够我们的深渊模拟信号覆盖。”

时渊的眼睛亮了：“是吗？那太好了。”惊喜来得猝不及防，要不是那鲸鱼甩了一尾巴，他们不会发现这个秘密世界。

“我们再往下看一看。”陆听寒的语调也轻松了些。

他们来到下一层的楼梯处。陆听寒在楼梯口找到了一把老手枪，手枪是纯白色的，握柄处刻着帝国的金色雄狮。

他说：“这是帝国亲卫队的枪。”

时渊问：“亲卫队是什么？”

陆听寒：“守卫重要人物的军队，人数较少。艾丽西亚身为帝国公主，肯定有亲卫队。”他扫视过楼梯，见到了一枚枚弹孔，“看来他们在这里战斗过。亲卫队一般都会在守卫对象的身边，也就是说，他们遇袭时某位皇室成员在这里，很可能是艾丽西亚或者约纳斯。”

顺着楼梯往下走，墙壁随处可见弹孔，地上也散落着黄铜色的弹壳。楼梯被毁得厉害，有些被彻底磨平，好在没坍塌。

手电筒的光晃过墙面，这一片的墙面画满了壁画。

最开头，是襁褓中的婴孩被国王抱在怀里。之后是躺在婴儿车里的艾丽西亚，蹒跚学步的艾丽西亚，牙牙学语的艾丽西亚，抱着玩偶娃娃的艾丽西亚，对着镜子梳头发的艾丽西亚……她穿着白裙子站在窗边，踮起脚张望，金发于阳光下闪耀；她抱着一只幼小的白狐狸，奔跑在花园里，脚踝沾了露水和草屑；她骑着一匹红棕色小马驹，和国王的高头大马同行，田野的道路漫漫，她伸手去摘一片金黄的秋叶。

她永远打扮得漂漂亮亮。一队队守卫和管家跟着她跑，围着她转，常常听她娇声娇气地发怒。世界上最漂亮的珍珠、最鲜艳的花、最名贵的首饰，通通在她的卧室里，她玩了几天就腻了。山珍海味，金银珠宝，她敢闹着要摘下日月。然后街头张灯结彩，就连工业机器人身上都挂了彩带，装点了鲜花。人们欢呼着迎接车队，亲卫队拦在四周，枪支冰冷。艾丽西亚和约纳斯坐在敞篷轿车中，笑着招手。身为皇室成员，艾丽西亚小小年纪也要学会公开演讲。待约纳斯的讲话结束，他做了个“请”的手势——万众瞩目，小公主第一次站在帝国群众面前，开了口。

她说，很荣幸今天大家能站在这里。

她说，她非常自豪，“烈日”摧毁了敌军，在上一次战斗中帝国获得了前所未有的胜利。

她高昂着头颅，仿佛一只骄傲又任性的小天鹅，说：“总有一天，联盟会在我们的手上落败。这是属于帝国的时代！”

掌声排山倒海。

而今，壁画残破，往昔盛况被一个个弹孔戳穿。

时渊目不转睛地看着，问：“这些是约纳斯让人画的吗？”

陆听寒：“肯定的。”

“他真的很爱她啊，你说，艾丽西亚会不会还活着？”时渊迈过一堆碎石，“他们会不会在这场战斗里活下来了？”

陆听寒说：“我们会知道的。”

再往前走，豁然开朗，灯光无声亮起——这里柔和的灯足以媲美自然光，这一瞬间，他们真以为到了室外。人造穹顶是蔚蓝色的，天光降临。大片大片的粉紫色的花海。

秘密小镇的最后一层是薰衣草和紫丁香，远处，粉黛乱子草蓬松又热闹。艾丽西亚偏爱粉色和紫色，这里是她的后花园。她这么爱美的一个人，总是把花儿别在头上。

时渊：“哇！”

他喜欢花，几步走进了花海里，就听见脚下“咔嚓”一声。他低头，看到了碎掉的骨头。

花海之下藏着密密麻麻的白骨。白色手枪陷进土壤，帝国的雄狮绶带与骨头相缠。一场恶战终结于此，花朵见证了故事的结局。

时渊问：“这些骨头是……？”

陆听寒审度着地上的枪支、白骨和雄狮绶带，说：“看来，帝国亲卫队没能守住这里。这些花也都被感染了。”

他始终与花海保持了距离。

时渊“啊”了一声，低头看去。刚才一眼扫过去，这就是平常的花海，仔细看了才发现，花的根茎是半透明的，有些叶子生出细小的鳞片。它们吸食了怪物和人类的鲜血，没能逃过感染的下场。否则，它们早该枯萎了。

陆听寒又说：“时渊，你往那边看。”

顺着他手指的方向，时渊回头，看到了巨大的缺口，那边的墙体完全被破坏了。这一层的墙壁画着田园风景，配上光照和人造穹顶，足够以假乱真。而那缺口黑洞洞的，把美梦戳了个缺口，暴露出这个世界漆黑的本质。几只黑漆漆的怪物在缺口处闪过，正是他们在顶层见到的那种怪物，看不清是什么，像是某种老鼠。

时渊问：“这个口子能被修好吗？”

“首先我们没有那么多的建筑材料，即使有，也运不到地下。”陆听寒说，“其次，地下作业是相当困难的，需要帝国的大型建筑机器人。”

“我们找不到机器人了？”

“太难了。我们时间有限，只剩几个月了。”

实际上关教授告诉他，在黑水晶中，最小型的怪物有了躁动的迹象。他们必须争分夺秒，与死神赛跑，修复这么一座城市，不是他们能够承担的奢侈了。

时渊失望地垂下尾巴：“好吧，看来我们不能住在这里了。”

陆听寒：“没关系，我们很快就能抵达首都尔顿。我们发现这里本来就是意外之喜了，你就当来参观了一圈吧。在此之前，我们都没想象过会有这样一个秘密小镇，对不对？这是沿途的风景。”

陆听寒一直很会哄时渊。时渊又高兴起来了。

他们准备返程，顺着楼梯一层层往上走，陆听寒呼叫了飞行器。

宁副官回答：“目前一切正常，我们正在城市10公里外悬停。”

陆听寒：“我们半小时之内会出来。”

“好的，那我们在十五分钟后飞向城市，接应你们。另外，又有一场沙尘暴在接近，你们可能会直接碰上。”

“收到。”

宁副官挂断通信，和池咏歌、道格拉斯两人讲了情况。道格拉斯去校准导航仪，池咏歌和宁副官待在驾驶室，一个检查飞行器的状态，一个观察环境。十五分钟后，宁副官把“自动驾驶”模式打开，飞行器飞向城市。

一切顺利，那群空中的海洋生物也不见了。城墙越来越近，他突然听池咏歌低声说：“1点钟方向！”

宁副官猛地抬头。接近傍晚，天空偏暗，西边云朵已被隐隐烧红。又一场沙尘暴正在接近，风很大，天地间充满了不祥的气息。然而——小城市中有几道身影一闪而过！它们太快了，快到像是一场幻觉。若是寻常的怪物，他们提高警惕就是了。

池咏歌喃喃："我……我为什么觉得，那看起来有点像……人？"

"好像是有点。难道是人形的怪物吗？"宁副官的声音也很犹疑。

两人对视一眼，都是惊疑不定。

风刮得越来越大了，视线被土黄色遮蔽。

宁副官呼叫了陆听寒："上将！我们在城市西南角目击到移动的生物，数量四到五个，不确定种类，看上去是人形的，你们多小心！"

频道里一阵电流声，没有回应。宁副官愣了一下，再次呼叫，可是对讲机"嗞啦嗞啦"地作响。不知是因为沙尘暴，还是地下信号不好，他们联系不上陆听寒和时渊了。

池咏歌说："他们没问题的——他们两个怎么会出事呢？怪物也完全不是他们的对手。"

宁副官直勾勾地盯着前方："他们是不怕怪物……但，我怕那不是怪物。"他的手不自觉攥紧了，"我刚刚真的，好像看到了一张人类的脸。"

池咏歌沉默了半秒："试试就知道了。"

他打开了飞行器的信号灯，按照三短、三长、三短的频率闪烁着。那灯光穿透性极强，一束射穿了风尘，在黄褐色的天地中闪烁。这是通用求救信号，如果对方真的是人类，应当是明白的。

池咏歌和宁副官的鼻尖都有了汗珠，精神高度紧张，不错过一丝细节。强光兀自穿透沙暴，风越来越凄厉了，他们几乎看不清城墙，然而没有人回应他们。

"是错觉吗？"宁副官喃喃道，又呼叫了一次陆听寒。频道内电流声不断，那两人没有应答。

第十六章 鼹鼠人

与此同时，教堂内，时渊跟着陆听寒从楼梯出来了。教堂门被吹得“哐当哐当”响，黄沙在门口积了一小堆，每一次风起，穹顶的彩绘玻璃都在颤动。挨了鲸鱼那么一下，这个教堂看起来摇摇欲坠。

陆听寒说：“通信不稳定，没法联系他们。飞行器应当就在我们下来的地方。”

“好吧。”时渊说，“那我们过去找他们。”

他忘记沙尘暴的威力，一张嘴就吃到了沙子，小声咳嗽起来。陆听寒拍拍他的背，把大衣脱下来，黑袖子在时渊脸上绕了一圈，盖住他的口鼻。

两人一起走向沙暴下的城市。

风太大了，走起来很艰难，好在陆听寒足够有力，挡住风沙，一步步带着时渊走过街头。视野很差，时渊紧紧捂住口鼻，看不清四周。刚见了童话般的地下小镇，再见到这土黄色的暗淡世界，对比分明，犹如从帝国的盛世，骤然迈入了末日。天色一点点黑下去，君主的威严拦不了日沉西山，父亲的溺爱撑不住毁灭的命运。不论是拾穗城、风阳城、主城还是这帝国城市，都不过是时代的小小缩影。沙子旋转着、号叫着，它们扫过建筑，一点点凌迟这座城市。他们就这样走了十多分钟，城墙在不远处。

陆听寒突然说：“时渊，这附近有东西。”说完便握紧手枪。

时渊从来发现不了所谓的敌情，但他知道，陆听寒肯定是对的。他低声问：“要我吓跑它们吗？”

“不。”陆听寒却说，“先等等，我感觉有点奇怪，不太像是怪物。”他顿了一下，“如果遇到什么情况，你第一时间变回黑雾。”

“好。”时渊答应。

陆听寒鹰隼一般的目光扫过周围，一切看似平常，房屋、街道、路口和无穷无尽的黄沙。可他以惊人的洞察力，看到了那些隐蔽的身影。它们伏低身子蹿过废墟间，又在街口一闪而过，动作快如魅影。正是飞行器上那两人见到的存在。

陆听寒不动声色，仿佛毫无察觉，他和时渊继续走。在下一个路口又是两道身影闪进了岔路。那岔路有一扇红漆门，说时迟那时快，陆听寒突然暴起，几步上前踹开了屋门！手电筒的强光射进屋内，一群黑漆漆的人形发出尖叫！他们聚在一起涌动，争先恐后躲避灯光，其中一只离陆听寒很近，竟是反身扑了上来！五厘米的指甲闪着寒光，只一下就能开膛破肚。比它更快的是枪，陆听寒那黑洞洞的枪口精准瞄准它的眉心。他从不失手，扣下扳机就会命中目标，然而——在这个瞬间，陆听寒和那人形对视了。

他看到了一张扭曲的、惊恐的、长满了黑色毛发的面孔。他看到了一双浑浊却残存理智的眼。在这刹那开枪才是绝对的保障。他们离得太近了，对方腥臭的呼吸都喷了过来，陆听寒在千钧一发之际改了攻势，没扣下扳机，一低头，那指甲在头顶上方三厘米处“唰”地扫了过去！陆听寒扭转身体，左手的手肘朝那人脖颈来了一记猛击！那人被他掼到墙上，骨骼的断裂声传来！尖叫着还要攻击陆听寒。陆听寒及时收手，把他当胸一脚踹远了。

对方灰头土脸地滚进了角落，猛地抬头，面庞丑恶，眼神惊惧。一时说不清他到底是人还是怪物。其他人还在手脚并用地涌动，他们太怕光了，想逃跑又被陆听寒拦住了去路，只能挤在一起。

陆听寒拿着枪，看向他们：“你们是人类吗？”

从未有人被感染成这样了还活着。

无人应答。

他们伸着手，拼命去遮拦手电筒的光，指甲内塞满了泥巴。

陆听寒上前两步，语气更强硬了：“你们是不是人类？”他的嗓音绷紧了，带着难以自已的紧张、警惕和……细微的期待。修长手指握住手枪，半点不放松，指骨微微泛白。

“回答我！”他说。

“够了！”低哑的一声传来。

闻声，那群人发出了意义不明的尖叫，一阵躁动。一只苍老的手，缓缓从坚实的地面伸了出来，瘦骨嶙峋，继而又是第二只手伸了出来，双手一齐发力，一张丑恶至极的面庞出现了。一个枯槁得像骨架般的人，缓缓从地下爬了出来——四肢大范围覆盖着黑毛，五官皱在一起，眼球浑浊，皮肤更像是被烧伤了，满是疤痕。

那群趴在地上的人，含糊不清地喊道：“狄温！”

被称作“狄温”的人，就这样站在了陆听寒和时渊的面前，佝偻着腰背，头发花白。对方外形太惊人，陆听寒花了一点时间才勉强辨认出，这应该是一名女性。

“够了！”狄温看向陆听寒，她的嗓音粗哑，犹如被砂纸磨过，“你吓到他们了！”

陆听寒定定地看着她：“你们是人类吗？”

“把光关掉我们再谈。”狄温嘶哑道，“还有你身后的那个人，让他离远一点。”她指的是时渊。

“我可以关掉手电，但我和他必须在一起。”陆听寒说。

狄温缓缓道：“他很危险。我不喜欢他。”

看起来，她和那些刚变异的人一样，能察觉时渊的不对劲。

陆听寒说：“我们不会分开的。”

狄温直勾勾地看着时渊，又审度着他们二人。她那双眼睛太浑浊呆滞了，陆听寒和时渊都分辨不出她到底是不是瞎子。也不知过了多久，她再次开口：“好。你们站在原地，一步都不要动。”

陆听寒关掉了手电，屋外沙尘暴还在呼呼吹着，屋内的躁动终于停了，那帮人恢复了平静。

黑暗中，陆听寒一字一顿说："回答我的问题，你们是什么？"

"是什么？"狄温咯咯笑了起来，"你觉得我们是什么，我们就是什么。我们都被感染了，被叫作'鼹鼠人'，一辈子不能见光。"

屋内的怪人们伏低身子，还是手脚并用地爬着，四肢交缠，她说："你觉得我们是人类吗？你觉得我们还算是人类吗？"

陆听寒缓缓吐出一口气，"算。我们还能沟通，我们拥有同样的文明，当然算。"他放低枪口，神情放松了，真诚道，"我不知道你们的过去，但我很高兴认识你们。"

他笑了，如释重负。跨越了数十年与千万里，帝国还有人活着。他们灰头土脸，他们诡异又丑恶，他们是他的同胞。没有什么比这更好的事情了。

喜悦在每一次心跳中蔓延，他的指尖微颤："我……我们等这一天，已经等了太多年。"

狄温发出了尖锐又刺耳的笑。她边笑边说："你是我第一个不讨厌的联盟人。欢迎来到帝国，欢迎来到地狱！"

沙尘暴又大了，在城中鬼哭狼嚎。好在飞行器靠近后，信号稍好，陆听寒和宁副官联系上了。他简单讲了情况，说遇到了幸存者，可能暂时无法回到飞行器。

宁副官简直是狂喜："是……是帝国的人吗？"

"是的。"

"是不是他们的军队来了！需要我们做什么吗？"

陆听寒说："不，暂时不用……情况和我们想的不一样。"他顿了一下，"我和时渊没有危险，不过需要时间。你们找安全的地方避一下沙尘暴，稍后再联系。"

宁副官很疑惑，还是说："收到。"

他扭头，告诉池咏歌和道格拉斯这个好消息，一时间飞行器满是欢呼，道格拉斯挥舞扳手，差点砸到池咏歌脚上。他们都没见到"幸存者"的模样，若是见了，恐怕就不能无拘无束地庆祝了。

陆听寒关掉通信器，天地间又只有风沙声了。在这小小的屋子里，怪人们在扭动，簇拥着同样面目可怖的老者。

狄温沙哑开口："在你们的印象中，帝国最后是怎样的？"

陆听寒沉吟两秒，回答："在联盟和你们失联前，帝国应当还有十三座大型城市未沦陷，战况比联盟要好。"

狄温怪异地笑道："哦！那是'鼹鼠'还没开始繁殖的时代。"

陆听寒彬彬有礼地做了个"请讲"的手势，他和时渊盘腿坐了下来。鼹鼠人畏光，于是，陆听寒和时渊坐在黑暗中，时渊抱着尾巴，听狄温讲起帝国的过去。

狄温说："每当感染生物来袭，我们总会躲进地下。如你们所知，地下城市让我们对抗深渊时，有了很大的优势……直到伽马深渊开始躁动。"

联盟与帝国的深渊命名不同。联盟以数字指代境内的深渊，而帝国用古字母，比如"伽马"、"阿尔法"和"西格玛"。

狄温继续讲："伽马深渊的感染特征是'繁殖狂热'。但凡被它感染的生物，都会陷入无尽的繁殖浪潮中……它们的成熟周期被缩短了几百几千倍，生育能力也大大加强，只要活着，就会永不止息地繁殖。在伽马深渊的感染群中，刚开始是大量的兔子，接着啮齿动物占了上风，只要出城，哪里都能见到松鼠和豚鼠群，靠近水源的地方，也被河狸占满了。"

时渊晃了晃尾巴尖："为什么是啮齿生物？"

狄温转动浑浊的眼，看了看时渊，扭曲的脸皱得更厉害了。出于本能，她非常戒备时渊，毫不掩饰自己的警戒和敌意。

迟钝如时渊都发现了，他的尾巴尖垂了下来。

陆听寒及时揉了揉他的脑袋，解释道："啮齿生物是哺乳动物里繁殖最快的，繁殖周期也很短。"

"好吧。"时渊一被摸头就忘记狄温了，"我知道啦！"

狄温继续说："啮齿生物带来了很大的麻烦，它们本就是穴居，善于在地下活动，几座地下城市接连沦陷。好在大型城市还撑得住，我们都没想到，这只是个开始。在214年的3月，鼹鼠来了。鼹鼠并非啮齿目，比不上它们的繁殖能力，可有一支鼹鼠族群变异了。它们进攻性强，同类相食，大量吞吃感染后的啮齿生物，等我们察觉时，它们已经吃掉了近三分之一的啮齿生物。二者的基因融合，最后鼹鼠也有了恐怖的繁殖能力……”她闭了闭眼睛，“我不知道，你们有没听说过一座叫‘拉科努’的城市。”

时渊抬头，看向陆听寒。

陆听寒回答：“是那个‘齿轮之城拉科努’吗？”

“是的。”狄温说，“帝国四成以上的机器人，都是拉科努造出来的。它是个超大型的地下城市，固若金汤，”

她尖锐地笑了两声：“它被联盟空军轰炸过三次，根本毫发无损，从那以后，拉科努的居民都把联盟人叫作饭桶。”

陆听寒这次外出很少戴肩章与勋章了，但他到底还是穿着军装，一眼能看得出他是联盟军人，狄温这话着实不友善。

陆听寒面不改色，点头道：“我有所耳闻。”

一个怪人突然怪叫了几声，抖动身上的黑皮毛。狄温回头，轻轻呵斥：“安静！布朗尼，马上就有东西吃了！”

那人很听她的话，安静地退回了房间角落。

狄温再次看向两人，说：“我就长话短说了。啮齿生物泛滥时，拉科努一直很安全，没有怪物能穿过它的地下防线。但是鼹鼠就不一样了，它们畸变后有极强的破坏力。有一天深夜，整个拉科努都在沉睡中，人们被牙齿啃食钢板的声音吵醒——鼹鼠来了，城市防御在成千上万只鼹鼠面前，跟纸糊似的。所有出口都被鼹鼠群占领，他们最骄傲的铜墙铁壁成了牢笼，整个城市没有一个幸存者。”

狄温的嗓音嘶哑：“很像是中世纪的鼠疫，对不对？只不过，它们比老鼠凶残上万倍，把城市当作了它们的粮仓。”

陆听寒沉默了两秒：“很不幸的故事。”

“那是噩梦！那是屠杀！”时隔多年，狄温的声音依旧藏着怒火，“拉科努成了鼹鼠新的巢穴，在两周的繁殖季之后，它们又涌向下一座城市。人们不断死去，不是被鼹鼠吃掉，就是被它们彻底感染——直到，直到‘鼹鼠人’出现了。所谓的鼹鼠人，就是被鼹鼠咬伤后的人类。我们变异了，却没有死，感染在某个临界点停住，把我们变成这种人不人鬼不鬼的模样。大部分的人性情大变，就像他们一样！”

她回头看了一眼，立马有个怪人手脚并用地爬了过来，向她伸手，含糊不清地叫道：“狄温！狄温！”

狄温拉开腰包，不知掏出了什么东西，扔进了鼹鼠人之中。那群人瞬间沸腾，低吼着扑在一起，一阵令人牙酸的嘎吱声——那是生肉被连着骨头咬碎的声音。

时渊想起他看过的一部纪录片：人类有种建筑叫动物园，饲养员把一桶桶生肉扔向猛兽，而猛兽茹毛饮血。狄温就像那个饲养员，只不过她喂养的是人类。

狄温看向他们，眼神说不出地复杂：“他们喜好生肉，性格就和野兽一样，只拥有最基本的语言能力——状态好的时候，他们还能和你说上一两句话，要是状态不好，和动物也没区别。”

陆听寒说：“你也像被鼹鼠感染了，可你和他们不同。”

“我是少数幸运儿，”狄温说，“和我一样的鼹鼠人也就只有三四个，他们待在家里呢。”她似是叹息，“鼹鼠人刚出现之时，大部分人不承认他们还是人类，也不允许他们住在城里。他们不会伤人，可还是被大批量地杀死，一方面是粮食不够，养不活那么多智力低下的人，一方面也是人们对异种的恐惧，他们想着，万一呢？万一哪天鼹鼠人发狂了，是不是也会把人类吞噬殆尽？”

时渊猛地想到了深渊监视者。联盟人们害怕监视者，也是害怕他们有一天会发狂。人类对未知是恐惧的。他们怕什么？怕看不出眼前的是人是鬼！哪怕优异尽职如陆听寒，也是在漫长的考验中，一次次证明了自己，才获得了群众的信赖。监视者熬过了多年的守望，鼹鼠人熬过了痛苦的感染，而他们都要为与众不同付出代价。大部分人还是尊敬监视者的，但，鼹鼠人就完全不同了。

狄温："随着一座座城市沦陷，鼹鼠人越来越多，人们追杀他们的气焰也越来越高昂，尤其是在国王……"她停顿一下，含糊带过了这一段，再次露出笑容来。她的五官挤在一起，浑身长满黑色皮毛，越笑越狰狞，甚至比怪物还恐怖。她说："鼹鼠人能轻松在地下活动，当地下城市再次受到鼹鼠的攻击，能逃出去的，全部都是鼹鼠人。"她的笑意更深，嘴角快弯到了耳朵，"不论如何，最后活下来的是我们。感染是我们的诅咒，也是我们的祝福。那些瞧不起我们的人早就死啦！"

陆听寒微微垂眼，问："除了鼹鼠人，帝国还有幸存者吗？"

"没有。"狄温干脆地回答，"死绝了，就剩我们了。"

陆听寒看着她说："联盟有一个名为'回声'的计划。我们花了五十多年，创造了一个能最高程度抗深渊干扰的频道，试图联系帝国。在那个频道开启的一年后……我们收到了来自尔顿的呼叫。"

狄温猛然一愣，几乎尖叫道："尔顿？！首都尔顿？"

"是的，尔顿一直在呼叫我们。不知为什么，尔顿一直听不到我们的呼叫，他们保持了每半个月呼叫一次的频率，直到今天。我们此行的目的地就是尔顿。"陆听寒打量狄温错愕的神情，"看来，你们也不知道。"

"不不不，不可能的！"狄温揪着自己惨白的头发，情绪激动，"尔顿怎么可能还有人活着！一定是幻觉，你们……你们在骗我！"她尖叫着，露出口中尖锐的牙齿。她到底是鼹鼠人，激动时难以压抑兽性，暴露出狰狞的一面。

陆听寒依旧镇定："我们没有必要骗你们。"

狄温死死揪着头发，小声又沙哑地尖叫着。良久之后，她才稍微平静，收敛了獠牙。她缓缓道："时间不够了，我们要先办完事情再说。"

陆听寒问："办什么事？"

"我们是出来找东西吃的。"狄温讲，"就在这个小城里，可剩了些宝贝。"

陆听寒："你是指地下小镇？"

"哦，你们竟然去了那里！"狄温的眼中闪过讶异，"但我说的不是这个。这里——这里有另一个秘密。艾丽西亚以前经常来这个小镇，她要是得不到她想要的东西，那可会大发雷霆。所以小镇旁边有个皇家仓库，装满了上好的食材，随时能换洗的裙子，各种珠宝钻石的首饰，厨师、乐师、医生和化妆师，什么都有，就等着她发号施令，随叫随到。”

陆听寒明白了：“你们要去那个仓库？”

“是啊，”鼹鼠人又在叫唤了，狄温再次丢出两块生肉，让他们争着啃食，她继续说，“普通食物早就坏了，我们想要的是罐头和医疗品，要是运气好说不定能找到军火。现在我们该出发了，要是天亮了，我们就来不及回家了。”

她看了看陆听寒和时渊：“你们要一起来吗？或许在路上……我们还能谈一谈尔顿的事情。”

陆听寒看向时渊，等时渊冲他点头了，他说：“好，我们一起去。不过……”

狄温：“什么？”

“你为什么知道艾丽西亚的秘密小镇和仓库？”陆听寒问，“你是皇室的吗？”

狄温一愣，笑了起来：“我？我谁都不是，我只是世界上最看不起小公主的人！我最恨的就是她。”她龇了龇尖牙，“快走吧，去小公主的藏宝库，我们可没时间废话！跟上我们！如果你们做得到的话。”

她发出几声古怪的叫，鼹鼠人纷纷动了起来，竟然都钻到了地下！他们就像那些在地下活动的怪物般灵活，如鱼得水，快速掠过地底，偶尔也会探头，手脚并用地在地面奔跑，等呼吸够氧气了，又一个扎猛子回到地下。狄温最后深深地看了一眼他们两人，拖着干瘪的身躯，同样钻进了地下。

“我们跟上去。”陆听寒和时渊说。

时渊：“好呀。”

时渊想往外头走，又被陆听寒拽着尾巴拖回来了。陆听寒重新帮时渊罩好军装外套，用袖子绕了一圈，挡住口鼻。这样下来时渊顶着他的外套，只露出乌黑的一双眼，和一条欢快摇曳的尾巴。

鼹鼠人在地下游动，浑身黑毛，佝偻着脊背，指甲和牙齿都分外尖锐，簇拥着、追随着狄温向前，奔向曾经极尽奢华的仓库。皇室不再，军队不再，最终是他们这些畸形的人类活了下来。沙尘暴铺天盖地，携着浓郁的夜色，侵袭了整个世界。唯一的光源是陆听寒手中的强光手电筒。他们急匆匆地跟上鼹鼠人。隔了一会儿，陆听寒发现时渊很安静。

这个安静，并非不说话的安静，而是时渊的尾巴尖很长时间没晃动了。陆听寒明白，这代表时渊不是在思考、在纠结，就是在难过。

他问："你在介意狄温的态度？"

"啊？"隔了一层军装，时渊的声音闷闷的，"不是，我在想伽马深渊的事情。你可千万别被它感染了啊！"

陆听寒的神情柔和："怎么突然担心这个？如果鼹鼠要来了，我会知道的。"风声更大了，他声音更小了一些，"再说，这不是有你罩着我吗？"

"不，我这次真的很担心。"时渊还是忧心忡忡，"它的感染特征是繁殖狂热，你要是得了就完蛋了。"

陆听寒："……"

陆听寒给了时渊脑袋一下："想什么呢！"

跟着鼹鼠人，他们来到了城市的另外一角。干枯的手从地下伸出，扒住地面，狄温带着一身沙土爬了出来。她稍微抖了抖，沙土就从黑皮毛上滑落。其他鼹鼠人也相继回到地面，紧跟着她。从周围废墟的轮廓，可以看出，这里曾有某个巨大的建筑——或许是哨站。狄温在厚实的黄沙上走了几圈，不断翕动鼻子。她突然站定在某处，用尖锐的指甲刨地，一堆鼹鼠人凑上来帮忙，五分钟后，一道铁门出现在面前。

铁门通向地下，狄温在腰包里掏啊掏，她的腰包很小，塞满生肉，掏弄时发出一阵黏糊糊的声音。她掏出了一个手掌大的金属盒，小心打开，里头是暗金色的钥匙。钥匙插入铁门，轻轻转动，响起一阵齿轮和金属摩擦声。难以想象过了那么多年，机关依旧灵敏。

狄温伸手，想要拉开铁门，却怎么也拽不动。又有几个鼹鼠人凑上来帮忙，几人一起用力，铁门纹丝不动。他们都太瘦弱了，一个个骨瘦如柴。

“我来吧。”陆听寒说。

鼹鼠人谨慎地退在一边。陆听寒走上前，拽住把手猛地发力。在尖利声响里，厚重的铁门被拉开了，一串串流沙沿着门缝，坠向漆黑的楼梯。

狄温领着鼹鼠人一哄而入。时渊和陆听寒走在最后，陆听寒把手电筒的光调小，照亮灰扑扑的墙壁，和几张烂蜘蛛网。

仓库远没有秘密小镇那么深，很快走到了底。最外围是个小广场，空荡荡的，再往前就分了不同的仓库隔间。狄温径直朝第五个冷库隔间去了，刚打开门，腐败又恶臭的味道扑面而来。时渊有点受不了，用陆听寒的外套捂紧口鼻，探头张望。冷库早就不制冷了，这么多年过去，肉类蔬菜腐烂得彻彻底底，他只看到各种各样动物的骨头，有些像鱼骨，有些像猪或者牛的骨头，埋在可疑的渣滓里。

鼹鼠人不怕臭味，积极地在冷库里上蹿下跳。最里层的储物架上放满了罐头，他们是奔着这个来的。接下来的一个小时，他们捧着形形色色的罐头出来了，堆在冷库外。时渊凑上去打量，罐头标签都看不清，更别说保质期了——他严重怀疑这些东西都过期了。

他小声问陆听寒：“这些东西真的还能吃吗？”

陆听寒也犹豫了一下：“我不知道帝国罐头能放多久……再说，”他看了眼鼹鼠人，“他们看起来肠胃不错。”

“好吧。”时渊说，“他们胃口至少比我们俩好。”

他蹲下来，继续研究罐头。

冷库搬完了，所有鼹鼠人聚在狄温身边。她吹了声长哨，两个鼹鼠人摇摇晃晃走了出来，他俩背着巨大的登山背包，打开后，里头又是一个个空背包。他们把罐头塞进背包，最后，每人都背着一个胀鼓鼓的背包，手脚并用地跑来跑去。狄温又吹了声口哨，指向仓库的尽头，鼹鼠人跑了过去。她和陆听寒、时渊说：“跟上来。”

仓库尽头有一段长走廊。找到了那么多罐头，狄温肉眼可见地心情好。她边走边说：“好了，我们可以继续讲尔顿的事情了。”她龇牙笑了，“我不相信那里还有人活着。”

“为什么？”陆听寒问。

“你们没见过鼹鼠群有多可怕。”狄温说，“要是亲眼见了，你就不会这么问了。自从国王死后，帝国军心溃散，哪里顶得住怪物？”

“艾丽西亚呢？她怎么样了？”

狄温反问：“你觉得小公主能活下来？她懂什么！你们就别惦记皇室了，都死绝了，活下来的只有我们。”她浑浊的眼睛在黑暗中闪烁，“尔顿沦陷的那天，我也在城里，我是亲眼看到军队战败的。”

陆听寒：“你逃走了？”

“不然呢？不然我还能站在你们面前吗？”狄温咯咯笑出了声，“它们刚出现，我们鼹鼠人就逃跑了！”

陆听寒说：“也就是说，你们没真的看到尔顿全军覆没。”

狄温的笑声骤然停住，转动眼睛看向他，尖牙若隐若现，似是不悦。她这副模样，很是骇人。要换其他人肯定心里发怵，但陆听寒见过的怪物比人都多，而时渊……时渊只害怕人。狄温这野兽般的神情与可憎面容，算是遇到了对手。

陆听寒不动声色：“我们确确实实收到了尔顿发出的信号。在亲眼证实之前，我不会放弃的。”

狄温死死盯着他，缓缓道：“你是军人对吧，叫什么名字？”

他们相处了这一段时间，她是第一次问这个问题，仿佛从这一刻她才开始在意。

“陆听寒。”他回答，“陆听寒上将。”

“上将？”狄温的神色更怪异了，“那么年轻？看来联盟是真的没人了。那么陆上将，你又为什么执着尔顿？是觉得我们终于站在同一阵线了吗？还是你认为尔顿最安全，能当避风港？如果是后者，你肯定要失望了，只要伽马深渊躁动起来，没有地下城市能撑得住。”

“二者皆有。等会儿有时间，我会和你们讲讲‘回声’、‘远眺’和‘深潜’这三个计划。”然后，他郑重地向她介绍时渊，“这位是时渊。”

时渊积极打招呼：“你好哇！”

狄温点头："你好。"

说话间，他们穿过一道小门，到达了仓库的另一边。另一边是一条长廊，走到尽头推开浮雕大门，是巨大的厅堂。墙壁暗金色，挂满了肖像画和风景画，画框镶嵌宝石，赤橙黄绿什么颜色都有。大理石柱子雕刻细腻，正中摆了长桌，白桌布沾满灰尘，烛台生锈了，但依稀可见过去的富丽堂皇。

"公主以前爱来的地方。"狄温漫不经心地说，"秘密小镇里的城堡满足不了她，她还要更大的宴会厅，所以国王又起了一处。他们就在这里聚会，吃山珍海味，什么北海的银鱼，艾沃尔山脉的野鹿，什么特产鲜花饼，南部庄园的白葡萄，只要公主下令了，要啥有啥。"

陆听寒说："你很了解她。"

狄温没接话，走向长桌。鼹鼠人在黑暗中奔走，宽广大厅成了他们的乐园，他们发出含糊不清的叫喊声。

"我们饿了！"

"吃东西！"

"狄温，肉！"

"来了。"狄温佝偻着背，踩着椅子站到长桌之上。她这回打开了背包——其中满满当当都是生肉。

时渊正想着她怎么会有那么多肉，陆听寒就低声给他解释了："这都是怪物的肉。"

时渊有些害怕地抱住尾巴。狄温和鼹鼠人怕时渊，现在时渊也怕他们，成了个诡异的惊吓循环。

狄温掂量着沉甸甸的肉，就手抛了出去。一块块生肉掠过空中，鼹鼠人轮番争抢。她在长桌上慢慢走，踢翻了烛台，踩皱了桌布，边走边丢出怪物肉。陆听寒打着极暗的手电筒光，拉长了她的影子，妖魔般落在华丽的天花板上。狄温每次挥手，鼹鼠人翻涌着上前，他们的影子飞掠过头顶，也像是一群纠缠的乱蛇。

狄温看向鼹鼠人，发出咯咯笑声，低声说："吃吧吃吧，都吃得饱饱的！快吃吧！"

时渊看了她一会儿，困惑地弯起尾巴。他从不懂察言观色，可就在这一刻他诡异地觉得，狄温对鼹鼠人的感情……很微妙。他看了眼陆听寒，陆听寒也是在看狄温。

“吃吧，吃吧。”狄温喃喃道，“你们都是好孩子。”

她伸手一扬，两块肉“啪嗒”打在了墙上的画上。那是艾丽西亚的画像，小公主穿着黑裙子，天鹅一般坐在湖边，神情有几分傲慢和倨傲。鼹鼠人一窝蜂涌上去，争夺肉块，也把画像和她的骄傲撕了个粉碎。狄温又扔了好几块肉到画上。艾丽西亚爱美，画像大部分都是她，鼹鼠人撕碎了她的王冠、猫眼宝石项链、洁白如羽翼的裙子和她漂亮的笑。

狄温走到了长桌尽头，厅堂最正中挂着国王的画像。约纳斯·冯·卡文迪许健壮如雄狮，宽肩窄腰，披暗红色披风，右手摁在宝剑剑柄上。他的发根都发白了，但气势不减，野心永远使人不知疲倦，不觉苍老。狄温看了他几秒钟，把剩下的生肉全都倒在脚边。鼹鼠人蜂拥上长桌，在她脚边啃食，时隔多年，这里又有一场盛宴。狄温像是倦了，叹了口气任由他们抢食，走回桌边，缓慢地坐了下来。

她的脊背更弯曲了，说：“陆听寒上将，你……你讲一讲那三个计划吧。”

陆听寒简述联盟的情况，然后说到了他们要乘坐护卫舰，去深渊之底进行观察，模仿深渊的信号以覆盖整个城市。而只有地下城市是最安全的。这对于帝国人民来讲，是全新的事物。

狄温花了一些时间消化，说：“所以，你们想找到一个比较完好的地下城市，用模拟出的深渊信号藏匿它？”

“是的。”陆听寒回答，“也不是一定要尔顿，如果你们住的地方可以，那当然也行。”

“不，我们住的地方称不上城市，只是‘巢穴’罢了，不适合人类。”狄温嘶哑说，“你们得找别的地方。”她深深叹了口气，“我算是知道你们为什么执着尔顿了。”

“我们只有七八个月的时间。”陆听寒说，“之后，怪物就会从黑晶体里出来，主城不可能幸存。”出于保护的目的，他隐去了时渊的存在，只是讲，0号深渊在机缘巧合下冻结了怪物。

狄温又沉默了一会儿，说："你们的这个想法……对我也很有吸引力。我们太久没住在能被叫'城市'的地方了，我都快忘了那是怎样的感觉。"

陆听寒问："你们的'巢穴'是怎样的？"

"很糟糕的地方，在地下，潮湿又阴暗，全靠我们一点点挖出来。"狄温摆弄了一下她尖锐如刀的长指甲，"最近几年伽马深渊不再躁动，鼹鼠群少了很多。早些年，我们每过一段时间都被迫搬家，去新的地方挖出'巢穴'。"

陆听寒看着她："那么，你愿意帮助我们吗？"

"我很想说愿意。"狄温那张扭曲的脸笑了，"但我们连活着都很困难。巢穴的食物快没了，不然我们也不会冒险来这里找吃的。再说我们没法见光，瘦弱无力，要怎么帮到你们呢？"

"你们了解这里就是最大的帮助了。在力所能及的范围内，我们也会帮助你们。不论联盟和帝国的过去如何，我们现在有共同的战线。如果你们愿意，我们可以用飞行器搭乘你们回到'巢穴'，再商量之后的事。"

狄温笑意更深："陆上将，你这话说得可太叫人心动了。要是所有联盟人和你一样，想必我们的关系会好不少，可惜，你我都不在那个时代。"

"不，不会的。"陆听寒却说，"如果我出生在战时，整个帝国都会听说我的名字。"

以什么方式？敌方的最高将领，那当然是恨之入骨。以陆听寒的天赋，想必会成为帝国的噩梦。

狄温一愣，爆发出尖锐的笑："上将，你真的是个很有趣的人……我该庆幸你出生得太晚吗？"她笑到五官皱在一起，笑到直不起腰。

长桌上的鼹鼠人吃完了肉，心满意足地舔着嘴巴，又爬到她的身边。狄温伸出苍老的手，抚过他们扭曲的五官、尖锐的爪子和黑皮毛。长桌一片狼藉，画像碎成残渣。

她咯咯发笑："我们会尽力帮你的，去看一看尔顿到底发生了什么，会不会有奇迹。让我重新自我介绍吧！'狄温'在帝国俚语中代表'丑恶的野兽'。我出生在首都尔顿，是世界上第一个鼹鼠人，他们都叫我'弑君者狄温'！"

两个小时后，沙尘暴停了，鼹鼠人背着食物，带着从厅堂后方找到的一点枪支弹药，来到城市边缘。飞行器接近时，他们躁动起来。狄温吹了声长长的口哨，他们才勉强停在原地。众人上了飞行器。宁副官等人见到狄温，惊讶到讲不出话。陆听寒给他们讲了情况，众人都是震惊和唏嘘。

“但是，”宁副官说，“尔顿还是很有希望的。我还是相信那里有幸存者。”

飞行器离开地面，径直朝向“巢穴”的方向。

鼹鼠人怕光，纷纷待在飞行器的仓库中，关了灯休息。狄温稍微能忍受灯光，站在走廊，看窗外的大地飞掠而过。太晚了，大地漆黑一片。或许感染让她拥有了夜视能力，能看清窗外的风景，但这一刻没有人知道她到底在看什么。也没有人知道，她到底在想什么。

时渊偷偷观察狄温。五官已经扭曲，眼睛已经浑浊，可从她的面部轮廓来看，年轻时应当是位美人。除却感染造成的畸形，她年纪真的很大了，头发花白至极。时渊的人类观察计划没进行多久，被陆听寒打断了。

陆听寒说：“去睡吧，再不睡就天亮了。”

狄温也去仓库陪着鼹鼠人了，时渊跟着陆听寒回到房间。

时渊低声说：“陆听寒……”

“怎么？”

“我在想狄温说的话。”时渊看着那双灰蓝色的眼睛，“我在想，如果我们在其他时代遇见……不知道你会是个怎样的人。”

陆听寒笑了：“我就是我，不会变的。”

“好吧。”时渊弯起了尾巴尖，“反正不论什么时候遇见我，我都喜欢摸头。”

“这个我相信。”陆听寒笑意更深。

也许在另一个不再有丧钟的时代，他们能一起下班，一起慢悠悠地走在街头，然后蹲在路边，看一朵含苞待放的野花。想看多久，就看多久。

陆听寒猛揉时渊的头，时渊满意地发出呼噜呼噜声。

第十七章 巢穴

飞行器掠过大地。远方丘陵起伏，连绵不绝。这是绝佳的挖掘处，鼹鼠人栖息于此。它的线条优美、曼妙又死气沉沉，在晨曦朦胧的光中，好似一个卧于荒原的素面朝天的女人。

飞行器在丘陵前降落。

道格拉斯和宁副官往飞行器上喷气味掩盖剂，狄温沙哑地说："我们会帮忙看着飞行器，如果有怪物接近，我们肯定知道。"

宁副官问："你们不是住在地下吗？怎么看到地面的飞行器？"

狄温笑了："别把我们当正常人类，现在，我们已经在看着你们了。"

丘陵安静又寂寥，看起来什么也没有，宁副官却打了个寒战，总感觉有无数双眼睛在看着他。等气味掩盖剂喷完，伪装布盖好，道格拉斯留在飞行器上，其他人跟着鼹鼠人来到丘陵西面。那里有大片纷乱的长草，差不多到成年男性的胸口，是变异了的品种，边缘锯齿状，被轻轻一划拉便是一道血痕。暗藏杀机的它们很好看，在晨曦下是毛茸茸的金色，生机勃勃。军装足以抵抗切割，而鼹鼠人一身厚实的皮毛，更是能灵活地穿梭。

鼹鼠人驼背驼得很严重，又是手脚并用地向前，一进草丛，时渊根本看不到他们，困惑得尾巴都弯了。他只能紧跟陆听寒，而陆听寒向前走，循着长草的波动——鼹鼠人经过时，草丛柔顺地弯曲，就像是一片金色的海洋下有鱼群穿过，看不清鱼，却能捉住它们漂亮的水痕，越往深处走，越像置身无边海洋。鼹鼠人的身上，无疑藏着很多故事，没了军队、没了城市，他们依旧活了下来。再往前，要不是还看得到远处丘陵，肯定会迷失其中……尽管不合时宜，时渊觉得他们就像剧本里的主人公，正步入一个神秘的王国。

“陆听寒。”时渊小声喊了一句。

陆听寒：“嗯？”

“我喜欢这里。要是没被感染就好了，我们可以一起在这里打滚。”

陆听寒笑了。

踏着金草，他们来到了一座丘陵之下。鼹鼠人一拥而上，用尖利指甲刨出泥土。泥土越堆越高，通向地下的入口出现了，黑漆漆，满是泥土味。

“跟我来。”狄温说，“小心头。”

众人很快明白了那句“小心头”。

鼹鼠人的通道很矮，他们不得不弯着腰向前，还不能把手电筒打得太大。时渊也不敢乱晃尾巴了，随便一摆就会剐蹭到泥土，把他的尾巴鳞片都弄脏了。

他小声和陆听寒说：“我肯定要洗尾巴了。”

陆听寒挑眉。

宁副官要更不幸一点。他跟在池咏歌身后，弯着腰走，这姿势很别扭，他一不留神就直起了身子：“啊！”

他磕到了头顶的尖石头，皮破了，渗出血来，池咏歌赶快给他喷了止血喷雾。

“嘶……还有多远啊？”宁副官额头火辣辣的。

狄温的声音从遥远的前方传来：“快了。”

向下走了十多分钟，眼前豁然开朗。一片宽敞的空间，他们在最底层。抬头看去，这片空间整体是不太规整的圆形，层层泥土是它的墙壁，到处千疮百孔，有无数个地下通道的入口，不知通向何处，乍一看仿佛一格格凌乱又有序的蜂巢巢框。陆听寒抬高手电筒。暗淡灯光扫过，每一条通道的入口都有十几双反光的眼睛。无数鼹鼠人挤在高空，静默地审度来客。

这里是他们的王朝。

这瞬间，池咏歌的鸡皮疙瘩都起来了。

狄温吹了声长哨，头顶的鼹鼠人一哄而散。而她脚边的鼹鼠人飞奔出去，开始整理带回的罐头与枪支。

“狄温！”一道嗓音传来，另一个佝偻腰背的鼹鼠人从隧道中蹿出，快步走来，“他们是谁？”他是一名男性，口齿清晰，比普通鼹鼠人要理智得多，和狄温是相同的。

狄温回答：“联盟的人。”

“联盟？”那人惊疑不定，“联盟还存在？”

陆听寒说：“就在你面前。”

那人反复打量陆听寒一行人，浑浊的眼睛瞪得都快掉出来，结巴道：“你们……你们是怎么过来的？为什么要过来？联盟怎么样了？还有多少人活着？那里还有深渊和怪物吗？是不是……”

狄温打断他：“别问那么多，坐下来再好好谈。这位是陆听寒上将，”她又看向陆听寒他们，“这是杰拉德。”

那人说：“伊凡·杰拉德，我曾是一名老师，现在依旧是。”

他们跟着狄温与杰拉德，又穿过一条窄小通道。通道就是最原始的通道，四周都是泥土，偶尔在过道处有几块木板支撑，除此之外，毫无加固措施。

宁副官摸了摸土壤，出乎意料地坚硬。他问：“你们怎么加固通道的？”

狄温说：“口水。”

宁副官收回了手，在池咏歌的衣角使劲抹了抹。

通道尽头又是一片空间，和普通人家的客厅差不多大。土墙上挂了几个帝国军用手电筒当灯用，它们很暗，时不时闪烁，仿佛恐怖片。而正中摆了一张矮桌子，几块充当椅子的树桩，旁边有个老水壶架在小火堆上，咕嘟咕嘟冒着泡泡。

他们在这里生了火。地下缺氧，火焰难以燃烧，也会迅速消耗氧气。可这里出乎意料地空气清新，甚至，隐隐有风吹过头顶。时渊看到头顶有两条通道，垂直向上，去向地面。

“我们研究了很久，才让这里通风了。”狄温坐在一块树桩上，“地面的通风口藏在草丛最隐秘的地方，由我们的人守着。费了那么大劲儿也就是想喝口热水，吃口热乎的。”她扯着嘴角笑，“这样才稍微像个人类，对不对。”

“这通风道可是我研究出的。”杰拉德提起水壶，往桌上的杯子倒水，“都请坐吧。我就不请喝茶了，你们肯定喝不惯。”

杯子破破烂烂，放着疑似树根和树叶的东西，冲出来有股不常见的淡香。他和狄温一人拿了一杯，慢慢喝着。狄温长叹一口气，浑身放松多了。众人分别找地方坐下，时渊也找到了一块喜欢的树桩。陆听寒和狄温向杰拉德解释了情况。

杰拉德惊叹不已：“联盟竟然还有城市！这个……这个世界上竟然还有人类的城市！”

“我们的时间不多，要尽快找到宜居的地下城市。”陆听寒说，“目前，我们准备去尔顿。”

杰拉德犹豫了：“帝国境内到处都是雷暴雨、龙卷风和沙尘暴，尔顿更是这样。”他和狄温对视了一眼，“我们也试图靠近北边，想找城市，但那边的极端天气就没停过。”

他咳嗽几声，继续说：“而且，近几年德尔塔深渊在躁动，它在尔顿周围，感染特征是‘雷暴’，感染生物群都带电流。就像电鳗，它们拥有了两侧不对称的细胞膜结构，前后串联，打开离子通道进行放电。只不过它们可比电鳗厉害千万倍，成群出没，攻击性强，还让天气更糟糕了。你们的飞行器即使能用，也得低空、慢速飞行，去尔顿要花很长很长的时间。你们……要做好心理准备。”他这话一听便是研究过深渊的。

宁副官不禁问：“您之前是做什么工作的？”

杰拉德晃了晃手中的破杯子：“是个普通老师而已。鼹鼠人要不短命，要不长寿，我和狄温都是后者。待在‘巢穴’里闲着也是闲着，我研究了很多……过去的资料。可惜，没找到治愈感染的方法。”

陆听寒沉吟了片刻，问：“你们了解帝国的城市分布吗？”

狄温开口：“我了解。”

陆听寒：“如果去尔顿要太久，我们会考虑沿途寻找地下城市，遇到合适的，就直接返航回联盟主城。”他顿了一下，“虽然，这样我们无法回应尔顿的通信，但也是无可奈何。”

“能理解。”狄温嘶哑说，“你们想让我带路？去找沿途的城市？”

“是的。”陆听寒回答，“我相信你们同样想回到城市中。我们有飞行器，有枪支弹药，有足够的补给，还有……沿途规避怪物的手段，是你们最好的机会了。我们得合作。”

杰拉德放下杯子：“我真的很好奇，你们那个要‘严格保密的规避怪物的手段’是什么？为什么人多就不生效了？”

那其实指的是时渊。时渊拿着一杯杰拉德泡的茶，正专心研究里头一片回旋的叶子，闻言绷紧了尾巴。他从不会遮掩情绪，任谁一眼就能看出心虚，但……谁都不会往这方面想。还是那句话，谁能想到深渊成精了呢？

陆听寒面不改色，深沉回答：“军事机密。”

他倒也没说谎。可惜军事机密时渊暂时缺乏自动寻路功能，陆上将正在积极维修。

杰拉德也没深究，大概真以为是高科技，点头道：“我和狄温商量，请给我们一点时间。你们先休息吧，回飞行器上，或者待在我们这儿都行。”他笑了两声，“你们可能忍不了这里的环境。”

时渊他们最终没回飞行器。陆听寒对鼹鼠人的巢穴很有兴趣，带着时渊，在错综复杂的隧道中穿行。狄温叫了一个名叫摩根的鼹鼠人来，领着他们走过巢穴的每个角落。摩根的五官也皱在一起，四肢长着一些黑皮毛，但嗓音非常年轻。

他边走边说：“让我想想带你们去看什么地方……我知道了！”

他轻巧地钻进一条隧道，众人弯腰，艰难地跟在后头，转眼又到新的空间。那里整齐放了几排烂桌子烂椅子，不知从哪个废墟里扒拉出来的。一个个鼹鼠人坐在桌前，他们指甲太长了，艰难地抓着铅笔和炭笔，在纸上写写画画——他们写的是帝国的文字。在旁边的木架子上，还放了几堆破破的书。这场面很违和，好似一群野兽在学习人类的文明。鼹鼠人的夜视能力好，这里本是全黑的，他们来了后才有了微光。

摩根讲："他们在完成杰拉德老师的作业。"

时渊问："是在学写字吗？"

他想起，他在垃圾堆里翻翻找找学东西的时候，也有点相似。一想到垃圾他又生气了，盯着陆听寒。陆听寒寻思了一下，他也没垃圾可以乱扔，不知怎么惹到时渊了。

"对，学写字和读书。"摩根回答，随手拿起一本叫《帝国标准语》的书，"他们是新生代的鼹鼠人，是老一批感染者的后代。这种感染改变了基因，传承下去了，我也一样，一出生就是这副样子，从没见过太阳。"他用食指点了点自己的头，"幸运的是，我比他们要稍好一点。不过杰拉德老师和狄温从没放弃，一直在教他们。"

他又解释："他们只是兽性太强了，不是真的蠢笨。稍微努力一点的新生代，读书写字都没问题，甚至能使用简单的枪械。至于其他的……"

他犹豫了片刻。

池咏歌追问："怎么了？"

摩根艰难道："伽马深渊代表了'繁殖狂热'，我们也算是它的感染物，只是感染得不完全。我听狄温讲，第一批感染者是不打算生育的，不想把痛苦留给下一代，但等春天的繁殖季到了……他们也没有选择。所以，很多鼹鼠人都是新生出来的。"

池咏歌一愣，下意识问："啊，那你会不会也……"

话出口了他才觉冒犯，猛地刹住。

"我还好，理智能战胜本能。"摩根并未介意，"狄温和杰拉德老师也是这样。我们是少数。"他再度犹豫了，"不断繁殖下一代，本来就是很恐怖的事情了，更可怕的是近亲繁殖的问题……"

几人都是脸色一变。

时渊不太懂，抬头看陆听寒。

陆听寒和他解释："人类近亲繁殖很可能会造成基因缺陷。"

时渊："很严重吗？"

"嗯。"

摩根有些艰涩道："刚开始这种现象很常见，后来，狄温把所有鼹鼠人聚拢在一起，在繁殖季尽可能把他们分开，至少近亲不会待在一块儿，给他们留下最后的尊严。她付出了很多努力，才缓解了这个状况，再之后杰拉德老师找到了几种草药，混在一起，能有效降低'繁殖狂热'。每到春季，我们都会在洞穴里点上草药。那味道跟死鱼一样臭，但是很有效，我们已经平安度过很多个繁殖季了。"

听到这里，池咏歌才松了口气："那就好那就好。我是医生，能看一看那些草药吗？"

"当然可以，我等会儿和杰拉德老师讲一声。"摩根轻快应道。

他们停留太久，手电筒的微光叫鼹鼠人焦虑了。

摩根把他们带离这里，边走边说："狄温和杰拉德老师是我见过的最伟大的人。尤其是狄温，如果没有她，所有人早就死了。"

陆听寒说："你们叫她'弑君者狄温'。"

"嗯。"摩根抖了抖黑色皮毛，"国王下令要处死所有鼹鼠人。好在有她，我们活下来了。"他露出个扭曲的笑，"你看，我还能这样和你们交谈，其他人还能写字读书，怎么能说我们不是人呢？我们和所谓的'正常人类'没区别，都只想活下去。我们还在传承文明呢！"

他们绕了一圈，回到杰拉德的小火堆旁。杰拉德拿出草药，池咏歌接过来，仔仔细细地看了，几分钟之后，他微微皱眉："这些材料怎么……"

"是，很粗糙。"杰拉德讲，"我试了很多次，找了所有我能找的文献，只能做到这样了。"

"不不不，不是这个问题。"池咏歌愣了一阵，语速飞快，"这不就是抑制剂最基础的成分之一吗？"他突然意识到了一个问题，一个所有人都没想到的、很不可思议的问题，"难道，帝国根本没研究出抑制剂？你们没有用过它？”

杰拉德和摩根一脸茫然。

摩根说：“有这种东西？”

杰拉德紧锁眉头：“你这么一说，我有点印象……早些年，还有人在研究抑制药物。”

“然后呢？失败了？”池咏歌追问。

帝国重视兵力，在医学和通信等领域的研究一直不如联盟。但他不相信，帝国真的会束手无策。

“也不能说失败了……”杰拉德犹豫道，“那是太久以前的事情，我了解得不多，只知道抑制药物的研发很缓慢，然后……”

“然后被国王叫停了。”狄温说。

池咏歌猛地一愣：“为什么？”

火堆兀自跳动，暗红色的光照亮了每一人的面庞，壶里热水沸腾了，冒出一大串气泡。由于畸变，狄温的五官皱在了一起，皮肤的沟壑阴影更为明显。她佝偻着背，缓缓道：“抑制药物的研发太缓慢，国王失去了耐心，就在这个时候，克里斯汀娜出现在他面前。她是一名生物学教授，自末世开始，她积极参与药物的研发。只不过她的研究方向不同。她从一开始就对‘抑制’没兴趣，她看到部分被感染者的身体机能得到强化之后，有了另一个想法。城市接连沦陷，不畏战争的帝国军面对非人类敌人，也难免动摇，而那些异变者明显是更好的战士。她相信，只有这样帝国才能赢下这场战争。”

异变者的情况，联盟和帝国是一样的。有些人被感染后遗症强化了，有些人因此而死。

陆听寒说：“她劝说国王改变了研究方向？”

“是的。”狄温点头，“抑制药物研究缓慢，近二十年来的进展不合他心意，而克里斯汀娜的团队恰巧有重大进展，她宣称很快就能发明出一种药物，让人们与感染更好地融合。她称之为‘融合剂’。”她轻轻叹了口气，“如你们所知，国王是一名太骄傲的战士，他不能容忍失败，一座座城市的沦陷就像一个个扇在他脸上的耳光。对这样一个人，有什么比‘更强大的军队’更吸引他呢？于是他接受了克里斯汀娜的提议，全力研发‘融合剂’，很快抑制药物的项目都被叫停了。”

狄温的手微微发抖：“很多人质疑他，其中不乏德高望重的教授。但他不会改变想法，也没人能挑战他的权威。如果问，有谁能劝说他，那只有他的王后和公主……王后不在了，而小公主被宠坏了，没见过世界的残酷一面，还以为她的父亲挥挥手就能斥退怪物呢！她公开演讲去支持父亲的观点，呼吁了不少人，战士们甚至一度为这力量狂热，最极端的一派甚至会主动寻求感染。没了皇室的支持，即使有人想继续研究抑制药物，也没法进行下去。就这样，帝国走向了一条不归路。”

众人闻言都是唏嘘不已。

时渊想到，某一天睡前，陆听寒和他说过抑制剂的发展史。联盟的抑制剂研发，也十分不顺。早些年他们对深渊知之甚少，研究一度停滞。他们从未放弃，一步步摸索，研制出抑制剂的雏形。雏形的效果微弱，几乎没用，让整个联盟很丧气。又经过了十余年的时光，研究员慢慢收集数据，慢慢改善，抑制剂有效了许多，最终成为今日的救命良药。

宁副官说：“没想到啊，因为国王的一念之差，整个帝国的研究方向偏离了。”

陆听寒却道：“帝国极度追求力量，为赢得战争，能付出一切。文化如此，不然不会有提出‘融合剂’的克里斯汀娜，也不会有狂热支持的战士们。即使在位的不是约纳斯，也会有另一位国王做出相同的选择。”

陆听寒有相当多的异变者部下，接触过那个群体，也多少能明白他们的心态。超越人类的力量，确实容易着迷。异变者能飞檐走壁，能明察秋毫，在他们的眼中，雨滴下坠得缓慢，风吹叶动也变得清晰，触不可及的高墙几步便能登上，曾打不过的怪物被他们轻易击退……世界因此不同，力量叫人心醉神迷。帝国如此，走出那一步并不是偶然。

狄温深深地看了陆听寒一眼，没有反驳。她讲：“融合剂的确有用，帝国军一度有大量的异变者战士，战况一路向好，甚至有人以被感染为荣。我们平安度过了那个高峰期，甚至还收复了三座城市。过了很多年，在下个高峰期一切都变了。那些注射了融合剂的战士们开始变得……性情狂躁，就像一只只野兽。”

陆听寒问：“是后遗症吗？”

说话间，外头有一群鼹鼠人涌过，窸窸窣窣，叫人头皮发麻。池咏歌不禁回头看了眼。这里到底有多少鼹鼠人？有多少是被迫生下来的，甚至是近亲生殖的孩子？恐怕只有狄温才知道了。

“是的。融合剂只能在最初让战士们保持理智，时间久了，思想依旧会被深渊侵蚀。疯了的战士越来越多，人们陷入恐慌。恰巧伽马深渊开始躁动，鼹鼠群来了，鼹鼠人也是异变者。那时，克里斯汀娜又研究出了‘新型融合剂’。被鼹鼠感染的人们没的选，只能当试验品。我们没死，但变成了这副样子。异变者战士不再是我们的武器，反而成了敌人。帝国军又变成了普通人的军团，作战多年，城市还是消亡了。”

水壶喷出白色的水蒸气，发出尖锐的声音，一下子把众人从噩梦拽回了现实。

狄温拍了拍膝盖，抖落泥土，哑声道：“好了，故事就讲到这里吧。杰拉德先生看起来对抑制剂很感兴趣。”

杰拉德在旁，根本抑制不住激动，扭动皮毛。他问：“我……我能看下抑制剂吗？”

这次出行，飞行器上有大量的抑制剂。

池咏歌当即掏了一支出来，递给杰拉德说：“联盟也不是一下子研究出抑制剂的，我们也走了很多弯路，有了很多牺牲，一度觉得真的没希望了。好在，我们走到了今天。我从没见过你们这类型的感染。你们注射过融合剂，我不知道抑制剂有没有作用。”他挠挠头，“再说，你们被感染很多年了，可能……真的没效果，反而有副作用——足以致命的副作用。”

“我知道，”杰拉德小心接过针剂，喃喃，“我当然知道的。”

透明的针管盛着半透明液体，在火光下闪耀，他目不转睛地看着。

池咏歌再次强调：“我不能给你们注射，风险太大了，万一有什么事……”

“即使自愿的也不行吗？”一道清脆的声音传来。

时渊回头，看到一个鼹鼠人站在隧道口。她的骨架小，看起来分外瘦弱，五官狰狞，头上却别了一朵小黄花。黄花鲜艳，在压抑的巢穴中是一抹亮色。她又上前半步，问：“自愿的也不行吗？”

狄温喝了一声：“瞎说什么？多萝西你回去！”

“不，妈妈，我什么都听到了。”多萝西轻快地跳到杰拉德身边，凑过去，看那支抑制剂，“我想要试试看。”

狄温嗓音锐利，她极力克制了，依旧像尖叫：“池医生说它可能致命！没人注射过抑制剂，没人知道后果！”

“那还能怎么办呢？”多萝西抬头看她，“让其他人去？让那些可能根本不懂什么是‘抑制剂’的同胞去做试验品吗？妈妈，他们需要你才能找到尔顿，杰拉德先生要继续教书，摩根还想以后当个医生……”

狄温：“那也不能让你冒险！你……”

“我也有梦想。”多萝西打断她，“我的梦想就是看一眼太阳。”

狄温骤然失声，她的手在发抖，狼狈道：“不，不不，太危险了……你再想一想，你再好好想一想！”

池咏歌也说：“多萝西小姐，我也觉得你要好好考虑一下。如果你之后没改变想法，我们再商量。”

多萝西撇了撇嘴，不大高兴的样子：“我不会变的，我之后还会来找你们的。这机会我们可不能错过了呀！”她又深深看了眼抑制剂，一转身，钻进隧道离开了。

狄温情绪太激动了，手一直在抖。

水烧开了，时渊拿起水壶，给她冲了一杯树根茶。他递过去，狄温转动眼珠打量他，她依旧顾忌时渊。

时渊问：“你喝吗？你不喝我就喝了。”他真心想尝一尝那是什么味道，但是陆听寒告诉他，他可能会肚子疼。

狄温缓缓伸手，双手接过茶杯。喝了几口热茶后，她平静多了，低声道："她永远不听话……你们……你们让我自己待一会儿。我要好好想一想。"她的声音很疲惫，不知是因为多萝西，还是因为回忆了往事。

众人理解她的情绪，纷纷离开。

临走前，池咏歌拉住杰拉德问："你们有没有那个'融合剂'？"

"有。"杰拉德一愣，"要它做什么？我们都快把它当垃圾看了。"

池咏歌答道："联盟从未往'融合'这方面研究。飞行器上有我的工作台，我想研究一下融合剂的成分，报告给主城。"他眼底闪着激动，"以我的直觉，这肯定有大用！"

闻言，杰拉德也不禁激动起来，应道："好，那你跟我来！"

池咏歌跟杰拉德走了，宁副官也受不了地下的沉闷，回了飞行器。

暂时没别的事可做，陆听寒问时渊："想去哪里？"

时渊想了想："我还想去看一下草地。"

他喜欢那些金色长草。于是，他们在摩根的带领下，七拐八拐出了"巢穴"。他们并肩站在丘陵之顶，看日暮西山，天光仿佛点燃了长草，金色与橙红一齐翻涌。不知不觉一天过去了，从抵达小城市，到探寻教堂下的秘密小镇，再到公主的仓库，到鼹鼠人的巢穴，在重重隧道中听闻帝国的过去……明明只过了两天，却犹如经历了整个世纪。

这三个月他们永远在赶路，现在，居然在一个地方停留下来，很可能要过上几夜，这难得的闲暇弥足珍贵。巨大的日头正坠落，他们在丘陵坐下。

时渊如愿拿到了一杯树根茶，小口喝着。味道出乎意料地不差，喝时微微发苦，喝完了又有回甘，很特别。他喝完了茶，把茶杯放在一旁，轻声问："陆听寒，我们很快又要出发了吧？"

陆听寒应了一声，又讲："联盟还在等着我们。"

"你说，抑制剂能帮鼹鼠人吗？"

陆听寒："希望可以。"

"好吧。"时渊又说，"你跟我讲过抑制剂的由来，我不大记得了，你能再说一遍吗？"

陆听寒告诉过他很多东西。上到联盟历史战略方针，下到怎么打牌怎么拉小提琴，天南地北奇闻趣事，他想把所有的事情讲给时渊听。对时渊来讲陌生事物太多，他容易听了就忘，下次再问陆听寒，陆听寒又会不厌其烦地讲一次。

这次也不例外。抑制剂是陆听寒感兴趣的话题，他从抑制剂的雏形讲起，到后来的实验，对怪物的数据采集，再到战争中它的实用价值……他这一讲就是快半小时，侧头说："时渊，你还有哪里不懂……"

他顿住了，时渊靠在他肩上睡着了。他的脸在暗淡天光下白得细腻且温润，睫毛扫下扇形阴影。他抱着尾巴。也不知道是什么时候睡着的，又听进去了多少。

陆听寒笑了。大风把金草压弯了，也吹散了最后一抹光，一道佝偻的身影缓缓走上丘陵，来到他们身边，是狄温。陆听寒察觉到了她的存在，回头，冲她点头示意。

狄温缓慢走到他们身边："我跟你们一起走，去找其他城市。然后，你们就可以回主城了。"

陆听寒颔首道："那再好不过了。很感谢你的帮助。"

狄温没接话。她的目光穿过长草，越过丘陵，直到抵达暗红与黑暗交织的天际线。废墟、旷野、稀薄的云、漂泊又黑暗的帝国往事，她通通看到了。她太老太瘦弱，白发苍苍，看起来完全担不起"弑君者"这个名号，也无法成为那个"以一已之力带领鼹鼠人存活"的英雄般的人物。她像一片纸，随时乘风飘去，光是活着就像奇迹了。也不知多久后，朔风渐起，天地无光。

她说："我想回家。"

入夜了，鼹鼠人活跃起来。时渊在巢穴里，看鼹鼠人跑来跑去。鼹鼠人也是人，他又可以执行人类观察计划了。

宁副官回了飞行器和道格拉斯待在一起，他联系陆听寒："上将，您今天要留在巢穴吗？"他犹豫了片刻，压低声音，"回来的话安全一点。"

防人之心不可无。他们情感上相信狄温等人，但不可放松警惕。

陆听寒回头看了一眼。

池咏歌正蹲在一只鼹鼠人面前，为他抽血。他忙活一整晚，采集了很多信息，比如鼹鼠人的血液、唾沫与毛发等，一方面是他没接触过伽马深渊的感染群，要把数据传给联盟。一方面是他真心想帮这群人，期盼抑制剂有用。时间有限，他匆匆忙忙，恨不得分裂成三个人。狄温的女儿多萝西，一直跟着池咏歌。她问了很多问题，关于联盟的，关于感染的，关于抑制剂的……她是打定主意要试试抑制剂了。

陆听寒和宁副官说："池医生应当是想留下的，我们一起。而且，"他又看向旁边，时渊正在研究一条黑漆漆的隧道，尾巴弯出了问号，"想留下来的不止他一个人。"

宁副官："收到。"

陆听寒挂断通信，时渊还在看隧道。他对这四通八达的结构很好奇，刚刚有一大批鼹鼠人钻进去了——不知是畸变还是年纪小，他们的体型分外单薄瘦弱。时渊正在努力研究，这条窄小的隧道通向哪里。

陆听寒站在他身后问："要不要钻进去看一眼？"

"不要，"时渊说，"我会卡在里头。"

"不会的。"陆听寒怂恿他，"他们都那么灵活地钻进去了，你怎么会被卡住？"他伸手，在隧道前晃了晃，"有风，这条隧道不长，说不定你看一眼就知道通向哪里了。"

时渊纠结了，他显然没听过一句话叫"好奇心害死猫"，也忘了陆听寒露出这种"看好戏"的神情时，绝对没好事。

"好吧，"他说，"那我试试，就看一眼。"

他接过陆听寒的手电筒，把上半身探进去，努力张望——然后被卡住了。时渊听到了陆听寒没素质的低笑，他使劲挣扎和扭动，尾巴乱甩，还是出不来。老半天过后，还是陆听寒拽住他的尾巴，把他拉了出来。

时渊晕头转向地愣了几秒："你又骗我！我就说会被卡住的！"

陆听寒："不，我没想到。"

时渊："你觉得我会相信吗？"

陆听寒面不改色：“是真的。”

“我不相信你。”

“真的。”

时渊狐疑地打量陆听寒。和之前一样，他什么都没看出来：“好吧，以后你可不能怂恿我了，我没有那么灵活。”

到最后，时渊还是不知道那群鼹鼠人去了哪里。他还想找其他鼹鼠人玩。他害怕人类，但或许是鼹鼠人更像怪物，叫他不再胆怯。他是不怕了，鼹鼠人害怕了。

时渊蹲在一群鼹鼠人面前，问：“你们要去哪里呀？”

鼹鼠人光速跑掉了。

时渊抓到了一个落单的小鼹鼠人，缓慢地摆动尾巴尖示好，说：“你好呀，我叫时渊，你呢？”

小鼹鼠人被吓得眼泪汪汪，哇地一下哭着爬走了。

时渊又找了个大块头鼹鼠人。那人像座小山一样堵在隧道前，抓着一块树皮在哼哧哼哧地啃。时渊蹿到他面前：“你好，这里有什么好玩的地方吗？”

大块头鼹鼠人手一抖，树皮脱手而出，砸到了时渊脑袋。

时渊平白挨了一记，恶魔角还把树皮戳穿了，没等到回答，抬头一看那庞大身躯缓缓瘫倒了。陆听寒赶快把时渊牵走了，其他鼹鼠人如释重负，看陆听寒的眼神充满感激。

时渊沮丧了：“他们都不喜欢我，和那些怪物一样。”

“他们只是不了解你。”陆听寒说。

“好吧。”时渊的尾巴垂下去了。

陆听寒问他：“想去哪里？我和你一起去。”

时渊的眼睛立马亮起来了：“我听摩根说过，这里还有一些有意思的地方。”

“那我们去看看吧。”陆听寒说。

时渊开心起来。

他们挑宽敞的隧道走，打着微弱的手电筒光。他们找到了杰拉德的书房，几个自制的木书架歪歪扭扭地站着，放满了陈旧的书，小木桌上放着纸笔，写着他们看不懂的帝国文字，配图是一只只黑色的鼹鼠；他们找到了地下种植园，潮湿又阴暗的土壤中，生着白色和褐色的蘑菇，一小撮一小撮生在一起，有长有短，生机勃勃，像个小小的蘑菇王国；他们又找到了几间教室，树根做成的桌子上堆了不同的书，有几只鼹鼠人在努力练习发音，见到时渊，一哄而散；他们还看到了类似哨岗的地方，有鼹鼠人在站岗和把守。

时渊说："他们好厉害，有那么多不同的地方，像城市一样。"

"比起城市，更像是小村子。"陆听寒说。

"村子是怎样的呢？"

"比城市小的居住地，没那么多高楼，要宽敞许多。"陆听寒回答。

"你见过村子吗？"

"没有。村子里的人很早都跑去城市了。"

"那你是怎么知道的？"

陆听寒："在纪录片里看到过。"

"好吧，我没见过。《殉道者》里倒是有一幕戏在村里发生……不过，我们没那么好的舞台布景。"时渊想了想，"以后这个巢穴会出现在纪录片里吗？"

陆听寒笑了："或许。"

"联盟的城市呢？"时渊又问，"拾穗城，风阳城，主城。"

陆听寒："说不定也会呢。"

"那挺好的。"时渊也笑了，"他们都会看到我们的故事。"

晚上，他们两人和狄温吃了饭。其他鼹鼠人吃生肉，而狄温他们更喜欢熟食。从公主的仓库中带回的罐头，明显改善了这顿晚餐，宁副官也从飞行器上送了些压缩食品过来。

晚餐前，杰拉德和摩根拖着一大袋肉，扔向每条隧道。鼹鼠人伸出利爪，"唰"地一下把肉拿走了，他们的眼睛在黑暗中反着光，穿行过隧道，窸窸窣窣的，很快传来啃食骨头的声音。狄温和多萝西在火堆上煮汤，一口老铜锅里放了长草、磨碎的树皮和蘑菇，也不知是什么品种，褐色汤汁翻涌，冒出一个又一个浓稠的泡泡，香味独特。

时渊继续喝树根茶，他喜欢这个味道。

身旁的陆听寒问："这些怪物肉是从哪来的？"

"我们造了些陷阱诱捕怪物。"狄温边搅拌汤汁边回答，"拉姆达深渊就在附近，它的感染特征是'浮空'，感染群全部拥有飞行能力。擅长飞行的鸟类被感染后，四处旅行。你们听说过北极燕鸥吗？"

时渊看向陆听寒。

陆听寒回答："是那种迁徙路途很长的鸟？"

"对。"狄温点头，"在末世前它们是迁徙路程最长的动物，每年都要在南北极之间飞个来回，去觅食、繁殖。很多年前，有一群北极燕鸥被拉姆达深渊感染了，从此留在附近。"

"它们太能飞啦！"多萝西轻快地接话。

她拿起木勺子舀了口汤，吹一吹，尝了口咸淡。她继续说："北极燕鸥飞来飞去的，根本不会停下，感染了好多其他生物。它们似乎留恋拉姆达深渊，不肯飞太远，所以这里的空中有大量感染生物。它们喜欢同类相食，我们用毒草的汁泡好鸟肉，放在地上，等它们吃完就会被毒死。"

池咏歌说："那它们的肉里不会带毒吗？"

多萝西笑了："有毒。但我们也不是正常人呀！"她龇了龇锋利的牙齿。

时渊想起什么，问："城里的空中鱼群也是这样？"

"是的。"多萝西答道，"它们本来是公主的宠物，从地下水族箱逃出来了，一直在空中飞。"她放下勺子，双臂在膝盖上支着，捧着脸，"我还挺喜欢那些海豚和鲸鱼的。"

她长得丑恶，头上别了朵小黄花，做出这动作时叫人想到娇俏的少女。又或者说，若她没被感染，想必楚楚动人。

"别瞎说！"狄温沙哑地呵斥她，"那些是怪物！"

"妈妈你总是这样讲——"多萝西拖长了嗓音，"反正我们又赶不走它们，就欣赏欣赏它们咯——"

“胡闹！”狄温把锅铲“砰”的一声敲在锅边，“去去，吃饭去。”

每人拿到了一碗热腾腾的、不知名的树皮蘑菇汤。时渊尝了尝，不好喝也不难喝。狄温还开了好几个罐头，有茄汁黄豆，有番茄通心粉，帝国的密封技术成熟，这些食物没变质，配上热汤和联盟的压缩饼干，居然有几分丰盛。

“啊——”杰拉德深深感慨一声，“太好吃了，我都快忘记番茄是什么味道了。狄温女士，你们把所有罐头都带回来了吗？”

“嗯。”狄温回答，“罐头本来就不多。公主怎么会吃罐头？那些是留着应急的。”她干笑两声，“也算是派上了用场。”

池咏歌一边吃饭，还一边在终端上翻阅数据。他还在争分夺秒地研究鼹鼠人和融合剂与抑制剂。临阵磨枪，这是硬着头皮也得上的一场战争。

晚上，池咏歌还在挑灯夜战，多萝西陪着他，拿着一支抑制剂看，满是期待。时渊和陆听寒是在“巢穴”里睡的。摩根带他们去了一个稍大的洞穴，地上铺了大量干草、树叶、鸟羽和兽皮。

他说：“这是我们的床，没太多地方，大伙一般都挤在一起睡。”

这天然的床铺很柔软，还有树叶的清香，时渊抱着尾巴在上头打滚。

陆听寒多花了点时间观察外头活动的鼹鼠人。他的观察与时渊不同，是严谨又缜密的，带着研究性。时渊知道他在了解这群人，就没打扰他。熄了手电筒，树叶的淡香更明显了，明明在地下，却仿佛置身辽阔的野外。

时渊说：“陆听寒！这是不是野营的感觉！”

陆听寒回答：“大家一般会住进帐篷里。不过的确有点像。”

时渊又滚了几圈：“那明天我们做什么？”

“刚刚和狄温商量了，去附近的一个小城市看看情况。她怕光，我们得在天亮前就出发。”陆听寒揉了揉时渊的脑袋，“所以快睡吧。”

时渊满意地睡着了。

外头是鼹鼠人爬行的声音，夜晚正是活动的高峰期，采集蘑菇、砍伐树根、整理物资、学习文字和站岗守卫……他们的所作所为，都让这里像个小小的村落。这里确确实实，是属于人类的地盘。

第十八章 去首都

第二天，时渊很早就被陆听寒叫醒了。狄温和他们回到地面。天还没亮，飞行器在一片浓郁的黑暗里，前往西方。三十分钟后，一座小城市的废墟出现在面前，断墙被夜色吞没，仿佛一头死去的野兽躯体。狄温说，这以前是座很重要的关口城市，有重军把守。

狄温：“我上次来这里，它还算完好，只是被一群鼹鼠占领了。”她尖利地笑了，“现在鼹鼠没了，这里也被毁了，那帮怪物比我想的还讨厌。”

“下去看一看情况。”陆听寒说，“说不定地下没被破坏。”

飞行器缓缓降落，几只感染的鸟睁着灰白眼睛，看了看他们，又飞走了。他们到了这城市的地下，也是一片狼藉。不知什么生物来过，把建筑撞了个七零八落。

狄温：“又是那群鱼。它们总是到处找吃的，饿死鬼投胎。”她有些疲惫地坐在一块碎石上，“你们慢慢看吧。”

时渊和陆听寒各自拿了个手电筒，穿梭在废墟间。鱼群气势汹汹地游过这里，墙体都被撞穿了。高大的市政大厅坍塌成废墟，肯定有它们的功劳。但即使城镇坍塌成这样了，依旧能看出过去的战斗痕迹。到处都是弹孔、爆炸物、弹壳、破片手榴弹和火焰燃烧后的黑痕……这里曾有一场恶战。

陆听寒若有所思。他带着时渊，专门去往哨站的废墟。

“你在找什么？”时渊问他。

“看看能不能找到作战记录。”陆听寒说，“大多数士兵的头盔是自带记录仪的。”

时渊也帮着他找。找了老半天，什么都没有，头盔和终端的碎片到处都是，根本没用。直到他的尾巴掀开一块石板，看到了一个小小的……对讲机。

他用尾巴卷起对讲机，晃着去找陆听寒：“快看！”

陆听寒接过来，找道格拉斯要了螺丝刀和电池，撬开已经变形的后盖板，清掉灰尘和破瓦砾，换上电池。所有人都围了上来，他打开对讲机。它的线路奇迹般地完好，发出“吱哇吱哇”的声音。很快，一段被录制的对话传来：

“一队收到！一队收到！”

“二队收到！”

“三队收到！”

队伍似乎是收到了什么命令。

陆听寒倒退了几十秒钟，开始重播。

“我是李斯特上将，各小队注意，我们将撤退到尔顿！”隔着数十年的光阴，爆炸声不断，男人几乎是吼出声，“重复一次，我们将撤退到尔顿！”

“一队收到！”

“二队收到！”

“三队收到！”

狄温的神情瞬间变了，她喃喃：“李斯特上将……我……我还以为他早就死了！”

“看起来他们往尔顿撤退了。”陆听寒看向她，“你有印象吗？”

“不不，完全没有。”狄温哑声回答，“我不知道这件事。那个时候国王下令杀死鼹鼠人，不让恐慌继续蔓延下去……我们忙着求生，没法关注战事。”她的手抖了起来，“我真的以为李斯特上将已经死了！早就死了！”

她睁大浑浊的眼，愣了几秒钟，急切问："下一次……下一次尔顿的通信什么时候来？我要听！让我听一听他们的声音！"

之前，狄温绝不相信尔顿有幸存者，这是她第一次主动要求听"回声"的频道。

陆听寒回答："三天后。"

狄温太过激动，整张脸都在抽搐，她使劲搓了搓手，低声道："李斯特是帝国最伟大的将军，难道尔顿真的还有人……那里……"话还没说完，她就被通信打断了。

池咏歌独自留在了"巢穴"，和鼹鼠人待在一起。此时他的声音传来，在城市废墟里回荡。他喊道："听得到吗？巢穴需要支援！怪物来了！我们需要支援！"

飞行器掠过空中。即便是全速行驶，回到"巢穴"也要二十分钟。他们就离开巢穴三四个小时，就出了这事，实在难料。陆听寒试图联系池咏歌，刚开始池咏歌还能汇报情况，他说，有大量……兔子正在接近。很快，不知是不是形势危急，他没了回应。

狄温低骂了一声："怎么会在这个时候，偏偏是兔子……"她根本坐不住，在飞行器上来回踱步，攥紧双拳。

宁副官问："兔子怎么了？"

狄温吐出一口浊气，解释道："兔子繁殖能力强，也是最契合伽马深渊的感染生物。它们和啮齿生物一样大量繁殖。"她的嘴角死死绷着，"伽马深渊该不会……"

他们是被伽马深渊感染的。若伽马深渊再次躁动……鼹鼠也有可能会回来。鼹鼠人能存活，是因为他们在地下可以活动。但鼹鼠和其他穴居生物也如此，对他们来讲，是最大的威胁。

飞行器全速行驶，远远见到了丘陵。无数只兔子涌动着，冲过长草，冲上了山丘。这种生物本该是很可爱的，这么大群的兔子铺满平原，现在只叫人头皮发麻。

“怪物！”狄温咬牙切齿。

时渊凑在玻璃边，看到它们一只只跟小型推土机一样，口生利齿，所过之处寸草不生，他眼睁睁地看着他喜欢的那片金色长草被啃秃了。山丘之下隐约传来枪声，鼹鼠人在反抗。错综复杂的隧道和密集的岗哨，是他们最好的防御，而狄温逼着他们学习使用枪械，反复练习，同样是为了今日。飞行器有激光武器和机枪，宁副官开启巡航模式，和道格拉斯分别操控武器。兔子察觉到威胁，本能避开飞行器。

陆听寒指挥他们，他目不转睛地看着兔子，和之前一样，他洞察怪物的思维，武器一次又一次精准地打击兔子逃窜的方向，逼得它们退无可退，双目赤红。

狄温把巢穴入口告诉众人，他们刻意把兔子逼得远离那里。而巢穴有了新动静，待在入口的兔子少了，三台古怪的机器人，缓缓从泥土下站起。

狄温肉眼可见地松了口气。泥土和草根从它们身上滑落，那漆黑的金属机体，仿佛吞没了光线。随后，它们射出灼热的光线。时渊正巧看着它们，被光芒刺得眼睛疼。如果他更了解军事，他会意识到，它们和帝国的战争机器人“烈日”很像。

本来，它们是对付联盟的，鼹鼠人收罗了这些机器。激光所过之处，一阵皮毛烧灼的味道。兔子们发出无声的惨叫，在双重攻势下节节败退，最终彻底散去。

世界安静了。

狄温松了口气，飞行器一降落，众人就赶到巢穴内。到处都是兔子尸体。鼹鼠人上蹿下跳，拿着老旧的枪支，见到他们后高呼狄温的名字，他们拿的大多是低精度的土枪，距离近了，杀死兔子不是问题。

狄温应道：“我回来了，你们没事吧？”

鼹鼠人抖动皮毛，回答：“狄温！我们没事！”还挺精神抖擞。

狄温这才露出如释重负的笑。还有一些兔子在逃窜，陆听寒拿枪把视野内的兔子都击毙了，一枪一个。有只灰白斑点的兔子，肥头大耳的，被鼹鼠人追得慌不择路，眼看着就要撞过来——“砰”一声枪响，它侧倒身子，双腿不停抽搐。

隧道的出口处，池咏歌的枪口冒着烟。

他有些疲惫道：“你们回来了。”

时渊看到，池咏歌的手上有伤口，大概被兔子咬了，缠着厚实的一圈绷带，血还在不断涌出。池咏歌放低枪口，又掏出一支抑制剂，扎在自己的大臂上进行注射。半透明的液体进入体内，灼烧感明显，他额前青筋暴起，说：“这是伽马深渊的感染群。”

鼹鼠人在隧道里穿行，奔走相告，不断欢呼。

杰拉德和摩根给了他们战斗后的慰问品，大块大块的生肉扔了出去——有些是直接从兔子身上扒来的。

他们大快朵颐，还不忘问候：“狄温！你没有事吧？”

“没事。”狄温沙哑回答，“我好着呢，快去吃东西吧。”

这群鼹鼠人欢呼着走了。鼹鼠人高兴极了，他们又一次守住了家园，而其他人却没有那么乐观。狄温脸上像是有化不开的阴云。她把火堆点起来，架起水壶烧水，说：“池医生，你确定是伽马深渊吗？”

“对。”池咏歌回答，“我采样对比过了，就是它。”

狄温久久不语，良久后，她问：“陆上将，你一直是这么打仗的吗？”

陆听寒彬彬有礼地颔首。

“没事。我现在知道了，联盟不是没人了才让你当这个上将。你确实是有这个本领，像是……知道怪物在想什么。”她的手无意识在衣角摩挲，喃喃，“现在，该怎么办呢？我们要怎么办？它又回来了啊。”

伽马深渊是鼹鼠人永远的噩梦。深渊活跃时他们要不断移动，换着地方住，才能安全一些。没人能回答她的问题。飞行器的战斗力、陆听寒的能力以及抑制剂的潜力，对鼹鼠人帮助极大，但主城危在旦夕，陆听寒他们是不可能留下的，狄温自然明白这点。

之后的两天，伽马深渊的感染群又来了两次，一次是兔子，一次是疑似田鼠的生物。好在规模不大，靠着众人努力守下来了。飞行器上的感染监测器一直在报警，伽马深渊当真活跃起来了。第二天晚上，时渊正在“巢穴”的小房间里打理尾巴，身旁的陆听寒在擦拭手枪。

外头隧道传来一声：“陆上将，你在这里吗？”是狄温。

“我在，有什么事？”陆听寒说，他把灯光调暗了。

年老丑陋的女人驼着背，走了进来。在暗淡的光下，她脸上的沟壑明显。她哑声道：“上将，有件事情我要告诉你们，我可能没法和你们一起走了。”

时渊很困惑。

陆听寒却并不惊讶：“因为伽马深渊？”

“对。”狄温深深叹息，“我……我没办法抛下他们。”她停顿了一下，神情几乎是挣扎的，“我不想再耽误你们。其他人都不了解城市的分布，我尽快给你们在地图上标注出来，然后……然后看一看，你们想什么时候走。”

“我知道了。”陆听寒颔首道，“联盟依旧感谢你们的帮助。”

狄温苍老的手攥紧了，又说：“我也想回去。我和杰拉德先生都在尔顿出生，那里是我们的家。我们经常和其他人讲起尔顿，讲起城市，多萝西最喜欢这些故事。”

她说，城市里有房屋，钢筋和混凝土能带来安全感；她说，长街热闹，广场宽阔，即便小街小巷也别有风情；她说，尔顿到处飘扬雄狮旗帜，威风凛凛，而除了城市还有乡镇和村子，那些地方同样美丽，同样叫人怀念；她说，那才是真正的生活。鼹鼠人们听她讲故事，描绘从未见过的景象，眼中满是期待。

“我之前没想到李斯特将军还活着，还向尔顿撤退了。”狄温干巴巴地笑了，“说不定他真的还活着，说不定，你们真的听到了他的‘回声’。”

语言难以形容她的语气。遗憾又纠结，不舍又悲伤。

时渊骤然想起，那日黄昏狄温在山丘上眺望远方，说她想回家，也是这样的语气。

家，他听过很多次这个词，人类对它情有独钟。绑架了他的何虞拼尽全力想要回城，回家看一眼女儿，摸摸她的黑发；无数人游行，反对《安乐死法案》，抗议的也是无法归家；怪物也想回家，深渊来自群星之外，或许在宇宙尽头，真的有它们的故乡；随后，记忆又回到他与陆听寒初遇那日，少年踏雪见花海而来，牵着他的手，给他看城市的照片，长街、落日、炊烟……他说这是他的家，他是一定要回去的。

再然后呢？据他人所说，时渊让陆听寒看到了来时的路——时渊不太记得这件事了，当时他只是想，要让陆听寒回到他喜欢的地方。而今，怪物般的女人说出同样的话。

时渊不解其意。

他想和陆听寒待在一起，陆听寒去哪里，他就去哪里。他喜欢麦田金黄的拾穗城，喜欢遍布风车的风阳城，也喜欢浩大的主城，但也仅限于“喜欢”，他猜想，人类对家园的爱更为深厚深切，决不可被取代。

陆听寒说：“等我们抵达了尔顿，会想办法和你联系。”

“好，我知道的。”狄温低低道，“路途艰险，我该和你们一起的……”

“能够理解。”陆听寒说，“如果我是你，我也会做出相同的选择。”

狄温沉默了一阵，讲：“带我去飞行器吧，抓紧时间。”

他们一起回了飞行器。狄温拿着一张破破烂烂又残缺的手抄地图，在全息地图上不断标注城市的位置。手抄地图不够精准，她经常是圈出数平方公里的区域，标注这里有城市。

她再次叹息：“要是我能和你们一起去就好了。万一有些地标还在，我是能认出来的。”

“不必太纠结。”陆听寒告诉她，“你在做该做的事情。”

“是啊，”狄温喃喃，“是啊。”她弯着腰，手滑过屏幕。时渊注意到，那张手抄地图有诸多修改痕迹，甚至还有不同颜色的线路，大概狄温也曾无数次策划过，怎么找到宜居的城市。

又过两日，在数拨感染群的攻势下，狄温完成了标注。鼹鼠人开始准备转移，去其他地方，飞行器也该出发了。

这是他们待在巢穴的最后一晚。还是围着小火堆，老水壶里还是煮着树根茶。无数鼹鼠人爬来爬去，忙着收拾行囊。漫长的流浪即将开始，这次伽马深渊的波动，比以往都要猛烈。众人绕着那橙红色的火光而坐，皆是沉默不言。时渊捧着一杯树根茶，看到一张张疑惑、犹豫、茫然的脸。他又扭头，看到陆听寒还是一如既往地淡定，俊朗的五官未有半分动摇之色，他又放心下来。接着他们吃了黄豆罐头和脱水蔬菜。

狄温问："多萝西呢？她去哪里了？"

这几天多萝西都跟着池咏歌，再说，离别在即，她该出现的，她一心想着能注射抑制剂。现在池咏歌要走了，没办法持续观察她的情况，贸然注射太危险了，只能打消计划。

池咏歌回答："我好几个小时没见到她了。"

"可能忙着收拾。"杰拉德说。

"这臭丫头……"狄温没再说话。

晚饭吃完了，时渊他们准备回飞行器。双方告别，互道珍重，虽然没交到朋友，时渊还挺喜欢巢穴和鼹鼠人的，一步三回头。

还没等他们走几步，一阵骚动传来。那是许多鼹鼠人穿行隧道的声音，无数双眼睛在黑暗中闪烁。紧接着，鼹鼠人钻了出来，挤在这片小小的空间中。他们怕光，不敢离中心火堆太近，就在光与暗的交界处站满了。

"狄温！"

"狄温！"

"狄温！"

他们还是这样喊着。

"饿了吗？"狄温说，"等我去拿肉。"

她慢腾腾地走向其中一个隧道，然而，鼹鼠人拦住了她。

"狄温！"他们喊着，"狄温！你快去找尔顿吧！"

狄温讶异，随即明白过来了："是多萝西和你们说了吗？是她说的吧？"

"是的是的！"鼹鼠人告诉她，"多萝西还讲了，你本来打算和客人一起走！”他们涌动成一团，在可怖的脸上努力挤出笑容，“你和他们一起走吧，我们没问题的！”

“不行，”狄温说，“地下怪物要来了，我不会丢下你们。”

“我们没问题！”鼹鼠人还是这样说，“杰拉德先生和摩根先生会带领我们的。我们会的东西很多，能保护自己！”

在狄温和杰拉德数十年超越常人的努力下，他们是被当作人类看待的，学会了语言、烹饪和使用枪械……这是最基本的生存能力，也是文明的传承。

“狄温！”他们又喊，“快去找尔顿，找到李斯特将军！然后带我们住进城市里！”

狄温看着他们说：“城市没有活着重要。是，我和杰拉德先生是和你们讲过很多次城市，也提过尔顿，可能……可能我们把城市说得太美好了吧，那么多年过去，它们早变了，都是废墟。再说，这么多年住在巢穴里，我们也活过来了，有什么不好？”她深吸一口气，“我不会走的，能维持现状我就足够满足了。暂时先忘掉城市吧，”她飞快地看了眼陆听寒他们，“如果他们能找到城市，也会告诉我们的。如果，真能找到的话……”

“总不能一直维持现状吧？”一道清脆的声音传来。

狄温顿住。

多萝西从一众鼹鼠人中走了出来。她头上还是别着一朵小黄花，说：“妈妈，你难道不想我们住进混凝土筑成的房屋里吗？不想有教室、书房和厨房吗？”

狄温：“多萝西，你想得太……”

“太幼稚？”多萝西打断她，“你不会真觉得，我们可以躲一辈子吧？伽马深渊又开始躁动，上一次我们靠幸运才活了下来，这次呢？等它完全躁动了，我们真的还能活下来吗？靠这些土枪，靠这些隧道，靠那几个破破烂烂的机器人？我看不行吧！”

她继续说：“食物和弹药越来越少，不然我们也不会冒险走那么远，去公主的仓库。没有生产线，再往后拖，总有弹尽粮绝的一天。”

多萝西看向狄温，坚定道：“现在还有时间，‘深潜’计划也是我们唯一的希望了，成功了，我们才能真真正正地活下去。再说啦，”她轻快又狡黠地笑了，“妈妈，我们已经学会很多了，能够活下来的，至少能坚持到你们找到尔顿。所以，你就跟着联盟的朋友走吧，告诉他们，我们那些宏伟的城市在哪里。”

火堆燃烧，“啪”地发出了爆响。狄温手足无措，一时不知该说什么。无数鼹鼠人涌动着，都看着她，期盼着她。

他们说：“你总是讲，城市乡镇和村庄才是人类的家，我们不该住在巢穴里。快去吧，找回我们的家！”

也不知是不是时渊的错觉，他觉得狄温那浑浊的眼中有一层水雾，她死死攥紧了双手。良久后，她说：“……好，你们等着我。我带你们回家。”

次日，狄温上了飞行器。她还带了十名鼹鼠人。据她说，他们最擅长探寻地下，能在寻找城市上省不少时间。其中有一个鼹鼠人，愿意尝试抑制剂——池咏歌告诉他，他能沿途记录效果。若是有效，就能及时帮助其他鼹鼠人了。

“但是，我想再次强调，”池咏歌说，“可能会有生命危险。”

“没事的。”那人回答，“我想看一看太阳。”

多萝西、杰拉德和摩根站在鼹鼠人之间，冲他们挥手道别。很快，鼹鼠人也得转移去新地点了。飞行器起飞，时渊趴在窗边，看山丘越来越远，最终淹没在朦胧的晨曦中。

帝国天气不好，飞行器时快时慢，被拖了不少时间。沿路他们探察了两座大城市，三座小城市，均是被破坏严重，不适宜居住。数日后，他们接近了德尔塔深渊的影响范围。

德尔塔的感染特征是“雷暴”，加上帝国本就多雨多台风的气候，更犹如浩劫将至。雷暴雨不断，天地无光，苍穹被黑云盖得密不透风。狂蛇般的闪电撕碎了天地，炸开的滚雷，雨幕狂流奔涌，就连这个级别的飞行器，行进时都有点缓慢。更可怕的是，那黑云之中和雨幕深处，仿佛有无数双眼睛在觊觎。

他们不敢飞得太高太快，只能低速前进。雷声实在太大，离得近的能让人直接耳鸣两三秒，还防不胜防，连鼹鼠人都开始骂脏话。时渊被吓得尾巴奓开了几回，每天要花大量的时间打理鳞片。

晚上，陆听寒说："有种东西叫降噪耳机，戴上就什么都听不到了。"

"真的？"时渊眼睛亮了，"那太好了，在哪里呢？"

陆听寒沉默了一下："在梦里有。"

时渊："……"

陆听寒收到了时渊的死亡凝视，赶紧解释："很久之前就不生产了，仅剩的那些，只有直升机驾驶员才会用。"

"好吧。"时渊很遗憾，"那我还是用被子捂着好了。"

又是一声惊雷炸开，雨水跟瀑布般打在玻璃上。这天晚上，时渊又做梦了。还是舞台和舞台下的怪物们，它们都在看着他。

"你们想要什么？"第无数次，时渊这样问，"你们想要永生吗？我不会这么做的。"

没有回答。

时渊发现台下的"观众"多了。有紫灯虫蜂后，有蓝蝴蝶，有他在主城冻结的形形色色的感染群，还有其余从未谋面过的怪物，浩浩荡荡，它们沉默在黑暗中，它们看着他。安静的、永恒的凝视，它们依旧在等着他。

时渊猛地惊醒，从床上坐起来。

窗外还是滚雷飞电，喧闹无比。他这一下把隔壁床的陆听寒吵醒了，男人带着睡意问："被吓醒了？"

"不，不是。"时渊愣了一会儿，"你没听见吗？"

"听见什么？"

"有人在叫我。"时渊说。

在这种地方怎么会有人呢？陆听寒说："你可能做梦了。"

"我听见了。"时渊说。

他看向远方，黑云低垂，仿佛天幕倾塌。

时渊看着全息地图。飞行器在地图上是蓝点，尔顿的位置以红点标注。他们一天天接近，离尔顿只有1200公里了。1200公里，陆听寒告诉他，对飞行器来讲这距离并不长，无奈雷暴雨太强。

时渊目不转睛地看着，全息地图很有意思，飞行器慢慢向前，显示出周遭扫描出的地形，配上雷达有节奏的“嘀嘀”声、涟漪般荡漾开的声波效果，莫名有种解压感。他已经看了快二十分钟了。听说，他们很快会抵达一座叫“马斯鲁尼”的帝国城市。

身后传来脚步声，然后一只手伸过来，摸了摸他的头。

陆听寒说：“时渊，吃饭了。”

“好。”时渊答应道。

晚餐还是池咏歌做的，番茄罐头配速食面，还有脱水蔬菜。位置不够了，有人在桌边吃，有人在沙发吃，更多鼹鼠人在阴暗的角落坐着，啃食生肉。刚开始鼹鼠人还畏惧飞行器，在仓库挤作一团，好在他们很快适应了。

这些天，时渊尝试和他们交朋友。鼹鼠人一个个怕得要死，最多声若蚊蚋地“嗯”“哦”“啊”地回应一句，而后立马溜走。时渊不高兴了，碍于词穷给他们起不出十个外号，跟陆听寒告了几回状。陆听寒没办法解决这个问题，用上糊弄大法，时渊得到了摸头，满意而归。

狄温非常怀疑时渊的身份，毕竟，怎么看时渊都是怎么好看养眼的一个人。即使他有感染特征，也不该是恐惧的来源。她试探性问了几次，联盟几人守口如瓶，她也就不再追问，心想，大概世上就是有那么玄学的事儿。

她是放下了疑惑，其他人腹诽，心想确实，没人能想到深渊成精了。深渊不但成精了，深渊还在飞行器上打牌。在拾穗城，时渊和周平安他们打牌，输了个彻彻底底，败光了陆家人不服输的口碑。过了那么久……他继续输着。有时陆听寒得空，他们在活动区打牌。狄温路过，旁观了好几次，终于没忍住深深地叹了一口气。

“时渊，”她说，“如果你去赌场，半天就能把自己输出去。”

“会吗？”时渊问。

“会的。”陆听寒帮忙回答。

时渊从没有筹码，他那点微薄的积蓄，也弥补不了惊天巨款。陆上将教育了他，这就是为什么人们要避开黄赌毒，争当优秀市民。

第二天，时渊早上吃了干面包。池咏歌在给一个鼹鼠人做检查——他名叫布鲁诺，自愿注射了抑制剂。池咏歌先给他注射了0.05ml的剂量，观察效果。这些天下来，布鲁诺时常犯恶心，精神不振，但生命体征很稳定，血液中的感染浓度也下降了些许。他依旧畏光，手指甲和牙齿依旧会无止境地生长，可这是个好兆头。池咏歌很谨慎，缓慢给他加大用量。

在他们还有半天就要抵达马斯鲁尼时，天气稍好了些。闪电和雷鸣似是累了，不再歇斯底里。时渊一觉醒来，睡眼惺忪地趴在窗边看，玻璃上几点水珠滑落，细雨蒙蒙，他居然看清了稍远处的黑色山脉。他想，雨要停了吗？

他不讨厌下雨，荒原和高林下雨时暗无天日，到处灰扑扑的，他会找树洞或者岩洞暂时躲避，一串串水流自头顶淌下，渗入脚下的土壤，只留下湿润的光泽。等下完雨了，空气清新，千奇百怪的怪物通通会跑出来，这是属于怪物的生气勃勃。而在城中，若是一场急雨，人们总会匆匆小跑着，拿大衣遮过头顶。不少人会因为雨水而心情低落，但时渊喜欢小雨、细雨、暴雨、台风雨，他喜欢下雨，也喜欢雨停。远处的山脉线条很好看，他的尾巴尖开始欢快摇曳。

然而，不多时，雷达和感染探测仪发出了警报。于飞行器的后方、浓郁的阴云中，似有一群东西在尾随他们。时渊去了指挥室，陆听寒正目不转睛地盯着屏幕。雷暴造成的干扰太多，那群东西的信号若隐若现，飘忽到几乎像个错觉。

他在观察了一两个小时后，说："是那群空中的鱼。"

时渊问："我们在那座秘密城市里遇见的？鲸鱼和海豚？"

"对，就是它们。"陆听寒回答。

池咏歌不寒而栗："我们这都飞出去多少公里了？它们……它们一直跟着我们吗？"

"看起来是的。"陆听寒说，"帝国的气候不好，能见度非常低，如果它们离得足够远，我们是察觉不到的。进入德尔塔深渊的影响范围后，雷云密集，它们藏得就更好了。”他指了指屏幕，“较大体型的能够看到，比如那头鲸鱼。”

“为什么？”池咏歌有些烦躁地挠头，“为什么要跟着我们？都是公主养的鱼，老实待在鱼缸旁边不好吗？”

“不全是公主的鱼。”沙哑的声音响起，狄温驼着背走了进来，“那条鲸鱼不是。”

众人看向她。

她解释道：“秘密小镇的水族馆，还是太小了。之前公主要养鲸鱼，国王从南海运了一头回来。空间不够，鲸鱼每天都在撞玻璃，用头撞，用身子和尾巴撞。”

陆听寒说：“智商较高的动物往往需求也高，不该被养起来。把人这么关起来，人也会发疯。”

“是的，可是小公主哪里在乎这一点？”狄温发出讽刺的尖笑，“那条鲸鱼是因抑郁和孤单而死的，她不在乎，说鲸鱼不好玩，以后不养了。自那之后水族馆里再没有鲸鱼。所以，鱼群里的鲸鱼不是从那里来的。”

池咏歌问：“那是从哪里来的？”

“谁知道呢。”狄温耸肩，“感染生物做什么都不意外。”

有这样一群怪物跟在身后，怎么都让人不放心。等到雷雨又起，鱼群的踪迹难以捕捉了，他们行进得更加小心。

晚上临睡前，时渊问陆听寒：“如果鱼群来了，我该杀死它们吗？”

“不到万不得已不要这么做。”陆听寒说，“万一我们来不及，至少帝国这边还能多坚持一会儿。”

若“深潜”失败，主城的感染生物完成了进化，联盟不可能幸存。那些生物拥有无尽的时间，早晚会来到帝国境内……但联盟和帝国相距甚远，在它们抵达前，帝国人民会有缓冲期。缓冲期有多久？谁也不知道。帝国人民在缓冲期能做出什么避免灭亡？更没人知道。可他们不能放弃任何希望，哪怕它比残烛还要微弱缥缈。

“好吧，”时渊说，“我明白啦，不到万不得已不杀死它们。”

好在鱼群只是远远跟着，并没有进攻的意思。池咏歌和布鲁诺那边，也有了新的进展。晚餐时，时渊正在对付玉米汤，突然听到了一声叫喊！那叫喊介于人类与野兽之间，充满狂喜。他一回头就看到布鲁诺站在光下，那明亮的光落在他畸形的身躯、黑色的毛皮上。这是前所未有的，大部分鼹鼠人都躲在黑暗的仓库里。

布鲁诺的眼睛湿润了，他说：“我没有那么怕光了……”

半天后，他们抵达马斯鲁尼。那确实是一座大城市，飞行器绕飞了一圈，时渊估摸着，大概有一个半风阳城那么大。和之前一样，十名鼹鼠人率先落地，跟着狄温钻到土下。有了他们，探索地下城市要方便多了。短短一个小时后他们回来了，狄温摇了摇头。

这座城市也被毁了，无法居住。众人虽然做好了心理准备，但仍然难掩失望。

狄温又说：“不过，我们也找到了李斯特将军的线索。在那些城中遗骨的军装上，有些系了蓝色的袖章。”

李斯特将军是帝国最伟大的将军，深得国王赏识。为表彰他的功绩，他本人及麾下的高级将领戴着蓝色袖章，意为“英勇之师”。这些天众人稍微绕了绕路，去了附近大大小小的城市。有好几次鼹鼠人回来，时渊听他们说，看到了蓝袖章。他们好像在循着袖章，追溯旧时的路。好像看到了李斯特将军和他的军队，一次次坚守，一次次败退，慢慢朝着首都撤离。虽然他们败得一塌糊涂，他们没守下一座城，但至少证明，他们还活着。

接下来，没有顺路能去到的城市了。

狄温说：“看来，我们只能去尔顿看一看了。”

两天后，联盟主城联系了他们。关教授说，被时渊感染的一批爬行生物开始躁动，很快就会破开晶体了。傅修中将做好了一切准备，军队蓄势待发。这几个月来，他们做了很多努力，比如想办法关押小型感染生物，比如调用兵力、构筑防线，比如尝试破坏黑水晶，直接杀死其中的怪物……黑水晶几乎无法被破坏，主城也没有那么多资源，去保证关押的感染生物绝对安全，战争是早晚的事情。

陆听寒听完了关教授和傅中将的报告。

“我知道了。”他说。

关教授讲：“不必担心我们，还有时间。”

傅修也承诺道：“上将，请相信我们。”

陆听寒嘱咐了他们一些事项，挂断通信。

时渊拿着数独，刚好推门进来。他轻快道：“我又做完了一页，你帮我看看？”他又问，“你刚刚是不是在打电话啊，发生什么事了？”

“没什么。”陆听寒笑说，“过来吧，我给你看一看。”

暖色光下，陆听寒仔细检查一番，告诉时渊：“都对了。”

时渊：“哇！”

他高兴了一整晚。

两天后，他们收到帝国的呼叫。

“播报坐标：58.8911, -120.72……任何幸存者可前往该坐标，帝国与你们同在！我是通信员0293……”

“再次播报坐标：58……帝国与你们同在！通信员0293，第二十九次呼叫结束，第二十九次呼叫结束。”

滂沱的雨如亿万支利箭射穿大地，风一吹便如烟似雾。那电波中的呼叫像一个幽灵，飘浮在冰冷的夜，游荡于这场百年未停的雨中。

距离尔顿，还有150公里。

剩下的150公里，意外地难走。雨势又来势汹汹，遮得人什么都看不见。时渊失去了眺望风景的乐趣，只能待在房间或者指挥室里。鱼群还是跟着他们，众人花了许多精力去提防。然而，比鱼群更快来的是其他问题。

当他们离尔顿仅剩40公里，状况发生了，雷雨中有大群的怪物游弋而过，看不清模样，只看到它们山岳般的身形若隐若现，摆尾、游荡，发出震耳欲聋的吼叫，它们在云中翻涌着掀起巨浪。一只巨兽拱起黑色的脊背，雾气便像海浪般，从它身上淌落，感染检测仪拼命作响。兽群离得最近时，几近碰到飞行器。时渊支着脑袋，在窗边看到了它们的鳞片，一片片被雨水打湿，泛着金属一般的色泽。

平时，怪物是不敢离时渊那么近的，飞行器本身也有伪装。不知是否因为带上了鼹鼠人，人多了，对它们的诱惑力更大；又或者深渊分外躁动，令它们急着觅食和感染。

“不要再靠近了哦。”时渊说，“不然你们会死的。”

也许是他的威慑有了效果，兽群最终擦肩而过。一天之后的凌晨，时渊刚睡醒，陆听寒已经起床了。他迷迷糊糊地下床，想看看出了什么状况，一到走廊便是灯火通明，众人站在巨大的舷窗前，默不作声。

“怎么了？”时渊问。

“时渊，过来吧。”陆听寒这么说。

时渊走过去，看到了雨幕中的城市。连绵不绝的城墙，望不见尽头的街道，褪色的尖顶教堂。在极远处，王宫一半成了废墟，一半屹立着，华丽的拱顶远远望去，只见轮廓，犹如一头不愿死去的野兽。他还看到了帝国的雄狮旗帜，那是红白金三色的结合，旗帜蔫头蔫脑，不再飘扬。

尔顿到了。

狄温低声道：“这里是外城区。”

陆听寒：“要去王宫那边？”

“那不是真的王宫。”狄温沙哑地笑了，“真正的王宫在地下，这是个在地面的样子货——当然，也没少花钱出力。”她伸手指向城市深处，“通往地下的入口在内城区，我们还得往前飞一段。”

宁副官犹豫道：“这里看起来……不像有人生活的样子。”

狄温：“如果李斯特将军还在，他们肯定在地下。”她深吸一口气，“让我们去……见一见他吧。”

不清楚城中情况，飞行器非常缓慢地驶过。透过舷窗，时渊看到很多机器人躺在街上或倚在墙边，它们支离破碎，有些只有半截身子，有些只有头部，还有些只剩半截腿和齿轮了。

“这些都是什么？”他问。

“战争机器人。”陆听寒回答，“以前用于和联盟的战争，后面用来对抗怪物。”

“有用吗？”

“据我所知很有用，它们弥补了帝国空军力量的不足。”陆听寒说。

狄温也低声说：“靠着它们，我们才守住了城市……不过都是过去式了。”

到处都是机器残骸，到处都是废墟。

“那是什么！”池咏歌忽然眼睛一亮。

几条蓝袖章挂在钢筋上，李斯特将军带领着人在这里战斗过，他们确确实实，成功撤退到了尔顿。这无疑是个叫人振奋的好消息。

三十分钟后，飞行器进入内城区。内城区和外城区之间由墙体和电网隔开，以前这里灯火通明，每时每刻都有人站岗。外城区的人若要入内，需要许可证和严格的审查，一切都是为了保证皇室的安全。

内城区的破坏程度，比外城区高很多，大概有过好几场恶战，到处都是废墟。

狄温说：“地下城区被金属包裹，好几层防御，我们挖不开，只能走正常的通道。入口有好几处，但我不清楚哪里还能用，得下去看。”她顿了一下，“记得带上你们那个能保证安全的‘秘密武器’。”

其实就是时渊。

陆听寒回答：“我们会带上的。”

飞行器寻了处平坦地，缓缓降落。宁副官和道格拉斯守在飞行器上，其余人下去。狄温边走边念叨，艰难地翻过废墟，伸手扒拉开瓦砾。雨下得很大，谁也听不清她在讲什么。时渊凑得很近了，才听到她在说：“这是教堂……这是文切尔古董店，那边是笛尔区警署和帝国第一中学……奇怪，甜点店在哪里，认不出来了……博物馆还在吗……”

其他鼹鼠人跟在她身边。她捡起玻璃碎片，捡起砾石，试图辨认出往日的痕迹。

狄温说过，她出生于尔顿。即使是时渊也看得出，她很了解这里，即便成了废墟也认得出。雨水很冷，狄温的身形越发瘦削，时渊想上去帮她打把伞，被她拒绝了。

她疲惫道："让我淋一会儿雨吧，好歹是家乡的雨。"白发湿漉漉地贴在她干瘪的侧脸。

很快，她找到了一个通向地下的入口，那个入口被坍塌的大教堂堵得严严实实。

陆听寒检查了一下，说："这里不行，我们没有合适的挖掘机器，会花很长时间，动静也很大。"

"那去下一个入口看看。"狄温叹了口气，"就是有点远。"

第十九章 绝望的往事

他们回到飞行器上，开往内城区的中心。

离地面皇宫近了，能看到它的宏伟壮丽，大理石支柱还有半截立着，刻有华丽的流云浮雕。他们再次回到地面，这里的碎石瓦砾太多，要翻过小山般的皇宫废墟，狄温花了很长时间，才在池咏歌的搀扶下，到了废墟的最高处。登高远眺，四下倾颓。皇宫前有阔气的广场，而今残破不堪，几株变异藤蔓正攀爬，碾碎了身下的石块。

一个鼹鼠人突然说道："是这里！是日出广场！"他的语气激动。

不光是他，其他鼹鼠人也躁动起来，窃窃私语。时渊听到他们在说什么"国王""弑君者""狄温"之类的字眼。

"这里发生过什么？"陆听寒问。

鼹鼠人怯怯地看了眼他身边的时渊，但难压激动，答道："是这里！国王死在了这里！狄温带着我们进了城市，杀死了暴君！"他欢呼道，"暴君死了，鼹鼠人才活了下来！"

国王曾下令杀死所有鼹鼠人，一方面节省资源，一方面阻止恐惧蔓延——鼹鼠人是融合剂最大的反面例子，代表了政策的失败，绝望的未来。而世界上第一个鼹鼠人狄温带领他们活了下来，甚至杀死了国王。这也是为什么，鼹鼠人如此崇拜狄温。她是他们的英雄，是长辈母亲般的存在，也是他们的精神领袖。

陆听寒又问："怎么杀死的？"

"我听杰拉德老师说过！当时……当时首都很乱。"一个年纪稍小的鼹鼠人手舞足蹈地比画着，"我们在首都城外，狄温说想找到国王，和他谈一谈。狄温她很聪明，一下子就带着我们从暗道进了城。没想到城里都是怪物，军队都忙着打仗，我们趁乱来到日出广场。"

另一个人接话："也是巧了！和狄温猜的一样，国王就在广场上。他的亲卫队死了很多，身边没多少人了，正在向地下城区撤离。"他停顿一下，回忆起什么，咬牙切齿，"我们的亲人变成鼹鼠人之后被国王处死了，我……我的妹妹就是这么死的，当时她才七岁，明明她还能和我说话……"

又有一个鼹鼠人尖利笑道："这是个报仇的好机会，我们冲上去把国王和他的亲卫队撕了个粉碎！叫他们天天猎杀鼹鼠人，都是报应！"他又扭头看向狄温，"要是没有狄温，我们不可能活下来，也不可能进城找到国王！狄温是我们的英雄！"

鼹鼠人小小地欢呼着。

狄温站在废墟上，她未曾说一句话，只是久久地凝望着日出广场的废墟。雨水浸透她单薄的身体，有一滴落在她的眼球上，她都没有察觉。等鼹鼠人的欢呼结束了，她低声说："继续找入口吧。"

她蹒跚着前行，还没走几步，风向就忽地一变——

陆听寒骤然回头，看向尔顿的西北方："怪物来了。"

他的判断从不会错，鼹鼠人的喜悦戛然而止，一群黑影出现在城市尽头。兽群乘着雷暴而来，山岳一般在云中涌动。它们太多了，遮天蔽地，径直向他们而来，根本不是能抗衡的。

时渊低声问陆听寒："陆听寒，要怎么办啊？我能不能杀死……"

"等等。"陆听寒倏地打断他，"先等等。"

怪物正在高速逼近，任谁都脸色苍白。陆听寒却侧耳听着，几秒钟后说："有别的声音，有机器的声音。"他停顿稍许，"在脚下！快走！"

众人不明所以，听他的指令下意识逃下了废墟。一路磕磕碰碰，他们刚离开广场废墟，大地震颤，叫他们一个个东歪西倒站不稳！时渊勉强抓住陆听寒的衣服，被震得脚下发麻。他想，发生什么事了？怎么还有怪物从地下出来？他很快知道了答案。

“轰”一声巨响，地面寸寸龟裂，废墟自正中被掀开，数吨泥沙钢筋涌向周围！

日出广场是皇宫的牌面，地表坚实到叠放数辆重型坦克也不会有裂痕，号称不惧任何空袭轰炸，而今它引以为傲的坚固，跟纸张一样被撕碎。

整个广场开裂了，庞然大物从地下缓缓挣出。阴影铺天盖地，遮蔽了城市，将众人笼罩。时渊睁大眼睛。武器炮台，激光武器，足足120米高。齿轮旋转，核心涌动，机械坚不可摧。帝国最自豪、最可怖的战争机器人——“烈日”。

时渊在古战场上见到了报废的“烈日”，但，谁能想到这里还有一架能动的？“烈日”站在广场，残垣断壁从它的身上滚落，摔了个粉碎。它比城墙还要高两三倍，缓缓转动头部，看向那奔涌而来的雷云兽群。

时渊还没反应过来，就被陆听寒摁趴在了地面！

下一瞬，“烈日”的胸口中央亮起熔铁般的赤红，仿佛真有一颗心脏。空气因高温扭曲了，激光刹那如利箭射穿了雨幕，直射入怪物群。它摧枯拉朽，烧透雷云，大量的水蒸气铺天盖地而起，夹杂着怪物的嘶吼、尖叫和皮肉烧灼的味道。电闪雷鸣，一道道激光，如同天罚。升腾的水蒸气构成了高墙，漫山遍野，壮观无比，若是有人步入其中想必会被活活烫死。怪物被烧得看不出原样，黑乎乎地坠落在地。

“妈呀。”池咏歌喃喃，“这是什么怪物啊。”

帝国活在雷云与沙暴中。百年前，他们的热武器征服了自然，现在亦是如此。这是人造出来的怪物，当真如一轮烈日，将雷暴雨点燃，它守卫着这座城市。不知多久后，云中彻底安静下来，怪物们都死了。

战争机器人的胸口还有未熄的赤红，它缓缓转动头部——这次，看向的是地面众人。机械眼中红光闪烁了一阵，它以机械音道：“监测到人类入侵者，进行驱逐。”

它的声音震耳发聩，冰冷无比。没有战场的高级指令时，战争机器人是严禁攻击人类的，但这不代表事情有多好。“烈日”缓缓伏低上半身，伸出一只手，推向众人，似是要逼着他们离开。

有“烈日”在，他们怕是没法在城中行动了。对这样一架杀戮机器来讲，若把他们判定为威胁，那他们死得比谁都快。没办法和机器人讲道理，它不知国已亡，城已灭，只知道要守在这里，杀死怪物，赶走所谓的“入侵者”。而这入侵者，可能是最后的人类。有什么办法呢？该怎么做呢？明明一路跋涉，尔顿就在他们的脚下了。

那只机械巨手伸了过来，“烈日”的眼中闪着红光，一切都不容置疑——

“等等！”狄温突然说，“我们不是入侵者，我们有权限！”

“烈日”的手倏地停住了。

它说：“请证明权限。”

暴雨歇斯底里地下。

狄温淋了雨，双手因为寒凉而颤抖……又或者是别的原因。

“不必证明。”她看向“烈日”，昂着头颅，一字一顿地说，“我名为艾丽西亚·冯·卡文迪许，是这座城的主人。我回来了。”

“烈日”的眼中，红蓝光相继跳跃。它扫描过狄温……不，应该说是艾丽西亚的虹膜、骨骼、指纹和声纹。感染改变了太多，她佝偻苍老，面目可憎，四肢被黑皮毛所覆盖。可总有一些特征是不会变的，总有一些特征能证明，她再怎么努力也无法摆脱旧日，仍是过去的那个她。骄傲的君王戏剧般死于他的子民，雄心壮志变作尘埃。多年后，在暴雨中，在王都下，亡国公主高昂着头，站在废墟间，看向齿轮和金属构成的杀戮机器。

“烈日”眼中的光化为蓝色，狂风停了一瞬。它以机械音模拟出轻快的语调，说：“欢迎回家，公主殿下。”

“烈日”虽是战争机器人，但以它的起重能力，清理去往地下的入口，不是难事。它静静停在原地，等待狄温的指示。鼹鼠人瞪大了眼睛，哑口无言。

许久后，才有一人尖叫道："狄温你是在骗它对吗？你……你怎么可能……"

又有一人喊："对啊！怎么可能！明明是你带着我们进了首都，国王才……"

"够了！"狄温低喝道，"够了！别再给我提这些，我们……"她停顿了一下，"我们去到地下了再谈。"她像是一下子苍老了好几岁。

留守飞行器的两人还不明状况，陆听寒用终端告诉他们"烈日"的事情，让他们不必惊慌。一路向前走，众人无言，天地间只有滂沱雨声。

时渊低声问陆听寒："'烈日'那么厉害，是不是能守住城市？"

陆听寒："帝国一直有烈日，城市还是沦陷了。"

"好吧。"时渊想了下，"但是，如果李斯特将军能用'烈日'，是不是会安全很多？"

不知为何陆听寒沉默了一会儿，回答："时渊，有一个问题。"

"什么？"时渊的尾巴弯出问号。

"如果'烈日'一直能运转，为什么到今天它才出现？"陆听寒说，"它在地底，之前都没出来过。"

时渊的尾巴弯得更厉害了："是啊，为什么呢？"

陆听寒伸手把他的尾巴捋直了，说："我们很快就能知道答案了。"

十分钟后，他们在坍塌的第一城区地铁站附近找到了入口。这入口也被废墟堵得严严实实。"烈日"伸出机械臂拨开碎石，它不是专业的，动作很慢很小心。

清理得花点时间，他们找到了一间没坍塌的路边店铺，暂避暴雨。这家店卖的是机器人，有扫地机器人、烹饪机器人等等，造型千奇百怪，有人形的、有圆头圆脑的。它们年久失修，没有能源，一个个戳在原地。推开店门，鼹鼠人鱼贯而入，抖动皮毛甩掉雨水。陆听寒让时渊带了雨伞，说他不想看到一只感冒的深渊，后面他们要爬上废墟时，打不了伞，时渊也浑身湿漉漉。进了店内才觉得手脚发凉。

时渊看上了一台圆头圆脑的扫地机器人，半人高，他坐了上去，卷起湿透了的裤脚。

狄温待在角落。几个鼹鼠人围着她，关切地问她冷暖，她只是摇头。鼹鼠人怕光，联盟数人只开了一个手电筒，照向角落，灰尘在明黄光束里舞蹈。狄温模糊又暗淡的影子落在墙上，与旧时的残破机器人堆叠在一起。

不知多久后，她叹息：“我从没想到，会走到今天。”

暴雨隔着店铺浑浊的玻璃，劈里啪啦地下着，她讲起过去的故事。

深渊刚出现时，在帝国引起大面积恐慌。很快，尚武文化和强有力的军队，让人们稍稍冷静下来。

不论何时，皇室成员都是被保卫得最好的。亲王们的居所坚不可摧，由军队守护，稍有风吹草动，他们能立马乘飞行器或地下列车离开。国王和公主更是如此，哪管外头血流成河，尔顿是最安全的地方。

国王统领战争，公主发表演讲，即便风雨飘摇，帝国人民也重拾了信心。身为皇室成员，艾丽西亚自小接受多种多样的教育，从马术、射击、军事到演讲和礼仪，应有尽有。她继承了父亲的聪颖和傲慢，学东西很快，就是没有耐心，一会儿嫌累一会儿嫌无聊，三心二意，到最后根本没学会什么。战事一日日紧张，即便国王溺爱公主，也无法将她一辈子留在象牙塔里。

有生以来第一次，他要求艾丽西亚学习军事。

艾丽西亚学得不情不愿，步枪、手枪、装甲兵和坦克，钳形战术、立体防御、战争机器人，她通通不关心。可是，总是对她笑呵呵的父亲板起了脸，逼着她学。小公主委屈极了，她又一次待在皇宫，被迫学了一天的军事，终于眼泪汪汪地找到了国王。

“我不想学了……”她抽着鼻子，撒娇道，“我想去水族馆看鱼，或者……或者到格蕾莎小姐那里，她说她又做出了新的项链……”

“不行。”国王宽大的手摁在她的肩头，冰蓝色的眼睛看着她，心疼、无奈又坚定。他说，“艾丽西亚，总有一天你会成为这个国家的女王。你要带领他们走向胜利。”

“为什么呢？”艾丽西亚抽着鼻子，“我不想当女王。只要你……你一直当国王不就好了吗？”

国王笑了：“我会老去，你也会长大。这是不可避免的。”他摸了摸艾丽西亚金色的长发，“但是我们的王国不会消亡，它会在你的统领下千秋万代。”

“不要，我不要当女王！”小公主还是不乐意，泪水眼看就要流出来了，“那些事情太烦了我碰都不想碰。”她揪着国王的披风，娇声娇气道，“那你不要变老就好了。都这么多年了你哪里也没变啊！半点都没老！”

这话国王听得开心，朗声笑了，带着艾丽西亚去阳台。

帝国天气千变万化，早上还有雷雨，傍晚就已放晴。彼时正日落，天边烧了个通红，云层壮阔地铺在原野上。艾丽西亚目不转睛地看着，在内心深处，她明白父亲是对的，这偌大王国终有一日是她的领土。可她亦是百般的不情愿。父亲很高大，肩膀宽阔手臂有力，正如帝国旗帜上的那一头雄狮。只要他还在，那么万种责任与担当，都不会落在她的头上。

谁想当女王？还是公主最有趣了。

她又说：“明天我休息一下好不好？”

国王：“艾丽西亚，我们说好……”

“就一天！”公主央求道，“就一天，让我去看看巴里先生的花园，他刚刚才种上了新花！”

她言辞恳切，国王拒绝的话语在嘴边了，但看着她水汪汪的蓝眼眸，他长叹一声：“好吧，就一天！”

公主欢欣鼓舞。

事实证明，国王对艾丽西亚永远狠不下心。这次有了破例就还会有下一次。小公主学是学了，又自诩聪明，随便学一学也能应付过那德高望重的老师，三天打鱼两天晒网。

日子就这么过了下去。

眨眼间到了艾丽西亚二十岁的那一年。城市接连沦陷，国王失去了耐心，放弃抑制剂，将所有精力投入克里斯汀娜教授的融合剂研究中。融合剂研制出来后，公主公开发表讲话，支持被怪物感染的人们使用融合剂，从而成为“帝国更强大的战士”。她才思敏捷，落落大方，讲话赢得了众人的称赞。她提起裙子行屈膝礼，在欢呼声中笑着向人们挥手，殊不知自己把他们一步步送进了地狱。

战士们注射融合剂，拥有了怪物般的能力。城市被夺了回来，王国情绪高涨，排山倒海的人群在日出广场上高呼国王万岁，天佑帝国！他们平安度过了高峰期。

低谷期是一段悠闲的时光，艾丽西亚二十二岁了。她该是个大人了，但国王的宠溺让她毫无改变，还是那个无忧无虑的娇蛮公主，不闻窗外事。很快，下一个高峰期开始了，融合剂的副作用出现了。异变者陷入疯狂，成了新的敌人，军队雪上加霜，节节败退，王室的威信也隐隐有了崩塌的迹象。

就在这时，伽马深渊躁动。被“繁殖狂热”感染的啮齿生物满山遍野，开始向首都袭来。

有一日公主哼着歌，梳完头发，戴上了她最喜欢的猫眼绿宝石项链，刚出门就被国王叫住了。

“艾丽西亚，我有事要和你说。”那个男人站在王宫的阴影中。

“什么？”艾丽西亚飞奔过去，暗金色的脚链在纤细脚腕上轻声作响，宛若一道破碎的流光。

国王站定不动：“艾丽西亚，我希望你能去阿德西。”

公主的秘密小镇名为“阿德西”，意为“与世无争的净土”，以前艾丽西亚很喜欢待在那里。

艾丽西亚睁大了眼：“为什么呢？留在尔顿不好吗？”

“伽马和德尔塔深渊都在躁动，朝着尔顿过来了。”国王说，“这里也不安全了。”

“啊，怎么可能呢！”艾丽西亚笑了，“你不是说过吗，尔顿是这个世界上最安全的地方，你会保护这里的。”

“不，现在不再是了。”国王说道，“这附近很快就会有战争，艾丽西亚，我不希望你受伤。阿德西同样有最好的防御，你的亲卫队也会跟过去，你暂时在那边住一段时间吧。”

公主骤然沉默。她审度着父亲的神情，审度了很久，在他的脸上只看到了严肃、认真和尽力掩盖住的疲惫。她想，他是认真的。尔顿是真的……不安全了吗?

这一切来得太快，曾经坚信的、牢不可摧的王都，在联盟的轮番轰炸下也屹立不倒，竟也有陷入战火的那一日。艾丽西亚退后半步，惶恐地看着国王，突然发现也许是她长高了，也许是男人真的老了，过去伟岸的身材，不再能为她挡住所有的风吹日晒，不知不觉之间，皱纹爬上他的额头和眼角。

“我不想去！”艾丽西亚猝然道，“我要留在尔顿，不去那里！”

“艾丽西亚！”国王低喝道，“这次别任性了！”

“不，我不要。”艾丽西亚退后半步，拼命摇头，“我不去！”

巨大的恐慌淹没了她，有生以来第一次她不是因为娇蛮，而是出于恐惧，拼命抗拒一件事情。就好像她不离开首都，不离开父亲身边，一切都不会改变，帝国还是那个鼎盛无双的帝国，国王威武，永远都知道该怎么做，护着她、纵容她。艾丽西亚转身，奔跑在长长的走廊上。在拐角她的珍珠手链断了，颗颗白润的珍珠散落一地。

她最后还是妥协了。

国王从未如此坚定过，逼她坐上去往阿德西的地下列车，她眼泪汪汪地与父亲道别。李斯特少校负责保护她的安全，他是个天赋异禀的指挥官，年少成名，比公主大不了多少岁。他平日很木讷，到了阿德西后指挥军队守好这座城，又三番两次检查秘密小镇的防御措施。战况紧急，他本不该在这，但国王亲自下令，公主的安全为重，他还是在这里待了三四个月。

小镇里有城堡、喷泉、动物园、水族馆和花海，精致无比，艾丽西亚日日待在这里，腻了。她眼睛转了转，把注意力放在了李斯特身上。她本是很嫌弃李斯特的，这人木讷寡言，跟个闷葫芦一样，被她刻意刁难了也没点脾气。但这是个风雨飘摇的时代，爆炸、鲜血、死亡、无尽的怪物……在旷日弥久的战争中，陪伴是珍贵的。这么看下来，李斯特也没那么讨厌了。甚至还有点可爱，值得逗一逗。

“李斯特！”她每次都这样喊着，“你今天做了什么呀？”

刚开始，李斯特还会一板一眼地报告，他今天完善了哪里的防御，读了哪些军事报告。现在他知道，这就是公主随口问的，实际根本不关心，也就不怎么回答了。

他简单答道：“布置防线。”

公主撇了撇嘴，并不大满意：“今天早上整个小镇都在抖，把我震醒了。”

李斯特：“那是150公里外，西南防线与伽马深渊感染群的遭遇战，使用了大量的爆炸物。”

艾丽西亚转了转漂亮的蓝色眼睛：“怪物又要来了呀。李斯特少校，你会保护我吗？”

李斯特敬礼，正色道：“永远为您效劳，公主殿下。”

“哎呀，你真是个木头脑袋，我不是说这个！如果你不是少校，你还会不会保护我？”

李斯特骤然一愣。他看向公主，艾丽西亚是极其漂亮的，多年的养尊处优和不谙世事，让她保留了格格不入的傲慢和娇气。她今天穿了蓝绿色丝绸长裙，以一支玉石簪子绾起长发，露出天鹅般的洁白脖颈，金色耳坠亮晶晶，和碎钻脚链一起晃得人心痒。她闪闪发光。

他愣神了几秒，耳朵火辣辣的，慌乱地收回视线。

艾丽西亚捂嘴，笑得前仰后合。她何其聪慧，看出了李斯特的失神。她觉得这个年轻的少将真是太有趣了，日后可有了乐子。

在李斯特匆匆告别后，她冲着他的背影喊：“喂！少校，你是有点喜欢我的吧？”

李斯特没有回答，脚步更快了，又让艾丽西亚笑了很久。

故事若进展下去，木讷的年轻军官和娇蛮的帝国公主，或许会是一段佳话。可现实往往要来得冰冷，战时更是身不由己。两个月后，李斯特得到命令回到前线，进行指挥。没有故事没有佳缘，一切都在未发生之前，两人就此别过。

临走前，李斯特最后一次向公主报告。

艾丽西亚支着脑袋，说：“你什么时候回来呢？”

“暂时不清楚。”李斯特站得笔直，“我会尽力的。”

“好吧。”艾丽西亚没了兴趣，懒洋洋挥了挥手，“你走吧。”

李斯特敬礼，转身向外走去。走了几步他又顿住，转头道：“公主殿下，我会努力让您回家的。”

艾丽西亚一愣，她倏地笑弯了蓝色的眼。

李斯特就这样走了，公主的生活又无聊起来。半年后，她在睡梦中听到窸窸窣窣的声响。它们飞速靠近，让她不禁皱起了眉。后来她才知道，那是鼹鼠发出的声音。

“轰隆”一声巨响，把众人的思绪拉了回来。“烈日”将最后一块巨石清理干净了，他们能去地下了。

“走吧。”狄温佝偻着背，“现在……现在不是听完故事的时候。”

她率先推开店门，又走进雨幕中。鼹鼠人听故事听傻了，呆愣了好一阵才追赶着她而去。

众人来到入口，电梯早就不能用了，他们顺着长长的旋转楼梯向下走。不知多久后，他们到达了底部。周围一片漆黑，手电筒照过去，街上尽是高大华美的建筑。

时渊打量周围，和其他废弃城市都不同，建筑相当完好，几乎没被破坏。这无疑是个好消息，看起来怪物没能入侵。众人也都精神一振，加快脚步走在街道，去向尔顿的中心区。这是个相当庞大的城市，和联盟主城同样宏伟。此时此刻，城市深处的通信中心顶楼，正闪着微弱的光。

有人在那里。

“他们还在！”池咏歌激动道，“这里也能当作‘深潜’计划的城市！我们……我们终于成功了！”

然而，越往中心区走，他们越是觉得不对。透过玻璃窗，时渊看到了好几具白骨，它们都穿着军装。街道上有枪械、弹药、残留的篝火痕迹，不远处的角落里同样白骨森森。

“喂！有人吗？”池咏歌试探性呼唤了几声，“有人吗？”

无人应答，只有远处通信中心依旧有红色的光，它不断闪烁，仿佛一座暗淡的、奇特的灯塔，诱惑着他们向前。

他们抵达了通信中心，一路向上去到顶层。顶层的走廊亮着灯，并且依然有几具尸骨。马上就要见面了，他们难掩激动和紧张，加快步伐推开最深处第一调度室的门。

一台圆头圆脑的机器人猛地转向。

“哦！”它以机械音说，“调度室不欢迎访客！你们有许可证吗？”

“其他人在哪？”狄温哑声问，“他们在哪里？”

机器人转了一圈，为难道：“不好意思，我不明白您的意思。请问你们有许可证吗？”

陆听寒说：“我们听到了频道里的坐标。你带我们去见发出坐标的人。”

“哦！”机器人再次转了一圈，“不好意思，没有其他人，一直是我在呼叫。”它用脑袋上的屏幕模仿出笑脸，“你们好，欢迎来到尔顿！我每天都在巡逻城市，这里的防线很完好，墙体无破损，防卫武器可正常运作，你们可以放心居住！”它又说，“我是帝国通信员0293，很高兴见到你们！”

0293，他们追随了近两年的通信员0293，只是个机器人。一时之间众人无言，激动、兴奋、感慨和哀切交融在一起。值得庆幸的是，尔顿完好无损。他们找到了未来的家，不枉此行。

狄温问：“李斯特将军呢？他去哪里了？”话音刚落，她的目光落在了房间的角落，那里的黑色椅子上有一具骸骨。

狄温瞳孔猛地缩小，几步上前。骸骨的头骨有弹孔，他是自杀的，而他的肩章和蓝色袖章都是那么熟悉。她情不自禁地颤抖起来。

“李斯特上将在十二年前光荣殉职。”机器人0293回答，“他的军队守住了怪物，死于饥荒。他给我下达了最后的指令，让我播报首都的坐标。”

它再次显示出笑脸，“今天，你们终于来了！”

狄温的手在抖，李斯特终归尽到将军的职责，守住了王都，守住了她的家。她看着那具白骨试图想象他的模样，李斯特比她大上几岁，即便是十二年前也该是白发苍苍的老人了。可她再怎么回忆，都是记忆中那年少的木讷军官，一看到她的笑，便会耳朵根发红。她最后伸出手，提出了那军装口袋中的一块老怀表。时隔多年怀表已经停止走动了，金子做的外壳还在闪耀。

“噢。”她说，“这是我送他的。”

他们把李斯特和其他几名战士的尸骨用布裹好，时间紧迫，空间有限，尸骨只能先放在通信中心角落。他们还知道了，为什么机器人0293一直没应答，因为接收信号的仪器坏了，一大堆废铁堆在顶层，电线裸露。0293明显不是专职通信的，它更像是……李斯特的私人机器人，就剩它了，只能叫它守在通信中心。一个本该做家务的私人机器人，当然意识不到仪器故障。即便意识到了，它也不可能会修。

这些天，0293一直对着无法接收信号的仪器呼喊。

机器人0293欢快地转了个圈，邀请他们：“客人们，请问你们要去参观城市吗？”

陆听寒颔首道：“带我们去吧。”

他们跟着0293离开通信中心，走在街道上。0293屏幕侧面的提示灯闪烁，一盏盏灯在头顶、在街道两侧亮起，四下明亮，鼹鼠人纷纷伸手遮住光，又忍不住好奇，悄悄往外看。

他们听狄温和杰拉德讲过很多次尔顿。他们几乎都是新生代的鼹鼠人，自有记忆来，就活在阴暗的“巢穴”内，见到的是城市废墟，对传说中的繁华城市心向往之。而今他们终于抵达，梦里走不完的长街、华美的路灯和高耸壮观的建筑，通通近在咫尺。

有一个鼹鼠人伸出手推开一扇暗蓝色的门，里面有旧沙发、电视、花瓶、茶几、餐桌和书架……应有尽有，陌生又熟悉。他睁大了眼睛，尽管从未见过这样的景象，可是，一股温暖的感觉在心间回荡，他知道，他本是属于这里的。

0293边走边介绍：“现在能源都恢复正常了，包括地下农场也开始运转，如果你们过去，能看到刚长出的小麦。”

陆听寒：“有地下农场，怎么还会饥荒？”

“这是个复杂的问题，我需要查阅资料。”0293的信号灯疯狂闪黄光，几秒后回答，“之前城市的能源短缺，发电机损坏，能源核心不足，也无法运用太阳能和风能，导致农场、医院、指挥中心等建筑瘫痪。”

时渊蓦地想到主城。风阳城沦陷后，主城也是资源紧张，常常断电。但因为有陆听寒抢救回来的能源核心，至少，军方和医院还能工作，这是不幸中的万幸。

李斯特他们就没那么幸运了，伽马深渊和德尔塔深渊一同暴动，“繁殖狂热”和“雷暴”交加，光是守住尔顿，他们就拼尽全力了，更不可能外出找到其他补给。最后杀死他们的不是怪物，是这场旷日已久的消耗战。

0293继续说：“尔顿的能源系统坏了。李斯特军队里的五名高级工程师都殉职了，缺乏材料和技术，他们的维修并不顺利。我在十七年前陷入了沉睡，其他的机器也是，我在两年前才醒来。”

两年前，差不多是联盟听到帝国通信的时间。难怪最开始帝国毫无回应，0293是之后才醒的，一醒来就接收到了“回声”的信号。难怪“烈日”之前没从地下出现，它的能源也是近期才恢复的。

陆听寒说：“但他们最后还是修好能源了。”

“是的，不然我也不会醒来。”0293边走边说，“我读取之前的数据，了解了李斯特将军他们的经历，同时，李斯特在我沉睡前告诉我，如果我还能醒来，如果那时候尔顿还是安全的，我就向外播报尔顿的坐标。他说，‘只要有能源，这里会是最理想的住处’。”

狄温嘶哑问：“为什么能源修好了，他们还是死了？”

0293答道：“据我的资料显示，积蓄能源需要时间。在十三年前，他们修好了一部分的能源系统，但是能源池是空的，他们没等到系统再次运转。”

时渊算了一下，0293在两年前醒来，能源的积蓄比想象中的漫长。在系统恢复前，他们撑不下去了。

说话间他们到了一个白色的、类似大棚的建筑前。0293领着他们走进去，光芒耀眼，鼹鼠人纷纷瑟缩在门口，不敢入内。人造阳光从天而降，带着充足的热量，青绿色的小麦旺盛地生长着，颜色跃动，叫人眼前一亮。

时渊想起了拾穗城的麦田，帝国建造地下城市时自然想到了粮食的问题，只要有能源，尔顿能实现自给自足。

0293也看出了鼹鼠人的不情愿，站在大棚门口说："最开始的能源积蓄很慢，我读取了能源池的记录，前八年的能源几乎没有进展，只积蓄了5%，然后那5%的能源被送进了发电厂、风力厂等建筑，等它们开始运转，我们就有了大量能源，开启良性循环。现在，我们的能源池已达到30%的储蓄量，能保证最基础的建筑运转。"

它露出一个电子笑容："之后的能源积蓄只会更快！李斯特将军告诉我，到了坚持不下去、他们没法再战斗的时候，他会下令让战士自尽，只要没活人了，怪物就不会那么容易找来，城市还会活下去的。"它快乐地转了个圈，"所以恭喜你们！你们拥有了一座安全又可靠的城市！"

狄温用手挡住人造阳光。她目不转睛地看着小麦田，那绿油油的色彩中带了点嫩黄，生机勃勃。她说："这是他的……是他们的遗产。"

她就这么定定地看着，问0293："李斯特将军有没有……有没有提过一个叫'艾丽西亚'的名字？"

"请稍等，正在搜索记录中。"0293的屏幕闪烁，"已查询过记载的对话，没有关于'艾丽西亚'的记录。"

临死前都带着那块金怀表，偏偏半句不提她的名字。仿佛李斯特还是那个木讷寡言的军官，就站在她的面前，藏着一个秘密，永远不说。

狄温笑了。

他们离开大棚，又去了尔顿的每个角落。0293走过的地方，沿路都会亮起小灯。它说这两年它经常巡逻，就像这座城市的管家，尽心尽力，保障每一处的正常运作。

时渊看到了轰鸣的发电厂，无数他没见过的机器在运转，把电力输送向城市。地热发电厂、火力发电厂和风力发电厂正在工作，其中，风力是地面未损坏的风车传来的，而火力由开采石油和煤炭的机器人提供——它们也恢复了工作。

他看到了好几处大型温室，分别种着白菜、萝卜和土豆，采摘机器人把成熟的植物摘下来，送去食品加工厂。食品加工厂只有四分之一的区域在运转，把植物加工成罐头，堆积在仓库。他们去到仓库时，罐头放满了两个大型货架，都是这两年的成果。他还看到了黝黑的自动炮台、可怕的激光武器，就像他在主城城墙上看到的一样，军用设施的能源优先级很高，它们无时无刻不在运转，保卫这座城市的安全。医院虽然没亮起灯，但只要他们想，基础仪器也可以使用。

鼹鼠人东张西望，就像时渊刚进城时，他们对一切充满了好奇，时不时钻进路边的房屋、店铺一探究竟，发出惊叹声。

“狄温！”他们喊道，“城市和你说的一模一样！”

他们还说：“我们以后是不是能永远住在这里？”

“我喜欢这里！这里比巢穴好多了！”

“杰拉德老师没有骗我们，城市的房子到处都硬邦邦的，是个很好的地方！我想要留下来！”

“这是什么，是你说过的‘面包店’吗？那边是不是‘咖啡店’！”

“还有这个是什么？我好像捡到了一个相机……应该是叫相机吧，就是能把人的样子留下来的那种机器，我在书里看到过的。”

他们有无穷无尽的问题，狄温笑着，一一给他们解答了。

尔顿太大了，他们花了整整五天的时间，才把城市看了一遍。陆听寒确认了尔顿的防御完好无损，的确适合“深潜”计划。在第五天晚上，众人聚在尔顿的小广场。深夜的地底很冷，而供暖系统太奢侈了，也没必要，他们这几天都是点燃篝火取暖。火光明亮地跳跃，时渊裹着陆听寒的大衣，坐在篝火边，一张嘴就是一阵白雾升腾。

鼹鼠人还是怕光，躲在稍远的地方挤成一团。他们兴奋地交谈着，讲今天又去了哪里哪里，见到了漂亮的教堂和大理石雕像，而屋子里的床都是那么柔软，一觉能安心睡到天明。而池咏歌发现了一个好消息：布鲁诺——那名自愿注射抑制剂的鼹鼠人，不那么怕光了。

布鲁诺一步步走向篝火，直到火光落在了他的眼中。仔细看去，他手臂上的黑色皮毛隐隐有了脱落的痕迹，脊背似乎也不再那么弯曲。他呆呆地看着火苗，它跳跃着，很温暖，是橙红色的，把无边的黑暗烫出了一个洞，这是在地下的一轮小小的太阳。

他瞬间热泪盈眶。

陆听寒把确认尔顿安全、宜居的消息告诉联盟。指挥中心里一片欢呼声，人们激动地站起来，尖叫、欢呼、互相拥抱。在这一瞬隔着千万公里，他们分享相同的喜悦。

“狄温！”鼹鼠人还是叫着，“我们真的能在这里住下来吗？”

“嗯。”狄温捧着一杯热水，“我们暂时先住着，等联盟可以模仿深渊的信号了，我们就可以永远留下来了。”

鼹鼠人欢呼起来，他们说：“我们回家啦！”

“是啊。”狄温说。

时渊看过去，也不知是不是火光太明亮，还是热水的白雾太朦胧，他觉得狄温眼中有什么亮晶晶的东西在闪动。

她笑说：“是啊，我们回家了。”

第二十章 观测塔

接下来的数日，陆听寒清点了尔顿所有的资源。机器人0293提供了很多资料，但不少部分是残缺的，他要亲自去检查。时渊跟着陆听寒，0293在前头带路，他们在尔顿大大小小的街道穿梭，经常一走就是整日。

时渊看上了圆头圆脑的0293，心想如果他盘腿坐上0293的头顶，抱着尾巴，刚好能坐得稳稳当当。他是这么计划的，也是这么做的。陆听寒一回头，就看到0293在努力向前移动，时渊坐在它的脑袋上兴高采烈的。

“警告。”0293这么说，“虽然负重允许，但我是管家类机器人，不是骑乘类机器人。”

“我知道哦。”时渊回答。

“警告，”0293再次强调，“您有可能不慎跌落。出于安全考虑，请停止这种行为！”

“不会的。”时渊告诉他，“我的平衡还不错。”

0293：“警告！警告！”

陆听寒听了一路时渊和0293拌嘴，来到城市的东南角。那里有炮台和军械库，他检查二者的时候，时渊就在旁边追着0293玩。等时渊玩累了，0293在角落安安静静地待着——陆听寒居然从一个机器人的身上看出了如释重负。

军械库的锁都打开了，一把把枪陈列其中。它们的型号与联盟的完全不同，陆听寒拆了一把小手枪，零件和一枚枚黄铜色的子弹散落在桌面，时渊顺手拿起了弹匣，研究它的结构。

“陆听寒。”他说，“我们什么时候回去呢？”

“快了。”陆听寒回答，“还有一个军械库、三个工厂和观测塔要清点，然后我们就能回去了。”

“好吧。”时渊上半身趴在桌上，把弹匣举高对着灯光看，那纹理清晰可见，“希望我们能早点回去。”

陆听寒笑着摸了摸他的脑袋：“怎么，想家了？”

时渊愣住，下意识蹭了蹭陆听寒的手，没回答。

接下来的半天，时渊都在想那句话。他不知道问题的答案，坐着不断叫着“警告！警告！”的0293，穿过长长的街道，与那些漂亮的建筑擦肩而过，透过一扇扇布满尘埃的窗，他看到了家，很多人的家。沙发、茶几、餐桌、鞋柜、台灯、电视和冰箱。有时候还能看到别人的卧室，床铺被褥落了灰，它们的彩色图案和条纹变黯淡，依旧能看出柔软。偶尔还能见到阳台的晾衣绳挂了几件旧衣服，有些皱巴得像咸菜，有些碎成了布条，地下没有风，它们一成不变地悬挂着，旁边有破圈椅和死掉的盆栽。

经过艾沃尔大街的时候，时渊拍了拍0293的脑袋：“停一下。”

0293：“警告！警告！”它还是乖乖停了下来。

时渊从它的脑袋上跳下，凑到一间屋子前。0293让沿途的路灯亮了起来，他透过灰色的窗帘看见了一张单人床和书桌，书柜上放满了彩色的书，书背是夸张的卡通图形——陆听寒和他说过，这是一种叫“漫画”的东西，以前很受欢迎。再往旁边看，有几个巴掌大的树脂模型，做的是拿着光剑的机器人。

真正吸引了他的是墙上的海报，四张海报贴在一起，画了星空、火箭和宇宙舰船。时渊蓦地想起了邬正青。也不知道，邬正青有没有抵达宇航中心，驾驶着他心爱的飞船去星空。他又想到“探求者一号”，那艘护卫舰好端端地停在主城，等待它的不再是宇宙，而是深渊，可它承载了所有人的希望。而通过“远眺”计划，联盟知道了，深渊本是从宇宙来的……

时渊看得入了迷。

陆听寒站在他身后问：“想要进去看一看吗？”

“不了。”时渊回答，“这是别人的家，没法进去。”

陆听寒：“我已经把窗锁打开了。”

时渊回头一看，正门旁的窗户大大咧咧地敞着。

他就发呆了这么一会儿，陆听寒拿军刀硬撬开了那老化的机关，动作之熟练，让时渊不禁怀疑起来。

时渊说：“陆听寒，你怎么……”

“因为我没素质。”陆听寒说，“进去吧。”他率先翻过窗子，从里面打开了大门。

时渊用眼神小小地谴责陆听寒，然后如愿进了卧室，站到海报前，看清了所有细节。

他说：“这几张海报真漂亮啊。帝国也想去太空吗？”

陆听寒咳嗽两声：“帝国在航空领域一直落后，不论空军还是宇航都不如联盟——但你说的对，他们也想去太空。”

时渊：“为什么呢？”

陆听寒：“大概探求未知是本能吧，眺望大海，就不免想象浪潮的对面有什么，仰望宇宙，就想去看一看星空的尽头。”

“但是，人类也很喜欢故乡。”

陆听寒笑了：“嗯。不论走了多远，家永远是家。”他捏了捏时渊的肩膀，“看完了就走吧，我们还要去下个军械库。”

时渊又盯了海报半分钟，告诉陆听寒：“我看完啦！”

陆听寒走时掩上大门，时渊又坐上了0293。

0293边喊边载着时渊向前走。时渊继续看那些建筑，房子漂亮是漂亮，温暖归温暖，可是风格和联盟太不一样了，很多房顶都太尖了，墙壁颜色都太耀眼了，城市的布局也不太一样……他还在想陆听寒的那番话，心中升起一种怪异的感觉。

“你在想什么？”陆听寒问他。

“没什么。”时渊说，“等我弄明白了，会告诉你的。”

陆听寒摸了摸他的脑袋。

次日凌晨，他们准备去尔顿的观测塔。观测塔是为数不多与地面连通的建筑，用作在紧急情况下观察地面情况，一般只有其他观测仪器都失效时，才会用到它，但它同样重要。时渊打着呵欠跟着陆听寒，来到塔底，看到一座黑色的塔直直通向高处，消失在城市的上空。

陆听寒告诉时渊：“等去完观测塔，我们就准备回主城。”

“好哦。”时渊说。

狄温在塔下等着他们，在0293的带领下，他们找到了总控制台，打开电源，就见塔身的信号灯自下而上开始闪烁。重启观测塔需要时间，他们在塔底找了一处地方坐着。

狄温的保温杯里装着树根茶，这杯子是宁副官给她的，一旋开瓶盖，淡香飘在空中。她喝了口茶，长叹一声：“还是这个味道最好。”巨大的黑塔在她身后闪着微弱光芒，她看向陆听寒和时渊，说，“趁着天还没亮，让我把故事的后半截讲完吧。”

都说黎明前最黑暗，这也是最冷的时刻。时渊一张嘴就有白雾飘出，他凑近陆听寒坐着，他们一起听狄温讲起过去。

国王让艾丽西亚留在阿德西，是为了让她远离前线，远离啮齿生物。谁也没想到鼹鼠来了。鼹鼠在很早之前，就悄无声息地出现过。当时没人把它们放在眼中，它们在地下猎杀了不知多少啮齿生物，这一来就是海啸般的攻势。公主在睡梦中被它们的声音惊醒，为时已晚。铺天盖地的鼹鼠冲破防线，涌向阿德西，从未有人应付过它们，即便阿德西有重军驻守，平日连只蚊子都飞不进来，在这般攻势下依旧节节败退。

城市要守不住了，国王费尽心思，让她留在最安全的地方。而这小小的堡垒，秘密的末世乐园，最后成了束缚她的鸟笼。兵荒马乱，公主在亲卫队的守护下，慌忙往秘密小镇的最底层跑。那里有专属于她的列车，通向其他城市。

一路都是爆炸一路都是火光，鼹鼠钻地的声音、它们啃咬皮肉的声音和战士们的吼叫、哀鸣交杂。华美的首饰散了，珠宝钻石散落一地，漂亮裙子沾了血与泥，赤裸的双足被碎石划破，她仿佛置身地狱。到了最底层，是蔚蓝的人造穹顶、耀眼的模拟阳光和粉紫色的花海。鼹鼠追上他们了，花海成了亲卫队的葬身处——多年后，当时渊和陆听寒来到这里，只见到花下的层层白骨。

艾丽西亚拼命跑着，她跑得比风还快，花瓣被她的裙摆扬起，身后是乌黑的、成千上万的鼹鼠。模拟阳光让鼹鼠迟疑了，在亲卫队的拼死保护下她登上列车，而列车驶向邻近的城市亚烈。但她没能平安抵达，鼹鼠不止一批，同时也袭击了亚烈。在亚烈的城郊，列车轨道被侵占了，无数鼹鼠挤在这地下隧道，被车头撞得粉碎，很快又有新的鼹鼠冲上来，阻拦这头人类的钢铁怪兽……整个隧道都堵得严严实实，车头车底挤满鼹鼠，速度慢了，前方轨道被鼹鼠啃得生生缺了一截，最后伴随着一声巨响，列车翻了。

再之后的事情，艾丽西亚不记得了。她在列车翻滚时晕了过去，浑浑噩噩中，听到了鼹鼠的尖叫和枪响。她似乎是被鼹鼠咬了，浑身火烧一样疼，皮肤很痒，就像是……有无数毛发正在长出来。怎么回事？艾丽西亚想，我是不是要死了？眼前一片黑暗，身下有浓稠滚烫的液体，似乎是她的血。

她什么也看不清，含糊以气音喊了一声："父亲。"

"这里还有人！"

"还有呼吸吗？"

"天啊！这是什么，这……这还是人吗！她肯定没救了，让我给她个痛快吧！"

"别管那么多先试试看，把融合剂拿来！莫里森你继续带人搜救公主！快去！"

什么公主？艾丽西亚的思维很迟缓，我不就是公主吗？他们怎么没认出我？冰冷的液体被注射入她的血管中，很疼，她彻底昏死过去。

公主做了一个漫长的梦。梦中她还在尔顿，城堡恢宏，日出广场上飘扬着雄狮旗帜。她与父亲并肩站在高台，或是看雷雨将至，黑云漫天，或是看一场绚丽的日出日落。她的钻石闪闪发光，珠宝炫彩亮丽，北海的珍珠、国境边沿的翡翠、南方密林的猫眼石与玛瑙，漂亮裙子怎么也穿不完，那是纸醉金迷、极尽奢华的一生。

她不知自己昏过去了多久，似乎有人在一点点地给她喂水、给她喂流质食物，还有人给她打了营养针。有人在她的身边说话，模模糊糊，她听不清，就好像一群恶魔在窃窃私语。她努力想睁开眼，可是眼皮太重了，美梦太真了，她醒不过来。

很久很久之后，艾丽西亚在一个清晨醒来。她艰难地睁开眼，在黑暗中愣神了好一会儿。有人靠近了，伸手要探她的鼻息，倏地看到她睁开的眼眸，吓得叫了一声："你醒了！"

艾丽西亚："……"

"你醒了！"那人凑过来，难以置信道，"你真的醒了？你能听见我说话吗？"

艾丽西亚很轻地点头。

那人便跑走了，边走边喊："她醒了！狄温她醒了！"

十分钟后她床前站了一男一女，应当是夫妻。他们身上生了黑色皮毛，脊背佝偻得像怪物——如果公主还有力气，那她肯定会尖叫出声。

但她依旧昏沉，反应不过来，只是含糊不清地说："尔顿……尔顿，我……我要去……"

"尔顿？"夫妻对视了一眼，"你家在那里吗？"

那男人说："可千万别惦记尔顿了，现在到处都在猎杀鼹鼠人呢，我们不可能靠近的。"他低声骂了一句，"真是暴君！整个王室都该去死！"

艾丽西亚："什么鼹鼠人？"头脑不清醒，她还是下意识反驳，"你们怎么敢叫他暴君……他明明是……"

"哦，你才刚醒，什么都不知道呢。"男人打断她，"你都不知道他下令杀了多少人！"

“威廉！”那女人低喝，“她才刚醒，别讲这些！”

威廉悻悻地住嘴了，又问艾丽西亚：“你感觉怎么样？我们还以为你永远醒不来了。”

“头很痛。”公主说，“过了多久？”

威廉告诉她：“你昏了大概七个月吧。”

艾丽西亚睁大了眼睛，“七个月？”

“是啊。”女人缓声说，“可能是他们找到你时太晚注射了融合剂，你差一点点就彻底变成怪物了。还好，你醒过来了。”她安慰道，“没关系，在这里你很安全。”

公主清醒一点了。周围破破烂烂，她不知身处何方。她很聪颖，即便浑浑噩噩也听得出，这两人对皇室敌意很大。若在平时，她早就呵斥他们的不敬了。但现在不是时候，她无法对这种人袒露身份，试探问道：“公主呢？公主怎么样了？”

她想，还好他们没认出自己。她想，七个月又怎么样？父亲肯定还在找她，等她回到王都了，一切又能恢复正轨。

夫妻俩又对视一眼。

威廉冷笑道：“你说艾丽西亚·冯·卡文迪许？她已经死了！早就死了！暴君的女儿……”

女人补充：“国王办了葬礼，很盛大的葬礼，举国哀悼她。”

艾丽西亚愣神了好一会儿，她感觉哪里不对劲，又说不上来，勉强支起身子扫视房间。屋外有微弱的光，她看到了一小面镜子，镜中是一张可怖的、扭曲的面容。

狄温说：“当时我一直在尖叫，到处砸东西、摔东西，别人根本摁不住我。”

“然后呢？”时渊问。

狄温：“然后，他们告诉我，被鼹鼠感染的一部分人，注射融合剂后，会成为所谓的鼹鼠人。大多数鼹鼠人行为古怪，像我和威廉夫妇这种能保持神志的，是极少数。”她顿了顿，“而我是第一个鼹鼠人。没人认得出我，在我昏迷的时候，他们都叫我‘狄温’。”

狄温在俚语里意为“丑恶的野兽”。

她又说：“我花了一些功夫，才接受了自己的新形象。”

她这话说得轻描淡写，好似不值一提。但时渊明白，对公主这样的人来说，这无疑是酷刑。

“咔嗒”一声，观测塔的所有提示灯都亮了，大门缓缓打开。

正事要紧，三人起身坐电梯上到52层，要转乘的那个电梯坏了，他们得往上爬一段。

狄温边走边讲，语速很慢：“都是陈年旧事了，多提也没意思，我长话短说吧！把我从列车里救出来的是一支志愿兵队伍，我被感染了，他们根本没认出我，又笃定我必死无疑了，只让当地人照顾我——也就是威廉夫妇，只有他们愿意照顾我，相信我还会醒来。”

陆听寒说：“这是很不应当的，竟然没查验你的身份。”

狄温苦笑了一下：“毕竟不是正规军。当时亚烈的正规军都快死完了。为了救我，他们冒险搜救列车。我穿了最寻常的睡裙，靠服饰认不出，他们估计以为我是侍女，顾不上查验。之后他们大概都死了吧，再没人知道这件事。”

她叹气：“后来鼹鼠人越来越多，威廉夫妇也被感染，我父亲下令杀死鼹鼠人，他们带着我，和其他鼹鼠人一起藏到地下。亚烈沦陷后，军队撤离，这里真的只剩下鼹鼠人了。我跟他们生活了很长时间，一直没坦露身份，就等着有一天能和军队接触，回到尔顿。”

陆听寒说：“他们都恨国王。”

“是的。”狄温讲，“很多鼹鼠人死在了枪口下。他们巴不得这辈子见不到军队，只有我想尽办法联系军队，联系外界。我想，我一定会回去的，有朝一日我肯定要回到故乡。”

即便身躯畸形，面目扭曲，她也是要回家的。

楼梯很长，狄温边走边说不免喘息，可她像是有强迫症一般逼着自己讲下去，像撕开一道血淋淋的伤口：“外头都是怪物，我没办法出去。直到第三年，我们遇到了一支车队。”

艾丽西亚被迫和鼹鼠人生活了三年。她从未有过这么苦的生活，没有下人，没有锦衣玉食，他们就像一群阴暗的虫子，活在地下，靠城市的储备粮和稀奇古怪的蘑菇、树根度日。其他鼹鼠人酷爱吃怪物肉，威廉夫妇想尽办法，做了诱捕小怪物的陷阱，把生肉剥下来，丢给他们。艾丽西亚光是从旁边路过，听到他们抢食骨肉，就恶心得想吐。

她也从未接触过威廉夫妇这样的人。夫妇两人没文化，字都认不得几个，这辈子没出过远门。在鼹鼠人中，类似的比比皆是。公主从小贪玩，没认真学过什么，但她知道的可比这些人多多了。她提起话题，比如军事和驻兵，比如马术和插花，其余人一无所知，听得一愣一愣的；她拿着步枪，生涩讲解它的构造，也赢来了一片赞许；她经常提起尔顿，说起那边的奇闻趣事，说那是世界上最伟大的城市。

鼹鼠人很崇拜她，艾丽西亚轻轻松松地获得了尊重与喜爱，好似旧日重现。在内心她却是瞧不起这些人的，她想，她总有一天会离开。

她问过那对夫妇，为什么能照料昏迷的她七个月。那时还没有“鼹鼠人”这个概念，她被感染得像怪物，没人觉得她还能活下去。妻子乔伊支支吾吾，不说话。后来威廉说，他们以前有过一个女儿，她很早病逝了，很喜欢穿白裙子。艾丽西亚想到，那天她乘上列车，穿的睡裙就是白色的。

她试图联系军队，所有人都告诉她，军队会猎杀鼹鼠人，国王就是个暴君。她不信，只要军队能验明她的身份，肯定会把她带回王都，父亲还在等着她呢。

偌大的帝国已不剩多少城市了，他们被孤立在此地，偶尔有怪物接近，就靠着挖洞掘地逃开。

第三年，有一支军方的车队来了。公主远远就看到了车队的烟尘，她从巢穴钻出，站在黄昏里拼命朝他们挥手。

“我在这里！”她喊道，“我在这里——快过来！”

“你疯了吗？”威廉在身后猛地把她摁趴下，低喝道，“那是军队！你会把我们害死的！”

“我知道！我找的就是他们！”艾丽西亚挣扎，“你放开我！他们会带我回家的！”

威廉老了，被她一肘子打在腹部，疼到直不起腰。

公主挣脱了他，继续振臂高呼：“快过来！我在这里！”

她刚想要向车队奔去，就听见“嗖”的一声，耳边一热，子弹擦着她脑袋飞过去了。

公主浑身僵住。威廉又扑上来把她摁住，在她耳边喊：“躲起来！”

又是几枚尖啸的子弹，艾丽西亚僵硬地被威廉拽回了巢穴里。她第一次清晰地认识到，军队已不再是她忠实的盾牌了，现在的她是猎物。

军队为收复亚烈城而来，公主暴露了鼹鼠人的存在。后来，越来越多的军队过来，把鼹鼠人视作怪物。深渊正在躁动，外头有怪物，城中有军队，他们无处可逃，靠军队回归王都的美梦破灭了。她亲眼看到，被射杀的鼹鼠人倒在血泊中。昨天还围着她听故事的朋友们，就这样死在了帝国的枪口下。即便如此也没有人怪她暴露了巢穴。他们都觉得，她只是还相信着帝国，本意不坏。

怎么回事？艾丽西亚想，为什么要杀死这些人呢？明明他们都是人类啊。难道父亲真的做错了吗？后来威廉也死在了枪口下。公主握住他的手，终于明白为什么他们把国王叫作暴君。在这段美梦破灭、充满了自责和悔恨的时光中，是鼹鼠人陪着她，撑着她度过的。军队最后也没收复亚烈，他们走后，鼹鼠人又在巢穴里过了一两年，吃完了最后的储备粮，准备迁移到下一座废弃城市。

艾丽西亚熟识城市的布局，她带领鼹鼠人，平安抵达一座又一座城市，找到了储备粮和枪械。她告诉他们城市的方位，告诉他们军方会把粮食放在哪里，还教他们怎么用枪，怎么辨认战争机器人的型号。

现实总是催人成长的，她变得什么苦都能吃，不论是在泥巴里摸爬滚打，还是顶着沙尘暴跋涉，抑或是在暴雨中寻找仓库……她敢给鼹鼠人生肉了，也敢剥下怪物血淋淋的皮毛，为了求生，她做到了以前不敢想的事情。

鼹鼠人越发崇拜她、信赖她，在他们看来，狄温无所不能。在不知不觉之间艾丽西亚成了他们的领导者，以她的聪慧引导他们，一次次避开危险。他们多年接触不到外界的信息，也不知战况如何，只见到了一座座沦陷的城市。公主带了私心，领着鼹鼠人朝着尔顿的方向而去。前路漫漫，越见到残酷，她越痛恨过去的自己，傲慢、天真且虚荣。

近十年过去，威廉的妻子乔伊也老得快死了。她躺在床上拉住公主的手，低声说："我有……喀喀……我有一个秘密。"

"你说。"艾丽西亚凑到她的耳边。

这些年，乔伊将她视如己出，给她找来碎花编花环，把她住的地方铺满羽毛和稻草，柔软暖和，还挂上捡来的漂亮装饰物。艾丽西亚从未体验过母爱，在这个愚昧丑恶的女人身上，却感受到了温暖。

白发苍苍的老人讲："我知道你是公主。"她哽咽了，"从一开始就知道，你的项链上有皇室的标志。"

艾丽西亚睁大了眼睛："那怎么……"

"我偷走了你的项链。"一行泪水从老人的眼中流出，"你昏迷时有军队来问过，我说你只是个侍女，已经醒了，不知道去了哪里。"在黑暗中，她的泪像是浑浊的，"为什么呢？可能是那天你穿的白裙子，太像我的女儿了。"

"艾丽西亚，我的艾丽西亚。"她说，"你肯定很恨我吧。"

她闭上了眼睛。

艾丽西亚握着乔伊的手，呆坐了一整晚。爱她吗？她本该早早回到父亲身边的。恨她吗？这么多年的朝夕共处，让她没法恨得纯粹。公主到最后都不清楚，那是怎样的情感。

鼹鼠人醒了，窸窸窣窣围了上来。

其中一人小心翼翼地问她："狄温！我们接下来要去哪座城市啊！"

"尔顿。"艾丽西亚木然道，"我们去尔顿。我知道一条秘密通道能进城。"

天蒙蒙亮了，她站在废弃的城门口眺望远方。再看向来处，他们不知走了多少里路才来到这里。她想，父亲会为她骄傲的，她终归成了领导者。

“后来的故事，你们也知道了。”狄温扶着墙壁喘气。

离塔顶还有一段距离，她走不动了，需要休息。

时渊和陆听寒便耐心等着她。

狄温说：“我告诉所有人，我要去和国王谈一谈这笔血债，其实我只是想找到父亲。我们到了首都，进了城。城里正在遭受怪物的攻击，我们的队伍被迫分开了。”她闭了闭眼睛，“我没想到，王都的部队都撑不住了，父亲向地下转移时，刚好遇见鼹鼠人。”

她讲不下去了。愤怒的鼹鼠人一直把国王视作暴君，杀死了他。等艾丽西亚赶到，鼹鼠人已经在欢呼了。

他们把所有功劳放在了她的身上，高呼：“弑君者狄温！弑君者狄温！”海潮一般的欢呼，淹没了她的哭声。

“我也不知道，我对他们的感情是怎样的。就像乔伊，我恨他们我也爱他们。究竟是爱是恨，也没有意义了，他们是我唯一的家人。我没有告诉过他们真相，和他们四处流浪，构筑巢穴。我们还遇到了其他鼹鼠人，遇到了我喜欢的人，我和他有了女儿，后来，他也死了。最后你们来了。”

“我明白了。”陆听寒说，“很让人唏嘘的故事。”

“陈年旧事而已，只不过人老了，不吐不快。”狄温站起来，“走吧，我们赶快去塔顶。”

十几分钟后，陆听寒根据0293提供的通行码，解锁了塔顶的防御措施，推开一扇门，惊风混着雨水涌了进来。时渊被糊了一脸水，用袖子擦了擦，才意识到他们到地面之上了。这里是观测室，玻璃几乎全碎了。从塔顶能俯瞰城市。雷暴雨似乎小了点，黑云也薄了，天边隐隐有日出的金光。

陆听寒检查观测设施的时候，狄温走到观测室边缘，坐上一把快烂掉的木头椅子。

时渊站在她身边，想瞧瞧她在看什么，就听见她说：“真好，不是吗？

我带着我的子民又回到这里了。”

雨停了，乌云还压在头顶，东方的金光越发耀眼，狄温忍着光照的刺激，目不转睛地看向远方的日出。她说：“温室、农场、发电厂和排气消毒系统都在运作，军械库、仓库和观测塔也没问题，‘烈日’会保护这里。李斯特将军守住了城市，我带回了帝国的子民，我们会活下去的。”她笑了，“你说，父亲会喜欢现在的我吗？会为我骄傲吗？”

这些年，她反反复复思考这个问题，无法释怀。

此时此刻，她知晓了答案。半个红通通的太阳跃出地平线，金橙色的天光斜斜闯入城中，照亮王宫、长街与广场。狄温忽然睁大了眼睛。时渊看到在遥远的天边，跟了他们一路的空中游鱼穿梭在天光里。海豚畅游，热带鱼摇曳着绚丽的长尾，而那头鲸鱼沉浮在金色的云海。要不是它在阿德西经过，时渊和陆听寒也发现不了秘密小镇，遇不到狄温他们。

“爸爸，是你吗？”狄温轻声问，“你看到我了吗？”

没有回答，鱼群消失了，被云海吞没。漫天霞光随之隐去，阴雨再次笼罩，方才的光景如昙花一现。

陆听寒检查完设施，记录了情况，他们该回去了。狄温佝偻着背，和他们一起往下走，乘着电梯回到塔底。

她说：“你们要走了吧。”

“对。”陆听寒说，“等下次见面，就是联盟带着深渊模拟信号过来了。”

“好。”狄温深深地看着他们两人，“祝你们平安。不用担心我们，就这么一点时间，我们撑得住。我会安排大家工作，清理城市，加固防线，等着你们的队伍回来。”她笑了笑，“虽然当不成女王了，这点事情，我还是能做到的。”

陆听寒：“一言为定。”

狄温：“一言为定。”

陆听寒和联盟众人商量了，于明天出发，返回联盟。留在尔顿的最后一晚，时渊又和陆听寒逛街去了。

他坐着0293，0293高呼："警告！警告！警告！"

两人一机器走在宽敞的街道。时渊再次审度建筑，还是那种怪异的、他无法描述的感觉：很多房顶都太尖了，墙壁颜色都太耀眼了，城市的布局也不太一样……每一处细节都在告诉他，这里不是联盟。他想，如果长住在尔顿，他也会喜欢这里的。可是在这个时刻，他挂念的是联盟城市。挂念那长街短巷，温和色调的房屋，挂念那规整笔直的布局，平整的屋顶，耸立的高塔和雪见花旗帜。离开联盟近半年，这是一种陌生的情感。他想，狄温和鼹鼠人肯定也有同样的感受。

"陆听寒！"时渊喊了一声。

陆听寒闻言驻足。

时渊："我知道我在想什么了！"

"什么？"

"我在想家！"时渊告诉他，语气欢欣鼓舞，像终于弄明白了一个难题，"你说的没错，我在想家哦！真的很想很想！"

陆听寒回答："明天就走，我们回家。"

临走之前，池咏歌给布鲁诺做了最后一次检查，布鲁诺的感染特征减少了。但他毕竟只是一个个体，还要更多的样本，才能证明抑制剂的安全性，以及它能否改变鼹鼠人的生活——即便不能痊愈，也会更像"人"一点。这需要长时间的研究、实验和观察，池咏歌没法留下来，时刻关注他的状态。双方权衡之下，决定让布鲁诺跟着去联盟。

他们在清晨返程，狄温带着鼹鼠人，把他们送到了地面。飞行器起飞，时渊凑在窗前，看着鼹鼠人朝他们挥手道别。

"一路平安！"他们说。

战争机器人"烈日"屹立在雨中，身形高挺，这一次不再为战争和杀戮，而是为守卫人类。飞行器掠过它的身边，经过皇宫与先王殒身的日出广场，还有帝国的雄狮旗帜。

然后，尔顿带着一位公主的往事，隐没在飘扬风雨中。

回去的路途总体顺利。几人轮流值班驾驶飞行器，天气阴沉沉的，更冷了，最适合睡觉。雨水的寒气从窗户渗了进来，时渊在床上裹着被子，专心打理鳞片，然后就睡着了。

陆听寒经常和主城通信，或是戴上光脑，通过全息影像指挥。有时候他忙到很晚，时渊已经睡着了，他轻手轻脚地推开门，时渊总会在自己的小床上抬起头，含糊说："陆听寒，你回来了呀。"

"嗯。"陆听寒应道，"我回来了。"

德尔塔深渊一直在躁动，影响范围越发大了，他们的速度很慢，好在不用再勘探其他城市。时渊的数独游戏做了一页又一页，居然掌握了诀窍，越来越熟练。陆听寒在桌前看资料，时渊就在他的身边写数独，偶尔研究一下扑克牌，偶尔探头瞧陆听寒在看什么。

每次都是与"深潜"有关的资料。

时渊想起关教授说，联盟需要陆听寒去深渊之底。那究竟有多危险，时渊想象不出来，就记得关教授擦了擦老花镜，迟疑地告诉他，那很可能会是一场有去无回的旅途。

时渊支着脑袋，研究了一会儿那资料，弯弯绕绕的文字和公式叫人眼花缭乱，他放弃了。陆听寒不和他提"深潜"，他也不主动问。夜晚窗外雷雨阵阵，屋内暖和又温馨。

离开尔顿的第二十四天，意外发生了，他们又到了一个古战场。一百多年前，联盟与帝国在此交战，土地掩埋了不知多少白骨与金属，多少黄粱一梦。也许是亡者太多，战士尸骨被深渊感染了，也许是其他原因，飞行器在前方监测到了大量的感染生物——它们藏在雷云深处，飘忽不定，仿佛一群游荡的幽灵。

陆听寒断定，贸然前行可能不安全，于是飞行器悬停着，这一停就是两天。他们身处古战场中央，狂涌的黑云和怪物包围了他们。更糟糕的是，在乱流与惊雷中仪器受到了影响，信号断断续续，不甚清晰。他们怎么也找不到离开的路。

被迫停留的第二日，时渊睡得正香，突然坐了起来。

“怎么了？”陆听寒低声问，“雷声太大了？”

“不是。”时渊侧耳听，“你听不到吗？”

“听到什么？”

“有人……有人在叫我。”

这不是时渊第一次这么讲了。去尔顿的路上，他说过同样的话。

陆听寒问：“是怎样的声音？”

“我也讲不上来。”时渊想了想，“我就是知道，他们在叫我。”

很快那些声音消失了，被闪电和轰隆隆的雷淹没。

第二天早上时渊又听到了这声音，之后的两天，声音断断续续地呼唤他，只有他一个人听得到。

在他们被困在古战场的第五天，宁副官有些发愁了：“这到底啥时候是个头啊，我们难道就一直被留在这里？”

“估计是这里死过太多人。”池咏歌推测道，“怨气重，就容易招怪物。”

“你这什么理论。”宁副官说，“我还以为你是唯物主义。真要解释，也该是哪个深渊离这里近，或者尸骨吸引了怪物。”

池咏歌耸肩，幽幽地说：“都有可能吧。但有些时候就是有这么玄，不然你怎么解释那空中的鱼群跟了我们一路，一直到尔顿都没攻击我们？你怎么解释林鹿和水母？怪物可不该有神智的。”

宁副官解释不上来，话题就此作罢。他们还是走不了。

时渊站在窗前，面前是漆黑天地。他困惑地蜷着尾巴尖。

陆听寒问他：“你又听见了声音？”

“对。”时渊说，“他们一直在等着我。”

陆听寒和他并肩而立，眺望晦暗的远方，这场雨下了百年。他说：“要不要去看一看？”

时渊愣了一下：“去外面？”

“嗯，顺便探路也挺好。”陆听寒说，“飞行器还在这，最好不要走得太远。”

时渊的眼睛亮起来了："那我现在就走？"

"我和你一起去。"陆听寒讲。

陆听寒和其他人讲了一声，拿了通信器，随时保持联系。然后他和时渊穿上雨衣，走入战场。刚离开飞行器，狂暴的风吹得人东歪西倒，像鞭子般抽在脸上，生疼。时渊有尾巴保持平衡，还是站不太稳，好在陆听寒一把扶住了他。两人各拿了强光手电筒，稳稳向前走去。

呼唤的声音若隐若现，风在耳边猎猎作响，雨水更是嘈杂又喧嚣。

陆听寒都得扯着嗓子说话："那个声音有多远？"

"不知道！"时渊同样扯着嗓子回答，"我不知道……"

他脚下一滑险些摔倒，被陆听寒拽住，回头一看，战争机器人的残骸陷入土中，露出半截机械臂，报废了都要拦他一下。就这么湿漉漉、沉甸甸地向前走，他们还见到了几面战旗。不论雪见花旗帜还是雄狮旗帜，通通褪色了，烂得跟抹布一样，只能靠依稀的底色辨认出。

时渊在脚下看到了奇奇怪怪的东西，比如机器碎片和齿轮，比如一挺重机枪，比如半截疑似人的骨头，又比如大片的金属板，陆听寒告诉他，这很可能是坦克的残骸。再往前走，什么东西"噼里啪啦"砸在了头顶。

"冰雹——"陆听寒在他耳边大声说，"下冰雹了——"

时渊第一次见到冰雹。他还没研究懂，额头上就"啪"地挨了一记。

时渊："啊！"

他摸了摸前额，摸到几粒冰渣子。

陆听寒好像是笑了，还笑得挺开心。时渊向他投以"你没素质"的目光。陆听寒大声问："还往前走吗？"

"当然。"时渊说，"我才不会……啊！"他又挨了一记。

雨混着冰雹下，好在冰雹很小，被砸到也不太痛，陆听寒也不必担心会把时渊砸傻。时渊听它们击打雨衣的声音，觉得还挺新奇。他想，原来冰雹是这样的，纪录片没骗他。

也不知多久过去，远方传来"哗哗"声。

时渊还没来得及辨认，就听陆听寒说："小心！"

周围太暗，时渊没看清有坡，一脚踩到湿润的斜面，失了平衡。陆听寒为了拉住他也一同被拽了下去！两人磕磕碰碰地滚下坡，天旋地转中，陆听寒倏地伸手一拽——他拉住了一条卡在坡上的机械臂。滚落停止了，那机械臂生锈得厉害，被卡在岩缝里。时渊被转晕了，晃了晃脑袋才反应过来，他紧紧抓住陆听寒的手：“好险……”

“它要断了。”陆听寒说。

时渊：“啊？”

话音刚落，机械臂应声而断！他们又一块滚下去了。这回又不知狼狈地滚了多久，他们才停在坡底。

“没事吧？”陆听寒问。

“没事……”时渊抹了一把脸上的水，晕乎乎地坐起来，“我就是被转晕了……”

耳边的“哗哗”声更响了，风中有咸腥的味道，他们的指缝和脸上沾了细腻的沙子。

陆听寒望着远方，说：“时渊，你看。”

时渊顺着看过去，东北方的天蒙蒙亮着，云中日出遥远又朦胧，投下苍白的光。他看到了海，黑色的海，雨中壮阔的浪，成片碎掉的雪白浮冰。那黑与白分明，无边无际，千万年亦是如此。浪潮哗哗冲击着岩石与沙，破旧小屋、废弃渔船、岸边灯塔孤单地伫立着，仿佛亘古不变的画卷。

时渊睁大了眼睛，“海。”

“对。”陆听寒说，灰蓝色的眼眸同样目不转睛，“是海。”

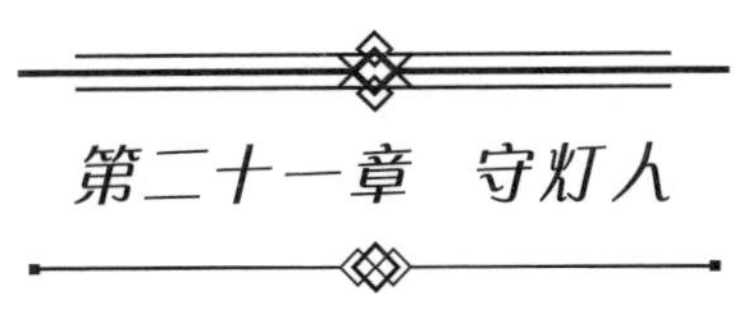

第二十一章　守灯人

时渊小心翼翼地伸手，指尖碰了下海水，一个浪忽然卷过来，淹没他的手掌，冰冷刺骨，他瞬间缩回来手，尾巴紧张地蜷起来了。这和他见过的河水、湖水完全不同，海水太壮阔了，似乎下秒就能把他淹没。雨水和冰雹坠入大海，消失无踪。

时渊小声说：“哇哦……”

陆听寒在他身边，同样伸手，海水涌进掌心，几点浮冰绕着修长的手指打转。海浪冲刷着岸边，时渊鼓起勇气学陆听寒，再次伸手触碰海水，冰冷彻骨。

雨和冰雹小了些，他轻声说：“海和我想的不一样。”

陆听寒问：“你想的是怎样的？”

“要蓝很多，很清澈，不会有浮冰。”时渊努力形容，“可能还有人在冲浪、钓鱼、游泳、捡贝壳……”他对海洋的所有知识，都是从他和陆听寒一起看的纪录片里知道的。

陆听寒解释：“每片海域都是不一样的，和光照、深度、地理位置、洋流有关。我们现在靠北，就会见到海面上的浮冰。”

时渊：“那有冰山吗？”

“有，不过我们看不见。”陆听寒说，“它们应当在远洋。”

“要怎么去远洋？”

陆听寒：“以前是坐船、潜艇或者坐飞行器，自从海上有怪物出没，没人敢出海了。海上的极端情况太多，即使是飞行器，遇到故障了迫降到海中也不会有生还机会。”

“海里有什么怪物呢？”

“我没亲眼见过，据说有几万米长的鲸鱼、发光的海蛇和一些像海怪的生物，能破坏渔船和军舰。”

“听起来好可怕。”

陆听寒有些意外：“你怕怪物？”

“不是，”时渊说，“我可能不会游泳。”

时渊又伸出双手没入海水中，任由浪潮冲刷。海水很冷，没一会儿他就冻得受不了了，收回手，指尖微微泛红。

“冻着了？”陆听寒问他。

“有一点，还好。”时渊回答，“这也是你第一次见到大海，对不对？”

“嗯。”

“陆听寒你是不是也不会游泳？”

“不，我游得很好。以前在军校能排个前十吧。”

时渊：“噢。”他还以为自己终于抓住了陆听寒的短板，有些失望，陆听寒看着他的表情笑了。

雨势稍小，海面明亮了许多。他们一起坐在海边，静静地眺望大海。

风小了后浪潮都温柔了，浮冰依旧漂泊，去向不知名的远方——时渊怎么想象，都想象不出海的另一边是什么。会是极地吗？陆听寒说过有种叫北极狐的生物，毛茸茸的雪白色，很可爱。会是大陆吗？除了联盟与帝国外的又一个文明，也有它们的故事。会是另一片海洋吗？除了浪潮和孤独的冰山，什么也没有。

他的目光太迫切，陆听寒向他解释：“这片海的对面……”

“别说。”时渊赶快打断他，“别告诉我。反正我也去不了，让我想象一下。”

陆听寒低声笑了：“好。”

时渊又讲：“我现在明白了你说的，为什么人类想探索宇宙和海洋。我也想去看一看。”

“那宇宙呢？”陆听寒问，“你是从那里来的。”

时渊想了想，纠结地蜷起尾巴：“我不知道……”

他不记得深渊是怎样来的，也对星空没太大的兴趣，相关知识全是邬正青教他的。荒原和城市才是他熟悉的、挂念的地方，但抬头看向天边几点稀疏的星星，此时此刻，他又有点不太确定了。

陆听寒摸了摸他的脑袋：“走吧，继续去找那个‘声音’。”

他们走在海边，当他们来到灯塔下，时渊站定了脚步。他忽然说：“我知道了，声音是从海上传来的。”

这就麻烦了，他们没办法去海上，也不知路途有多远，时渊可能找不到声音的源头了。

时渊问：“要怎么办呢？”他想了下，提议道，“你不是游泳游得好吗？能不能载着我游过去？”

陆听寒说：“首先我是人，不是快艇。其次你可以变回黑雾。”

“噢，对哦！”时渊这才想起来，“我都忘了这个。”可他不能离飞行器太远，他又说，“算了，今天看来不行，总会再遇到的。”

海水依旧翻滚，陆听寒突然说：“我们去灯塔吧，能看见很远的地方，说不定你就找到了。”

那灯塔是帝国造的，看起来是石制的，也不知为何能屹立多年。陆听寒边走边解释，说有了电子导航系统后，人们基本用不着灯塔了，它们更多用以观赏或者宣誓海域主权。这座灯塔大概也是如此，若是后来建成的，那么牢靠就不奇怪了。灯塔通体灰黑色，塔下的岩石长满了青苔，楼梯也很潮湿，栏杆全都生了锈。好在它们很结实，两人踩上去都没发出异响。

他们到了顶层，先进了一间小屋子。屋内有一张小床、桌椅、书架和烧水壶等生活用品，放得太久了，旧得不成样子。书页受了潮，黏糊糊地皱在一起，几件衣服像抹布般粘在地面。

书桌抽屉中有照相机，时渊摆弄了一下，完全打不开。还有十几张冲洗好的照片，被橡皮筋捆成一扎，湿润的海风把它们的色彩尽数吹散，留下模糊不清的光影与色斑。

陆听寒说："这是灯塔工作人员休息的地方。"

"他们会害怕吗？一直对着大海。"时渊走过书架，认真看过一本本书，试图分辨书名。

"难说。对于喜欢海的人来讲，可能是一种享受。"

时渊："那他们会觉得孤单吗？"

"或许吧。"

时渊想到了深渊监视塔，陆听寒独身待了十年，可比这要孤单多了——虽然陆听寒很可能不这么想。他在书架上小心翻找，一不小心就会把书弄散架，搞得他不敢乱碰。直到他在书架底层找到了一个铁皮盒子，它闭合得严丝合缝，锈锁看起来不容易打开。

时渊想了两秒，把它交给陆听寒。没素质的陆听寒果然接过去，一枪托敲下，老锁应声而落。盒子里有个密封袋，袋中装了笔记。不论这笔记上写了什么，都看得出它的主人很重视它，把它保存得那么好。

时渊拿着笔记本，打量着四周。灯塔顶层的玻璃透明，巨大的照明灯和透镜摆在中央。

陆听寒解释说："最古老的灯塔点的是煤油灯，需要手动操作透镜，后来有了电，换成电力照明灯和自转的透镜才方便多了。有了它，船只才得以识别危险水域，得到引导。"

时渊研究了一下照明灯："它还能用吗？"

"不行，发电机早坏了。"

"好吧。"时渊又跟着陆听寒来到玻璃窗前，极目远眺。

灯塔很高，视野很好，漫长的海岸线和礁石都能看得清。此刻冰雹没了，只剩下小雨淋淋沥沥地淌过玻璃。只见黑海的中央，有一道巨大的裂隙。海水不断涌入，又被黑雾连绵地推出，闪着些许电光。那是代表了“雷暴”的德尔塔深渊，它竟然在海里。这么看去深渊极其壮观，仿佛一道利刃划开海洋，潮水翻涌着无法入内。这不是人力可为的奇迹。

时渊看了几秒钟，睁大眼，说：“啊！”

陆听寒：“怎么？是它在呼唤你？”

时渊：“不，我只是想起电鱼是违法的。”

陆听寒“啪”地弹了一下时渊的脑袋。

时渊委屈地揉了揉额头，仔细听辨。那些声音还在似有似无地呼唤他，隔了很久，他说：“不，不像是德尔塔深渊。声音在更远的地方。”

陆听寒若有所思，他远眺海洋尽头，茫茫然一大片，什么也没有。

即便是他都察觉不出异常。

时渊告诉他：“没关系的！这次找不到它，总还有下一次。我们来看一看笔记写了什么吧。”

他们并肩坐在玻璃窗前，时渊期待地打开笔记本。笔记相当完整，那么多年过去纸张依旧洁白，字迹清晰。

150年2月3日

我的祖父门罗·亚历山大当了六十二年的守灯人。每个渔民和水手都认识他，船舶早就用起了导航系统，但他们说每次回到这片水域，见到灯塔的光穿过夜幕，飞过海面，才会觉得安心。门罗不喜欢离开他的灯塔，祖母总是讲，他是要死在灯塔上的。他们因此离婚，毕竟，谁都不会和一个只爱灯塔的男人在一起。可是门罗没有死在塔上，他八十二岁的时候老到直不起腰，爬一次塔要花上二十几分钟。他来城里找我，问我想不想留在灯塔的时候，我是很惊讶的，在我看来他一辈子都不会离开。

灯塔是旧时代的产物，没有人愿意再当守灯人。我从小跟祖母生活，和门罗一点都不熟，算下来快十年没见面了。那时的我二十岁，忙于攒钱去心仪的私立大学，因此断然拒绝了他。但是门罗说，如果我愿意守三年灯塔，那么他愿意支付我所有的学费。

一阵海风吹来，带着海的湿润咸腥，时渊往后翻了一页。

我很想拒绝，可他给的实在太多了！假设我去打工，至少要五年才能攒够我的学费。那可是北方最好的私立大学，文凭很有分量，教学楼豪华得像皇宫，要是我顺利毕业，这辈子都不愁吃穿。所以，我答应了门罗，他听起来对我的答案很满意。我邀请他在家里坐一会儿，给他倒了一杯黑咖啡，他看起来有点局促，坐在沙发上慢慢喝着。我们很久没这样相处过，彼此不了解，难免会尴尬。于是我咳嗽了几声，说出我好奇了很多年的问题：我问他，为什么要待在灯塔那么多年。

读到这一页，时渊的尾巴也困惑地弯出问号。塔顶的风很大，他翻书的手又被冻得微微泛红。

陆听寒问："要不要下去看？"

"不要。"时渊说，"我喜欢这里。"

于是陆听寒接过笔记，告诉他："揣着手。"

时渊："好呀。"

陆听寒轻翻到下一页。

我知道门罗从小在渔船上长大，对灯塔情有独钟，也是很正常的。但是门罗一愣，好像没想到我会问这个问题。他更加局促了，反复转动咖啡杯。我本意并非如此，赶快说没关系，你还要来点咖啡吗？门罗却说不用了谢谢。他发了一会儿呆，缓缓开口，说他年轻的时候在海边看到了一条搁浅的白海豚。白海豚的栖息地不在北海，这我是知道的。还不等我问，门罗就接着说，那不是普通的白海豚，如果对着日光看，它的身子是半透明的，就像宝石一样晶莹，但到了月光下它有珍珠般的润白。有一群小鱼围绕着它，急着要救它，它们游过的海水都会被极光晕染。他光看一眼就着了迷。听到这里，我觉得门罗肯定是疯了，要不然就是拿我寻开心。然而他是我的祖父，还即将为我付学费，我努力保持礼貌的笑容，询问那只海豚的下落。门罗说他救了白海豚，看着它和鱼群消失在黑色海洋与浮冰的尽头。他后来问遍渔民和水手，甚至问过帝国海军，没人见过它们，也没人相信他。听到这我回味过来了，问他，该不会他一直在找那只海豚吧？他说是的，那生物绝不来自这片海，如果它再搁浅肯定会死。要是有灯塔，它就知道海岸在哪里了。灯塔从来都能指引方向。

我实在太惊讶，说：“你怎么能确定它还在北海呢？有可能它早就走了呀！”

门罗摇头，肯定道它没走。每过几年，他都能在灯塔上看到海里的极光，它依旧在找回去的路。我越发觉得他和祖母说的一样，就是个老疯子。

我说：“就为了这个，你等了六十二年？”

门罗愣了好一会儿，迟疑问我：“原来已经……六十二年了吗？”

我收拾了三天行李，跟着门罗来到了灯塔，这座灯塔名为“克图亚”，在帝国语中意为“火焰”。在古时，航海者见到灯塔的火光，就像见到了希望。我跟着门罗，在狭窄的灯塔里生活了一个月。我才知道，我得住在塔里，要不然我就要开车一个半小时到最近的镇子，第二天再开回来。我很不乐意，但考虑到我的学费，还是忍了下来。

门罗教了我很多，再三叮嘱我守灯人的职责——在我看来这些都没必要。灯塔早就实现了自动化，我做定期的检查和清洁就好。帝国根本不想管这座灯塔了，有没有守灯人、灯塔能不能运作，都无所谓。我也不知道门罗是怎么说服负责人的，让我这个半吊子任职了，而且这份工作很轻松，工资也算可以。

150年3月9日，门罗与我道别。他的旧皮卡车停在沙滩外，看起来随时会散架。我问他要去哪里，他就说他要去南方治病，如果治好了，就再回来守灯塔，等那只白海豚。我还问他，如果帮我付了学费，治病的钱还够吗？他摆了摆手，叫我不要担心这事情，守好灯塔就行，等他回来。

我没问他得了什么病，在朝夕共处的一个月里他半个字都没向我提，我默认他不想说，何况我们不熟。门罗就这样走了，我把小屋打扫干净，上了顶层，透过玻璃眺望大海，心想以后就是我一个人了。

接下来的日记都很简洁，陆听寒一页页快速翻过。

150年3月10日，我早起泡了一杯咖啡，天空晴朗，海风很咸。

3月13日，小雨，整个海阴沉沉的。我不太喜欢海，太危险和不可预测，这个时候尤其如此。

3月17日，我在海滩闲逛，遇到了一个叫安德鲁的渔民。安德鲁问我，门罗去哪里了。我说门罗已经走了，他是我的祖父，现在换我过来守灯塔，但我只会待三年。安德鲁看来很惊讶。他给我递了一支烟，我们站在沙滩上抽完了，聊起门罗聊起这片海。

安德鲁说："我以为门罗一辈子都会留在这里。"

我笑说："我也这么觉得。不过等他病好了，他肯定会回来，没人比他更喜欢灯塔了。"

安德鲁点点头，表示认同。

临走之前我又忍不住问："这里真的有白海豚吗？"

话一问出口，我就知道这是个蠢问题，因为安德鲁饱经风霜的脸笑了。他弹了弹烟灰，说门罗问过他很多次。他当了快五十年的渔民，从没见过什么白海豚，也没见过极光——这里可不是极圈啊！我很尴尬，自己竟然有一瞬间觉得门罗讲的是真的。我赶快说对对对，我也觉得是假的，掩盖过去。

后面笔记主人明显懒了，许多天只写了一句"晴，无事"，有些天甚至没有记录，唯有特别的日子，他才会多写点。时渊看到，他是个喜欢泡咖啡的人，钟情黑咖啡，每个早晨都要来一杯；他不喜欢大海，却喜欢飞鸟，拿相机拍下了它们洁白的羽翼；他在晴天和安德鲁出海，小渔船乘风破浪，银色鱼群跃起，带着水珠闪闪发光；他坐在悬崖边，看浪潮在礁石上拍了个粉碎，身边是一棵枯死的老树……

笔记翻了一页又一页。

到了第二年年末，他写道："151年11月17日，我接到通知，门罗在帝国第五医院病逝了。他在遗嘱里把所有财产留给了我。"

时渊轻轻“啊”了一声。

接下来的日子，笔记主人去办了好几次手续。远房亲戚带回了门罗的骨灰，他把它撒向大海，一半在远洋一半在灯塔旁。门罗的遗产是一辈子的积蓄，供他上学绰绰有余。但他遵守约定，又当了一年守灯人。第三年年末，他没能如愿坐上去大学的列车，战争来了。

时渊和陆听寒就是从古战场走来了海边，可想而知，这灯塔在战时有多危险。

联盟鼎盛时，空军力量是极为恐怖的，顶着沙尘暴和暴雨也要发动强袭，而帝国的军队绝不示弱。狼烟四起，战火不断，笔记主人被迫离开，去往城市避难。临走之前，他检查了整座灯塔。

“希望你能一直亮着。”他这么讲，尽管他不相信门罗。

然后他辗转多年，笔记断断续续的，时间线有大片的空白。从只言片语中可以看出，他加入了城市的后勤大队，负责搬运物资，援助军队。战争旷日长久，他的父亲生了重病，他把积蓄和门罗的遗产都花光了，一贫如洗，还要去借钱。等战争结束，他父亲的病情好转，去了乡下的小屋子养老。

数个月后公主艾丽西亚诞生了，王后难产而死，整个帝国悲喜交加，人人为她俩写上祈福、悼念的话语，写在小卡片上，穿起来挂在屋外，风一吹，它们翻飞起来。

我也写了对公主的祝福，挂在集体宿舍外。现在是和平年代，公主殿下一天天长大了，经济欣欣向荣，所有人都觉得生活很美好。我彻底放弃大学了，没有钱，我年纪也大了。总体来讲，我过得不错，再工作几年说不定能买套小房子。可是我总觉得不对劲，像是少了什么东西，心头空落落的，酒精和烟草都填不满。

生活一成不变，我又奔波了两年，继续当运输工人，经常喝得烂醉如泥。有一天我从酒吧回来，东歪西倒躺在床上，做了个梦。我梦见了灯塔，它还在海边亮着，等我回去。

如果没有这个梦，我不会想起它。它就像魔咒一样纠缠着我，让我无法忘怀。半个月后我决定辞职。我又回到海边，看到了克图亚灯塔。它的灯光早就熄了，塔身却完好无损。我在它面前站了十分钟，决定要回到这个地方。为什么呢？或许，我就是喜欢这里。

然后，时渊看到那人忙活了很久，把灯塔电源恢复了。他又回到了灯塔上，继续守着，每到深夜那明黄色的光飞跃海面，去向远方。

他在这里住了很多年，去小镇采购物资时，遇到了吉娜。吉娜喜欢海也喜欢灯塔，他们结婚了，一起看海，他把门罗的故事讲给吉娜听。

他说："所有人都告诉我，不可能有那样的白海豚，也不可能有极光。"他遥望黑色的海面，"就算有，灯塔十年没亮，它说不定早搁浅了。"

吉娜靠在窗边，风吹起她的红发。她笑着说："我相信这个故事。"

"你连童话故事都信。"他挑眉。

"我只是单纯那么相信，"吉娜深吸一口海风，"你祖父说，白海豚不属于这里，那它是从哪里来的？我可从没听过能带来极光的海豚。"

"谁知道呢？所以我才说，这件事不可能嘛！"

"说不定有一天，你也会见到它。"

"为什么？"

吉娜又笑了："你就当是女人的直觉吧！"她单手支着脑袋，"它肯定吓坏了，肯定很想回家。"

"时渊。"

"时渊！"

"嗯？"时渊猛地回神。他看得入迷，没听到陆听寒在叫他。

陆听寒说："我们离开太久了，得回去了。"他摸了摸时渊的脑袋，"把笔记本带走，回去再看吧。"

"好。"时渊说。

他们下了灯塔，说是回去再看，但时渊根本停不下来。雨停了，他一手拽住陆听寒跟着他走，一手拿着笔记本继续读。

我又守了七年灯塔，从没见过白海豚。我和吉娜有了女儿。孩子太小，需要人照顾，吉娜和我商量，让我暂时别留在灯塔了，我答应了。离开前，我在塔内小屋待了最后一晚。那晚有大雾，海浪翻滚不止，灯塔光芒穿行其中，宛若利剑。我坐在窗边眺望，浪水汹涌得仿佛要颠覆整个世界。突然，我看到海中有一缕光芒飘过，它艳丽极了，晕染了海水和天空，变幻莫测。

极光！我猛地睁大眼睛，仔细辨认了几分钟，确定没有看错，心蹦到了嗓子眼。我冲下灯塔朝船只跑去！我有一条出海的小船，是从安德鲁手下买来的。我跃上甲板，启动马达，不顾一切地朝那极光开去。狂风恶浪，波涛滚滚。小船犹如脆弱的柳叶，只能随波逐流。四处都是黑的，唯有身后的灯塔光芒一次又一次扫来，成为唯一的光源。

我被晃得头昏眼花，心中呐喊道："让我去看一眼！那只白海豚就在前面了！只差一点！"

但巨浪掀翻了小船，我落入海中，呛了一大口水。在这样的海洋里，没人能活下来。我抓住一块木板沉浮着，海水让我迅速失温，直到最后我都看向极光的方向。

真的就差那么一点点了。我的手一松，沉入深海。

再醒来时我看到了极光，一群小鱼把我从海中托起，它们甩动半透明的尾巴，极光从周身荡开，晕染了海水，向上连接了天空。我努力转头，看到鱼群最前方有一只白色的海豚。它有着比珍珠还奇异的润白，身披极光，乘风破浪。在这个狂风暴雨之夜，它们朝着灯塔而去，把我送回了家。

我在医院里醒来——我告诉吉娜真的有白海豚，门罗没有骗我！吉娜却说，是帝国海军把我救了起来，送到医院。她又不无埋怨地讲，孩子还那么小，做任何事之前我都该想清楚后果，而不是当个愣头青把自己害死，不然她们该怎么办呢？她不再相信这个故事了。

后来我去镇上住着，又回过几次灯塔，再没有见过白海豚。或许，它本就不是常人该见到的生物。170年，深渊出现了，所有人都在逃难，我们也要去南方。

见到怪物我才意识到，它们超越了物种限制，其本身就超出了人类的想象。我突然又想起了白海豚，门罗讲得对，它不该是这里的生物，我怀疑它也是深渊的感染物。只是它出现得最早，在这里迷了路。

说出去谁会相信呢？在帝国发现深渊的八十多年前，第一个怪物就出现了，还救了我，我自己都觉得不可思议。我和家人马上要走了，我会把这个笔记留在灯塔，要是某天有人看到这个故事，请往远方看一看，说不定也能看见白海豚和它的极光。那曾是一位老人毕生的向往。

——安东尼·亚历山大，171年3月9日留。

笔记结束了。

一路上，时渊边看边和陆听寒复述这个故事。他太专心了，没注意到天光已暗，世界无光。明明没有下雨，周遭却倏地陷入昏暗。

“时渊。”陆听寒说。

时渊抬头，“啊，怎么那么黑，是不是又要下雨了？”

陆听寒：“时渊，你看海上。”

时渊回首，只见大片艳丽色泽飘过远洋，红黄绿紫蓝，变幻莫测。那是飘忽的极光，在空中和海上发出耀眼的光芒，鱼群正在游弋——与此同时，呼唤他的声音更清晰了。

白海豚！时渊睁大了眼睛。

这刹那他明白了，一直呼唤他的正是它！然而鱼群一路向前，穿过浮冰，径直朝着远方去了，它们并不知道时渊就在这里！

“喂——！”时渊下意识高喊，“我在这！我在这里！”

他跑向海边，他该变成黑雾去的，然而这是帝国境内，他担心碰到哪个藏起来的怪物，害得它被感染了。

他只能跑去，边跑边喊：“等等我！我在这！”

大地浸满了雨水，松软无比。他摔倒了，还不等他爬起，一双有力的手就拽起了他。

陆听寒在他耳边喊：“快去！我跟着你！”

两人向前跑。手电筒掉了，滴溜溜在地上打滚，于是天地间只剩那抹极光。他们朝着光辉去，海岸线那么遥远，时渊的心跳得厉害，不断呼喊，终于一脚踩入了海水中。刺骨的寒冷淹没脚踝，然后是小腿，水的阻力让他跑得很艰难，但他还是朝海里跑去：“停下！我在这里！我在……”

一个猛浪打过来，他站立不稳栽进了水里，呛了一大口海水。陆听寒身形也晃了下，然后迎着浪头向前，把时渊提起来。

两人靠在一起要好走许多，他们继续追白海豚。

极光缥缈，行到水深处，浪潮淹没到陆听寒的胸部。时渊只剩个脑袋在水面上了，一个浪打过来就能淹没他，呛了好几口水。

陆听寒喊：“喂！这里！”

大海越发汹涌，他们走得太深了。又一个浪头打过来，时渊浑身被淹没，脚下悬空，胡乱踩水。一片水声中他只能感受到，陆听寒死死拽着他。

这次被浸没的时间很长，冰冷、无光且可怖，大海露出最狰狞的一面，令人窒息的恐惧。过了一秒、两秒、五秒，又或者快一分钟，时渊眼前亮了起来。他的脚重新踏上实地，猛地抬头——清新空气扑面而来，他看见了漫天星辰与极光。

不知何时，鱼群来到了他们身边。小鱼游动着点亮海洋，不单是它们，黑云里的怪物也循着光芒而来，悬停于光中。而那只漂亮的、神秘的白海豚就在他们的面前。它用乌黑的眼眸看着时渊，身似白玉，又或者说是……像奶白色的星光。浪潮平息了，海水回退，只留没过腿部的、明亮多彩的水面，温柔波动。

喧嚣停了，时渊与它对视。

他伸出手——就像荒原的那日，他向蜂王伸出了双手。

他的神态很平静。彼时，时渊不理解善与恶，美与丑，生与死。他是温室中的花，是象牙塔里的隐者，是误入蛮荒的神明。时过境迁他依旧平静，眼中却多了些什么。那是柔软的情感，是他在陆听寒身边、在人类之中见证了一场场故事，一场场爱恨情仇、生老病死后，才终究明白的情感。

手指触碰白海豚，很奇异的触感，介乎血肉与玉石之间。时渊目不转睛地看着它，正如他能感受到深渊和怪物的躁动，在这一瞬，他们灵魂相通。于是他知道，它是孤单的旅客，已在这里等待百余年。

“我明白了。”他轻声说，“很孤单对吧，你们才会一直找我。”

海豚轻摆胸鳍，蹭了蹭他的手，它有温柔的眼眸。

陆听寒退开半步，看着眼前的一幕。

怪物都凑了过来：空中有小巧的鸟，双尾的猫，通体金色的蛇和萤火虫，几十米长的类龙，巨大如山岳的甲壳生物，似马似鹿，形同野兽；海下是光怪陆离的鱼群，发光的浪潮，与徘徊多年的白海豚。极光笼罩，万物皆有梦幻的色彩。

犹如神话故事里那般……少年站在它们之中。诸多妖魔异兽，他向它们伸出双手，怪物是他的信徒，温顺地等待救赎。

“我明白的，你们想回家。”他说。

陆听寒默不作声了一阵。

良久后，他低声道：“时渊，你怎么哭了？”

时渊回头：“我哭了吗？”

世界流光溢彩，他的神色平静，却满脸是泪。

极光散去后，怪物们也不见了。白海豚带着鱼群与极光消失在了海中，海水又变得湍急漆黑，雷暴雨和冰雹又来势汹汹。

他们回到飞行器上，换了一身干净衣服，池咏歌给他们两杯热茶。

“不知道好不好喝。”池咏歌说，“我们只有茶叶渣了。”

时渊肯定道：“比海水好喝。”

池咏歌很困惑，并且无法想象陆听寒带时渊去做了什么。

时渊被冻坏了，喝着茶裹着毯子，手脚仍然冰冷。而宁副官在指挥室发愁，喃喃：“该咋办呀？导航和定位通通失灵，我们这也不敢走啊！都在这里待五天了。”

“再过两个小时，就是第六天了。”池咏歌提醒他。

宁副官使劲揉眉骨。

时渊双手捧着热茶，溜到指挥室。陆听寒在研究地图和各项数值，他就凑到旁边看。

看着看着，他说：“如果，我是说如果，可以看到来时的路，我们能回去吗？”

陆听寒回答：“可以。只要我们小心雷云里的怪物就行。”

“噢。”时渊想了一会儿，“那我试试看。”

听到这句话，饶是陆听寒也愣了一下。

他问：“你要……驾驶飞行器吗？”

“不是呀，”时渊说，“我还不想死。”

陆听寒：“……”确实。

时渊接着讲：“我只是在想，能不能让你们看到来路。”他有些纠结地蜷起尾巴，“我不知道怎么表达。”

陆听寒却突然想起，在主城的地下车站，姓宋的战士声嘶力竭地质问，为什么小时候的陆听寒是跟着光回到车队的，光芒所过之处，雪见花海中出现了一条路，那是他来时的方向。时渊对此毫无印象，困惑道，当时他只是太想让陆听寒回家了，没想那么多。而陆听寒也问过关教授，教授答道，雪见花并未受任何影响，污染值没变化，他不认为老宋讲的是真的。他和时渊都不再纠结这件事了，直到此刻，时渊又提起。

陆听寒问：“我或许明白你的意思。不过，怎么那么突然？”

“我也不清楚。”时渊看向窗户外，灰蒙蒙的世界，闪电宛若狂蛇击碎了云。看不清黑色的海与浮冰，也看不清灯塔和白海豚了，他依旧眺望着：“可能是我想回家了吧。就像它们一样。”

陆听寒无言，摸了摸时渊的脑袋：“那就试试看吧。”

时渊便站在窗户边，陆听寒和他并肩而立，就看见他聚精会神地往外看。电闪雷鸣，他的尾巴尖快速摆动，非常非常努力地盯着黑云，像是要把它们望穿。

一分钟后，毫无动静。两分钟后，毫无动静。三分钟、四分钟……足足十分钟过去了，时渊的眼睛都快瞪出火星了，黑云还是黑云。

时渊的尾巴瘫软在地，他沮丧道：“我做不到。”

“没关系的。”陆听寒笑了，拍拍他的肩膀，“你的数独不是还没写完吗？再去试试看吧。”

这事情玄之又玄，太不可思议。他并没有真的抱希望。

这天时渊不单做了数独，还看了恐怖片。宁副官是个忠实的恐怖片爱好者，此次出行，在私人终端上存了好几部恐怖片。陆听寒在驾驶室忙的时候，时渊就拿着宁副官的终端，看了一个雷雨天连环杀手的故事。这是个很错误的选择，这情景和现实一模一样，太有代入感。陆听寒一回房间，就看到一只尾巴打了死结的时渊。

时渊裹着被子吓得瑟瑟发抖。

陆听寒解开了他的尾巴：“怕就别看了。”

“我也没其他事情做。”时渊心有余悸，“其实，还是挺好看的。我明天还想看。”

这就是标标准准的又菜又爱玩。

第二天时渊又看了两部电影，一部乡村电锯狂和一部灵异片。陆听寒估算了一下，平均每看半小时，时渊就会举着一条打结的尾巴来找他。终于，时渊把宁副官的终端弄没电了，还了回去。

这晚仪器还没恢复，雷暴有愈演愈烈的趋势，飞行器依旧停在原地。

池咏歌要守夜班，他打开茶叶罐使劲往外倒，只有零星的茶叶和花瓣掉了出来。

“我没有茶喝了！”他哀叹一声，“我的生命之火消失了！”

他烧开水，小心翼翼地倒进杯子里。

时渊也拿走了一杯他的生命之火。陆听寒不让他在晚上喝茶——他上次喝了之后亢奋了一晚上，抱着尾巴翻来覆去。但，现在这茶淡得跟白开水一样，根本没效果。

时渊在床上裹着被子，双手捧着茶杯，喝完了一口使劲咂咂嘴，才尝出若有若无的花香。然后他趴到床头的窗前，看连绵的阴雨和阴沉沉的古战场。陆听寒坐在他身边与主城指挥部联系，等他交代完事项了，也凑到时渊身边，和他一起看雨。这场雨永无止境，时不时传来诡异的、尖利的啸声，云中掠过大批的鬼影。正如池咏歌所讲，真像战场的亡魂被困于此，执念未消，不肯离去。他们为国家战斗至死，也不知他们见到此刻的末日世界，会作何感想。

时渊慢慢喝茶，他说："陆听寒，我们什么时候能回去啊？"

"快了。"我和宁副官他们讨论过了，再等两天如果情况没变化，我们就继续向前。"

"会不会很危险啊？"

"是有点，但我们不能耽误了。不要担心，出了这片战场就好了。"

"噢……"时渊看到又是一大团怪影闪过云间，千奇百怪，它们刺耳的叫声和雷鸣融合，他问，"那些真的是死去的人吗？"

"我不觉得是。"陆听寒讲，"但谁知道呢？"

"我没见过人类间的战争是怎样的。"

"也很残酷，你看'烈日'或者联盟的空军就知道了。"

"那些士兵会想家吗？"

"我想会的。"

时渊又认真看了一会儿，那些怪影不见了，唯有轰隆隆的雷声。前路漫漫，联盟尚远。

他小声抱怨道："我想回去呀！"

房门被敲响，宁副官的声音传来："上将，您能来一下驾驶室吗？"

陆听寒应了一声，摸了摸时渊的头："早点睡吧，别再想恐怖片了。"

"好哦。"时渊答应下来。

陆听寒去了驾驶室。全息地图悬浮在正中央，标了诸多不同颜色的路线与数据。他们研究了好多天，想找到最安全的方向离开，无奈德尔塔深渊让仪器失灵，若贸然前进，他们很可能彻底迷失，或者直接撞上怪物群。在主城，被时渊感染的怪物不断复苏，没有时间可以犹豫了。

宁副官把最新的数据给陆听寒看。

陆听寒飞快扫过一行行数据，宁副官在他身边审度地图，隔了一阵说：“上将，假设两天后状况没变，我们是一早就出发吗？”

宁副官继续讲：“按目前来看每到早上七点至十点，污染指数偏低，怪物应当没那么活跃。但到了晚上，雷暴会稍稍平息，行进更安全，您看哪个时间段比较好。”

宁副官自言自语：“嗯，小池医生和道格拉斯先生都觉得早上好，我反而偏向晚上。有时渊在，应当能震慑怪物，它们不会有太大的威胁。不过这又是帝国境内，万一，我是说万一时渊迫不得已感染了怪物，就麻烦了，还有一拨鼹鼠人没去尔顿呢，再说尔顿也不一定安全。陆上将，您说呢？”

宁副官讲到这才意识到，陆听寒一直没接话。是看数据看得太专心了吗？他抬头一看，陆听寒正目不转睛盯着驾驶室外。

宁副官也顺着看出去，黑云翻滚，雷鸣闪电，除此之外什么也没有。

他问：“您在看什么？”

陆听寒放下资料，几步走到巨大的窗前：“我看到了一点光源。”

宁副官又努力看，几道狰狞的闪电劈下，把大地映得惨白。这就是天地间唯一的光了。

陆听寒站在窗前，肯定道：“我看到了光。宁艄，以速度3向2点钟方向前进！”

宁副官一惊：“是！”他不清楚发生了什么，但他绝对信任陆听寒。他操控飞行器，朝着东方偏北的方向小心行进。其他人听到动静也来到驾驶室，纷纷讶异。

“发生什么了？”池咏歌问，“仪器恢复了吗，我们正在往哪里去？怎么……”

他倏地打住话头，宁副官向他做了个噤声的手势。池咏歌的目光落向陆听寒，见他死死盯着虚空中的某一点。于是他不再问，和道格拉斯快步上前，辅助宁副官。

迎着滂沱大雨，飞行器行进时有明显的凝滞感。怪异的影子还在云雾中游荡，好似对他们虎视眈眈。数秒后惨白的闪电劈下，光亮刺人眼目！它离得太近，仿佛与飞行器擦肩而过。“轰隆！”又是一声震耳欲聋的惊雷，叫人耳膜发疼。风没完没了地刮着，这里当真是险恶之地。

不知不觉之间，池咏歌的衣衫被汗打湿。我们真的能离开吗？他这样想。手上的动作没停，多日来的焦躁让他心神不宁，他不自觉想，他们会不会也像旧时的士兵那样，死在这片荒芜战场上。

直至他看到了一抹光，那光是暖黄色的，暗淡又温柔，却刺穿了浓厚的云。它在空中飘荡，轻盈地一闪而过。

“跟上去。”陆听寒说，“跟着它。”

飞行器朝着光芒的方向去，离得近了，众人才发现那光的玄妙之处。

温暖的辉芒下，陆听寒看到逆流向天空的雨点。

不单是雨，黑云以奇异的方式向两边退去，仿佛被一把利剑斩开；雷鸣和闪电也违背了自然规律，首先是雷声到来，然后闪电向上奔去，好似一条狂蛇重返苍穹，隐入了云中。

这是一个……时间倒流的世界。

第二十二章 逆流之雨

陆听寒微微睁大了眼，暖黄色的光落入他的眼眸，就像灰蓝色海洋上的灯塔。于是，他眼中映出亿万滴升腾的雨。

“这是什么……”宁副官喃喃，“我是在做梦吗，还是这个世界疯了，那个光好像在给我们指路……”

只见在飞行器的面前，层云退开，明显有一条“道路”在等着他们，通向不知名的远方，而那“道路”的模样分外眼熟。

陆听寒说：“是我们来时的路。”他盯着前方，“这种痕迹是飞行器行驶后留下的。”

“什么意思什么意思？”池咏歌的脑袋乱了，凑到玻璃前看。他很快明白了：唯有飞行器破开乌云时，才会让云层有这样的“裂痕”，也就是他们现在看到的“路”。以裂痕的形状来看，明显是朝着反方向去的，也就是帝国的方向。他们按原路返回，来时确实行经了这个战场。

池咏歌喃喃：“这是我们来的时候留下的痕迹……它怎么又出现了呢？是……是因为时间倒流了吗？我们回到了过去，真是太不可思议了……”

“不，不能这样讲。”陆听寒低声讲，“你们看面板，雨还是从上方来的。”

众人这才注意到，数据面板上显示飞行器的受力面依旧在上方，也就是说，雨水的流向没变。

宁副官皱眉道："但雨水明明在往天上去啊！是我眼花了吗？"他使劲揉了揉眼，怎么看还是倒转的世界，"我们也没吃毒蘑菇呀，难道说我们看到的是幻觉？！"

陆听寒的声音依旧压得很低："现实并没有被改变，只不过我们看到的东西不同了。"他的语速越发快了，"是那个光，它让我们看到了过去……快！跟上它！"

飞行器跟着黄光，缓缓前进。

这一刻实在玄妙，明明现实中什么都没变，光芒却揭示了往日的路，全世界的雨和电朝天上奔去。即便仪器坏得一塌糊涂，即便雷电交加鬼影重重，他们仍朝着正确的方向去了。

一路畅通无阻，众人在驾驶室中讶异着、惊喜着，称它为奇迹。陆听寒却僵住了。他想起这像什么了：这就像是老宋口中，他追随过的光芒！

老宋说，雪见花从盛放变成花苞再变回嫩芽，而关教授肯定地告诉他，雪见花没有任何异动。如果他们两人都是对的呢？小时候的他只是看到了过去，只是看到了，只是见证了——而这已经足够，足够让他回家。

现在，也足够让他们回家。

是时渊吗？这是时渊做到的奇迹吗！如果是，他还能不能做到更多？

陆听寒的心跳得从没这么快过，他才思敏捷，电光石火之间诸多设想、诸多计划在脑海中翻涌！他不顾他人的呼喊冲回房间，"砰"地一下推开了门——他骤然顿住。

光芒从他身后涌进漆黑的屋内，他的影子被拉长，落在柔软被褥上——时渊上半身趴在床边高出一截的飘窗上，凉掉的花茶在手旁，下巴搁着大理石板砖，腰身却下塌，下半身在床上卷着被子，尾巴微微蜷缩。正常人要做出这个奇怪的姿势，得有非常好的脊椎，隔一会儿肯定就腰酸背疼。而他竟然能睡得如此安逸。

他睡得太沉太香了，雷声和闪电吵不醒他。正在发生的一切都像和他毫无关系。

许是光芒太刺眼，他哼哼了两声，尾巴尖甩了甩，含糊道：“怎么了？你忙完要来睡觉了吗？”他半梦半醒，努力和睡意抗衡，声音越来越低，又睡着了，他的神情平静而柔和。

陆听寒放松了身躯。无所谓了，他想。不论这奇迹是不是时渊所为，都无所谓了。一只小怪物是不该承担那么重的期待的，他只是想来城市找他的人类，然后被摸摸头。

陆听寒缓缓吐出一口气，坐到床边低声说：“时渊……”

时渊的尾巴醒了，欢快地晃动了一阵，他才回应：“嗯？”

“没什么，明天再跟你讲。我们很快就能回家了。”陆听寒轻轻捏了捏时渊的肩膀，望向窗外，暖黄色泽晕染了苍穹，给他们的面庞镀上一层柔软的光。

他说：“你看啊，那是光。”

飞行器平安离开古战场。如陆听寒所料，时渊对此事一脸蒙。他说：“我不知道发生了什么，我就记得，我梦见你在乱丢垃圾。”

宁副官追问道：“你真的一点点都不记得了吗？”

时渊苦思冥想，纠结到尾巴都蜷缩了，还是说：“我不知道……我真的什么都没做啊，就一直在睡觉。”

宁副官还要问，被陆听寒一个手势压住了。陆听寒讲：“没事，我们会知道答案的。即使不会，也没有关系。”

二十四天后，联盟主城的轮廓出现在天边，它依旧巍峨，沿途所见如烟云散去，疲惫、惊喜、感慨、如释重负……一场旅途有始有终，漂泊数月，倦鸟当还。

飞行器降落在主城，受到了热烈的欢迎。时渊跳下飞行器，远远听到军区外传来欢呼声——人们看到他们回来了，纷纷聚拢过来，为他们喝彩、尖叫。他们被视作探求者、先锋队与英雄，平安归来，带回明日的希望。

池咏歌准备带布鲁诺去医疗中心，为他做全面检查。布鲁诺第一次来到联盟，来到那么多正常人类之间，非常惶恐。

时渊见他就像见到过去的自己，上去安慰：“你知道吗？我以前也有恐人症。”

布鲁诺睁大了眼睛，看向时渊。

时渊接着讲：“好吧，我的恐人症到现在也没痊愈，但比一开始要好多了！他们都是好人！”

布鲁诺盯着时渊。

时渊想了想：“没关系的，你要勇敢一点。”他学着别人的样子，拍拍布鲁诺的肩膀以示鼓励与友好。

布鲁诺快昏过去了。

陆听寒：“……”

他一眼就看出时渊才是布鲁诺恐惧的源头，眼看布鲁诺哆嗦得不行了，赶快把时渊牵走。

时渊没意识到，边走边回头喊：“要是你害怕，就来找我哦！”

鼹鼠人的五官很扭曲，陆听寒还是看出来，布鲁诺满脸都写着“希望我们再也不见”。

长途旅行结束，他们都需要休息，时渊坐上车和陆听寒回家。沿途他凑在车窗边看风景，主城变了很多，在那场战争里很多建筑被毁了，资源不足，他们只重建了三分之一的城区，放眼望去，有许多军队的驻扎点和食物分配处，更远处便是废墟。被凝结于黑色晶体中的怪物，也不在城内了。黑晶体的强度太高，几乎无法被破坏。人们收容了小体积的昆虫怪物，其余更大的，只能把它们整块搬出城外，丢得远远的，以求争取时间。

这是很大的工作量，在傅修中将的指挥下，他们清理了大多数的怪物。

离开的这几个月，城内是半点没松懈过。

时渊就这么看着，直到车停了。

到家了。

陆听寒的家在第一军区内，没被破坏。两人推门进去，打开灯，家具摆放得整齐，和他们离去时一模一样。

时渊的尾巴尖开始欢快摆动。

在他们回来之前，后勤员打扫了卫生。时渊飞扑到沙发上打了几个滚，陆听寒把行囊放下，笑说：“先去洗个热水澡吧。”

时渊正有此意。飞行器的淋浴间太小，热水也不够热，洗得不畅快。而城内的基础设施恢复了，尽管紧巴巴的，但供两位长途归来的远征者洗个舒服的热水澡，还是绰绰有余。

浴缸放满了热水，白雾升腾。时渊整个人泡进去，浑身放松，发出了一声满足的叹息。

水汽太热，让他晕乎乎的，他和陆听寒说：“太好啦，城市还挺不错的。”

陆听寒：“嗯。他们做得很好。”

“希望被我感染的怪物能晚点醒来。”

“嗯。”

“什么时候要开始‘深潜’呢？”

“还没有完全定下来，应当会在三个月内。”

“好吧。”时渊说。

陆听寒等着时渊继续问下去，但时渊改变了话题。

时渊问：“陆听寒，你明天要去哪里啊？”

“去找关教授。”

“好吧，明天我要去见一见程游文他们。然后我……我可能会去城外。”

陆听寒有些意外，挑眉问：“怎么？”

“我想做点事情，等我弄明白了再告诉你哦。”时渊讲，“我不会走得太远的。”

“好。”陆听寒没多问，“不过，你这几句话怎么讲得那么慢？”

“嗯？”时渊呆住了，“什么那么慢？”

陆听寒很快注意到了时渊的不对劲，时渊脸上白里透红，热气腾腾，再往下看，尾巴也蔫蔫地搭在地上不动了。

陆听寒说：“时渊，你该不会泡晕了吧？”

“嗯？”时渊想站起来，“我觉得没有……”他身体一晃，险些摔倒。

陆听寒赶快扶住时渊，塞到床上，开窗通风，热水把深渊给整晕了。

时渊晕乎乎地躺了半天，吹着小风，才恢复了一点精力。

“以后不能洗这么烫的水。”陆听寒这样告诉他，递给他一杯水。

时渊尾巴还是蔫蔫的，接过水小口喝着。一杯水喝下去，时渊又满血复活，抱着尾巴，在床上打滚。

他说：“还是家里的床舒服！”

陆听寒坐在他身边，不紧不慢喝一杯红茶：“有句话叫‘金窝银窝不如自己的狗窝’。”

“知道啦，这里是狗窝。”

陆听寒：“……”

总感觉有点不对。

时渊又打了几个滚，随手拿了床头的《战争史》看，看了半小时脑袋一歪，彻底睡过去了。此时是下午，阳光穿过窗帘轻飘飘落在他的侧脸，睫毛小扇子般投下阴影。泡过热水澡的红还未散尽，热腾腾地铺在耳郭。陆听寒默不作声地给时渊盖好一张薄毯。他昨夜通宵待在驾驶室，这么一趟折腾也累了，同样躺回自己的床上，闭上双眼。

几分钟后，他的呼吸慢而平稳，睡着了。一阵风从荒原吹来，撩动窗帘，天光在他们身上错落起舞。

睡得早的后果是，两人凌晨就醒了。天还没亮，时渊就起床了，煎了两个蛋，配上面包当早餐。

他边吃边问：“我的厨艺有进步吗？”

“有。”陆听寒点评道。

时渊很满意。

等太阳一升起来他就出发去找程游文他们了。据他说，秦落落和沃尔夫冈也会来，他们都想见他一面。

陆听寒去了研究中心，众多研究人员等着他，他与傅修中将、柴永宁及关勋在内的三名教授碰面，讨论了“深潜”计划。这几个月来，陆听寒一直关注“深潜”，常常通过光脑与主城联系，可有些东西还是当面讨论来得方便。多亏了他们沿路放置的小型通信器，通过“回声”频道，狄温也能参加这场会议。

关教授演示了种种数据，最后说：“还是和之前讲的那样，我们认为，1号深渊是‘深潜’最佳的对象。”他向狄温解释，“1号深渊的感染特征是‘剧毒污染’。它的感染物是行动能力较弱的群体。我们会前往尔顿，进行深渊信号模拟，怪物群的行动能力是首要考虑的。”

“深潜”的核心，就是利用深渊间的互斥性。模拟1号深渊的信号，欺骗过其他深渊的感染物，而1号深渊本身的感染群又过不来，是他们的上上策。

关教室继续讲：“还有一点很关键，1号深渊是最早被发现的深渊之一，我们对它的了解更多，更利于模拟信号。”

狄温点了点头，沙哑道：“理解。”

关教授：“另一个选择是特征为‘白骨化’的3号深渊，它感染群的行动能力仅略好于1号深渊。”

傅修补充：“这几个月，我们派出了多个小队前往这两个深渊进行勘探。报告我都已交给陆上将过目。”

陆听寒颔首，表示知情。

狄温转动浑浊的眼球，看向陆听寒，“上将，你怎么想的？”

陆听寒：“我也认为1号深渊是最佳选择。稍晚点，我会和傅修中将再商讨此事，派遣更多小队去勘探。”

之后，狄温讲了尔顿的情况：雷暴雨还是没完没了，“烈日”帮他们抵御了一拨怪物。机器人0293每天巡查街道，鼹鼠人赶着复兴城市，在每个能源厂忙活着，能源储蓄增多，粮食与水源被积攒起来，为联盟即将到来的人们做准备。

两个小时后，会议结束了。陆听寒和傅修本是要走的，可他被关教授叫住了。关教授说，有些事情想私下和他谈一谈，就十分钟。

傅修点头道：“你们聊，我去楼上的会议室先等着。”

陆听寒跟着关教授，两人站在走廊尽头，对着敞开的窗户，一支队伍整齐地从楼下经过。

关教授的白发在风中飘扬，他推了推老花镜，问：“上将，我依旧认为你是执行‘深潜’计划的最佳人选。算上设备载重，护卫舰能载四名乘客，您，驾驶员齐鸿，柯正荣院士和周茜院士。”

陆听寒自然知道这名单，等着下文。

关教授顿了几秒，又说：“陆上将，我们认识那么多年了，也算是患难与共的朋友。我很佩服您，同样的，我很喜欢时渊。”他看向陆听寒，“‘深潜’这件事情，您打算怎么和他说？”

没有人做过这么疯狂的事情。小时候的陆听寒被0号深渊的黑雾托住，安全到了深渊之底，那里什么都没有，就是平地，但其他深渊是不同的。过去，所有深入的器械都被黑雾撕了个粉碎。即便护卫舰足够强悍，他们也没撞见乱流，经历九死一生到了深渊之底，谁又能保证那里有什么呢？

“三年。”关教授说，“我们做了对深渊感染数值的模型推算，三年——这是你们到达深渊之底后，预估的存活时间。”

他继续讲：“你们在最靠近污染源的地方，护卫舰的过滤系统和净化系统的能力有限，日积月累，就是慢性自杀。即使有抑制剂强行撑着，身体也会慢慢衰弱。”他顿了一下，“如果运气不好，我们的估算错误，那么你们只能活一两年，甚至……只有几个月、几周。”

陆听寒：“这些我都知道的。”

“您当然知道，”关教授喃喃，“可是，要怎么和时渊讲呢，要怎么讲得委婉？又或者……您不告诉他？”

“我会找时间把所有都讲给他听。”陆听寒说。

关教授沉默不言。

天空湛蓝如洗，陆听寒看着远方：“教授，您记得那一次岩蛇的袭击吗？”

“怎么可能忘得了？”关教授回答。

陆听寒：“我在前哨站想用‘重锤’和岩蛇同归于尽。在‘重锤’落下的二十分钟前，我想了很多，终究没联系时渊。我怕自己会心软，不敢去死。”

关教授从不知道其中原委，有些讶异。

陆听寒接着讲：“‘重锤’杀死了岩蛇，时渊找到我，把我从废墟里救了出来。后面我和他谈这件事，他说他不喜欢不告而别，况且更早之前，我不当监视者时已经不告而别一次了。我就答应他，如果有下次，肯定会是一场体面的道别。我会遵守这个承诺的。”

关教授长叹一口气。

天光勾勒他弯曲的脊梁，他很老了，见过诸多生死，依旧为之动容。

陆听寒想起什么，灰蓝色眼眸微微闪动：“即使我不说，你以为他就不清楚吗？他可是很聪明的小恶魔，刚来城市的时候能学习、模仿人类到这个份上，已经很难以想象了。换作任何一个人类模仿异族，也不可能做得比他更好。后来他又学会了很多，真的很多。”他笑了笑，“时渊什么都知道。”

与此同时，走在街头的黑发少年似有所感，回头看去。碧空万里，正如初入城市的那一日，忙碌的街道熙熙攘攘，他眼眸中映出了人世间。

时渊去见了剧团成员。没有餐厅开着，新鲜食材也很少，几人在食物分配处找了张桌子，吃着米饭、脱水蔬菜和炒土豆。这一餐是给时渊接风洗尘，程游文和秦落落好奇得要死，拼命追问时渊沿途的故事。

时渊努力回忆，告诉他们来龙去脉。程游文听着听着就拿出了笔记本，拼命写着，说他以后写剧本肯定能用上。而沃尔夫冈一如既往地寡言，慢悠悠地吃饭，听着故事，时不时露出笑容，最后他讲，特蕾西很小的时候也想当公主。

秦落落问：“融合剂呢？它真的会对我们有帮助吗？”

“池医生说有，关教授也说很有研究价值。”时渊想了想，“所以应该是有用的。”

秦落落很高兴：“那太好了！说不定能让抑制剂更有用，干脆灭掉感染后遗症。”

时渊扒了一口饭，听程游文分享最新的剧本构思，听秦落落愁眉苦脸地叹息：要是自己和时渊一样就好了，风吹日晒后脸蛋还是那么好看。

众人又告诉时渊，这几个月来城里的事。他们都说，为了搬运走黑色晶体，人力物力都用上了，运载机器人带着大型晶体去向荒原，那些小的晶体由人工收集。城中人至今不知道时渊的存在，他们只是感慨，幸好0号深渊突然爆发，争取了时间，还奇迹般地没感染人类。

时渊听着听着就笑了，他想，或许有一天，他们也能知道自己的秘密。

“接下来就看怎么模拟深渊信号了。”秦落落卷了卷发尾，“也不知道谁会去‘深潜’。”

“我听说他们找了以前宇航中心的驾驶员，好像是叫齐鸿。”程游文夹起一片土豆。

沃尔夫冈终于开了口：“陆上将应该会去。”

“啊对，我也觉得他会去。”秦落落接话道，“没有人比他更了解深渊了，不过……”她猛地打住话头，意识到了什么，看向时渊。

时渊神情如常，说：“是哦，他会去的。”

众人对视一眼，秦落落马上说：“我听别人讲护卫舰很结实——它本来就是为宇宙准备的。不会有事的。”她是这么说的，至于有多确凿，只有她自己知道了。

隔壁客人的孩子哭了，挥舞着双手想要抓玩具。到了饭点，越来越多的人挤过来打饭，弄了个水泄不通。程游文狠狠打了个喷嚏，气氛又活跃起来了，时渊喝了一大口菜汤，讲起叶染城和骆驼的故事。

道别的时候，秦落落说：“这一路辛苦你们啦。欢迎回家！”

城中还有许多事务要忙，众人各有责任，挥手道别。时渊反而成了最清闲的人，给陆听寒发了几条信息，都没回复，大概在忙。

在回家的路上，时渊碰见了爱丽丝。小巷子的投影器闪了闪，白裙子女孩抱着独角兽，哼着歌靠在墙边。

“时渊，”她轻快道，“我们好久不见啦！”

时渊：“是哦，你好呀！”他想了想，问，“你找到你的哥哥了吗？”

爱丽丝说她看过烟花了，只想找到伦纳德·菲莉帕。

“还没有。”爱丽丝的身形闪动了几下，“我还是没有权限和算力去找人。”她歪了歪脑袋，“谁知道呢，发生了那么多事情，或许他早就死了吧。”

“还是要试试的。”时渊说，“我会继续帮你找的。”

爱丽丝很高兴，最后说：“时渊，我快没时间了。”

时渊：“你怎么了？”

爱丽丝的投影再次闪动几次，她说：“他们说，我的大脑正在衰弱，很快就不能辅助光脑运算了。”她张开双手转了个圈，裙摆飞扬起来，笑道，“毕竟都这么多年了，对不对？按照人类的年龄算，我早该是老人了。”

时渊再次保证，他会努力找伦纳德。

爱丽丝消失了。

时渊还是无事可做，在街上闲逛，拿出通信器给陆听寒发消息：“陆听寒，我可能要出城一趟。”

他又补充：“我会尽快回来的哦！”

陆听寒应该还在忙，隔了二十多分钟，才发来一句：“好，注意安全，别迷路了。”这个“注意安全”指的不是怪物，而是怕地势崎岖，时渊跋涉时磕着碰着了。

陆听寒给了他通行证，时渊就这样出了城。他依旧不敢变成黑雾，慢慢走在荒原上，脚下是或厚实或松软的土地。旷野的风扑面而来，枯草、树木、碎石和远方的高林……一切那么熟悉。怪物畏惧黑色晶体，很久没有大批的怪物潮接近城市了。

时渊走了很久，都没碰到一只怪物。直到他能远远看到大块的黑水晶——大型怪物凝结在其中，被战士们搬运来了此处。他不知自己究竟感染了多少怪物，放眼望去，这一片的水晶林立，在阳光下闪着深邃的光，仿佛一片怪异的树林。

时间凝固于此，它们等待苏醒的那一日。

时渊站在原地，默不作声地看了一阵。

“唰唰唰——”

长草被压弯，一个黑影飞速从身边逃走。时渊回过神来，只见他身边的树林里，已有怪物的身影。

“等等！”他下意识喊道，“不要走！”

听到他的呼唤，怪物跑得更快了。时渊追上去，看到树根与乱石间，一群灰黑色毛茸茸的东西蹿了过去，撞乱了大片杂草。

他又喊：“等等我！”

他一直跑，艰难地翻过盘虬的树根，越过碎石，踏过溪流。他气喘吁吁，每次深呼吸，林间清新的空气撞入肺腑，又带来新的动力。那群小东西的耐力明显不好，连时渊都没跑过。它们被时渊撵累了，毛茸茸地摊在地上。时渊喘着气走来，扶着树干，看到几束阳光掠过树叶，金灿灿地照在那些介乎兔子和仓鼠之间的生物身上。

时渊慢慢走近，怪物们看着他，瑟缩成一大团。

“别害怕，”时渊蹲下来，“你们好呀，我叫时渊，你们呢？”

怪物：“……”

时渊接着讲：“我是0号深渊，我在城市里生活好久啦。”

怪物：“……”

时渊想了想，又说：“虽然你们很没礼貌，但我不会给你们起外号的。”日光落在他的侧脸，少年的面颊白得几近透明，他轻轻晃了晃尾巴尖，认真看着怪物们，“我只是想听一听，你们的故事。”

三天之后，联盟公布了执行“深潜”的人选：陆听寒上将、齐鸿飞行员、柯正荣院士和周茜院士。

计划的执行时间在245年10月27日，即两个月后。

时渊在食物分配处吃了晚饭，准备走回家。路过第一大道的时候，他闻到了花香。那花香太淡了，被清风裹挟着转瞬即逝，换其他人，根本不会注意到。但是，时渊喜欢花，这是他再熟悉不过的味道。

他在周围转了一圈，问了几个人，终于找到了花香源头：那是工地旁的手工厂。这小工厂原本是做什么的，已经无从知晓，现在它是工人们午休的好去处，透气、遮阴又宽阔。时渊一进去，眼眸就被微光点亮了——几朵含苞的雪见，静静地立在琉璃色的花盆中。

时渊惊喜万分，万万没想到还能看到雪见花。

几个工人坐在桌上端着晚餐饭盒，见他的神情都笑了。

其中一个人说："小兄弟，是不是很惊喜呀！"他挥舞手中的筷子，隔空点了点雪见，"这可是唯一的花了。"

"谁说的！"旁人立刻反驳，"布拉德利先生刚说了，过阵子把他的那几盆花搬过来。"

"哦哦！"那人不好意思地摸摸鼻子，"他这样说了吗？我给忘了。"

时渊又往前走了两步，看到了成堆华丽的、颜色各异的花。凑近一看，全都是纸花。有各种颜色，白的灰的红的，甚至还有报纸折出来的，放在曾经的手工台上，满满当当。四五人就坐在台边，边笑着聊天边叠花。

"这些是什么呀？"时渊问他们。

"纸花，送给'深潜'的执行者。"他们解释道，"本来该送真花的，全都送雪见最好，但现在没条件嘛！"

时渊看着花海："为什么呢？"

"你问为什么？"他们有些讶异，"英雄当然要配鲜花。"

又有一人讲："那几位一直值得尊重，尤其是陆上将。我们就是有空的时候叠一叠，在'深潜'之前，能折出好多呢？你要不要一起来呀？"

"好啊。"时渊笑了。

他坐下来，有个年轻男人耐心地教他该怎么叠。时渊第一次知道叠纸有那么多花样，不同种类的花都惟妙惟肖，玫瑰、荷花、牡丹、小桃花……最多的还是雪见，最难叠的也是它，那花瓣太华丽，得花好多功夫才能模仿出四五成。之后的半个月他一没事就跑来手工厂，帮忙叠花。陆听寒把时渊保护得很好，直到现在，依旧有很多人不认得时渊。

时渊坐在众人之间，听他们讨论"深潜"，讨论帝国、尔顿和鼹鼠人，讨论抑制剂与融合剂。有人说，他觉得不可思议，他们马上要背井离乡了，希望计划一切顺利，也希望尔顿那边的天气能好一些，让他们见到太阳；有人说，他还从没与帝国接触过，不知道那些人脾气如何，能不能好好相处；有人热切讨论，融合剂可能给研究带来的启迪，有人抱怨又一朵纸花被她弄烂了，布拉德利先生怎么还没来，还有人感慨道，他曾经也质疑过陆上将，甚至还游行反对他，没想到，现在上将是他最敬佩的人。他们还说，陆上将付出了那么多，一路走来，风雨飘摇，唯独看不到结局，实在太遗憾。

即便是平民百姓都知道，“深潜”的执行者们不可能活下来。时渊默默听他们讲着，叠出了一朵很漂亮的雪见花，被众人争相欣赏。

一周之后，那位神秘的布拉德利先生终于出现了。他很老了，走路慢腾腾，独身推着一个小推车，车上放了十几盆未开的雪见花。众人很惊喜，把花盆放到向阳的好位置，风一吹，满室清香。布拉德利坐在工作台边，说他开了三十多年的花店，直到拾穗城陷落，他才改行当文员。

“我把店里最后几盆花留下了，带在身边。”他沙哑道，语气带了自豪，“很幸运，它们一直活到了今天。”

众人凑在一起吃了晚饭，话匣子打开，谈天说地。布拉德利讲，其实他年轻时最想开的是烟花店，无奈条件不允许，只好放弃梦想。

他说：“烟花是很好看的。尤其是夏天的烟花，在天空上一炸，五颜六色什么都有，小孩子特别喜欢。”

在座的人都比他年轻，没见过烟花，只能想象着。而时渊听布拉德利讲烟花，讲花店，慢慢就觉得不对劲了。一种很怪异的感觉在他心中升腾。他打量布拉德利，仔仔细细看了很久，从那绿色眼睛和苍老面庞上看出了熟悉感。等布拉德利离开，时渊追了上去，喊道：“先生！先生！请您等一下！”

布拉德利耳朵背了，老半天才反应过来，回头看他。

时渊站在他面前，问：“布拉德利先生，请问您认识一个叫……爱丽丝的人吗？”他补充说，“爱丽丝·菲莉帕。”

布拉德利：“……”

时渊见他没反应，讲：“好吧，可能是我认错人了。不好意思打扰您了，我……”

布拉德利死死抓住了他的肩膀！

老人睁大着眼睛：“你、你怎么知道这个名字的？她还活着吗？！”

“不。”时渊长吁了一口气，如释重负，“您是伦纳德先生吧？她一直在找你，已经很多年了。”

两日后，时渊和布拉德利来到超级计算机中心。爱丽丝死后，大脑被取出放在此处，连接光脑进行运算。年复一年，大脑机能快支撑不下去了，终于到了她要休息的时刻。

路上，布拉德利向时渊解释了过去，在爱丽丝去世后，母亲带着他改嫁了。后来他改名换姓，一直生活在拾穗城。

“真的不敢相信，”他喃喃，“她的意识竟然还在，如果……如果我早点知道……”他的声音抖得太厉害，讲不下去了，又小心问，“爱丽丝在这里吗？她会来见我吗？”

“她会的。”时渊说。

他向陆听寒要了权限卡，他们去了计算机中心的底层。机房里放着一台台服务器，经过三道门禁，他们看到了容器中的大脑。它连着无数神经传感器，红蓝交杂的线路布满房间，万亿级别的数据在其中跃动。白裙子女孩站在机器旁边，抱着独角兽，绿眸里闪动数据，她在等着他们。

“爱丽丝！”布拉德利扑过去，苍老的面庞泪水纵横。他想抱住女孩却扑了个空，爱丽丝只是全息投影，只是来自过去的幻象。

布拉德利语无伦次地说，那天，他应该牢牢牵住她的手的，他们不该走那条山野小道，又或许在最开始，他们就不该去看烟花。

“但是，”爱丽丝说，“那天的烟花真的很好看，我喜欢那个夏天。”她的身形闪动。

布拉德利泪流满面，他伸出手：“走吧，我们走吧，哥哥带你回家。”

这一刻，明明知道两人不可能交握双手，爱丽丝还是轻轻把手搭了上去。她说：“嗯，我们走吧。”

老人牵着女孩的手，仿佛回到170年的夏天，年幼的哥哥妹妹一同走在看烟火的路上，叽叽喳喳地等烟花绽放，他们要看世界上最美的一场烟花。

时渊看着他们，直到爱丽丝的身影变得透明，消失在虚空中。

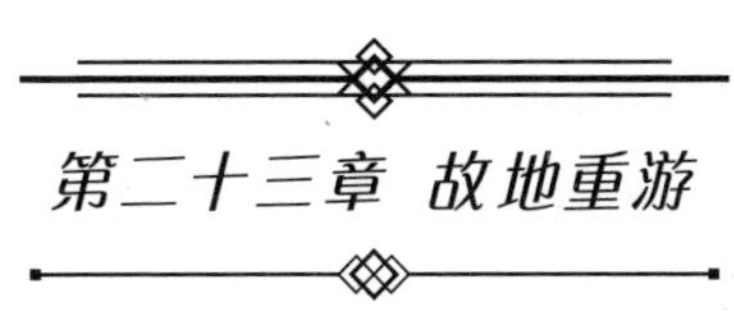

第二十三章 故地重游

时渊继续在手工厂叠纸花。他又去了很多次荒原，一待就是一整天，见到形形色色的怪物。

半个月后的一日，他从手工厂回到家中，陆听寒在等着他了。

“陆听寒！”时渊飞快弹过去了。

一天没见，陆听寒狂揉他的脑袋，时渊发出了满意的呼噜呼噜声。

“时渊，”陆听寒说，“明天跟我出去一趟吧。”

“去哪里呢？呼噜呼噜……”

“风阳城，然后再去拾穗城。”

“啊，是要过去安装信号仪吗？还是做什么其他事？”

“都不是。”陆听寒回答，“这次都不是，就是单纯去玩。”

时渊听说过，在很久之前，人类幼崽有一种叫“秋游”的神秘仪式。大概就是挑个地点，由学校老师领着，吃吃玩玩。他一直好奇这个仪式，无奈没机会尝试。

仔细想来，他和陆听寒从没出门玩过。他们一起做过很多事情，寻常人会做的散步、吃饭、聊天、坐旋转木马、一起看电影、看星星……寻常人不会做的，他们也做了，开车去满是怪物的荒原，并肩走过疮痍的战场，又或者去往远方，揭晓帝国风雨飘摇的往事，见到灯塔和传说中的白海豚……但是，他们每次出城都有目的，从没有一次纯粹的出游。

现在，陆听寒说要一起出去玩。

时渊兴奋了一整天，到处收拾东西，把望远镜、指南针、纸巾、压缩饼干和老相机放进他的小背包里。他还去薅了关教授的零食。

关教授一见时渊走进办公室，立刻警觉起来：“你要做什么？”

时渊：“不做什么哦！”

十五分钟后，他带走了关教授珍藏的葡萄干和小面包。关教授的零食也很少了，葡萄干和面包都只有一点点，时渊还是小心地把它们放进背包。

当晚，临睡前他尾巴尖兴奋地晃动。

“明天我们什么时候出发？”他问。

“八点。”陆听寒闭着眼回答。

“噢！”

又隔了一会儿，时渊问：“不会下雨吧？”

陆听寒：“天气预报说不会。”

“那万一预报不对呢？”

“郭博士负责气象，你去把他打一顿。”

时渊隔了一会儿，再次开口：“我的闹钟好像没弄好，得起来看一眼。”

陆听寒：“你弄好了，睡前我看着你定了闹钟。”

时渊说：“还是再看一眼吧。”他坐起身，摸黑找了一阵，黑暗中亮起屏幕光，他反复确认了，又躺回来，说，“你讲的对。”

陆听寒：“……”

又隔了一会儿，时渊说：“陆听寒，我们明天坐飞行器吗？”

“嗯。”

又隔了一会儿，时渊：“先去风阳城对不对？我们可以待多长时间？”

“看你。”

又隔了一会儿，时渊说：“陆听寒，我……”

“睡觉。”陆听寒说。

“但是……”

时渊话还没说完，就被陆听寒伸手狂揉了一通脑袋。

时渊：“呼噜呼噜呼噜。”

这一招无往不利，他兴高采烈地睡着了。

第二天早上，他们坐飞行器出发。大地在脚下飞掠而过，两个小时后，风阳城出现在面前。太久没见，蝴蝶雷暴雨虽已远去，城中却被形形色色的怪物占领了。飞行器停在城外，两人徒步进城，小怪物们在废墟间穿行，金色皮毛的猴子毛茸茸的，有着六只爪子和两根尾巴，成群蹿上房屋，歪头看向两位来客。他们看到了能源塔和风车，旺盛的感染植物爬了上去，开出形似蝴蝶的花，在风中颤抖。

风车不再转动，藤蔓从它的叶片垂落，郁郁葱葱；能源塔不再闪烁光芒，某种亮紫色的长草覆盖了它，吞没了金属框架，风一吹，紫草波光粼粼，让人想到马匹柔顺的鬃毛，或者一大团蒲公英。沦陷的城市总有别样的、怪异的美感。

时渊和陆听寒走在街头。今日秋高气爽，天空蔚蓝。

时渊一边走一边辨认街道：“那边是枫林大道吧？”

“对。”

“我记得……它的对面是临西街？好像有个食物分配处在那，我被调去那里过。”

“嗯，临西街再过去三个街口，就能到北城区。”

提起北城区，时渊想起什么：“不知道旋转木马还在不在那里。”

陆听寒笑道：“它没长脚，跑不掉的。想看的话就过去看看吧。”

“好呀。”

他们一直走，时渊吓跑了一群蓝色的鸟，它们飞起时，翅膀在阳光下是半透明的。到了北城区，他们跨过层层废墟到了游乐园。游乐园本就废弃多年，现在更是如此。几只大型怪物在这里筑巢了，把残垣碎石翻得乱七八糟，堆得小山一样高。两人不得不翻越过去，陆听寒走在前头，敏捷地几步跨上去，然后回头拽着……或者提着时渊上来。

明明是游乐园，硬生生走出了爬山的感觉。他们好不容易回到旋转木马旁，旋转木马也被植被占领了，狗尾巴草到处都是。两只红色小鸟折下狗尾巴草，精心铺成了巢穴，安放在一匹白马的背上——如果不是它们长了太多只眼睛，这一幕是很温馨的。

陆听寒找到时渊喜欢的南瓜车，掏出短刀，把上头的植被清理干净。他刚想要喊时渊，回头一看，少年站在木马前，正目不转睛地看着柔软的金绿色鸟巢。天空蔚蓝如洗，衬得时渊的衣服白得发光，侧脸至脖颈的皮肤细腻。他伸出手，一只红鸟扇动翅膀，绕手飞了两三圈，停在他手上，长长的尾羽垂下。它歪头，漆黑眼睛看着时渊。

陆听寒默不作声地看了几秒。

时渊察觉了他的目光，回头一看："呀，南瓜车！"

两只红鸟瞬间惊飞，不知去哪里了。时渊凑过来，打量南瓜车。

陆听寒问他："怪物不怕你了吗？"

时渊说："比之前好多啦，我在学着怎么跟它们交朋友。"

陆听寒摸了摸时渊的脑袋："挺好的。"

时渊果然还是很喜欢南瓜车，两人坐在车上，吃了炒饭和土豆泥当午餐。正午时，他们回到南城区的四号高塔下。时渊在这里工作了很久。曾经，塔尖是隐没了星光的旧梦，塔中有接不完的电话，听不完的故事，塔底则是机房与服务器，名叫爱丽丝的女孩踏着数据，穿行其中，如今高塔空无一人。

他们去了八楼的心理咨询中心，以及顶楼的异变者福利中心，什么都没变，电话、前台、房间、办公桌、玻璃窗……它们落满灰尘，待在原地，但好像什么都变了。时渊带着陆听寒，去林叶然的办公室逛了一圈，找到了他的考勤表，发现他一个季度扣了三十多个人的奖金。

他们还爬到邬正青的小阁楼，打开吱呀作响的天窗，俯瞰城市。

时渊说："我还是做了不少工作的。"

陆听寒：“嗯。”

“可惜工资都不高。”

陆听寒深以为然：“嗯。”他无法忘怀时渊的六块钱时薪。

从高塔下来，七拐八拐，他们回了家。家中尚且完好，厚厚的灰尘盖住了一切。时渊跑到窗边看，窗外的风车还在，挂满暗银色的花。

他们找了一圈，看看有没有可以带走的。但是离开风阳城之前，时渊把东西收拾得太干净了，他们只翻出了一个相框。相框里有张老照片，是陆听寒、陆准和虞轻眉的合影。和其他照片一样，三人像彬彬有礼的陌生人。

时渊说：“不知道水母和高林外的鹿，现在都在哪里。”

“谁知道呢。”陆听寒笑说，“天下那么大，它们能去任何地方。”

他打开相框，取出老照片带走了。

两人就这样在城中走走停停，把想看的地方都看了。时渊把葡萄干和小面包分给陆听寒。

陆听寒挑眉道：“关教授的？”

时渊：“那当然。”

他们一起分完零食，回到飞行器上。飞行器离开地面，时渊在窗边看到了城外的深坑，还有山脉般蜿蜒的巨蛇尸体“重锤”坠落于此，杀死了岩蛇，而那日陆听寒差点死去。他还看到了铁城，也隐约看到了高耸的通信塔。他想到陆准上校和无数牺牲的战士，临死前传出“远眺”数据的严歆，还有爱德华的那首华尔兹。如今想来，恍若隔世。

风阳城与铁城越来越远。

“再见哦。”时渊说。

经过大半个小时的旅途，他们抵达拾穗城。一下飞行器就是满城花海，灿烂的鲜花无拘无束地盛放。两人来到街头，时渊晃着尾巴尖哼着歌，走在前头。陆听寒看着他的背影，眼中带笑意。但很快，那笑意中掺杂了哀切的情感。

“时渊。”他像终于下定了决心，开口说，“我有事情要和你讲。”

“什么？”时渊回过头等他。

路边的花开得热热闹闹，淡粉、玫红、浅蓝和鹅蛋黄。花儿大小不一，千奇百怪，随风欢快地摇曳。

陆听寒谈起了“深潜”。他说此行危险，深渊中常有乱流和怪物群，黑雾足以破坏船体，即便是护卫舰也要万分小心；他说，最优异的工程师和驾驶员早已辞世，航空技术也多年未发展，联盟把所有资源放在了护卫舰上，纵然如此，还是力有不足；他说，就算平安抵达深渊之底，传回数据，他们也只是凡人之躯。凡人之躯，有血有肉，终归会死在那里。潜入深渊之底尚且那么难，再乘着护卫舰离开，几乎是不可能的。更何况采集数据是长久的事情，他们不得不留在深渊之底。

时渊默默听着。

陆听寒讲：“我答应过你，下次会是体面的道别。我在主城中弹、失去意识的时候，听到了人面鸟的歌声，出现了一场幻觉。我看到父母亲都在，你和我母亲一起在厨房里做饭，我刚下班回家，坐在沙发上看书，然后我父亲回来了，他钓了一天鱼，什么都没抓住，被我们嘲笑了一通……然后我们一起吃饭，我和母亲都在给你夹菜，你吃不完，发愁到尾巴打结……这一招对我没用，我从幻境走出来了，幻境毕竟是幻境，不能当真。隔了那么久我还是不擅长道别。但是，时渊，我不想骗你，也不想给你不切实际的希望。这就是我的终点了。”

几只蝴蝶飞舞在破败的房屋间，穿过窗户，停在黑色的窗帘上。

时渊说：“我知道的哦。从我感染了所有怪物的那一天，我就知道你会去‘深潜’。”他补充道，“关教授什么都跟我说了。”

陆听寒无言以对，低声道：“时渊……”

“再说了，从一开始我就明白你是人类，寿命有限，总有一天要离开的。”这种时候，时渊竟是弯起眼睛笑了，“你告诉过我‘来过’才是最重要的。我已经活了很久很久了，可是这些年，我才觉得精彩，才觉得真正活着。”所以他想，生命不能靠长短去度量，而要靠浓度。人们都会记住一个精彩纷纭的故事。

“所以不要愧疚呀，在我来找你的那一天，我就已经做好了道别的准备。”

陆听寒从不知道，时渊在初见之日就看到了离别之时。他神色微动，还欲开口：“你……”

时渊却打断他：“等下再讲吧。让我们先好好去玩一玩，我们好久没回来拾穗城了。这可是秋游！”

“好。”陆听寒笑了，“想去哪里？”

“先去加西亚大剧院吧！”时渊回答。

已近黄昏，天空还是那么明亮，热烈的阳光落在他们周围。百花齐放，草木葱茏，这真是秋高气爽的一天。两人的步伐轻快，走向花草簇拥的热闹街头。

加西亚大剧院什么都没变。时渊看到了不远处的公交站台，他曾无数次坐在这里，等一班公车回家。公交车上人挤人，他好几次害怕到差点尾巴打结。后来他离开了，风阳城只有电车，他再没体验到这种摇摇晃晃的感觉，再后来陆听寒但凡有空，就会来接他，他也很少坐电车了。

时渊告诉陆听寒：“我第一次坐公交差点摔了。”

陆听寒：“你没抓住吊环？”

“抓住了，司机急刹车的时候我就抓不稳了。”时渊解释，“之后，我都是用尾巴卷住握把。”

时渊一直有一条有力的尾巴，能奓开鳞片，也能保持平衡，能握住把手也能把人打成脑震荡。

他们走近剧院，门口的大理石雕像挂满鲜花，推门进去，大堂、走廊、演出厅……通通被花海簇拥。两人进了一号演出厅，这是野玫瑰剧团常用的舞台，《殉道者》演出了无数次，也收获了无数次掌声。走过座位间，几朵小花看见时渊，从天鹅绒坐垫上拔出根茎，慌张地跑掉了。其他植物跑不掉，有一朵巨大的向日葵长了眼睛，偷偷盯着两人。

时渊冲它打招呼：“你好呀。”

向日葵扭过头，自闭了。

时渊走上了舞台，可惜室内昏暗，一切都看不清晰。

陆听寒看出了他的念头，去后台研究了一下，然后摁下开关。伴随着一阵电流声，舞台光乍然亮起，落在时渊的身上。

“哇！”时渊说，“灯还能亮起来！”

“线路没被破坏，备用电源也还有。”陆听寒说，“不过只能维持一会儿，不能照太久。”

“那也够了。”时渊的尾巴尖欢快摇曳。

他和陆听寒并肩站在舞台上，仿佛回到第一次试演的当日，时渊害怕得要死，却想着再勇敢一点——再勇敢一点，说不定就能理解人类，看懂他们的悲欢喜乐。然后他走上舞台，灯光潮水一般淹没了他，台下静悄悄、黑压压，而陆听寒含笑看着他。

时渊演的是救世神，他也以为自己能和剧本里一样，拯救城市，最后事实证明，他永远都是怪物的神明。时过境迁，舞台剧已然落幕，他却见证了无数故事，看到众人的勇气，理解了那些悲欢、爱恨，也明白了何为家园，懂得了想家。

“感觉是好久之前的事情了。”时渊轻声说。

陆听寒：“对啊，我还记得你第一次邀请我去看《殉道者》，把我的名字都报错了。”

时渊：“是哦，但我和他们讲的真的是‘陆听听’，是夏舫的耳朵不好使。”

他们一起坐在观众席，周围昏暗，唯有舞台上是亮着的。

时渊说：“秦落落跟我讲过，拾穗城热闹的时候，人们从世界各地过来看舞台剧和音乐剧。”

“还有很多人来看麦田。”陆听寒说，“毕竟这座城市曾被称作‘麦田里的舞台’。”

“哦，对，待会儿我们去看看麦田吧！”

“好。”

时渊又告诉陆听寒剧团的趣事。实际上，在每天与陆听寒分享见闻时，很多故事他都讲过了，但两人都不介意重温一次。时渊说，程游文和秦落落总是拌嘴，要不是夏舫八卦，他永远不知道程游文暗恋她；他说剧团总是缺钱，同一个广告在外头挂了好几年都没摘下来；他说，沃尔夫冈一天都不讲几句话，在台上像换了个人，台词说得滚瓜烂熟，而特蕾西总是喜欢念童话书；他还说，当时所有人都在为伊莎贝拉女士筹钱。

“伊莎贝拉女士早就不在了。”时渊说，“她在风阳城的家变成了福利院。那笔钱是留给特蕾西的。可惜特蕾西没撑到能手术的年纪。”

陆听寒告诉他：“有了融合剂，以后感染后遗症会好治很多。现在他们已经开始研究了。”

“那就好，”时渊想了想，“会有痊愈的那一天吗？”

“我想会有的。”

他们又坐了一会儿。出去的时候天黑了，什么都看不见，麦田只能明天再去。两人回到飞行器上吃了晚餐，打了一会儿牌，时渊还是输得一塌糊涂。

陆听寒说：“数独你都会了，怎么牌技还是那么烂？”

“不知道，”时渊老实回答，“可能不行就是不行吧。”

陆家永不服输的精神算是败在他这里了。

第二天一早，他们向麦田出发。小麦都被感染了，长得稀奇古怪，但好歹都是金色的。巨大的机器原本到处漫步、喷出水雾，也喷出了一道道彩虹，如今没了能源，它们停在麦田间，看起来像一幅油画。

畜棚禽舍中也没了动物，差点咬了时渊袖口的奶牛不见了，山羊们不知所终。墙上千疮百孔，大概是它们异变成怪物逃了出去。时渊站在缺口处，张望了一阵，看到麦田间闪过几道身影，也不知是不是它们。放眼望去世界依旧是大片的金黄，美轮美奂，亘古不变。时渊看着它们，想到的却是过去的麦田。大抵如陆听寒所说，最重要的是曾经存在过。

再然后，他们回了家，屋子西面的墙壁塌了一半，风吹日晒，屋内不堪入目。

时渊在楼梯口找到了破铜烂铁，两个家务机器人待在原处，忠实地守卫这个家。时渊蹲下来，拍拍烂铁的脑袋，听到“咚咚咚”几声闷响。但是机器人的提示灯亮不起来了，或许线路老化了，他只好放弃。

两人上了阳台，眺望远方。时渊看到了极远处的钟，每当有人牺牲，丧钟声便会响彻拾穗城，恢宏而浩大。那时陆听寒也常常来到阳台，默不作声地遥望城市和荒原。

今日的天空蓝得沁人心脾，城市还是城市，从荒原吹来的风分外清新。

时渊靠着阳台边，看了很久很久，才说："陆听寒，我们走吧。"

他们最后去的地方是步行街。这曾是拾穗城最繁华的地段，工人们挥汗如雨，孩子追逐打闹，小商贩在叫卖罐头、衣衫、小吃和各种杂物。时渊刚进城时，陆听寒就带他来了这里。时渊牵着他的袖口走在街头，第一次见到众生百态，吃到了很好吃的烤肠和牛肉面。

那时候的时渊觉得，这条街长到怎么也走不完。如今再踏上这条街，四下无人，花草茂盛生长，他们走走停停，不知不觉间已走到街道尽头。

时渊说："陆听寒，你知道我在想什么吗？"

陆听寒："什么？"

"当初我应该多吃几根烤肠的。"时渊说，"那么贵，反正有你请客。"

陆听寒笑了。

接下来的数个小时，他们走遍城中。时渊努力爬上废墟，想摘一朵漂亮的花，结果刚爬上去就闻到一股恶臭——那大臭花威力十足，害得他尾巴都打结了，过了足足二十分钟还在打喷嚏。再然后他们去到地下避难所，看到了熟悉的三角形结构。时渊晃荡了一圈，找到了自己待过的房间，墙壁角落有一行刀刻的小字："世界美好，我们向死而生。"

出了避难所，空气分外清新。他们走过街巷，到了一条主干道，这里正是人们向陆听寒献出花海的地方。

"我喜欢这里！"时渊说，"当时我站在人群里看你，雪见花海真的很好看。"他想了想，"后来，你是怎么找到我的？"

陆听寒笑着回答："我也不清楚。我就是知道你在那里，从来都是这样。"

"好吧。"时渊很高兴，"你每次都能找到我！"

陆听寒摸了摸他的脑袋，眼中满是笑意。

再欢快的旅程总会结束，大街小巷都走过了，也到了分别时刻，他们离开拾穗城，陆听寒问时渊还有没有想去的地方。

时渊想了想，说："要不然我们去监视塔看一看吧。"

陆听寒答应下来，飞行器直直朝着0号深渊的监视塔飞去。

路途遥远，时渊趴在桌上睡了一觉，醒来后凑到窗边，看到了黑色的深渊监视塔，它孤零零地站在荒原上，旁边是一望无际的柏树林。这对于两人来讲，都是再熟悉不过的地方。

飞行器停在塔下。时渊跟着陆听寒经过简单的防御措施，打开塔门，一路向上走。塔顶视野开阔，荒原和柏树林尽收眼底，唯有曾经是深渊的地方空荡荡的。时渊第一次来到监视者的小屋，家具还在，床铺、桌子、厨房、通信设备和紧急求救设备……屋子窄小，但如果只有一两个人住，倒也称得上舒适。

时渊："哇，你一直待在这间屋子吗！"

"对。"陆听寒拿起桌上的两个小木质雕塑，"之前讲过，苏老师让我来的条件是继续参与指挥。你毕竟是个很安静的深渊，我要做的事情不多。平时我用光脑指挥战斗，每四到六个月会回城几周，处理事务，然后再回来。"

这些事情，时渊都听陆听寒讲过的。他说："噢……你手上拿的东西是什么？"

"我拿军刀刻的。"陆听寒把雕塑给他看，"有几天不想画速写，就试了点新东西。"

"你还会雕刻呀。"时渊看到了两只活灵活现的怪物，一只是松鼠与兔子的结合体，龇牙咧嘴，另一只还是松鼠与兔子的结合体，龇牙咧嘴。

时渊说："哇，你好厉害啊！把这个……嗯……松鼠？还有兔子刻得真好啊。"

"什么松鼠和兔子？"陆听寒莫名其妙地看了他一眼，"那是鲸鱼和狼。"

时渊看着手中的两个雕塑，久久沉思。即使是他都明白，这两种东西间没有一点点的联系。

他真诚地说："陆听寒，你真的不擅长除了速写以外的所有艺术。"

"是吗？"陆听寒明显不信，就像他不相信他拉的小提琴很难听，"我觉得我刻得还挺好。"

时渊又在屋内走了几圈，想找点有趣的东西。陆听寒走的时候清空了房间，但这是他生活了多年的地方，再怎么样都会有痕迹，比如桌上的划痕，角落的几本旧书，遗落在床底的黄铜子弹。时渊想象着，十八岁的陆听寒如何来到这里，又如何与孤独共处了十年。他还发现了一个巨大的望远镜，构架精密，正正好对着荒原。

他问："这是什么？"

陆听寒："这是观察深渊用的。"

对时渊来讲，这是无异于被人类高强度无死角偷窥的变态行为了。

陆听寒又咳嗽两声："谁知道你能成精呢？"

时渊又被床头的收音机吸引目光。

陆听寒解释："有时候我会听广播。"

"有音乐吗？"时渊问。他能想象出，以前陆听寒靠在床头看书，广播声当背景音，翻过了一页页。

"有。"陆听寒开始捣鼓收音机，又回飞行器上拿了便携能源过来。

一番折腾，收音机终于亮起来了，一排广播电台出现了，如今通通缄默，失了声响，好在能找到机器自带的音乐，

陆听寒说："有摇滚、爵士、古典乐，还有以前的流行音乐，你想听哪种音乐？"

时渊："有华尔兹吗？"

"应该有。"陆听寒找了一下，收音机播出节奏缓慢的三拍子舞曲，悠扬而婉转。他们站在窗台边，陆听寒微微垂眸，看时渊眺望远方的神情。

陆听寒见过时渊太多的表情，每次却是不同的感觉。此刻，时渊的睫毛打下一小片的阴影，右眼尾的黑鳞没入鬓角，恶魔角、长尾巴，诡谲又好看，每一根发梢都在夕阳下淌着柔软的光。在他的身前，便是无穷无尽的荒

原，郁郁青青的柏树林，和一轮燃烧着坠落的日头。

他们站在窗边看日暮西山。

陆听寒低声说："都已经过去那么久了。"

"是呀。"时渊说，"过去那么久了。"

夕阳坠落了，天光向地平线逃逸。万物暗淡，他们从监视塔离开，柏树和塔身都成了剪影。寒风萧瑟，陆听寒让时渊披着他的外套，问："这是你想象中的秋游吗？"

"嗯，和我想象的差不多！"时渊回答，"难怪人类喜欢秋游。你呢？你玩得开心吗？"

"开心。"陆听寒笑着说。

时渊弯起眼笑了。两人笑闹着走回飞行器，时间晚了，每说一句话都有白雾冒出。飞行器离开地面，朝着主城回去。

后来，时渊继续帮忙叠花。附近的人听说了这件事，来得越来越多了。人们在空闲时聚在工厂，一边聊天一边折纸花，聊的话题天南地北，最后总归会回到"深潜"上。大多数时候时渊默默听着，偶尔接上几句话，但他从不留到太晚。

"深潜"的日子一天天近了，有一日时渊离开工厂时，想了想，带走了一捧自己叠好的纸花。第二天他去了城外的树林间，踏过溪流，踩着叶间的碎光，一群小怪物与他同行，飞快地爬过石头与树根，探出头看他。

他已经来这里很多次了。远处的山岳浸在白色雾气中，雾气缥渺，如梦似幻。露珠挂在叶片上，他一路向深山行去，沿途是形形色色的怪物、壮阔老树、锋利怪石、成对的蓝鸟、金色的游鱼……时渊和它们都认识了。

正如他告诉陆听寒的那般，他渐渐学会了与怪物相处。直到他来到山林尽头，隐约间，连绵山峰上有一抹银白色在游动，鳞片闪耀。那是一条盘踞于山冈的巨蛇，巍峨庞大，不见首尾。时渊是偶然间看到它的，来找它好几次了，每次都没法接近。他今天带纸花过来，正是想送给巨蛇。他想，既然他喜欢花，说不定也有其他怪物喜欢。

巨蛇游动身躯，鳞片在雾气中若隐若现。

“等等！”时渊喊道，“别走！”

他担心巨蛇又一次逃跑，赶忙奔过去。他跑得太快，带起的风卷起落叶和花瓣，却见那庞大的身形越来越远，隐没雾里，几欲消失。

“等等！”他又喊。

森林的草木旺盛，看不清路。他突然一脚踏空，跌落断坡。

一阵天旋地转，他似乎砸到了什么东西。好在山坡并不高，他在空中用尾巴保持平衡，柔软地摔进了草地里。毫发无损，就是背有点疼。时渊晕乎乎地坐起来，回头一看，一根粗壮的黑树枝也掉了下来，大概是他下落时把树枝给砸断了，难怪背后疼。

“哗哗——”

又是一阵鳞片和树木摩擦的声音。时渊抬头看去，那巨蛇竟转过身，低垂脑袋，吐着信子看向他，它有着琉璃般的眼眸。纸花被摔坏了，散落一地，那树枝上倒是生了桃花般的淡粉新花。

时渊抱起黑树枝，奋力举向巨蛇，说：“我的礼物坏了，这个送你吧！”

桃花在料峭的风中颤抖，少年的声音回荡于山谷。

他说：“我喜欢花。希望你也会喜欢！”

风声很大，呼呼呼地响着。不知多久之后，那庞然大物动了。鳞片摩擦过峰峦，它缓缓垂下头颅。山雾之中，白蛇衔花。

接下来的日子，时渊经常去荒原。有时候他会在荒原过夜。当然，夜不归宿不是个好深渊该做的事情，他会和陆听寒提前讲一声。

陆听寒问他在哪里，时渊总回答：“我在城外哦！这里有块黑黑的大石头，我就在这里。”

又或者：“就在一片草地上，有很多的草。哇，这个果子还挺好看！”

再或者：“我往南方走的，然后又追着一群鸟跑了，不知道在哪。”

指望时渊清晰地讲出方位，是不可能了。陆听寒放弃这个念头，并让时渊随时打开定位系统。好在主城不算庞大，足够让一只路痴深渊可以摸索着回家。

陆听寒又问：“你过夜都在做什么？”

时渊回答：“我在和一条蛇玩，去了它的巢穴，里头全是好看的树叶。昨天我跟着三只狐狸……嗯，应该能叫狐狸吧，到了河边。”

他忘了说那条蛇比山岳还要庞大，而所谓的“狐狸”长了三个头，满嘴獠牙，足下踏火。

陆听寒也不多问，简单道：“嗯，好好玩。”

第二天时渊总会出现在家里，衣衫沾了露水和青草屑，鞋底有泥巴与花瓣——他看起来漫山遍野地疯跑了好一阵，和不同怪物混在一起，领口偶尔会有一根柔软的毛发，或者鲜艳羽毛。

“陆听寒！”他一见到自己的人类，欢欣鼓舞，“摸头！”

陆听寒伸出手，使劲揉他的脑袋，听到时渊发出满意的呼噜呼噜声。

然后时渊洗了个澡，浑身热腾腾地卷起被子，用尾巴盘住自己。和之前一样，他兴奋地和陆听寒分享见闻。他说巨蛇的巢穴有多么柔软，它身旁还有小蛇，通体水晶般透明，摸起来冰冰凉凉的；他说长草地的尽头有长得像火烈鸟的怪物，成群飞起时，像一片燃烧的火幕；他说在密林的最深处，古树长满了眼睛，郁郁苍苍，刚开始古树很没有礼貌，怎么都不肯睁眼，后来他多去了几次，靠着树干听满山满谷的风声，古树渐渐愿意看他了。

陆听寒问他：“你怎么学会和它们交流的？”

“我也不知道。”时渊想了很久，尾巴都纠结地蜷了起来，“可能，是我明白它们的情感了吧？”

“情感？”

“嗯，就像我明白了人类的情感。”时渊说，“也像我们见到白海豚的那天。”

彼时灯塔独立于沙滩，多彩海水没过小腿。时渊向漫天的怪物伸出了手，世界光怪陆离，而他泪流满面。为何而泣？连他自己都不知道答案。但，或许真如时渊所说，在看懂人类诸多情感过后，他慢慢学会了与怪物相处，就像和人类那样。

陆听寒摸了摸时渊的头。

当晚他们一起看了部纪录片，讲的是极地冰川。城市沦陷，数据损失太多，许多资料已经消失了，纪录片不剩多少。这一部纪录片有幸保存，播出异域风貌，那辽阔的海洋和巨型冰川让时渊瞪大了眼睛。他看得入了迷，问了陆听寒许多问题。等企鹅们跃入海中，鲸鱼在远处喷出水雾，纪录片也结束了。

时渊意犹未尽，问："有骆驼的纪录片吗？"

他还没看到骆驼，耿耿于怀。

陆听寒花了些时间，找出了一部沙漠的纪录片。投影上出现了金字塔和盘旋的雄鹰，人们用布匹遮住太阳，把自己裹得严严实实，骑着骆驼走向绿洲。热气腾腾，空气都扭曲了。骆驼的镜头非常多，摄影师屡屡拉近镜头，拍它们嚼仙人掌的模样——它们总是很平静，波澜不惊，仿佛天下唯一有意义的东西就是水和仙人掌。

时渊刚开始看得津津有味，老问陆听寒问题。

陆听寒尽可能解答了。问着问着，时渊渐渐安静下去。陆听寒以为，是因为他的问题都被完美地回答了。直到他扭头，看到时渊抱着尾巴睡得香甜，看来对骆驼的爱也抵不过睡意。

陆听寒帮时渊压好被角，关掉影片前他看着封面的冰川与沙漠，停顿几秒，无声地笑了笑。尽管他解答了时渊的很多疑问，看似了解很多，可那是他和时渊都没去过的地方。这个世界很大，看过海了，就总想去看看别的东西。他把屏幕熄灭，熄灯睡觉。

第二天早上时渊在床上坐起来。他睡蒙了，黑发有几分凌乱，想了一会儿问："我的骆驼呢？"

"在梦里。"陆听寒闭着眼睛告诉他。

时渊继续往返于手工厂和荒原。某一日，他去找了关教授。

关教授一见到他便很警觉，说："时渊，我真的一点零食都没有了。"

"我不是来找零食的哦。"时渊说，"我有几个问题想问你。"

时渊的旧案累累，关教授丝毫没放松警惕。

时渊坐在办公桌对面，捧着热水问：“我真的没办法去深渊底部吗？”

“这个啊。”关教授回答，“我们不是实验过很多次了吗，一旦你接触到深渊中的黑雾，就会被排斥。”他笑了一下，“如果不是这样，事情就简单多了。”

时渊喝了一口热水，又问：“那如果我以人形接触黑雾呢？”

关教授挠了挠头：“嗯，就研究来看，你处于人形的时候和人类没任何区别。不然，我们早查出你的异常了。所以我觉得是可以的。”他突然意识到了什么，补充说，“你可别乱想。黑雾中最可怕的东西之一是‘乱流’，连舰船的钛板和装甲也顶不住，靠肉体不可能硬抗。再说了，深渊之底可能也布满黑雾，不能赌你和它排斥，会发生什么事。”

时渊：“噢……”他转了转手中的杯子。

关教授面色纠结，摘下老花镜，慢慢擦着：“而且……而且，万一你变回黑雾后，连其他深渊都能感染，怎么办？”

“也是哦。”时渊说。他的尾巴弯出了问号，像在努力思考着什么。

关教授把时渊送到了研究中心门口。他犹豫道：“时渊，我不知道你在想什么，又有什么打算，但你一定要慎重。有事情就去和陆上将商量。”

时渊答应下来。

关教授欲言又止，最后轻叹一口气。

时渊一直在想这个问题，太心不在焉，手工厂的人都发现了。时渊手上机械性劳动着，折出一朵朵花，眼神空洞，直勾勾盯着虚空中的某一点。

“时渊？”别人喊他，“时渊？”

时渊面无表情，眼神飘忽。

“时渊！着火啦！”有人故意喊。

时渊不为所动。

“这孩子想啥呢？”几个大妈嘀嘀咕咕的，“魂不守舍的。”

时渊继续走神，他太心不在焉，怪物们也发现了。在森林与群山深处，形形色色的怪物围住他。许多怪物仍不敢离得太近，隔了一段距离，几只猫类怪物躲在树梢，抬起爪子舔毛，偷偷打量他。时渊坐在树桩上，拿着一朵变异的七彩花，无意识地揪着花瓣。一片、两片、三片、四片……花瓣坠落，每当它们触碰土壤，色泽骤然蔓延开，晕染了大地。巨蛇卷着云雾而来，吐着信子，低垂脑袋，凑近了看时渊。时渊半点不看它。巨蛇吐了吐信子，时渊没反应。巨蛇再次吐出信子，劈头盖脸糊了时渊一身口水。

“啊！”时渊直接被它弄得翻倒在地，重新站起来，才回过神。

他抬头，看向白蛇琉璃般的瞳孔说：“我没事哦。我只是在想事情。”

白蛇自然是不懂的，可是它喜欢时渊。它盘踞身子，待在云雾山间，安静地陪着他。若有旁人路过，想必会被这一幕惊得说不出话：碎光穿行过林叶，错落地降在时渊身上，光斑透亮。诸多怪物藏于山野，静默而耐心地望向时渊——就像黑压压的台下观众看向舞台上。唯一的舞台光源分外明亮，自上而下打在少年身上，好似他是它们独一无二的主角。

风一吹，衣衫上的光斑摇曳，飘飘荡荡，晃得整片山林都亮堂了。

巨蛇游动身躯，鳞片在光下闪闪发亮。它消失在峰峦间，大半个小时后游弋回来，口中衔着粗壮的树枝，小白花在上头迎风招展。就像时渊那日送它的礼物。

它把树枝送向时渊。

“哇！”时渊很惊喜，“谢谢你，我很喜欢！”

树枝太重了，他带不回去，只能摘了六七朵白花。时候不早了，该下山了。时渊捧着花踏着溪流，踩着咔嚓咔嚓的落叶，怪物们远远跟着他，一支队伍浩浩荡荡，生机勃勃，直到他回到山脚。

“再见哦。”时渊说。

群山无声。

第二十四章 怪物的世界

回城的路上时渊又迷路了，荒原哪里都是一个样，他走走停停，老半天才来到城门口。无奈手中的白花也是被感染的，带不进去，他找了避风的平坦处，将它们栽种下。

这晚陆听寒没有回来，时渊听说，被他感染的生物又苏醒了一拨，陆听寒前去处理了。时渊试着和那些生物接触过，生存、繁衍和扩张占据了本能的首位，那些怪物视他作神明，愿意为他献出一切，愿意为他去死，却不可能就此停下征伐的脚步。又或者说，所有怪物皆是如此。哪怕是那山间的白蛇，对人类也是可怕的敌人。

远处枪响炮鸣，火光炸开，飞行器带着破风声翱翔过天际。

时渊站在阳台上看着荒原。这是一场小规模的战斗，联盟军把苏醒的怪物杀死后，趁它们还未复原，尽可能收容起来。他们不能保证关押大型怪物，好在大型怪物恢复得也慢。

主城还有时间，虽然也就那么一点点了。

第二天傍晚，陆听寒回来了。

他把外套挂好，摘下白手套，喊道：“时渊。”

时渊却没和往常般立马冲过来，让他摸摸头。相反，在沙发背后有一条弯成了问号的尾巴，一摇一摆的。

陆听寒的神色不由得放松了，走过去，笑道：“时渊，又在想什么事情呢？”

时渊趴在沙发上，双手撑着脑袋，还在认真思考。

“讲给我听听。”陆听寒就坐在他身边，“我来帮你一起想。”

“不，”时渊拒绝了，“我要自己想。”

他这一想就想到了睡前。

陆听寒在书房整理文件，时渊推门进来，说：“陆听寒，我想好了。”

“什么？”陆听寒问。

时渊说：“我想和你一起去深渊之底。”他补充，“我问过关教授了，如果我保持人形是可以下去的。”

陆听寒手上动作停住了。他的神情并不太惊讶，好似早就知道了，他缓缓道：“你知道我会说什么的。”

“我知道有多危险。”时渊接着讲，“但是我觉得，我能在那里找到我的‘答案’。我想试试看。”

陆听寒灰蓝色的眼睛看着他。

房间死一般的寂静，陆听寒眼里有诸多复杂的情感，譬如无奈、纠结、甚至是难过。良久后，他往椅背靠去，面部线条在灯光下分外坚毅和冷硬。

他说：“这次和以前都不同。时渊，我不可能支持你的决定。”

已是深秋时节，掩了门窗仍能感到夜晚的寒凉。屋内唯有台灯亮着，两人所站之处一明一暗。

陆听寒解释说：“时渊，我们都明白你在人形的时候很脆弱。还记得你切菜时受的伤吗？”

之前时渊学着做菜，有一次切番茄不小心划到手了，很小的一道口子，流了血。以前在荒原漫步他也受伤过，伤口不大，换作别人那会是足够致命的感染伤，而时渊没心没肺，放着不管，自己就好了。后面他遇到了谢千明，认识了绷带、酒精和抑制剂，才学会了简单处理伤口。

此时，陆听寒看着时渊讲：“你会被安眠药影响，也会受伤会流血，身体机能和人类没半点区别。万一在‘深潜’过程中护卫舰遇到了危险，你和我们一样脆弱。”他顿了一下，“就算你可以变回黑雾，我们也不清楚，和1号深渊互相排斥会产生什么后果……而且，意外随时可能发生，很可能不会给你反应时间。我绝不希望你这样冒险。”

“我知道的。”时渊说，“关教授都和我讲了。”他想了想，“我也不知道自己会不会死，但这是我唯一能去其他深渊底下的办法了。”

“时渊，你听我讲完。”钢笔在陆听寒手上转了一圈，他继续讲，“在另外一方面，由于载重和空间限制，登陆护卫舰的最佳人数是四人。这是个相当小的数字，联盟也是做了诸多调查，才定下人选。我们需要长期在深渊之底采集数据，每一个人擅长的领域不同，都很重要。”

他的语速比平常慢，语气也更加柔和，不会给对方带来压力：“如果让你登上护卫舰，我们得放弃一人，不然我们就要冒险超载。不论哪一种都会给‘深潜’带来问题。”

时渊明白陆听寒的意思了，“深潜”的名额弥足珍贵，不是他想去就能去的。

陆听寒：“所以，于情于理，我都不能支持你的决定。”

陆听寒看着时渊的神情，叹了口气，走上前拍拍他的肩：“我明白你的想法，你已经为城市、为人类付出太多，不必再冒生命危险。‘深潜’无论成败，都是我们要接受的结局。”

“但我不是为了人类。”时渊抬头看向他，“这次不是。”

陆听寒无奈道：“时渊……”

“我没有骗你。”时渊坚定道，“我是为了其他怪物。”

“为什么？”陆听寒问，“你想做什么？能做什么？”

“我不知道，”时渊告诉他，“我从没办法和其他深渊接触，只有这次有了机会。如果我能去深渊之底，我觉得会有新的发现。”

陆听寒沉默了两三秒：“可是，你也不确定能不能成功，对不对？你连你在找什么都不清楚。”

“嗯。”时渊轻轻点头，“我没有证据，只是‘感觉’。”他想了想，

“陆听寒，你还记得我跟你讲过的梦吗？”

那个他站在舞台中央，无数怪物看着他的梦。过去数年他反反复复地梦到这一幕，不解其意。他告诉陆听寒：“我觉得我能在深渊之底，找到这个梦的答案。”

窗外寒风呼呼吹着，敲打玻璃，寒气从窗缝渗了进来。

陆听寒再次沉默，良久后低声说：“不，时渊，我不能让你冒险，也不能让‘深潜’冒险。”

时渊没能说服陆听寒。晚上他躺在床上，尾巴尖微微蜷缩起来——这是他有点难过的表现。

陆听寒见状，低声道：“时渊……”

“我没有生气。”时渊说，“你讲的都是对的，我觉得很有道理。我只是……只是有点遗憾。”

陆听寒伸手，手下是时渊柔顺的黑发，他说：“你新交了很多怪物朋友吧？”

“嗯。”时渊轻轻点头。

“以后多找它们玩一玩。”陆听寒告诉他，“还有一件事情，我之前从没叮嘱过你。”

“什么？”时渊抬头看他。

陆听寒说：“你遇到了很多好人，大部分人类应当给你留下了好印象。然而，并非所有人都如此，人心很复杂，即使是我也不敢说能看透。怪物能无尽地异变，行为毫无规律，超越想象，但这些都比不过人性——远远比不上。你一定要记住这一点。”

时渊呆呆地看着他，尾巴因为困惑蜷得更厉害了。

陆听寒：“我能瞒住你的身份、尽可能保护你，等我不在的那一天，这些你都会亲自面对。”他无声地叹了口气，“我知道这些很难，你的身份又太特殊了。”

他不可能放下心来。时渊是怀揣力量，可以轻而易举地颠覆世界的。他足够善良，陆听寒怕有人利用他的善良。

陆听寒接着讲：“我不知道有一天你能不能懂得这些……但是就我私心来讲，等‘深潜’开始，我更希望你能回荒原。”他笑了笑，“你怕孤单，我很高兴你交了那些怪物朋友。和它们待在一起吧，时渊，如果偶尔想城市了，就过去看上几眼待上几天，不必久留。又或许哪天，你会遇到另一些人类，让你能够百分百相信他们，正如你相信我一样。”

时渊默不作声地听着。在他面前，陆听寒从不主动提起叫人难过的事，世界光鲜亮丽又柔软。如今离别在即，没人再挡住风雨。陆听寒教过他很多东西，让他看到人类和城市的美好，到最后，交代的却是让他别轻信于人，这大概就是他复杂的情感。

时渊讲：“好哦，我都记住了。”他的黑眼睛中有涌动的情绪，“不过我会继续想办法说服你的。”

陆听寒伸手，弹了一下时渊的脑壳。

时渊捂着额头：“把我弹傻了。”

陆听寒低声笑了。

“深潜”的日子一天天近了，时渊没能说服陆听寒。平日，时渊向陆听寒提出什么，陆听寒就没有不答应他的。唯独这次是例外，陆听寒铁定了心，不会改变。与此同时，手工厂里的纸花堆得跟小山一样，那几朵真的雪见花也长势良好，眼看着就要盛放。

离“深潜”只剩三周，城中众人越发紧张，加上黑水晶中的怪物苏醒得多了，战况激烈起来。时渊见到了巨大的运输船，它们停于城市边缘，在未来，它们将带着人们去往尔顿。

他继续说服陆听寒，让自己去深渊之底。在时渊第无数次说服失败后，他抱着尾巴，闷声说：“你就要走了呀。”

陆听寒摸摸他的脑袋。

这些天他又嘱咐了时渊很多东西，时渊在他身边的这几年，他已教会时渊太多，临到分别却觉得远远不够。他反复强调医疗品的用法，万一时渊在人形时受伤，肯定用得到；他一次又一次教时渊怎么用地图和指南针，好让这个路痴深渊找到目的地；他说做菜的时候要小心，免得切到手，或者不小心吃了个食物中毒；他说一定不能暴露自己的身份，这是永远的底牌……陆听寒从不是唠叨的性格，这些事情，时渊也早就知道了。但他就是一直在讲，生怕缺了漏了什么。

时渊沉默了一阵，又问："陆听寒，你能不能跟我去个地方？"

陆听寒很忙，还是问："想去哪里？"

"我想让你见一见我的怪物朋友。"时渊说，"我说服不了你，说不定它们可以。"

陆听寒笑了笑："怪物可不会讲话，小恶魔除外。"

"也不是说话啦，我不知道该怎么表达。"时渊歪了歪脑袋，想了想，说，"你不改变想法也没关系，总之我想让你看一下。"

"好。"陆听寒应承下来，"我跟你去。"

第三天的早晨，他们一起踏入了城外的森林。露水挂在树叶上，晶莹剔透。两人遇到了很多怪物，它们藏在林间，察觉到陆听寒的存在，与平时比多了几分躁动。有几只怪物蠢蠢欲动，又忌讳着时渊，终归没有上前。而其他认识时渊的怪物，远远跟着他们，保持了相当的距离。

怪物毕竟是怪物，唯独害怕和青睐时渊。

"要去哪里？"陆听寒问。

"去见一个大朋友。"时渊回答，"它之前想带我去个地方，我没来得及跟它去。"

陆听寒不再追问，他们漫步林间，这段路崎岖曲折，时渊平时走得费劲，有了陆听寒后好多了——他很艰难才能爬上的陡坡、小心翼翼才能下去的断崖，陆听寒通通走在前头，必要时拉他一把，带着他翻山越岭。一路向前，直到群山深处。

陆听寒见到了时渊说过的长满眼睛的古树。那古树遮天蔽日，立在森林的最深处，一只只眼睛在它的枝干上狂乱地转动，时不时渗出血泪。而当它见到时渊，那躁动平息了。无数双眼睛平和下来，缓缓移动，看向造访的两人。

“你好呀！”时渊扯着嗓子打招呼，“你好呀！烂树！”

陆听寒：“……”

时渊起名字一直很有一套。古树的眼睛紧盯着陆听寒，瞳孔猛然缩小，很是吓人。

“不可以哦。”时渊又告诉它，“这是我的人类，你不能感染他。”

古树停顿了接近半分钟，缓缓闭上眼睛，只留有树干正中最大的眼睛看向两人。一阵风吹过，满树摇曳，它的眼睛眨了眨。这算是向他们打招呼了。

道别了“烂树”，他们继续走。

陆听寒问：“除了‘烂树’，还有什么怪物有名字？”

“我起的名字不多，”时渊掰着指头数，“比如说有‘傻狗’‘呆头鹅’‘坏蜜蜂’和‘臭鸟’。主要是刚开始它们都不理我，没礼貌，我就这么叫了，后面习惯了改不过来。”

这越来越离谱了。

陆听寒说：“时渊，我很高兴在你不知道我名字的时候，没有帮我起名。”这么一想，“陆婷婷”已经是时渊起名的巅峰了。

“确实啊，当时我的联盟语学得还不是很好。”时渊说，“所以你一直是‘那个没素质的’。”

陆听寒：“我真的不是故意丢垃圾的。”

时渊：“哼！”

再往前走，越过了山坡巨石，他们来到另一个山头下。

“喂！”时渊喊道，“小白，你在哪里？小白！”

这名字正常多了，大概是只小巧玲珑的怪物，才让时渊如此破例。

陆听寒等着。云雾缭绕的山谷中发出异响，大地颤动不已。两分钟后只见庞然大物自深山而来：白蛇吐着猩红的信子，眸似琉璃，立起身子时阴影盖满了整片山脉。

陆听寒抬头看它，说：“你管这玩意儿叫‘小白’？”

“是呀。它多可爱。”时渊很高兴，冲巨蛇招手，“我在这里！来找你玩了！”

“嘶嘶嘶——”巨蛇吐着信子。和古树一样，它盯着陆听寒好一会儿，来自本能的冲动在叫嚣，露出狰狞残暴的一面。它最终还是垂下了脑袋，平静地看着两人。

时渊和陆听寒说：“小白想带我去个地方，我们一起去吧。”

巨蛇仿佛听懂了他的话语，头颅再次低垂，停在低凹的山谷中。

这样一来时渊便能轻轻松松地站上去。他率先跳到了巨蛇的头上，向陆听寒招呼：“来吧！”

陆听寒征战多年，与怪物打过不知多少交道，未曾有这样的体验。又或者说，从未有任何人见过此情此景，即便是他也难免犹疑了几秒。

“快来吧！”时渊又喊他，“相信我！”

于是陆听寒迈步，同样跳到巨蛇的头上。两人抓稳了一片突起的鳞片，巨蛇抬头——云雾猛地从身边刮过！风声震耳欲聋，转眼间两人离地好几十米了，那些树、石头和花草都变得渺小。鳞片摩擦过重峦，只见奇峰罗列，山河锦绣，他们乘着白蛇腾云跨风般向远方而去。

巨蛇一路向前，山风吹得人睁不开眼。学习驾驶飞行器时，陆听寒受过许多训练，高速与失重并不是大事情，更何况白蛇脑袋上很平稳。但……乘着巨蛇穿越山岭？他这辈子都没想过。

“快看！”风声中，时渊扯着嗓子喊，“那里有一条河！”

陆听寒也看到了，这是很远的地方，深山老林，即便是他也没来过这里，只见山谷之中有咆哮的江河，一泻千里，在悬崖峭壁上撞出雪白的水花。此处自成天地，群鱼跳跃，一只只千奇百怪，异变之鸟在风中盘旋，于石壁筑巢。更远处万壑千岩，数不尽的生物在活动，或是行于阳光下，或是蛰居潜伏在阴影中，尖啸、长吼、窃窃私语……

他们猝不及防地闯入了另一个世界，一个只属于怪物的世界。

人类看这里觉得可怖，但对于怪物来说，如此俯瞰群山万物，快意豪情。陆听寒侧过头看时渊，狂风吹乱了少年的黑发，他目不转睛地眺望远方，眼睛被阳光点亮。

陆听寒无声地笑了。

也不知多久后，巨蛇放缓了速度。他们一直朝着高处去，这一片山脉雾气浓重，仿佛化不开的牛奶。待巨蛇慢慢垂下头颅，两人浸没在迷雾中。

“小白，”时渊问它，“你要带我们看什么？”

陆听寒：“……”他大概永远无法接受这个名字。

白蛇吐了吐信子，算是回答。不多时一阵大风吹来，云雾翻涌，点点碎光在周身浮了上来。那是花瓣的光辉，纯白与淡粉色的花交织，铺天盖地看不真切。隔雾观花别有风情，若隐若现，真真假假。时渊看到一串盛放的花就在身边，忍不住伸手去摘，摸到了才发觉是云散在了手中。而看似是一大团白雾的地方，凑近了一看，竟是大片摇曳的花海。

时渊说：“哇！”

陆听寒同样伸手，缥缈的雾绕在指间，留下微凉的水汽。

他说：“很好看。”

巨蛇向前十余分钟，停了下来。

又一阵风刮过，这回的风格外迅疾，一时之间云雾回旋而起。它实在太浩大，仿佛神话中足以灭世的飓风，却是温和且带了花香的。两人一齐抬头，看花瓣碎光乘着雾气，奔向穹顶。在这瞬间天晴了，碧蓝色猝然闯入眼帘，山谷一览无余，万花盛放似雪。

这是开在了秘谷中的雪见花。白蛇不懂美丑，那日时渊将花赠予它，它便知道这个小小的神明喜爱花，便翻山越岭带他过来了。

它将头颅垂至地面，陆听寒率先跳下来，回头向时渊伸出手。

雪见花飘扬，巨蛇昂头，游弋到不远处的山中，盘踞在峰峦间歇息。

时渊和陆听寒走在山谷。微光起伏，抬头向上看，石壁生了几根乌黑的树枝，淡粉花朵点缀其上。他们还听到了溪水声，往前走了一段，清澈的溪流出现在眼前。几只像小螃蟹的怪物见到时渊，急匆匆跑掉了。

时渊鞠了一捧水扑在脸上，冷冰冰的，分外清爽。

陆听寒站在他身边，说：“时渊，你往那边看。”

时渊看过去，黛青色的山上什么都没有。

他问："看什么？"

陆听寒："那里有一条路。"

时渊努力看了一会儿，说："在哪里啊？"

"走过去就看到了。"陆听寒笑说。

溪流也是往那个方向去的，他们顺流而下，走入山谷的更深处。花海中不时传来细碎的声音，几群毛茸茸的小怪物跑过去，偷偷打量他们。

时渊边走边摘好看的花。这朵好看，另一朵也好看，路还没走多远，他怀中已经有了一大捧。陆听寒回头看不见时渊的脸，就看见大团的白花在移动，还有一条迎风招展的欢快尾巴。

陆听寒伸手接过了大半的花束，说："就那么喜欢花？"

"嗯。"时渊说，"很喜欢。"他想了想，"因为我们第一次见面，你是跟着花海来的。"

他们走到了山脚下，迈过繁花和浓密柔顺的绿草，果然如陆听寒所说，有一条路。路面被植被铺满了，要很仔细才能看出一点，得亏陆听寒隔着那么远还能看出来。它破损严重且断断续续，两人拨开花草，偶尔能看见半截青石板，或者几块规整的砖石。他们就这样顺着微弱的痕迹，往山上走去。

时渊问："这里以前有城市吗？怎么会有条路？"

"不是城市。这种地形不适合，地图上也没有记载。"陆听寒回答，"可能是山村。"

"好吧。"时渊说，"我还没见过山村。"

"我也没有。"

"山村是怎样的呢？"

陆听寒："没有那么多高楼大厦，也不会太挤，能看见田地和动物。"

"听起来不错。"时渊想了想，"我也会喜欢的。"

继续往前走，雪见花没有那么多了，取而代之的是野花。它们被感染后有诸多色彩，长在苍老的树下。时渊没忍住，又开始摘花。他手上拿不下了，就用尾巴去摘。尾巴尖卷来卷去，捆住了秋黄色和淡蓝色的小花。

他时不时陷入纠结："陆听寒，你觉得这两朵花哪个好看？"

陆听寒说："都好看。"

时渊说："每次问你，你总是告诉我都好看。"

"事实如此，它们长得都是一样的。"

时渊非常不满地晃动尾巴尖："怎么可能呢，你敷衍我。"

陆听寒："……"

时渊问了几轮后，意识到陆听寒不可信，还得靠自己，于是越发专心地挑起花来。陆听寒也不急，看着时渊把一朵朵在他看来毫无区别的花收集起来，抱在怀中，或卷在尾巴尖。

两人循着山路走走停停，半山腰的地势陡峭，只有一条仅能容一人行走的羊肠小道。山谷已在他们脚下了，陆听寒时不时提醒时渊，要注意脚下。

那一大捧花太阻碍视野，时渊说："我不怕摔下去，我会变成黑雾的哦。"

陆听寒想一想也有道理。山道崎岖，他们循着过去的青石砖向上走，将发着微光的雪见花海收入眼底。时渊突然顿住，定定地看着前方。

那黛青色的林间，有一头深棕色的鹿。乍一眼看去它与正常鹿没区别。阳光铺在它的皮毛上，它的眼眸乌黑，有一对漂亮的鹿角，正在专心吃柔嫩的树芽。时渊盯着它，这是一头年轻又漂亮的鹿。他想缓步接近，却不小心踩到了枯枝。

"咔嚓！"

细微的一声。

雄鹿猛地抬头看来，它另一侧面颊已是白骨，眼眶空荡荡。它见到时渊，飞快掉头跑走了。

"等等！"时渊喊。他追上去，就在这时山风吹来，凛冽到叫人身形一晃。时渊没抱稳，花团被吹散了，刹那间漫山遍野都是随风旋转的花。

"啊。"时渊说。他停下脚步看山谷间的飞花。有些花飘向来路，有些花扶摇向山巅。

陆听寒赶快揉了揉他的脑袋，安慰道："等下再摘。"

时渊说："算了算了，不用了，呼噜噜。"他拿起尾巴卷着的一小束花，“我带着它们就够了。不过那只鹿呢，它跑去哪里了？”

陆听寒告诉他：“往山上去了。”

两人边走边找，雄鹿跑得不远，它的身影很快又出现在了林间，探出头打量两人。时渊小心翼翼地靠近，陆听寒站在原地，看时渊走向雄鹿。他看不清时渊的神情，只见到少年的侧脸柔和。面对怪物，时渊一直是柔软又平静的，现在也是如此。然而在这瞬间，陆听寒有种说不上来的感受，时渊还是时渊，又有什么东西不一样了。

雄鹿略微紧张，但不再逃跑，站在原地用蹄子刨地。

时渊说：“不要怕，我只是来找你玩的。”他目不转睛，缓缓向雄鹿伸手——那半边面颊是冷冰冰的白骨，他毫不在意，修长手指覆了上去。他说，“要是你觉得孤单的话，可以跟我讲一讲你的故事哦。”

雄鹿停顿数秒，它以一只清澈的眼打量时渊，最后探头，轻轻蹭了蹭他，逗得他笑了：“你的毛弄得我好痒……哈哈哈哈……别舔我了……”

陆听寒静静地看着这一幕。

等时渊再走回路上，他已经有了个新朋友：雄鹿远远地跟着他们，半身矫健半身白骨，鹿角上停了一只亮黄色的小鸟。

越往山巅走，树林中的怪物就越多。时渊的朋友也越来越多，长了很多条腿的貂，纯白色的刺猬，半透明的蜻蜓和介乎松鼠与狐狸之间的生物……怪物组成了一支小队伍，浩浩荡荡跟在他们身后。他们一同前往山顶，植被太茂盛，山间小道彻底断了踪迹。好在，离山顶只有数十米了。又是一段陡峭的坡，陆听寒走在前面，拉着时渊。

翻越过重重碎石和土坡，爬上最后一道坎，眼前豁然开朗——

山风呼啸而至。群峰、山谷、花海与溪流都在他们的脚下。没有山村，道路的尽头是一座倒了半边、长满野花野草的亭子。

时渊问：“这个东西是用来做什么的？”

“应该是给登山客休息和欣赏景色的。”陆听寒打量亭子，“以前，有的人拿‘登山’当喜好。”

“好吧。”时渊走近，试图从那半截废墟中想象出亭子原本的模样，

“那是什么？”

在亭子的西南角有一处高耸石壁，石壁与亭子相连的部分被墙围起来了。如今墙塌得只剩碎石，中间的小建筑还在。它在石壁中的凹陷处……又或者说，它就是从石壁中凿出来的。它外形像个小阁，浮雕花纹磨损得厉害，有底座与立起的龛。

陆听寒看了几秒，回答：“是个神龛。”

“神龛？”这是个很陌生的词，时渊念了几次，问道，“神龛是做什么的？”

“供奉神灵用的。我跟你说过一些人是有信仰的。”

“嗯，我记得。”时渊仔细端详神龛，“那这个神龛在拜什么神？”

“看不出了。”陆听寒说，“在龛中间应当摆上神仙的塑像，现在塑像没了，没人知道这里供奉过谁。”他顿了一下，“说不定是这里的山神。”

时渊又问：“真的有山神吗？”

陆听寒笑了：“时渊，我不知道。”

“好吧。”时渊盯了神龛一会儿，“如果真的有山神，那已经很多年没人来看它了呀。”

他想了一下，把手中所有的花放进了神龛里。那神龛破败，几近坍塌，就连曾经寄宿于此的神灵都不在了。当鲜花盛入其中，它却如枯树逢春朽木生花，霎时生机勃勃。

一阵风自远方吹来，似是群山呢喃。亭子能坐的地方塌了，两人在神龛前席地而坐，远眺山河。跟随他们的怪物也来了，鸟兽群聚，安静地簇拥在时渊身边。一只毛茸茸的红狐狸凑上前，壮着胆子，轻轻蹭了蹭时渊的手。时渊把它抱了起来，摸摸它厚实又火热的皮毛，弯起眼睛笑了。

陆听寒偶然侧头，便看见诸多怪物围着时渊。就像那日在海中，天上地下，时渊是它们唯一需要仰视的存在。时渊抱着红狐狸，雄鹿与狼趴伏在他旁边，蜻蜓和文鸟齐飞。在他身后群山如黛，破败神龛开着漂亮的花，在清冽的风中摇。

陆听寒默不作声地看着。他想起时渊告诉他，想去深渊之底不是为人类，而是为了怪物。陆听寒并非信神者，自然不懂山神如何。但见到此情此景，他想，在这个残酷峥嵘的世界上若真有神灵……

那应当就是这样子的了。

他们在山顶待了很久。等暮色四合，群山渐渐黯淡，陆听寒低声说："回去吗？"

"好。"时渊答应。

白蛇在来时的山谷中等着。两人下山，下坡路要好走不少，很快他们就到了山底。他的怪物朋友们不愿离开，止步于此，时渊在山脚回头冲它们说："再见啦！"

狐狸与狼被岩石遮蔽了身影，飞鸟也重返山林，最后离开的是那头雄鹿，它迈着轻盈的步伐，鹿角覆着青苔，搭着一只小鸟，消失在厚实落叶之中。谷中花海仍在，摇曳于灿烂的晚霞下，淡香阵阵。

时渊走得快了几步，带起的风卷着花瓣，在周身飞舞。他像是发现了新鲜玩意，翘着尾巴跑来跑去，喊陆听寒："快看！"

陆听寒缓步走着，看时渊在身边跑来跑去，所过之处大片的花瓣飞舞。

"快看我！"时渊又喊，几片花落在他的发梢。

"在看。"陆听寒笑说，"一直看着呢。"

深渊再次得到人类的凝视，心满意足。

此时巨蛇游弋到他们面前，竖瞳看着二人。

"小白！谢谢你！"时渊说，"我喜欢这个地方哦！"

两人重回蛇身上，抓紧它的鳞片，巨蛇朝着来时的路去了。回到原先的山脉，回到飞行器上，他们与巨蛇道别，重返城市。

到了家里，时渊的兴奋劲还没过，叽叽喳喳拉着陆听寒讲话。他说今天的花海真美，山顶也很美，他再次目睹从未见过的景色；他说他很高兴又交到了那么多朋友，它们都有奇特的性格，能发出不同的有趣声音；他说很可惜，他还有许多怪物朋友今天没遇到，本来都想让陆听寒见一见的……

陆听寒一边笑着听时渊讲，一边把他推进了浴室里，说衣服上都是草屑和露水，回来时还吹了风，赶快去洗一洗，别感冒了。等时渊出来，继续和陆听寒唠叨，尾巴尖欢快地摇曳。陆听寒在沙发上，看他的面颊与耳郭微红，不知是奔跑的热度未消，抑或是水汽的余温，是那种生气勃勃的红润，暖洋洋的。他的眼睛也很亮，乌黑如深渊的黑眸中落入光亮。

陆听寒默不作声地看了他很久，像是下定了什么决心。

第二天陆听寒难得中午才出门。

时渊问："你要去哪里呢？"

"去一趟军部。"陆听寒说，"有些事要处理。"

"你会回来吃晚饭吗？"

"嗯。"陆听寒答应下来。

陆听寒坐车到了军部。会议室里的人差不多到齐了。他却在门口站定了几秒钟。这几秒钟内，万千思绪涌过心头。他想到很多，譬如"深潜"的重重阻碍，譬如无数人对此的付出与期待，将它视作救世的希望，又譬如护卫舰的限制，正如他同时渊所说的那般，若时渊想去深渊之底，要不然有一人得被顶替掉，要不然护卫舰就要冒险超载……一路走到今日，从联盟到遥远的帝国都城，这个计划承载了一切，容不得意外。

但是——自始至终，所有人都明白0号深渊是特殊的，它有最可怕的感染数值，却安静地待在荒原。虞轻眉也讲过，她之所以立项研究0号深渊，是因为她觉得，能在它身上找到光。再后来，0号深渊凭空消失，被他感染的生物拥有无尽的时间，都让他变得更加神秘。

若放十年前的陆听寒站在这，他也是这样的理论派，从数据和观测结果分析0号深渊，严谨缜密，头头是道。但是多年后，在此时此刻，陆听寒想到的并非这些。他想到的，只是时渊与怪物们，从海岸到山林，从荒原到花海，少年被怪物簇拥，任何人见到那一幕都会动容。过往种种掠过他的眼前，他们一同经历过太多，陆听寒带时渊见证人类的喜怒哀乐，而时渊也让他看到了怪物的另外一面。

时渊为人类做了很多，这是他第一次说，想为怪物做点什么，他要找到属于自己的答案。陆听寒想要相信他，也愿意相信他是那个奇迹。也许这是唯一一次机会，人类能为这只小怪物做点什么。陆听寒想，这可能是他这辈子里做过最感性的、最冲动的决定了。

陆听寒推开会议室的门，柴永宁、诸名教授、数位军官都在等着他了。他在他们的目光下走到长桌的主位，众人等他开口，鸦雀无声。

陆听寒环顾四周，一张张熟悉的面庞。

灯光如潮水般淹没了他，而他的腰背笔挺，说："我想更改'深潜'的参与者。"

第二十五章 盛大告别

陆听寒的提议引发了轩然大波。所有人乱成了一团，言辞激烈者、坚决反对者、他的拥护者吵得不可开交。在这个时候，时渊的身份在高层中已不是秘密，有人觉得陆上将疯了，有人觉得此事欠考虑，也有人相信陆听寒的决定，正如在过去的十几年里陆听寒总是对的，一次次守住了城市。

时渊和陆听寒被推上了风口浪尖。

时渊是不知道这事情的，城中百姓也不知道。联盟高层吵得厉害，却默契地对外只字不提，在这方面，他们依旧团结一心。

时渊继续在手工厂折花，跑去荒原找怪物玩。陆听寒陪他吃饭，抽空看电影、打牌和读书，或者在一个澄澈的夜晚中眺望星空。

“我还没看到流星雨。”时渊努力在观星望远镜里张望，“它会是怎样的呢？为什么一直不来？”

陆听寒告诉他：“这本来就很少见，可遇不可求。”

“好吧。现在的星空也很好看。”

“是啊。”陆听寒说，“是很好看。”

群星闪耀，时渊依旧没等来他的流星雨，却得到了陆听寒的摸头，顿时眉开眼笑。

苏恩齐和陆听寒谈了一次，不是官方的会谈，而是老朋友间的见面，就在苏恩齐的家中。苏恩齐坚决反对时渊去深渊之底，理由无他，就是觉得这是一场不切实际且没有意义的豪赌，而他们赌不起。屋里空荡荡，苏良和蒋华池不在之后，苏恩齐一直独身住着。

苏恩齐向后靠着椅背，摘下老花镜，深深叹了口气：“我没想到你会做出这样的决定。时渊……时渊连他想找什么都不知道，不是吗？”

陆听寒说：“嗯。”

水壶里的水烧开了，陆听寒起身，把沸水倒入茶杯中。

白气带着茶香袅袅升起，沁润心神，苏恩齐的铁茶叶罐已见底，这或许是城中最后两杯好茶。

苏恩齐从他手中接过一杯茶，吹凉了些后抿了一口，又缓缓道：“我也愿意相信时渊的本意。可你有没有想过，他从来都是怪物那一边的，不论是他的身份，还是他的能力。万一他找到的‘答案’反而毁灭了人类，要怎么办？”

“我想过这种可能性。”陆听寒很平静地回答，“想过很多次，但我还是相信他。”

苏恩齐沉默不语，他把茶慢慢喝完了，才开口：“你还挺能瞒的，到现在我们才知道时渊的身份，藏得可真好。”他揉了揉眉骨，“这几天我一直在想‘深潜’，想了很多很多，说实话，到今天我都反对你的提议，‘深潜’本身就有巨大的风险，而你简直在火上浇油，谁也不知道这是不是最后一根稻草……”

陆听寒安静地听着。

苏恩齐沉默半晌，最终长叹一口气：“但是，我怎么能拒绝你呢？我们相识二十多年了，并肩作战了那么多次，也有过矛盾和分歧。我不知道过了那么久，在你心中我是怎样的，可我每次看到你，想起的还是小时候你跟着我，学军事的时候眼睛那么亮，像是有火在烧。”

空茶杯在他手中转了一圈，落在了桌面上，他说：“老师总是要护着学生的，对不对。在这最后的试炼里，我想和你站在同一边。”

陆听寒："您的意思是……"

"让时渊去吧。"苏恩齐说，"和你一起走，去深渊之底。"

陆听寒想开口，苏恩齐打断他："不必道谢，也不用讲什么，我不会后悔这个决定。"

陆听寒与苏恩齐道别时，苏恩齐送他送到了门口。

苏恩齐的白发飘扬着，他说："我并不觉得时渊和你一起走，能让你们免于感染活下去，你们是不可能返航的。我征战七十余年，侥幸活到今天，却总是白发人送黑发人。先是苏良和蒋华池，现在是你。该是我们这种老东西去牺牲的，年轻人就该看到明天。尤其是你，你比任何人都更有资格活下去。"

陆听寒说："小时候，我喜欢站在风阳城的能源塔上看风景，在那里能同时看见城市和荒原。那时我就下定了决心要守住城市。总要有人担起这个责任，总要有人死在黎明之前，我不是第一个人，也不会是最后一个。"

苏恩齐点了点头："你从没变过。"

等陆听寒转身要走，他又突然说："不过，会藏秘密的人不只是你。"

陆听寒回头。

苏恩齐笑了："放在今天那只是个微不足道的秘密了，我不会告诉你的，可是，我希望有一天你能知道。"

他拍了拍陆听寒的肩。

此日之后苏恩齐改变了态度，和关教授一起支持陆听寒的提议。由他的转变作为起始点，越来越多的反对者改变了看法，有人被说服，有人被周围人影响，有人冷静下来后，选择了相信陆听寒，相信那只奇奇怪怪、一直帮助人类的深渊。也有人坚定反对，绝不松口，但他们最终成了极少数。

联盟245年10月20号，"深潜"计划的一周之前，联盟正式批准时渊登上护卫舰，一同前往深渊之底。原本的执行者没有减员，关教授等研究人员紧急研究了一番，决定去除一台大型感染检测仪，腾出位置给时渊。

一切就这么定了下来。

这天陆听寒回家，时渊扑过来："要摸头！"

陆听寒揉了揉他的脑袋，时渊发出高兴的呼噜呼噜声。

然后，他说："时渊，让我们一起走吧。"

"去哪里？"时渊问，"呼噜噜。"

陆听寒说："一起去深渊之底。"

黑雾中的乱流危险，深渊之底也充斥感染，此行没有归途，谁都不知道执行者们能活多久，"深潜"能否成功。很久之前陆听寒跟时渊说过，每个人都有独一无二的故事。

时隔多年，风风雨雨，他们见到了异国和故土，见到了真情与绝景，终于能一起去看一看这个故事的结局。

时渊花了一些时间和朋友道别，他先和剧团成员吃了顿饭。陆听寒说可以给他们安排个好地方吃饭，时渊想了想，说还是算了。

他在加西亚大剧院工作的时候，经常和众人在路边吃。环境确实不好，人来人往，炒菜的油烟到处飘，偶尔还有路过公交车的尾气，但现在回忆起来，长街色调都是温暖的，一盘简单的炒菜味道特别香。

于是他们还是在食物分配处吃了，一张圆桌子放在最角落，众人围坐，桌上放了热腾腾的炒素菜。陆听寒没要求时渊保密，他们都知道时渊要去"深潜"。相应的，他们也知道了时渊的身份。程游文和秦落落早有察觉，倒不是特别震惊，沃尔夫冈沉默不语，一双眼睛瞪得比铜铃还圆，但这不妨碍他们担心时渊。

秦落落无心吃饭，拽着时渊的手，哭得一把鼻涕一把泪："呜呜呜……时渊啊，咱们就不说别的了，你待在深渊底下肯定没问题，但是……呜呜呜，万一你们的舰船遇到了什么问题怎么办，你这小身板哪里挺得住啊……呜呜呜。"

"先别哭了，看你把鼻涕都快擦到时渊手上了。"程游文挥着筷子说，"人家厉害着呢，万一真的出什么事，还能变成黑雾对不对？"

"那万一反应不过来怎么办……"秦落落哭得停不下来，"深渊里什么都有，多危险啊，而且深渊之间不是会互相排斥吗……呜呜。"

时渊安慰她："没关系的。我听说齐鸿先生是非常厉害的驾驶员，陆听寒也知道怪物在想什么，我……嗯……我应该也能吓走一点怪物吧。"

秦落落："呜呜呜呜——"她根本没听进去。

程游文嘴上劝着秦落落，实际上，他吃了几口饭也吃不下去了。他就空举着筷子，也不夹菜了，告诉时渊："时渊，我想告诉你个好消息。我不是和你讲过，我因为感染后遗症活不了几年吗？"

时渊："嗯。"

程游文说："你们从帝国带回来融合剂，抑制剂又有了新的改良方向，他们说，新版抑制剂很可能会减轻后遗症，让人体更适应感染。所以，我想我应当是能活久一点了。毕竟我这种天才编剧，要是死了，可是世界的损失……啊！"

他被秦落落狠狠掐了大腿。

"哇，那太好了！"时渊很高兴，"等去了尔顿，说不定还能出演你的新剧本！"

"那必须的。"程游文说，"等情况好转了多雇几个演员，我们就不用分饰多角了，你也……"他突然顿住，意识到时渊不会和他们去尔顿。

时渊说："听起来很好，希望你们演出成功呀。"

程游文张了张嘴，想说什么，最后只是笑道："嗯。"

饭点到了，分配处的人越来越多。人挤着人，好似又回到了拾穗城的某个傍晚，剧院门口的餐厅飘起食物的香气，他们坐在路边谈天说地，发愁演出票卖得怎么样，还要不要多贴几张海报，晚霞橙红，一班公交车顺着长街驶向远方。

之后，时渊去见了林叶然。

林叶然还在数据中心工作，也参与了"深潜"的规划。他忙得团团转，还是抽空和时渊见面了。他不是个善于表达情绪的人，当年在心理咨询中心就常常把人骂得狗血淋头，为数不多的好脸色，都是给优秀员工时渊的——时渊还留着优秀员工的奖励，那张买房三万减五元的代金券。倒不是他不想用，而是他勤勤恳恳打工多年，至今凑不够三万。用陆听寒的话说，他着实体验了一把打工人的苦。

林叶然来时拿了两杯咖啡，一杯分给时渊，告诉他："这可是数据中心的宝贝，我从唐博士那里薅来的，那老头子在我耳边念叨了好几天。"他晃了晃杯子，"可惜就是咖啡豆快没了，冲得很淡。"

时渊尝了一口。他试过陆听寒的咖啡，不喜欢那苦味，现在这咖啡太淡，苦味几乎没有，他反而尝出了点香气。

林叶然等会儿还要上夜班，不方便走得太远。他和时渊靠在墙边，聊了一会儿天。

他说："现在终于没有迟到早退的人了，大家都很有危机意识，天天加班。"他很满意地点头，"也是，再不加班就死了。"

时渊："噢……"

林叶然说："但是现在有个问题，人人都加班，等于人人都不加班，'深潜'项目那么复杂，我隔壁姓沈的，和我一样也是主管，要我说他年纪那么大，早该把职权都给我了，我能永远住在研究中心。"

时渊："噢……"他想了想，"林先生，您真的是个工作狂啊。"

"是吗？"林叶然不以为然，"怎么可能呢？"

就像酒鬼不知道自己是酒鬼，工作狂也不可能知道自己是工作狂。

林叶然又说："总之，从你们去尔顿开始，整个数据中心忙得没完没了，我都觉得自己折寿了五年，至少五年。"他猛灌了一口咖啡，笑了，"但这又有什么办法？战士在前线，我们这种干脑力活的，当然也要努力。你呢？时渊，你最近在做什么？"

时渊就告诉他，自己最近在叠纸花，还讲了手工厂里的趣闻，比如有人摔倒了，压扁了大堆纸花，比如那几盆真的雪见花被小心养着，众人对它们跟供祖宗一样，要水有水、要阳光有阳光，活得格外滋润，又比如说每个人叠花的手法不同，有两个人还因为哪种叠法更好看，差点吵起来。

林叶然专心听着，等时渊差不多讲完，他接了个电话，是组里有急事要他回去处理。

林叶然说："那我先走啦？"

“好呀。”时渊说。他看到，林叶然还戴着严歆的“狗牌”，细链子在光下闪着银光。

林叶然走到一半又折返回来，和时渊说：“加油。”他不习惯说这种话语，别别扭扭，“我相信你们能做到的。”

“好哦。”时渊说，“谢谢你。”

林叶然点头，时渊看着他的背影消失在研究中心的门口。

临出发的前两天，时渊找到了王妤和吕八方。兜兜转转，两人又当回了军医，随部队四处奔波，不方便离开。时渊就去驻扎地找他们，医生的帐篷内还是放了不同器械，时渊已经能认出一些了，但不多。

吕八方和王妤跟他讲了军队的事情，尤其是他去尔顿，不在这里的期间。他们说，傅修中将一直指挥，很快重建了防线和据点，井然有序地处理黑水晶和怪物，而战士们也士气高昂，全心全意为去尔顿做准备。现在所有人都在为“深潜”的执行者祈福。

王妤盘腿坐在软垫子上，身边是摊开的医疗箱，她刚刚在清点药品。

她笑说：“好像我们刚见面时，你也是坐在帐篷里。”

“是啊。”时渊也坐着，用尾巴围住自己，“你还教我怎么认硬币，告诉我城市是什么。”

“我记得，明明都过去好几年了，还像昨天一样。”王妤的眼尾多了几条皱纹，笑起来就更明显了，“我还记得你那条打结的尾巴怎么也解不开，淋了肥皂水也没用。时渊，只有你是一模一样的，好像永远不会变。”

她又翻着腰包，拿出一枚硬币：“对了，认得这个是什么吗？”

“五毛钱。”时渊回答。

“对，当时我抛硬币，结果硬币立起来了。”王妤讲，“我一直带着它，遇事不决就抛一抛，结果它再没立起来过。”她叹了口气，“我每次问它我能不能发大财，它都告诉我不行。”

吕八方插话：“时渊你不知道，她每次都神神叨叨地拿着那个硬币，说这玩意儿肯定有灵性，得供起来。整天抛啊抛，弄得我头都晕了。”

王妤耸了耸肩：“它是真的准，不是吗？”

"是啊。"时渊笑了。

他们闲聊了一会儿天，到了分别时刻。

王妤说："时渊，我会想你的。"她依旧是笑的，"我还记得见到你的第一眼，就感觉你是从城外来的，你身上有荒原的风的味道。"

吕八方刚刚唠叨了一大堆见闻，讲得口干舌燥，最后也不知道该说啥了。他捏了捏时渊的肩膀，说："时渊。"

时渊："嗯？"

吕八方犹豫再三，最后说："其实，人是不能生蛋的。那些真的只是指南针，不是我的蛋。"

时渊缓缓睁大了眼睛："啊！"

信以为真多年了的深渊大为震撼，王妤早笑得浑身发抖。

当天下午，时渊去见了关教授。

关教授还是戴着老花镜，和他说："时渊，我真的没有零食了。"

时渊看着他："真的没有了吗？"

"没有了。"

"真的没有了吗？"

关教授："……"

两分钟后，时渊收获了一袋小坚果。

关教授保证："这真的是我最后的库存了。"

"好哦。"时渊高兴地吃着坚果。

关教授摘下老花镜，靠在椅背，看着时渊慢慢吃着坚果。他的头发全白了，眼睛也有点老年人的浑浊，但依旧神采奕奕。良久后他说："时渊，可能这么讲有点奇怪，但我有那么几次看着你，觉得你像是我的孩子。"他笑了，"可能我从没有过自己的孩子，才会这样觉得吧。"

时渊弯了弯尾巴，他说："教授，我也很喜欢你哦。"

关教授猝不及防，被来了一记直球，几乎是手足无措："时渊，不论之后我们还能不能见面，我都会记住你的。"

时渊："我也一样！"

出发前的最后一天，是属于荒原的日子，时渊与他的怪物朋友们道别。巨蛇游过山间的云雾，低垂头颅，静静地看着他。

“我要走啦。”时渊告诉它，“可能很长很长时间都不会回来了。”他想了想，“好吧，我也不知道能不能回来。”

巨蛇吐了吐信子。

“谢谢你带我去看花谷。”时渊说，“我很喜欢。你之后好好在这里生活，别去攻击人类，他们都很可爱的。”

巨蛇伏低头颅，视线与时渊平齐。它的眼眸是琉璃色的，此时明明是正午，时渊却看见了闪耀的光芒。细碎、神秘、幽邃，那是星辰的光。时渊伸手，摸过它冰凉的鳞片，他想起了灯塔与极光。

他与巨蛇道别，离开山岳，形形色色的怪物朋友都消失了，隐入林间。他回头，风吹树动，满山私语，而离别的日子终将到来。

晚上，时渊在床上抱着尾巴。

陆听寒问他：“紧张吗？”

“还好。”时渊说，“只有那么一点点。”

时渊的尾巴没打结，那么确实该是一点点紧张。陆听寒熟练地哄他，狠狠揉一通他的脑袋，一下子就把他给哄好了。

关了灯，陆听寒低声问：“和你的朋友都道别了吗？”

“嗯。”时渊说，“都见过一次了，你呢？”

陆听寒回答：“差不多。”

“睡吧。”陆听寒说，“明天要早起。”

时渊：“嗯。”

第二天清晨他们在北城区集合，准备前往1号深渊的附近。驾驶员齐鸿和柯正荣、周茜两名院士都到了。一台飞行器缓缓降落，停在他们面前，二十分钟后他们将要离开。

早晨很冷，几人的口中都冒出白雾。清晨该是寂静的，远远却传来一阵脚步声，他们回头看去，只见大群人的身影出现了。那是城中的人们，一个个手捧纸花赶了过来。“深潜”的参与者都不知道手工厂里的事情，也不知道这几个月来，城中人早为他们准备好了道别的礼物。乍一见到那么多纸花，他们睁大了眼睛，露出惊喜的笑。

“一路平安！”人们喊着，“祝你们旗开得胜！”

他们扔出手中的纸花，一朵朵花瓣在空中回旋、飞扬，伴随着热闹的人声，直朝天际而去，刹那仿佛回到了陆听寒凯旋那日，也是这样满城花海。在沸腾的、拥挤的人群里，时渊看到了熟悉的面孔。他的朋友们都来了，身处人潮之中，或笑或哭地看着他。时渊还看到了苏恩齐、宁副官、傅修中将，和那些陆听寒身边的军官们。

人们自发让出一条路，他们身着军装，来到陆听寒面前。此去一别，未有归期。谁也不知道“深潜”究竟能否成功，即便护卫舰平安抵达深渊之底，能不能及时模拟出信号，能不能平安转移到尔顿，后续又该如何生存，都是很大的挑战，稍有不慎，万劫不复。

陆听寒一直是联盟的王牌，然而之后的路他不能同行。担心吗？那是肯定的。但正如他们信任陆听寒一样，陆听寒也信任着他们。从没有人是真正不可或缺的，永远会有勇敢的人们，永远会有下一个英雄谱写新的传奇。

“上将！”傅修中将向他敬礼，“非常荣幸能与您并肩作战！请您放心，我们不会辜负您的信任！”在他身后，所有将士整齐划一地敬礼。

陆听寒同样敬礼：“也是我的荣幸。我的旅途到此为止，你们替我走到终点。”

“是！”傅修应道。

时渊看到苏恩齐背过身去，悄悄抹了抹眼角。不单是他，许多战士的眼眶都湿润了，他们保持笔挺的军姿，向陆听寒敬礼。在遥远的尔顿，透过“回声”的电磁波，垂垂老矣的亡国公主同样目睹这一幕。她默念祝福，守着城市等待联盟的到来。

城中花朵飞扬，这是一场盛大的告别。

时渊踮起脚，冲人群招手：“再见！再见啦！”

飞行器缓缓降落在1号深渊旁边。

与他们同行的，还有一艘巨大的运输船。时渊刚下来，就看见战士操控着搬运机器人，小心翼翼地把“探求者一号”运下来。时渊上次见到“探求者一号”，已经是一两年前了。当时它静静停在主城地下，人们放弃它了，它不可能再去太空。确定执行“深潜”之后，联盟召集以前宇航中心的从业者，经过烦琐的校验、调试和维护，雪藏多年的它又来到舞台正中。多日未见，这台宇宙护卫舰还是那么漂亮，银白色在光下闪闪发光。等待它的不再是星海，而是幽邃的深渊。

有一队医生在等着众人，陆听寒等人做过许多次健康检查，在昨天和今晨，他们也确认身体状况良好。在临行之时，还有最后一场简单的检查，确保万无一失。战士与工程师们忙着调整护卫舰，时渊抽了血，有人给他量了血压，检查五官、躯体与四肢。

二十分钟后时渊拿到了检查报告，晃着尾巴递给陆听寒：“快看！”

陆听寒接过来扫了一眼，摸摸他的头：“嗯，很健康。”

时渊很高兴，他不太强壮，但向来是一只柔软又健康的小怪物。

除了时渊，其他人要打抑制剂。时渊看着透明的液体注入血管，几人穿好特殊的作战服——那是军装与宇航服的结合体，灰白色的外形，能适应低温高热、不同压强，也能抵抗些许污染。时渊也拿到了一套。他那套不用抗感染，要轻便不少，专门定制过让他的尾巴也能放得进，还可以甩来甩去。他好奇地开始研究，走来走去，蹦蹦跳跳，适应了一通，才回到陆听寒的身边。

与此同时，护卫舰停在1号深渊的2公里外，已准备就绪。舰船门打开，众人依次登船，战士与医生向他们敬礼、道别。舱内空间不大，齐鸿坐在最前方的驾驶位，其余四人也在他身后落座，系好全身式安全带。

随后，“探求者一号”缓缓起飞。这和坐飞行器是不同的感觉，时渊不知怎么形容，只觉得护卫舰轻盈无比，视重力为无物，轻飘飘就到了空中。以它的引擎在大气层中飞行，轻而易举，好似眨眼间他们就越过了大地，见到深渊。1号深渊漆黑无比，黑雾在翻涌，曾经的深渊监视者早已不在，灰黑色的监视塔孤立于远方。

齐鸿目不转睛地盯着前方，联盟为了“远眺”计划，将他与其他数人培养成驾驶员，他是其中最有天赋者，如今同僚不知身在何方，或是沉睡在冰冷土地下，或是放弃了星光的梦，而他终归坐上护卫舰，开启一段征程。

1号深渊就在眼前，那黑暗无边无际。

齐鸿深吸一口气，说：“探求者1号，245年10月27日11时整，请求执行‘深潜’计划！”

指挥中心回答：“同意执行。祝你们一路平安。”

护卫舰悬停于深渊正中，一轮骄阳当空，荒原漫无边际，舰船漂亮的机身在阳光下发光，底下便是从未有人踏足的世界。而后，它缓缓下降。黑雾淹没它完美的流线型，淹没推进器和传感器，淹没炮艇和哨卫舰尾。最终，它隐于深渊。

“嘀——嘀——嘀——”

传感器里传来有节律的声音，一圈圈信号波动开，什么都没检测到。海拔指向了“-1500m”。

舱内鸦雀无声。护卫舰是全封闭式的，没有舷窗，全息投影将外景映在墙壁，仿佛身临其境，让驾驶者能轻松直观地看到外面，也让那一片漆黑更为可怖，仿佛随时能吞噬众人。谁都不知道深渊里有什么，深潜的速度非常慢，1.5公里足足走了一个多小时，不过还好他们没遇到乱流。

唯一的光源来自探照灯，特制的探照灯若在地面，能轻易照穿数十甚至百公里。眼下，十几个探照灯共同运作，光芒刚飞出去几米，就被翻滚的黑雾湮灭。

“嘀——嘀——嘀——”

这声音好似永无止境，容易叫人犯困。其他人全神贯注，时渊扭头看舰船外，晃了晃尾巴尖，开始神游天外。他第一次这样与其他深渊接触，不知道能不能称它们为同族。毕竟，它们没法沟通，也没有难过到变形。但正如他和怪物冥冥有着牵绊，每到躁动的夜晚，灵魂与血脉汇聚、共舞。时渊猜测他和这些深渊应当也是这样的。它们同源，都来自孤单的远方。

“嘀——嘀——嘀——”

时渊想到了他和陆听寒看过的电影，有一部电影讲了潜艇，它在极地没入水下，朝某条海沟驶去。海底那么黑，潜艇靠着探照灯与声呐小心前进，去到海沟底下，竟然发现了一座沉没的城市。那城市已覆灭，依稀可见它的富丽堂皇。潜水员们着了迷，流连于城市间，没注意到海沟里的怪物正在接近。最后，唯一的幸存者回到地面，向后人讲述这段故事。可惜再没有人能找到那座沉没之城。

这么看来，深渊和海底挺像的，难怪计划被命名为“深潜”。也不知道1号深渊底下有什么，会不会有神秘的王国。时渊支着脑袋，浮想联翩。

陆听寒低声问：“在想什么呢？”

“没什么哦。”时渊回答，“我不是在紧张，就是发呆，单纯发呆。”

陆听寒笑了。

“探求者一号”继续下降，半个多小时后，他们到达了负海拔2.5公里。这是个很特殊的节点，几乎是个里程碑。联盟的探测仪、飞行物抵达最深的位置，便是这里。此后，它们都失去了通信信号，被乱流撕碎。也就是说从这里往下，便真的是人类从未涉足的禁域。他们将与指挥中心、与地面彻底失去联系，接下来的旅途，他们孤立无援。

齐鸿深呼吸一口气，“你们准备好了吗？”

众人应答，他缓缓推下控制杆——深潜。

屏幕上的污染数值攀升，而代表了通信频道的提示灯，由绿色变为闪烁的黄色，再变为红色。频道里调度员的声音越来越小，仿佛被一团阴影吞没，含糊不清，只听到他们说：“呼叫探求者一号，收到请回答。”

“呼叫探求者一号，收到请回答。”

周茜院士不断应答，信号被干扰，指挥中心怎么也听不到了。

他们依旧说着：“呼叫探求者一号，收到请回答。”

“呼叫探求者一号，收到请回答。”

“呼叫探求者一号，收到请回答。”

“探求者一号……你们……听得到吗？”

提示灯彻底熄灭。最后时刻，频道中似有似无的一声：“我们与……你们同在。”

世界死寂，万籁无声。唯有探测仪的嘀嘀声伴随左右。

负海拔2.5公里。

负海拔3公里。

负海拔4公里。

深潜，驶向深渊之底，向一切的开端、噩梦的深处，向这场旷日百年的末世尽头。

到达负海拔5.5公里，柯正荣院士感到不适。监控仪器发出警报：柯正荣的感染数值正飞速提高。护卫舰和作战服都大大降低了深渊的感染值。但此时此刻，舱外的感染数值爆表，达到了一个天文数字。再厉害的防护也做不到完全阻断，舱内也有了污染指数。

参加计划的人皆为佼佼者，对污染的抵抗力远胜于常人。两名院士不年轻了，兼备学识与体质，属实难得。然而不良反应还是出现了。柯正荣注射了一支抑制剂，把感染数值压了下去，但这只是权宜之策。

假设联盟推测的没错，到了深渊之底，黑雾浓度与感染数值反而会降低，足够让他们生存几年。问题是，不知离深渊之底还有多远，柯正荣能不能坚持到那。到达负海拔6.2公里时，柯正荣再次注射抑制剂，大剂量的抑制剂有副作用，他的心跳加快，呼吸急促。

“缓一缓。”陆听寒和他说，“不到万不得已，不要再注射了。”

柯正荣低声应了一句。陆听寒伸手探了探柯正荣的体温，一会儿冷一会儿热，状态不大好，生命体征在波动。这种时候只能硬扛，相信人体的适应能力，也相信柯正荣的意志力。

好在到了负海拔6.7公里时，柯正荣稍微缓过来了，大家才松了口气。

抵达负海拔8.1公里时，传感器发出了急促的“嘀嘀”声。一团阴影在4点钟方向掠过，庞大到不可思议，仿佛山岳。而它又有惊人的速度，在十三秒内离开了传感器的监测范围。

众人屏气敛息，他们早知黑雾中有怪物，终于还是碰见了。

陆听寒指挥舰船，调转位置，朝另一个方向继续下潜。

接着，又是不同的怪物从他们身边经过。不知是护卫舰的伪装起了作用，还是怪物没攻击欲望，抑或是时渊吓到了它们，他们暂时没被攻击。时渊努力张望，怎么也看不清怪物长什么样。它们鬼魅般掠过，偶尔在探照灯下，能看见幽绿色的鱼鳞、长长的触角和几张扭曲的脸，转瞬消失无踪。

到达负海拔11公里，这已超过了星球上最深的海沟。柯正荣再次注射抑制剂，压下感染值，周茜也开始轻微不适。座位下有医疗箱，但更多的药品放在了稍后方的储藏格。陆听寒负责指挥，没法走开，周茜就想自己起身去拿。

时渊和她说："让我去吧。"

他看了眼陆听寒，陆听寒冲他点头。于是他解开安全带，努力提着大药品箱过来，周茜拣了几种药，和柯正荣分着吃了。

时渊又把药品箱放回去。储藏格离他的座椅只有三四步，可他越走，脚步越轻盈。

时渊又走了半步，整个人飘飘然地飞起来了。

不单是他，所有物体向上飞去，它们都被固定过，有的纹丝不动，有的向上飘浮起数厘米。地心引力仿佛消失了。全息投影显现出外面的景色。形态不一的、宛若星球的光团暗淡地亮着，悬浮四周，缓缓转动发出辉芒，星光点点。

"发生了什么……"齐鸿喃喃道，"这究竟是怎么一回事……"

周遭亮了，怪物也能看清了。鱼群游弋，巨兽徘徊，众鸟张开了漂亮羽翼，它们在深渊的黑雾中尽情舒展身躯，一只只不可名状，却仿佛穿行于星光。这么看来，就像这艘护卫舰抵达了宇宙，充满奇特生物的、热闹的宇宙。

时渊轻飘飘浮在半空，他第一次有这么新奇的体验，张开了双手，舒展了尾巴。世界再没有上下左右，他比邻群星，漫步天河。

他说："哇！"

第二十六章 宇宙之心

谁也想不到，在深渊之中有一个小小的宇宙。这太不可思议，所有人都愣住，望着怪物与流转的星辰。

齐鸿目不转睛地看着眼前一幕，竟是笑了："以前我在宇航中心接受训练时，可没想到，会以这样的方式见到太空。"他握紧了操作杆，"这算不算，我终于执行了'远眺'呢？"

"真的太神奇了。"周茜低声道，"世界上居然有这样的存在。"

柯正荣咳嗽了两声："我们从未了解过它们，它们像……更高等的存在。"

深渊穿行过一个又一个星系，旅途无休无止，这颗星球也只是它们偶尔停驻之处。

没人能定义深渊，那究竟是生物还是死物？靠着怎样的方式存活？通通不清楚。正如陆听寒所说世界还有许多谜团，探求未知是本能，眺望大海，就不免想象浪潮的对面有什么，仰望宇宙，就想去看一看星空的尽头。也许海的对面是璀璨的文明，也许宇宙的尽头是新的宇宙。现在，下潜数十公里的他们知道了，人有血液有脉搏，而深渊也在重重迷雾中藏了一颗宇宙的心。

时渊在空中飘着转了几个圈，玩得很开心，然后被拽住了尾巴。

陆听寒把他拽回了座位旁，说：“系好安全带，危险。”

时渊在座位坐好，还对浮空感念念不忘。他知道失重环境下的情形，陆听寒和他讲过，邬正青也和他讲过，可真正体验到还是另一种感觉。仿佛来到全新的神秘国度，又有……莫名的熟悉感。

重力改变，就要重新调整护卫舰的推进方式，齐鸿紧张得额前冒汗，手上动作仍是流畅的，“探求者一号”的推进器开始向下推进。以人类的感官来讲，已不知道哪里是“下方”了，全靠舰船本身的定位系统，他们坚定地朝着深渊之底、这片小小宇宙的尽头驶去。怪物在身边呼啸而过，时渊注意到，它们往往有毒牙、毒囊或者七彩斑斓的部位，1号深渊的感染特征是“剧毒污染”，而它们因此诞生。好在怪物大部分没有攻击意图，偶尔有几只凑上前，以冷冰冰的复眼打量舰船。

有一次，一只似狼似熊的生物接近了。它远远绕着护卫舰转了两圈，猛然张开巨口，下一秒炮艇发射，在真空中巨型子弹无声地射出，没入头颅，把它的身躯整个打烂！

都这样了它还没死，利爪还想抓住护卫舰。下个瞬间阴影笼罩，巨鱼拖着多彩的长尾，将它一口吞下。鱼鳞在星光下闪闪发光，它轻轻一甩尾，隐没在刚刚升腾起的黑雾中。

接下来，众人见到了许多怪物。巨兽互相吞噬，鱼群和鸟群消失了又重新出现；一团不可名状的影子倏地飘过头顶，其中闪过无数只眼睛与手脚；外表像马的生物慢悠悠踱步，它踩着极小的光团，每行一步，踏灭星光。就像时渊和陆听寒乘着白蛇，所见的山谷之景……畅游的万物自成生态，这里是它们的天地。

偶尔也有怪物接近护卫舰，试图攻击。陆听寒指挥炮艇与激光武器将它们击退。这些舰载武器本是为太空准备的，经过改良，它们同样发挥了良好的作用，一路有惊无险。

时渊睁大了眼睛看向周围，他看到那些怪物们，还看到右手边的雪见花飞了起来。人群把仅有的几朵雪见送给了他们，联盟盟花代表了希望和不屈的爱，带上图个好运与寄托，总是好的。花朵被放在小玻璃罐中，蓬勃地开着，花瓣带微光。现在它们飘在瓶中，周围是大朵大朵的纸花，热热闹闹簇拥着，好看极了。

他正看得入迷，尾巴尖欢快地摇动，身下突然剧烈颤动！护卫舰狂抖，一瞬间机身不受控制地偏移，方向错乱，天旋地转，宛若海浪中的小舟，下秒就会被撕碎。时渊被晃了个头晕目眩。混乱中齐鸿死死拉住操控杆，十多秒后，颤动停下来了。

齐鸿深呼吸一口气："是小型乱流。"

"深潜"的两大阻碍，一是怪物，二是乱流。联盟无数的飞行器被乱流撕了个粉碎，他们运气好，到达负海拔11公里时都没遇见乱流，直到现在。再看向舰船之外，星光安然无恙，依旧平静地闪烁着，怪物们早就适应了环境，被影响的只有他们，只有在宇宙中渺小无比的他们。这乱流若是再大点，恐怕会像宇宙风暴，足以把一切撕碎。

齐鸿低声讲："希望不要再撞见了。"

然而事与愿违，越往下，乱流越频繁。从负海拔11公里到12.3公里之间，他们遇到了三次小型乱流。而深渊中的宇宙似乎并不稳定，他们时而在澄澈的星海，时而重回浓郁的黑雾。重力也时有时无，他们在失重与正常重力间来回，时渊一下子往上飘，一下子重重落在座位上，一下子又被乱流震得头昏脑涨，一下子又因躲避怪物要猛地加速，全靠安全带拴着才没飞出去。这直接让时渊晕船了，他蔫蔫地坐在座位上，尾巴耷拉下去。

"很难受吗？"陆听寒问他。

"还好……"时渊闷闷地回答，"就是有点晕。"

护卫舰又是猛地一震。

陆听寒摸了摸时渊的头，说："实在难受的话就看看花，或者……把注意力放在外头的星星上。"

看到喜欢的东西能分散注意力，毕竟时渊是一只很爱花的小恶魔，他也常常拿望远镜看向夜空，等一场磅礴的流星雨。

"我试试。"时渊还是有点蔫。他看向外面的星光，又把目光放在洁白的雪见上，尽可能不去想颠簸和失重。也不知是不是心理作用，他还真感觉好多了。

柯正荣的状态越来越差，抑制剂打了一支又一支，药物也吃了不少，他的情况还在恶化。体内的感染值飙升，他脸色发白，呼吸急促。周茜有医学基础，和陆听寒一起照料柯正荣。但，他们能做的事情很有限。到最后柯正荣昏昏沉沉靠着椅背，讲不出一句话。

周茜喃喃道："啊，还有多远呢？"

还有多远能抵达深渊之底，抵达目的地？他们还能做到吗？没人能回答她的问题。

接下来的数十分钟，护卫舰与乱流抗衡，柯正荣在努力坚持，命悬一线。周茜的不良反应也加重了，但状态还算好，打一支抑制剂能坚持很久。

到达负海拔15公里时，时渊问："那是什么？"

陆听寒顺着看过去，只见一团星光清晰显现出了星球的模样。它非常小，大概只有拳头那么大，旁边围绕着另外几点光，就像绕行的行星。在它的气态表面，七彩斑斓的色泽在流动。如同联盟在"远眺"计划中所见，这是一颗被感染了的恒星。还没等众人看清楚，星光猛然向内收敛，成了一个暗淡的小黑点，几乎看不见。

下一瞬，炽热的光芒无声炸开！难以想象这么小的东西能爆发出如此明亮的光，它刺穿黑雾，宇宙光辉璀璨，其他星辰黯然失色。

护卫舰又是猛烈颤抖！这回它直接失去平衡，转了好几圈。时渊捂住眼睛，老半天过后颤抖停下，他感觉没那么亮了，才往外看。刚刚恒星所在处，已经空无一物。

再往下走，这样的现象越来越多。刺目光辉接连不断，乱流与爆发时的能量纠缠在一起，把护卫舰掀了个天翻地覆——再坚固的合金，再强悍的推进器，在这力道下都仿佛纸糊一般。

离得近的怪物，有些直接被撕碎了。

"这都是什么？"所有的检测数据乱跳，赤红一片，齐鸿死抓着控制杆，满头是汗，半点不敢松手，"到处都在爆炸！"

又一轮刺目的光。

陆听寒突然说："是恒星的坍缩和超新星爆炸。"

齐鸿一愣，明白了。

发光、坍缩、爆发、变成黑洞或者中子星，这就是恒星的一生。在自然界中，这过程往往要百万年到亿万年，于深渊的宇宙之心里，这个过程只要数十分钟就能完成，能量也少了太多。他们正在一个不断重演死亡与新生，不断变化的太空中下潜。抵达负海拔21公里时，到处都是感染的、坍缩的超小型恒星。护卫舰在其中穿行，被乱流裹挟着，时渊看到，舰体外的什么金属构造不断颤动，在又一次乱流中被撕了个粉碎，急速往上飞，消失得无影无踪。控制板上飞船的模型红了一块，显示"外置哨位炮3号失踪"。

这只是个开始。

他们接连失去了四五个外置炮台。在负海拔25公里时，柯正荣彻底失去了意识，紧闭双眼，唯有屏幕上跳动的数据，代表他还活着。

"8点钟方向。"陆听寒说。

时渊回头，一颗巨大的恒星在黑雾中乍然出现，光芒璀璨。之前坍缩的恒星只有拳头那么大，都能破坏舰体。而这颗新的恒星，至少有一座城市那么庞大，若是爆炸，他们不可能活得下来。

齐鸿脸色发白，加速下潜。

周茜问他："我们能逃出它的爆炸范围吗？"

齐鸿沙哑道："我不知道。"

实际上每人都明白，这次在劫难逃，恐怕征程要到此为止了。他们准备了那么多，终归没能料到最真实的情况。情况越来越糟糕，乱流如一只虚空之手颠倒着护卫舰，他们上下颠簸，随波逐流。周茜抓紧了扶手，闭眼强忍不适，齐鸿紧咬牙关操控护卫舰，穿行在一颗颗恒星之间。

护卫舰却不能坚持更久了。

一朵火花无声地炸开，舰船的后半部分撕裂开了一道口子，屏幕上跳出红色字样：警告！2号推进器无法运作！

这种情况，要把分区的隔离门关上，然后视情况来定是否舍弃区域。

齐鸿在屏幕连点几下，毫无反应！他心中一寒，回头喊："操控系统坏了！要手动开启2号分区隔离门！”

周茜状态不好，陆听寒还要指挥，说时迟那时快，时渊解开安全带，向隔离门的手动操作箱飘去。陆听寒教了他基本结构，尾巴也让他有很好的平衡能力，足够去到目的地。他很快找到操作箱，打开保护盖，被五花八门的按钮与线路晃花了眼。舰体的残片不断向外飞去，金属板像纸团一样被揉碎，火焰烧了个轰轰烈烈，快烧到驾驶室来了！

“快点！”齐鸿吼道，“快！”

乱流袭击了护卫舰，时渊猝不及防，一脑袋撞在墙壁上。这下不轻，他使劲甩了甩头才清醒，飞快扫视过按钮，回忆陆听寒教他的该怎么去找。红按钮，绿按钮，黑色的电线……K20，K21，A11，A02……他的目光落在写着“Z02”的栏杆上：就是它了！2号隔离门！

又是一轮无声的爆炸，舰船曳着赤红色的长尾，在恒星间深潜。就在他们的身后，那颗巨大的恒星开始坍缩。

时渊拉下拉杆，不知是不是在乱流中损坏了，栏杆拉到一半时卡住了。任凭他怎么摆弄怎么向下压，就是纹丝不动，死死卡在了半空中。

齐鸿喊：“快啊！火要烧来了！”

失重状态下不好发力，时渊咬牙换了个角度，死命往下压。压不动，怎么也压不动！

时渊急得背后出汗。恒星于身边爆炸，耀眼光辉落在身上，也勾勒出他双手的线条，明明灭灭，他紧握着拉杆，不论如何也没有办法——直到另一双有力的手，覆在他手背上。

“一起。”陆听寒在他耳边说，“我们要一起来。”

两人默契至极，双手交叠，同时发力下压！

“咔嗒！”

拉杆不情不愿地动了，2号隔离门轰然闭合，隔绝了火焰。2号分区已被乱流撕了个粉碎，齐鸿当机立断，要彻底舍弃2号分区！每个分区是独立的，周茜探身猛拍下指令，那块分区便被弹射出去，飞快消失在爆炸的光芒中，湮灭无踪。众人还没来得及松口气，便看到，那颗巨大恒星已变成极小的一个点——它快要完成坍缩了，它要在爆炸中完成最美丽的死亡。

时渊还没反应过来，就被陆听寒拽住。又来了一阵乱流，怪物们似是察觉不对，纷纷躁动起来，向远方奔去。他们来不及回座位，陆听寒从两侧拉下临时安全绳，把他和时渊都缠好了。接下来，没有什么事情是他们能做的了，除了共同迎接这场浩劫与审判。

陆听寒说："你待会儿直接变成黑雾。"

"好。"时渊说，"我会的。"

"时渊。"陆听寒又说。

外头掀天揭地，舱内却是平和的安静。

时渊："嗯？"

他的尾巴本能地弯出问号。

陆听寒说："我一直很想告诉你，世界上再没有一个人和你一样，毫无保留、全心全意地陪伴我，永远在我身边。在遇到你之前，我没想过会和另一个人经历那么多，去看舞台剧去看麦田，爬上能源塔眺望夜景，去废弃城区里坐旋转木马。"他笑了笑，"我们还一起去了帝国王都，一起看了海和极光。"

时渊静静听着，看着那双熟悉的灰蓝色眼睛。

陆听寒："我这辈子最幸运的事，就是在那个开满雪见花的晚上，找到了孤单的你。这真的是太不可思议的一段旅程，我很高兴有你在。"

他深吸一口气，接着说："我年少时发誓要为人类与城市献出一切，事到如今我能很自豪地说，我做到了，并且不后悔。但如果要我选，我希望能有机会不再背负那么多责任，在下一个更安稳祥和的时代里，更平凡地遇见你。这就是我所有的愿望了，希望我下一次回头，还能看见你。"

时渊弯起眼睛笑了。

他说："陆听寒，我知道的。"

在他们身后，恒星爆炸出瑰丽光辉。世界明亮，宛若上古时期的大爆炸，轰然一响，创造出无数新的生命，从此银河璀璨。

他们在燃烧的星光中下坠。

直到冲击波到达前的最后一秒，齐鸿都在操控“探求者一号”。他们离那颗恒星有相当的距离，要是再远一点、再远一点，说不定还能有那么一点点的转机，他们不会放弃一丝一毫的希望……

到处都是光，时渊飘浮在灿烂的星海之中。一切陌生又熟悉。明明这是他记忆中，第一次见到此情此景，他却莫名觉得在久远岁月之前，他是见过这样无垠的宇宙的。

他想到了很多。

他想起明亮的舞台，观众的掌声，他第一次去地下避难所时众人的惶恐，陆听寒他们凯旋的花海；他想起，知道自己只能让怪物拥有无穷无尽的岁月时，那份惶恐不安；他又想起他与陆听寒并肩站在阳台，他试探性地说，他不是救世神，救不了人类，而陆听寒笑着告诉他，他自荒原来到城市是有意义的，他要来见证他们的勇气。

他想起矗立的四号高塔，电话声此起彼伏，福利中心人来人往，向往星空的老者，喜欢烟花的小姑娘，有点吹毛求疵的上司，和他死在了塔顶的友人；他想起水母与林鹿，想起铁城日落，逃兵搂着幻想中的妻子翩翩起舞，天空是粉色和蓝色的；他想起“重锤”落下的那日，他带着血和泥尘找到了陆听寒。

他想起宏伟的主城，爆发的黑色结晶，陆听寒说他们一起去找尔顿时，他眼中的欣喜与期待，帝国境内有百年不停的暴雨，国王与娇蛮公主，他们的身影留在教堂壁画上，不曾消逝；他想起丑恶的鼹鼠人，阴暗的巢穴，依旧屹立的王都，一位守住了家园的将军，他兜中有公主送的怀表；他想起海边灯塔，追逐白海豚的守灯人，当他于绚烂的极光下泪流满面，他觉得，他是在想家的。

光芒太耀眼，时渊看不清陆听寒了，他们的双手还紧握着，记忆百转千回，在爆炸中他听到了心跳声。

“咚咚——咚咚——咚咚——”

“咚咚——咚咚——咚咚——”

这是他自己的心跳。他并不孤单，有另一道心跳声与他一同跃动。很久之后时渊才意识到，这是来自深渊这颗宇宙之心的脉动。

“咚咚——咚咚——咚咚——”

“咚咚——咚咚——咚咚——”

心跳穿过星光与他逐渐重合，灵魂汇于长河，不分你我，他们本就是同源的。恍惚之间他又回到梦境中，他站在舞台正中，蜂后、蓝蝴蝶、巨蛇、狐狸和白海豚……所有怪物都在看着他、注视着他、期待着他。

时渊向台下看去，这一场盛世无双的演出，他是它们唯一的神明。喜怒哀乐，生离死别，在这一瞬接踵而至。他跟着陆听寒见证这人世，有了温暖的家，足够让他想念留念的家。

他最终也看懂了怪物们。

黑雾从时渊身上涌出，浅浅覆盖了舰船，在下一瞬冲击波到来前包裹住护卫舰！数百吨的钢铁眨眼被吹飞，他们朝深渊之底坠落。

坠落速度太快了，宛若流星。若他们在地面肯定能听到尖啸的风，但深渊之中万物无声。

最后一刻，时渊想到的是很多年前的夜晚。

年幼的孩子踏着雪见花海，来到他的身边，摸了摸他的脑袋。然后他们走在花海里，他听不懂人类语言，就听见孩子和他讲着什么，神情兴奋，似乎是想要……带他回家。时渊拒绝了他——那时他还什么都不懂。年幼的陆听寒给他看城市的照片，时至今日，他仍记得陆听寒脸上那纯粹的热爱，他明白，陆听寒是一定要回城里的。他也是一定要带他回家的。

“家。”时渊说着这个陌生的词，站在雪见花海，看向远方。

“是啊。”年幼的陆听寒这样说，“不论发生什么，不论代价是什么，我都会回来找你的。我发誓。然后，我们一起回家。”

护卫舰径直坠落，时渊闭上眼睛。雪见花从破碎的舰体涌出，在空中爆发出一条纯白的痕迹。世界灿烂，他听见万千孤单的心跳，齐齐共鸣于华丽的舞台，宇宙的殿堂。

疼，钻心的疼，头昏脑涨的疼。陆听寒的手指动了动，他皱着眉，努力集中意识。数秒钟后他猛地睁开眼！伸手不见五指，他下意识摸了摸身下。是坚实的地面，略微潮湿的泥土。

他不在护卫舰上了？发生什么事了？他是怎么活下来的，其他人又在哪里？这里是深渊之底吗？陆听寒浑身痛得厉害，几乎没办法思考，但他以惊人的毅力稳定了心神，向腰间摸去。幸好工具腰包还在，他摸到了手电筒，打开后光束刺穿了黑暗——护卫舰的残骸就在眼前。他看到诸多仪器散落在地面，半个舰体敞开，暴露出驾驶舱的内部，他正是从里头被甩出来了。

陆听寒愣怔两秒，摇晃着起身，走到驾驶舱旁边。灯光向里照去，座位上有一道黑黝黝的人影。他奋力爬上去，只见柯正荣歪倒在座位上，早就失去了呼吸。

陆听寒默不作声地站了几秒钟，伸手为他合上眼睛。齐鸿和周茜的座位都是空的，断裂的安全带垂在座位上，摇摇晃晃，时渊也不见踪影。这不是个好兆头。通信器和定位仪通通无法使用，陆听寒走在残骸间，一次又一次呼唤着他们的名字。

他的声音湮灭在黑暗中，无人应答。陆听寒攥紧手电筒的指节用力到发白，心慌乱地跳着。在哪里？其他人都去哪儿了？

时渊呢？

主机身中变了形的柜子里有纱布、绷带、几支抑制剂和抗生素，他把它们胡乱卷在一起，揣进怀中。然后他翻过钢铁残骸，踩着长草和散落的机械零件，高声呼唤。

“唔……”很轻很轻的一声低吟。

陆听寒听到了这微不可闻的响动，他蓦地回头，向那个方向跑去。脚下的绿草越来越高，没过了他的腰部，那都是被1号深渊感染的、带锯齿的毒草。还好他的作战服只破损了一点，足够抵御长草的切割。

“你在哪里！”他喊道，“回答我！”

“呃……在这里……”

陆听寒快步上前拨开长草，终于看到了躺在地上的齐鸿。齐鸿也被甩飞出驾驶舱了，肩膀磕在一块石头上，鲜血汩汩涌出，沾染了身下的长草。他紧闭双眸，面色青白，低声说："我在这里……"

陆听寒用纱布和绷带按压齐鸿的伤口，做简单的止血。他缠绕绷带时，齐鸿勉强睁开了眼睛，呻吟道："发生什么事了？"

"护卫舰坠毁了，我们应当到了深渊之底。"陆听寒飞快回答他，把绷带一圈圈缠上去，"你感觉怎么样？能不能坐起来？"

"呃……"齐鸿晃了晃脑袋，"我试试……"

在陆听寒的搀扶下，齐鸿靠岩石坐着，算是清醒过来了。

陆听寒迅速点了一些药品留给他，又问："武器有吗？"

"手枪还在呢。"齐鸿虚弱道，"你……你快去找其他人吧，有事情我会鸣枪。"

"好，一切小心。"陆听寒简单说，又步入浓重的黑暗中。

他在一棵枯树下找到了周茜。几只小小的怪物围在周茜旁边，被光芒一照，霎时钻回地下。周茜昏迷了，但呼吸还算平稳，没有很严重的外伤。陆听寒松了口气，背起周茜回到齐鸿的身边。

齐鸿给周茜包扎伤口，他知道柯正荣已经牺牲，哑声问陆听寒："时渊呢？"

陆听寒飞快地摇了下头，他把附近都走遍了，没看到时渊。

"快去找他吧。"齐鸿咳嗽了两声，"我们在这没问题的，喀喀，喀喀，你看我们昏迷了那么久，还没有怪物来攻击我们，应该……应该暂时是安全的……带上这个。"

陆听寒的过滤器坏了，齐鸿把自己的防毒滤芯拆下来，递给他。

陆听寒接过来，向他点头："好，我走了。"

"上将，一路小心。"齐鸿说，"快去找回他吧。"

实际上陆听寒毫无头绪，手电筒照向四周，一边是蓬勃的长草，一边是幽深的密林，怪物的身影一闪而过，看不清晰。在1号深渊之底竟然是这样的世界，草木旺盛，自成天地，仿佛他们穿越宇宙来到了另一个星球。

护卫舰在下坠时解体了，后半截不翼而飞。陆听寒不知道另一个坠落点在何方，时渊又是否在那里，可是……就像之前无数次，不论推断也好，直觉也罢，陆听寒永远都能找到时渊。

陆听寒一手拿枪一手举着手电，迈进深林中。树林如鬼影，一只只小怪物潜伏其中，盯着他这个不速之客，空中时不时飘着大片的毒性孢子。陆听寒踩着落叶和枯树枝走在林间，他一方面心乱如麻，忍不住去想，时渊有及时变成黑雾吗？变成黑雾后，会不会与1号深渊有了排斥？又或者说哪怕他变回原形了也抵御不了爆炸的冲击波？他现在到底在哪里？怎么样了？如果时渊没有事，为什么不在他们的身边？而另一方面，军人的素养又叫他强行镇定下来，越是这种时候越是要冷静，他将风吹草动收在眼底，小心谨慎又急迫地向前。

在哪里？时渊究竟在哪里？！

一群老鼠般的怪物跑过林间，它们身上的孢子喷吐出毒雾。深渊之底的感染值高到恐怖，没有仪器，陆听寒没法得知自己的感染情况，往手臂上扎了一针抑制剂，继续向前。

他很快意识到了不对劲。怪物对他鲜少有攻击意图，他前行了十几分钟，仅有一只瘦小的、像郊狼的生物接近，被他一枪爆头。除此之外，大大小小的怪物隐匿在黑暗丛林中，不见头尾。它们似乎都在朝着一个方向跑去，而那正是陆听寒走去的方向。也是他直觉般感到，时渊所在的地方。

陆听寒心中一振，燃起希望来。

然而……然而，这希望又逐渐在长途跋涉中被消耗。密林无穷无尽，鬼影幢幢，怎么也望不到尽头。陆听寒不知走出了多远，翻过了多少陡坡，树林还是黑压压的，什么也没有。他的脚步越来越快，最后几乎奔跑在林间。

潺潺水声从不远处传来。

陆听寒两枪杀死了靠近的怪鸟，又反手一刀捅穿意图攻击他的小型野兽，来不及擦拭刀刃上的血，他迅捷地翻过高耸的岩石，只见坡底有小溪流，淌过细小的砂石。

什么东西在溪流旁的植物中反光，那是作战头盔的亮光！

“时渊！”陆听寒呼喊出声。

没有回答。

那植物足有一人多高，看不清情况。往下的石壁陡峭，他来不及顾忌那么多，抓着锋利的石块下去，手上划出了血痕。然后他踏过溪流，飞奔过去。军刀斩开了植物，他霎时愣住——没有人，这只是一个头盔，一个破损了大半边、暴露出内里结构的头盔。

刹那间，没有语言能描述那种寒意。陆听寒如坠冰窟，反反复复地检视头盔。它受到严重撞击，坏得不成样了，稍微用点力就会散架，但它分明是属于时渊的。陆听寒尽他所能把周围找了个底朝天，没有其他踪迹，一点点都没有。他看到了些许血迹，星星点点挂在叶片上，分不出是怪物还是……时渊留下的，这让他更加不安。

“你究竟在哪里……”他喃喃，“回答我啊。”

深林无声。

陆听寒深呼吸几下，强迫自己冷静下来。他想，必须继续向前去。他已经找到了时渊那么那么多次，这次也必定如此。

搜寻继续，他踩过落叶攀过树根，绕开喷吐毒雾的花，又斩断垂下的藤蔓。再强壮的战士在这里也会力竭，而他像不知疲惫一般翻山越岭。

“时渊！”他喊道，“你在哪里！时渊！”

“时渊！回答我！”

一块隐蔽的石头绊倒了他，他踉跄几步，扶住一棵老树。他的心跳得太快了，方才不觉，停下才觉得胸腔快要爆炸。他呼吸得猛烈，咳嗽了好几声，又抬头继续向前。时间一分一秒地过去，绝望在心中一点点蔓延。他动作没慢下来，却不禁构想各种可能性，每一样都让他感到绝望。那个碎掉的头盔和血迹像鬼魂，与坠毁的舰船一起死死抓住了他。

陆听寒终于跑不动了，他扶着巨岩喘息，汗水一点点从下巴滴落，打湿了脚下泥土。

“你究竟在哪里……”他轻声说。

周围太黑了，他怎么都看不到前行的路。直到……直到一抹微弱的光在远方亮起。陆听寒低着头，刚开始没看到。那光芒不断闪烁，越来越亮，越来越亮，仿佛是对他的呼唤。

陆听寒终于察觉到世界亮了起来，抬头看到了柔和的光辉铺在天边。它并不耀眼，像是黎明时太阳还未升起，朦朦胧胧的白色天边。但那绝不是阳光，它要更多变、更瑰丽，简直像群星的光辉。

陆听寒愣怔半秒，他向光亮处走去，心想那一定要是时渊，一定……

十分钟后，他在一片倒塌的树中找到了另半截护卫舰。如他所料一般护卫舰在坠落时解体，断裂成两截，把时渊和众人分开了。也就是说，时渊很可能就在附近！

光！是那一道光吗？力量重新在体内涌动，陆听寒向光亮飞奔而去。地势崎岖陡峭，他越过碎石踏过溪流，一路跌跌撞撞，摔倒了又爬起，跌落了又踉跄前行！风声在耳边呼啸，他跑得太快了，世界上没有任何东西能拦下他的脚步。

世人皆渴望奇迹，皆渴望完美的结局，时渊也如此，他说他要在深渊之底找到答案。但这些陆听寒都不在乎了，什么答案什么奇迹，谁关心这些呢？他只想找到时渊。

他就这样跑进了光中。

变幻神秘的光在地面涌动，宛若彩带。陆听寒抬头看去。不再是浓郁的黑，而是天河高垂。一道耀眼的光柱飞向空中。它明亮无比，成为刺破黑暗的灯塔，在深渊之底映照出了一条路。一条朦胧的、梦幻的、由星光铺就的老路。与此同时世界各处的怪物高昂起头颅，雾中巨蛇、极光下的白海豚、火红狐狸、雷雨里的鱼群、半身枯骨的鹿……

它们望向这明亮的灯塔。

森林里的怪物朝它奔去，身躯隐没光中，化作星辉直奔向宇宙，好似逆转的流星雨。紧接着，越来越多的怪物加入它们，千奇百怪，热热闹闹，一场盛大的谢幕。

神明以时间揭示过去，它们看到了来时的路。

它们回家了。

光芒落在陆听寒的眼中，犹如灰蓝色海上亮起明灯。他缓步向前，蹚过长草，拨开层层叠叠的树叶——少年独自站在花海中，他的眼眸明亮，手捧星辰。光从指间迸发而出，像一团小小的烟花，正如初见那般的新奇与喜悦。

“你看啊，”他说，“这是光。”

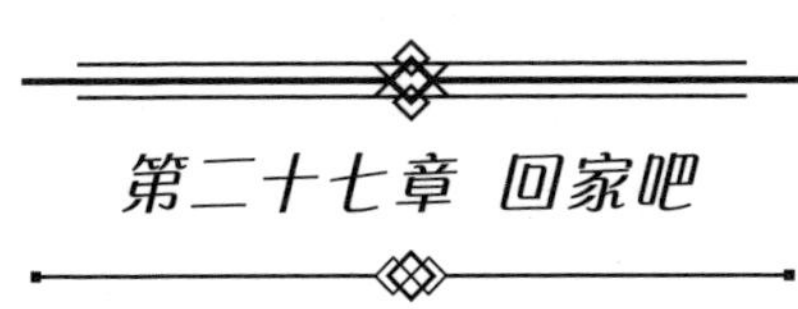

第二十七章 回家吧

联盟245年10月28日，“灯塔”出现在1号深渊底部。它揭示过去的道路，深渊与怪物顺着星轨回了家。往后数日，漫天逆流的流星雨，天河璀璨夺目。

人们都说，或许在最开始，漂泊宇宙的深渊只是迷了路。

了解来龙去脉时，他们发现从一开始就有征兆：被感染的人们曾称时渊为灯塔，时渊一次次梦到怪物期盼的眼神，了解怪物的陆听寒说过它们在想家，第一个出现的感染生物是白海豚，它在找回家的路，它永远跟随灯塔的光……当众人从尔顿返航，被困于古战场的阴雨之中，时渊靠在窗边小声抱怨道他想回去，于是一团明黄色的光刺破云层，揭示了返航的路。好在，它们的小小神明见证了诸多故事和无数人的勇气，拥有了爱和温暖的家。

他也想让它们回家。但，并非所有怪物都踏上了这条路。被感染的生物无穷无尽，一朝一夕间不可能消失。更何况，对于部分怪物来说，杀戮、繁衍与征伐才是永恒的目的，它们徘徊于这个星球，绝不肯退让。

“深潜”计划在继续，以陆听寒为首的四名执行者，在深渊之底布置好定点传输站，收集了大量数据，传回地面上。

联盟倾尽全力模拟深渊的感染信号。早在多年前，诸多学者便对“深潜”有数年的研究，他们当时没成功，努力却没白费，如今联盟继承了意志，在这个基础上进行实验。

245年12月15日，联盟模拟出最简单、最粗糙的信号，人们坐上大型运输船，靠着遮掩剂和这信号向帝国王都转移。浩浩荡荡的军队护卫他们，再回首，主城空荡荡，唯有雪见花旗帜在迎风飘扬。

路途中，他们见到大群大群的怪物奔跑、飞掠过荒原，朝着灯塔去了；他们也遇到了大规模的怪物攻击，它们不改凶悍与贪婪，在枪声和爆炸声中亮出利爪。

一路艰险一路苦难。不论风雨雷鸣，沙暴冰雹，唯有身后的灯塔永远亮着，指向寰宇。

246年2月2日，一艘大型运输船在古战场坠落，熊熊烈焰点燃了天空。

2月17日，众人找到了那批留下的鼹鼠人，他们上了船，满怀期待去往尔顿。

3月9日，德尔塔深渊出现躁动，怪物乘着雷暴雨而来。联盟血战数日，获得了胜利。

4月2日，一场强烈寒流来袭，众人被迫原地驻扎了七日才硬撑了过去。

……

248年6月27日，历经千难万险，他们抵达尔顿。众人喜极而泣，互相拥抱狂欢。

希望燃烧在每一人的心中。人们以极高的热情投入新生活的建设，照料温室、修复仪器、校准观测仪、重启能量塔……这个废弃多年的地下城市焕发出新的生机。

然而，危机并未解除，“深潜”的进度也从未停下。得益于“回声”的频道，当深渊之底的定点传输站建立好之后，即便远在尔顿，他们也能与深渊下的几人沟通。数据源源不断地传来，研究室的灯终日不熄，他们一步一步朝明天迈去。若说那位少年神明是怪物的奇迹，那么“深潜”便是人类的奇迹。它聆听尔顿的“回声”，找到了被帝国子民守护的家，又在深渊之中完成了“远眺”，那台银白色的、凝聚了无数人心血的舰船终究翱翔在宇宙。“深潜”带着跨越数十年的希望，终归完成了它的使命。

往后三年王都日新月异，大型战争爆发过好几轮，战士们如往日般英勇，奋力杀敌。

249年7月，齐鸿和周茜由于长期停留在高污染环境中，长辞于世。

陆听寒继续巡视深渊之底，一次又一次整理数据，直至251年2月，由时渊确定牺牲。

“他已经不在了。”通信频道里的少年轻声说，“我会留在这里，直到深渊全部回家。”

想了想他又说：“他答应我，会回来找我的。”

频道的另一头，通信员早已泣不成声。

两年之后，拿到了足够数据的联盟成功模拟出1号深渊的感染信号。信号覆盖了地下城市，叫大多数感染生物望而却步。联盟不断改良信号，振兴城市，万般艰难阻拦不了他们的脚步。那又是一段风云跌宕的传奇，喜怒哀乐悲欢离合，众多人物熠熠生辉。

陆听寒说的没错，永远有勇敢者，永远有新的英雄，他的旅途到此为止，不必走到终点，总有人会替他看到黎明。

259年2月，2号深渊化作星光，成为第一个消失的深渊。此后每过数年，便有一个深渊找到回家的路。

一切向好。

所以这就是故事的结局了。

时渊是怪物的救世神，陆听寒是人类的殉道者。

271年1月，联盟收复尔顿旁边的小城市，建立起安全的防线。

274年12月，德尔塔深渊重返宇宙，这场百年的雨停了，晴空万里，碧蓝到夺目。

289年10月，1号深渊重返宇宙，灯塔还在，映亮星河，为迷途的灵魂指引归途。

291年3月，怪物离去了许多，剩下的依旧数量庞大，依旧猖獗。在深渊的模拟信号下，尔顿平安度过了一次又一次降临的黑暗，宵禁彻底解除，人们重新拥有长夜。

293年10月，时隔五十多年，第一场舞台剧在尔顿上演，剧团仅有四五人，演着精彩的剧本，引来阵阵叫好声。

295年3月，又有两座小城市重回人类的怀抱，它们欣欣向荣，拥有着金色的麦田。

295年12月，超大型的风车在地面转动，电力奔向城市的每个角落，运输机器人漫步街头，家家亮起明灯，就连街道的最角落、那小小的旋转木马都转了起来。

剩下不愿走的怪物还有许多，它们继续畸变继续繁衍，但没有深渊作为源头，战士带上勇气带上毅力，它们是足以战胜的对手。或许终有一日，他们能重返宇宙；或许终有一日，他们能够理解深渊。

宇宙漫漫，文明只如沧海一粟。他们终归会见到更多超越想象的、高级的存在，去往它们所在的家乡。

联盟302年，最后一个深渊消失。

过了几日，灯塔也悄无声息地熄灭了。自此万物兴荣，天下春生。人们都在猜时渊去了哪里，是不是跟着深渊也回了家。

“我不这样觉得。”王妤这样说。她白发苍苍，早已挂上院士的头衔，成了德高望重的医学研究者。她倚在办公桌旁边，转着一枚老式硬币，又讲，“时渊不会走的。他不是说了吗？陆上将还会回来找他的。”

她的学生从未见过陆听寒和时渊，但和这里的每个人一样，他听过无数次那两人的传奇。

王妤亮了亮手中的硬币：“我第一次遇到时渊，硬币立起来了。”

“硬币还能立起来？”学生挠头。

“是啊，我也不敢相信。这事情太神奇了，我就一直把硬币带着了。”王妤说，“我就这么随便一抛……”硬币旋转着飞起，一声轻响，它立在了桌面上。

王妤：“……”

学生：“……”

两人眼睛都快瞪出来了。

学生喃喃道："老师，我现在相信了……"

王好再次发誓："我必须要把这硬币供起来。"

而将终生奉献给了数据研究的林叶然，也被人问过类似的问题。

他也说："时渊不可能回宇宙去的……什么？你问我他在哪里？我怎么知道，我是搞数据分析的，不是搞玄学的！"

钢笔在他指间转了一圈。

林叶然又说："时渊是个难得的好员工，从不迟到早退，拿足了奖金……不过，有时候他也会做出奇怪的事情，比如把我反锁在办公室里！所以谁知道时渊会做出什么呢？说不定，他就在哪个地方睡大觉。"

来者又问："那您觉得上将……"

"我说了我不是搞玄学的。"林叶然没好气地打断。但是他顿了顿，说，"不过我希望如此。奇迹已经发生了，再来一个也不嫌多，对不对？上将可不是个会食言的人。"

也有好奇的人问过野玫瑰剧团的众人，时渊和陆听寒是怎样的。这时候，程游文在城市的角落拥有了一个很小很小的舞台，当作新剧院的起点，等着日后壮大。他拄着拐杖，嘀嘀咕咕翻着剧本。他刚出生的孙子在地上爬来爬去，拍手笑着，牙牙学语。

科学家将抑制剂和融合剂结合在一起，发明出了新的药剂，效果显著加强。其中一个好处是，异变者和鼹鼠人终于不需要忍受病痛，能安安稳稳地活下去，像普通人一般。

"你们是哪里来的——"他拖长了嗓音说，"每天都有人来打听故事，是不是闲得慌？去去去，快走！"

来者悻悻地想回去，秦落落端着茶水出现了。

她笑说："你别理他，他就是这破脾气。你们想知道什么就问我吧，不过，细节我可不会告诉你们，这是隐私哦。"她很老了，眨眼睛时仍然狡黠如狐狸，依稀可见明媚的美。

这回的来访者是个实习记者，想写一篇报道，他问了秦落落许多问题。

秦落落一一回答了，路过走廊时她突然指过去：“你看。”

那是一面墙，墙上挂满了镀金牌子，都是剧团成员的名字。记者看到了程游文、秦落落、沃尔夫冈、特蕾西和伊莎贝拉……而在最中间，雕花精美的名牌上刻了时渊的名字。

秦落落说：“这是老程亲手刻的。你别看他那副样子，他可想时渊了，总说时渊是最好的主角。”她顿了下，笑了，“你知道《殉道者》吧，它至今是我们口碑最好的舞台剧，但我们没有再演过它。”

“为什么？”记者一愣。

“因为没有人能取代时渊。”秦落落讲，“他永远是我们的一员。《殉道者》已经有最完美的演出了，就让它停在最好的时候吧。”

记者又问了很多。最后他问，时渊和陆听寒是什么样的人。

“什么样的人？”秦落落坐在茶桌前，单手支着脑袋，“就……也没什么稀奇的吧。”

记者显然对这个答案不太满意：“可是，他们都是很特别的人啊。那种大英雄。”

“是很特别。”秦落落笑了起来，“但你在期待什么呢？你把所有普通人会做的事情，放在他们身上就对了。抛开什么救世神什么殉道者，他们和普通人没区别，和我们一样会爱会恨，不分平凡和伟大。”

于是，记者不再问下去了。他带着满满的笔记走了，向剧团千恩万谢。秦落落挽着程游文，站在剧院门前笑着向他挥手道别。

数十年的岁月呼啸而过。

与怪物的搏杀永不会停下，一直会有鲜血和牺牲。然而一座座城市被重建，人们安居乐业，雪见花漫山遍野地开。他们总提起过去，他们总提起那个崎岖又灿烂的故事。

他们一边回望来时的路，一边坚定向前。

光阴回到75年前，联盟251年的12月。

彼时众人刚在尔顿定居下来，公寓内，垂垂老矣的老者坐在沙发上，对着火炉，慢慢翻看一份泛黄的文件。这是联盟主席柴永宁，他行动迟缓，自知大限将至，早交代好了后事，现在是他安详的晚年时光。

苍老手指摸过纸页，文件翻了一页又一页。这是深渊监视者的心理评估报告，名字那一栏写了“陆听寒”。陆听寒作为监视者，破格参与指挥，对他的评估是极其严苛的。这些报告跨越了十几年，每一面都是确凿无比的“无异常”。

柴永宁慢慢往前翻着。报告停在陆听寒十八岁那年，他刚去监视塔的那几个月。有两张泛黄的、皱皱巴巴的报告掉落。它们的左上角有撕痕，像是被人从一沓文件中扯了下来，上面写着“监测到异常”。

这是陆听寒没见过的报告，他从不知情。柴永宁默不作声地看着，人老了，思维也就慢了，他花了不少时间，让记忆回到很久很久之前。

当时他看到这份异常报告，第一时间告知了苏恩齐。

按照规定，但凡有一次异常的监视者都要引起高度警觉——以经验来讲，只要有了一次异常作为开端，他们的情况只会恶化。更何况这是陆听寒，他绝对不能再担任指挥官了。

苏恩齐抽了一整天的烟，和柴永宁说：“要不，再测一次吧。”

柴永宁批准了。

第二次依旧是异常报告。看起来，陆听寒永远不能做指挥官了。若把这消息告诉当时的陆听寒，他恐怕不会太失落，毕竟，他决意做监视者时就做好准备了。但苏恩齐不愿意，他不知道陆听寒是为了诺言，才去监视0号深渊的。他睁只眼闭只眼，想到的只是那个跟在他身后的孩子，看他指挥时，眼中仿佛有细小的火在燃烧，而柴永宁也是知道的。陆听寒说过他永远站在人类这一边。他想保护城市，为它生，为它战，为它死。

两个老家伙对着评估报告又抽了一晚上的烟。

最后柴永宁下定决心，说：“那再给他一次机会。”

于是有了第三次心理评估。陆听寒通过了评估，没有异常。之后的十几次高强度评估通通以“无异常”收尾——直到十余年后也未曾出现问题。

其他监视者的情况只会恶化，他这种是前所未有的，堪称奇迹。

柴永宁和苏恩齐商讨许久，该不该让他继续指挥，存有诸多顾虑。

最后柴永宁说：“他一直是特别的。”

“是啊。”苏恩齐叹了口气，“这孩子……”

“不能以常理推断他，”柴永宁指了指报告，“对其他人来讲，这肯定是感染的前兆。但对于他呢？说不准吧。”他顿了一下，“指不定那是‘共鸣’。”

“共鸣？”

“就像他知道怪物在想什么，也称得上‘共鸣’了。”柴永宁说，“只不过他这次共鸣的是0号深渊。”

苏恩齐揉着眉骨：“那你说，他到底有没有被深渊改变？”

“他恢复正常了不是吗？”柴永宁反问，“也许……也许他只是回应了0号深渊的呼唤。”

“回应它做什么？”

“谁知道。”柴永宁耸肩，笑了，他拍拍苏恩齐的肩，“或许我们该相信他的决心，相信他的意志力足够让他坚定向前。你要永远相信人类的信念，或许有一天，独特的他会成为我们的英雄。”

苏恩齐被说服了。那日，两个老家伙鬼鬼祟祟偷摸着撕下了两张评估报告，折起来，藏好一个从未启齿的秘密。眨眼那么多年过去，正如所料。

炉中火光跳跃着，柴永宁伸手，将泛黄的老报告扔入火中——橙红色拥抱上来。它在纸张边角舔舐出焦黑，然后一点点蚕食，犹如啃食出一颗锈蚀的心。

自此，这个秘密永远不为人知。

柴永宁想，或许这个世界上不单只有“感染”这一种方式，那真的就是共鸣，陆听寒听到了一个孤单的灵魂对他的呼唤。

正如他改变了时渊，时渊也改变了他。

“陆听寒。”

“这个世界上是先有鸡还是先有蛋？”

“哇！那朵花叫什么名字？”

“数独真的好难，你怎么能那么快做出来？你真的好聪明呀。”

“我的尾巴又打结了……”

“陆听寒！快来摸摸我的头！”

陆听寒猛地睁眼，窗外树叶摇晃，一片灿烂的阳光打在他的脸上。不知是不是错觉，他的眼角有几分湿润。

“怎么，又做梦了？”乔乐名在他身边问。

“嗯。”陆听寒说。

他们身处军部的休息室，乔乐名看了眼时间：“还有二十分钟，你要不要再睡一会儿？”

“不了。”陆听寒站起身，单手拎着军装外套，“我先去指挥中心。”

乔乐名在他身后喊：“慢一点！慢一点不会影响你晋升的！”

陆听寒没回头，挥了挥手以示自己听到了。

“真是个工作狂……”乔乐名嘟囔，扭头朝友人说，“我给你讲过的吧，他算是和我同一级的同学，结果呢？提前两年毕业，现在都当少将了，我看没几年他就奔着上将去了。你说人比人是不是气死人？他还那么勤奋。”

旁边的指挥官慢悠悠喝着一杯咖啡，说：“人家可不是为了晋升。你又不是第一天认识他，他对那些没兴趣，就是想守着城市而已。”

“我知道，”乔乐名悻悻道，“当然，谁不想守着城市呢？”他长叹一口气，“好吧我承认，我就是羡慕嫉妒恨呀！怎么会有人能明白，怪物在想什么呢？”

“我也想不通。”友人耸肩，“大概是天赋，有人天生擅长画画，有人天生会唱歌，那有人天生就能看懂怪物、理解怪物，也不奇怪对不对？”

“也是啊……”乔乐名抓了抓自己的脑袋，“算了不说这个了！咱们走吧！”

两人起身，并肩走向顶层的指挥中心。

作为本次行动的总指挥，陆听寒已经在那了。他们戴好光脑进行指挥。

这次的任务，是指挥战士去尔顿300公里外的废城兰尔松进行探索，那里有爬行生物的巢穴，常年被怪物占据，但若有机会夺回城市，那里会是绝佳的耕作场所。三人沉稳地指挥，军队一步步推进，枪林弹雨，那些扭曲的爬行生物在他们的攻势下节节败退。

这是战士第三次来兰尔松，目的并不是完全收复城市，而是清剿怪物、探察地形。在陆听寒的指挥下，行动大获成功。他们剿灭了两个小型巢穴，把西南城区清理了一通，获得大量数据，随后凯旋。

等行动彻底结束，已是三天过后。近几次的指挥行动都相当顺利，军部开了场小小的庆功宴。陆听寒简单地出席了一下，他不太喜欢这种场所，借口休息，先行告退了。独自回到房间内，拧开水龙头，清冷的水泼在脸上，陆听寒抬眼看镜子内，一双灰蓝色的眼眸丝毫不见疲态。

他在书桌前坐下，台灯有明黄色的光，照亮桌面的钢笔、笔记本与书籍。他却没有看书，而是打开终端，一点点翻过资料。大部分都是军部的资料，也有私人照片和他画的速写。速写上画了磅礴的日出、辽阔的荒原、雷雨云、黑色海面上的浮冰，但最多的还是城市，他画了长街短巷，巨大的风车与能源塔，人来人往的餐厅和热闹的剧院……最后的最后，是一张人像速写。少年抱着花，站在光中弯起眼笑。

这是反反复复出现在陆听寒梦里的一幕。

从很小的时候，他便开始做这个光怪陆离的梦。梦中是一段很长的旅途，千难万险，欢笑与泪水交织，有一个人永远在他身边，他们无数次并肩眺望远方。

每每梦醒，这些场景又消退了，怎么也捕捉不到。但陆听寒知道，他一定是忘了什么很重要很重要的事情。小时候的他求助过医生，医生也说不出个所以然，只是讲有些人就是容易做梦，没影响健康，倒也无所谓。

这并不是陆听寒遇见的第一件怪事。他刚入军校时年纪很小，天赋已然彰显，便想着或许有人愿意破格指点他。他本着学习的目的去了军部，结果却出乎意料：那帮高级将领听闻他想找自己拜师学习，一个个头摇得跟拨浪鼓般，连连摆手。陆听寒有些疑惑，想继续争取，这回有几人脸色急得发白了，连说使不得！这真的使不得！

陆听寒最后也没找到老师，倒是有一帮人说，如果他想可以随时来交流，互相学习。

这也算达成目的了，陆听寒一头雾水地走了。

在陆听寒学习历史时，也发现了奇怪之处。有一名上将的资料少之又少，明明是当时最高级的指挥官，参与了“深潜”计划，却连姓名、照片和生平都找不到。他问了很多军部的高层，他们统一的回答是：迁移到尔顿的时候资料丢了，损坏了，很遗憾但是没办法。

陆听寒并不相信，却无从深究。直到他当上少将，权限高了，才从系统中找到蛛丝马迹。有一部分资料被锁了起来，以他的身份也无法查看，只看得到锁定日期在联盟330年。那一年没什么特别的，尔顿振兴了几个新城区，战士又探索了两片新区域，一切按部就班地走下去……硬要说的话，是他出生的那一年。可又和这件事有什么关系呢？

陆听寒去问了黎诚上将。

那名年迈的将领眼睛浑浊，双手皮肤干枯像树皮。

他笑着说：“有些东西是不能靠道听途说的，不然就变了味。你不该被这些信息干扰，也不该被‘预设’成为某一个人。你就是你，要做出属于你的选择。”

陆听寒不解其意。

黎诚指了指胸口：“你要用心去想，这件事情才有意义，才应该是……他想看到的结果。”他低声道，“这是我们唯一能为你做的了。”

陆听寒问：“‘他’是谁？”

黎诚只是笑。

陆听寒又问：“我要是想不起来呢？”

“那就忘了这件事，你照样能安稳地度过一生。”

陆听寒没问出个所以然，反而更加不解。

之后半年，陆听寒继续指挥。人类高歌猛进，收复了兰尔松，他打了一场又一场胜仗。

他依旧做着那个奇怪的旧梦。

“公交车上好多人啊，我的尾巴差点又打结了。”

“骆驼是什么呢？我还没见到它们。”

“要是我们有个更好的天文望远镜就好了，说不定能看到流星雨。”

“哇，你每次都能找到我！”

梦境越发逼真。

以防万一，陆听寒又去看了几次医生。医生是最好的医生，德高望重。陆听寒反复检查，结果都是一切正常，他的精神状态稳定。

医生说：“有很多事情我们没办法解释，那些匪夷所思的感染方式，就是其一。再说你能明白怪物，本来就是与众不同的。”

陆听寒微微皱眉：“可是……”

“说不定是你与谁有过什么缘分。”医生支着脑袋，半开玩笑道，“和深渊在一起待久了，是会互相影响的，因为是你，才没被感染，才保持了信念和理智。但这份影响和共鸣从未消失，烙印在灵魂里。就像爱永不会褪色，不是吗？”

陆听寒蓦地想起梦中。雪见花烂漫，幼小的他走向天地间孤单的灵魂。又或者是在柏树林的高塔上，他独身眺望着深渊。

在那一刻，他们灵魂是相通的。

陆听寒的困惑还有很多。每每与同龄人商讨，他们一无所知。年长一辈的倒像知道什么，就是不论军官还是医生，不论朋友还是陌生人，不论谦卑者还是狂傲之人，通通守口如瓶。

他们抛弃彼此的立场，相互的纠葛，同心协力守着一个秘密。正如从没有人解释，为什么他出生时，手心里有一块晶莹的黑水晶。

水晶光华流转，凝固了时间。

眨眼到了353年的冬季，雪见花开在每家每户的阳台上。陆听寒走在街上，带着微光的花瓣落在肩头。一阵风起，似是有人呢喃，他回头向城外看去，突然有种很强烈的感觉，有人在等着他。这感觉挥之不去，于是军部人们惊讶地发现，陆听寒终于请假了。

第二天下午，他驱车前往荒原。荒原的天空绮丽，以靛青为幕布，浓郁的蓝与紫交织、扭曲，轰轰烈烈地铺开。他像是漫无目的地游荡，心里却明白，他知道终点在何方。

车辆开过枯树，开过狰狞的巨石，开过一团团在风中滚动的杂草。他不知自己开了多少天的车，终于来到了一片柏树林前。

树林繁茂，越野车进不去。

陆听寒带上装备徒步跋涉。得益于“深潜”的成功，他只要带上小型发射器，发射出1号深渊的模拟信号，九成九的怪物便不敢主动接近。也是靠这个方法，人们走出城外，渐渐拥有了旷野。柏树林立，仿佛梦里的景色——他在高塔无数次眺望远方的柏树林。小型怪物跳过落叶堆，歪着脑袋看他，一棵异变柏树站起来，一溜烟跑远了。

越往深处走，他的心跳得越快。这是多么好的一天，苍穹湛蓝如洗，林间有柔和的风。他踏过细碎的光斑，一步步向前走。直到眼前豁然开朗，他看见漫山遍野的花海。它们迎风飘摇，犹如一场盛世的雪。

“咚咚——咚咚——”

这是他越发急促的心跳声，他明白，这就是他要找的地方了。陆听寒快步穿过花海，花瓣被他带起，飞扬回旋着。情绪于心中翻涌，梦境的一幕幕在眼前飞速掠过：那个奇奇怪怪的少年，那个支着脑袋看书的少年，那个冥思苦想的少年，那个会弯起眼睛笑的少年……他越走越快，越走越快，最后跑了起来！花海摇曳生姿，在眼前飞掠而过，这一刻陆听寒什么都记起来了！那个熟悉的名字就在嘴边，还未喊出，已让他不禁颤抖。

风声呼啸，陆听寒记起少年和他说，人类寿命终归有限，相遇的第一天，他就做好了离别的准备。

然而……然而不是这样的！他们都是特别的，一个能明白怪物，读懂它们的心，一个能化作人形，指引归途。哪怕立场不同思想不同，但他们各自是奇迹。而故事的最开始，只是孤单的深渊想找到他的人类。比起宏伟世界，这是个何其渺小的愿望。或许，在相互影响、灵魂共鸣之后，他们也能成为仅属于彼此的微小的奇迹。

陆听寒想，深渊寿命无穷无尽，在头尾相连的时间长河中，他总能想起过去的。一次又一次，以有限的生命来到你的身边，带你回家。

起风了，漫天花瓣迷了人眼。

陆听寒什么也看不清了，依旧大步向前奔去!

风停了两秒。花瓣四下散去，穹顶蔚蓝。洁白的雪见花海正中央是多彩的花，玫瑰、满天星、风信子、康乃馨……通通热闹地开在了一起。它们已盛放百年，依然鲜艳美好。

“时渊！”陆听寒脱口而出。

花海毫无动静。陆听寒上前几步，不知不觉间眼眶湿润了。

他说：“我知道你在这里。”

蓬松的花中传来细小摩擦声，首先，是一条黑色尾巴竖了起来。它看起来很困惑，甩来甩去，弯出了问号。然后又是一阵摩擦声，少年在花海中抬起了头。少年似乎睡了很久很久，做了场数年的酣然大梦。他打了个困意十足的呵欠，黑发微乱，衬得面庞分外白皙，脑袋和衣服上有了好几朵花。

“嗯？”他迷迷糊糊地应了一声。

陆听寒上前半步，强压着哽咽声音微哑地说：“时渊，我来带你回家了。”

时渊转头看陆听寒。

他睁大了眼，尾巴尖开始摇曳，然后猛地带着花瓣扑了过来：“哇！”

陆听寒张开手，牢牢接住了他。

久别重逢，时渊的尾巴晃动如彩旗，他说：“陆听寒，你又找到我了！”

他的人类一直是个信守承诺的人类。

泪水流过脸颊，他却笑了：“嗯，永远都能。”

不论过去，现在，抑或是未来。

时渊又抬头：“呀！你怎么哭了呢？”

他从没见过陆听寒哭成这样，顿时慌了神。

“因为风很大，把花粉吹进我眼睛里了。”

时渊问：“真的吗？”

陆听寒说：“假的。”他看向时渊，灰蓝色眼中情绪翻涌，“……但是，我又找到你了。”

时渊的尾巴尖欢快摇曳：“那我们现在去哪里！”

“哪里都行。”

“真的吗？”

陆听寒笑了：“这次绝不骗你。但是，让我们先一起回家吧。”

“好哦！”时渊顿时笑弯了眼。

小怪物和他的人类走出了花海，走出了柏树林。怪物在荒原奔跑、长啸、追逐、拿落叶构筑柔软的巢穴，人类于城中热火朝天地生活，炊烟袅袅，战士整装待发，还有无数故事等待书写；极地、沙漠、高山、盆地、无边无际的大洋以及那永恒的星空，还有太多地方值得踏足，值得向往，而这是他们亲手缔造的世界。

过往飘忽在风云中，漫长的远征告一段落，却又没有完结。

军装挺拔，尾巴一摇一晃，他们走向这蓬勃多彩的世界。

他们将亲眼见证。

番外1 深渊之底

陆听寒去见了黎诚上将。

同为联盟将领，两人常讨论战事，虽然没有太多私交，彼此也算熟悉。但是今天，他们要谈的不是战事。

黎诚泡了两杯茶，两人面对面坐着。包括黎诚在内的联盟高层，知道陆听寒的身份——从最开始看见他手中的黑水晶时，便知道了。他们尽可能地封锁了一切信息、一切关于“陆上将”的故事，这也是为什么，陆听寒读军史的时候，发现有一位将军的存在几乎被刻意抹去了。而他们的想法也十分明确：陆听寒不该被“假定”成任何人。

假设有一个人从出生起就被他人告知，自己是过去的英雄，是那位伟大的上将，反反复复被过去缠绕，他更像是“被迫”成为陆听寒，被迫继承名字、被迫继承名誉，而这很可能并不是他想要的，会成为他的负担。联盟不想看到这个后果，他们想让这名联盟英雄，选择自己的道路。于是，所有人心照不宣地守着秘密，闭口不谈。

陆听寒还未想起过去时，问过黎诚，为什么不能告诉他真相。黎诚告诉他，他要用心去想，这件事情才有意义，要是他不愿回想起过去，就忘了这件事，照样能安稳地度过一生。

何为安稳？没有黑水晶，没有波澜起伏的过去，成为联盟栋梁，守卫一座座城市，得到应有的荣光与赞誉，也是极好的一生，并且没有任何关于时渊的记忆，包括过去。

陆听寒显然不会接受这个，他知道，要想瞒住过去，联盟付出的精力肯定超越想象。他私下找过数人，想表达谢意，那群人纷纷摆手说，这只是一件微不足道的小事。此刻，陆听寒和黎诚面对面坐着。

陆听寒浅饮两口茶，说："我想讲一讲，在1号深渊之底的所见所闻。"

黎诚不由自主地坐直了。时隔多年，陆听寒终于再提起那段往事。

"时渊！"陆听寒喊道。

手电筒的光照亮四周，深渊之底的树木郁郁葱葱。

"来了！"时渊的声音在不远处。伴随着一阵窸窸窣窣声，时渊拿着两朵花从灌木丛后蹿了出来，"你看，它们多好看。"

那两朵花是荧光绿色，花瓣上还长了肿瘤般的固体，一看就有剧毒。也只有时渊如此彪悍，敢徒手抓着玩，这两朵能干翻大象的花在他手中无力地摇摆。

时渊又问陆听寒："你不觉得它们好看吗？"

陆听寒沉默了几秒，看着花瓣上的肿瘤，勉强道："还可以。"

时渊欢天喜地，一路拿着花跟陆听寒翻山越岭。在他们身后，那抹明亮的光束依旧如灯塔，刺破了苍穹，指引回家的路。光芒揭示了过去的道路，每天都有回家的怪物，但剩下的数量还是太多，数据勘测不能停下，联盟仍需要模拟深渊的信号，以平安地守住尔顿。每过三天，陆听寒就要去不同勘测点收集数据、维护仪器，今天也是如此。

今天他们要去的新地方很远。时渊一路采了很多奇形怪状的植物，陆听寒一回头，就看见植物喷吐的一片片绿色毒雾中，时渊的尾巴在欢快地晃动，场面还是有几分震撼的。

走着走着，远远居然传来了……音乐声？时渊的尾巴一下子弯成了问号。他侧头，仔细听辨。那声音很远，却缥缈又浩荡，仿佛一整支乐队在漫山遍野地演奏。他在加西亚大剧院听过音乐会，这声响像极了吹奏乐器。

“这是什么？”他问陆听寒。

陆听寒摇头：“往前走就知道了。”

两人加快了脚步，循着乐声而去。沿路山坡陡峭，带刺的藤蔓肆无忌惮地扒住尖石，陆听寒在前开路，时渊跟在身后，时不时被陆听寒整个提起，好好地放在平地上。

他们就这样走进了一团迷雾中。淡灰色的雾翻涌着，遮天蔽日，乐声却越来越大，越来越大，时而舒缓悠长时而尖锐激进。

再往前走，雾气倏地散了。

偌大的山谷横卧眼前，稀奇古怪的蘑菇林立，数也数不清，最大的比山岳还要高，有些鲜红无比，荧光色泽如血液流淌；有些暗淡像岩石，百余米的藤蔓从它们的伞盖垂落，随风飘扬；还有一些菌柄分外粗壮，直径上百米，形形色色的小树生在上面，三角形的树冠直指高处，鸟类栖息其中。而所有蘑菇都是多孔的，它们的伞盖、菌环和菌柄被毒雾侵蚀，形成了无数孔洞。大风吹起，掠过蘑菇林，自孔洞间穿梭时发出了那种奇异的乐声，音调各不相同。还有类似萤火虫的生物在飞舞，点点绿光闪烁。

仿佛一座奇妙的王国，藏匿深渊之下、群山正中，绵延百公里，以它独特的方式欣欣向荣，呈现在并肩的二人面前。乐声自四面八方涌来，蘑菇在歌唱，如此已过了千年万年。

蘑菇林无穷无尽，怎么也望不见尽头。

时渊走马观花，蹿来蹿去，研究蘑菇们多孔的结构。陆听寒则拿着探测仪器，记录路线与污染数值，1号深渊的感染特征是“剧毒污染”，蘑菇平均每十五分钟会大规模喷吐一次毒雾，遮天蔽日，有时是暗绿色，有时是铅灰色，如海浪般涌过天地，还好他的过滤器足够应对。

而这里并非毫无光源。许多蘑菇与藤蔓带有微光，风不知何处来，它们轻轻摆动。萤火虫飞舞，点亮了两人的眼眸。时渊冲它们伸出手，便有两只虫子敛翅，落在他的手背上。

“你看！”他很惊喜地和陆听寒说。

“嗯。”陆听寒含笑道，“看到了。”

“我可不可以……”

“不可以养。”陆听寒熟练打断。

时渊：“噢。”他有点失望，又凑近看了看萤火虫，手一扬，任它们飞回蘑菇林间。

就这么向前走，感染数值不断波动，被一一记录。和平时一样，他们要找到最稳定处安置定点检测仪，以长期获取数据。蘑菇林有着诡谲壮阔的美，却因为毒雾波动，很难找到合适的地方。不知不觉间，两人走到深处。

“我发现了，”时渊突然说，“那些红色的蘑菇音调特别高，像口哨一样，褐色蘑菇就要低沉很多。”

陆听寒忙着记录数据，还真没留意这个，说：“可能和它们的种类有关——红蘑菇被腐蚀出的孔洞，都特别细小。”

“是哦。”时渊说，“我再观察观察其他的。”

他侧耳仔细听，就像他第一次在加西亚大剧院听到乐队演奏，也是如此认真。他听得太入迷，常常忘了看路，差点被绊倒。于是，陆听寒在前头拿着仪器走，时渊跟在他身后，拽住他的衣角，东张西望地聆听。每次大风刮来，雾气翻涌，便会响起高低错落的音调，阴森、诡异，却生机勃勃。

时渊说：“白蘑菇没什么声音。”

陆听寒：“嗯。”

时渊又听了一会儿，说：“其实还是有点的，就是太小声了。”

陆听寒：“嗯。”

“呃……紫色的蘑菇不高也不低，像中声部。”

陆听寒问：“你还了解音乐？”

“以前在剧院我听过好几次演奏嘛。”时渊继续听，“那些深蓝色的蘑菇，怎么会发出铃铛的声音呢？”

时渊很快知道了答案。

陆听寒带他凑近一株蓝蘑菇，它有三四米高，厚实的藤蔓从伞盖垂下。

“时渊你看，”陆听寒说，“藤蔓上有很多果子。”

他掏出军刀轻拨开藤蔓，果然上面结着暗色的果实，只有黄豆大小。果实的外壳很硬，又是中空结构，随风碰撞时发出了清脆的铃铛声。

陆听寒解释："不是蘑菇的声音，是果实的声音。"

"原来是这样！"时渊的眼睛亮起来了，"真有趣。"

他绕着蓝蘑菇走了一圈，在它脚下找到一株特别小的蓝蘑菇，巴掌那么大，同样覆盖细小的藤蔓。他的尾巴尖不自觉晃动起来，问陆听寒："我可以带上它吗？"

"只要你不在我睡觉的时候晃它玩。"陆听寒揉了揉他的脑袋。

时渊小心翼翼地把小蓝蘑菇拔出来，轻轻一晃，就发出"叮叮当当"的声音。这是个新奇的玩具、绝佳的乐器，他用尾巴尖卷住蓝蘑菇，一摇一晃，踏着铃铛声继续向前走。

越往蘑菇林深处走，蘑菇种类越多。

时渊说："这些荧光绿蘑菇只会发出'嗖嗖嗖'的声音。"

陆听寒："嗯。"

"灰蘑菇会'呜呜——！'橙蘑菇会'咚咚——'"

陆听寒："嗯。"

"黄色斑点蘑菇会'沙沙——'，黄色条纹蘑菇会'咻咻——'"

陆听寒："嗯。"

"粉蘑菇会'啊！'"

陆听寒说："什么？我没听过这种声音，蘑菇怎么会叫。"

"不是，"时渊说，"是我踩水沟里了。"

敢情这不是蘑菇的叫声，是时渊的叫声。陆听寒回头，时渊一脚踩进了柔软的草里，泥水飞溅，打湿裤管，湿漉漉地贴在小腿上。不回头还不知道，时渊竟然采了许多蘑菇，通通只有手掌大小，色彩各异，被他抱在怀中，就连尾巴上都卷了好几株。

时渊抱着蘑菇没办法弯腰，陆听寒蹲下来，耐心给时渊一点点卷起裤脚，问："粉蘑菇是什么声音？"

时渊告诉他："我学不出来，是很轻的、窸窸窣窣的摩擦声。"

裤脚整齐卷起来了，陆听寒站起身，伸手“啪”地弹了时渊的额头，讲：“说了走路要看路，到时候栽进沟里都发现不了，你就是一只失足深渊了。”

时渊：“啊！”他腾不出手捂住额头，被陆听寒连弹了三下，只能用眼神抗议。

再往前走，时渊收集的蘑菇越来越多。他把每个品种都摘了一株，风大时他的尾巴轻轻晃动，一阵高低起伏的声音。

半小时后，喷薄的毒雾被风搅散，眼前豁然开朗，他们看到了山脉。

陆听寒对比了一下探测仪：“这里的污染数值比较低。海拔高了，毒雾也会相对稀薄，说不定能放置定点检测仪。”

时渊抬头，仰望山脉：“那我们上去？”

“试试看。”

山上没有树，被蘑菇林覆盖了。地势出乎意料地平坦，爬起来不费力。两人走走停停，时渊又发现了一种新型蘑菇，它们通体黑色，伞盖有成年男性的掌心大小。黑蘑菇没有孔洞，伞盖特别硬，时渊用指骨敲了几下，是沉闷有力的“咚咚”声，仿佛一面鼓。时渊采了一大一小两朵黑蘑菇，声音一高一低，也抱在了怀中。

越往高处视野越清晰，他们翻过怪石，回头看去，高耸伫立的蘑菇被尽收眼底。他还没仔细看，几滴水落在脸颊上。

“下雨了。”陆听寒说。

深渊之底是个小小的世界，自然有晴雨变换。好在大部分时候雨水比较温和，不需要额外的防护措施。但这场雨下得奇怪，准确来讲只有雨滴，一直在刮的风停了。

风停声止，听了那么久的风蚀蘑菇，周遭安静到只剩雨声，蘑菇的演奏会骤然落幕，叫人觉得怪怪的。萤火虫不见踪影，蘑菇林喷出大量毒雾，这回没有风将它们吹散，它们沾了水汽，沉甸甸地下沉，在地面涌动，一层又一层堆积着，又是完全不同的景象了。

时渊目不转睛地看着，研究了好一会儿，直到陆听寒说：“继续走吧。”

“好哦。”时渊说。

淋着雨爬山，四处湿滑，一个半小时后，他们接近山巅。附近有一个小山洞，不深不浅，供两人容身绰绰有余。陆听寒探身进去，确认了感染数值，说：“这里可以放定点检测仪。”

陆听寒布置仪器，时渊坐在洞口前休息。雨在头顶顺岩壁滴落，淋漓地打湿土地，砸出一个个小泥坑。山脚之下雾气色彩斑斓，厚重地翻涌，层层叠叠，仿佛一片浓稠的油墨海。时渊看着看着就犯困了，抱着他心爱的蘑菇们，头一点一点，几乎要睡着。

直到他听到了细小的“沙沙”声，这是黄色斑点蘑菇发出的声响。

可这里不是没有风吗？时渊猛地睁开眼，看到怀中的黄蘑菇在轻颤。不单黄蘑菇，其他蘑菇也在微不可察地摆动。

有风，缥缈到像幻觉的风，他和陆听寒没法察觉，蘑菇却听到了。或许它们生来就要与风同奏。

时渊：“哇！”他把几朵蘑菇举高，声音更明显了，高低交错在一起。

于是时渊也忙活起来，他借了陆听寒的军刀，去山洞口割了几条藤蔓，把蘑菇缠在上头。

“你在做什么？”陆听寒捣鼓仪器之余，抬头问他。

“我在弄音乐会。”时渊回答他。

时渊的奇思妙想从来不少，陆听寒习以为常，继续埋头工作。

时渊沿路采的蘑菇太多，足足缠满了三条藤蔓。他踮起脚，把藤蔓的两头分别绑在洞口的上方，蘑菇们就满满当当地悬在空中，仿佛一个个独特的小饰品。

可惜风又停了。时渊抱着两朵黑蘑菇，等了好久好久，睡着了。

他是被陆听寒拍醒的，睁开眼，陆听寒就坐在他的身边：“时渊，风来了。”

时渊揉着眼睛打了个呵欠，慢慢睁眼。藤蔓在头顶晃动，清脆的铃铛率先响起，而后是尖锐的咻咻声，细微的摩擦声，轻盈的沙沙声……山脚的蘑菇林沉默了，山巅洞穴内又有一场秘密音乐会，多种声音在雨中交融，浅唱低吟，更轻盈更和谐，构成奇妙的乐章。

“真好听。”时渊说。

“是啊。”陆听寒说。

“咚！”时渊轻轻拍了下黑蘑菇的伞盖。

“再敲几下。”陆听寒笑，“让我看看你的音乐天赋。”

时渊就开始胡乱地敲，两个黑蘑菇音调不同，一个高昂一个沉闷。到底是听过音乐会的小怪物，和陆听寒这种音痴完全不同，他敲出了节奏感。这场独一无二的音乐会被注入新的活力，蘑菇在藤蔓上颤抖，风大是此起彼伏的海洋，风弱是山林的呢喃。

时渊很快敲累了，打了个大大的呵欠。

“困了就再睡一会儿。”

“好，我就眯一下。”时渊又打了个呵欠，闭上眼睛，含糊说，“就那么一下下。”

他没有睡得太深，半梦半醒间，依旧听见蘑菇的歌声。

仪器已经装好，等雨停他们就该走了。雨什么时候会停？谁也不知道，或许是十分钟后，或许是一百年后。但这些都不重要了，重要的是在深渊之底的第一年，他们在避雨洞穴中听了一场秘密音乐会，梦里是山风与绮丽的雾。

联盟248年5月，1号深渊之底。“探求者一号”静静躺在土地中，燃料早已耗尽，和计划中一般，它的躯壳与其他材料组建在一起，变成了众人的临时住所。

时渊和陆听寒有一个小小的房间。空间非常小，两人隔不开距离，白天时渊自个儿玩，陆听寒坐在桌前研究，时不时被时渊晃动的尾巴狂抽后背；两张折叠床也非常小，他们睡觉时被迫挤在一起——好在，这不是个大问题。

深渊之下的污染值太高，此时已是“深潜”的第三年，齐鸿和周茜院士的身体抱恙，时渊和陆听寒需要常常出门。他们走遍了很多地方，时渊也带回了非常多的东西，拿来装点小屋：山谷里的蘑菇被穿在一起挂在门框，在风中唱着奇妙的歌；几朵无害的荧光花装在易拉罐，放在床头，陆听寒和时渊轮流换水；还有几根漂亮的小树枝、干掉的果子、形状优美的落叶、一只死掉风干了的蝴蝶……

每次出游，时渊总能发现纪念品，越攒越多。

有一日清晨，陆听寒在通信室和联盟沟通近况。他们发送的数据非常有用，借助模拟出的深渊信号，联盟很快会前往尔顿。

半梦半醒间，时渊听到陆听寒的声音。

“好，我再去一次10区核对数据。

“周院士还在休息，她托我问之前的问题解决了吗？

“嗯，我会注意这个的。”

隔了半小时，陆听寒推门进来。

时渊问他：“又要出去了吗？”

“嗯，去10区重新收集一下数据。”陆听寒坐在床边，摸了摸他的头，“还想睡吗？”

“不睡了，我们走吧。”时渊打了个呵欠，起身洗漱。早晨的温度很低，他套着陆听寒的外套才出了门。

10区并不远，抓紧时间的话，两天能走个来回。两人拿好装备出发，走入了茂盛的丛林间。走着走着时渊就发现不对劲了，怪物们分外活跃，而且都是大早上了，头顶还是一片暗色——不是阴天的灰沉，而是夜色的黑，唯有他留下的光束仍在燃烧，直指苍穹。

“怎么回事呢？”时渊问陆听寒。

陆听寒：“今天1号深渊尤其躁动，感染数值很高。”

时渊又问：“为什么呢？”

“不清楚。”

时渊想了想：“会不会是地面的人向它扔垃圾了？”

陆听寒：“应该不是的。”

“也是，其他人都比较有素质。”时渊被说服了。

陆听寒：“……”

荧光飞虫飞舞，几根亮色的藤蔓悄悄蔓延，爬上枝头，开出斑斓的花。天不亮，丛林里漆黑一片，他们在夜色深处前行。

当日下午，他们抵达了10区。天还是没亮起来，两人调试了几台监测仪器，又校准数值、更新数据，已经很晚了。

到了该休息的时间，时渊问："我记得附近有个小温泉？"

"嗯。"陆听寒说，"你想过去看看？"

"对呀。"

小温泉并不远，两人走了二十分钟就到了。拨开层层树叶，热气腾腾的一池温泉出现在眼前。泉水清澈，时渊上次就看上了它，现在终于有机会研究。陆听寒坐在池边的岩石上，时渊蹲在水边，小心翼翼伸手碰了碰。有点烫，是那种会让人很舒服的温度。

时渊扭头问陆听寒："我可以下水吗？"

陆听寒有点意外："我们没仪器能测试它的安全性，可能有毒，也有可能污染值非常高。"

时渊问："我真的需要吗？"

陆听寒觉得很有道理，真要感染也是时渊感染这温泉，唯一会造成威胁的，或许是水温太高会让他昏掉。

于是时渊下水了，他趴在温泉边，走了一整天，热水很好地缓解了疲劳，他很快觉得困了，耷拉着眼睛。

"沙沙沙——"

惬意的困倦里，时渊听到笔在纸上摩擦的声音。他又打了个呵欠，抬头看去，陆听寒拿出了速写本正在画。

时渊问："你在画温泉吗？"

陆听寒说："在画你，顺便画温泉。"

时渊："哇！"他立马高兴起来，尾巴在水下狂甩，一阵水波荡漾。

他还没高兴多久，困意翻涌，陆听寒怕时渊真的泡昏了，时不时就喊下时渊，得到迷迷糊糊的回应才放心。笔尖沙沙滑过纸面，等速写快画完，陆听寒听到"咕嘟"一声，抬头看去，时渊整个不见了。

陆听寒立马起身："时渊？"

温泉冒出泡泡："咕嘟咕嘟！"

隔了一秒，时渊一脸蒙地从水下冒出来，呛了好几口水。这是睡觉睡到水下了。陆听寒立马把时渊拽上来，给他套上衣服，顺便弹了他的脑袋瓜。时渊揉着额头，坐在温泉旁被陆听寒投喂了两大块压缩饼干。

他问："晚上我们在哪里睡？"

陆听寒回答："回4号仪器那里。"

"噢。"

吃完饼干，两人回到4号仪器旁。陆听寒支起了帐篷，怪物在林间游走，寒风呼啸，气温骤然降低十几度。

陆听寒说："下次别再泡了，我就说会晕。"

"我没有晕，只是睡着了。"

陆听寒："都是呛水了，一个道理。"

"好吧。"

第二天醒来天还是一片漆黑，他们吃了早餐，检查剩下的仪器，在下午完成了任务，开始返程。时渊深一脚浅一脚走在林间，说："这两天到底怎么回事，黑乎乎的，前两年都不会这样。希望明天能亮起来。"

陆听寒："嗯。"

他们一路跋涉回家，时渊这次没拿到纪念品，只有陆听寒的速写：岩石与茂盛的植物、热气腾腾的温泉，还有趴在岸边合眼休息的黑发少年。时渊很满意这幅画，把它挂在了床头天天欣赏。接下来数日，天依旧没亮起来。陆听寒和周院士记录了这一情况，向地面反应，但谁也无法解释。

周茜说："又是个从未出现过的现象，让我想到极地的永夜。"她扭过头咳嗽了几声，"真奇妙啊，在深渊之底我有了那么多疑问，真想现在就知道答案，一切的答案。"

陆听寒问："能研究出吗？"

周茜笑了："来不及了。我不能，他们能。"

这也不是第一次。世界有太多未知，等待人类以时间为尺去一一度量，终有一日交上答卷。

这种黑漆漆的环境很适合睡觉，陆听寒不用出门的日子，时渊抱着尾巴睡了个昏天黑地。过了整整一个月，所有人都以为天要一直暗下去了，时渊也是这么觉得。直到某个晚上，他听到了雷声，准确来说是爆炸的声音。

时渊愣了几秒，起身跑到观测室。在那巨大的落地窗前，他仰头看去，只见暗色的深渊迷雾中有星光闪烁，若隐若现，几乎像错觉。

时渊瞪大了眼睛，跑去找人："陆听寒！陆听寒！"

陆听寒正在整理背包，被时渊冲进来拽到窗前。每当爆炸声响起，空中就是新一轮爆发的光，五彩斑斓。他们知道，在那深渊迷雾里有个小小的宇宙。现在这种感觉就像是……宇宙暗淡数日后，开始新一轮的爆炸，星辰在轰然巨响中新生。

时渊看了几分钟，突然说："我去叫其他人！"

他跑到齐鸿和周茜的房间前，却发现门缝处一片漆黑。现在时间还很早，那两人却睡了，深渊之底对人类还是太严峻了，他们日渐虚弱，需要大量的休息。

"让他们休息吧。"陆听寒站在他身后说，"这会被录下来的，不耽误研究。"

他们回去，时渊把垫子和被子放在落地窗前，铺得很暖和，陆听寒把设备拿过来了，在坐垫上和时渊裹着被子，一边整理数据一边欣赏头顶的爆发。这一待就是一整晚。

前半夜的星光不甚明显，仿佛隔雾看花，知道它亮起来了，看到它的些许色泽了，但终归是暗淡模糊的。时渊非常感兴趣，看一会儿睡一会儿，熬到了最精彩的后半夜：迷雾逐渐散去，色彩一轮又一轮爆发，争奇斗艳。最明亮时整片天空都亮了，漫天星辰流转，世界通明，宛若白昼。

"哇哦！"时渊小声地说。

陆听寒也停下手上的动作，仰头看去，宇宙落在他灰蓝色的眼中。

两人默不作声地看了许久，时渊说："那么好看，你怎么都没反应的。"

陆听寒："我要怎么反应？"

"我也不知道。"

陆听寒想了想，也说："哇哦！"

这个词从陆上将嘴里说出来，不知怎么戳中了时渊的笑点。他笑了好久，笑累了又继续看。

这场宇宙的爆发持续到了清晨，最后一声超响。这次炸开的不是星辰，而是通透的白光。在这个瞬间夜与昼交织，宇宙完成了新生。

天亮了。

时渊说："白天回来了。"

"是呀，都看一整晚了。"

"但是很漂亮。"

"嗯。"陆听寒说，"现在快去睡吧——"

在深渊之底的第三年，房间的墙上挂满纪念品，他们经历了整整一个月的长夜，又在落地窗前迎来白昼。

联盟250年2月，1号深渊的模拟信号研究极其顺利，这座地下城市在众人的努力下，高速发展，欣欣向荣。与之相对的，联盟不再迫切地需要深渊之底的数据。

时渊和陆听寒轻松了许多，他们经常大半个月才需要出一次远门，调试仪器，其他时间他们留在庇护所，整理监测仪器传回的数据。经过五年的积累，两人房里的纪念品数不胜数——九成九都是时渊带回来的。房内摆不下，时渊向外扩张领地，公共区域都挂了漂亮的树叶与陆听寒的速写。他们一起在床头养的花，也热闹地生长，时渊的小花盆放不下，只能往室外移植。他和陆听寒研究了几天怎么挪花，最后，花朵郁郁葱葱地开在护卫舰之外，一大片分外艳丽。

时渊每天都要观察很久。

"我应该有点养花的天赋。"他说。

陆听寒点评："是不错。"

时渊又说："我养宠物也是这样有天赋。"

陆听寒回想起猥琐鱼，每一条都丑得各有千秋，陷入沉默。

但，花海到底越来越繁茂了。时渊也把花带给了周茜、齐鸿和柯正荣看了：三座墓碑立在一棵老树下，它有浅蓝色的发光叶片，枝干错落如鹿角，满树微光。墓碑的名字与生平是陆听寒一笔一画刻的，他的字好看，刻上去也是如此。每次他和时渊过来，会拂去墓碑上的浅蓝树叶，再由时渊献上大束鲜花。树叶柔亮，花朵漂亮，英雄们长眠在光影斑驳的梦中。

"真是个奇妙的世界。"陆听寒说，"我从没想过有机会见到这种景象。"

这一天，他和时渊穿过藤蔓飘扬的山谷，又熬夜看了夜空。

"是呀。"时渊说，"我也这么觉得。"

他打了个呵欠，陆听寒看着他，低声说："时渊，如果到了离别的那天，感染我吧。"

时渊愣了几秒："嗯？"

在主城时陆听寒为他挡下了子弹，生命垂危，却说别感染他，让他作为一个战士死去。这是信念与坚持，生而为人类，亦要以这个身份走向终局。陆听寒突然来这么一句，时渊的尾巴困惑地弯出问号。

陆听寒摸了摸时渊的脑袋："我就这么一说，现在是睡觉的时间了。"

后来，时渊又去了几次唱歌的蘑菇林，泡了几次热气腾腾的温泉。"极夜"重现了两次，每次都是持续一两个月的昏暗，再之后头顶星辰爆发，整晚的光芒璀璨后，白昼轰然降临。

灯塔般的光柱永远都在，它直指宇宙直指回家的路，这是独属于时渊的奇迹。怪物日渐减少，或许终有一日深渊也会消失，追随它们这个少年神明的指引，回到最初家园。

时渊和陆听寒一天天等着，他们踩着落叶，走过了陌生或熟悉的山头。

"你知道吗？"陆听寒告诉时渊，"他们后来告诉了我那个秘密。"

苏恩齐在临别前，说有个陆听寒从不知道的秘密。

“是什么啊？”时渊问。

陆听寒：“我刚当深渊监视者时，心理评估报告是有问题的，我确实被你影响了。精神感染是不可逆的，苏恩齐和柴永宁却决定再给我一次机会，在第三次的评估报告里，我恢复了正常。”

“啊。”时渊睁大了眼睛。

“这是个奇迹，从没人有这样的经历。总之，我没有被你感染，好好地活到了今天。”陆听寒笑了，“现在回想，当时我也隐隐察觉到了不对劲。”

每到深夜，他总会做奇怪的梦。梦中雪见花开得旺盛，他身临深渊之底，可怖的黑雾却化作了少年模样，他有一双漆黑似深渊的眼睛。梦境模糊，消融在清晨的天光，再也回忆不起来。

时过经年，时渊说：“我不想感染你的。”他纠结地弯起尾巴，有点不安。

“嗯，我知道。”陆听寒揉了揉他的脑袋，“毕竟你是一只好深渊。”

时渊：“哇！呼噜呼噜呼噜……”

陆听寒接着讲：“我知道这件事后就在想，这究竟是怎么回事？我接触过更严重的污染，不止一次，精神都没受影响，怎么单单在你这里出了问题？现在我明白了，或许，是我太想去了解你了。”

在他们初遇那日，八岁的陆听寒拉着时渊的手，讲了他所热爱的人类与城市。时渊听不懂，只记得陆听寒眼中对家园的热爱。陆听寒不记得这次邂逅，在十年后，依旧如约来到深渊之旁。深渊横卧天地间，记忆中的少年身影模糊。每每午夜梦回，故人归来，陆听寒总会去想，他要去了解这样孤单的灵魂。

他想要再靠近一点，哪怕是一点点。

陆听寒知道怪物在想什么，后来也证实了，他每次都能找到时渊。

陆听寒说：“我就在想，或许不是你想感染我，而是我想知道你的所思所想。毕竟，世界上只有我能明白你。”

时渊有些困惑地弯起尾巴。

“没什么，”陆听寒笑道，“你就当我在自言自语。现在，你晚上想吃什么？”

251年的2月，分别时刻来临了。

那是风和日丽的一天，花田烂漫，蘑菇轻声演奏，墙上速写的景色跃然纸上。时渊坐在床边握住陆听寒的手，看着那闭上的双眸，和他无比熟悉的面庞，那句“我会回来找你的”回荡在耳畔。

关教授告诉过时渊，被他感染的怪物，实际已经被黑水晶杀死，新生的它们不是原来的个体了——这也是为什么，怪物们如此害怕时渊。时渊掌控着首尾相连的时间，但是他想，如果他感染了陆听寒，把他变成了怪物，那陆听寒还会是陆听寒吗？

他的人类真的非常非常好，信守承诺，善于打开尾巴的死结，每天都会摸他的头，带他去吃好吃的，毫不犹豫地为他挡下致命的子弹，甚至愿意放弃最后的底线被他感染。更重要的是，陆听寒永远都是尊重他的。刚来城市的时渊什么也不懂，总问陆听寒各种问题，人情世故、各种常识……陆听寒耐心解答，却让时渊做出自己的选择，他说，这是独属于时渊独一无二的故事，任何人无权干涉。于是时渊终于明白了勇气、爱和家。

现在，又到了时渊做出抉择的时刻，他没有感染陆听寒，他想要尊重陆听寒生而为人的立场与底线。陆听寒说服众人，让时渊参与了“深潜”计划，正是相信他能创造奇迹。时渊也愿意去相信陆听寒，相信世界上唯一能明白怪物、一度被他影响过的人类，会与他有除感染之外的另一层牵绊，终归循着时间的浪潮，回到他的身边。

记忆回到多年前的夜晚，少年与孩子手牵着手，荒原无垠，雪见花的时间倒流，他们看到回家的路。

“我等你回来呀。”时渊笑着告诉陆听寒。

联盟259年，第一个深渊消失在星空中。此后数年，深渊相继离开，它们年少的神明也陷入了一场在人类看来非常漫长的沉睡中。对于深渊来讲，时间何其短暂，在遇到陆听寒之前他已沉睡了千百年。数十载弹指一挥间，在花海里，他终于听到了熟悉的呼唤声。

“时渊。”

时渊弯起尾巴，伸了个大大的懒腰，抬起头来。

“哇！”他说，“陆听寒，你又找到我啦！”

死亡就像一场漫长又漆黑的梦，陆听寒孤身跋涉，不见尽头。八岁的陆听寒站在雪见花飞舞的雨夜，循着呼唤他的声音，找到了孤单的深渊。近三十年后在那晦暗的梦境中，他再次听到时渊的呼唤。世界上只有他能永远找到他的小怪物，他奋力向前，他能感受到心跳的力度，在灵魂长河里他们再度共享力量，就连呼啸的时间也无法阻拦。

他朝着声音所在处伸出手。

“跟我来吧，”少年的声音在耳边响起，“再找到我一次。”

半透明的黑水晶落在掌中，梦境乍然消退。陆听寒将时渊从漫长的沉睡里唤醒，现在，轮到他醒来的时刻了。

“故事就是这样了。”陆听寒告诉黎诚。

黎诚上将听完，感慨万千，一时之间竟不知该说什么。

陆听寒与他道别。临走前，黎诚说：“谢谢。”他顿了一瞬，“谢谢你们两位，还有其他所有人。”千言万语尽在其中。

陆听寒笑了，他没说什么，点了一下头，转身走向暮色中的车辆。

车辆驶过街道，楼宇无言地伫立，夹道欢迎晚归者。终于，眼前出现了熟悉的楼宇，陆听寒下车，推门进去——时渊猛地从沙发后探出头，尾巴尖欢快地摇曳。

他的眼睛亮亮的，说：“你回来了！”

“嗯。”陆听寒笑道，“我回家了。”

番外2 尾巴打结艺术

相比最开始，时渊的尾巴不怎么会打结了。但偶尔还是会的，比如做了噩梦，或者遇到了很奇怪的人类——比如，太过热情以至于走了五个街口都甩不掉的保险推销员，或者附近拉着人能毫不夸张地八卦一整天的广场舞领队大妈，他还是会紧张到打结。和之前一样，打结了，就很难解开。时渊试过自己解，或者找朋友帮忙，通通没用。最后还得看陆听寒，他有独特的能力，每次都能一下子解开。

有天晚上，时渊在厨房做菜。他正在潜心研究新的菜谱，难度高，他很发愁，而陆上将看着锅里一团明显是他晚餐的不明物体，同样很发愁。

陆听寒委婉道："时渊，你要我帮忙吗？"

"不需要。"时渊头也不抬地说，"我可以弄好的。"

菜谱是真的复杂，时渊越看越纠结，尾巴尖开始卷来卷去——这是他纠结、困惑或紧张的表现。陆听寒站在旁边，看时渊拼命往锅里撒盐，接受了他会吃黑暗晚餐的事实。他看着看着，注意力被时渊的尾巴吸引了。那是一条很灵活的尾巴，打人很疼，此刻更是卷出了不同形状，每次不重样。于是，时渊又纠结了大半小时，陆听寒盯着他的尾巴看了大半小时。

晚上六点半，时渊准点把菜端上桌。

“尝尝看！”时渊很高兴地说，“我觉得我成功了！”

陆听寒尝了一口，沉默了相当长一段时间：“还可以吧，嗯，有很大的进步空间。”

他神色如常地喝了一口水，如果仔细看去，就会发现他拿水杯的手在微微颤抖。

“真的吗？”时渊也尝了口，酸甜苦辣瞬间在舌尖炸开，呛得他连连咳嗽，“咯咯！咯咯！刚刚还不是这个味道的……咯咯咯！”

时渊在陆听寒“果然如此”的目光中，接过他早有准备递来的水，喝了大半杯才缓过来。

时渊说：“陆听寒。”

“嗯？”

时渊喘了口气：“那么难吃的东西你都说还可以，看来你喜欢这个味道呀！我下次再做给你吃。”

陆听寒：“时渊，别，别，真的别。”

时渊大概是世界上，唯一能让陆听寒在一句话里拒绝三次的人……的怪物。最后那团不明物体进了垃圾桶，好在时渊的其他菜发挥正常。收拾碗筷时，陆听寒又看到时渊的尾巴一甩一甩的，代表了他心情不错。

陆听寒看了会儿，问：“时渊，为什么你每次打结都是死结？”

时渊：“啊，什么意思？”

陆听寒说：“我一直在想，如果你打的是个活结，你不就能自己解开了？”

时渊想了想，觉得很有道理：“但是，我可能没办法控制，我也不知道活结是怎么打的。”

“试试看，”陆听寒怂恿他，“我告诉你怎么打。”

当天晚上，陆听寒找出不同活结的图片给时渊看。

他讲解：“你看这种是多功能活结，你这么一绕一圈，再绕着副绳转一圈拉紧，就系好了。”

时渊：“嗯嗯嗯。”

陆听寒看着他："你试试看。"

时渊尾巴灵活地转了几圈，一下子就打出了活结，他再拽着尾巴尖一用力，这个结就打开了。

陆听寒点评："很不错。"

时渊："哇！"

陆听寒说："你多练习几次，再打结的时候，下意识就会打出活结了。"

时渊备受鼓舞，毕竟，哪有不喜欢顺滑尾巴的怪物呢？

他说："那我多试试，那道菜我也继续练习，肯定能做好。"

"我也觉得。"陆听寒揉了揉他的脑袋。

两人都觉得前途一片光明——至少在这个时候，他们如此坚信。

两人没想到下次打结来得那么快：时渊回到人世间后，又重新加入了剧院，成了一名演员。彼时剧院组织了一次活动，让人气高的演员在台上发言，对观众表示感谢，并展望舞台剧的未来。时渊的人气一直很高，出众的外貌，独一无二的演技，不少人奔着他来看剧。他毫无疑问地被选中上台。时渊发愁了整整一周。他上台表演无数次了，不再紧张，可公开演讲又是另外一回事，这次要的不是扮演，而是真切的他。

陆听寒在屋里办公时，他在背演讲稿，陆听寒看书时，他在背演讲稿，陆听寒准备睡觉了，他还在背。

他问陆听寒："你会来听我演讲吗？"

陆听寒说："那天要开会，不一定来得及。"他又补充，"我尽量。"

时渊就继续紧张背稿。

到了演讲日，时渊背得滚瓜烂熟。他跟着剧团成员去会堂，从后台望去，观众席人头攒动，恍惚间回到第一次演出那日，久别的紧张潮水般淹没了他。其他演员先讲话，终于到了时渊。他深呼吸一口气，迈步走到灯光下——台下很黑，他什么也看不清，只知道有很多很多人。可就在昏暗中，他那么清晰地看到了陆听寒，两人目光在上千人的会堂中央交会。

陆听寒还是来了。仔细想来，不论演出还是演讲，陆听寒没错过他任何一个重要场合。

刹那间时渊心安了许多。

他站在演讲台上后，对准麦克风："大家好，我是时渊……"

他说接下来三年，会有更多优秀的剧本上演，每个都值得期待；他说剧团的规模要进一步扩大，欢迎更多人加入剧团，就算没经验的人也可以尝试；他说很感谢观众的支持，是他们让艺术的薪火重新燃起。他讲了很多，一句句被排练无数次的台词，终归化作肺腑之言。等他讲完，会场掌声雷动，剧团的伙伴们也纷纷为他喝彩。

时渊坐上陆听寒的车，兴奋劲还没过，直到陆听寒犹豫着说："时渊，你的尾巴好像打结了。"

时渊低头一看，果然如此。他说："可能是后怕，还好在台上没有打结。"

话音刚落，两人想到同一个问题，目光落在那个结上。

陆听寒："看起来是活结的系法。"

时渊："我也觉得，我真的练习了很多次。"

他满怀期待地去扯尾巴尖——卡得牢牢的，没有半点用。

接下来的十分钟，陆听寒看他折腾了老半天，毫无进展。

到了家楼下，他们只好接受活结计划失败了。陆听寒帮时渊解开尾巴，说："你多学几种系法，总有一个行得通。"

当天晚上，陆听寒又开始教学："你这样绕过来，再绕回去，最后穿过。"

时渊："嗯嗯嗯。"

陆听寒说："你表演一个看看。"

时渊当场打出了结。

陆听寒很满意，又继续教："你再这样绕，转几个圈，最后收紧，就又是一个活结了。"

时渊："嗯嗯嗯。"

陆听寒："表演一个。"

时渊当场打出了结。

这天时渊学会了很多，甚至还学会了蝴蝶结和水手扣。

次日晚上他在厨房一边挑战菜谱一边练习打结，忙得不行。最后，陆听寒吃了一口他做的菜，连喝三杯水，顺便解开了在练习过程中意外打了死结的尾巴。

"有进步，有希望。"陆听寒还是这么说。

"我也觉得。"时渊如是说。

两人又觉得前途一片光明。

往后数月时渊还是解不开尾巴，区别就是在他的学习下，每次的结不一样了，五花八门，多姿多彩。陆听寒吃的还是黑暗晚餐，那道菜和时渊是真的过不去，再怎么做都失败得彻头彻尾。

事情根本没有一点点的好转，久而久之，两人的盲目自信都没有了。

十二月底时渊又演讲了一次，等陆听寒来接他的时候，他又因为后怕打了个结。还是打不开的死结，但是个蝴蝶结。

连陆听寒都觉得惊奇："时渊，你是怎么做到的？"

"那我也不知道啊，我还是打不开它。"时渊想了想，又有点沮丧地讲，"那道菜我也永远做不好了。"

到了楼下，时渊和陆听寒下车，时渊还带着他的奇妙蝴蝶结尾巴，等陆听寒回家解开。

陆听寒说："就这样也挺好的。"

时渊："真的吗？"

"嗯。"陆听寒讲，"总不可能事事完美的，你也能做到我做不到的事情，像我不可能去舞台上表演，也不会去开花店。一道菜做不好就做下一道，尾巴我帮你解开就好了。"

时渊的尾巴开始晃动了。

陆听寒又摸了摸他的脑袋："至少，你现在能打出很漂亮的结了。"

时渊顿时眉开眼笑：“好吧，那就这样子吧！”

“嗯，”陆听寒也笑说，“我们回家。”

从此时渊还在打死结，只不过死结是越来越漂亮了，各种款式，应有尽有，每次都让陆上将啧啧称奇。

番外3 垃圾清理计划

有天中午，时渊突然问：“陆听寒，你下周六有没有时间？”

“有事情？”陆听寒夹了一筷子时渊刚做出来的新菜，正在仔细研究。

“剧院那天停电，大家说要出去做公益。”

“你打算做什么？”陆听寒问。

时渊：“我打算捡垃圾。”

陆听寒的筷子僵了半秒钟。直到这一刻，他才意识到事情的严重性，抬头便看到时渊那严肃、审度、不信任，又带了那么一点点陈年幽怨的目光。

“陆听寒，”时渊又问了一遍，“你有时间和我去捡垃圾吗？”

这是个千载难逢、改善时渊印象的机会，要知道在时渊心里，陆听寒还是那个往他家扔了几吨垃圾的、极其没有素质的人。

陆上将正襟危坐，沉声道：“有。”

当晚两人一起看电影，是末世之前的纪录片，讲海洋生物的。半透明的水母飘飘荡荡，虎鲸在浮冰间穿行，这个话题绕不开海洋污染，时渊看着看着，表情越发严肃：“你没有往海里扔过垃圾吧？”

“当然没有。”陆听寒矢口否认，“我很少去海边。”他说完觉得不对，补充，“就算去了也不会丢。”

时渊放心了一些，告诉他："你要保持。"

陆听寒："嗯嗯。"

周六，他们从剧院出发，跟着同行的五六人去垃圾处理站，每人拿到了手套和垃圾钳。

"环保大使"时渊很开心，没素质的陆听寒心情也不差。就是一路上所有人看到拿着垃圾钳提着垃圾袋的陆上将，始终是一副生无可恋的表情。

时渊和陆听寒负责东城区的三条干道。平时，街上的机器人清理了九成九的垃圾，只是犄角旮旯容易疏忽。恰巧东城区举办活动，庆典后垃圾更多了，两人从第三大街开始，由时渊带队，陆听寒紧随其后，不一会儿就捡了许多碎纸、布料和瓶瓶罐罐。

时渊边走边说："垃圾不落地，城市更美丽。"

陆听寒："对。"

时渊："多一份干净，多一份自觉。"

陆听寒："对。"

时渊："垃圾分类，从我做起。"

陆听寒："对，对，太对了。"他心虚地当复读机。

时渊边走边讲："说起这个，我还专门学了垃圾分类。"他把一片碎纸放进陆听寒手上的"可回收"袋子。

陆听寒跟着听他讲垃圾分类的方法与意义，顺手把时渊够不到的、挂在树梢的烂袋子给扯下来，得到时渊赞许的目光。

等到中午，他们把小半袋子的垃圾交到集中处，就近找了家餐厅。吃完饭，时渊站在餐厅门口，放眼看去一条街干干净净，他满意极了。

他和陆听寒又打扫了另外两条街，直到黄昏，两人悠闲地靠在街头。小风吹得正舒服，时渊惬意地半眯起眼睛，猫一般伸了个懒腰。陆听寒刚要开口，远处传来叫骂声。

"你走路不长眼睛啊！就往我身上撞！"

"自己横在路中间还怪人！"

"你再说一句试试！"

“试试就试试！”

声音越来越大，吸引路人的注意。他和时渊对视一眼，向那边走去，只见两个男人喷着吐沫星子，面红耳赤，扯住对方的衣领殴打起来！好巧不巧其中一人提着购物袋，其中打包的咖啡洒到地面，购买的碗碟也摔了个稀烂，更有被扯碎的塑料袋在空中飞。两人互相撕扯、踢或踹，甚至还有几个同行者加入了斗殴。

时渊辛辛苦苦维护了一下午的大街，瞬间一片狼藉。

陆听寒反应极快，拨开人群就要制止——说时迟那时快，一道身影闪电般掠过他身边！陆听寒从未见过有人能跑得那么快，跑出了闪电般的速度，跑出了残影，把他的衣角都带得飞起来。只听“砰砰”两声，两个壮汉应声倒地——时渊干脆利落地两尾巴打晕了他们，目光一扫，旁边打架的人没注意，却本能察觉到了杀意，猛地回头，就见一条尾巴临空砸下！

短短三秒街上躺了六个壮汉，都捂着脑袋哀嚎。

陆听寒：“……”

围观的路人沉默，默默收回劝架的手。时渊的尾巴鳞片都气奓了，看着他们一字一句问：“还有谁想打架？”

人群一起退后了三步，头摇得像拨浪鼓。

时渊又蹲下来，和地上的壮汉们说：“把垃圾给我弄干净了，快。”

那几人头还疼着，吓得一哆嗦，连声道：“好好好，好好好，现在就搞！”

在时渊的死亡凝视下，刚刚打得火热的人不敢造次，埋着头好兄弟一般收拾残局。等联盟治安队赶到带走斗殴者时，大街又被打扫得干干净净了。至于那几位对尾巴有了心理阴影的壮汉，被罚了100小时的打扫大街服务，也是后话了。

回家的路上，陆听寒沉默了良久：“时渊，谢谢你当年没打我。”

时渊还在气头上，没听见他的话。于是陆听寒伸手，开始摸时渊的脑袋，很快把小怪物哄得高兴起来。

这是个好机会，陆听寒问：“时渊，我今天怎么样？”

“挺好的呀。”时渊说，“打扫得很认真！”

陆听寒趁热打铁：“那是不是有素质了？”

时渊认真想了好久：“有一点，但不多。”

陆听寒：“……”

时渊：“所以你要继续努力。”

陆听寒满口答应。

改变形象，当然是要一点点来的，而且很容易功亏一篑。让陆听寒没想到的是，当天晚上他就翻车了。

晚上，两个人仍然一起看关于海洋生物的纪录片。

看完后，陆听寒说：“时渊，有个问题我一直想问你……深渊中间是宇宙，那垃圾丢下去，不应该在宇宙里吗？”

时渊：“那又不是真的宇宙，就只是我的一部分。”

陆听寒知道，深渊作为穿越群星的存在，有些奇奇怪怪的、超越人类理解范围的地方，简直太正常不过——比如它们的内核是一个小小的宇宙。

他继续讲：“我不是这个意思。我的意思是宇宙空间那么多，垃圾应该不会对你有……那么大的影响吧？”

陆听寒真的是真心诚意、带着朴素的好奇，与一丝科学探究的精神地想知道答案。

没想到时渊突然警觉：“不可以。”

陆听寒：“什么不可以？”

时渊说：“你问这个不就是想往宇宙扔垃圾吗？”他的语速越来越快，“宇宙再大，你也不能干这种事情啊，真的太没有素质了！我还以为你变了，没想到根本没有！”

大事不妙，陆听寒沉默两秒：“时渊，我不是这个意思。我不会向宇宙扔垃圾的，真的。”

他的解释苍白无力，显然不能说服一只被他祸害过的深渊，扫大街攒下来的一点素质，在当晚灰飞烟灭。

后来他们又去做了几次公益，“环保大使”时渊兢兢业业，不放过任何角落，没素质的陆听寒紧随其后，当他的跟班。陆听寒打小学习能力就强，再加上急于在时渊面前表现，足以拳打怪物的体质相当好，扫垃圾上手之后效率杠杠的……只是，有时候可能过于快了。

垃圾少了，城市更美丽了。

所有事情都很完美，除了多了一个都市传说。

“东城区闹鬼！”人们信誓旦旦这么讲，“有个长得很像陆上将的东西哇，拿着垃圾袋和扫把，在角落一闪而过，快到看都看不清！叫也叫不住！然后垃圾一瞬间就不见了，你说奇怪不奇怪，太可怕了！”

图书在版编目（CIP）数据

饲渊. 完结篇 / 江为竭著. -- 长沙 : 湖南文艺出版社,
2023.9 (2025.8重印)
ISBN 978-7-5726-1364-7

Ⅰ. ①饲… Ⅱ. ①江… Ⅲ. ①长篇小说－中国－当代
Ⅳ. ①I247.5

中国国家版本馆CIP数据核字(2023)第159608号

饲渊 完结篇

SI YUAN WANJIE PIAN

作　　者：江为竭
出 版 人：陈新文
责任编辑：李　阔
监　　制：邓　理
策划编辑：吴红玲
装帧设计：杨　平
内文设计：罗晓芸
封面绘制：CaringWong
插画合作：毛啾啾啾啾　银离子的周期
出版发行：湖南文艺出版社
　　　　　（长沙市雨花区东二环一段508号　邮编：410014）
网　　址：www.hnwy.net
印　　刷：湖南天闻新华印务有限公司
经　　销：新华书店
开　　本：880mm×1230mm　1/32
字　　数：451千字
印　　张：15.5
版　　次：2023年9月第1版
印　　次：2025年8月第3次印刷
书　　号：ISBN 978-7-5726-1364-7
定　　价：62.80元